Le soleil blanc du silence

Jean-François Bouygues

Le soleil blanc du silence

Roman

LE LYS BLEU
ÉDITIONS

© Lys Bleu Éditions – Jean-François Bouygues

ISBN : 979-10-377-7305-0

Du même auteur

Au bord des cendres
Grand Prix Femme Actuelle, Roman de l'Été
(Éditions Les Nouveaux Auteurs, 2009)

L'homme qui rêvait d'ailleurs
(Éditions Les Nouveaux Auteurs, 2013)

Illimani, La lumière du monde
(Éditions Les Nouveaux Auteurs, 2017)

À Francisco Jurado-Hernandez qui a forcé son destin
et celui de toute une famille en fuyant la misère,
son village d'Agua-Amarga si cher à son cœur,
et l'Espagne sa terre natale.

À tous les Oranais
À tous les Français d'Algérie qui ont vécu là-bas
À leur doux pays à jamais perdu.

À ma femme Carole
pour le lien si fort qui l'attache pour toujours à ses racines,
à cette Histoire jamais vécue, mais tellement vive et ancrée en elle.
L'âme de son peuple.

À mes enfants,
pour qu'ils puissent entrevoir le chemin de la vérité.

Il y a un point de non-retour que l'on atteint au bout de certaines détresses et à partir duquel on ne peut plus remonter le cours des souvenirs.

Geneviève Baïlac,
Les absinthes sauvages

La lutte pour un idéal n'est pas un tir à blanc, il faut vouloir la vérité avec violence.

Lieutenant Alain de Bougrenet de La Tocnaye

Note de l'auteur

Les lieux cités dans le récit sont pour l'essentiel réels, ou inspirés d'endroits existants pour quelques autres.

La plupart des personnages quant à eux ont réellement existé ou existent encore, mais tous sous ma plume ont été en grande partie romancés (et les patronymes modifiés).

Bien évidemment, les personnages historiques sont également réels avec, pour quelques-uns, un changement de nom également (notamment ceux ayant participé aux actions de guerre et au massacre de la rue d'Isly le 26 mars 62, et celui d'Oran le 5 juillet 62, à quelques exceptions près).

Prologue

12 juillet 1962. J'ai quitté mon pays. Ma terre natale.

Mon cœur semble ne plus battre, comme s'il était resté amarré dans le port de mon enfance, sur cette terre d'Oran qui restera à jamais ma seule et unique patrie. Un si beau et si doux pays qui aujourd'hui n'est plus qu'un immense cimetière perdu dans le nuage de cendres de mes souvenirs, dans le silence étouffant de cette nuit qui semble ne jamais vouloir cesser !

Comme sortie du temps, la masse lourde et blanche du bateau nous emporte vers une contrée lointaine et inconnue. Pour quelle raison les flots de la Méditerranée me paraissent si amers ? Toute la nuit, j'ai senti l'écume de la mer battre les flancs du navire. Une traversée des regrets que nul ne peut comprendre. Toute la nuit, j'ai pensé à mon grand-père, Francisco, qui, lui-même quarante-cinq ans plus tôt, avait quitté sa terre d'Espagne avec femme et enfants, accablé de misère, mais avec l'espoir d'offrir à sa famille le rêve d'un avenir meilleur. Toute la nuit j'ai prié pour que son idéal ne reste pas vain.

Français d'Algérie, nous voici en route pour la terre de France. Comment allons-nous être accueillis ? Et au-delà de la détresse de ces heures tragiques, qu'allons-nous devenir ? Quel sera notre destin au bout de ce cataclysme émotionnel qu'est notre exode forcé ? Tragique départ sans retour qu'aucun de nous n'avait osé imaginer, car ce que nous sommes en réalité, ce sont bien des survivants. Blessés à mort par huit années d'une guerre atroce. Trahis et abandonnés. Rompus de souffrances et de tristesse. Anéantis de douleur.

Toute la nuit j'ai prié. Mais toute la nuit, ce n'était pas encore assez, tant cette infamie me noue le cœur.

Lorsque le jour se lève enfin dans la teinte bleu et argenté des flots frangés d'écume, tout me paraît irréel, comme un mauvais rêve qui va s'évanouir dans les brumes. À plusieurs reprises, durant cette longue nuit, j'ai pensé que nous avions fait demi-tour. Mais non, ce n'était qu'un rêve. Et brutalement, tout me revient alors en mémoire et je réalise ô combien Santa-Cruz est bien loin. Si loin d'ici. Oui, droit devant nous, sur la colline qui se dessine dans l'horizon blafard d'un crépuscule d'été, c'est désormais Notre-Dame de Marseille qui nous attend.

Dans quelques minutes, je vais pour la première fois de ma vie fouler la terre de France, ce pays ô combien coupable et qui nous a si cruellement trahis. J'ose espérer pourtant que notre Mère patrie saura nous accueillir. Nous n'attendons rien d'autre. Être accueillis, simplement, et en toute dignité. Alors, dans un ultime sursaut d'espoir, je me tourne une dernière fois et regarde derrière moi, cherchant dans l'horizon perdu de notre passé un quelconque signe du destin, peut-être l'écho improbable et enfin apaisé de tous nos ancêtres, tous nos martyrs demeurés pour toujours là-bas, dans la poussière et sur cette terre que fut notre belle Algérie. Alors, aussi étonnant que cela puisse paraître en ces heures douloureuses, je me sens animée d'une certitude farouche que notre peuple se doit malgré tout de continuer à vivre.

Et pourtant… pourtant mon cœur à jamais ne battra que pour toi, Oran la magnifique, où Notre-Dame de Santa-Cruz veille du haut de sa colline, surplombant la baie et le port…
Jusqu'à la rue d'Adana à Eckmühl, dans le quartier de mon enfance.

Première partie
Le soleil des misères éternelles

1

Ici la France

Oran, 5 juillet 1962. Silvia Martinez

Et... nous y fûmes heureux. Tellement heureux.

Alors, quand les orages de l'indépendance ne viendront plus nous frapper, où irons-nous, monsieur de Gaulle ? Vers quelle patrie ? Quel horizon ? Quelle destinée ? Qui pourrait croire pareille histoire, hormis ceux qui l'ont vécue ? Hormis ceux qui ont été monstrueusement trahis par celui qui était pourtant le garant de leur sécurité ? Alors serait-ce le récit d'un parjure ? Très certainement. Un parjure, monsieur de Gaulle, est un faux serment, une promesse fallacieuse bercée de traîtrise ; et c'est exactement ce que vous avez fait envers vos concitoyens. Nous qui sommes nés français et qui étions si passionnément attachés à notre terre. L'Algérie.

Une histoire que nul ne peut comprendre, hormis ceux qui l'ont douloureusement et dramatiquement vécue.

Il est bientôt 19 heures, ce jeudi 5 juillet. Voilà un peu plus d'une heure que le calme est revenu et il règne partout un silence pesant. On a entendu dire que dans le centre-ville des cadavres jonchent les rues. Il y en aurait partout. D'autres ont été retrouvés pendus aux crocs des bouchers ! C'est épouvantable !

Nous avons passé toute l'après-midi barricadés dans l'appartement, inquiets et fébriles, comptant les heures comme s'il s'agissait des dernières que nous avions à vivre. Une attente interminable et angoissante. Tourmentés de craintes à cause de la rumeur qui se propageait dans tous les quartiers : celle d'une véritable chasse à l'Européen qui se perpétrait en ville. Des récits de témoins couraient de maison en maison, évoquant l'enfer vécu par les Oranais qui se trouvaient ainsi pris au piège des cohortes d'émeutiers sanguinaires.

Lorsque les premiers coups de sept heures sonnent au carillon de la pendule de la salle à manger, papa se dirige vers la porte d'entrée, écarte le buffet qui bloquait la porte et sort en nous disant qu'il revient vite. Maman est affolée. « Où va-t-il ? où va-t-il ? » ne cesse-t-elle de crier, craignant qu'il ne commette une bêtise.

À mon tour, je sors et m'élance dans la rue. Il me faut courir pour le rattraper.

— Papa, où vas-tu ?

— Rentre, ma fille, me dit-il avec dans les yeux une lueur sombre. Rentre à la maison, je te dis, et ne t'inquiète pas pour moi.

Sans rien dire de plus, il s'en retourne, reprenant sa route. Il fait une chaleur épouvantable, et une odeur pestilentielle commence à se répandre partout en ville. Mon cœur se révulse, mais ni la peur ni l'horreur ne pourront me retenir davantage, alors je cours vers mon père. Lorsque j'arrive à sa hauteur, je passe mon bras sous le sien, tout en lui emboîtant le pas. Il me presse la main, et sans un regard, il m'entraîne dans son sillage.

Nous remontons la rue d'Adana vers l'avenue Jules Ferry, en rasant les murs, car le danger peut surgir à tout instant. Puis on s'engage avenue Albert 1er jusqu'au boulevard Viviani, en direction du dépôt des trams. On cherche l'ombre derrière le soleil accablant, et dans cette atmosphère de feu et de sang nous traversons la rue de la République. Longeant le parc du Champ de Manœuvres, on se dirige à présent vers le cimetière Tamashouet. Les rues du quartier paraissent de plus en plus inertes, plongées dans une profonde torpeur. Un lourd recueillement pèse sur la ville et au-dessus de nos têtes, le soleil est toujours aussi écrasant, cuisant, mourant.

Nous voilà enfin à l'entrée du cimetière. Nous suivons l'allée principale et arrivons bientôt sur la tombe de grand-père, ornée d'une simple pierre taillée. Mon père s'agenouille et prie en silence devant la croix où est inscrit « Francisco Carmona Marín, 1873-1944 ». Ma main est posée sur son épaule dans un geste d'affection et de compassion.

— Cette fois, ma fille, on n'a plus le choix, il faut quitter le pays ; cette terre où nous avons tant travaillé.

— Je comprends, papa, tu as raison. Et le petit à venir naîtra en France aussi, ajoutai-je en posant les mains sur mon ventre arrondi.

Mardi 10 juillet 1962

En fin d'après-midi, la masse lourde du Phocée se met soudain en branle. Cette fois, c'est le départ, le vrai, l'insupportable, le définitif. Oh mon pays ! Oran la magnifique ! Pourquoi faut-il que l'on se quitte ? Je n'ose croire à cette séparation, ce déracinement. Janot me serre dans ses bras. Pour la première fois depuis que nous nous connaissons, je vois des larmes perler aux abords de ses yeux silencieux. La foule des passagers est agglutinée sur le pont supérieur. Les visages sont noyés de tristesse, les cœurs laminés saignent de toutes les douleurs de cette Mère patrie que nous devons quitter, de toutes nos joies à jamais perdues. Peut-être.

Soudain, près de moi j'entends un cri amer et poignant : « Adieu Oran ! » Une voix de mourant qui se débat et se raccroche à son dernier souffle. Je ferme les yeux, avec effroi, avec douleur, pour ne pas voir son visage, car dans cette supplique venue d'outre-tombe, j'ai bien sûr reconnu la voix de papa.

Des hurlements continus jaillissent un peu partout autour de nous. De longs sanglots muets, des silences écrasants de vide et de désespérance. Puis, lentement, la foule se met à entonner « Ce n'est qu'un au revoir ». Et dans ce dernier adieu, s'élève une volée de mouchoirs blancs flottants comme des papillons aux ailes brûlées que le vent emporte au loin sur la colline où Notre-Dame de Santa-Cruz, dans la poussière de nos souvenirs égarés, espère déjà notre retour. Et puis non, oublions cet hypothétique retour qui ne saurait être qu'une vaine chimère.

Alors brusquement apparaît cette inscription éclatante peinte sur le mur de la grande digue du port et qui pour toujours nous arrachera le cœur. Trois mots qui nous achèvent de trois coups de couteau. Trois mots qui nous assassinent à jamais : « ICI LA FRANCE ».

Dans un ultime soubresaut, mon âme meurtrie et vouée au silence répond avec ce murmure à peine respiré, ces trois mots à ce point redoutés qu'ils semblent nous sceller à jamais au tombeau de nos joies perdues : « Adieu... adieu, Oran. »

Cette fois, c'est bien la fin. Le bateau file sur la mer bleue et je regarde s'éloigner les belles maisons blanches qui bordent la baie d'Oran. Puis, avant que les arcades du boulevard du Front de mer ne s'estompent dans le lointain, je m'effondre contre le bastingage comme une suppliciée, comme si on m'écartelait jusqu'à la déchirure.

Et... nous laissons derrière nous le soleil blanc du silence.
Le soleil de toute une vie.

2

Les figues de barbarie

À bord du « Phocée », 10 juillet 1962. Manolo Carmona
Une dernière fois, je regarde ma terre et le soleil qui la brûle, avant qu'ils ne disparaissent à jamais. À m'en crever les yeux, je les regarde se dissiper dans les brumes du passé. Adieu à tous nos martyrs et à tous nos morts. Adieu, père. Pardon de te laisser ici, car nous voilà honteusement chassés. Dis, au moins sais-tu que nos cœurs ne pourront jamais se détacher de ce pays qui fut nôtre ? Au moins le sais-tu ? que rien ne nous aura été épargné ?

Je serre Ramona contre mon épaule. On se tient la main. Jamais nous n'aurions imaginé vivre un jour des moments aussi difficiles et à ce point dramatiques. Mes yeux embués s'acharnent à fixer l'horizon bleuâtre et vaporeux, ces lignes fuyantes qui lentement disparaissent au loin. Ni nos larmes, ni nos prières, ni notre douleur, rien ne changera le destin de toute une vie. Mais il nous reste ô combien de souvenirs qui à l'heure de ce départ inéluctable et définitif nous accompagnent pour ce triste voyage, et peut-être ce funeste naufrage. Pourtant, c'est comme si rien n'avait changé, comme si le vent de l'Histoire qui nous balaye si brutalement allait nous ramener quarante-cinq ans plus tôt, sur les plaines arides de l'arrière-pays algérien, là où tout a commencé.

Reste avec nous, père. Je revois combien ton existence fut rude, sans fortune, et pourtant tellement utile. Tu auras été la source de nos vies. Le germe précieux qui, craquelant la terre aride d'Algérie, fit de nous des hommes simples. Des hommes honorables. Des Français profondément attachés à leurs racines. Et aujourd'hui on nous jette à la mer comme des vauriens, des moins que rien. Ô souvenir ! quand tu nous tiens ! Est-ce pour nous serrer le cœur ? Ou pour nous montrer au contraire tout le chemin accompli ?

Bouguirat, août 1917

En cet été de feu, le soleil plombait toute la province d'Oran. Je venais d'avoir huit ans, et comme j'étais en âge de gagner mon pain, mon père m'avait placé comme berger chez le cousin Juan, la journée, pour garder son troupeau sur les coteaux autour de Bouguirat. Une trentaine de brebis et quelques chèvres qui, sans aucun doute, finiraient leur vie au marché de Mostaganem.

Cette année-là, la sécheresse sévissait sur toute la province d'Oran, n'accordant guère au bétail qu'une maigre pitance. Les brebis erraient de jour en jour sous un soleil de feu, les babines desséchées humant la poussière aride que soulevaient leurs sabots fourbus.

Dans cette étendue de rocaille inhospitalière, pour ne pas dire éprouvante, j'avais pour habitude d'élire domicile sous un figuier centenaire. Un de ces arbres obliques et noueux qui émergeait du sol comme un pantin désarticulé et dont l'ombre instable, mais salvatrice, avait pour vertu d'apaiser le labeur des bergers. Sous ce figuier se trouvait un rocher cerné par les senteurs des massifs d'absinthe sauvage. C'est là que chaque jour je grignotais mon modeste repas. Lorsque le soleil indiquait l'heure du casse-croûte, j'ouvrais alors ma besace pour en sortir le petit morceau de pain que ma mère préparait tous les matins à l'aube, avant de partir dans les fermes où elle travaillait comme lavandière. Et chaque fois, il y avait toujours trois ou quatre brebis et quelques chevrettes qui venaient s'agglutiner près de moi en bêlant longuement pour réclamer avec force quelques miettes de ce festin inespéré.

— Mes pauvres bilous, je leur disais de ma petite voix désolée… Si je pouvais, je vous en donnerais bien, mais alors qu'est-ce qui me resterait à manger ?

Une fois mon quignon avalé, j'épluchais avec précaution quelques figues de barbarie bien juteuses ramassées sur les cactus qui bordaient les chemins de pierres, et je les croquais à belles dents. Après quoi, l'après-midi passait comme les matinées, de longues heures à marcher sous le soleil avec le troupeau, à butiner aussi longuement que possible chaque point d'ombre qui se trouvait sur ma route.

Puis, le soir venu, au crépuscule, il me fallait ramener le troupeau au bercail en veillant à ce qu'aucune bête ne manque à l'appel. Mes petits pieds nus bondissaient alors dans la poussière fine et ma voix chantante reprenait en chœur le bêlement du troupeau : « Bilous bilous bilous ! »

Oui, les souvenirs de l'enfance sont bien ceux qui s'inscrivent au plus profond de notre mémoire.

Je revois ces moments-là comme si c'était hier, et brusquement la sirène du bateau me ramène à notre triste réalité. Dans les remous du bateau qui file au large, je repense à la plage de la baie d'Arzew.

Je revois toutes les images de ma vie, celles de mon pays, de ma terre natale, comme un film mélancolique qui déroule sans fin sa bobine abîmée où rien ne manque. Ni les bonheurs passés. Ni les peines irrépressibles et vives.

Je revois la barque de mon père voguant sur les flots d'une mer offerte.

Je revois le départ depuis la plage d'Agua Amarga en Espagne.

Je revois la *casita blanca* au bord de la plage dorée.

Je revois ma mère courbant l'échine avec sa hotte sur le dos, ramassant dans les collines andalouses des brassées de bois mort et des plantes aromatiques.

3
La casita blanca

Décembre 1915. Agua Amarga, Andalousie (Espagne). María-Rosa Rubio Carmona
Dans une semaine, c'est Noël.

Madre de dios. Et toi, mon pauvre Paco, quelle est cette folie qui t'a pris ? Nous voilà maintenant plus misérables que jamais.

J'ai bien essayé de l'empêcher de commettre pareille bêtise, mais il n'a rien voulu entendre. Mon mari Francisco – qu'on appelle tous Paco comme tous les Francisco en Espagne – est un homme bon, mais parfois il perd patience. Surtout avec notre cadet, Luís. Tous les deux ont toujours eu des difficultés à s'entendre. Je crois qu'ils ne se sont jamais réellement compris. Et moi, cela me rend triste, car je les aime tous les deux. Je ne veux pas avoir à choisir entre l'un ou l'autre. Au contraire, j'ai toujours essayé de les rapprocher, de favoriser entre eux les moments d'entente, mais depuis l'affaire de Buenos Aires, leurs relations sont devenues impossibles. Comment tout cela va se terminer ?

La pauvreté et la misère de notre pays inquiètent toutes les familles par ici. Tout le monde est touché. D'autres, encore plus que nous. Agua Amarga est un petit village de pêcheurs. À peine une vingtaine de maisons blanchies à la chaux, une *placeta*, une paroisse et l'auberge Calderón à la sortie du village.

Nous habitons la *casita blanca* la plus proche de la plage. Une maison très sobre, avec une pièce unique en terre battue où vit toute la famille. Cette petite maison suffit à notre bonheur. Les autres

26

villageois sont si pauvres et démunis qu'ils vivent pour la plupart dans les grottes des falaises rocheuses environnantes. Des abris sous roche ouverts aux quatre vents. Alors pas question de nous plaindre. On n'a pas grand-chose, mais pour eux, c'est pire encore.

C'est ici à Agua Amarga que je suis venue vivre en 1894 après mon mariage avec Francisco Carmona Marín. Je n'avais que dix-sept ans à l'époque, et lui vingt-quatre. Nous nous étions rencontrés un an plus tôt, à Níjar, chez un marchand de poterie. Ma mère était en train de choisir un nouveau *cacharro*[1] pour remplacer le nôtre qui s'était brisé quelques jours auparavant. C'est à ce moment-là que Francisco est entré, accompagné de son père. En visite dans la région, ils avaient fait un petit détour par Níjar pour acheter un *botijo*[2]. Faut dire que la réputation du quartier des potiers de Níjar était répandue dans toute l'Andalousie.

Puis ce qui devait arriver arriva. Quelques mois plus tard, lors des fêtes de la Semaine sainte à Níjar, nous nous sommes revus sur la place de l'église. J'ai su plus tard qu'il était venu à Níjar dans l'unique intention de me retrouver. Logiquement, rien ne prédestinait à ce qu'on se revoie, puisqu'il vivait à trente kilomètres de là, à Agua Amarga, où son père était pêcheur.

Ma vie en ce temps-là était déjà une vie de travail, de pauvreté et de soleil. Mes parents, Rafael Rubio et Isabel Ernández, étaient de simples ouvriers agricoles. Ils vivaient entourés de leurs six enfants dans une *cabaña* perdue dans la montagne à la sortie de Níjar, sur la route de Huebro. Le travail était rare et dur, pour ne gagner qu'un salaire de misère, ce qui était le lot de tous les journaliers. Ma mère élevait quelques chèvres dans la colline, et mon père partait avec les cousins Ernández travailler pour les grands propriétaires de la plaine de Níjar, sous un soleil implacable. Nous, les enfants, passions nos journées dans la colline à ramasser des broussailles, des branchages et des écorces pour faire du bois de chauffage.

---

[1] Petite marmite en terre utilisée pour la cuisine (cuisson du riz, du poisson, des pois chiches, etc.).
[2] Gargoulette. Récipient en terre cuite utilisé pour conserver l'eau fraîche.

Dans les années 1885, comme tant d'autres travailleurs miséreux, mon père a commencé à partir en Algérie faire les saisons, six mois de l'année, de la fin de l'automne au début de l'été. Il faisait la traversée chaque année, puis revenait avec ses économies, ce qui nous permettait de tenir jusqu'à la saison suivante. De nombreux journaliers de la région de Níjar et de toute la province d'Almería émigraient ainsi depuis les années 1850. Seul moyen d'échapper à la famine, au chômage régulier et aux conditions de vie très difficiles dans nos montagnes arides de la Sierra Alhamilla. La plupart d'entre eux travaillaient dans la culture de l'alfa, du côté de Saïda, au sud d'Oran.

Cette vie bercée par son travail saisonnier aurait pu durer quelques années encore si un malheur n'était arrivé. En juin 1891, un saisonnier de Huebro, le vieil Antonio Márquez qui avait travaillé avec lui à Wagram, village tout proche de Saïda, est venu nous annoncer que notre père était mort des fièvres au début du mois de mai. Je n'avais que quatorze ans, et ma mère avait encore trois enfants en bas âge. Mes deux frères aînés, Enrique et Javier, l'aidèrent en travaillant eux aussi comme journaliers. Deux ans plus tard, je rencontrai Francisco, et ma mère ne s'opposa pas à notre mariage. Ainsi il y aurait pour elle une bouche de moins à nourrir.

Nous nous sommes mariés le 31 août 1894 à l'église Santa María de la Anunciación de Níjar. Francisco était pêcheur comme son père. Ils avaient une petite barque avec laquelle ils voguaient au large d'Agua Amarga pour ramasser quelques poissons qu'ils vendaient ensuite sur la plage, aux villageois qui attendaient leur retour.

En 1895 naquit notre premier fils, José, puis l'année suivante, notre second, Luís. Et enfin, quatre ans plus tard, notre première fille, Beatriz. C'est aussi à cette époque que mon mari, lassé de vivre chichement du seul produit de sa pêche, décida de se lancer dans la marine marchande. Il avait réussi à s'acheter un vieux bateau à voile qu'il retapa pour l'équiper de deux grandes voilures, dans le but de transporter des marchandises vers les grands ports de l'Espagne comme Valence, Barcelone, Málaga, Cadix, et même vers la Galice et le Pays basque. Moi, cela me faisait peur, car je l'imaginais pris dans la tourmente des mers et des océans. Je vivais continuellement dans la crainte qu'une tempête tumultueuse finisse un jour par l'engloutir à jamais, lui et son embarcation.

Mais de malheur il n'y eut pas, et son commerce de marchandises prospéra. Pas au point de faire de nous une famille riche mais, quand même, nous ne vivions plus dans l'obsession de la faim. Nous étions enfin à l'abri du besoin.

C'est dans cette atmosphère de sérénité et de bonne fortune que je donnai naissance à Josefa, notre quatrième enfant. Née aux premiers jours de 1905, quelques semaines après que Paco ait achevé la construction de notre *casita blanca*. La petite maison du bonheur, dressée face à la mer, sur la plage d'Agua Amarga. Sans se douter un seul instant de ce qui allait nous arriver.

La maison du bonheur allait devenir la maison de la perdition, de la tristesse et du départ.

4
Le vent nous emportera

Juin 1909, Agua Amarga. Francisco Carmona Marín
Le 18 juin, María m'a donné un troisième fils que nous avons
appelé Manuel María Fausto. Un beau garçon qui vient embellir
encore un peu plus notre vie. Oui, une belle réussite que notre famille
de cinq enfants.

Il est vrai, je travaille beaucoup et vois peu mes enfants, mais
c'est le rôle de tout père de subvenir aux besoins de sa famille. Grâce
à mes transports de marchandises vers les ports d'Espagne, d'Italie et
parfois du Portugal, mon commerce s'est bien développé. Mes
affaires n'ont pas tardé à prospérer, ainsi j'ai pu amasser des
économies pour acquérir « El Manzor », un bateau plus grand et plus
résistant, mais surtout un bateau mixte, voile-moteur. Cela m'a
permis d'envisager des liaisons plus longues, plus rapides et surtout
plus importantes en termes de gains. Depuis maintenant trois ans, je
fais régulièrement des traversées vers Buenos Aires, et même Lima
au Pérou. Et grâce à Dieu, nous vivons bien mieux qu'avant, lorsque
je me contentais d'etre pecheur. Ce bateau au long cours a changé
notre vie. Mais pas mon cœur pour autant, car au village, j'aide sans
compter tous ceux qui sont dans le besoin, c'est-à-dire la majorité
des habitants. C'est un tel honneur pour moi, et pour mes aïeux qui
eux aussi ont tant souffert de la misère. Et voilà que désormais, sans
le vouloir et sans en manifester de l'orgueil, je suis devenu d'une
certaine manière l'homme le plus respecté d'Agua Amarga.

Demain, cela fera une semaine que notre petit Manolo est venu au monde. Et moi, le monde, je vais devoir en parcourir une partie puisque je pars pour Lima. Mais cette fois, ce sera une première pour mes deux aînés, José et Luís, car j'ai décidé de les emmener avec moi. Ils ont maintenant 14 et 13 ans, et il faut que je leur apprenne à naviguer s'ils veulent être capables de reprendre mon commerce quand mes vieux jours seront venus. Certes, ce n'est pas encore pour bientôt, je n'ai que trente-neuf ans. Mais plus tôt mes garçons seront autonomes et mieux cela vaudra.

Il est l'heure de se lever, après une nuit lourde de chaleur. Lourde d'appréhension aussi. Mais non, tout ira bien, mes garçons vont vivre une expérience unique en découvrant l'océan, la force des éléments, la nature dans son incroyable beauté et un continent qu'ils ne peuvent imaginer, que personne ne peut imaginer.

Avant les premières lueurs du jour, je m'approche du lit des deux aînés et les réveille en leur grattant la tête. María les aide à se préparer, et, une fois les dernières embrassades accomplies et les larmes furtives de la maman discrètement refoulées, nous sortons dans la clarté naissante pour rejoindre le bateau amarré au bout de la crique. Il est tout juste cinq heures lorsque nous sautons sur le pont. Carlos et Jaime, les deux matelots que j'emploie à chacune de mes traversées, nous rejoignent peu après. En quelques minutes, les voici déjà à pied d'œuvre, occupés aux préparatifs du départ.

José et Luís prennent leur quartier, exactement comme je leur ai montré lors de nos petites sorties en mer que j'ai effectuées avec eux la semaine dernière. Une fois toutes les voilures déployées, nous larguons enfin les amarres pour un voyage d'une quarantaine de jours, poussés vers le monde où le vent nous emportera.

Un voyage qui je l'espère sera inoubliable pour mes deux petits mousses.

Au large du golfe d'Almería
Nous avons tout juste parcouru une quarantaine de miles sous un vent faible, à la vitesse de 6 nœuds grâce au moteur, quand enfin un

vent nord-est se lève. Une forte houle commence à se former. Je coupe le moteur et aussitôt Carlos et Jaime hissent les voiles. En quelques miles, nous atteignons des pointes à 22 nœuds et nous fonçons vent arrière vers Gibraltar. José et Luís restent à mes côtés, près de la barre, émerveillés par la vitesse soudaine et formidablement passionnés par les techniques de navigation que je m'efforce de leur enseigner. Je savais bien que ça leur plairait.

À l'heure du soleil couchant, nous passons au large de Málaga. Cette première journée en mer a été épuisante pour mes garçons qui ne s'imaginaient pas à quel point les manœuvres des voiles sont éreintantes. Ils sont maintenant dans la cabine où ils dorment du sommeil du juste.

À l'approche de Gibraltar

Toujours peu de vent au lever. Le moteur prend le relais. Nous sommes à une quinzaine de miles du détroit de Gibraltar. José et Luís finissent leur petit *almuerzo*[3], composé de sardines séchées et d'un morceau de pain. Carlos fixe les cordages en pied de mât. Tout autour de nous, jusqu'aux plus lointaines lignes de l'horizon, la mer bleue est immensément belle. C'est vraiment un spectacle dont je ne me lasserai jamais.

Au bout d'une heure de navigation, nous longeons le détroit côté espagnol, pour garder les courants favorables. Face à nous, la mer est maintenant hachée, presque houleuse. Les vents se mettent à tourner et n'en font qu'à leur tête : nord, nord-ouest, sud, sud-est. Nous serrons le vent au plus près. Jaime et Carlos s'affairent à hisser la grand-voile. José va les aider tandis que je garde Luís avec moi.

— Ça va, petit ? Tu n'as pas peur ?

— Non, p'pa ! s'écrie-t-il d'une voix qu'emportent les rafales de vent.

Cinq miles plus loin, nous sortons du détroit. Il fait maintenant un grand et beau soleil. En sortant de la baie, nous mettons le cap à

---

[3] Casse-croûte.

droite, et cette fois, c'est la route vers l'inconnu qui s'ouvre à nous. Au revoir la Méditerranée, nous voilà désormais sur l'océan !

6 juillet 1909. Douze jours que nous avons quitté Agua Amarga. Nous voguons quelque part entre le Cap Vert et le Sénégal. Depuis une heure, la mer est redevenue calme. Peu de vent. La houle est enfin tombée. En début d'après-midi, nous avons été ballottés de tous côtés par d'immenses vagues en furie. Pour celui qui y goûte pour la première fois, c'est terriblement impressionnant de voir de telles vagues se dresser vers le ciel avant de s'affaisser en frappant les flancs du navire.

Il est bientôt 6 heures du soir. La nuit tombe très vite. Le soleil ne va pas tarder à disparaître dans un magnifique coucher aux teintes rose et orangé. Demain, nous ferons escale à Mindelo sur l'île de São Vicente, pour le ravitaillement en gasoil.

14 juillet. Quatrième jour d'une tempête qui fait rage. Si j'en crois notre cap, nous sommes perdus au milieu de nulle part, aux environs de la ligne d'équateur. J'ai rarement eu, depuis ces trois dernières années, l'occasion d'affronter des vents à ce point violents. C'est comme si nous étions tombés dans l'œil d'un cyclone. Le bateau ne cesse de rouler, de tanguer, secoué de toutes parts, puis il se hisse soudain jusqu'au ciel tourmenté, soulevé par des vagues géantes et effroyables, avant de replonger dans les vallées profondes du vide causé par la houle en furie. Nous sommes épuisés à cause des rafales et des embruns qui nous tiennent en permanence mouillés et transis ; mais nous tenons bon.

1er août. Nous venons de dépasser les côtes brésiliennes de Rio de Janeiro. La tempête s'est calmée depuis trois jours, sans trop de dommages pour le bateau et le chargement, fort heureusement. Mais il est vrai que pour un premier voyage, José et Luís ont assisté à ce qui se fait de plus éprouvant en mer. Une expérience qui ne manquera pas de les aguerrir, et qui en appellera sûrement d'autres.

À condition que les vents se montrent cléments, nous devrions atteindre le port de Buenos Aires dans une semaine, si tout va bien.

Après une courte sieste, José vient me rejoindre à la barre.

— Ça va fiston ?

— Oui, *papá*. C'est drôle l'océan, c'est pas comme la Méditerranée.

— Ah bon, pourquoi ?

— J'sais pas. L'océan, on dirait que ça n'a pas de fin, qu'on n'en vient jamais à bout, que c'est une découverte permanente. C'est peut-être parce que c'est la route des explorateurs, non ?

Je glisse vers lui un regard étonné.

— Faut pas me demander ça à moi, mon fiston. Tu sais, je ne fais que transporter des marchandises, après, le reste, j'y fais pas trop attention.

Face à nous, le vaste océan bleu s'ouvre pour nous guider vers la route de l'Argentine, que nous atteignons sans encombre au quarante-deuxième jour d'une traversée épique, heureuse et magnifique.

5

Manolo el perdido

Trois ans plus tard, Agua Amarga. María-Rosa Rubio Carmona
Juillet 1912. Notre petite dernière, María de los Dolores, qu'on
appelle tous Lola, aura un an dans quelques jours. Manolo, lui, a eu
trois ans le mois dernier. Et je suis seule à la maison, depuis le départ
en avril de mon mari et des garçons pour les Amériques.

Cette fois-ci, ils se sont rendus à Lima pour livrer du potassium.
Ils doivent être sur le retour maintenant. Tous ces voyages me font
faire un sang d'encre. J'ai si peur de ne pas les voir revenir. Les
tempêtes et les typhons prennent tellement de marins chaque année.
Mais, il faut bien travailler, c'est là notre sort. C'est à ce prix que nos
enfants pourront grandir, devenir adultes, et avoir à leur tour une vie
humble et honorable.

Ils devraient être revenus d'ici une dizaine de jours.

Enfin, j'espère. Tous les jours, j'adresse des prières à la Vierge
pour qu'ils soient épargnés.

Après quelques jours d'orage, la chaleur est à nouveau revenue.
Aussi, ce matin, Beatriz, Josefa et Manolo en ont profité pour aller
dans les collines. Ils aiment y cueillir des plantes aromatiques
comme le thym et le romarin.

Moi, je suis restée à la maison pour faire ma lessive de la
semaine. Vers midi, guettant leur retour, je sors sur le pas de la porte
en inspectant les contreforts de la colline derrière le village. Rien. Je

35

ne vois personne. Sauf ma voisine, Lupe, qui apparaît à sa fenêtre en jetant une bassine d'eau.

— ¡ *Hola, María-Rosa* ! ¿ *Qué tal* ? (Bonjour María-Rosa ! Comment ça va ?)

On échange quelques mots, puis chacune reprend ses occupations. Je rentre à la maison pour finir de m'occuper du repas, et ensuite je vais ramasser le linge qui sèche sur une corde tendue entre deux pins derrière notre *casita blanca*. J'ai tout juste commencé lorsque soudain j'entends des cris descendre de la colline. Des cris d'enfants qu'il me semble reconnaître. Je lâche ma brassée de linge qui s'affale au sol et je m'élance vers la place du village.

— *Mamá* ! *Mamá* ! s'écrient mes filles en hoquetant, apeurées.

— Beatriz ! Josefa ! Qu'y a-t-il ? Où est Manolo ? m'écrié-je à mon tour, la gorge serrée.

— On sait pas, *mamá* ! On sait pas ! pleurniche Josefa.

— Y s'est perdu, avoue alors Beatriz toute pâle et craignant de recevoir une *bofeta*[4].

— ¡ *Madre de dios, Beatriz* ! Mais comment ça il s'est perdu ! C'est pas possible, il n'était pas avec vous ?

— Si *mamá,* mais j'y suis pour rien moi, c'est Josefa et Manolo qui se sont éloignés vers la route de Carboneras…

— Quoi ? Tu l'as emmené sur la route ? m'exclamé-je en attrapant ma plus jeune par le bras.

— Non, *mamá,* se défend Josefa en sanglotant. Je sais pas ce qu'il a fait, moi je ramassais des plantes, et puis quand j'ai relevé les yeux, il était plus làààà…

— ¡ *Madre de dios* ! Vous m'avez perdu mon *pequeño* !

Sur ces entrefaites arrive Concepción, la femme de l'épicier, ameutée par les cris des petites. Et puis surgissent Lupe, Carmen, Antonia, Lurdes, Consuelo, Asunción, Francisca, Marisol, et Alfonsina, toutes mes amies délaissant leur repas pour venir aux nouvelles. En quelques minutes, tous les villageois se mobilisent et

---

[4] Gifle.

se lancent à la recherche de mon *pequeño* Manolo. Les hommes se rassemblent en groupes de deux ou trois pour quadriller au mieux toutes les collines avoisinantes. Les heures passent, et l'après-midi est déjà bien entamée. À quatre heures, mon *peque*[5] demeure introuvable. Je suis effondrée. Je vais mourir de chagrin si on ne le retrouve pas ! La nuit s'annonce des plus terribles pour moi. Comment un enfant de trois ans pourrait-il retrouver seul sa route ? Concepción me propose de rester chez elle, mais je préfère rentrer à la maison. Si quelqu'un me ramène mon *pequeño,* je me dois d'être là pour l'accueillir. Beatriz et Josefa sont comme moi désespérées. Malgré leur imprudence, je suis la seule fautive. Je n'aurais jamais dû le laisser à trois ans partir dans la montagne.

À six heures passées, la porte s'ouvre à la volée.

— María ! María ! Ils l'ont retrouvé ! s'écrie Alfonsina, la mère de Carlos, le matelot de mon mari.

Je me redresse, le cœur happé de bonheur et de soulagement.

— Où ça ? Où ça !

— Viens María ! Viens vite !

Je prends Beatriz et Josefa par la main et nous courons à perdre haleine vers la sortie du village. En haut de la route, près du cimetière, j'aperçois un groupe en grande discussion. Et au moment où j'arrive, je découvre mon *peque* entouré de mille précautions et de toute la bienveillance de mes amies ! Mon Manolo, en sueur, pâle, haletant, sale et grafigné de partout ! Je me jette vers lui en le serrant tellement fort, au risque de l'étouffer. C'est Fermin le berger qui l'a retrouvé sur la *carretera* de Carboneras, à plus de trois kilomètres d'ici, errant, mort de soif et totalement perdu.

— Eh bé, *pequeñito*, on va pouvoir t'appeler « Manolo el perdido », s'en amusa Concepción en lui collant un gros bécot sur la joue.

Moi, je ne savais plus qui je devais remercier, Dieu ? Fermin ? Tous les villageois ?

Sûrement, tout le monde.

---

[5] Diminutif de pequeño.

6
Les sirènes de l'océan

Mai 1915. Au large de l'Uruguay. Luís Carmona Rubio
Nous serons bientôt à Buenos Aires. Sûrement demain, fin de matinée.

La traversée s'est bien passée. Notre première, seuls, sans le père, mais toujours avec Carlos et Jaime, nos fidèles équipiers. À quarante-cinq ans, le père a décidé de retourner à une vie tranquille. Faire sa petite pêche dans la baie d'Agua Amarga. Remarquez, moi j'aime autant. Ces derniers temps, on n'arrêtait pas de s'engueuler. C'est qu'on a un sale caractère tous les deux. Et puis moi, j'aime avoir raison. Mais mon père, parce qu'il est le chef de famille, il veut toujours avoir le dernier mot. Toujours les mêmes conneries.

Par contre avec mon frère José je m'entends bien. C'est une bonne pâte. Il me laisse faire tout ce que je veux. Jaime et Carlos, ça va aussi, ils ne font pas de vagues. Sinon, j'ai de quoi les calmer, car je suis l'associé de José et donc leur patron.

Hier soir sur le pont, en regardant les étoiles qui palpitaient dans le ciel, José m'a raconté ses petites histoires de cœur, assis sur les cordages, une cigarette aux lèvres. Sur le coup, je n'y croyais pas.

— Ah ouais ? T'as rencontré une fille ? Et quand ça ? je lui ai demandé avec un regard malicieux en coin.

— À la fête de la Cruz, à Las Negras.

— Eh bé, tu m'avais caché ça.

— C'était pas le moment de t'en parler.

— Ah ? Et maintenant c'est le moment ? Là, la tête dans la nuit céleste, les yeux criblés d'étoiles ?

— Arrête de te foutre de moi, tu veux ? sourit-il en ricanant piètrement.

Nous avons parlé plus d'une heure. Il m'a dit que c'était la plus belle fille qu'il avait jamais vue de sa vie. Qu'il voulait l'épouser, et avoir des tas d'enfants avec elle. Mais il avait aussi dans l'idée de revendre « El Manzor » pour en acheter un plus grand encore. Qu'en augmentant le tonnage, on gagnerait beaucoup plus d'argent. Qu'il avait plein de projets, et que si je l'écoutais bien, on allait devenir de plus en plus riches.

— Comment ça plus riches ? répété-je sans comprendre où il voulait vraiment en venir.

— Oui, vraiment riches ! Plus de soucis d'argent. S'installer à la ville, se déplacer sans se fatiguer, construire une grande et belle maison. Tu comprends ou pas ?

— ¡ Coño ! Mais qui t'a dit que j'ai envie de ça !

— Mais, Luís, tu vas pas rester pauvre tout' ta vie quand même ?

— Mais ça veut dire quoi ça, riche ou pauvre ? Je m'en fous moi du pognon.

Il m'a regardé un instant, étonné et perplexe, comme si mes revendications étaient la plus grosse absurdité qu'il n'ait jamais entendue.

— J'ai pas envie de devenir riche. Je veux pouvoir rester libre de penser et d'agir à ma guise.

— Eh bien justement, Luís, l'argent permet tout ça.

Maintenant, dans l'obscurité, nos visages et nos regards se cherchent sans vraiment se voir. J'imagine juste que ses yeux brillent. Alors je lui réponds d'une voix qui claque sourdement dans la voûte céleste :

— Non José. Bien sûr que non, l'argent ne te donnera pas la liberté. Il te la prendra, et tu n'en seras plus jamais maître.

Avant de regagner ma cabine, je lui demande s'il a réellement l'intention d'épouser cette fille de Las Negras.

— Ma foi oui. Si elle veut bien de moi.

— Et comment elle s'appelle ?

— Àngeles. Àngeles Torríz.

— Torríz ? Torríz ? Mais c'est gitan un nom pareil, dis-je machinalement, avec une pointe de doute.

— Et alors ? Même si c'est une gitane, qu'est-ce que ça peut faire ? rétorque-t-il aussitôt d'une voix un peu piquée.

Oui, effectivement, sauf que lui comme moi savons qu'il n'est pas toujours bien vu qu'un Espagnol épouse une gitane. C'est tout.

Puis, je lui adresse une tape amicale sur l'épaule en lui annonçant que je vais me coucher.

— Demain, *hola Buenos Aires, Argentina !*

16 mai. Au point du jour, « El Manzor » entre dans l'immense baie de Río de la Plata. Tout au bout à gauche, c'est Buenos Aires. Sur la droite de l'estuaire, les contours de Montevideo, la capitale de l'Uruguay. Sous le son des sirènes du port, nous filons à toute vapeur vers les docks de Puerto Madero. Et plus nous approchons, plus nous ressentons l'ambiance latino-américaine qui s'élève des quartiers pauvres qui bordent le port de Buenos Aires. Mélange de joie triste, de mélancolie, et d'effervescence populaire.

Vers 9 heures, nous entrons dans le premier bassin, réservé aux Messageries maritimes. Une fois les formalités douanières accomplies, nous confions le bateau aux dockers qui vont se charger de débarquer les marchandises. Ensuite, ils le rechargeront avec une cargaison de charbon pour Lima. Tout ça va prendre deux ou trois jours, avant de pouvoir repartir.

Ici, nous sommes dans l'hémisphère Sud, et les saisons sont donc inversées. Ce n'est pas les grosses chaleurs comme en Espagne, mais bel et bien l'hiver qui commence. Les températures oscillent autour de 12°, parfois 15°, guère plus. Cependant, il fait un beau soleil, ce qui est fortement appréciable après quatre semaines en mer.

Nous donnons quartier libre à Jaime et Carlos qui partent retrouver des amis argentins qu'ils ont l'habitude de fréquenter dans quelques bouges de Puerto Madero. José et moi préférons les *barrios* de San Telmo et Monserrat, situés à quelques rues de là. La ville est vaste et étendue comme on le sait. À chacune de nos escales précédentes, notre père nous a souvent entraînés dans ces quartiers. Nous entrons dans un hôtel très modeste, calle Balcarce, à quelques pas de l'église San Pedro de Telmo. Certes, l'établissement ne paie pas de mine, mais nous y avons nos habitudes. Nous demandons une chambre pour quelques jours, puis nous sortons déambuler dans le dédale des rues de San Telmo. Nous y découvrons de nombreuses maisons basses à l'architecture coloniale, mais pas seulement, des gourbis également où vivent les immigrants miséreux arrivant de toute l'Europe. Finalement, de petites placettes en rues lugubres, mais parfois pittoresques et colorées, nous finissons par atterrir sur l'immense Avenida 9 de Julio, aux belles façades sculptées. La chaussée est encombrée d'automobiles qui pétaradent en passant au milieu des calèches tirées par deux chevaux. Sur les allées bordant cette large avenue, nous croisons des vagues incessantes de promeneurs qui flânent en ce dimanche matin. Pas de doute, Buenos Aires est bien une capitale, tant ça grouille de monde de partout. Arrivés à l'Avenida de Mayo, nous redescendons vers le port et la plaza de Mayo où se dresse un immense obélisque.

Le soir même, et après maints efforts, je finis par convaincre José de m'accompagner boire un verre dans un bar de San Telmo, calle Carlos Calvo. Mon frère est un homme trop sage. Si je l'écoutais, il faudrait passer ses journées enfermés dans la chambre d'hôtel.

Le café de la Peña est un petit bar à l'ambiance un peu glauque. Il faut descendre dans les sous-sols pour profiter de l'étonnant spectacle proposé par des couples de danseurs de tango ; cette danse de corps se pratique dans des lieux fermés, à l'écart des regards indiscrets et réprobateurs. Des lieux dont on dit qu'ils sont louches pour mieux les blâmer.

José et moi sommes installés à une table sur le côté de la salle. Il y règne une chaleur épaisse, lourde, enfumée et suffocante, car le plafond est bas, en forme de grotte. Dans la semi-obscurité, quelques jets de lumière rouge d'une lampe accrochée à la voûte éclairent un couple de danseurs. Dans le coin, à gauche de l'estrade, un orchestre de trois musiciens accompagne au violon, à la flûte et à la guitare, les deux danseurs survoltés.

Moi, c'est la danseuse que je remarque surtout. Une magnifique tanguera en robe rouge écarlate, les cheveux noirs serrés dans un chignon brillant orné d'une rose jaune. Au son de cette musique plaintive, triste et ensorcelante, portée par la misère et la nostalgie, les corps soudés l'un à l'autre évoluent en avant, puis en arrière, pivotent sur eux-mêmes, et s'enroulent, dynamiques et enivrants. Je m'imagine à la place du danseur, usant de mon buste et de mon poids pour guider les pas de cette danseuse de la volupté. Mon cœur chavire, j'en suis renversé. Tant de beauté. De folie. De désir brûlant. Mes yeux ne parviennent pas à se détacher de ma rose écarlate, de ses bras langoureux, de son buste ardent, de sa robe échancrée qui laisse apparaître le galbe de ses jambes.

— Luís ? murmure une voix tout près de moi. C'est bientôt deux heures, je voudrais rentrer…

— Quoi, maintenant ?

Je reviens à la scène où le couple glisse avec frénésie, accolés, enlacés dans la douleur de leur art.

— Alors, vas-y. Moi je reste.

— Tu ne rentres pas avec moi ?

Il a fallu que j'insiste lourdement pour qu'il comprenne que je suis assez grand pour retrouver ma route.

Quelques minutes plus tard, le couple termine son tango par un « figé » joue contre joue. Les applaudissements crépitent dans la salle bondée. Je suis en sueur, un verre de rhum collé à mes lèvres enflammées, subjugué par ce que je viens de vivre. Mon regard ne cesse d'être captivé par cette divine. Je la suis des yeux alors qu'elle traverse la salle surchauffée en se faufilant comme une sirène pour s'asseoir à la table de ses amis.

Je me lève et, contournant les îlots de tables, je me glisse péniblement à travers la cohue des clients entassés dans ce lieu bruyant et exigu. Je joue des coudes pour avancer jusqu'à la seule table qui m'importe. La belle-de-nuit rit aux éclats avec ses amis, ou pire encore, avec ses admirateurs. Discrètement, je coule un regard vers elle, mais elle ne me remarque pas. Au moment où la table d'à côté se libère, j'en prends aussitôt possession. Et comme pour marquer mon territoire, je commande au serveur un verre de rhum.

Une demi-heure plus tard, j'en suis à mon quatrième verre, lorsque le couple qui tenait compagnie à la tanguera se lève et se dirige vers la sortie. La divine s'adosse à la banquette où elle a pris place, et tire quelques volutes de sa longue cigarette.

Je suis hypnotisé. Mes mains tremblent, mon cœur s'emballe, et des gouttes de sueur me coulent dans le dos. Que faire ? Me lancer ? Attendre sagement ? Et puis attendre quoi ? D'un mouvement parfaitement discret, je glisse sur la banquette d'à côté pour me retrouver face à elle. La belle tanguera m'observe curieusement, se demandant sûrement qui ose ainsi s'inviter à sa table.

— Bonsoir, *señorita*, je murmure d'un ton rassurant.

— Bonsoir, *señor*. À qui ai-je l'honneur ? enchaîne-t-elle aussitôt de sa belle voix, profonde et suave.

— Un marin au long cours.

— Oh…

— Un marin englouti dans un océan de lumière. Je m'appelle Luís. Luís Carmona.

Et elle sourit avec toute la grâce d'une femme mystérieuse et passionnée.

— Eh bien ! fait-elle d'une mimique entendue. Quel est donc cet accent ?

— Je suis espagnol.

— De Galice ?

— Non. Andalousie.

—Sevilla ?

— Plutôt Almería.

— Ah, désolée je connais seulement Sevilla, et c'est, je crois, la plus belle ville d'Espagne.

— Oui, peut-être. Mais Buenos Aires est aussi très belle. Comme vous, d'ailleurs.

Elle me fixe de ses yeux de braise, puis se lève. Bêtement et maladroitement, je me dresse à mon tour, craignant qu'elle ne m'abandonne.

— Vous partez ?

— À votre avis ?

Je la retiens doucement par le bras en lui demandant comment elle s'appelle. Elle marque un temps d'arrêt, comme si ses yeux noirs et brûlants cherchaient à percer un mystère insoluble.

— Luzmila, répond-elle en esquissant un sourire embarrassé.

Puis, telle une sirène de l'océan, elle disparaît dans les nuages voilés qui voguent sous la voûte de la salle enfumée. Ma belle, ma divine tanguera s'appelle Luzmila. Et je crois bien qu'elle a brûlé mon cœur, pour la vie.

Il est presque trois heures du matin lorsque je rentre à l'hôtel. Et José me traite de tous les noms parce que j'ai fait un peu de bruit.

Les soirs suivants, je suis retourné au café de la Peña avec l'espoir de revoir Luzmila. Mais ma sirène avait disparu.

Deux jours plus tard, nous avons levé l'ancre, direction Lima pour acheminer notre cargaison de charbon. La route vers le Pérou a été longue et mouvementée. Tempête, et océan déchaîné, mais sans dommage, fort heureusement. Le retour fut plus calme, mais je n'avais qu'une idée en tête : faire une halte à Buenos Aires pour tenter de retrouver Luzmila. José a tenté de m'en dissuader, prétextant que nous devions rentrer en Espagne.

— Écoute, José, je te demande un jour ou deux. Après, promis, on rentre.

— Tu es la pire des têtes de mule !

— Oui, je sais. Mais je suis ton frère.

30 juin, Buenos Aires. Il fait à peine dix degrés sous un pâle soleil d'hiver. José est resté à l'hôtel, avec Jaime et Carlos. Nous repartons demain pour l'Espagne.

Après avoir enfilé ma plus belle tenue, chemise blanche près du corps, veston et chapeau melon acheté à Lima, je m'élance calle Carlos Calvo, jusqu'au café de la Peña. Mes cheveux sont gominés de part et d'autre avec une raie tracée au cordeau, et je sens bon l'eau de Cologne. Je n'ai jamais été aussi beau de ma vie. Même José en a été ébloui.

Au bar, je retrouve la salle enfumée, suffocante de chaleur et de musique, où les couples de danseurs enchaînent les figures improvisées. Je ne vois pas Luzmila. Où est-elle ? Mes yeux cherchent désespérément.

Une heure s'écoule avant qu'elle n'apparaisse enfin sur la scène, accompagnée du même danseur. Ils s'enlacent et se déhanchent pendant une vingtaine de minutes, puis comme elle fait mine de s'en aller, je m'élance en bousculant au passage des gens agglutinés près du comptoir.

— Luzmila !

Je lui prends la main dans un geste de tendresse. Elle se retourne, et là, je comprends tout. Je sais désormais qu'elle est à moi.

1er juillet. Je ne suis pas retourné à l'hôtel. José doit être inquiet, mais tant pis. Je suis trop heureux d'avoir passé la nuit dans les bras de Luzmila, dans son petit logement de la calle Palos au barrio La Boca. Nous nous sommes tant aimés, que le jour n'a plus de sens pour nous. Un rai de lumière filtre entre les persiennes et vient mourir sur le contour de son épaule nue. Il doit être neuf ou dix heures, mais qu'importe, je voudrais que le temps s'arrête et que rien ne nous sépare plus jamais.

Je me redresse doucement et dépose un baiser sur ses lèvres charnues.

— Ma Luz, mon amour, ma sirène, je n'ai jamais connu de femme plus belle que toi.

Elle entrouvre les yeux, comme pour m'offrir sa lumière intérieure, puis m'enlace amoureusement.

— Merci, mon bel Espagnol.

— Non, merci à toi ma belle tanguera, de faire de moi l'homme le plus heureux du monde, lui dis-je dans un murmure gourmand qui frémit au bord de ses lèvres.

— Tanguera ? Non, dis plutôt milonguera ou milonguita, c'est plus intime.

— Milonguita ?

— Et oui... à Buenos Aires, une danseuse de tango, c'est une milonguera.

— Tu vois, j'aurai appris quelque chose. Je croyais qu'on disait tanguera.

— *Mi amor,* tu as beaucoup de choses à apprendre si tu veux devenir un vrai *porteño*[6].

Nous nous enlaçons tendrement, son sein nu palpite tout contre mon cœur. Alors, de baisers dévorants en caresses pressantes, nos corps enflammés se libèrent dans une dernière danse langoureuse. Je ne savais pas que tant de bonheur pouvait exister, que deux amants pouvaient ressentir à ce point le plaisir de la chair savoureuse et parfumée. Mais dans ce déchaînement de volupté qui depuis la veille animait nos échanges de tendresse, une question ne cessait de me trotter dans la tête. « Quel était le sens pour Luzmila de sa passion pour le tango ? » Avec la crainte que cette passion dévorante restera toujours plus forte que son amour pour moi.

— Le tango ? Nous l'avons tous en nous, me dit-elle d'une voix douce et caressante. C'est l'expression de notre misère. Ainsi, toi, bel Espagnol, tu aimes donc le tango ?

— Oui, cette danse me rappelle mon pays. Sans doute à cause de la misère de notre terre aussi.

— C'est vrai. Le tango c'est exactement ça, l'expression de la nostalgie et de la pauvreté. Un cri plaintif qui s'exprime à travers la danse.

— C'est beau comme tu en parles. J'aimerais partager ça avec toi, Luz... si tu veux bien m'apprendre.

---

[6] Habitant de Buenos Aires.

— Tu sais, le tango c'est avant tout du « ressenti ». On est libres d'exprimer ce qu'on veut... Ce n'est que de l'improvisation et c'est ce qui me plaît.

— Alors j'aimerais bien devenir dans tes bras, le plus beau... comment on dit ? Le plus beau des milonguero, c'est ça ?

Elle m'embrasse furtivement en souriant avec un fond de tristesse dans les yeux. Puis à midi, je retourne à l'hôtel de la calle Balcarce où José fait les cent pas depuis la nuit des temps.

— Mais où tu étais ! hurle-t-il en me voyant arriver la bouche en cœur. Ça fait des heures que je me fais un sang d'encre ! Dépêche-toi de rassembler tes affaires, si on veut lever l'ancre pour quinze heures !

Je baisse la tête et ne dis rien. Pas plus que je ne rassemble mes affaires. Je m'assois sur le lit défait et, tout en prenant une profonde inspiration, je lui lance tout de go :

— Je ne pars pas.

— Quoi ? souffle-t-il blême comme un linge.

— T'as très bien compris.

— Alors putain c'est cette danseuse de bordel qui t'a tourné la tête !

Dans un sursaut de colère, j'empoigne mon frère et le plaque violemment contre le mur.

— José ! Ne parle pas de Luz comme ça !

— Je parle d'elle comme je veux, rétorque-t-il en me forçant à lâcher prise.

— Ah oui ? Et moi, est-ce que je traite ta Àngeles de sale gitane ?

Nous restons silencieux plusieurs minutes. Moi, assis sur une chaise, et José, figé devant la fenêtre.

— Mais tu t'rends pas compte ? Elle a au moins dix ans de plus que toi !

— L'amour n'a pas d'âge.

Il soupire en secouant la tête, terriblement agacé.

— As-tu pensé aux parents ?

— Non. Mais tu leur expliqueras.

— Merci pour moi. Tu m'envoies au casse-pipe, quoi.

— Écoute, José. C'est comme ça, c'est tout.

Il prend son sac et disparaît brusquement sans même dire au revoir.

J'entends ses pas dévaler l'escalier. Je m'élance vers la fenêtre et j'ai juste le temps de voir une dernière fois sa silhouette tourner à l'angle de la rue.

Adiós, hermano. J'espère te revoir un jour.

7

Pêcheur du large

24 juillet 1915. Agua Amarga. María-Rosa Rubio Carmona

Madre de dios. Nos garçons ne sont toujours pas rentrés des Amériques, et je commence à m'inquiéter ! Pour rien, comme dirait mon mari. Mais mon Dieu, ce n'est pas une vie que d'attendre toujours le retour des marins.

Quelques jours passent. L'aube se lève. Le village se réveille peu à peu. Les volets des maisons s'ouvrent les uns après les autres. Au large, des barques de pêcheurs commencent à poindre en dansant sur les vagues. Les femmes, dont les familles vivent dans les grottes des collines environnantes, descendent alors le chemin qui mène à la plage.

Quelques minutes plus tard, nos pêcheurs accostent enfin. Accompagnée de mon petit Manolo, je m'approche de Francisco pour lui demander si la pêche a été bonne.

— Ça foisonne de poissons, mais les mailles du filet ont encore cédé. Voilà, c'est tout ce que je ramène !

Je le sens dépité, mais je me tais pour ne pas attiser sa déception.

Manolo joue à se rouler dans le sable. Et les femmes du village s'approchent pour acheter leur poisson. C'est la base de notre alimentation, avec aussi les *gachas migas*[7].

---

[7] Bouillie de pain frit.

49

Mon mari a vendu une bonne part de sa marchandise et m'a ramené deux belles grosses dorades. Le reste, il l'a distribué aux plus pauvres qui vivent dans les falaises.

De la fenêtre de notre *casita blanca,* je vois ces femmes miséreuses s'agenouiller pour le remercier de ses bontés. Ça le touche profondément. Mon mari a bon cœur. Il aime apporter du réconfort aux plus nécessiteux. Il aime se sentir utile. Mais je sais qu'il a du mal à revenir à une vie de simple pêcheur, lui qui durant une dizaine d'années a parcouru mers et océans. Maintenant que nos deux fils sont adultes, il leur a laissé le bateau pour qu'ils gagnent à leur tour honnêtement leur vie. Mais aussi, pour une raison dont il ne veut jamais parler : il n'a plus la force pour de tels périples.

L'après-midi, après une courte sieste, Francisco rejoint quelques amis pêcheurs sur la plage nacrée. Assis à l'ombre des canisses, ils s'affairent tous à repriser leurs filets, en sifflotant des airs andalous. Quand le soleil devient accablant, ils font une pause en buvant des gorgées d'eau au *botijo.*

Huit jours plus tard. Comme tous les matins aux aurores, je sors admirer le paysage qui déploie sous mes yeux sa féerique beauté. La mer est calme et transparente. Une nouvelle journée commence. Mon mari est parti vers quatre heures et sera de retour en fin de matinée.

Les enfants se lèvent à leur tour. Beatriz et Josefa prennent les seaux et vont chercher de l'eau à la fontaine du village. Manolo et Lola m'aident comme ils peuvent à préparer la table pour le petit-déjeuner.

Notre maison est composée d'une pièce unique. Au centre se trouvent la table et deux bancs. Près de la porte, un coin feu où je peux cuisiner. Dans le fond, deux lits, et entre les deux, des nattes en roseau posées au sol servent de couchage pour Lola et Manolo. Nous aimerions avoir une maison plus grande. Mon mari m'a dit qu'il envisageait quelques travaux d'agrandissement.

Je finis tout juste de poser les écuelles et les couverts sur la table quand j'entends crier au loin. Je sors aussitôt. Courant vers moi, Josefa pousse de grands cris de joie.

— Ils arrivent ! Ils arrivent !

Nous nous élançons vers la plage. La masse lourde « d'El Manzor » se rapproche du quai de déchargement de l'usine minière de Lucainena située sur la gauche de la crique d'Agua Amarga. Je suis tellement heureuse, mes garçons sont de retour ! Trois mois qu'ils étaient partis. En arrivant au quai, j'aperçois Jaime et Carlos occupés à fixer les amarres. Je m'avance et remarque José sur le pont. Je lui adresse un geste de la main auquel il répond discrètement. José saute sur le quai sans entrain, et vient m'embrasser. Je lui trouve une mine renfrognée et quelque chose de maussade dans les yeux.

— Et Luís ? Où est-il ? dis-je en remarquant son absence.

À côté de nous, Jaime et Carlos, têtes baissées, ne sont pas plus bavards.

— Qu'est-il arrivé ? Un malheur, c'est ça ? m'écrié-je prise d'une angoisse soudaine.

— Non, mam', rien de grave, c'est juste qu'il est resté à Buenos Aires.

— ¡ Madre de dios ! Qu'est-ce que tu racontes ?

José m'explique que Luís n'a pas voulu rentrer, car il a trouvé là-bas une femme.

— Quoi ?

Mon cœur semble écrasé par l'incompréhension.

— Comment ça, une femme ? Mais il n'y en a pas assez des femmes en Espagne ?

Un triste silence vogue soudain par-dessus le clapotis des vagues. Dépitée, je rentre à la maison. Que va dire Paco quand il va apprendre ça ?

4 août 1915. Agua Amarga. José Carmona Rubio

Le père est fou de rage. Depuis son retour de la pêche où il a appris la nouvelle, il ne décolère pas. C'est la première fois que je le vois furieux comme ça. Et moi je me suis ramassé au passage un sacré sermon. Il me reproche de ne pas avoir été foutu de le ramener de force à la maison.

Mamá a bien tenté de le calmer et de me défendre :

— Paco, t'exagères ! José n'y est pour rien. Tu connais Luís, quand il a une idée en tête ! *Por dios,* il a de qui tenir !

— Ah bon ? Il a de qui tenir ? Tu vas voir si moi je vais pas le ramener ! Nous repartirons dès demain, et crois-moi qu'il va rentrer !

— Demain ? Mais tu es devenu fou ! José vient à peine d'arriver !

Mamá a essayé de le raisonner, mais en vain.

— Tu n'comprends pas ? Si Luís n'est plus là, fini le travail en famille ! Finies les liaisons avec l'Amérique. Fini le commerce maritime ! Finies les rentrées d'argent ! Et puis quoi encore ? Tout ça pour se marier avec une danseuse de tango ! Je n'accepterai jamais ça dans ma maison ! Tu m'entends ! Jamais !

Il doit être environ minuit maintenant. Pour quitter cette atmosphère explosive, je suis allé rejoindre Àngeles à Las Negras, dans une vieille grange abandonnée sur la lande. Nous sommes enlacés sur une paillasse de fortune, mais qu'importe, on est heureux ensemble. On entend le vent siffler et s'infiltrer dans la bâtisse délabrée. Au travers des tuiles cassées, nous voyons les étoiles scintiller dans la nuit. Àngeles se serre davantage contre moi. Il fait un peu frais, mais on est bien.

— Je n'veux pas que tu repartes, *mi amor,* continue-t-elle avec une moue boudeuse.

— Oui, je sais, moi non plus. Je voudrais rester avec toi, mais mon père est bien décidé à ramener le frangin.

— Ton père, ton père ! tu vas le laisser tout le temps décider à ta place ! T'as qu'à lui dire que tu ne veux pas repartir, *y basta !*[8]

---

[8] Et c'est tout !

Je souris à cette idée, tant ça me paraît complètement impossible.

— Serre-moi fort, *mi amor,* murmure-t-elle en se collant à moi.

Son souffle délicatement parfumé enveloppe mon visage et finit par caresser mes lèvres. Nos regards se croisent lentement, se fixent un instant, et nos pupilles se soutiennent puis se répondent. J'approche ma bouche de la sienne et pour la première fois j'ose enfin goûter au fruit défendu.

Pauvre Luís, tu t'es amouraché d'une danseuse de tango, et moi j'ai le béguin pour une gitane. Mais que faisons-nous ? La même folie, j'en ai bien peur.

8

Pris dans la tourmente

6 août 1915, Agua Amarga. Francisco Carmona Marín

Mon fils est un ingrat ! Il abandonne son frère seul avec le bateau ! Tout ça pour se vautrer avec une femme plus âgée et en plus une dépravée ! Nous travaillons dur pour nos enfants, et lui voilà comment il nous remercie ! En crachant sur le pain que je lui ai donné ! Ah, mon petit Luís, ça ne va pas se passer comme ça !

Dès l'aurore, nous larguons les amarres. Le bateau file vers Gibraltar, toutes voiles dehors. Lorsque le vent tombe, le moteur prend le relais. On va tenter la traversée sans escale, en espérant arriver à temps pour empêcher cette tête de mule de faire la bêtise de sa vie.

Après Gibraltar, nous affrontons des vents soufflant à 50 nœuds au moins. José aide Jaime et Carlos à affaler les voiles, sinon on va se retourner. Nous sommes à une soixantaine de miles au large de Tanger. La mer est blanche d'écume et le bruit assourdissant. Des lames incessantes et brutales s'écrasent contre la coque qui se soulève comme une plume balayée par les vents. La proue se dresse dangereusement et, les mains accrochées à la barre, je vois s'ouvrir droit devant moi la bouche béante et dévorante d'une gigantesque vague dépassant les dix mètres qui à coup sûr va tous nous engloutir !

— José ! Jaime ! Carlos ! à l'abri ! hurlé-je au moment où la déferlante fonce vers nous.

Ballotté de tout bord, « El Manzor » se soulève encore et plonge dans chaque creux de vagues. C'est le chaos total. Je n'arrive plus à contrôler la barre. De quel côté allons-nous être attaqués maintenant ? Une nouvelle lame passe par-dessus bord et une monstrueuse cataracte d'eau glacée envahit le pont et m'arrache de mon poste en me projetant contre le pied du mât, à moitié assommé.

— J.O.S.É ! crié-je de toutes mes forces.

À peine mon cri sorti de la gorge, José se précipite à mon secours. Je sens qu'il me traîne sur le plancher couvert d'un matelas d'écume.

— Le bateau ! Faut contrôler le bateau sinon on va chavirer ! lancé-je sous la clameur grondante de l'océan en furie.

— T'inquiète pas, *papá,* Carlos a repris la barre !

À la force des bras, José me porte jusqu'à la cabine. Une fois à l'abri, je ne bouge plus, pétrifié. À ce moment-là, je ressens une immense douleur au-dessus du bras gauche.

— Ça va, *papá ?*

— C'est mon épaule, lui dis-je en serrant les dents.

L'obscurité nous envahit tout à coup. J'entends un sifflement d'écume bouillonnante, un grondement et des masses d'eau qui rugissent… Puis plus rien.

La tempête a duré plusieurs heures avant de s'essouffler. Les dégâts sont minimes. Les voilures ont souffert, mais rien de grave, hormis mon épaule endolorie qui ne me laisse aucun répit. Pour le reste, José, Jaime et Carlos ont manœuvré comme des chefs. Grâce à leur parfaite maîtrise et leur sang-froid, ils ont su affronter les éléments et surtout garder le bateau dans l'axe.

Nous naviguons désormais au large de Recife à la pointe ouest du Brésil. Dans dix jours, nous devrions arriver à bon port.

Un soir, dans un moment de quiétude au clair de lune, José me demande ce que je compte faire avec Luís.

— Je te l'ai dit, le ramener à la maison.

— Oui, mais après ? Tu ne pourras pas sans cesse le surveiller, décider pour lui, tu le connais, il ne se laissera pas faire.

— Je trouverai bien une solution. Jusqu'à preuve du contraire, c'est encore moi le chef de famille.

Je n'ai pas voulu en dire plus, mais la réponse au problème, je l'ai trouvée. Et même si cela me fait mal au cœur, je n'ai pas d'autre choix.

26 août, nous longeons Montevideo et entrons dans l'estuaire de Río de la Plata. Première partie du périple achevée. Mon choc à l'épaule n'est plus qu'un mauvais souvenir. Nous nous rendons immédiatement au ravitaillement du gasoil, puis nous amarrons au quai de Puerto Madero en fin d'après-midi sous un ciel gris et couvert. On s'engouffre dans nos vestes, casquettes vissées sur la tête, et nous partons vers les hôtels situés près du port où nous avons nos habitudes, pour y chercher une ou deux chambres. Nombre d'entre eux sont complets, mais nous trouvons notre bonheur, calle Suarez, près de la Plaza Solís, dans le quartier La Boca.

À la nuit tombée, nous nous rendons au quartier San Telmo. José connaît le bar où, d'après lui, nous trouverons Luís. C'est une rue étroite plutôt minable. Pas étonnant, c'est souvent dans les quartiers pauvres des villes portuaires que l'on trouve les filles de joie. Jaime et Carlos marchent silencieusement derrière nous. Je leur ai demandé de nous accompagner au cas où les choses tourneraient mal. Nous pénétrons dans l'établissement glauque et enfumé. José nous conduit vers les sous-sols où se produisent les danseurs de tango. Toutes les tables sont occupées. Ça paraît incroyable de voir tant de monde dans ce taudis de débauche. Et dire que mon fils se complaît dans un endroit pareil. J'en ai le cœur retourné.

Sur la scène faiblement éclairée par une lumière rouge, les danseurs se succèdent à une cadence infernale. José me fait signe qu'il ne voit pas la fille ; pas plus que Luís. Les heures passent, dans le bruit, les cris, la musique lancinante et assourdissante, et toujours pas de Luís. José questionne les serveurs, puis se dirige vers la scène où il interroge un couple de danseurs qui vient d'achever ses singeries choquantes et malsaines.

— Filons d'ici, dit-il en nous rejoignant. Je sais où les trouver. Un type m'a donné l'adresse où elle habite.

Calle Palos. Le jour ne va pas tarder à se lever. Cela fait presque trois heures que nous attendons dans la fraîcheur de la nuit, cachés dans une impasse devant l'immeuble minable où loge cette *mala chica*[9] qui m'a volé mon fils. Sauf que j'ai bien l'intention de le récupérer. Je ne le laisserai pas gâcher sa vie et son avenir dans les bras de cette *puta*.

Vers quatre heures, enlacés et presque ivres, ils sont enfin entrés dans l'immeuble. Nous attendons le lever du jour pour agir.

Tirant une bouffée de sa cigarette, José me demande si je suis certain qu'il faille en arriver là. Mais à l'évidence, il n'attend pas de réponse.

Lentement les premières clartés se hissent au-dessus des toits de Buenos Aires. Nous traversons la calle Palos et entrons tous les quatre dans le bâtiment insalubre. Au fond d'un couloir sombre, un escalier d'une dizaine de marches mène à l'étage. Nous nous présentons à la porte. Sans bruit, j'actionne la poignée et nous entrons sans difficulté. Au fond d'une pièce unique, un grand lit en fer forgé sur lequel dorment deux corps enlacés.

Au moment où Jaime referme la porte, un chuintement résonne. Luís se redresse en s'appuyant sur son coude. Il est torse nu, à moitié réveillé, encore sous l'effet de l'alcool.

— *P'pá ?* bafouille-t-il d'une voix pâteuse.

— Allez Luís, lève-toi, nous partons.

La femme se redresse à son tour, apeurée et couvrant sa poitrine dénudée.

— C'est mon père, marmonne Luís en la serrant contre lui d'un geste protecteur.

— *¿ Tu padre ?* répète-t-elle livide comme si elle avait déjà compris.

---

[9] Mauvaise femme.

Reprenant ses esprits, Luís tente de parlementer, même s'il sait qu'il n'a aucune chance de s'échapper.

— Tu vas sortir de ce lit, dis-je d'une voix sentencieuse, t'habiller et nous suivre bien gentiment.

Dans un silence de mort, il enfile son pantalon, sa chemise, attrape sa veste roulée au pied du lit puis saisit son baluchon. Accroupie près des oreillers, j'observe sa *puta* éplorée qui n'en croit pas ses yeux en voyant Luís m'obéir sans la moindre résistance. Ils se regardent une dernière fois dans le calme et la tristesse d'un adieu qu'ils n'imaginaient probablement pas. D'un rapide coup d'œil vers la petite fenêtre qui donne sur les toits, la *puta* lui fait un signe et en un éclair Luís se jette vers les battants qu'il tente d'ouvrir. Dans un brouhaha de hurlements étouffés et de cris stridents, Jaime et Carlos le saisissent pour l'empêcher d'enjamber la fenêtre.

— Luuuís ! s'écrie-t-elle en se cramponnant sauvagement à lui.

— Luzmilaaaa ! répond-il cherchant en vain à lui saisir une dernière fois la main.

Mais il a beau se débattre, Jaime et Carlos l'entraînent vers la sortie. Et nous filons au port où moins d'une heure plus tard, « El Manzor » quitte à jamais Buenos Aires.

10 septembre 1915. Océan Atlantique. José Carmona Rubio

Deux semaines plus tard. Cette fois, c'est la tourmente dans nos esprits. Notre famille est ballottée comme un bateau à la dérive sur un océan déchaîné. Luís arraché à ses amours, mon père qui se fait du mauvais sang, ma mère partagée entre les deux, et moi épris d'une gitane que mon père n'acceptera pas plus qu'il n'aura accepté Luzmila. Les semaines à venir vont être difficiles et j'ai bien peur qu'on en pâtisse tous. Oui j'ai peur de l'irrémédiable.

Les vents ont tourné pour nous. Le père ressemble aux quarantièmes rugissants et Luís est méconnaissable, taciturne et silencieux. Il passe son temps à fumer, seul, assis à l'arrière du bateau. Je le rejoins quelquefois, mais il ne veut plus me parler. Il m'en veut d'avoir aidé le père à retrouver sa trace.

— Qu'est-ce que tu voulais que je fasse ? lui ai-je dit le soir de notre départ. Il n'avait qu'une idée en tête : ramener son fils ingrat à la maison.

— Ah oui, je ne suis que ça pour lui, un ingrat ?

Et il n'a plus rien dit. Ni ce soir-là ni aucun autre soir.

Après une quinzaine de jours et quelques sacrées rafales de vent au Cap-Vert, nous faisons route vers Tenerife aux Canaries pour nous ravitailler en gasoil. Mais notre traversée ressemble à une longue et interminable veillée funèbre, comme une ultime épreuve, un suprême hommage avant que ne s'estompent tous nos tourments.

12 septembre. Nous avons quitté Tenerife depuis un jour et demi et nous filons au large du Maroc. Vers minuit, je suis à la barre. Luís toujours aussi renfrogné s'est endormi à la poupe du bateau, tandis que *papá,* Jaime et Carlos se reposent sur leurs couchettes. Au nord-ouest, une longue ligne claire apparaît soudain dans le ciel couvert de nuages noirs flottants. Je réalise peu après que cette clarté n'est pas comme je le croyais un simple reflet dans les nuages.

Non, cette immense crête blanche fonçant sur nous est une énorme vague ! Une vague comme je n'en ai encore jamais vu ! Tout se passe en un éclair : la clarté, le mur d'eau, l'horizon qui s'assombrit.

— *Papá !* Jaime ! Carlos ! Venez voir ! crié-je en poussant du pied la porte de la cabine.

Retournant aussitôt à la barre, je les vois débouler tous les trois sur le pont ; même Luís à moitié endormi vient prêter main forte. Ce n'est pas une vague, c'est un redoutable soulèvement, un mur d'eau haut comme une montagne qui se dresse face à nous. En quelques secondes un vent d'ouragan d'une force incroyable se lève et s'abat sur l'océan en furie.

— Affalez les voiles ! hurle *papá* à Jaime et Carlos. Luís ! occupe-toi du tourmentin ! José, mets la barre au centre !

Sur le coup, je marque un temps d'arrêt.

— La barre au centre ? Mais t'es sûr *p'pá ?*

« Pourquoi laisser le bateau en proie aux éléments ? On va couler ! » ai-je envie de m'écrier, mais je n'en ai pas le temps. Un choc épouvantable se produit au moment où je tourne la tête vers la gauche.

Dans mon souvenir, la vague assassine devait être aussi haute que notre mât, soit 15 mètres. Inimaginable ! Elle est arrivée dans mon dos, de tribord, alors que de mes mains arc-boutées et crispées au gouvernail je barrais sous le vent. Noyé dans un tunnel d'eau et d'embruns, j'ai peur d'être emporté par une déferlante et éjecté à la mer. *Papá* a raison, il faut ôter toutes les voiles afin d'éviter que le bateau donne trop de prise au vent. Mais que font Jaime et Carlos ? Je ne les vois plus. Autour de nous ce ne sont que de larges chutes d'eau !

— Où vous êtes ? Où vous êtes ! hurlé-je comme un fou, terriblement inquiet pour eux.

Et soudain une nouvelle lame de fond arrive par l'arrière en rugissant. Les vagues gigantesques font plus de dix mètres. J'essaie de maintenir la proue contre le vent et la mer, mais la déferlante prend le bateau par le travers. Des tonnes d'eau explosent contre la coque. Le bateau fait un terrible bond latéral sous le vent, comme s'il allait se retourner.

Jaime et Carlos réapparaissent, exténués et trempés jusqu'aux os. Le bateau se soulève jusqu'à se trouver à la pointe d'une crête. *Papá* et Luís me rejoignent, et soudain c'est la chute libre, le plongeon dans le creux de la monstrueuse vague. Le choc est d'une rare violence. Nous sommes tous affalés sur une énorme couronne d'écume qui envahit le pont et la cabine. Dans le chaos qui règne autour de nous, on ne voit même plus de quel côté arrivent les lames. La mer gonfle sans cesse, se déchaîne à une cadence infernale, et les embardées deviennent incontrôlables, malgré la barre toute sur un bord.

— Il faut freiner le bateau ! hurle *papá*, lorsqu'une énième déferlante claque juste derrière nous dans un craquement terrible.

Malgré mes efforts, le bateau zigzague et je parviens deux ou trois fois à éviter les vagues les plus hautes. Puis, une nouvelle déferlante passe par-dessus bord et manque de tout balayer sur son passage. *Papá* vient à mon secours pour reprendre la barre. Il parvient à contrôler le bateau qui progresse avec difficulté en maintenant son cap. C'est l'obscurité la plus totale, l'air est saturé d'eau, d'embruns et de ténèbres rugissants.

Ce n'est qu'au lever du jour, lorsque la lumière est revenue, que nous avons compris que le mât était brisé en son milieu. Il pendait mollement, lamentablement, à moitié déchiqueté.

Durant cette effroyable tempête, « El Manzor » était resté pratiquement stoppé pendant plus de six heures, pris dans la tourmente sous des rafales de plus de 60 nœuds et dans des creux de plus de dix mètres. Notre retour vers la mère patrie était à marquer d'une pierre noire.

Le 17 septembre, nous entrons dans le port d'Almería. Amarré au quai en zone de carénage, « El Manzor » devra attendre plusieurs jours avant que le mât ne soit réparé.

Curieusement, *papá* décide de rester seul à Almería le temps de la réparation. Quant à nous quatre, Luís, Jaime, Carlos et moi, nous embarquons pour Agua Amarga sur un bateau de pêche qui remonte la côte jusqu'à Carthagène.

Au moment de nous séparer, je remarque quelque chose d'étrange dans le regard du père. Comme une lumière qui s'est éteinte. Définitivement.

9

Pour quelques pesetas

22 septembre 1915, Almería. Francisco Carmona Marín
Et nous allons replonger dans la misère.

J'ai vendu « El Manzor » ce matin. Ce bateau assurait notre gagne-pain à tous, et je l'ai vendu pour trois fois rien. Une poignée de pesetas. J'étais resté à Almería pour en tirer le meilleur prix, mais peine perdue. Comme le mât nécessitait en plus son remplacement, je ne voulais pas avancer de frais inutiles. C'est pourquoi j'ai dû le céder pour quelques pesetas seulement. Une misère. C'était la bêtise à ne pas faire, mais dans l'immédiat c'était le seul moyen d'empêcher Luís de repartir facilement en Argentine.

Une page se tourne. Je vais revenir à ma petite et honorable pêche dans la baie d'Agua Amarga. José et Luís devront chercher du travail dans les mines de Lucainena de las Torres. Adieu leurs rêves de voyage et de prospérité. Ils avaient un outil de travail formidable, et Luís a tout gâché.

Le matin du 25 septembre, un vieux rafiot me dépose à Agua Amarga, près des quais de déchargement de l'usine de Lucainena où j'amarrais si souvent mon bateau. Le cœur serré en pensant à « El Manzor », j'observe la baie magnifique et paisible de mon village de pêcheurs. Les maisons blanches regroupées autour du centre du *pueblo,* et puis la nôtre à une vingtaine de mètres de la longue plage dorée. Je comprends à quel point notre vie est attachée à ce coin de mer et de soleil. À quoi bon d'avoir tant voulu parcourir les mers et les océans ? Pour gagner de l'argent ? Toute ma vie est ici, c'est de l'or qui nous est offert chaque jour, un trésor de beauté, de tranquillité, et d'amour.

Agua Amarga, village de nos cœurs.

C'est dans le courant du mois d'octobre que José et Luís ont commencé à travailler à la mine de fer, comme mon propre père l'avait fait dans les années 1890. José a été très affecté par la vente du bateau, et María m'en a voulu terriblement, surtout pour la somme récoltée. Luís s'est contenté de ravaler son amertume et sans doute sa colère. Mais je suis le chef de famille, il n'y a donc pas à discuter. Depuis, ce fils ingrat ne m'adresse plus la parole. On ne le voit quasiment plus, parce qu'il loge comme José avec d'autres travailleurs dans les baraquements installés près de la mine.

J'ai repris mon activité de pêcheur. Et les jours s'écoulent au fil des sorties en mer, de la vente de ma pêche, et du reprisage des filets. Josefa et Manolo passent souvent les après-midi avec moi sur la plage. Parfois ils vont jusqu'aux rochers ramasser quelques coquillages et des bulots. Beatriz et Lola restent avec leur mère à arpenter les collines en quête de plantes aromatiques que ma femme vend tous les dimanches au marché, comme aujourd'hui justement où je l'aperçois revenant de Las Negras visiblement contrariée. Je lui demande si tout va bien, elle me répond un « oui » évasif. Mais je connais ma femme, je sens qu'elle me cache quelque chose.

Au moment de nous coucher, je lui redemande ce qui ne va pas. Elle reste murée dans son silence, mais à force d'insister, elle finit par soulager ce qui la tracasse tant.

Elle a vu José ce matin à Las Negras avec une femme.

— Ma foi, il a vingt ans, après tout c'est de son âge, non ? lui dis-je en ne voyant pas de mal à ça.

— Paco. Celle-là avait quelque chose de spécial.

Cette fois, je crains le pire. Je ne peux m'empêcher de repenser à Luís et sa *mala chica*.

— Qu'est-ce que tu veux dire ?

— Je crois bien que c'est une gitane.

Mon cœur s'arrête de battre.

— Qu'est-ce que tu dis ? *¿ Una gitana ?*

Un silence s'installe entre nous, venant ainsi confirmer mes craintes.

— J'espère me tromper, commence-t-elle, mais je t'en prie Paco, je ne veux pas que tu interviennes ? Tu m'entends ?

¡ *Coño* ! Mon fils avec *una gitana* ! Mais qu'est-ce qu'on a fait pour mériter ça ? Luís ne nous parle plus, et maintenant José veut jeter l'opprobre sur la famille !

10

Cœur de gitane

Fin octobre 1915. Venta del Pobre. José Carmona Rubio
Après ma semaine de travail, je vais à bicyclette jusqu'à Venta del Pobre sur la route d'Agua Amarga, pour rejoindre Ángeles qui travaille dans l'unique auberge du village. Elle est logée chez ses patrons dans une annexe derrière l'auberge. Chaque fois que je peux, je la rejoins en secret. Nous faisons très attention, car elle risquerait d'être renvoyée. Déjà un mois que nous profitons de quelques nuits ensemble. Un bonheur auquel nous n'aurions pas droit si mon père avait gardé le bateau. Comme quoi, ce que l'on prend parfois pour de l'infortune, se change en quelque chose de plaisant, voire de merveilleux.

Ce soir, je rejoins Ángeles plus tard que d'habitude. Il est presque minuit lorsque je toque légèrement au volet de sa chambre. Un mince filet de lumière apparaît sous la porte. Le battant s'ouvre doucement, et je la vois dans la lueur d'une chandelle. Nous nous enlaçons, puis elle ferme en m'attirant à l'intérieur.

Je me retrouve aussitôt dans ses bras amoureux, chaudement calé dans le creux de son lit.

— Ma belle, si tu savais comme je suis heureux !

Bizarrement, elle ne répond pas. Je la trouve préoccupée. D'habitude, elle m'aurait déjà croqué tout cru. Je lui demande ce qui ne va pas. « Non, rien, dit-elle ». Mais je vois bien que ce n'est pas vrai.

Alors soudain elle se met à sangloter.

— Ángeles ? Que se passe-t-il ?

Elle se serre contre moi, tremblante comme une feuille.

— José, c'est grave tu sais…

Et d'un coup, j'ai peur pour elle. Je crains qu'elle ne m'annonce un malheur ou une maladie. Ses yeux noirs et lumineux baignent dans un mélange de larmes de joie et de tristesse. Je n'y comprends rien.

— José… j'attends un bébé.

Elle a dû me le répéter plusieurs fois, tellement je n'y croyais pas. En voyant ma tête, elle a sans doute eu peur que cette nouvelle ne m'accable autant qu'elle. J'étais si ébahi et inquiet à la fois, que j'avais du mal à exprimer la moindre joie.

— Tu as peur à cause de tes parents ?

— Oui, de mon père et mes frères, avoue-t-elle en hochant tristement la tête.

— On s'en fiche. Après tout, pourquoi une gitane ne devrait-elle épouser qu'un gitan ? On s'aime, Ángeles ; on va se marier, et puis voilà.

— Mes parents ne voudront pas d'un *payo* dans la famille.

— Un *payo* ?

— Oui, c'est un étranger qui se marie à une gitane.

— Et alors ? je suis un *payo, y basta !*

— Ils vont me renier, José, je le sais. Enceinte sans être mariée… je suis une fille perdue.

— Ne t'inquiète pas, on va se marier, tu entends ? Je t'aime ma belle Ángeles, je ne te laisserai pas tomber !

— C'est vrai, José ?

— Comment peux-tu en douter ? Je suis loin d'être parfait, mais je ne suis pas un saligaud.

Elle se jette dans mes bras en pleurant d'émotion. L'amour est vraiment un sentiment merveilleux. Mais Ángeles a raison, nos parents ne nous laisseront pas faire. Surtout sa famille, pour qui l'honneur et les traditions sont bien plus marqués encore que chez nous. Pour autant, je crains que cela ne se passe pas très bien non plus avec mon père. *Mamá* comprendra, mais lui j'en doute. J'espère qu'elle saura lui faire entendre raison.

Ángeles devrait accoucher en mai prochain. Aussi cela ne nous laisse que peu de temps avant que les mauvaises langues ne commencent à jaser.

Dix jours plus tard, j'emmène Ángeles à la maison. *Papá* est assis en bout de table. Il ne dit rien. La tension est plus que palpable. *Mamá* fait de son mieux pour se montrer agréable avec ma future fiancée. Ma belle se montre discrète, réservée, n'osant prendre la moindre initiative. Ce qui se comprend.

Je prends alors mon courage à deux mains.

— Tu es bien silencieux, *papá,* tu as quelque chose à redire ?

Calmement, mais froidement, il plante ses yeux noirs de colère contenue dans les miens. Et si ce n'est pas de la colère, c'est de l'amertume et du ressentiment.

Qu'importe, je soutiens son regard, dignement.

— Oui, Ángeles est enceinte. Pour vous c'est une faute, mais je vais l'épouser, car nous nous aimons. Que ce soit avec ou sans votre consentement.

— C'est tout à ton honneur, mon fils, murmure *mamá* en ouvrant ses mains.

— Tu appelles ça de l'honneur ? claque soudain la voix tranchante du père.

— Paco, notre fils est un bon garçon, et tu le sais, continue *mamá* pour me défendre.

— Un bon fils ? En se mariant avec une gitane… une…

— Une sale gitane ? C'est ce que tu veux dire ? dis-je sans pouvoir m'empêcher d'élever la voix.

— Je n'ai pas dit ça, reprend vivement le père. Mais tu sais ce qu'on dit de ces gens-là ?

— Je m'en fous ! C'est Ángeles qui m'importe, et rien d'autre !

— Eh bien, je vais te le dire : les gitans sont des gens à problèmes !

— Ah oui ? Et qu'est-ce que vous savez des gitans ? s'interpose Ángeles, vexée.

— J'en sais suffisamment.

— Vous ne savez rien ! se dresse-t-elle face à lui avec courage. Juste ce que tout le monde colporte, par haine et par bêtise !

Et furieuse, elle sort en claquant la porte.

Je me tourne vers le père en le regardant droit dans les yeux.

— On avait décidé de ne rien dire, mais finalement, autant que tu le saches : sa famille vient de la renier quand ils ont su qu'elle allait se marier avec un non gitan, un *payo* ! Alors, ne crois pas que je vais renoncer, simplement parce qu'elle ne te convient pas !

— Tu vois, quand j'te disais que c'était des gens à problèmes.

— Ah oui ? Et là, toi ? En quoi tu te montres différent d'eux ? Tu peux me le dire ? lancé-je en claquant également la porte.

Un mois plus tard. Agua Amarga. Ángeles Torríz

La communauté m'a rejetée, et mes parents ne veulent plus me voir. Ils m'ont reniée, sans même m'écouter. Surtout mon père et mes frères. Pourtant j'étais leur fille bien-aimée, leur sœur chérie, la fierté de tous les Torríz. Une des plus anciennes familles gitanes de Las Negras. Mais je n'en démordrai pas, c'est José que je veux épouser.

Bien des fois, j'ai cru dans un fol espoir qu'ils finiraient par l'accepter, comme cela arrive quelquefois quand une gitane prend pour mari un *payo*. Même si je connais bien mon père et son attachement farouche au respect des traditions gitanes, je me disais qu'en étant sa fille unique, il consentirait à notre union. Bien que ç'aurait été la pire des hontes pour toute la famille. C'est d'ailleurs ce qui est arrivé à ma cousine Rosario qui a pu réintégrer la communauté. Pour autant, le pardon n'existe pas, mais le couple reste libre et plus ou moins toléré. J'espérais, en mon for intérieur, cette solution, mais aujourd'hui ce n'est même plus la peine d'y compter.

Cela fait bientôt un mois que José m'a présentée à ses parents. Sa mère est douce, avenante, bienveillante, et j'ai compris au premier regard qu'elle m'appréciait déjà. Le père, c'est une autre histoire. Pourtant, je ne pense pas que ce soit un mauvais homme, mais il a son orgueil, comme tous les pères et tous les Espagnols. Il faudrait que je lui parle seul à seul, aussi un dimanche matin, je me rends sur la plage d'Agua Amarga afin de l'attendre au retour de sa pêche. En me voyant, il a un mouvement de recul, une crainte, une sorte de gêne. Sûrement à cause des autres pêcheurs et des femmes du village venues acheter leur poisson du jour. Cependant, avant de m'approcher j'attends que tout le monde soit parti.

— Qu'est-ce que vous faites là ? me demande-t-il alors froidement en s'éloignant.

— Je viens vous parler, monsieur Carmona, dis-je en hâtant le pas pour le rattraper.

— Me parler ? Et si moi je ne veux pas ?

— Mais si monsieur, en réalité vous en mourez d'envie.

— Ah bon ? Je n'ai rien à vous dire, je tiens à mon honneur.

— Ah oui ? Mais en quoi parler à une gitane est un déshonneur ?

— Pour nous, Espagnols, les gitans sont…

— Des gens à problèmes, oui je sais, vous me l'avez déjà dit.

— Non, des gens peu recommandables, qu'il n'est pas bon de fréquenter.

— Ah bon, pourquoi ça ?

— Pourquoi, j'en sais rien. Il en est ainsi depuis toujours. Si l'on me voit vous parler, je perds mon honneur, vous comprenez ça ?

Je l'arrête du bras. S'il n'a pas la correction d'écouter mon cœur de gitane, qu'il ait le courage de me regarder en face.

— Détrompez-vous, monsieur Carmona. L'honneur ne se donne ni ne se prend. Il se gagne, au contraire. Il se forge dans les silences et la paix de l'âme, bien plus que dans les orages et la discorde.

Je l'observe attentivement, minutieusement, et je remarque une infinie clarté craqueler la froideur de ses grands yeux verts. Les mêmes yeux que José.

— Monsieur Carmona, continué-je avec force et conviction, rien n'est plus sacré que l'honneur. Et je suis bien placée pour en parler. Mon honneur, c'est justement à votre fils que je l'ai offert. Connaissez-vous les vertus de la sagesse d'un premier serment d'amour échangé ? Non ? Eh bien chez nous les gitans, lorsqu'on donne son cœur, on ne le reprend jamais. Le mien a choisi José. C'est ainsi. Que puis-je vous offrir, monsieur Carmona ? Rien, si ce n'est l'honneur de décider. Ou vous me refusez votre fils et nous partirons loin d'ici, ou vous m'acceptez et vous gagnerez ma reconnaissance et mon dévouement le plus total à votre famille. Votre honneur, loin d'être entaché, gagnera en vertu dans ce qu'il a de plus pur et de plus sacré.

Et je m'éloigne en le laissant à ses pensées, libre de décider de se libérer de ses contraintes patriarcales.

Carboneras, samedi 5 décembre, 15 heures
La célébration touche à sa fin. José signe son prénom à l'encre noire, et moi je fais une croix sur le registre de la paroisse, car je ne sais pas écrire.

Me voilà mariée à José, je m'appelle désormais Ángeles Torríz Carmona. J'en ai les larmes aux yeux. Nous sommes si beaux, José dans son joli costume et moi dans ma robe rouge à volants. Sur mes cheveux, un voile surmonté d'une couronne de fleurs de jasmin d'hiver.

Quelle merveilleuse journée et un souvenir inoubliable.

Bien évidemment la communauté gitane de Las Negras m'interdit de m'approcher de mon village natal, même seule ; sinon, comme le dirait mon beau-père, il pourrait m'arriver des « problèmes ». C'est ainsi. Je dois l'accepter.

Puis, la vie reprend son cours. José part travailler à la mine, et je reprends mon service à l'auberge.

Ainsi va la vie.

11

Les sentiers de misère

Juillet 1916. Agua Amarga. María-Rosa Rubio Carmona
Madre de dios. Deux naissances coup sur coup. Ángeles qui a eu un petit José le premier dimanche de mai, et moi trois semaines après, mon petit dernier Pedro-María.

Le *peque* d'Ángeles est un bébé bien joufflu. Il est vrai, *mi nuera*[10] est une belle et grande femme, les hanches généreuses, en pleine santé. Normal, elle a la jeunesse pour elle ; vingt ans, c'est le plus bel âge pour avoir un enfant. Son *peque*, on l'appelle Joselito, sinon on ne sait plus où on en est : José le père ? José le fils ? Va pour Joselito, c'est plus simple.

Moi, mon *peque* est tout menu. J'ai du mal à le nourrir, pour au moins deux raisons. Mon lait qui probablement n'est pas assez riche, et aussi mes longues absences de la maison. Et puis, j'n'ai plus vingt ans, mais bientôt quarante.

La pêche dans la baie ne suffit plus. La misère recommence à frapper notre famille. Paco, toujours le cœur sur la main, n'ose pas vendre son poisson au prix qu'il faudrait. Et bien des fois il continue d'en offrir à ceux qui n'ont rien. Qui pourrait le lui reprocher ? Alors, pour gagner quelques sous de plus, il est aussi devenu berger. Après s'être levé à 3 heures du matin pour partir en mer, il rejoint son troupeau en début d'après-midi et revient le plus souvent à la

---

[10] Belle-fille, bru.

nuit tombée. Ses journées sont interminables, mais c'est notre seul gagne-pain. Moi aussi, durant des heures, chargée d'une hotte, je fais ce que je peux en parcourant les plaines arides et les collines de pierres et de sable, pour ramasser sur les sentiers de misère des herbes aromatiques que je vends dans les hameaux voisins. C'est souvent sous un soleil de feu que je vais à pied les dimanches au marché de Carboneras situé à neuf kilomètres. Pour celui de Las Negras qui est à plus de vingt kilomètres, il y a tellement de détours que je m'arrange toujours avec Pepino de *las cuevas*. Il s'y rend de temps en temps avec sa mule et sa charrette en suivant les sentiers qui longent les falaises et la côte du Cabo de Gata.

Pepino est un vieux chevrier qui vit dans les grottes près des falaises d'Agua Amarga. C'est pour cela que tout le monde l'appelle Pepino de *las cuevas*[11]. Il vit un peu de sa chasse en vendant le gibier qu'il attrape dans les collines.

Ces travaux épuisants et incessants me tiennent éloignée de la maison et m'empêchent de donner correctement le sein à mon petit Pedro-María. Mais grâce à Dieu, Ángeles ne manque pas de lait pour nourrir les deux *nenes*[12]. C'est un peu comme si elle avait des jumeaux.

L'été passe, avec le travail, la misère, mais aussi le plaisir de voir nos enfants grandir. C'est la plus belle récompense, en se disant que notre dur labeur n'est pas vain. Les bébés se portent bien. Certes, Pedro-María devenu Pedrolito dans la bouche de ses frères et sœurs, profite moins bien que Joselito, mais aucun enfant ne se ressemble. Le pire des malheurs, c'est quand un enfant tombe malade, car la mort rôde et n'est jamais très loin.

Cette mort s'est annoncée un jour d'octobre quand Enrique est venu m'apprendre que notre mère venait d'être emportée par la grippe. Elle avait soixante-six ans. Nous sommes aussitôt partis tous les deux à Níjar pour assister à la veillée funèbre et à l'enterrement.

---

[11] Des grottes.
[12] Nourrissons.

Je n'avais pas revu l'église Santa María de la Anunciación depuis mon mariage en août 1894, déjà vingt-deux ans. Mais cette fois, c'était avec le cœur lourd de souvenirs, des mots et des rires qui parlent de ceux qui nous ont quittés.

Je suis restée deux jours chez Enrique qui vit dans la maison familiale de Huebro. C'est en cette triste circonstance que mes cousins Ernández m'ont donné l'adresse de Juan, un lointain cousin qui vit en Algérie dans la région de Mostaganem. C'est en discutant avec eux qu'il m'est venu une idée. Il ne fait plus de doute pour moi que l'Espagne n'est aujourd'hui qu'un pays de misère, et si l'on veut du travail, c'est en Algérie qu'il faut aller.

Dès mon retour, j'en ai fait part à mon mari.

— Paco, on ne peut plus continuer comme ça, tu le vois bien. On va finir par mourir de faim.

— On aura toujours du poisson, et on sait se contenter de peu.

— Nous, oui. Mais les enfants, tu y penses ?

— Eh, je sais bien, avoua-t-il en baissant la tête. Mais que faire…

— Il faut partir.

— Partir ?

— Oui. En Algérie. Comme l'ont fait mes cousins.

Deux mois plus tard, en décembre, Pepino *de las cuevas* m'emmène à Carboneras avec sa charrette. Le père Patricio accepte de m'aider à rédiger une belle lettre pour le cousin Juan. En posant sa plume, il tourne soudain vers moi un visage désolé et attristé.

— Ainsi vous allez partir, María-Rosa ?

— Que voulez-vous mon Père, nous devons penser à nos enfants.

— Bien sûr, je comprends, dit-il en hochant la tête dans un geste de dépit. Il en faut du courage pour s'en aller, et plus encore pour quitter sa patrie.

M'offrant un sourire généreux, il pose sa main secourable sur mon bras tremblant, puis il relit une dernière fois la lettre.

— Merci infiniment, lui dis-je quand il a fini.

— Ne me remerciez pas. J'irai la poster demain.

— Combien je vous dois, mon Père ?

— Allons, María-Rosa, j'ai pour mission de servir Jésus, mais pas seulement, mes paroissiens aussi, avant tout.

Puis il me raccompagne dans le bruissement de sa soutane qui effleure les dalles de l'allée de la paroisse.

Quel destin Dieu nous réservera-t-il ? J'espère, un destin de sagesse et de simplicité ; mais surtout un destin heureux. *Madre de dios,* Paco... prions pour que nos enfants aient une vie meilleure. Une vie d'espérance, et non cette vie d'errance à peiner sous le soleil des misères éternelles.

12
Les volets bleus resteront clos

Mars 1917. Agua Amarga. Francisco Carmona Marín
Les mois passent, et plus ça va plus je suis désespéré. Nous n'avons quasiment plus d'argent. Quelques misérables pièces qui ne permettent même plus de manger à notre faim. Trois mois que nous n'avons plus payé l'épicier. Certes, Bernardo est un ami, mais ce n'est plus possible de vivre ainsi, couvert de dettes. Il nous fait crédit pour le riz, la farine de maïs, un peu de café, et quelques denrées vitales pour les enfants. Heureusement, j'arrive à ramener un peu de poisson. La vente de ma pêche permettrait sans doute de tenir le coup, si seulement je n'en donnais pas une grosse partie aux plus démunis. Mais on ne se refait pas.

Ángeles a décidé de quitter la maison, consciente que cela ferait une bouche de moins à nourrir. Elle a rejoint José et ils vivent désormais dans une modeste maison à la sortie de Venta del Pobre.

Les journées passent entre mon travail de berger qui ne rapporte guère – tout juste vingt sous par jour pour huit heures de fatigue –, mes filets que je reprise le soir à la lueur de la lampe à huile, puis, après cinq heures d'un sommeil léger je me prépare avant le lever du jour pour sortir en mer. D'un geste immuable, j'ouvre les volets bleus de la *casa blanca,* et me fais chauffer un café pendant que María-Rosa range dans ma besace mon maigre repas. Une tranche de *mojama*[13] et un quignon de pain sec. Puis je sors dans la fraîcheur de la nuit finissante. Je monte dans ma balancelle[14] et mets le cap vers le large pour y jeter mes filets.

Quelle vie d'infortune. María-Rosa a raison. Il n'y a plus d'avenir ici. Notre départ semble inéluctable.

C'est le dernier lundi de mars que l'on voit arriver en calèche le curé de Carboneras, nous apportant la lettre du cousin d'Algérie. Nous l'accueillons modestement dans notre *casita blanca*. Installé à la table de la cuisine, il ouvre une fine enveloppe blanche recouverte de plusieurs timbres.

— Merci, María-Rosa, dit-il à ma femme qui lui offre un verre de café chaud.

Devinant notre impatience, il déplie un grand feuillet devant nos yeux anxieux.

— Alors, voyons, murmure-t-il en commençant sa lecture.

« Ma chère cousine María-Rosa.
Quelle joie de recevoir des nouvelles d'Espagne... »

Dans sa lettre, le cousin Juan nous rassure en disant que nous trouverons facilement du travail en Algérie et qu'il sera très heureux de nous accueillir. Il habite une ferme à côté de Bouguirat et la bonne du curé du village nous conduira chez lui.

Le Père Patricio finit sa lecture et je regarde María. Ses yeux respirent l'espoir, la joie, mais aussi la crainte. Mais puisque son cousin nous tend les bras et nous ouvre les portes de sa maison, on n'a aucune raison de ne pas tenter l'aventure.

— Ce Juan est un bien brave homme ! nous fait remarquer le curé en rangeant la lettre dans l'enveloppe.

---

[13] Poisson séché.
[14] Petit bateau à rames équipé d'un mât de fortune et d'une petite voile carrée.

Nous le remercions vivement de s'être déplacé spécialement pour nous. Il semble lui aussi visiblement ému, puis il remonte sur sa calèche et reprend la route en faisant claquer son fouet.

Deux mois plus tard en mai, nos inquiétudes concernant notre petit Pedrolito se confirment. Il n'est pas comme les autres. Quelque chose ne va pas, car il ne réagit pas aux bruits. C'est María et Ángeles qui s'en sont rendu compte au fil des semaines. Mais il n'y a plus le moindre doute : notre garçon est sourd et muet. María en a pleuré toute la nuit. Nous sommes atterrés. Mais que faire ? C'est tellement injuste. Mais nous apprendrons à vivre avec cette épreuve de plus que Dieu nous envoie.

1er juin 1917. Voilà, le départ est proche. J'ai passé une partie de l'après-midi à préparer la balancelle et mille autres détails pour notre traversée jusqu'à Mostaganem. Moi qui ai parcouru les océans jusqu'en Argentine et au Pérou, je suis relativement serein à l'idée de traverser la Méditerranée. Cent trente miles pour atteindre les côtes algériennes, c'est presque une promenade de santé pour moi. Pour autant, pas question de prendre des risques, María et les enfants n'ont jamais réellement navigué. Je serai extrêmement prudent pour préserver leur sécurité. Mais je n'ai pas de crainte, c'est ce que je veux dire.

Nos deux aînés ne seront pas du voyage. Ils ont décidé de rester en Espagne. José, pour trois raisons au moins : Ángeles et leur petit, son travail à la mine de Lucainena, et la maison qu'il vient d'acheter à Venta del Pobre. Donc pas question pour lui de partir. Il aime sa vie actuelle, aussi dure soit-elle. Luís, quant à lui, agit plus par esprit de contradiction. Tout nous oppose depuis l'incident de Buenos Aires. Pour María, c'est un chagrin et une douleur supplémentaire. Nos destinées vont se séparer ici, sur cette terre qui nous a vus naître, mais c'est ainsi. Nous n'avons pas su nous réconcilier ; plus rien ne nous lie l'un à l'autre. Pauvre Luís, pauvre de moi. Et pauvre de nous.

En fin de journée, je suis allé voir mon ami Bernardo l'épicier pour lui dire adieu et bien sûr régler mes dettes.

— Qu'est-ce que tu racontes Paco ? bafouille-t-il en ouvrant de grands yeux.

— Tu as bien entendu, je te laisse *mi casita blanca*. C'est ma façon de te payer ce que l'on te doit, et te remercier pour ton aide et ta générosité...

— Paco, ta maison ? Mais tu es fou ? C'est trop... tu ne te rends pas compte !

— Je sais très bien ce que je fais, et je ne changerai pas d'avis. Demain à l'aurore, les volets bleus resteront clos et la maison sera à toi.

L'émotion brillait dans son regard quand je l'ai quitté en le gratifiant d'une chaleureuse accolade.

Notre dernière soirée se déroule dans un sentiment de grande tristesse. La tristesse de laisser ceux de notre village, et le sentiment que nous ne les reverrons probablement jamais.

Puis, au moment de nous coucher, je ferme pour la dernière fois les volets de ma maison.

2 juin, l'aube se lève. Je réveille les enfants. María finit de rassembler les quelques affaires que nous voulons emporter. Sur la plage, la balancelle nous attend, prête pour le départ.

Nous sortons en silence, puis je claque doucement la porte.

On entend le clapotis des vagues qui viennent lécher le sable.

Beatriz et Josefa embarquent sans difficulté. Manolo se hisse tout seul dans le bateau. J'aide María en lui passant Lola, et enfin Pedrolito qu'elle garde au bras.

À mon tour je saute dans l'embarcation, et d'un dernier regard, je fixe machinalement les volets clos de la *casita blanca*.

Adiós Agua Amarga.

Adiós mis padres. Adiós mi país.

Adiós España.

Deuxième partie
Sous le vent et les orages

13
Une mer si belle d'espérances

Sur la Méditerranée, au large de Mostaganem (Algérie). María-Rosa Rubio Carmona
Nous voilà entassés dans la balancelle, protégés du soleil par une vieille voile que mon mari a eu la bonne idée d'emporter. Notre maigre fortune se résume à quelques affaires, un peu de linge, trois couvertures, le *cacharro de barro* avec lequel je cuisine, notre *botijo* indispensable dans nos régions méditerranéennes pour garder l'eau fraîche, quelques outils, un vieux filet de pêche, et une cassette où sont rangés nos papiers personnels.

Depuis que nous sommes partis, notre horizon se limite à une immense étendue d'eau, bleue comme l'azur. La Méditerranée, fascinante, éprouvante, impétueuse et calme à la fois, argentée sous le soleil et tachetée d'écume sous le vent du large. La mer et rien d'autre que la mer. Toute cette eau à l'infini, moi, ça me fait peur. Je ne serai rassurée que lorsqu'on aura touché terre et quand notre aller sans retour sera terminé. Ce voyage est notre seule chance de s'en sortir. Échapper enfin à ce pays noué par la misère. Je me rappelle encore les paroles de mon père qui disait toujours : « Il ne faut pas avoir peur de partir où le travail se trouve. »

L'Algérie a besoin de bras, alors, *vamos.*

Depuis plus de dix heures maintenant, tel un forcené, Francisco nous conduit dans notre frêle embarcation vers les côtes de l'Oranie, à la seule force des bras lorsque le vent cesse. J'ai peur qu'il fasse un malaise, et j'ai beau le prier de se reposer, rien n'y fait, il ne m'écoute pas.

— ¡ *Madre de dios, Paco* ! Fais une pause, si tu continues ainsi, tu vas te tuer la santé.

— Non... je ne m'arrêterai pas tant que les côtes ne seront pas en vue.

— Paco, le soleil va te faire fondre la tête. Hisse la voile ; le vent va bien finir par revenir.

— María, j'te dis que je peux continuer. Encore quelques heures et on devrait arriver ; ça va bien, ne t'inquiète pas.

Depuis notre départ, je tiens dans mes bras mon petit dernier, Pedrolito, qui n'a qu'un an. Josefa et Manolo sont endormis pêle-mêle dans un coin du bateau. Lola, couchée entre les deux, ne cesse de gigoter. Mille fois je la prie d'arrêter, mais elle chougne en se plaignant des remous de la mer.

— Regarde les nuages, et ça ira mieux, lui dis-je de guerre lasse.

Beatriz ne dort pas non plus, tenaillée par la nausée depuis ce matin. Elle a toujours eu le mal de mer et d'ailleurs elle ne voulait pas partir. Mais à dix-sept ans, il n'était pas question qu'elle reste avec ses frères en Espagne. Vers midi, nous avons grignoté une petite part de *gachas migas,* sauf Beatriz qui n'a voulu qu'un peu d'eau.

Vers six heures, alors que le soleil commence à décliner, j'aperçois à une centaine de mètres deux énormes taches sombres surgir lentement de l'eau. On dirait des troncs d'arbres qui flottent.

— Là-bas, là-bas ! m'écrié-je en pointant du doigt dans la direction.

Les gosses se redressent d'un bond, alertés par mes cris.

— Ne faites pas de bruit, y'a pas de danger, nous rassure aussitôt mon mari.

— C'est des baleines, *papy ?*[15] s'exclame Manolo.

— Non, des cachalots.

---

[15] Papa en espagnol.

Ils restent quelques minutes en surface puis on les voit replonger en frappant l'eau de leur queue grise et triangulaire.

— On arrive bientôt, Paco ? dis-je à mon mari, une fois la peur passée.

Il regarde le soleil, puis jette un œil à sa boussole.

— Encore deux ou trois heures. Nous sommes à peu près à vingt miles de la côte, peut-être un peu moins.

Régulièrement, Francisco vérifie le cap pour ne pas dériver au nord.

Une heure plus tard, le bateau file toute voile dehors. Un vent fort vient de se lever et je prie pour qu'on ne tombe pas dans une tempête. La balancelle tangue dangereusement sous les rafales de vent. En quelques minutes, on se retrouve tous trempés, fouettés par les embruns. Les enfants restent abrités sous les couvertures. Beatriz est plus que jamais malade. C'est très éprouvant. Nous avons tous très peur, sauf Francisco qui reste imperturbable. Ô mon pays ! Notre Andalousie tant regrettée !

Vers vingt heures trente, alors que le vent nous pousse toujours plus fort, mon mari s'écrie en pointant son doigt vers l'horizon :

— Regardez ! Terre ! Terre ! On arrive !

D'un seul mouvement, toutes les têtes se tournent et nous découvrons une longue ligne sombre qui danse au-dessus du roulis de la mer. Je fais un signe de croix et ferme les yeux en murmurant des incantations, des prières éperdues que j'adresse à la Sainte Vierge.

La côte se rapproche, c'est le soulagement général. Mais quel périple ! Quelle angoissante traversée ! Il est presque vingt et une heures lorsque nous atteignons la côte oranaise. Mon mari saute de l'embarcation et la tire à bout de bras jusqu'à la plage. Nous descendons à notre tour. Une fois sur la terre ferme, je m'agenouille sur le sable, bénissant à la fois ce sol qui nous accueille et la grâce de Dieu qui nous a permis d'arriver jusqu'ici. Les enfants, heureux et soulagés, jouent à patauger dans l'eau, tandis que mon mari aide Beatriz à s'extirper.

Nous sommes le 2 juin 1917, jour de notre arrivée en Algérie, dans la baie d'Arzew sur la plage de Damesme. Demain aux aurores, nous nous mettrons en route pour rejoindre le village de Bouguirat au sud de Mostaganem, afin d'y trouver du travail, la paix et la joie simple d'une vie de labeur qui, elle seule, sera notre unique salut.

Nous passons la nuit sur la plage, à l'abri dans notre bateau. La nuit est fraîche. Nous nous serrons sous les couvertures, bercés par le clapotis de la mer et des vagues qui viennent mourir sur le sable. Au-dessus de nous, la voûte étoilée illumine nos rêves d'un avenir meilleur. Où serons-nous dans un an ? Dans dix ans ? Qu'importe, si nous sommes heureux et bien portants.

Lorsque les premières lueurs du jour pointent enfin à l'horizon, la mer immensément bleue s'étale devant nous dans son étincelante beauté. Une mer argentée si belle d'espérances.

Lentement, nous nous éloignons de la plage, de la mer, et de notre passé. Bientôt, le rivage disparaît totalement, et nous entrons à l'intérieur des terres.

À tout juste sept heures, il fait déjà un soleil de feu, ce qui n'est pas sans nous rappeler notre Andalousie natale. Le climat et les paysages d'Oranie ressemblent à s'y méprendre à ceux de notre province d'Almería. Cela explique sans doute pourquoi de nombreux Espagnols se sont implantés sur ces coins de terre africaine.

Nous empruntons des sentiers bordés de dunes et de hautes herbes pour traverser une grande zone humide appelée le marais de la Macta. Quelques vaches maigres paissent à l'ombre d'arbrisseaux sauvages. Un peu plus loin, d'autres s'abreuvent dans un point d'eau boueux. Puis, la route redevient droite et rectiligne, comme l'horizon qu'on ne peut jamais atteindre. Nous déambulons ainsi sous la chaleur étouffante. Le paysage semble infini. Essentiellement agricole, aride, rocailleux, parsemé de buissons poussiéreux et baigné d'une teinte jaunâtre et terreuse. Nous traversons un village appelé Noisy-les-bains.

En fin d'après-midi, après des heures de marche sous le soleil et dans la poussière, nous arrivons épuisés dans la bourgade de Sirat. Par bonheur, devant l'église, il y a une fontaine où l'on peut enfin se désaltérer. Notre petite réserve d'eau avait été bien vite consommée. Nous remplissons le *botijo* et nous repartons sans tarder. Il reste une heure avant d'arriver.

Notre expédition prend fin lorsque nous apercevons de loin le clocher de l'église de Bouguirat et ses premières maisons. Nous trouvons facilement Ámparo, la bonne du curé, une vieille Espagnole qui va nous conduire chez Juan. Elle nous accueille avec un grand sourire et nous propose de laisser nos affaires les plus encombrantes au presbytère, en attendant que mon cousin vienne les récupérer avec sa charrette.

Ámparo nous guide sur un sentier qui file dans la campagne, vers le hameau de Aïn-Madar. Elle explique que c'est un raccourci qu'il faut bien connaître sinon on se perd facilement. Le chemin de terre s'enfonce dans le vaste néant et la solitude des champs. Il n'y a rien alentour, seulement des parcelles labourées en attente de futures récoltes.

Au détour d'un vallon, apparaissent soudain une grange au toit en tuiles rouges, puis un petit corps de ferme à l'ombre de grands arbres.

— ¡ *Es aquí !* (C'est ici), s'exclame Ámparo en levant son bras décharné. *Pienso que Mercè y Juan están en casa.* (Je pense que Mercè et Juan sont chez eux.)

Mercè, c'est Mercedes, la femme de Juan. Mon cousin est un homme d'une quarantaine d'années, de belle stature, brun, arborant une épaisse moustache. Ils ont deux *niños,* Marcel et Germaine. Le garçon a cinq ans, et la fillette, huit. Les présentations se font dans la joie et la gaieté. On ne se connaît pas, mais l'accueil est au-delà de nos espérances. Nous sommes tellement heureux et rassurés.

Aussitôt ils dressent la table pour dîner, mais cela nous gêne, car nous sommes six à débarquer d'un coup.

— ¡ *Vamos, aquí no hay lujos !*[16] s'exclame Mercè. On va partager ! Ce n'est pas un problème ça, on est tellement contents de vous recevoir !

Alors oui, je veux croire que la vie va enfin nous sourire. Je remercie la Vierge Marie de nous avoir aidés et protégés, avec de belles et douces pensées pour Mercè et Juan.

---

[16] Allez, pas de chichi !

14
Les travailleurs du soleil

Juillet 1917, région de Bouguirat. Francisco Carmona Marín
La vieille grange de Juan où nous habitons est une pauvre bâtisse, mais finalement pas plus miséreuse que celle que nous avions à Agua Amarga.

Dès le lendemain de notre arrivée, María a trouvé du travail dans plusieurs grosses fermes situées entre Sirat et Blad-Touaria, à un peu plus d'une heure de marche d'ici. Pour dix sous de l'heure, elle lave le linge des ouvriers.

— Qu'importe l'eau fraîche des bassins, qu'importe les douleurs, les coupures aux mains, qu'importe l'épuisement, puisque nous mangeons à notre faim, me dit-elle tous les soirs avec sa vaillance habituelle.

Moi je parcours la contrée, de ferme en ferme, du lever au coucher du soleil, pour ramener quelques modiques pièces que nous cachons dans un bas de laine sous notre matelas. Je ne rechigne pas à la tâche. Je vais partout où le travail m'appelle.

Comme tout le monde dans le pays, nous sommes des travailleurs du soleil, et il ne viendrait l'idée à personne de s'en plaindre. Notre vie de labeur est ainsi faite et dictée par la volonté de Dieu.

Le jour se lève à peine lorsque je prends la route d'Aboukir pour me rendre à la ferme Akhermann où je travaille depuis une semaine. Hélas, dès mon arrivée dans la cour, le contremaître me demande de partir, car il n'a plus de travail pour moi. J'ai passé la journée à écumer la région, et le soir je rentre à la maison avec seulement dix sous en poche pour avoir aidé un vieux fermier et son fils à rentrer les chaumes dans leur grange, après la moisson du jour. À midi, ils m'ont donné un bol de ragoût de pommes de terre et une poignée de figues.

La nuit est tombée lorsque j'arrive. En poussant la porte, Lola court se jeter dans mes bras. María, morte d'inquiétude, s'approche pour me demander discrètement pourquoi je rentre si tard. Je lui raconte en détail ce qui s'est passé. Elle baisse les yeux en me serrant chaleureusement la main. Les siennes ont l'air froides et douloureuses, alors d'un geste lent et attentionné je les ouvre délicatement.

— Mais qu'est-ce qui t'est arrivé ? murmuré-je en les découvrant horriblement abîmées, noueuses, boursouflées et striées de crevasses.

— Ce n'est rien, essaie-t-elle de minimiser en les refermant aussitôt. C'est l'eau et la lessive dans les baquets.

— Mais tu ne peux pas rester comme ça... faut que tu te soignes...

— Oui, je l'ai fait, avec des herbes. C'est une affaire de quelques jours, après ça ira mieux, dit-elle pour me rassurer. Et toi ? Qu'est-ce que tu vas faire ?

— Le vieux fermier et son fils m'ont conseillé d'aller vers Relizane. Là-bas, y a beaucoup de grosses fermes. J'en trouverai bien une qui cherche de la main-d'œuvre.

María prend une assiette dans le buffet et la pose sur la table en me servant une portion de tortilla.

— Tiens, mon Paco, prends des forces pour demain.

Les enfants m'embrassent et vont aussitôt se coucher pendant que María ferme la maison.

Un peu plus tard, nous sommes allongés sur la paillasse qui nous sert de lit. La nuit est chaude. María ne dort pas. Elle m'annonce que Juan est venu proposer du travail à Manolo. Elle marque un silence, comme si elle craignait une réprobation, peut-être un reproche.

— Qu'en penses-tu ? On a besoin de cet argent. Il cherche un jeune berger. Manolo pourra faire ça, tu crois pas ?

— *Claro que sí.* Tu as eu raison. Le travail, c'est sacré, ça ne se refuse pas.

Par la fenêtre ouverte, je fixe la pleine lune qui scintille dans l'immense voilure de la nuit. Et je songe à mes huit ans lorsque pour la première fois mon père m'a embarqué sur son petit bateau de pêche pour une vie de labeur qui n'a jamais cessé depuis.

Mon petit Manolo va connaître le travail à son tour. C'est le sort des pauvres gens comme nous. Mais c'est malgré tout une vie honorable qui nous offre l'essentiel... le gîte et le souper. Que demander de plus ?

Nada más.

Septembre 1917, près d'Aboukir. Juan Ernández

Mes cousins s'adaptent plutôt bien à leur nouvelle vie en Algérie. Francisco est devenu *bracero*, c'est-à-dire ouvrier agricole. Il « loue ses bras » à la journée ou à la semaine au gré des fermes dans le triangle Bouguirat-Nouvion-L'Hillil, et parfois même jusqu'à Clinchant. María-Rosa s'est forgée une bonne réputation de lavandière, toutes les fermes des environs de Blad-Touaria sont ravies de son travail. Grâce à leur détermination et leurs efforts, ils ont aménagé dans une maison plus accueillante que la grange où je les avais installés faute de mieux. Ils habitent désormais à trois kilomètres de chez nous, à la sortie de Bouguirat, sur la route de Nouvion. Une maison basse en pierres avec un jardin et un poulailler.

Moi, je pars la semaine travailler au domaine du Moulin, dans les vignobles de la plaine d'Aboukir. Durant mon absence, Mercè ne peut s'occuper seule de notre troupeau. Trente-quatre brebis et douze chèvres, ça réclame à la fois du temps et bien des forces. Alors c'est le petit Manolo qui s'en charge, car malheureusement depuis quelques semaines ma femme est souvent alitée avec une fièvre persistante qui la laisse sans force. Elle se plaint de sensations de froid, de maux de tête et parfois de nausées. Mais ce qui m'inquiète le plus ce sont ses vertiges. Nous n'avons pas de docteur dans le village, et de toute façon pas assez d'argent non plus pour en payer un. Un soir de la semaine suivante, le docteur d'Aboukir, un ami de mon patron Louis Debrincourt, le propriétaire du domaine, me ramène dans sa calèche pour venir ausculter Mercè. Une fois sa consultation terminée, je comprends qu'il veut me parler seul à seul. Près de la calèche à l'abri du vieux figuier, il m'annonce en posant sa main sur mon avant-bras :

— C'est la malaria, mon pauvre monsieur.

Je reste immobile, livide. L'angoisse m'étreint. Ainsi, « le mauvais air »[17] était entré dans la maison.

— Vous voulez dire… qu'elle va mourir ?

Le docteur Roux baisse un instant les yeux. Après réflexion, ou pure compassion, il tente de me rassurer :

— Ne vous tourmentez pas, Juan. Son cas est sérieux, mais ce n'est pas la forme « maligne » de la malaria. Je viendrai demain au domaine vous apporter des médicaments.

Au moment de monter dans sa calèche, je lui tends quelques pièces pour le payer, ce qu'il refuse très gracieusement. Posant sa trousse à ses pieds et, après un dernier salut, il demande à sa mule d'avancer.

— Hue, Garnette, hue !

— Merci docteur !

Et l'attelage s'éloigne au petit trot sous le son clair des grelots.

Nous voilà dimanche. Après la messe de dix heures, je prends le chemin des chevriers pour rejoindre Manolo qui garde nos brebis et nos chèvres sur les coteaux avoisinants.

— ¡ Hola Manolo ! ¿ Qué tal ? Ça se passe bien ? dis-je en le trouvant sous un bosquet de jujubiers, à l'ombre des feux du soleil.

— ¡ Hola Juan ! répond le gamin d'un ton guilleret.

---

[17] Pour les autochtones, c'est le « mauvais air » des marécages qui était responsable de la malaria. Avant que le médecin anglais, Ronald Ross, découvre que les moustiques anophèles étaient les vecteurs de la maladie.

Manolo est un joli bambin de huit ans, du même âge que ma petite Germaine. Vêtu d'un vieux tricot de peau et d'une culotte courte en flanelle rapiécée, je remarque qu'il marche pieds nus, comme la première fois où je l'ai mené dans les pâturages. C'est un brave petit, haut comme trois pommes. Le corps anguleux, des cuisses maigres et des yeux toujours vifs et pétillants. Il déborde de vie, toujours joyeux, alerte, vaillant et vigoureux. Il sait, d'instinct, apprivoiser le vent des plaines, tel un enfant des terres lointaines qui ressent le souffle du monde. Tout son être respire le soleil et l'ombre. J'ai beaucoup d'affection pour ce gamin.

En ouvrant sa musette pour sortir son casse-croûte, il me raconte à quel point il est heureux avec le troupeau. Il aime cet air de liberté qui plane sur les coteaux. Il aime le calme de la nature, la course des nuages dans le ciel azur, les espaces ombragés des pâturages, et le chant des oiseaux dans la vallée. Je le regarde croquer à pleines dents dans une portion de tortilla. Dans sa main droite, il tient un croûton de pain sec. Une fois achevé son modeste repas, il débouche sa gourde en peau de chèvre et avale deux ou trois gorgées, « *al bote* »[18], comme un adulte.

C'était un dimanche comme celui-là la première fois où je lui ai montré le royaume de nos brebis et nos chèvres, et surtout les parcelles où elles aiment brouter les haies d'acacias. Nous étions assis sous un figuier, et je lui ai raconté la belle histoire de mon pays et de nos ancêtres.

— Pourquoi ton pays c'est l'Algérie ? m'avait-il demandé songeur.

— ¡ *Vaya !* parce que je suis né ici !

— Ah bon ? Ti es pas né en Espagne ? dit-il en ouvrant de grands yeux.

— Non. Je suis né à Saïda.

— Mais alors pourquoi tu parles espagnol ?

Il posa cette question avec tant de naïveté que cela me fit sourire.

---

[18] À la goulée.

— ¡ *Vaya* ! parce que c'est la langue de mes ancêtres. Je parle les deux langues, français et espagnol.

— C'est quoi des ancêtres ?

— ¡ *Vaya* ! c'est tous ceux qui étaient là avant nous. Tu comprends, ici, avant l'arrivée des Français en 1830, y avait rien.

— Et quand les Espagnols sont arrivés, y avait quoi alors ?

— Mais les Espagnols sont venus qu'après, vers 1850, pour travailler. Les Français avaient besoin de main-d'œuvre pour défricher les terres. Tu sais ici c'était que des marécages, la brousse et le désert, rien d'autre.

— Et les Algériens ?

— Quoi les Algériens ? Les Arabes ?

— Oui...

— ¡ *Vaya* ! c'était des tribus qui s'entretuaient ! Les seuls vrais habitants, c'était les hyènes et les chacals ! *Nada más,* faut pas s'imaginer autre chose. Tu vois, c'est nos ancêtres, ceux dont je te parlais, qui ont fait l'Algérie telle qu'elle est aujourd'hui. Sans eux, y aurait rien, ni vignes ni vergers, même pas d'oliviers. Tous ces champs de céréales et d'alfa n'existeraient pas, les villes et les villages non plus. Et crois-moi, ils ont travaillé dur, très dur même, beaucoup en sont morts. Et puis y avait des maladies terribles comme le choléra, la tuberculose, la fièvre typhoïde ou encore la malaria.

— Alors nous aussi on peut mourir du choléra ou de la malaria ? demanda-t-il d'une voix craintive.

— Non, Manolo, aujourd'hui y a beaucoup moins de maladies.

— Ah bon, soupira-t-il rassuré.

— J'te dis pas ça pour te faire peur mon petit, mais juste pour t'expliquer notre histoire. Si tu veux comprendre ce pays, y vivre et l'aimer comme je l'aime, alors il est important que tu saches ces choses-là.

Puis j'avais une dernière chose à lui montrer, alors je l'ai mené jusqu'à l'oued situé un kilomètre plus bas. C'est là que le troupeau aime se désaltérer les jours de fortes chaleurs.

Ça, c'était le mois dernier, j'ignorais à ce moment-là que ma belle Mercè avait attrapé la malaria. Pour n'inquiéter personne, nous n'avons rien dit à la famille, pas plus à nos enfants qu'à Francisco et María.

Avant de repartir, j'ai regardé Manolo en lui glissant dans la main cinq grosses pièces en bronze.

— Qu'est-ce que c'est, cousin Juan ? fit-il en ouvrant de grands yeux ébahis.

— ¡ Vaya ! c'est ton salaire du dimanche, cinq sous ! Tu sais que l'argent de la semaine, je le donne à ton père. Mais ces pièces-là, tu les gardes. C'est pour toi.

Je crois que de ma vie, je n'avais encore jamais vu autant de fierté dans le regard d'un enfant. Alors empli de bonheur, il s'est jeté dans mes bras en murmurant d'interminables mercis.

Un an plus tard, novembre 1918.

L'état de santé de Mercè s'améliore grâce aux comprimés de quinine. Mais d'après le docteur Roux, la guérison de la malaria n'est jamais totale ; on en garde des traces toute sa vie. Cela ne l'empêche pas de travailler un peu tous les jours. Elle fait quelques heures de ménage chez le vieux Chabert, une riche famille de colons à la sortie du village.

Comme chaque dimanche nous nous retrouvons en famille à l'église avec Francisco, María-Rosa et leurs enfants. Mais aujourd'hui, ils ont délaissé leurs haillons pour revêtir de beaux habits, certes modestes et sobres, qui leur vont à ravir. Quelle joie de les voir ainsi, heureux et magnifiques !

Sur le parvis je remarque Manolo avec des sandales blanches, lui qui d'habitude marche toujours pieds nus sur les chemins de poussière.

— Manolo, elles sont belles tes sandales ! lui dis-je ravi.

— Oui, c'est *papá* qui me les a achetées pour le dimanche ! me souffle-t-il tout fier.

L'église est archicomble. Du haut de sa chaire, l'abbé Favresse célèbre la messe en mémoire des défunts de la terrible guerre qui vient de s'achever en Europe, et honore les dix-huit jeunes de notre village qui ne reviendront pas. Il nous invite aussi à prier pour ceux qui en sont revenus. Oui, revenus. De l'enfer. Amputés ou défigurés pour la plupart. Malades à cause des gaz, les cœurs et les corps meurtris à jamais. Comme le fils de notre voisin, Antonin Achard, qui y a laissé sa jambe droite. Son frère aîné lui a été tué en 14 dès le début des combats. Hippolyte Elsinger, le fils du cafetier où travaille Beatriz a perdu quant à lui un bras, mais aussi sa joie de vivre. Elle nous a dit qu'il a la tuberculose. Depuis deux ans, il reste prostré dans sa chambre, plongé dans les souvenirs d'un enfer impossible à oublier.

Maudite guerre. Tout cela est tellement triste.

En ce jour de liturgie, je prie aussi en serrant la main de ma tendre Mercè pour que nos enfants et notre patrie ne connaissent jamais de telles horreurs. Ces conflits, décidés par de vieux gouvernants arrogants, déciment ignoblement les jeunesses du monde.

Mais cette guerre, sera-t-elle bien la dernière ? Hélas, je crains que non. Et finalement, que pouvons-nous y changer ? Rien, car nous ne sommes que des oubliés contraints. Des forçats du silence. Des messagers involontaires d'une paix constamment fragile et menacée.

Alors, malgré la misère du monde et ses injustices, essayons d'être heureux avec ce que nous offre notre humble vie. Les travailleurs du soleil n'œuvrent jamais pour eux-mêmes, mais pour des valeurs ancestrales et suprêmes que nous dicte la lumière du ciel.

15
Le destin est toujours plus fort

Mai 1920, Mostaganem. María-Rosa Rubio Carmona
Madre de dios, bientôt trois ans que nous sommes en Algérie.
Pour le français ça n'a pas été facile, on le comprend un peu, et pour
le parler on se débrouille aussi.

Le travail est dur, mais c'est le lot de tout le monde ici. Quand
vient le soir, nous sommes épuisés, mais nous avons la chance de
travailler honorablement. Et contrairement à notre vie en Espagne,
nous mangeons à notre faim. C'est le plus important, et ça vaut
toutes les fortunes. Oui, nous avons bien fait de partir. Aucun regret,
même si je me languis parfois de notre village et de mes amies
Alfonsina, Lupe, et Concepción. Et Pepino ? Et la famille ?
Comment vont mes deux grands garçons depuis tout ce temps ? Je
pense à eux, leur absence me pèse terriblement. Mais je n'en parle à
personne, et encore moins à mon entêté de mari. José a désormais
25 ans et son petit Joselito 4 ans. Et Ángeles ? est-elle heureuse loin
de ses frères et de ses parents ? Je sais combien elle a souffert d'avoir
été reniée. Les gitans sont vraiment de drôles de gens. Et mon Luís ?
Il vient de fêter ses 24 ans le 11 avril. J'y ai pensé, le cœur serré. Il
faudrait qu'un jour je trouve quelqu'un pour leur écrire.

Depuis deux ans maintenant, d'avril à novembre, mon mari et
Juan sont saisonniers à Aboukir dans les vignobles de monsieur
Debrincourt. À la saison creuse, il trouve sans trop de difficultés du
travail dans les fermes autour de Noisy-les-bains et Aïn-Sidi-Cherif.

Souvent absent, il aimerait trouver un travail fixe, pour ne plus courir les routes.

Moi je suis toujours lavandière, et le travail ne manque pas à Blad-Touaria. Comme tous les ouvriers, je gagne peu, mais suffisamment pour compléter le salaire de mon mari et faire face aux dépenses du quotidien, la nourriture et payer le loyer. Les enfants aussi participent et cela nous aide bien.

En arrivant ce matin à la ferme Lapeyre pour récupérer la lessive de la veille et la porter au lavoir, je remarque une grosse charrette attelée à un cheval de trait majestueux, roux et tacheté de blanc. Le patron – monsieur Lapeyre de Bailleul – discute avec un homme qu'il semble bien connaître. Je les salue poliment, puis me dirige vers le petit hangar qui sert de buanderie. Je prends la brouette chargée de son baquet et transvase le linge qui trempe depuis hier dans une cuve d'eau et de carbonate de potasse. Ensuite, je traverse la cour en poussant péniblement mon chargement. Je passe à nouveau à proximité du patron toujours en grande conversation, et continue ma route en direction du lavoir situé à un kilomètre, à la sortie du hameau. Le lavoir a été construit l'été dernier pour faciliter la tâche des lavandières et des habitants du hameau qui regroupe une dizaine de fermes.

J'y retrouve mes illustres consœurs Francesca, Ernestine, Amélie, et Euphrasie la plus ancienne lavandière de la région. Une grosse bonne femme de presque soixante ans, *qué tiene un palique !*[19] Mais de toutes les lavandières, ma copine c'est Ernestine. On s'entend à merveille. Son mari, c'est Mougin, le forgeron de Blad-Touaria.

Les discussions vont bon train et nous piaillons toutes les cinq depuis une heure, à genoux dans nos bacs en bois, lançant le linge dans l'eau, le tordant et le pliant pour l'essorer par étapes successives. Passe alors près de nous la charrette qui était tout à l'heure à la ferme Lapeyre. L'homme en bras de chemise arborant

---

[19] Tener palique : avoir la langue bien pendue.

96

une grosse moustache en fer à cheval, nous salue en levant son chapeau de paille, puis il continue sa route.

— Où va-t-il celui-là avec sa charrette, il s'est perdu ? marmonne Francesca en frappant une brassée de linge avec son battoir.

— L'ai jamais vu par ici, commente Ernestine en tordant un drap pour l'essorer.

Amélie, penchée, les mains dans l'eau, se redresse en se tenant les reins.

— Ouh que j'ai mal au dos ! S'il voulait bien me masser, j'dirais pas non ! Un bel homme pareil !

— Le dos et surtout le derrière ! glousse Francesca en alliant le geste à la parole.

— Le pauvre homme ! fait remarquer Euphrasie sur un ton de pitié. Que de femme, y l'en a plus depuis longtemps !

— Ah bon, et pourquoi ? s'exclame Amélie en lançant dans le baquet situé derrière elle une poignée de linge rincé.

— Eh, parce qu'elle est morte, pardi. Mon mari le connaît bien, c'est Delgado, le puisatier de Mazagran.

— Eh beh s'il lui faut une femme, moi, je me le marie ! déclare Amélie, les mains posées sur ses larges hanches.

— Eh laisse-le, le pauvret, rétorque Euphrasie, qu'y l'est pas bien gaillard. Il est venu voir mon Julou un soir de la semaine dernière… et en faisant la parlote, il nous a dit qu'il cherchait un ouvrier pour l'aider. Vous compr'nez, le travail, y peut plus le faire tout seul, à cause de son cœur.

— Son cœur ? répètent les autres d'une seule voix.

— Paraît-il qu'il a des problèmes de cœur, qu'y lui ont dit les docteurs.

— Eh oui, si sa femme est morte, c'est pas étonnant, fait remarquer Amélie. Mais à moi, il me plaît cet homme-là…

— Bistre ! Dis, Amélie, tu cherches une case où te mettre ou quoi ? s'exclame Francesca avec son accent italien.

— Eh oui je veux me caser ! À trente-cinq ans, je peux bien, non ?

— Qu'elle est encore vierge comme une religieuse ! rajoute Francesca du tac au tac.

— Moi religieuse ? Mais dis ! j'suis pas la grenouille du bénitier !

— Moi je crois plutôt que les hommes, elle les fait fuir ! s'esclaffe Euphrasie en jetant une poignée de linge dans l'eau.

— Je les fais fuir ? Je les fais fuir ! s'indigne Amélie. Mais dis ! C'est que j'en ai eu moi des amoureux prétendants et sûrement plus que toi !

— Eh beh alors, que si ti en as eu tant que ça ! Pourquoi ti es pas mariée ? lui rétorque Francesca en battant le linge.

— « *Muchos adobadores estragan la novia* », dis-je alors d'un petit sourire discret, tout en plongeant un à un dans l'eau fraîche des bleus de travail en coton épais.

¡ *Madre de dios* ! Ces vêtements agricoles, une fois mouillés, ils sont lourds comme de gros cailloux !

Toutes se redressent lentement en me regardant étrangement.

— Qu'est-ce que tu dis, Rosa ?

Ici, au lavoir, tout le monde m'appelle Rosa.

— C'est un proverbe espagnol.

— Ah ? et il dit quoi ton proverbe ? demande Amélie, d'un ton pincé.

— « À force de coiffeurs, la fiancée devient chauve. »

Toutes les quatre éclatent de rire, d'un rire énorme et sonore qui résonne sous le toit en tuiles.

— Ah, Rosa ! Vous les Espagnols, toujours le mot pour rire ! me félicite Amélie, pas rancunière pour un sou.

De tout ça, moi j'ai retenu une chose : c'est que le puisatier de Mazagran cherchait un ouvrier.

Six mois plus tard, décembre 1920. Nouveau départ et nouvelle vie. Nous quittons Bouguirat pour nous installer à Mostaganem dans un quartier qui s'appelle La Marine. C'est le puisatier Joseph Delgado, le nouveau patron de mon mari, qui nous a trouvé ce logement que nous louons cinquante francs par mois. Une maison basse à l'angle de la rue Jean Bart et de l'avenue Raynal. C'est incroyable, il y a six pièces ! Ça nous change des petites maisons auxquelles nous étions habitués. Chacun a sa chambre, sauf Pedrolito qui dort avec nous dans son petit lit près de la fenêtre. Le port n'est pas loin et depuis la cuisine nous voyons la mer.

Francisco va désormais travailler à Mazagran avec Delgado pour apprendre ce nouveau métier. Pour s'y rendre, il s'est acheté une bicyclette, ainsi il ne sera plus qu'à une vingtaine de minutes de chez nous. Et moi, grâce aux compagnies viticoles du port qui emploient des dizaines d'ouvriers, je peux continuer mon travail de lavandière au lavoir situé à tout juste cent mètres de la maison, au bout de la rue Jean Bart. Manolo a onze ans et demi et travaille avec notre voisin Anselmo, un vieux pêcheur qui jette ses filets dans la baie de Mostaganem. Il lui donne vingt sous par jour et du poisson pour nous. C'est sa femme Soledad qui la journée garde mon Pedrolito et Lola. Ils habitent la maison d'à côté et ça me rassure de les savoir chez elle. Beatriz a trouvé du travail à la blanchisserie de la rue de l'Alma. C'est en ville, vers la place Gambetta. Josefa quant à elle a été embauchée au restaurant La Marine où mangent de nombreux ouvriers du port. Ce n'est pas très loin, à peine dix minutes à pied en prenant les raccourcis.

Au lavoir de Manuelo – c'est ainsi qu'il s'appelle, ne me demandez pas pourquoi – mes nouvelles comparses se prénomment Albertine, Eugénie, Louise, Marie, sans oublier Heinke une Française d'origine alsacienne, et Consuelo, espagnole comme moi. L'ambiance est très joyeuse. C'est toujours un moment agréable. Nous discutons, nous chantons, nous échangeons librement nos idées. En partageant nos joies et nos peines, le temps passe plus vite. Le travail devient plus supportable dans l'entrain et la bonne humeur.

À 43 ans, mes jeunes années sont bien loin. Mes mains sont abîmées, mon corps fatigué. Je suis souvent épuisée et fourbue. J'espère que mes enfants auront des métiers moins pénibles. Oui, *dios mío,* que feront-ils dans dix ans ? Dans vingt ans ? Moi, j'aurai soixante-dix ans en 1947. Cela semble si loin, et si proche en même temps. Quant à m'imaginer à quatre-vingts ans, je doute d'y arriver un jour. Quoique... on ne sait jamais. Après tout, le destin est toujours le plus fort.

Un proverbe espagnol dit : « Qui ne veut se risquer ne traversera pas la mer ». Nous, nous l'avons traversée, alors que peut-il nous arriver ? Rien de bien fâcheux. Le plus dur est fait.

Avril 1921, Mostaganem. Francisco Carmona Marín

Bientôt six mois que j'ai quitté le domaine du Moulin, après les dernières vendanges. En partant, j'ai tenu à remercier monsieur Debrincourt de m'avoir donné du travail pendant ces trois saisons écoulées. Il m'a souhaité bonne chance en me tendant une main chaleureuse et en avouant qu'il me regretterait. Je lui ai répondu à mon tour que c'était un honneur pour moi d'avoir eu un patron aussi loyal.

Maintenant je suis employé comme aide-puisatier chez Joseph Delgado, un brave homme d'une cinquantaine d'années. Nous nous sommes très vite accordés. Il m'apprend toutes les ficelles du métier et m'explique ce qu'il faut faire, et surtout ce qu'il ne faut pas faire. Le travail de puisatier est très dur et très physique. Une fois le premier mètre atteint, les difficultés commencent. Mais dès que le forage progresse, la chaleur à l'intérieur est décuplée, et si on rajoute l'obscurité et la raréfaction de l'air, alors le puisatier peut vite se retrouver dans des conditions pénibles voire intenables. Quand cela arrive, Jo doit immédiatement remonter pour retrouver son souffle. J'en profite alors pour arroser l'intérieur du trou. C'est indispensable pour pouvoir continuer à creuser. On avance d'un mètre à un mètre cinquante par jour. Des fois moins, quand on rencontre des difficultés imprévues, comme de la roche, ou plus rarement, deux couches de terrains différents, une souple et une plus dure. Ça ralentit l'ouvrage, mais pas question de dévier et de faire un puits tordu.

— Pour être puisatier, Francisco, m'a-t-il dit le premier jour, il faut être méticuleux. C'est une qualité indispensable. Il faut respecter le terrain, tu vois, et surtout pas creuser bêtement. Alors, première chose avant de commencer, beh c'est de chercher l'eau...

— *¡ Sí, claro !*

— Oui, oui, *claro, claro,* mais moi je sais bien ce que je veux dire. Faut chercher correctement ! Intelligemment ! Sans se tromper ! Sinon tu creuses jusqu'à l'autre côté de la Terre, c'est-à-dire en Chine, et ti as pas trouvé d'eau ! Bon, en même temps, je suis sourcier, et ça c'est primordial, un bon sourcier. Mais y a pas que ça, il faut savoir chercher le passage des veines d'eau. Ehhhh oui, ça c'est une autre affaire, tu comprends ?

— Ah oui, *entiendo* : faut le faire...

— Beh oui, faut le faire ! Mais y a pas que ça, un puits, au fur et à mesure qu'on le creuse, faut lui parler, le remercier de ce qu'il va nous donner. Et ce qu'il va nous donner c'est l'eau, c'est-à-dire la vie. C'est grâce aux puits que nous pouvons vivre.

— *Yo...* comprends très bien, lui ai-je dit en hochant la tête.

— Alors tant mieux, si toi t'as tout compris, alors on y va !

— Allez, *vamos !*

Et nous avons attaqué.

Pour commencer, rien de plus facile. Du matériel : des pioches, des marteaux, des burins, des cordes solides, une houe, et une épuisette. Après, le plus dur : le travail se fait à la force des bras. C'est Jo qui creuse, car il a l'expérience et la technique. Il connaît bien la science de l'eau. Le sol, c'est son métier. Moi, mon rôle c'est de remonter l'épuisette pour évacuer la terre, de veiller à la sécurité du chantier, et de demander constamment à Jo si tout va bien. Depuis que je travaille avec lui, on arrive à faire jusqu'à deux puits par mois. Quand il était seul et même si le propriétaire du terrain l'aidait, il lui fallait parfois deux mois pour en finir un.

Je suis très content avec ce nouveau métier, car je gagne plus que dans les vendanges. Et puis un jour ou l'autre, il faudra que quelqu'un remplace Jo, car sa santé continue de se dégrader. Et comme il m'apprécie, je pourrais bien être ce chanceux.

¿ Por qué no ? Après tout, quand le destin s'en mêle, tout est possible.

16
Des perles et des pierres

Juin 1924, Mostaganem. Manolo Carmona Rubio
Aujourd'hui, 18 juin, j'ai quinze ans. Ce matin, avant de partir au travail, *mamá* m'a embrassé en me souhaitant un bon anniversaire.

— Dimanche, nous ferons un petit repas, et je te ferai une *calentita*[20], tu veux ?

Si je voulais ? Bien évidemment ! C'est mon gâteau préféré.

En passant à vélo devant le lavoir, je l'ai vue avec ses collègues lavandières. Je lui ai fait un petit signe et j'ai filé tout droit sur la route de Tigditt rejoindre l'atelier du père Tissot. Cela fait trois ans passés que je suis tailleur de pierre chez lui, et j'adore ce métier. Je manie le maillet et le ciseau avec passion et dextérité. À l'occasion, je travaille le marbre aussi, et je me suis amusé à confectionner une jolie plaque que j'ai ramenée à la maison. C'est un marbre représentant l'envol d'une colombe. Je l'ai posé sur la commode de ma chambre. C'était un exercice délicat, mais ce que j'aime le plus, c'est réaliser des colonnes, des frontons et des corniches. Bien sûr, toujours sous la surveillance du père Tissot qui supervise l'ensemble des chantiers où nous intervenons, même si l'essentiel du travail se fait en atelier. Un nouvel ouvrier, Pierrot Costa, est arrivé en début d'année, embauché pour faire face à de grosses demandes de chantier

---

[20] Ou calentica. Dessert à base de farine de pois chiches, ayant l'aspect d'un flan qui se consomme chaud de préférence.

dans la région de Mostaganem. Le patron est content, le carnet de commandes est plein pour le restant de l'année.

Pierrot est plus âgé que moi, il aura bientôt vingt ans. C'est un excellent ouvrier. Très jovial, toujours de bonne humeur, volontaire et dynamique. Son seul défaut – si on peut appeler ça un défaut – c'est un foutu bagarreur. Certes, en dehors du travail, évidemment. On ne compte plus le nombre de fois où il est arrivé le lundi matin avec une arcade fendue, une lèvre tuméfiée ou les poings égratignés. Un cogneur de première. Sinon, sa plus grande qualité, c'est qu'il a une sœur des plus magnifiques ! Je l'ai vue un jour en ville avec Pierrot et ses parents. *¡ Por dios !* Sur le coup, j'ai cru tomber à la renverse. Une beauté pas croyable ! La princesse des Mille et une nuits ! J'étais tellement envoûté et ailleurs, que je ne sais même pas si elle m'a remarqué. Quelques jours plus tard, à l'atelier, Pierrot m'a parlé d'elle. Je ne savais plus où me mettre. Plus rien n'existait, sauf la voix de Pierrot qui en parlant de la princesse de mes rêves, sonnait en moi comme une ode à l'amour.

Puis, d'un coup, tout le charme de mon plaisir s'est envolé lorsqu'il m'a dit crânement :

— Remarque, j'te dis ça, mais à cause d'elle il a encore fallu que je casse la gueule à une espèce de fanfaron qui faisait que tourner autour d'elle ! C'est que ma sœur, personne n'a intérêt à y toucher !

¡ Por dios ! Et moi qui commençais à me sentir pousser des ailes ! J'avais plutôt intérêt à cacher la joie de mes délices amoureux. Enfin, amoureux, c'est un bien grand mot. Encore faudrait-il qu'elle sache que j'existe.

Samedi 20 septembre au matin. Je vais vivre un moment que je n'oublierai jamais. Mon premier voyage en automobile !

Il y a en ce moment un événement sportif majeur : la course cycliste Oran-Alger. Moi, c'est pas qu'ça m'intéresse beaucoup, c'est Pierrot et surtout son oncle qui sont de fervents passionnés de vélo. Partis ce matin d'Oran, les coureurs doivent passer à Relizane en milieu de matinée, et l'arrivée est prévue à Orléansville en fin d'après-midi. Et voilà comment ce brave homme que je ne connais pas encore a eu l'idée fabuleuse de nous proposer à Pierrot et moi d'assister à l'étape du jour ! Mais ce n'est pas tout, car ce cher monsieur Sosthène Donadieu, architecte de profession, possède une automobile ! Ce qui fait de lui à n'en pas douter notre meilleur ami !

Aussi, dès 6 heures du matin, rendez-vous est donné chez notre bienfaiteur. Comme prévu, je me rends au 13 avenue de la Salamandre à Mostaganem. Un quartier de riches avec de belles villas qui font rêver ! J'ai la sensation que cette journée va être mémorable pour moi. De loin, je reconnais Pierrot qui s'affaire devant une automobile, que d'ici on dirait un carrosse ! Mon cœur bat la chamade. Puis, arrivant devant une grande et belle bâtisse, je découvre alors un palais ! Je suis subjugué, Pierrot m'avait caché ça ! Mais ce n'est pas tout ! Alors que je m'approche en sifflotant, qui je vois assise à l'arrière de l'auto ? ¡ Por dios ! Non, je ne rêve pas ! La sœur de Pierrot ! Celle dont je suis transi d'amour ! Belle comme une constellation d'étoiles ! Que même la voiture flamboyante comme un soleil n'existe plus à mes yeux !

Pierrot fait les présentations. D'abord à son oncle qui, penché sous le capot, procédait aux vérifications avant le départ, et ensuite à la princesse de mes rêves ! J'en reste complètement *tchalé*[21], sans voix, comme une chiffe molle. Elle s'appelle Elma. Oui, pas de doute, c'est bien un prénom de princesse. Dans toute la contrée, personne ne s'appelle Elma, sauf elle.

Nous montons dans l'automobile. Pierrot me dit que c'est une Renault NN de 1922. J'en prends bonne note, mais en réalité je m'en fiche allègrement. Après quelques hésitations, Elma prend place à l'avant à côté de son oncle, Pierrot et moi à l'arrière, ce qui me laisse tout le loisir de l'admirer. Monsieur Donadieu referme le capot puis, de ses bras énergiques, lance le moteur qui se met à pétarader après plusieurs grands coups de manivelle. Ça y est, en route ! Le chauffeur s'installe au volant et l'engin commence à avancer. Après

---

[21] Béat d'admiration.

quelques accélérations, le carrosse mécanique roule sur sa lancée et nous traversons la ville plus vite que je ne l'ai jamais fait. Quelle sensation extraordinaire ! Dès les premières lignes droites, le moteur s'emballe et nous dépassons les 30 km/h ! Les paysages défilent à si vive allure qu'on n'a le temps de rien voir ! Enfin, moi, c'est surtout Elma que je regarde, que je mire. Plus que ça, que *j'admire !* Ah, ses cheveux blonds qui volent dans le vent ! Ses pendants d'oreilles couleur cerise dansant près de son cou si pur et si fin ! Son bras d'albâtre accoudé à la portière ! Son profil aquilin qui oscille dans mon champ de vision à chacun de ses mouvements ! Quelle beauté ! Quelle symphonie !

En tout juste deux heures, nous voilà rendus à Relizane. La course cycliste ? Effectivement, elle passe en ville vers 10 heures. C'est un beau spectacle, c'est vrai. Une quarantaine de coureurs arc-boutés sur leur vélo, avec leurs maillots bariolés, casquettes et lunettes vissées sur le front, et pendus à chaque épaule, des boyaux de rechange en guirlande. Sans oublier la foule qui scande : « Vas-y Turqui ! » « Allez Pisana ! » « Vas-y Martinès ! »

— Allez Ballester ! rugit soudain l'oncle de Pierrot.

Nous, on n'y connaît rien, mais on les encourage aussi en les acclamant dans un tonnerre d'applaudissements. Et voilà, les forçats du vélo sont passés et continuent maintenant leur route vers Orléansville. Le spectacle est terminé. Nous rentrons à Mostaganem.

Quelle matinée riche en émotions et riche en plaisirs ! Et pour couronner le tout, au moment de se dire au revoir, Elma m'a gratifié d'un sourire – comment pourrais-je dire ? – un sourire, furtif, timide, adorable, affable, tendre, gêné, espiègle, chaleureux, céleste, courtois... Je pourrais continuer comme ça pendant des heures à effeuiller les couleurs de son sourire comme on enfile des perles et des pierres précieuses dans un collier de reine. Mais je suis le seul à avoir remarqué l'imperceptible caresse du cœur qu'elle m'a offert à la seconde où elle m'a souri. *¡ Por dios !* Serait-ce possible alors ? Quand bien même elle est plus âgée que moi ? Après tout, deux ans c'est rien.

Ce soir, je me suis couché le cœur battant la chamade et je n'ai pas fermé l'œil de toute la nuit pour continuer à enfiler les perles dans mon souvenir.

Avril 1925, Mostaganem. Josefa Carmona Rubio
Cette année, les fêtes de Pâques ont tourné à la catastrophe quand *mi padre y mi madre* ont appris que je fréquentais.

Au restaurant où je travaille, je croise beaucoup de monde, vu que tous les midis de nombreux ouvriers du port viennent y déjeuner. Nous avons nos habitués, mais aussi une clientèle de passage comme les autres restaurants du quartier.

C'est le mois dernier, début mars, que j'ai remarqué cet ouvrier italien à la peau mate, au regard ténébreux, une casquette inclinée sur son front olympien et une cigarette coincée entre ses lèvres fines comme celles d'une fille. Au début, il venait manger un jour sur deux. Puis, au bout d'une semaine, je l'ai vu tous les jours. À chaque fois, il s'installait seul à la table 11, au fond de la salle près de la fenêtre donnant sur le port. Je voyais bien qu'il m'observait constamment, mais je faisais celle qui n'y prête aucune attention. Je sentais l'insistance de son regard sur moi chaque jour un peu plus. Certes des regards toujours discrets et rapides, mais finement aiguisés. Jamais un mot, c'est vrai. Que des silences. Des ombres furtives qui vacillent dans l'éclat de ses yeux vifs et saillants. Dès lors j'ai commencé à ne penser qu'à lui et à sa beauté glaciale, mais en même temps ça me troublait. Et puis j'avais honte de penser qu'un homme commençait à hanter mes nuits. Car il hante mes nuits.

Un soir après le travail, il m'a suivie. Il marchait en gardant une distance suffisante entre nous. Suffisante à quoi ? Suffisante pour me faire peur ou au contraire pour ne pas m'effrayer ? À moins que ce ne soit pour me laisser l'envie irrépressible d'être rattrapée et abordée. N'en pouvant plus de cette angoisse sourde et confuse, je me suis arrêtée et j'ai attendu. Fallait-il que je fuie ? Non. Fuir signifiait céder à la peur. Alors je me suis retournée. Il était là, appuyé au mur d'un bâtiment désaffecté. À deux mètres de moi. Sombre. Impénétrable. Comme plongé dans les ténèbres.

— Qu'est-ce que vous voulez ? lui ai-je dit d'une voix tonitruante.

Je réalisai alors que je ne connaissais toujours pas le son de sa voix. Comme il demeurait obstinément muet, j'ajoutai :

— Faut me laisser tranquille, monsieur…

— Je vous fais peur ? dit-il enfin d'une voix étouffée et dénuée de sensibilité.

— Absolument pas. Pourquoi aurais-je peur ?

— Alors, approchez-vous.

C'était un ordre. C'était même plus qu'un ordre. Une injonction. Un ordre pouvait se refuser. Son « Approchez-vous » avait claqué comme quelque chose de déterminé, de définitif. J'aurais pu tout essayer et tenter l'impossible pour échapper à son emprise. Mais il fallait que je le voie de plus près, que je sache qui il était. Alors j'ai obéi, sans même savoir ce qui me poussait à cette folie. J'ignorais alors que je n'aurais jamais dû l'écouter, qu'il y avait quelque chose d'ignoble et cruel qui sommeillait en lui. Une puissance féroce et sans foi qui risquait de me détruire.

Si j'avais pu imaginer ce qui allait se passer, alors oui, je me serais enfuie. Mais cet homme me fascinait avec son visage ténébreux, ses cheveux noirs peignés en arrière et son regard d'ange bleu. Alors avec courage, avec mon innocence et la naïveté la plus totale, je me suis approchée d'un pas résolu. Sans penser aux conséquences. Sans me douter que quelques semaines plus tard une terrible dispute allait éclater avec *mis padres*. En apprenant que je sortais avec cet ouvrier, ils m'ont interdit de le revoir, sans même le connaître. Sous prétexte que j'étais trop jeune, que c'était quelqu'un de pas fréquentable, sûrement un bon à rien. D'après eux, il n'était pas un bon parti pour moi. Mais qu'est-ce qu'ils en savaient ? Ils ne l'avaient vu qu'une fois.

Et si j'avais su. Je les aurais écoutés. Mais comme toujours je n'en ai fait qu'à ma tête.

Bône. Un an plus tard

Il s'appelle Gönül Aslan et il n'est pas italien comme je l'avais d'abord pensé, mais maltais. C'est-à-dire que Malte, je ne savais même pas que ça existait. Maintenant, je sais que c'est une île en plein milieu de la Méditerranée, au large de la Tunisie et de l'Italie. Il a d'ailleurs des grands-parents italiens du côté de sa mère – je savais bien qu'il avait quelque chose d'italien ! – et du côté de son père, la grand-mère est turque tandis que le grand-père est maltais. Quand il m'a raconté ça dans le train qui m'emmenait vers une nouvelle contrée, je n'en revenais pas.

J'ai quitté Mostaganem en mai l'année dernière ; trois semaines après ma dispute avec mes parents. Gönül avait promis que nous serions heureux chez ses parents à Bône, de l'autre côté de l'Algérie, vers la frontière tunisienne.

— C'est une belle ville, tu verras, on l'appelle « la Coquette ».

— Aussi coquette que moi ?

— Bien plus encore.

C'était sa première gracieuseté envers moi.

— Tout est beau là-bas, me disait-il les yeux brillant de plaisir. Même le cimetière.

— Le cimetière ?

— *Té vé*, bien sûr. Ici, on dit que tellement il est beau le cimetière de Bône, *l'envie de mourir il te donne !*

— Dis chéri, au lieu de me parler du cimetière, parlons plutôt mariage. Hein ? Puisqu'on s'aime, marions-nous.

— On verra.

Je n'avais pas encore compris que je ne verrais rien. Si j'avais su Mon Dieu, si j'avais su.

À la gare de Bône, toute la famille devait être là pour notre arrivée triomphale. Mais il n'y avait personne. Seulement un ami de Gönül, avec sa voiture toute neuve qu'on aurait dit une automobile de banquier. Ou de gangster, selon de quel côté on regarde.

Cet ami s'appelait Aldo. Il nous a conduits dans une belle artère de la ville pour nous déposer devant un grand immeuble situé entre l'hôtel d'Orient et une brasserie appelée « Grande brasserie de la Paix ». Dans l'immeuble, un large escalier en pierre de taille menait aux étages. Nous sommes entrés dans un appartement, au deuxième.

— Qu'est-ce que c'est ? où sommes-nous ? m'exclamai-je éblouie par la beauté des lieux.

— Chez nous, notre nid d'amour, avoua-t-il avec une pointe d'orgueil.

Si j'avais pu savoir que ça deviendrait ma prison. Pourtant Gönül était très gentil avec moi. Très doux et prévenant. Nous avons vécu trois mois formidables. Sans travailler, sans se soucier du lendemain. Il avait de l'argent et nous sortions beaucoup, dans les restaurants, les grands magasins, des sorties au bord de la mer, vers les plages de Saint-Cloud, Toche, la Grenouillère, Gassiot. D'où venait cet argent ? Qu'importe. C'était tellement agréable de profiter des jours heureux, qu'il ne me venait pas à l'idée de poser la moindre question. Jusqu'au jour où j'ai essayé d'en savoir un peu plus. Sa réponse me parut tout à fait acceptable. Des économies et des « affaires » fructueuses avec son complice Aldo.

Un soir il revint à la maison avec un petit paquet caché dans la poche de sa veste. Nous étions enlacés sur le lit lorsqu'il me le tendit.

— Qu'est-ce que c'est ? lui dis-je avec une surprise non feinte.

— Ouvre, tu verras bien.

Je déchirai le papier brillant et découvris une boîte rectangulaire en velours noir, fermée par un ruban doré. Je dégrafai lentement le ruban et ouvris le coffret où reposait un collier lumineux.

— Chéri ! mais c'est des perles ! Oh ! Qu'elles sont magnifiques ! Je n'en ai jamais vu de si belles !

— Oui, des perles d'Australie.

— Mais c'est pour moi ?

— Non, bien sûr. C'est pour Aldo, dit-il d'un ton froid et sérieux.

Je restai un instant figée, coite, désarçonnée.

— Ah bon ?

— Mais non ! Il est pour toi ce collier ! Pour qui d'autre ?
s'emporta-t-il soudain. Mais tu crois à tout ce que je dis !

Il dégrafa le fermoir, présenta le joyau autour de mon cou, et
après un petit clic qui me fit frémir, le magnifique bijou ornait ma
poitrine palpitante d'extase.

Ce n'était pas possible. Qu'est-ce qui m'arrivait ?

— C'est mon cadeau de mariage ? lui murmurai-je après un
tendre baiser.

— Ah, tu verras bien...

Oui, qu'étais-je en train de vivre ? Un rêve qui malheureusement
allait bientôt cesser ? Oui, j'allais probablement me réveiller dans la
maison de mes parents à Mostaganem, et comprendre que ce n'était
qu'un conte de fées. Et en posant mon regard sur le collier, je
m'apercevrais alors que les perles seraient devenues des pierres.

Si j'avais su. Si j'avais su.

17

Le puisatier de Mostaganem

Août 1926, Mostaganem. Manolo Carmona Rubio
À cause de sa dispute avec nos parents à propos de son fiancé, Josefa était absente au mariage de Beatriz et Norbert, en août de l'année dernière. Elle est partie fâchée de la maison. *Por dios,* c'est vrai, *papá* et *mamá* – enfin surtout *papá* – ont été plutôt durs avec ce jeune dont on n'a pas su grand-chose, sauf qu'il n'avait pas bonne réputation. Des histoires de truanderie ont couru sur lui. Mais était-ce la vérité ? Quant à lui reprocher d'être un « étranger », ce n'était pas très avisé, car nous aussi sommes des étrangers et ça n'fait pas de nous des vauriens. Cependant, la seule fois où je l'ai vu, j'avoue qu'il ne m'a pas fait bonne impression. Je ne suis pas certain que ma sœur ait fait le bon choix avec ce bonhomme. Mais avec l'amour on ne choisit pas. Aux dernières nouvelles, ils devaient se marier.

Beatriz a fait un beau mariage à l'église Saint-Jean-Baptiste de Mostaganem. Nous étions une vingtaine d'invités en tout. Bien sûr, étaient également présents les cousins de Bouguirat, Juan et Mercè, leurs enfants Marcel et Germaine qui ont bien grandi. Germaine est une jolie brune de dix-sept ans et Marcel du haut de ses quatorze ans fait déjà jeune homme. Du côté de Norbert, son père – veuf depuis peu – et ses frères et sœurs sont venus par le train. Mais le reste de la famille Gracias n'a pu se déplacer du fait de la distance. Tlemcen, ce n'est pas la porte à côté. Au moins deux cents kilomètres. Deux jours après les noces, Beatriz nous a fait ses adieux. Ils sont partis s'installer là-bas et je pense qu'elle y est heureuse. Elle nous a écrit au printemps pour nous annoncer un heureux événement ; la naissance est prévue fin octobre.

La famille commence à s'éparpiller, mais c'est ainsi, c'est dans le cours des choses. Sans oublier mes frères restés en Espagne et dont on n'a plus de nouvelles depuis 1917 ; là aussi à cause des fâcheries avec *papá*. J'aimerais savoir comment ils vont. *Mamá* aussi d'ailleurs, qui a beaucoup de peine depuis tout ce temps-là.

À présent, nous voilà tous casés ou presque. Lola est encore jeune, 15 ans, mais ça ne saurait tarder. Il ne reste plus que moi. Je pensais avoir trouvé l'élue de mon cœur, mais Elma a quitté la région. Presque sur un coup de tête. Partie pour Alger où elle a rejoint un cousin qui lui a trouvé du travail dans le quartier de Bab-el-Oued. Ça m'a blessé c'est vrai, mais dès le début j'avais compris que ça ne durerait pas entre nous. Et puis comme on dit, une de perdue, dix de retrouvées. À condition de les trouver, bien sûr.

Octobre 1926, Rivoli. Francisco Carmona Marín

Bientôt six ans que nous sommes installés à Mostaganem. À la maison, il nous reste Manolo, Lola, et Pedrolito qui a eu dix ans cette année. Tout se passe bien pour lui, mais nous sommes préoccupés quant à l'avenir de ce petit. La vie est déjà bien difficile, alors pour un enfant muet c'est encore pire. Quand nous parlons, il comprend si on parle face à lui et lentement ; il lit sur nos lèvres et les signes font le reste. Ceci étant, Pedrolito a de réelles facilités avec Manolo, les deux frères se comprennent souvent d'un seul regard. Par contre, avec des inconnus, le moindre petit rien est un obstacle pour notre fils. Le monde extérieur est pour lui source d'angoisse, d'isolement et d'exclusion. Nous le protégeons, mais depuis sa naissance on n'peut s'empêcher de s'inquiéter. Que sera sa vie sociale quand il sera adulte ? Nous espérons qu'il trouvera quand même sa place. Être « muet » ne signifie pas être « bête ». Au contraire, ce petit est sans doute plus intelligent que nous tous réunis.

Jo et moi travaillons en ce moment sur un chantier juste avant d'arriver à Rivoli, à la ferme Dupré de Vaillac, un exploitant qui a quelques hectares d'orangers. Nous avons pris du retard, et nous devons absolument terminer son puits avant la fin de la semaine. D'autant qu'un autre chantier nous attend à Aïn-Sidi-Cherif.

À cause de la chaleur et des commandes qui ne cessent d'arriver, nous avons passé un été terrible. Jo est épuisé. Il a cinquante-huit ans, mais en paraît dix de plus.

À quelques jours de là, une lettre nous apprend la naissance du petit de notre fille aînée Beatriz. Ma femme a sorti du buffet la liqueur d'orange et nous avons joyeusement trinqué à l'arrivée de ce nouveau petit-fils. Le premier qui est né en terre d'Algérie.

Samedi 23 octobre. Le forage touche à sa fin. Aujourd'hui enfin nous respirons mieux, le soleil est resté derrière les nuages. Pour profiter de ces conditions plus clémentes, Jo a redoublé d'efforts toute la matinée pour venir à bout des derniers coups de pioche. Encore une demi-heure, et on s'arrêtera pour casser la croûte. Penché au-dessus du trou, je vois la forme diffuse de son dos six ou sept mètres plus bas. J'entends la pelle qui racle la terre. Jo s'acharne en poussant des grognements de satisfaction au fur et à mesure de l'aboutissement de son travail.

— Paco ! La nappe est bientôt là ! crie-t-il d'en bas.

— Je te descends encore l'épuisette ?

— Si, si, va, envoie !

J'actionne la poulie et le seau commence sa lente descente. Encore un coup de pioche.

— Té, té ! Elle est là ! Elle est là qui giscle du sol ! Ahhh !

La poulie s'arrête, le seau est arrivé au fond. Des bruits d'outils encore, et Jo crie à nouveau sa joie d'avoir trouvé l'eau.

— Ahhhhhh !

— Allez ! Remonte, qu'on va fêter ça ! je lui dis en mettant les mains en porte-voix.

— Ahhhh ! Pacoooo ! hurle-t-il d'un cri soudain plaintif.

Inquiet, je me penche en faisant danser la lampe à l'huile pour voir ce qui se passe en bas.

— Jo ?

Je ne l'entends plus. Je ne distingue plus rien. J'enjambe aussitôt le trou et m'approche de l'échelle. Muni de la lampe, je descends les barreaux un à un. Arrivé à mi-chemin, je découvre une masse recroquevillée au fond du trou.

— Jo ! hurlé-je à mon tour.

Je descends aussi vite que je peux, puis je tente de le relever. Mais il ne bouge plus, son corps avachi demeure inerte.

— *¡ Jo ! ¿ Qué pasa ? ¡ Dime, Jo !*

Pour seule réponse, un long râle s'échappe de sa bouche figée, puis son corps se raidit dans un dernier soubresaut. Je sais que c'est la fin. Jo est mort ainsi, dans mes bras.

On l'enterre deux jours plus tard, au cimetière de Mazagran, sous la pluie. À lui désormais le repos éternel, auprès de son épouse décédée il y a une vingtaine d'années. Pour le médecin, Jo a fait une crise cardiaque. Il souffrait du cœur depuis longtemps. Ça pouvait lui arriver à tout moment.

Comme il n'avait pas d'enfant, sa maison devrait revenir à un lointain parent qui habite à Saint-Denis-du-Sig, et que nous avons rencontré après les obsèques. Nous avons échangé quelques mots, je lui ai dit toute ma peine en présentant nos condoléances à la famille. Il m'a chaleureusement serré la main.

J'ai attendu une semaine pour retourner sur le chantier. D'abord à cause de la pluie qui est tombée pendant trois jours, mais surtout pour retarder le moment où je me retrouverai sur le lieu où mon ami a perdu la vie. Le puits ne pouvait rester ainsi, il fallait terminer ce chantier, en mémoire de Jo. C'est ce que j'ai fait avec l'aide d'un ouvrier agricole que le propriétaire a mis à ma disposition.

Au fond du puits, je me suis signé et après une prière j'ai donné quelques coups de pioche supplémentaires, et la nappe d'eau s'est écoulée en continu. J'ai goûté l'eau comme Jo le faisait. D'ailleurs, il m'a toujours fait participer à cette dégustation qui est une étape importante pour en déterminer les qualités gustatives et chimiques. Cette eau était parfaite, claire et pure. La dernière étape du travail consistait à laisser le puits fermé durant trois jours pour vérifier son bon fonctionnement. Je reviendrai m'assurer que l'eau y est abondante et surtout salubre. Alors je pourrai annoncer à Dupré de

Vaillac la fin des travaux. Il ne me restera plus qu'à nettoyer les lieux et repartir chercher du travail comme *bracero*.

C'était sans compter sur María qui le soir même à table m'a dit d'une voix posée :

— Mais continue ce métier, pourquoi veux-tu en changer ? Y a pas beaucoup de puisatier dans la région, tu auras toujours assez de travail.

— Que je me mette à mon compte ?

— *¡ Claro ! ¿ Por qué no ?* Et puis n'oublie pas que la clientèle de Joseph te connaît bien. Tu n'auras même pas besoin de chercher des chantiers, ils vont venir à toi tout seuls !

Cette idée fit aussitôt son chemin dans mon esprit. C'est vrai, Jo était le puisatier de Mazagran, et moi, l'ancien pêcheur d'Agua Amarga, allais devenir le puisatier de Mostaganem.

18
Tous les saints de la Terre

13 novembre 1927, Mostaganem. Manolo Carmona Rubio
Depuis la Toussaint, il ne cesse de pleuvoir sur toute l'Oranie. Pas un jour sans pluie. *Por dios.* Comme si novembre avait décidé de pleurer ses morts chaque jour. Depuis notre arrivée en Algérie il y a dix ans, nous n'avions jamais connu cela. Ici les anciens disent que la Terre se détraque. Un cataclysme qu'ils nous prévoient. Pire encore que les catastrophes connues ces dernières années, comme les invasions de sauterelles qui détruisent toutes les récoltes, les sécheresses et les tempêtes à répétition. Ils prétendent aussi que ces bizarreries du climat sont dues à tout ce progrès qui arrive, le train, les automobiles, les avions, l'électricité, et que si ça continue, selon eux, la Terre finira par exploser. Bon, on n'en est pas encore là. Moi je trouve que le progrès c'est bien.

Après une dizaine de jours, la campagne environnante est gorgée d'eau. Les champs détrempés empêchent toute culture. Les routes se transforment en bourbier, les rendant quasiment impraticables. Ces pluies diluviennes confinent les gens chez eux et les pêcheurs ne peuvent sortir en mer. Mon père a arrêté ses chantiers, impossible de creuser le moindre trou sans le voir se remplir d'eau, sans compter bien sûr les risques d'éboulement.

Pierrot me raconte que les rues de Mostaganem commencent elles aussi à être inondées, et ce n'est guère rassurant. D'autant que le lit de la rivière Aïn Sefra qui traverse la ville, d'habitude asséché, charrie un peu plus chaque jour toute sorte de détritus emmenés par le courant.

— Il serait temps que ça s'arrête, nous dit-il un matin. Vous verriez comme ça monte, c'est impressionnant.

L'atelier du père Tissot est situé près du port, à moins d'une centaine de mètres de l'embouchure de l'Aïn Sefra qui passe sous le restaurant La Marine pour se jeter dans la mer. C'est un large bâtiment contenant l'atelier fermé par une verrière, un entrepôt rempli de blocs de pierre, de granit, et de marbre. Dans l'aile droite, sur la rive ouest de l'oued, c'est le logement du père Tissot. Il vit seul dans son deux-pièces depuis la mort de sa femme, emportée par la fièvre typhoïde en 1914. Le plus inquiétant dans tout ça, c'est qu'en cas de crue de la rivière, l'atelier pourrait être inondé. Mais on n'en est pas encore là, loin s'en faut.

À l'atelier, nous avons un petit nouveau depuis six mois. Mouchi, notre manœuvre qui aide à tous les travaux de manutention, mais aussi à nettoyer, entretenir les outils, et ranger l'atelier. C'est un brave petit algérien qui a tout juste quinze ans. Il nous fait bien rire avec sa djellaba et sa chéchia rouge. Il habite à Souika Tahtania, le quartier arabe situé juste à côté du port, dans la zone ouest de Tigditt. On s'entend bien avec lui, il est volontaire et courageux. Et puis, il nous apprend à parler l'arabe, pas pour faire des discours bien sûr, mais les mots du quotidien, ce qui est très utile quand on se balade dans le souk. On y va quelques fois boire un verre au Café Maure. Le dimanche matin, j'y accompagne *mamá* faire son marché dans les échoppes de Tigditt. De toute façon, les Arabes parlent aussi français, donc ce n'est pas par souci de communication. Par contre, c'est quand même utile de comprendre leur langue, ça donne une aisance et une sécurité supplémentaire. On montre ainsi qu'on s'intéresse à eux, à leur culture et à leurs coutumes. Même si leur religion reste une barrière infranchissable entre eux et nous. *Por dios,* chacun chez soi comme on dit. Mais pour autant, on ne s'imagine pas les uns sans les autres.

19 novembre 1927, Mostaganem. Pierrot Costa

La montée des eaux est particulièrement inquiétante. Si ça ne s'arrête pas, on court à la catastrophe. Mon oncle Sosthène a téléphoné au maire de Mostaganem qu'il connaît bien et qui a confirmé que la situation était très préoccupante. Surtout à cause du débit extrêmement élevé de l'Aïn Sefra. En effet, la crue charrie en permanence des branchages, du bois mort et même des petits arbres qui s'entassent à l'entrée du tunnel d'écoulement construit sous la place Gambetta. Certains débris parviennent à passer dans le boyau, mais d'autres s'agglutinent dangereusement.

Sur cette histoire de tunnel, j'ai toujours entendu mon oncle – qui est architecte – critiquer vertement cette construction qui remonte aux années 1840. Une aberration. Selon lui, avoir calfeutré pour ne pas dire « étranglé » le lit de l'oued dans un tunnel tout juste assez large pour l'écoulement des eaux, c'est tout simplement de la folie. Et comme si ça ne suffisait pas, ils ont construit sur cet espace comblé, de nombreux bâtiments ainsi que la place Gambetta, haut lieu du marché communal qui se tient tous les samedis et dimanches matin.

En fin d'après-midi, le père Tissot nous libère à cause de l'Aïn Sefra qui ne cesse de monter. D'après lui, si la situation ne s'améliore pas dans moins de dix jours, l'eau aura envahi l'entrepôt et l'atelier, et on ne pourra plus travailler, c'est sûr.

— Le feu, on peut l'éteindre, mais rien ne peut arrêter l'eau. Mais ce n'est pas possible d'en arriver là... ça ne s'est jamais vu autant de pluie, nous a-t-il dit avec une pointe d'espoir.

Je remonte l'avenue Raynal jusqu'aux escaliers des remparts qui surplombent l'oued. Arrivé à proximité du ravin, ma curiosité me pousse à voir de plus près la rivière bouillonnante. Je me penche par-dessus les remparts et, en contrebas, dans un grondement sourd, les flots déchaînés tourbillonnent furieusement. J'en ai assez vu, et je m'éloigne à grands pas. Arrivé place Gambetta, je m'abrite sous les hauts platanes et file à droite dans la rue de l'Esplanade. Mes parents habitent un peu plus loin dans une maison à l'angle de l'ancienne rue du Fort. Mon père est clerc de notaire chez Me Leduc, à l'étude Machard située place Gambetta, à l'entrée de la rue de l'Alma. Ma mère est couturière et travaille à la maison où elle a son atelier à l'étage. Un jour, elle m'a promis avec des étoiles dans les yeux qu'elle confectionnerait la robe de mariée de ma future. Oui, certes, mais encore faut-il avoir trouvé l'âme sœur. Ce qui pour l'instant est loin d'être le cas.

25 novembre 1927, Mostaganem. Adrien Doisnel
En tant que maire de Mostaganem et au regard de la situation catastrophique des inondations actuelles, je dois me résoudre à déclarer l'état d'alerte générale. Le conseil municipal a approuvé ma décision, et nous étudions les solutions pour garantir la sécurité de nos concitoyens. Le tunnel sous la place Gambetta est quasiment obstrué. La minoterie Mayer-Chanudaud aux abords de l'oued a été submergée, entraînant dans son sillage deux gros véhicules venus s'encastrer à l'entrée du tunnel. Un cinq tonnes Berliet et une camionnette. C'est désastreux. Comment allons-nous dégager ces véhicules ? Le conseiller municipal Simoni a proposé d'utiliser de la dynamite. Solution radicale certes, mais assez complexe. Si on peut éviter les explosifs, j'aime autant.

26 novembre 1927, Mostaganem. Manolo Carmona Rubio
Pierrot est venu à la maison m'avertir qu'ils allaient faire sauter ce matin les camions qui bouchent le tunnel. Malgré la pluie incessante, quelques badauds assistent aux préparatifs de la pétarade. Pierrot et moi sommes positionnés près des remparts, en amont du tunnel, de manière à avoir la meilleure vue possible pour ne rien rater du feu d'artifice. Les hommes du génie civil placent deux charges à proximité des deux camions enchevêtrés, et vers 10 h 30, tout semble prêt. Mais pendant de longues minutes, il y a encore des discussions et des palabres. Puis, un signal strident retentit fouetté par le vent et la pluie qui s'abat partout. L'instant d'après, un grondement sourd fait trembler la ville. ¡ *Por dios !* Deux détonations retentissent près

du tunnel. Des fragments de véhicules volent et retombent dans les flots impétueux de la rivière en faisant des gerbes d'écume. Visiblement, les camions ont été désagrégés et réduits en bouillie. L'opération semble être un succès, et on espère bien que l'eau va désormais s'évacuer vers la mer.

26 novembre 1927, Mostaganem. Adrien Doisnel

14 heures. En tant que maire, je dois hélas admettre que le bilan des explosions s'est avéré déplorable. Nous pensions dégager le tunnel, et c'est l'inverse qui s'est produit. Sous l'effet des explosions, tout ce qui engorgeait le passage s'est en fait engouffré à l'intérieur du souterrain, formant un magma de débris. De fait, le tunnel n'est plus seulement obstrué, mais intégralement bouché par un agglomérat impossible à déloger. La crue atteint désormais la rive de l'oued. Nous vivons une situation d'une extrême gravité, une situation désastreuse comme la commune n'en a jamais connu. Je ne sais que faire.

Vers 16 heures, on m'avertit que la place Gambetta commence à être inondée. Les flots impétueux passent par-dessus la rue de l'Alma pour se jeter à nouveau dans l'Aïn Sefra, après le tunnel. Face à cette situation extrêmement critique, je demande aussitôt que tous les riverains de la place Gambetta soient alertés des mesures suivantes : toute la population doit s'éloigner vers l'extérieur dans les plus brefs délais ; soit en passant la nuit chez de la famille, soit dans des hôtels. De même la municipalité met à disposition la caserne du 2e Tirailleurs.

Tout cela bien sûr en espérant que les affres du ciel s'arrêteront à temps.

26 novembre 1927, Mostaganem. Pierrot Costa

20 heures. La ville est brusquement plongée dans une obscurité affreusement lugubre, car l'électricité est coupée. Dehors, il y a un air de tempête. Des bourrasques et des rafales de vent cinglent les murs des maisons. À croire que l'heure du jugement dernier est arrivée. C'est inimaginable. On dirait l'apocalypse.

Avec Manolo, nous sommes allés aux nouvelles. Les secours proposent à ceux qui le souhaitent de se rassembler à la caserne ou à l'église Saint-Jean-Baptiste. Là-bas, les pompiers et l'armée se tiennent en alerte pour parer à toute éventualité. Je sens mon camarade manifestement contrarié, réfléchissant dans son coin. Puis il s'élance dehors malgré les bourrasques.

— Manolo ! où vas-tu !

Et il disparaît dans la noirceur de la nuit. Absolument personne n'aurait pu prévoir l'ampleur du drame qui allait se jouer.

26 novembre 1927, Mostaganem. Manolo Carmona Rubio

Je cours à perdre haleine jusqu'au port. Cela me prend un temps fou, car il fait nuit noire, je ne distingue quasiment rien. À cause des rafales de vent, c'est comme si j'avais perdu le sens de l'orientation, tel un aveugle et sourd marchant à l'instinct. J'arrive malgré tout à longer les murs des maisons. Une fois dans l'avenue Raynal, je sais que c'est tout droit, alors j'accélère le pas. Je parviens enfin rue Jean Bart. À tâtons je trouve la porte de la maison et tambourine contre le battant. D'ici, j'entends la tempête qui souffle sur le port cinquante mètres plus bas. La mer semble démontée. La porte s'ouvre brusquement et je me précipite à l'intérieur pour m'abriter du déluge.

Mamá me jette une serviette sur les épaules et commence à me sécher la tête.

— Mais tu es fou mon fils, que fais-tu dehors par un temps pareil !

— Je suis venu vous chercher.

— Nous chercher ? s'écrie-t-elle avec angoisse, mais pour aller où ?

— Il faut vous mettre à l'abri.

— Mais on est à l'abri ici, que veux-tu qu'il arrive ?

Papá qui n'avait dit mot depuis mon entrée, commence à rassembler des affaires.

— Il a raison.

— Mais Paco, tu vas sortir avec les enfants par ce temps ?

Sans discuter, il saisit les grosses vestes de pluie rangées dans le placard de l'entrée et commence à habiller Lola. Sans perdre une seconde, je m'occupe de Pedrolito.

— María, faut y aller. Manolo a raison, il se passe des choses anormales, crois-moi. J'ai déjà connu cette sensation.

— Paco, que dis-tu ? Tu me fais peur, ajoute-t-elle, tremblante en enfilant une lourde veste.

— On peut se réfugier en ville à l'église, la rassuré-je en finissant de boutonner le manteau de mon petit frère.

Papá saisit la lampe à pétrole et nous sortons en restant groupés. Une fois la porte fermée à double tour, il va frapper chez nos voisins, Anselmo et Soledad. Comme ils ne répondent pas, il cogne plus fort contre le battant.

— *¿ Qué pasa ?* retentit derrière la porte la voix bourrue du vieil Anselmo.

Lorsqu'il ouvre, nous lui expliquons qu'ils doivent nous suivre à l'église, car la tempête fait rage et le danger est vraiment réel. Le vent hurle si fort, qu'il nous faut crier pour nous faire entendre.

— *¡ No, no, aquí, es mi casa !* s'écrie-t-il arc-bouté au battant que de violentes rafales essaient d'emporter. Ne vous inquiétez pas. *¡ Hasta mañana !*

Et il referme sa porte avant que le vent ne l'arrache définitivement.

Nous nous enfonçons dans l'ombre de l'avenue Raynal en proie au vent hurleur. Les bourrasques venant de la mer tourbillonnent et manquent de nous renverser. Nous avançons péniblement sous les trombes d'eau. La lampe à pétrole s'est éteinte, on n'y voit plus rien. Mon frère apeuré serre très fortement ma main. Je la tiens vigoureusement et cela le rassure. Une demi-heure plus tard, on devine la masse du clocher de l'église qui apparaît devant nous. Nous voilà sauvés. Mais alors que nous entrons dans la maison de Dieu transformée en refuge, j'ai soudain une pensée pour quelqu'un que j'ai oublié. Lui aussi est en grand danger et je dois absolument aller le chercher.

Pierrot n'est toujours pas revenu et je suis inquiet. En croisant l'abbé Flages affairé à accueillir les premiers sinistrés, je lui demande s'il l'a aperçu. Il m'apprend que Pierrot est allé chercher ses parents rue de l'Esplanade. Rassuré, j'explique à mon père que je ressors et lui demande de ne pas s'inquiéter. Il comprend et approuve ma décision.

Por dios, dehors, c'est l'enfer sur Terre !

26 novembre 1927, Mostaganem. Narcisse Tissot

Il est plus de onze heures du soir et je reste cloîtré chez moi. Pour rien au monde je ne m'aventurerais dehors, car les vents sont furieux et des pluies torrentielles s'abattent sur les toits. J'entends aussi le déferlement impétueux de la rivière à quelque cent mètres d'ici. Il me semble entendre aussi comme des cris, des appels. Mais c'est peut-être seulement le sifflement de la tempête qui déchire la nuit.

Soudain des coups à ma porte. Est-ce le vent ? Non, les coups redoublent puis une voix assourdie vient fendre l'obscurité opaque et orageuse.

— Monsieur Tissot ! Monsieur Tissot, vous êtes là ?

Je saisis la lampe et j'ouvre prudemment. Manolo se tient face à moi, trempé comme une soupe, dégoulinant sous les filets de pluie.

— Manolo ? Mais que fais-tu ici ? Entre, dis-je en m'écartant pour le laisser passer.

— Faut pas rester là, monsieur Tissot ! Venez avec nous dans l'église ! s'exclame-t-il en criant pour se faire entendre tellement le déluge est assourdissant.

Figé, transi de froid, il m'observe en silence. Il attend une réaction de ma part, mais je ne comprends pas pourquoi il me demande de quitter ma maison. Cette maison qui abrite toute ma vie et mes souvenirs. Que je la quitte par une nuit de tempête ? Ce serait indigne de moi, c'est comme si on demandait à un capitaine d'abandonner son navire.

— Monsieur Tissot, je vous en prie, se borne-t-il à répéter tout en refusant d'entrer. Je serai plus tranquille de vous savoir avec nous à l'abri, vous comprenez ?

À la lueur de la lampe, je distingue son regard attendri qui me supplie.

— C'est très gentil, mais rassure-toi, tout ira bien. Allez, passe me voir demain si tu veux. Sinon, à lundi.

Alors que je m'apprête à refermer la porte, soudain je me ravise :

— Et n'oublie pas que nous devons terminer la commande du notaire de Pont-du-Chélif.

— À demain, monsieur Tissot, répond-il en baissant la tête.

Je pousse lentement la porte qui claque dans la fureur de cette nuit démontée.

À demain, Manolo.

26 novembre 1927, Mostaganem. Clément Costa

— Papa ! s'écrie une voix dans l'épaisseur de la nuit.

— Pierrot ?

— Papa ? Où tu es ? Je ne vois rien ! reprend la voix derrière moi.

Mon fiston me cherche ! Mais que fait-il ici ? Je lui avais pourtant dit de rester à la maison.

— Pierrot ! Tu as laissé ta mère seule ? lui dis-je à la lueur de ma lanterne.

Le vent rugissant cingle nos visages marqués par la fatigue de ces longues heures d'angoisse.

— Je l'ai emmenée à l'église… il y a des secours là-bas.

— Bon sang, ne reste pas ici ! Retourne près d'elle, je vous rejoindrai !

— Papa, mais tu es fou ! Où vas-tu ?

Mon fiston peine à m'écouter, puis s'en retourne enfin. Je distingue péniblement sa gabardine s'éloigner dans la nuit opaque.

Je n'ai plus de temps à perdre. Je m'élance pour traverser la place Gambetta. Dans ma main, la lanterne vacille secouée par les bourrasques. Les platanes qui ornent la place sont détrempés et croulent sous le poids de l'eau qui ruisselle comme des torrents de larmes.

Je parviens enfin à l'immeuble de l'étude Machard où je travaille. Au loin, le carillon de l'église sonne les douze coups de minuit. Je vais de ce pas toquer aux volets de la fenêtre qui donne sur la rue, celle de la pièce à vivre. Les volets sont irrémédiablement clos et je tambourine jusqu'à ce que ces derniers finissent par s'entrouvrir.

— Santori ! De grâce, ne restez pas chez vous ! Suivez-moi, je vous emmène à l'église.

— Ah c'est vous monsieur Costa ? Qu'est-ce qui vous arrive ? marmonne la voix endormie de notre concierge. Mais vous avez vu l'heure ?

— Mais Santori, vous n'êtes pas au courant ?

— Au courant de quoi ?

— Mais voyons, des mesures de sécurité préconisées par le maire !

— Le maire, le maire ? C'est pour me parler du maire que vous venez me réveiller au milieu de la nuit ? Qu'est-ce que je m'en fous du maire, de toute façon j'ai pas voté pour lui !

— Là n'est pas la question, Santori... Il faut évacuer la place Gambetta.

— Vous rigolez ou quoi ? Et pour aller où ?

— Allez, ne faites pas la tête dure, Santori. Il y va de votre sécurité.

— Écoutez, Costa. Nous verrons ça demain, quand il fera jour. Bonne nuit. Si on arrive à se rendormir !

Et il me claque sa fenêtre au nez. Toujours égal à lui-même, Santori. Bah, j'aurai au moins essayé. Je m'éloigne en pressant le pas. Au moment où je traverse la place Gambetta, je tire ma montre à gousset pour regarder l'heure à la lueur de ma lanterne. Minuit passé de quelques minutes. Quelle nuit ! Et quel enfer ce déluge !

Je range ma montre dans la poche de mon manteau détrempé et, alors que je m'apprête à repartir, j'entends au loin un sourd craquement. Un bruit sinistre suivi d'un bouillonnement qui ne cesse de s'amplifier à mesure que passent les secondes. Je m'avance en longeant les rangées de platanes de la place. Mes yeux fouillent l'obscurité pour tenter de comprendre d'où provient ce grouillement confus et sonore. C'est comme si un troupeau d'éléphants ou de buffles se jetait à grand galop à l'assaut de la ville !

Sous mes pieds, la terre se met soudain à trembler. Je regarde à ma gauche, en direction du marché, et en une fraction de seconde mon cœur se serre. Un fracas épouvantable retentit et je vois surgir une immense vague d'une puissance exceptionnelle qui emporte tout sur son passage. La place est frappée de plein fouet. Le sol se dérobe sous mes pieds, et quelque chose heurte durement ma tête. En un instant, tout s'arrête.

27 novembre 1927, Mostaganem. Manolo Carmona Rubio

0 h 45. Nous avons entendu comme un tremblement de terre et nous venons d'arriver aux abords de la place Gambetta. Mais c'est effroyable ! Elle a disparu ! Et les immeubles avoisinants aussi ! Malgré l'obscurité, on distingue un trou béant, sans toutefois pouvoir mesurer l'étendue des dégâts.

Figé contre moi, Pierrot ne cesse de pleurer, de crier, car son père n'est pas rentré. Je tente de le réconforter.

— Attendons le lever du jour. Il faut garder espoir, Pierrot. On ne peut pas savoir…

— Mon père est mort, j'te dis ! J'en suis sûr ! J'en suis sûr !

On entend encore des cris, comme des appels au secours. Il y a aussi les hurlements des chiens qui déchirent la nuit. Et d'autres cris d'animaux, probablement prisonniers dans les flots assassins de l'Aïn Sefra. Un bruit d'effondrement terrifiant retentit à nouveau dans la nuit. Par instinct, nous reculons, hébétés, paralysés par le froid et la pluie que l'enfer déverse sur nous. Cette fois, c'est un des immeubles jouxtant la place Gambetta qui vient de s'écrouler à son tour.

— *¡ Por dios,* Pierrot ! Je t'en prie, partons d'ici !

Il ne veut pas m'écouter, alors je l'empoigne et le mène de force à l'écart de cette apocalypse qui nous rend fous, sans savoir si retourner à l'église nous mettra davantage à l'abri. Nos proches sont là-bas, alors nous devons y aller pour les retrouver, et surtout les rassurer.

27 novembre 1927, Mostaganem. Adrien Doisnel

Cinq heures et demie. Le jour se lève enfin. Ou plutôt hélas, tant ce qui apparaît devant nos yeux rougis et profondément creusés est en réalité une vision d'horreur totale.

Hagard, je découvre un spectacle apocalyptique, insoupçonné et insoupçonnable. Une terrible tragédie. Il n'y a pas de mot pour décrire ce désastre. Nous n'avons plus que nos yeux pour pleurer, et nos cœurs saignent.

Je suis le maire d'une ville meurtrie, d'une ville anéantie. Je ne pourrai jamais oublier ce 27 novembre 1927. Une date à marquer d'une pierre noire.

Une antenne médicale a été mise en place à la caserne pour aider les survivants. Mais ils sont si peu nombreux. Hormis une vingtaine d'hommes que l'on a retrouvés exténués, abasourdis de stupeur, transis, assis à califourchon sur un pan de mur de la remise Dodéro qui tient encore miraculeusement debout. Sinon, ce ne sont que des corps sans vie qu'on découvre par dizaines dans les décombres de la place Gambetta engloutie par les eaux boueuses. Le drame fatal s'est produit vers minuit, lorsque les remparts ont cédé en amont, provoquant le déferlement d'une masse d'eau gigantesque. D'après quelques témoignages, celle-ci faisait dans les quatre mètres de haut sur plus de cinquante de large. Rien n'a pu résister à une telle furie, un raz de marée d'une force exceptionnelle.

La place Gambetta, auparavant un des hauts lieux de vie de notre cité, n'est plus qu'un immense trou. Le néant. En bas, coule à nouveau l'Aïn Sefra qui a recouvré son lit naturel. On peut distinguer la partie intérieure du tunnel avec les carcasses des deux camions que l'on a tenté de faire sauter hier, ainsi qu'un gros moteur provenant de la minoterie Mayer-Chanudaud. Tous les immeubles de la place Gambetta ont aussi disparu. La plupart abritaient des commerces : le salon de coiffure, l'étude Machard, la boulangerie Vigouroux, la pharmacie Combette, Haïm le chapelier, l'hôtel-restaurant Le Gambetta, les épiceries Cohen et Bensoussan, et les tisserands « Dahan & frères ». La remise Dorédo et le marché couvert, effondrés en partie. Le bain maure disparu aussi. Le Café Maure englouti. Plus loin, à l'embouchure de l'Aïn Sefra, il ne reste rien non plus du restaurant La Marine. Les moulins proches des berges de l'oued ont été ravagés, et l'entreprise Tissot a été emportée à la mer.

Le port également a été sauvagement touché par une déferlante de boue, de décombres et de matériaux de toutes sortes. Près des quais envahis de vase, des centaines de barriques renversées par la force des vents sont éparpillées et se retrouvent pêle-mêle au milieu des épaves et des débris. Les chalutiers pourtant amarrés, abîmés et malmenés par la tempête, gisent sur le sable au milieu des victimes et des corps sans vie. Outre les nombreux cadavres d'animaux dispersés dans toute la ville, des dizaines de morts sont à dénombrer parmi nos concitoyens. Le chef de la caserne des pompiers m'a rapporté ce chiffre tragique de plus d'une trentaine de cadavres gisant sur la plage. Et deux fois plus encore, emprisonnés dans les boues qui s'étalent tout le long du ravin, de la place Gambetta à l'embouchure de l'oued.

Cependant, le quartier le plus gravement touché est sans aucun doute Souika Tahtania à l'ouest de Tigditt. Certains parlent de trois cents morts et disparus. Beaucoup de victimes n'ont pas été retrouvées, probablement emportées jusqu'à la mer. Cette mer dévorante qui peut-être ramènera peu à peu les corps sur le rivage.

Nous vivons un véritable cauchemar. Et j'ai décrété ce matin une journée de deuil pour l'ensemble de la population de Mostaganem. Malgré cette horrible tragédie, notre consolation est d'avoir sauvé de nombreuses vies grâce aux mesures de précautions décidées hier lors du conseil municipal d'exception. De nombreuses personnes nous ont écoutés et, conformément à nos consignes, se sont ainsi éloignées de la zone à risque. Notamment, l'école des Sœurs Trinitaires dont les dortoirs et les cuisines et six classes ont été engloutis, sans déplorer la moindre victime. Les sœurs avaient fait évacuer les bâtiments dès le samedi après-midi. Je me suis empressé d'aller leur adresser ma plus vive gratitude.

27 novembre 1927, Mostaganem. Manolo Carmona Rubio

Il pleut encore et toujours. Le vent s'obstine à souffler en rafales. Retrouverons-nous un jour le calme ? La fin de cette tempête interminable ? À croire que non.

Ce dimanche 27 novembre devait être un dimanche comme les autres. Or, il restera le souvenir d'incroyables souffrances pour tous les Mostaganémois. Et pour moi aussi, car je viens de découvrir Mouchi sur la plage. Le visage enfoui dans le sable. Le corps disloqué, froid, sans vie, tordu dans une atroce posture. J'ai eu tant de peine de le voir ainsi, que j'ai voulu m'agenouiller pour lui redonner forme humaine, et le prendre dans mes bras. Mais mon père m'a demandé de ne pas le toucher.

— Les pompiers sont là, ils vont s'en occuper, a-t-il ajouté tristement.

Mouchi sera rendu à sa famille, s'ils sont encore vivants, bien sûr.

Cette mort s'ajoute à celle de mon patron, Narcisse Tissot. Lui aussi a été retrouvé sans vie dans les décombres de sa maison dont il ne reste rien d'autre qu'un tas de poutres, de planches, de tôles enchevêtrées et de gravats. Devant son cadavre recouvert d'un drap, j'ai repensé à ce qu'il disait hier soir. *« Allez, passe me voir demain si tu veux. Sinon, à lundi. »* Était-ce cela, la mort ? Une fin de non-recevoir ? Un arrêt brutal presque toujours imprévisible ? *« Passe me voir demain »,* mais pour lui il n'y aura plus de demain. Rien d'autre que le silence. Le vide. Les remords et l'absence. Pourquoi n'ai-je pas réussi à le convaincre ? Si seulement il m'avait écouté. Certes, comme tant d'autres, il n'a pas eu la même chance que le vieil Anselmo et Soledad qui comme lui ont refusé de quitter leur maison. Nos voisins ont eu la vie sauve uniquement parce que notre rue n'a pas été touchée par la vague dévastatrice.

Devant ce spectacle de grande désolation, je mesurais à quel point l'existence reste éphémère. Nous sommes si peu de choses, en un instant tout peut s'arrêter.

Le 28 novembre Mostaganem enterrait ses morts sous une pluie continuelle. Pierrot n'a enterré son père que deux jours plus tard pour laisser le temps à sa sœur Elma d'arriver d'Alger. Ainsi de la Toussaint jusqu'à ce jour-là, il n'avait cessé de pleuvoir sur toute l'Oranie. Comme si tous les saints de la Terre avaient décidé de pleurer chaque jour de novembre.

J'ai revu Elma le jour des obsèques. Mais elle était si triste, tellement méconnaissable dans son habit de deuil, que j'ai eu du mal à reconnaître la jeune fille que j'avais aimée.

Trois jours plus tard, elle repartait avec son mari, un grand brun, postier à Alger. Un gars plutôt banal. Qu'avait-il de plus que moi ?

C'est seulement le jour de son départ que j'ai remarqué son ventre arrondi. Il me fallait tourner définitivement la page.

Adieu Elma.

19

Ami de sang et d'or

Décembre 1927, Mostaganem. Pierrot Costa

Maman veut quitter Mostaganem pour tenter d'oublier ses pensées funestes et l'horreur de la mort. Elle est décidée à retourner à Saïda, sa ville natale pour y retrouver sa famille, notamment sa mère, ses frères et sœurs que nous avons revus lors de l'enterrement. Elle vient de poster la lettre dans laquelle elle leur expose son désir de retour.

— Et toi ? Que vas-tu faire ? Tu veux rester ici ? dit-elle d'une voix douce, tentant d'en savoir un peu plus sur mes projets.

— Je ne sais pas trop, finis-je par avouer. Avec Manolo nous parcourons la région pour chercher du travail dans des carrières. Mais on n'a encore rien trouvé...

— Tu sais... j'en ai glissé un mot à mon frère dans ma lettre, au cas où il connaîtrait un bon tailleur de pierre dans la région de Saïda. Ça coûte rien de demander.

— Ah oui ? Tu as fait ça ?

— Pourquoi ? Je n'aurais pas dû ?

— Si, bien sûr, c'est une bonne idée. Après tout, ici ou ailleurs, qu'importe.

Cette année, Noël sera bien triste pour tous les Mostaganémois. Il n'y aura pas de fête à la maison, d'autant qu'Elma repartie pour Alger ne pourra être parmi nous. Elle doit accoucher courant janvier. Une naissance qui mettra du baume au cœur à nos vies, pour panser le chagrin de celle qui nous a été prise. J'ai remarqué que les décès

131

précèdent souvent les naissances. Comme si une loi de la nature imposait cet équilibre. Mais cela me paraît tellement injuste, car cet enfant ne connaîtra jamais son grand-père.

Cette question du travail avec Manolo me contrarie. Je dois absolument lui en parler, car je ne partirai pas à Saïda sans lui. Manolo, je l'aime comme un frère. Il est d'une gentillesse incroyable, toujours calme, jamais un mot plus haut que l'autre. Il a le cœur sur la main et tout ce qu'il fait, c'est toujours pour les autres. C'est mon meilleur ami. Un ami de sang et d'or, comme je n'en aurai jamais d'autres.

Janvier 1928, Mostaganem. Manolo Carmona Rubio
De la fenêtre de ma chambre, je vois la lune briller dans le ciel d'hiver. Comme toutes les nuits depuis quelque temps, je ne dors pas. Dans le lit à côté, mon petit frère Pedro dort du sommeil du juste, j'entends son souffle régulier. Il est si gentil, je l'aime tant et comme il va me manquer.

Derrière moi, c'est la chambre des parents. Aucun bruit. Rien d'autre que le silence opaque du repos des guerriers.

Mes chers parents, je vous quitte. Je vous aime et je vous dois tout. Je sais que cela vous fera de la peine, mais je dois partir. Il le faut, c'est ma vie.

Merci, papá de nous avoir permis d'être heureux dans un pays qui n'était pas le nôtre, mais qui l'est devenu. Merci pour cette traversée incroyable en barque, de nous avoir emmenés jusqu'ici. Merci de nous avoir sauvés de la misère.

Merci mamá, pour ton courage, ta force et ta bonté angélique.

Merci à tous les deux, merci... des mercis pour la vie, mais je dois m'en aller.

Hélas, je ne sais pas écrire. Ces mots, c'est mon cœur qui vous les adresse. Aurais-je la force de vous les dire, à l'heure du départ ? J'ose croire que oui. Il le faudra bien.

Pierrot et sa mère vont partir à Saïda et j'ai décidé de les suivre. L'oncle de Pierrot nous a trouvé du travail près de Charrier, un village situé à une trentaine de kilomètres au nord de Saïda. C'est une zone de collines boisées où se trouvent pas mal de carrières de marbre et de grès. D'après son oncle, au printemps prochain devrait commencer l'exploitation d'une nouvelle carrière. Ils ont besoin de manœuvres, de marbriers et des tailleurs qualifiés. On ne peut se permettre de laisser passer une telle opportunité.

J'avais prévu d'annoncer la nouvelle à mes parents le dimanche des rois, au moment du dessert. Et voilà nous y sommes. *Mamá* vient de déposer au centre de la table le gâteau traditionnel. Une couronne à la fleur d'oranger qui embaume toute la pièce. Elle nous sert une part à chacun et nous dégustons ce plaisir religieusement, non sans avoir une pensée pour José et Luís dont on n'a plus du tout de nouvelles, et Beatriz et Josefa parties vivre leur vie.

— *Papá, mamá,* je vais partir. J'ai trouvé du travail.

Voilà, c'est dit.

Papá m'observe, en silence. Et *mamá* s'y attendait probablement. Comme quelque chose d'inéluctable, depuis la mort du père Tissot.

— C'est bien, Manolo, dit *papá* en s'exprimant le premier. Le travail, on va le chercher où il se trouve, ce n'est pas moi qui vais te dire le contraire.

Je leur explique où se trouve Charrier. Enfin, je répète ce que m'a dit Pierrot. Au bout d'un moment, *mamá* se lève pour débarrasser et commence à plonger les assiettes dans un seau d'eau tiède destiné à la vaisselle. Elle ne dit rien. *Pobrecita mamá.* Heureusement qu'il lui reste Lola, et puis notre Pedrolito d'amour.

Mars 1928, Charrier. Pierrot Costa

Nous sommes arrivés le 12 février à Charrier, petit bourg de cinq cents âmes, situé entre Oued-Taria et Franchetti. En attendant de s'établir comme couturière, maman s'est installée chez son frère à Franchetti, située à une dizaine de kilomètres de là. Manolo et moi logeons, faute de mieux pour l'instant, à l'auberge du village où nous avons pris chacun une chambre. Quelques jours après notre arrivée, nous avons commencé à la carrière de grès de Franchetti, en attendant l'ouverture de celle de Charrier, prévue le mois prochain. Nous avons rencontré le futur contremaître de l'exploitation, un grand type pas très commode qui s'est montré toutefois très intéressé par notre expérience et notre savoir-faire. La société d'exploitation porte le nom de Ste Nouvelle des Carrières du Djebel El Maida. Titre à rallonge pour ne rien dire, puisque la carrière est proche de Charrier, en remontant vers Oued-Taria. Les gens du coin appellent ces montagnes, les Monts de Saïda, ce qui me paraît plus logique, car la chaîne du Djebel El Maida se trouve beaucoup plus à l'est.

Manolo et moi avons reçu cette semaine notre titre d'embauche et nous avons hâte de commencer là-bas. Ce sera pour le 2 avril.

Maman a également trouvé du travail à Saïda, chez le tailleur le plus réputé de la ville. Un grand magasin qui réunit une dizaine d'employées. Finalement, nous ne regrettons pas notre installation ici. Le plus dur, c'est la distance qui nous sépare d'Elma. Alger est à presque cinq cents kilomètres. Les occasions de se voir seront rares. Mais c'est ainsi. Ma sœur est heureuse avec son mari et son petit. C'est le principal. Un beau petit qu'ils ont appelé Clément, nous a-t-elle écrit en janvier.

Clément. En souvenir de notre père.

20

« El rincón de Pepe »

Juillet 1929, Charrier. Manolo Carmona

Ce soir sur la place du village, il y a le bal du 14 juillet. Une belle soirée que Pierrot et moi ne voulons manquer pour rien au monde.

Voilà maintenant plus d'un an que nous travaillons à la carrière de Charrier, où toutes les nationalités se côtoient. Un brassage incroyable ; quelques Français bien sûr, quelques Belges, des Allemands et des Polonais, mais la majorité des ouvriers sont italiens, maltais, et surtout espagnols et marocains. Ce qui n'empêche pas tout ce beau monde de bien s'entendre. Hormis quelques échauffourées qui bien souvent se règlent d'abord avec les poings, et ensuite autour d'un bon verre à l'auberge de Pepe, point de ralliement de tous les ouvriers de la carrière.

Pierrot et moi sommes devenus amis avec Márquez, un grand type qui habite à la sortie du village. Il s'appelle José Vicente. Un bon gars, qui lui aussi est originaire de la province d'Almería. Mais rien d'étonnant à ça, car la plupart des ouvriers espagnols viennent du sud de l'Espagne. On s'est très vite bien entendus tous les trois, et nous passons le plus clair de notre temps libre à l'auberge « El Rincón de Pepe ». C'est le lieu incontournable où tout le monde se retrouve le soir. Toutes les tables sont accaparées par les joueurs de cartes. Le comptoir regorge de tapas et l'anisette coule à flots. C'est le seul moment de détente, après le rude labeur d'une journée bien chargée. Le soir, au fond de l'auberge enfumée, des guitaristes créent l'ambiance, et Lolita la danseuse, exhibe quelques sévillanes devant nos yeux émerveillés. Les ouvriers, cigarette aux lèvres, délaissant pour un instant les cartes, suivent des yeux ses déhanchements endiablés, admirent ses courbes parfaites et sensuelles, sa cambrure parfois provocante. Puis, lorsque le spectacle est terminé, la soirée se poursuit dans d'interminables parties de dominos ou de cartes espagnoles. Ce n'est que tard dans la nuit que les ouvriers, repus et enivrés, regagnent leurs baraquements ou leurs habitations. Pour Pierrot et moi, c'est plus simple, nous logeons à l'auberge où Pepe dispose à l'étage d'une dizaine de chambres pour les ouvriers. « El Rincón de Pepe », c'est véritablement notre port d'attache.

Le dimanche, les villageois assistent à la messe et après l'office, tout le monde se retrouve au bar, y compris le curé. Tout est prétexte à s'envoyer une bonne anisette. Pierrot et nos camarades m'y attendent déjà, car en passant devant le marchand de *calentita,* je n'ai pas pu faire autrement que de m'y arrêter.

— Qué gourmand ce Manolo ! se sont-ils écriés.

C'est vrai, c'est mon péché mignon, je ne peux y résister.

Fumant tranquillement ma cigarette d'une main et tenant de l'autre ma portion de gâteau, je traverse à présent la place en direction de l'auberge. Soudain, près de la fontaine, j'aperçois une jeune fille venant dans ma direction. Arrivée à ma hauteur, elle me lance une œillade furtive et poursuit tranquillement sa route vers la mairie située à proximité de l'église. Mais qui est cette jolie brune ? J'en reste ébloui et mon cœur s'arrête net. Me retournant discrètement, je la vois entrer dans la mairie. J'attends deux minutes, mais ne la voyant pas ressortir, je finis par rejoindre mes acolytes au « Rincón de Pepe ».

Le soir, au bal du 14 juillet, je ne cesse de me languir. Si seulement ma jolie brune pouvait réapparaître !

— Tu cherches quelqu'un ou quoi ? me demande Pierrot.

— Comment ça je cherche quelqu'un ?

— Beh, ch'sais pas… j'te vois, là, à fouiner de partout avec tes yeux inquisiteurs. T'as perdu tes savates ?

— Non, non.

— Bon alors, viens plutôt avec nous, voir si y a des pépées à faire danser !

Et il m'entraîne vers la fête où un joyeux vacarme résonne sur la place du village éclairée par des lampions. Sur un plancher de fortune, des couples tanguent et s'enlacent au son des tangos, des rumbas et des paso doble. Pendant que Pierrot s'élance au bras d'une demoiselle, je me contente de les regarder. De toute façon, je ne suis pas très bon danseur, mais une chose est sûre, je danserai uniquement avec la jolie sirène que j'ai croisée ce matin.

Une semaine passe et nous voilà enfin dimanche. J'espère bien revoir aujourd'hui mon secret d'amour. Assis sur le rebord de la fontaine et fumant tranquillement, je discute avec Pierrot lorsque soudain apparaît celle que j'attendais. Se dirigeant vers la mairie, ma jolie brune passe nonchalamment près de nous, hélas sans même nous prêter attention. J'avais espoir qu'elle me regarderait, mais ça ne fait rien.

— Tu veux que j'te dise un secret ? dis-je à Pierrot en le fixant dans les yeux.

Il m'observe un court instant, à la fois amusé, curieux et troublé.

— Ben ma foi, c'est comme tu veux. Alors quel est ce secret ?

Je n'ai pas le temps d'ouvrir la bouche que me voilà interrompu par l'arrivée plutôt inopportune de Márquez.

— Dis, José Vicente, tu tombes bien mal ! sourit Pierrot en lui mettant une grande tape sur l'épaule. Manolo allait m'avouer un secret, et t'y arrives, et tu lui coupes la chique !

— Oh oh ? Un secret ? s'esclaffe José Vicente hilare. Eh ben vas-y, que j'en profite aussi !

Que faire ? De toute façon, pourquoi le cacher davantage ? Et puis, je n'ai pas honte, bien au contraire. Ma jolie brune finit maintenant de traverser la place, alors, prenant ma respiration, je leur dis d'une voix franche et des plus sérieuses en la désignant du regard :

— Un jour, cette fille-là sera ma femme.

— Qui ? Elle ? La servante du maire ? s'exclame Pierrot.

La surprise me cloue le bec.

— Comment tu sais qu'elle est la servante du maire ? je lui demande sèchement.

— Hé je le sais, c'est tout.

— Non, c'est pas tout. Qui t'a parlé d'elle ?

— Hé dis, Manolo, quelle mouche te pique ? C'est Pepe qui me l'a dit.

José Vicente nous écoute palabrer sans rien dire, comme s'il attendait qu'on en termine avec nos chicaneries.

— Bon allez, je vous laisse, nous dit Pierrot en s'éloignant tout guilleret et sifflotant.

Me tournant machinalement vers José Vicente, je remarque qu'il me dévisage étrangement.

— Qu'est-ce qu'y a ? je lui demande à la fois étonné et désorienté.

— Rien, répondit-il calmement.

Ses yeux noirs semblent me jauger en profondeur, et il ajoute tranquillement :

— C'est juste que cette fille... c'est ma sœur.

Les bras m'en tombent tant ma surprise est grande. Ça alors ! quelle coïncidence incroyable ! Ça serait vraiment formidable si José Vicente devenait un jour mon beau-frère ! Il m'apprend que ses parents travaillent dans les fermes des environs de Charrier. Ils habitent la dernière maison à droite dans la Grand-Rue, à la sortie du village. Une maison de plain-pied crépie à la chaux.

Sa sœur s'appelle Ramona, elle a dix-sept ans. Et il me faut patienter trois dimanches avant de pouvoir l'inviter au « Rincón de Pepe ». Nous nous installons tranquillement sur la terrasse. Pepe m'apporte une bière et une agua limon pour Ramona. Aujourd'hui personne ne viendra nous déranger. Pour me laisser le champ libre, Pierrot est parti à Saïda chez sa mère et ne sera de retour que dans la soirée.

Une fois ma bière terminée, je ne me lasse pas de boire, de boire sans cesse les paroles de ma belle Ramona. Elle me raconte qu'elle a deux frères aînés, José Vicente et Pablo, et une sœur Carmen qui a fêté ses vingt ans en juin dernier. Ses parents sont de simples ouvriers espagnols. Je n'en suis guère étonné, c'est le lot de la plupart des gens en Algérie. Oui, pas de doute, nous sommes bien du même milieu.

— Et tes parents sont de quel village en Espagne ?

— De Níjar.

— Ah c'est drôle ça ! Mes parents n'habitaient pas très loin, à Agua Amarga.

— Mes parents doivent sûrement connaître, mais moi ça n'me dit rien, je suis née ici à Charrier.

Je demande à Pepe une autre bière. Ramona n'a pas terminé son agua limon et décline poliment.

— Alors tu es née ici en Algérie ? Tu es française donc ?

— ¡ Qué va ! Je suis espagnole !

— Ah bon. Je croyais qu'on était français en naissant en Algérie.

— Non, faut qu'un des deux parents soit français. ¡ Pero yo, soy española !

— ¡ Y yo tambien ! Muy bien !

C'est un beau dimanche d'août et, bien que j'aurais préféré rester en sa compagnie, Ramona m'abandonne prétextant que son père lui a demandé de rentrer avant 18 heures.

Nous nous quittons timidement, en promettant de se revoir le jeudi suivant, le 15 août.

Et nous nous sommes effectivement revus ce jour-là, puis le dimanche suivant. Et ainsi de suite, tous les dimanches jusqu'au 2 février 1930, jour de son dix-huitième anniversaire où j'ai fait mon entrée dans la famille Márquez Picón.

Son père Jesús Márquez Segura, homme taciturne et épuisé par le labeur de toute une vie de journalier, m'a accueilli avec fierté en m'accordant toute sa confiance. Tout comme sa mère Pilar Picón Ramos, petit bout de femme elle aussi usée par le travail, mais dont l'âme est animée d'une force de caractère étonnante. Et quelle gaieté aussi dans son regard vif ! Mais Pilar avait une particularité à laquelle je n'avais pas prêté attention les premiers temps. C'est plus tard que j'ai remarqué ses mains atrophiées. Ramona m'a expliqué que certaines de ses phalanges étaient plus courtes, car usées à force de laver le linge dans les fermes depuis sa prime jeunesse. Je n'ai jamais oublié et n'oublierai jamais la vision terrible de ses doigts mutilés par la dure besogne.

C'est au printemps de l'année suivante que nous nous sommes tout naturellement fiancés, après le mariage de la sœur de Ramona, Carmen, qui a épousé Indalo Rodriguez, un menuisier de Saïda.

Puis, le 27 février 1932, notre mariage a été célébré à l'église de Charrier. Comme je l'avais prédit, José Vicente est devenu officiellement mon beau-frère. Notre repas de noces s'est déroulé au « Rincón de Pepe » où nos familles étaient réunies pour cette belle fête, mes parents, Pedrolito, Lola et son fiancé, ma sœur Beatriz, son mari et ses enfants venus de Tlemcen, les cousins Ernández de Bouguirat, et quelques amis. Sans oublier mon irremplaçable Pierrot qui sans le savoir allait rencontrer ce jour-là une jeune fille de seize ans qui deviendrait sa femme trois ans plus tard ; Odette Alonso, la nièce de Pepe venue aider son oncle pour le service. Il ne manquait qu'une personne pour que la fête soit une réussite totale. Quelqu'un qui nous manquait beaucoup depuis son départ à Bône. Ma sœur Josefa, qu'on n'a plus revue depuis sept longues années. J'espérais une seule chose, c'est qu'elle soit aussi heureuse que je l'étais moi-même en ce jour de noces.

21
L'absence de la lune

Été 1933, Bône. Josefa Carmona Rubio

Après plus d'une heure d'errance sur les plages de Bône, j'arrive à Toche, langue de sable ocre ciselée dans les méandres de la côte. J'aime beaucoup ces plages isolées du reste de la ville. À ma gauche, quelques maisons basses en bois, alignées en enfilade, et à ma droite, la grande bleue. Silencieuse, ténébreuse, bercée dans le soleil couchant. Une mer étale qui peu à peu disparaît dans le crépuscule. La nuit arrive, et je ne sais comment je vais rentrer à la maison. À moins que Gönül ne soit déjà à ma recherche. Il a l'habitude de mes fugues passagères et connaît mon attachement à Toche. Mais qu'il vienne. Ça m'est égal. J'ai décidé de ne plus lui résister. Je suis lasse de ses humeurs massacrantes. Lasse de ses coups bas. De ses coups, tout court. Il y va de ma survie. Et surtout de celle du bébé.

Si j'avais su que ce mariage serait pour moi synonyme de prison.

Pourquoi Gönül m'a-t-il épousé ? Par amour ? Je le pensais au tout début.

En y réfléchissant, notre bonheur n'a duré que les quelques mois où nous avons vécu au cours Bertagna. C'était en 1926, l'argent coulait à flots, nous profitions de tout. Les sorties au large de la baie des Caroubiers sur le yacht d'Aldo. Les restaurants chics de la rue Maillot. Les dégustations du savoureux « créponné »[22] de Chez

---

[22] Sorbet au citron, spécialité algérienne et bônoise, recette créée par la famille Soriano à Oran.

Fanfan. Le lèche-vitrine aux Galeries de France sur le cours Bertagna. Les visites à Hippone. Les soirées passées à danser le Charleston. Les belles toilettes, les robes à franges, chapeau cloche, les cheveux courts, les plumes, les boas, la brillantine, les bas de soie, les perles.

La prison a mis fin à tout ce faste, et à la vie facile. L'argent est parti en fumée. Sans espoir d'en retrouver un jour la saveur. Puis, le crack boursier de 1929 a définitivement sonné le glas de nos années folles. Pauvre de nous. Et surtout pauvre de moi, car depuis deux ans je suis bien obligée de travailler. Je suis employée chez un matelassier de la rue Gambetta. Je gagne quinze sous de l'heure. Ça me fait presque huit francs par jour. Et l'argent gagné, Gönül court le dépenser au bistrot du coin avec sa bande de vauriens. Quand il rentre, il est complètement saoul, et à la moindre réflexion, il cogne.

Et ce petit qui va naître le mois prochain… que deviendra-t-il ?

Il fait nuit noire lorsque je rentre à la maison. Je pousse la lourde porte et reçois aussitôt une gifle cinglante qui me brûle la joue. Puis, une pluie de coups s'abat sur tout mon corps. Je m'effondre sur le plancher crasseux. Gönül est encore ivre. J'ai beau crier et le supplier, il est comme fou, rien ne l'arrête.

— D'où tu viens ? Espèce de traînée ! hurle-t-il en s'acharnant sur moi à coups de pied dans le dos.

Je me protège comme je peux en lui opposant mes bras frêles, entourant de mes mains mon ventre arrondi. Soudain, un violent dernier coup dans mes entrailles m'arrache un cri terrible qui m'étrangle et m'étouffe. Je tente de me relever en vain. La douleur est telle que je ne peux plus bouger. J'entends la porte claquer derrière moi. Gönül s'est enfui comme un lâche, mais je n'ose bouger. Je ne veux plus bouger. Étendue sur le plancher de la cuisine, je sens la vie s'en aller de mon ventre, se répandre dans l'horreur absolue. J'essaie une dernière fois de me relever, en vain.

Depuis quand suis-je sur ce lit d'hôpital ? Je vois des malades partout. La salle est immense, séparée par une allée centrale avec des dizaines de lits blancs alignés de chaque côté. Une sœur entourée de ses infirmières s'arrête à mon chevet et saisit le porte-fiche accroché au pied de lit. Elle m'adresse un regard navré, puis s'approche et me dit de sa grosse voix :

— Alors, comment vous sentez-vous aujourd'hui ?

— Mon béébé... où est mon bébé ? ai-je juste la force de balbutier.

— Ne vous inquiétez pas, jeune dame, il faut d'abord vous requinquer.

Puis elle chuchote quelques mots à l'infirmière en chef, avant de se tourner vers le malade suivant.

Quelques heures plus tard, en début de soirée, les filles de salle poussent un chariot sur lequel est posée une grosse marmite fumante. Elles nous servent un bol de bouillon, mais comme je n'ai pas faim, je l'offre à ma voisine. Je reste prostrée dans mes draps froids, ne sachant toujours rien de ce petit être qui n'est plus dans mon ventre. Au passage de la jeune infirmière qui change mes pansements, je demande une nouvelle fois :

— Où est mon bébé ?

— Allons, reposez-vous. Vous n'avez plus rien à craindre.

Elle découpe une compresse de gaze puis repose ses ciseaux sur le lit. Avec douceur et précaution, elle s'applique à soigner mes plaies. Je me sens si vide et si triste. Tellement absente et inutile. Au moment où elle me quitte, je la supplie une dernière fois... j'ai si peur pour mon enfant. Elle m'observe, hésitante, en posant sur moi un regard vague et confus.

— Votre enfant est mort-né... Je suis désolée.

Ma poitrine se serre brutalement, comme si mon cœur allait cesser de battre.

— Vous êtes brave et forte, vous vous en sortirez, continue-t-elle en me pressant délicatement la main, pour me donner du courage et compatir à ma douleur.

Et elle disparaît comme une ombre mélancolique dans les allées de la grande salle.

Bien qu'embués de larmes, mes yeux parviennent à distinguer l'éclat brillant d'un objet métallique posé sur le lit. Sur le mur en face, à travers les fenêtres étroites et découpées dans la pierre, je fixe l'obscurité sinistre de cette nuit d'été qui, je le comprends désormais, ne prendra jamais fin. Sombre nuit où l'absence de la lune me laisse sans arme, anéantie, laissant partir à la dérive mes dernières forces. Celles qui me donnaient encore quelquefois le courage de tout supporter. Alors je ne pense plus à rien. Je ne discerne plus rien, et je remonte le drap blanc et glacé jusque sous mon menton.

Quelques instants plus tard, l'infirmière revient, l'air contrariée. Que veut-elle ?

— Vous n'avez pas vu mes ciseaux ? Je les cherche partout...

Sans oser parler, je me borne à hocher négativement la tête. Et elle s'en va, puis les heures passent.

Quand le silence opaque enveloppe enfin la grande salle, je me lève, péniblement, au cœur de la nuit. Je prends mes maigres affaires suspendues dans l'armoire près du lit et traverse sans bruit la longue allée centrale. Personne ne m'a vue, alors je poursuis ma fuite. Ne plus m'arrêter. Je descends le grand escalier et me glisse au-dehors. Je déambule dans la ville. Quelques automobiles passent de temps en temps près de moi sans soucier de ce que je fais, ni où je vais à une heure si tardive. Je marche longtemps ainsi, plusieurs heures sûrement, lorsqu'à l'aube la basilique de Saint-Augustin est enfin en vue. À proximité des ruines d'Hippone, une voiture s'arrête. Le chauffeur, étonné de me voir si chichement vêtue et si lasse, me demande où je vais.

— À la basilique, monsieur, murmuré-je épuisée.

Comme il propose de m'y conduire, j'accepte sans réfléchir. La voiture gravit les interminables lacets. Ma tête appuyée contre la vitre de la portière, j'observe la route en silence, le regard vague et perdu. Une fois arrivés, l'homme me laisse devant la basilique.

J'attends là de longues minutes, la main enfouie au fond de la poche de ma veste élimée. Au bout d'un temps qui me paraît interminable, je me décide à pousser la porte de la maison de Dieu. Un immense silence emplit mon cœur, et au fond de ma poche, ma main ressent la froideur du métal qui effleure mes doigts. Que font les ciseaux de l'infirmière dans ma poche ?

À droite, dans l'ombre le long de la nef, je remarque trois confessionnaux. Je m'en approche en silence, puis je m'arrête à nouveau. Mon regard parcourt la basilique. Je voudrais soudain trouver de quoi écrire. Seuls les mots parfois peuvent donner le courage que l'esprit délaisse. Avant que six heures ne sonnent, ma tâche est accomplie. Alors, lentement, je m'installe dans un confessionnal, comme dans le secret des dieux.

En l'absence de la lune, je ne pense plus à rien. Je ne discerne plus rien. Je laisse ma main se saisir de l'objet. Mon cœur n'est plus qu'un énorme nuage noir traversé d'un éclair fulgurant.

Je revois la balancelle voguant sur les flots impatients de la Méditerranée. Je revois mon père à la barre. Je revois la plage où nous avons accosté il y a si longtemps. Je revois Bouguirat et retrouve Mostaganem. Je revois Toche et la clarté de l'horizon à perte de vue.

Je ressens le soleil, et je redoute la froideur. Alors, fermer les yeux est encore la meilleure chose à faire.

Printemps 1935, Mostaganem. María-Rosa Carmona Rubio

¡ *Dios mío ! ¿ Qué nos pasa ?* (Mon Dieu, qu'est-ce qu'il nous arrive ?) Bientôt deux ans que nous avons perdu notre Josefa, et un destin funeste s'abat à nouveau sur la famille. Lola, enceinte de cinq mois, est partie en urgence hier après-midi à l'hôpital de Mostaganem, car dans la nuit d'avant-hier elle a ressenti de fortes douleurs au ventre, suivies d'une poussée de fièvre. Toute la journée, nous avons pourtant essayé de la soulager, mais son état n'a cessé de s'aggraver. Son mari a fait venir le docteur qui a aussitôt ordonné son hospitalisation.

Ma fille va mal. Avec mon gendre, on a passé la matinée à attendre le retour des docteurs, dans l'espoir de nouvelles rassurantes. Mon mari, lui, est resté à la maison avec Pedrolito et s'est résolu à ne jamais mettre les pieds dans un hôpital.

Mais de nouvelles, nous n'en avons pas eu jusqu'à tout à l'heure, treize heures. La porte de la salle d'attente s'est ouverte dans un léger chuintement. Un homme en blouse blanche s'est approché d'un air grave. Et j'ai compris. J'ai su que c'était fini. Mon gendre s'est effondré sur une chaise, pleurant de douleur. Et moi, pour ne pas montrer mon chagrin et mon désespoir, je me suis tournée vers la fenêtre.

Le docteur nous a expliqué que Lola attendait en réalité des jumeaux. Malheureusement, un des fœtus était mort depuis plusieurs jours, provoquant la mort de ma fille et de son deuxième enfant par septicémie. À quoi tient la vie ? Est-ce cela le plaisir de Dieu ? Le destin impitoyable qui, seul, dicte sa loi et nous accable sans cesse ? Mes deux filles disparues. Mes deux aînés, José et Luís, oublieux et oubliés, si loin de nous, en Espagne. Il ne me reste plus désormais que Beatriz qui vit à Tlemcen, mon Manolo qui habite à Oran, et notre tendre Pedrolito.

Deux jours plus tard, nous enterrons notre Lola dans le petit cimetière de Mostaganem. *Adiós hija mía.*

J'ai cinquante-huit ans et j'ai toujours trouvé la force d'espérer en des grâces divines, même si notre vie ressemble à un chemin de croix. Et je sais bien aussi qu'à nos tristes malheurs, répondent toujours des joies inattendues. Et ce moment de bonheur arrive un matin de juin, avec une lettre d'Oran nous annonçant la naissance de la petite Claudine. La fille de Manolo est née le 15 juin. La mère et l'enfant se portent à merveille. *¡ Por fin !* Enfin, un rayon de soleil qui réchauffe nos cœurs !

Le soir même, je vais à l'église pour adresser à la Vierge Marie mes plus ferventes prières. Parce que je sais que malgré tout elle nous protège, comme elle nous a protégés lors de notre traversée en juin 1917.

146

22
Sur le marbre blanc

Avril 1937, Oran. Ramona Carmona

L'année 1937 a bien mal commencé pour notre famille. Mon père est mort une nuit de janvier, emporté par une mauvaise grippe. S'il n'avait pas continué à travailler dans le froid et sous la pluie, ma mère aurait pu sans doute le soigner correctement. Mais une fois alité, il n'a plus quitté la chambre jusqu'à son dernier souffle.

À Pâques, nous baptisons Sylviane, notre dernière – qu'on appelle Silvia parc'que c'est plus court. Elle est née le 31 août dernier, juste deux mois après la petite Herminie, la fille de Pierrot.

Voilà un peu plus de deux ans que nous avons quitté Charrier, car Pierrot et mon Manolo ont réussi à dégotter à côté d'Oran un nouveau chantier très bien payé. Avec l'argent gagné, nous avons acheté un appartement à Eckmühl, rue d'Adana. Pierrot, lui s'est installé définitivement au quartier Boulanger avec sa femme Odette. Puis, à force de travailler dans les carrières, *mi marido* a eu des problèmes de santé à cause des poussières et il a dû arrêter ce travail trop nocif pour lui. Maintenant, il est employé à l'usine Bastos[23] d'Oran, près du quartier Château Neuf. Ce nouveau travail lui va comme un gant, même s'il regrette parfois son métier de tailleur de pierres. Mais au moins il ne souffre plus des bronches. Quant à moi, je suis devenue prospectrice en bijouterie, grâce au fils de notre voisin qui travaille chez un orfèvre-bijoutier de la rue d'Arzew. Cette activité me va à ravir, je me sens comme une reine entourée de joyaux !

---

[23] Usine de fabrication de cigarettes.

17 mai 1943, Oran. Manolo Carmona

Après une nuit très agitée, Ramona a accouché hier matin.

Je pense à ma mère qui souhaitait tant un garçon. Mais bon, voilà, encore une fille ! Nous l'avons appelée Gisèle.

En fin de matinée, je descends à pied à la mairie en compagnie de Pierrot et mon frère Pedro *el mudo* pour déclarer la naissance. Une fois le registre signé, nous sortons du bureau de l'État-Civil. En passant devant la place Villebois-Mareuil, nous nous arrêtons à la terrasse du Grand Café Riche pour fêter l'événement en sirotant une anisette. Pierrot me parle de la guerre qui sévit en Europe et aux quatre coins du monde. Selon lui, elle risque de durer encore longtemps, et ce, malgré l'avancée des troupes alliées et le débarquement des Américains en Afrique du Nord qui a eu lieu en novembre dernier du côté d'Arzew. Il ne cesse de répéter que les boches sont des durs à cuire et qu'ils se battront jusqu'à la victoire finale d'Hitler. « Ce type est fou, c'est un cafard, que même quand tu l'écrases, il se relève toujours ! » ajoute-t-il en cognant sur la table.

— T'inquiète pas, Churchill et les Alliés finiront bien par en venir à bout, dis-je confiant.

— Ah, recommence pas avec tes Anglais ! T'as oublié ce qu'ont fait ces sales rosbifs à Mers-El-Kebir en coulant tous nos navires ! Avec la complicité de de Gaulle, d'ailleurs !

— Je sais bien, mais c'était un mal nécessaire. Churchill pouvait pas prendre le risque de laisser Pétain livrer la flotte française à Hitler !

— Y avait sûrement mieux à faire que zigouiller 1500 marins ! Quant à de Gaulle, cette ordure, en laissant faire... Té, pour moi lui c'est le pire de tous !

— ¡ *Por dios* ! Pierrot, t'exagères ! C'est de Gaulle qui nous a sauvé la mise ! Sans lui...

— Sans lui, sans lui... mais tu veux rire ou quoi ? Ce type c'est la plus grosse vermine ! Un vrai planqué, un inutile, une marionnette entre les mains de Churchill. Quel pouvoir il a ? Aucun !

— Pierrot, ne dis pas de *tonterías*[24]. Grâce à lui, y a la Résistance. Tu peux pas le nier !

— La Résistance, c'est pas lui.

— Ah non ? Et c'est qui alors ? dis-je hébété pendant que le serveur nous pose les consommations sur la table.

— C'est tous les autres, mais sûrement pas lui !

En attendant qu'on ait fini de se chamailler, mon pauvre frère « *el mudo* » se contente de boire tranquillement son anisette. Il vit avec nous à la maison, et je l'ai fait entrer à l'usine Bastos où il travaille avec moi. Les patrons sont contents de lui. C'est un brave gars, mon frère.

Lorsque le serveur repasse près de nous avec son plateau, je lui tends un billet de deux francs. Pierrot nous laisse, car maintenant il doit rentrer. Il habite cours Lafayette. Lui aussi ne travaille plus dans les carrières. Ça fait cinq ans qu'il est chef d'équipe dans les Transports Fitoussi, à la rue Gantes. C'est juste à côté de chez lui.

Le 19 mai, soit deux jours plus tard, le port d'Oran est bombardé par l'aviation allemande. Ça s'est passé vers 22 h 30, et impossible de connaître le bilan de cette attaque, car peu de journaux en ont parlé. Cette guerre ferait bien de se terminer, avant que le monde ne devienne totalement fou.

Deux semaines après la naissance de la petite Gisèle, Pierrot me conduit à la station des autocars pour récupérer mes parents qui arrivent de Mostaganem. Ils viennent passer la semaine de l'Ascension chez nous. Ce sera l'occasion de les emmener au pèlerinage de Santa Cruz.

On ne s'est pas revus depuis sept ans. Mon père a bien changé. Sa longue silhouette frêle s'est voûtée. J'avoue avoir eu un peu de mal à le reconnaître à sa descente de l'autocar. *Mamá*, elle, ne change pas. Toujours très croyante, elle remarque la façade du patronage Don Bosco, juste en bas de chez nous.

---

[24] Conneries, en espagnol.

— C'est bien, mon fils, je vois que Dieu est proche de ta maison, dit-elle en s'appuyant sur mon bras pour descendre de voiture. N'oublie jamais que Dieu nous guide et nous protège, mon garçon.

Un peu plus tard, en se penchant sur la frimousse de notre petite dernière, elle me dit aussi :

— Dis, mon fils, avant que je meure un jour, tu me feras un petit Carmona ? C'est bien joli les filles, mais pense à notre nom, qu'il ne s'éteigne pas.

Je le lui ai promis, sans savoir à ce moment-là que le malheur viendrait frapper à notre porte.

Trois jours plus tard, au lendemain de cette merveilleuse journée à Santa-Cruz, incontournable tradition pour tous les Oranais, mon père s'est éteint dans son sommeil, sans souffrir. Lui, ce père courage qui nous a emmenés un jour de 1917 sur cette terre d'Algérie. Ce pays si rude et si chaud, mais tellement généreux en tout point. Ce pays qui nous a rendus à la vie, nous a donné autant de joies que de douleurs et qui nous a permis de mener une existence décente et honorable dont nous pouvons être fiers.

La veille encore, *papá* nous a reparlé de cette fameuse traversée depuis Agua Amarga. J'avais huit ans à l'époque et avec le temps mes souvenirs s'étaient estompés. Suspendus à ses lèvres, nous avons écouté le récit de ces moments difficiles, mais porteurs de tant d'espoirs. Le destin ne nous avait pas menti. Grâce à son courage, son dévouement, son inlassable labeur, mon père avait réussi à nous offrir une existence qu'il était impossible d'espérer pour nous en Espagne. Et cela sans jamais renier notre patrie d'origine. Dans cette incroyable épopée, j'ai cru revoir les plages sauvages de Saint-Leu dans la baie d'Arzew, ces mêmes plages où il y a tout juste six mois en novembre 42, les Américains ont débarqué.

Adieu *papá* courage. Je te serai reconnaissant jusqu'à mon dernier jour.

Le 6 juin, sous un beau soleil tristement rayonnant, toute la famille est rassemblée pour l'accompagner à sa dernière demeure au cimetière d'Oran de Tamashouet. *Mamá* n'a pas souhaité faire rapatrier le corps à Mostaganem.

— Mon garçon, tu sais bien que « là où il y a le corps, il y a la mort », m'a-t-elle murmuré accablée de chagrin. Dieu a voulu qu'il s'éteigne ici à Oran. Alors, c'est ici qu'il reposera.

Quelques jours plus tard, Pierrot et moi l'avons raccompagnée à Mostaganem dans sa maison de la rue Jean Bart. Elle m'a assuré que je n'avais pas à m'inquiéter, qu'elle saurait vivre seule. Enfin, pas si seule puisqu'elle avait ses amies lavandières, mais aussi Soledad, la veuve d'Anselmo.

— N'oublie pas mon petit, m'a-t-elle chuchoté lorsque je l'ai embrassée sur le pas de sa porte. N'oublie pas… un petit Carmona. Le fils de mon fils. Avant que je m'en aille à mon tour.

Le 6 juin 44, un an plus tard jour pour jour après l'enterrement de mon père, se déroule un tournant majeur dans le conflit mondial : le débarquement allié en Normandie. Dans les semaines suivantes, l'avancée spectaculaire des Alliés semble enfin annoncer la fin de la guerre. Les radios et les journaux diffusent des nouvelles encourageantes : l'armée allemande perd du terrain. Les défaites et les revers des boches s'enchaînent favorablement. Fin août, la libération de Paris sonne le glas de l'occupation nazie en France. Le discours mémorable de de Gaulle est relayé par toutes les radios. Pierrot n'en démord pas, il ne peut pas voir ce type, et moi pour la énième fois je lui dis qu'il exagère. La victoire est là, il faut savoir la savourer, et reconnaître qu'il est bien le sauveur de la France.

Quelques mois après, j'ai acheté une voiture d'occasion. Ainsi j'ai pu me rendre à Mostaganem chez ma mère pour lui annoncer que Ramona est à nouveau enceinte. « J'espère que c'est un garçon cette fois, répète-t-elle de ses yeux pétillants, en me serrant dans ses bras. »

Les semaines passent et la guerre n'en finit plus, car Hitler ne se rend pas. Les forces alliées sont pourtant bien décidées à écraser l'Allemagne nazie.

Puis le 2 novembre, ce jour-là, ma sœur nous fait une visite surprise à l'heure du déjeuner. En ouvrant la porte, je comprends à son visage livide qu'il s'est passé quelque chose.

— *Mamá...* est mooorte, éclate-t-elle en sanglots en se laissant tomber sur une chaise.

Il me semble que la terre s'ouvre sous mes pieds. *Mamá* nous a quittés à son tour. Elle qui avait l'habitude de se lever au petit jour, s'est endormie pour sa plus longue nuit. Une mère, ça ne devrait pas partir, mais quand la mort est là, faut malgré tout l'accepter.

Nous la portons en terre par un froid matin de novembre, au fond d'une allée du cimetière de Mostaganem. Sur sa tombe, j'ai déposé la petite plaque de marbre que j'avais taillée dans l'atelier du père Tissot. Je ne m'en étais jamais séparé. Je sais qu'elle aimait beaucoup ce marbre blanc avec la colombe, alors il est pour elle. Puis hélas, elle n'a jamais su que deux mois plus tard naîtrait enfin ce garçon qu'elle espérait tant. Mon premier fils, José-Marie Carmona.

Adiós, mamá. Porteuse de vie et d'amour. Le dernier lien qui nous rattachait à nos racines, à l'Espagne, au pays de nos ancêtres.

23
Chronique d'une guerre annoncée

22 juin 1945, Oran. Pierrot Costa

L'Allemagne a capitulé et Hitler s'est suicidé dans son bunker. Enfin, c'est ce qui se dit ; j'aurais bien aimé aller vérifier. La guerre terminée, de Gaulle s'imagine qu'il va gouverner la France. Lui ? ce pantin qui n'a même pas été convié à la conférence de Yalta ? Le genre de type dont on a tout à craindre s'il arrive un jour au pouvoir.

Ce même jour du 8 mai, en marge des manifestations de la victoire des Alliés, se sont déroulés ici en Algérie des événements dramatiques. Cela s'est passé à Sétif, une ville entre Alger et Constantine. Et Sétif, je connais bien, car ma sœur Elma y vit depuis une dizaine d'années où son mari est receveur des postes. Les jours suivants, d'autres incidents tout aussi graves se sont produits dans les villages des environs. Des Européens ont été massacrés par des milliers de manifestants algériens, nationalistes et anticolonialistes, mais aussi par des indigènes armés. Fort heureusement, il n'est rien arrivé à ma sœur et ses enfants qui se sont enfermés dans leur maison du centre-ville. Tout est parti d'une échauffourée entre la police et des scouts musulmans – que même pas je savais que ça existait des scouts musulmans ! Ils ont brandi le drapeau algérien, alors que c'était formellement interdit par les autorités françaises. Suite au refus de l'un d'eux de baisser ce foutu drapeau, un policier a cru bon de tirer, tuant malheureusement l'un des jeunes. Quelle connerie, c'est sûr ! Et voilà comment tout est parti en eau de boudin. Dramatique bavure qui a favorisé une insurrection générale des indigènes, en prenant des proportions incroyables dans tout le

Constantinois, notamment à Kherrata et Guelma. Le nombre de victimes européennes atrocement mutilées approche la centaine. Suite à ces massacres, l'armée activement soutenue par des milices civiles a mené une répression sanglante contre les foyers insurrectionnels, causant plusieurs milliers de morts chez les indigènes algériens. Voilà ce que ma sœur m'a rapporté dans sa lettre. Son mari a demandé sa mutation pour Alger. Ils espèrent quitter cette zone rebelle et se rapprocher de nous, et de notre mère qui vit toujours à Saïda.

Tous ces événements dramatiques ne sont pas de bon augure. Je crains qu'ils ne soient les prémices de quelque chose de plus grave. La chronique d'une guerre annoncée.

— Comment ça, une guerre ? reprend naïvement Manolo que j'ai invité à boire l'anisette. C'est un incident comme il en arrive quelquefois. Mais crois-moi, la révolte a été étouffée dans l'œuf.

— Ouh, pas si sûr.

— Mais regarde, Pierrot, ne serait-ce qu'à Oran, on trouve toutes les communautés : des Juifs, des Espagnols, des Français de souche, des Arabes... et tout le monde s'entend bien. Il n'y a pas de problèmes ici, et faut pas dramatiser plus que ça.

— Manolo, rappelle-toi c'que j'te dis : à partir de maintenant, notre monde va changer.

— Ti exagères, Pierrot. Faut toujours que t'parles à contre-courant des autres.

— Je te dis c'que je ressens, c'est tout. Et c'que je ressens, c'est une guerre.

— Et pourquoi pas un cataclysme mondial, tant que ti es ? conclut-il en haussant les épaules.

En réalité, je pense surtout à ma fille Herminie. Quel avenir, quel destin leur réservera notre pays ? Elle aura vingt ans en 1956. Cela semble loin, mais nous y sommes presque. Dix ans ? C'est insignifiant si l'on se réfère à la longue histoire de l'humanité. Mais comme le dit Manolo, savourons l'instant présent. Sans se soucier du lendemain.

24
Les jardins du soleil

Novembre 1949. Ramona Carmona

Qué va, qué va, mon calvaire a duré neuf mois ! Et j'ai accouché le 2 novembre, le jour des morts. Pour le coup, j'étais presque *muerta.* Mais cet' fois, ça sera bien le dernier. Cinq enfants, la maison est pleine. *Madre mía,* j'en peux plus ! Nous les femmes, on n'a jamais le temps de se reposer. On accouche et bam ! trois jours après on reprend le travail ! Là, c'est mon deuxième garçon. André qu'on l'a appelé. Mais pour les petiotes, c'est déjà « Dédé » le poupon. Que toute la journée, on dirait des arapètes[25] collées à ce petit, à lui faire constamment des mamours.

— Eh eh, dites, les *nena,* laissez-le tranquille, qu'à force *vous allez m'en faire un monigote !*[26]

Bon, Claudine et Silvia qui ont quatorze et treize ans, passe encore, elles m'écoutent, mais Gisèle, ma petite dernière de six ans, quel pot de colle !

— Mais *man-man,* y l'est trop beau le bébé ! fait-elle sans cesse d'une voix geignarde.

— Y l'est trop beau, y l'est trop beau, mais je sais qu'il est trop beau ! c'est moi qui l'ai fait ! Mais c'est pas une raison pour le tripoter comme un jouet, tu entends Giselou ?

---

[25] Ou arapèdes. Petit coquillage marin qui vit fixé aux rochers et difficile à prendre. Par extension, quelqu'un de collant, dont on ne peut se défaire.
[26] Poupée de chiffon.

Tous les jours c'est la même rengaine. Si ça continue, ce gosse il va pousser tout de travers !

Depuis quelques mois je travaille dans les bars du quartier où je fais des brochettes. Les patrons se battraient presque pour s'arracher mes services. Mais moi je ne suis pas si folle vous savez, je vais au plus offrant. Faut dire que j'aime beaucoup cette ambiance des bars. Ça me rappelle ma jeunesse à Charrier et « El Rincón de Pepe » où mon mari et moi allions souvent passer nos dimanches. Quel bon temps c'était !

En ce moment, on est chamboulés avec tous ces papiers qu'il faut faire pour obtenir la nationalité française. C'est pire que pour demander la grâce présidentielle d'un condamné à mort. ¡ Jodeh ! À croire qu'on n'est que des vauriens ! Enfin quoi, on est français, non ? Et même plus français que certains !

De toute façon à la mairie, c'est chaque fois des complications administratives ! Faut voir le carnaval qu'il y a eu le jour où mon mari est allé déclarer la naissance de notre premier garçon, José-María. Et pourquoi José-María me direz-vous ? Eh bien, José comme le frère de Manolo, et María comme ma belle-mère. Seulement, avec les nouvelles lois de l'état civil français, l'employée de mairie a refusé de l'inscrire sous ce prénom et nous a imposé la forme française « José-Marie ».

— Ah oui ? Alors puisque c'est comme ça, on l'appellera « Mané » ! ai-je rétorqué à mon mari à son retour.

Franchement, « José-Marie » ça n'veut absolument rien dire !

Donc pour en revenir à nos fichus papiers, après deux mois d'attente, por fin, nous voilà convoqués à la mairie pour les récupérer. Au guichet, l'employée avec sa bouche en cœur nous les tend en demandant d'y apposer notre signature. Je pose mes yeux sur la « carte d'entité » et là, agrafée sur une carte de couleur beige, je découvre en photo ma tête des beaux jours. En dessous de ma figure, j'y lis mon nom et mon prénom, ma date de naissance, le nom de mes parents, mon signalement, les signes particuliers et, tout en bas à l'encre violette, mes empreintes « végétales », larges et pâteuses. « C'est mes doigts ça ? » ai-je envie de m'écrier ! Puis, c'est pas le pire, dans le signalement, je lis :

Taille : *1,52 m* ; Cheveux : *noirs* ; Front : *large* ; Yeux : *marrons* ; Nez : *large, évasé* ; Teint : *coloré* ; Bouche : *grosse* ; Visage : *rond.* Mais c'est pas possible ! C'est comme ça que j'suis ? Grosse bouche, teint coloré et visage rond comme une miche de pain ? Je ravale ma rancœur et j'attrape celle de mon mari. Par contre, lui, toutes les descriptions sont à son avantage ! Eh bé, je sais bien que mon mari y l'est beau comme l'Apollon, mais moi « *¡ Soy como una cerda gorda !* » (Je ressemble à une grosse truie !)

« Bon, de quoi tu te plains ? te voilà française *mainant !* » qu'elle me dit ma petite voix de l'intérieur.

¡ Gracias la vida !

Au début du mois de mars, un télégramme de ma sœur Carmen nous annonce le décès de maman. Celle qu'on appelait tous la yaya Picón s'est éteinte dans son sommeil chez ma sœur à Saïda. Pauvre maman, quelle vie de labeur elle a eue ! avec ses mains usées et rongées par le travail. Une autre page se referme pour toujours.

Le printemps arrive avec les fêtes de Pâques, la mouna, et le pèlerinage à Santa Cruz. Tous les quartiers populaires d'Oran s'animent comme qui dirait d'une volée de flamands roses. Les dimanches, nous préparons le cabassette[27] et nous partons en famille passer la journée avec les amis sur les plages de la corniche, vers Roseville, Sainte-Clotilde, et quelquefois aux Bains de la reine. Pierrot et Odette sont toujours de la partie, car faut bien dire que Silvia et Herminie toutes deux au collège moderne de jeunes filles avenue Ali Chekkal, sont comm' qui dirait pareilles à *Nénette et Rintintin*[28].

Dans le courant de l'été, Lucie, la fille de Carmen, vient passer ses vacances chez nous. Elle est plus jeune que ma Silvia d'un an à peine. Mais alors ces deux-là aussi qui se connaissaient peu, se sont complètement « trouvées » ! Des sœurs siamoises qu'on dirait !

---

[27] Panier de pique-nique.
[28] Inséparables, toujours ensemble.

L'entente parfaite, pour une amitié soudaine et fracassante. Côté amitié, Giselou aussi s'est trouvé une camarade que tu la contournes pas : la p'tite Colette Guerrero, la fille de notr' voisine d'en face. Des gens très bien, aimables et serviables comm' tout.

Fin septembre, après une rude bataille, j'ai réussi à convaincre mon mari de louer *L'Escale* à Choupot. Un bar situé à l'angle de l'avenue Aristide Briand et de la rue du Président Fallières, dont j'avais vu l'annonce accrochée à la devanture : « À louer. Bonne affaire à ne pas manquer ».

Pourquoi un bar ? Je pense que c'est venu à moi comm' l'évidence, comm' l'instinct qui me commandait de le faire. Sûrement aussi le souvenir de mon enfance à Charrier. Je n'peux pas dire exactement, même si j'y réfléchissais jusqu'à la Saint-Glinglin. Toujours est-il que nous avons ouvert notre bar le 25 novembre 1950, et une nouvelle vie a commencé.

Septembre 1951. Manolo Carmona
Ramona a eu du flair, comme toujours. Elle est terrible en affaires. Un an après, notre bar marche bien. C'est un bel établissement avec un grand comptoir en marbre, une salle de dix-huit tables, une terrasse, une belle vitrine pour la kémia, et au fond un coin est réservé aux joueurs de cartes et de tchic-tchic[29]. En plus de nos habitués, la clientèle devient fidèle.

Claudine a déjà seize ans et nous aide au service et en cuisine. Elle est travailleuse et volontaire. Silvia, c'est différent, elle est plus réfléchie, moins tête en l'air. Forte en arithmétique, elle espère bien obtenir son brevet. Je lui ai toujours dit qu'il fallait travailler à l'école pour avoir un jour une bonne situation. Qu'elle ne devait pas se contenter comme nous de sots métiers qui, souvent, sont durs et fatigants.

— Mais papa, tailleur de pierres, ce n'était pas un *sot* métier !

---

[29] Jeu de dés où il faut faire 7 pour gagner la mise.

158

— Non, tu as raison, mais tellement dur, si tu savais. Et comme je m'y suis abîmé la santé !

— Mon pauvre papa, tu verras comme tu seras fier de moi, répondit-elle en me serrant tendrement dans ses bras.

— Mais je le suis déjà, ma Silvia.

Oh que oui, je suis fier de mes enfants, de tous mes enfants ! Mes deux aînées sont déjà grandes, de belles jeunes filles. Je les accompagne souvent en ville où nous allons flâner sur les boulevards ou à la rue d'Arzew, déguster des boules de créponné rue du Vieux-Château, ou boire une agua limon à la terrasse du Grand Café Riche. C'est l'occasion de bien nous habiller pour ces sorties dominicales. Elles sont si élégantes dans leurs robes en flanelle cintrées à la taille, moi en pantalon à pinces, ceinture en cuir, chemise blanche et lunettes de soleil brocardées sur le front.

Après la promenade, nous rentrons en général en trolley jusqu'au « Tir au Pistolet »[30]. Nous finissons ensuite à pied en remontant la rue Henri Poincaré. Les trams vont bientôt disparaître, remplacés par des lignes de bus. C'est dommage, j'aimais tant le charme de ces tramways.

Ce dimanche, Ramona est restée clouée au lit avec une forte fièvre. C'est moi qui ai tenu le bar jusqu'à treize heures, aidé de Claudine et Silvia. En début de soirée, elle allait déjà beaucoup mieux. Pour preuve, cette harangue bien envoyée afin de calmer Mané et Giselou qui ne cessaient comme d'habitude de se chamailler.

— Dites, les gosses, c'est bientôt fini oui ? Que si ça continue, moi je vous expédie au Groenland !

— Le Groenland ? c'est où ça *man-man* ? fit Giselou décontenancée.

---

[30] Situé au quartier d'Eckmühl, au carrefour des Avenue d'Oujda, Avenue Jules Ferry, Avenue Colonel Ben Daoud.

— Où qu'c'est ? balbutia ma femme prise au piège... j'en sais rien et j'm'en fiche ! Tout c'que je sais c'est que c'est un pays dans les glaces, que rien qu'y penser tu meurs de froid !

Ils se sont carapatés dans leur chambre et on ne les a plus entendus.

Après un dernier coup de balai dans la cuisine, Ramona éteint la lumière et vient se coucher. Elle s'enroule dans les couvertures, puis sa voix lente et ensommeillée retentit dans la nuit :

— Demain matin, t'oublieras pas d'aller chercher vingt kilos de moules chez Toinou. Que si c'est moi qu'y vais, on va encor' s'embouraffer.

— Ah et pourquoi ça ?

Elle se tourne vers moi et s'écrie d'une voix perchée dans les branches.

— L'autre jour, y l'a essayé de me refourguer des mérous, que pardon !

— T'es sûre ? Ça m'étonne de Toinou.

— Comm' j'te l'dis !

— Bon, et ça s'est fini comment ?

— « Va, dis-lui à ton poisson qu'il retourne chez sa *mer !* » que j'y ai dit, et *yastá*[31] !

— Eh ben, tu changeras jamais.

— Non, que si je change, je me fais Reine d'Angleterre, sinon ça vaut pas la peine !

Lundi matin. Une nouvelle semaine commence. Je n'ai pas oublié les moules, et Ramona est derrière ses fourneaux pour préparer la kémia. Elle est infatigable ma femme, c'est une bête de travail. Toute la matinée nous avons un roulement permanent, entre les cafés, les casse-croûtes des ouvriers, le thé à la menthe de nos clients arabes. On ne s'arrête pas une minute.

---

[31] Et voilà. Contraction de « Ya está ».

Un peu avant midi, pendant que je sers des anisettes en terrasse, je vois entrer un soldat. Un grand type très baraqué, qui semble avoir dans les vingt-cinq ans. « Qu'est-ce qu'il vient faire ici tout seul celui-là ? » Trouvant ça louche, j'entre à sa suite. Puis, en le détaillant, je reconnais l'uniforme des légionnaires, reconnaissable à leur ceinture bleue et leur képi blanc. Je lui demande ce qu'il désire boire.

— Rien du tout, monsieur. Je cherche Manuel Carmona. Je viens de la part de Luís.

— Luís ? Quel Luís ? bafouillé-je après un silence d'incompréhension.

— Luís Carmona, son frère.

Je manque de défaillir, et me retiens in extremis au comptoir.

— ¿ Por dios ? mi hermano Luís ? Luís de España ? (Pardieu ? mon frère Luís d'Espagne ?)

— Ah c'est vous Manuel ?

— Oui, c'est moi.

— Eh ben, vous pourrez dire que j'en ai fait des kilomètres pour vous trouver ! s'exclame le légionnaire avec un soupir d'aise.

— Ramona ! Ramona ! ¡ Escucha ! m'écrié-je en m'élançant vers la cuisine.

Avril 1952. Quelque part entre l'Algérie et l'Espagne

Je suis à bord du bateau qui me ramène vers le pays de mon enfance. Qui aurait cru une telle traversée en sens inverse, trente-cinq ans plus tard ? Tout ça grâce à Ambrosio le légionnaire, fils d'un ami de mon frère Luís, qui avait promis de profiter de son affectation en Algérie pour tenter de me retrouver. Après un échange de lettres avec mon frère d'Espagne, j'ai décidé d'aller le voir à Puerto de Sagunto où il vit maintenant. C'est à côté de Valencia.

Ramona a préféré rester s'occuper du bar et des enfants. Pourtant j'aurais voulu que mes frères fassent sa connaissance, mais elle a eu le dernier mot, comme toujours.

Nous nous sommes entendus avec mes frères que je viendrai les deux dernières semaines d'avril avec mes deux filles aînées. Silvia manquera un peu l'école, mais ce n'est pas dramatique, elle rattrapera les cours à son retour.

Nous avons embarqué hier en fin d'après-midi. La traversée dure une vingtaine d'heures et je n'ai quasiment pas fermé l'œil de la nuit. Comment trouver le sommeil tant l'excitation de ces retrouvailles incroyables occupe toutes mes pensées depuis maintenant plusieurs semaines ? Un bonheur à venir qui pourtant n'empêche pas une certaine appréhension. Nous nous sommes perdus de vue depuis si longtemps. José a maintenant cinquante-sept ans et Luís cinquante-six. Nous reconnaîtrons-nous ? Moi je n'avais que huit ans à l'époque. Quelle sera leur réaction en se retrouvant face à un homme de quarante-trois ans ? Pourrons-nous renouer des liens après tant d'années ?

Mes incertitudes ont duré jusqu'aux premiers rayons du soleil qui scintillaient déjà sur la ligne d'horizon. Et là-bas, cette langue de terre, c'est notre Espagne. Le jardin de mon cœur. La terre de mes parents et celle de mes ancêtres. Les jardins du soleil où luisaient, comme de l'argent, les souvenirs de mon enfance.

Alors, dans le soleil levant, les lignes anguleuses du port de Valence se détachent au-dessus des brumes matinales, offrant toute une perspective de collines ondoyantes et rocailleuses. L'Espagne est là, face à nous, à la fois patiente et éternelle dans ma mémoire. Immuable dans sa vertu. Déterminée dans sa dignité.

Mi país.

20 avril 1952. Valencia, España. Silvia Carmona

Il est à peu près 9 heures. Le ferry est amarré au quai. Papa nous tient par le bras et nous commençons à descendre la passerelle. Dans ma main droite je tiens serrée ma petite valise en carton, qui à chaque bousculade cogne contre mes jambes.

— Ouh, mais qu'est-ce qu'y z'ont tous ces gens pressés ! s'exclame Claudine en jouant des coudes pour s'extraire de cette foule grouillante qui l'entraîne malgré elle.

Sous une chaleur de feu, nous sortons de la gare maritime et traversons une placette pour nous diriger vers le lieu du rendez-vous mentionné dans la lettre de Luís. Un bâtiment facilement repérable avec sa tourelle blanche ornée à son sommet d'une grosse horloge. Nous posons nos valises au sol et scrutons les environs, nos mains en visière. Apparemment, personne ne semble nous attendre.

— Ti es sûr que c'est là papa ? demande Claudine d'une voix molle. Peut-être que…

Elle n'a pas terminé sa phrase qu'une voix frêle avec un timbre chantant retentit dans notre dos.

— *¿ Manolo ? ¿ Eres tú ?*

On se retourne, et qui voyons-nous ? Un grand bonhomme au visage basané, le regard vif et joyeux, serrant dans ses mains une casquette qu'il tord dans tous les sens.

— Luís, c'est bien toi ? se met à bafouiller papa.

— *Sí, soy Luís…*

Je n'avais jamais vu mon père pleurer. Et c'est pourtant ce que font ces deux hommes en laissant éclater leur joie, ou leur peine, je ne saurais dire. Enlacés, à ne pouvoir se détacher l'un de l'autre. Puis, remis de leurs émotions, papa nous présente à notre *« tío »* d'Espagne. Luís nous embrasse à la fois heureux et intimidé. Sa peau rêche d'ouvrier contraste si fortement avec nos peaux juvéniles, que cela me trouble un instant.

— *¿ Vamos ?* fait Luís en nous demandant de le suivre. *José nos espera en el coche.* (On y va ? José nous attend à la voiture.)

Près d'une heure plus tard, nous entrons dans Puerto de Sagunto. José nous dépose devant chez lui, une petite maison de plain-pied blanchie à la chaux, en bordure d'une longue route qui descend vers le port, la calle del Mar. Nous faisons la connaissance de tía Ángeles, la femme de José. La gitane espagnole dans toute sa splendeur, brune aux yeux couleur de jais, joviale et opulente. Ensuite nos cousins,

José que tout le monde appelle Joselito qui a 36 ans, Dolores, Esperanza, et Mariano le plus jeune. Tous mes cousins sont mariés et ont une ribambelle de gosses, sauf Mariano. Toute la famille est réunie en ce jour de fête autour d'une gigantesque paella cuisinée d'une main de maître par la tía Ángeles.

Nous passons dix jours merveilleux à découvrir la région de Valence, couverte d'immenses orangeraies en fleurs dont les senteurs embaument l'atmosphère et nous rappellent étrangement les parfums d'Oran.

Au soir de notre départ pour Agua Amarga où papa veut se rendre avant notre retour en Algérie, chacun ressent l'angoisse d'une tristesse inexprimable. Mais quels beaux moments partagés, qui en appelleront bien d'autres !

30 avril 1952. Agua Amarga. Petit village de pêcheurs aux maisonnettes blanches, ancré dans une crique sauvage au bord de la grande bleue.

Le silence. Le soleil. Le temps suspendu. Nous déambulons avec papa sur les lieux de son enfance, à la recherche du trésor de ses souvenirs oubliés. Il ne reconnaît personne, et personne ne le reconnaît non plus.

Sur la plage, la *casita blanca* de ses parents est fermée, abandonnée aux vents et aux regrets. Comme si le temps s'était arrêté en 1917 et que plus rien depuis, n'avait existé.

En remontant le village pour retourner au car qui doit nous mener à Níjar puis Almería, papa s'immobilise et reste figé devant une très vieille femme accoudée à sa fenêtre. Quand je dis très vieille, j'entends par-là au moins plus de quatre-vingts ans.

Il s'approche lentement puis, arrivé à sa hauteur, il l'aborde de la façon la plus discrète et délicate qui soit.

— Alfonsina ?

La vieille femme roule des yeux, se demandant qui peut bien être cet inconnu qui l'appelle par son prénom.

— *Sí… ¿ Quien es ?*

164

— *Alfonsina, soy Manolo. El perdido.*

Pendant quelques secondes elle reste silencieuse, en pleine réflexion, semblant fouiller toutes les cases de sa mémoire. Puis l'étincelle jaillit :

— *¿ No, no es posible ? ¿ Manolo el perdido ? El peque de María-Rosa ?* (Non, ce n'est pas possible ? Manolo le perdu ? Le petit de María-Rosa ?)

Mon père m'explique qu'Alfonsina était leur plus proche voisine, et la mère d'un des matelots du grand-père Francisco. De sa voix rauque et éraillée, elle nous raconte ensuite ses malheurs, notamment la mort de son mari et de son fils pendant la guerre d'Espagne en 36. Son village Agua Amarga qu'elle n'a jamais voulu quitter, tous ceux qui ne sont plus là et le cimetière qui n'attend plus qu'elle.

— *¡ Pero antes de morir, estoy esperando que muera este cabrón de Franco para anunciarlo a mi marido y mi querido Carlos !* (Mais avant de mourir, j'attends que ce salaud de Franco crève aussi pour l'annoncer à mon mari et mon cher Carlos !)

Et elle essuie d'un revers de manche, la fine larme qui coule le long de sa joue creusée et ridée.

Notre voyage prend fin le lendemain sur le port d'Almería, après une dernière journée à Níjar où hélas nous n'avons retrouvé personne de la famille de maman. Mais ce n'est que partie remise, et la prochaine fois elle sera du voyage ! Nous lui ramenons quand même dans nos bagages un joli souvenir, *una jarapa*[32] qui sera du plus bel effet dans sa chambre.

Accoudés au bastingage du ferry, nous faisons nos adieux à l'Espagne. Un adieu qui n'est en réalité qu'un au revoir, j'en suis convaincue.

---

[32] Couvre-lit artisanal coloré, tissé en coton.

25
Couleur bleu encre

Oran, route de Mers-El-Kébir, Ange Alvarez
Dimanche 5 juillet 1953, 4 h 30 du matin.

En avant toute ! À la sortie d'Oran, nous laissons derrière nous le fort Lamoune et sa masse imposante de pierres dorées. Courbés sur nos vélos et chantant à tue-tête, nous filons à vive allure sur la route de la corniche, direction la crique de Monte-Cristo nichée en bas des falaises. À cette heure-là, la route est déserte, l'aube se lève à peine. Avant que le soleil n'embrase de ses charmes toute la côte oranaise, la ville s'éveille lentement dans un chant silencieux. Rien n'est plus beau, n'est plus doux que ce pays auquel nous sommes tant attachés. Ici, la vie s'écoule tel un rêve. Paisible, sereine. Vers l'ailleurs et l'impalpable. L'état de grâce. Oui, du haut de notre jeunesse, le monde est réellement à nous. Aucun trésor au monde ne saurait être plus précieux. Définitivement. Merveilleusement.

Je m'appelle Ange Alvarez. Fin septembre, j'aurai dix-neuf ans. L'âge de toutes les joies et de l'insouciance. Je viens souvent pêcher avec mon cousin dans ce coin tranquille de la corniche.

Lui, c'est Jean Martinez, mais on le surnomme Janot. Il a un an de moins que moi et on s'entend à merveille. C'est un bon pêcheur et un très bon nageur, mais pour ce qui est des plongeons, c'est une catastrophe, il plonge comme un caillou. À chaque fois il se prend un plat, que pardon ! Moi, en revanche, je suis un excellent plongeur. Certes, je suis un peu *moyouo*, bien en chair comme on dit chez nous. Voire un peu lourdaud, soyons clairs. Mais pour être honnête – ma

166

modestie dût-elle en souffrir, je me préfère comme je suis, costaud, mais musclé, plutôt que fin et *sloughi*[33]. Tel que je suis, je me plais. Ceci dit, à ce jour aucune jolie pépée ne m'a gratifié d'un sourire. Je suis très timide avec les filles, j'ai un peu de mal à les *encoster*[34]. Mais comme dit ma mère « *Gato miolador, no es buen cazador.* » Traduction : « Chat qui miaule, n'est pas bon chasseur. » Donc, me voilà rassuré.

Sinon, je travaille à l'usine d'électricité d'Oran. J'habite chez mes parents, au 46 de la rue d'Arzew. Mon père, mécanicien, tient un garage, quartier Saint-Antoine. Mais moi, la mécanique, je n'y entends pas grand-chose. Mon cousin Janot bosse avec ses frères dans la bijouterie paternelle, rue Pélissier. Mon oncle, François Martinez, est un des bijoutiers les plus réputés d'Oran.

Nous voilà arrivés au promontoire de Monte-Cristo, une crique sauvage tapissée de récifs et de cavités naturelles que les pêcheurs du coin utilisent pour abriter leurs barques et leurs ustensiles de pêches. Ce lieu est très prisé pour le poisson, les oursins et les moules. Mais il est également réputé pour être dangereux, car empreint de mystère et presque maléfique si l'on en croit les récits des anciens rapportant des disparitions étranges et inexpliquées. Des baigneurs engloutis par les vagues, et d'autres chutant de la falaise qui surplombe la baie. D'ailleurs, les vieux Oranais appellent cette crique la « mystérieuse mangeuse d'hommes ». Autre mystère et non des moindres, la légende raconte que le comte de Monte-Cristo – celui du roman de Dumas – aurait caché son trésor dans l'une des cavités secrètes de la crique. C'est pourquoi on appelle ce coin « Monte-Cristo ». Pour en revenir à la légende, nombreux sont ceux qui ont fouillé les alentours pour dénicher le fameux trésor. Pour ma part, autant vous dire que je ne crois pas à ces *tonterías* !

Il est presque 6 heures. Dans la lumière naissante du crépuscule, nous voilà sur les rochers, admirant la mer paisible. Nos cannes sont

---

[33] Maigrichon.
[34] Variante phonétique d'accoster. Signifie entreprendre, draguer.

en place avec leurs bouchons qui dansent sur d'indicibles vagues. Le bromedge[35] préalablement préparé et jeté à l'eau, ne devrait pas tarder à rendre ses effets. Ce truc est d'une puanteur sans nom ; mélange de pain rassis, de fromage fermenté, d'eau, de sable, d'huile de sardine, de moules, de sardines et d'arapèdes concassées. Plus ça fouane et plus ça attire le poisson ! Bon, il n'y a plus qu'à attendre que le poisson veuille bien s'approcher et taquiner l'hameçon.

Une demi-heure passe. La mer s'éveille lentement. Des vagues pénitentes viennent régulièrement pleurer en se brisant sur les blocs rocheux et acérés qui jalonnent la crique. Puis, transperçant le rideau brumeux du grand large, des vols de mouettes hurlantes et invincibles rasent l'eau, fouillant la mer en quête d'une pitance incertaine, mais nécessaire.

Janot est installé sur une pierre plate à l'extrémité de la crique. On en profite pour rajouter de l'appât en lançant quelques boules de broumé. En attendant que ça morde, on passe notre temps à contempler le paysage et la magie de la mer. Au-dessus de nous, le soleil commence à chauffer l'atmosphère et au loin, face aux rayons enflammés, les embruns salés paraissent s'envoler de l'écume des vagues.

— Ohé ! ça mord, ça mord ! rugit soudain Janot en tirant sur sa ligne comme un forcené.

Je le vois se démener avec sa proie qui se balance au bout de l'hameçon.

— Qu'est-ce que c'est ? Un sar ?

— Non, une doblade ! Et puis elle est belle celle-là !

À la fin de la matinée, nous avons rempli un sacré *ranchico*[36] : une dizaine de doblades, autant de sars, quelques gobies, des mulets, des badèches qui sont une sorte de mérou noir, des pageots, deux sarrans et une castagnole rose.

---

[35] Ou broumedge, broumé. Mixture utilisée comme amorce. Sa principale caractéristique : une puanteur immonde.
[36] Bourriche.

Avant le casse-croûte, je vais piquer une tête en plongeant depuis les rochers. Pendant que je déploie mes talents en enchaînant des longueurs, Janot joue les rabat-joie.

— Va pas trop loin, Ange !

— Allez viens, décoince un peu ! je lui lance pour le taquiner.

— Y a de la houle. Tu sais bien c'que dit ma mère…

Puisqu'il ne veut pas venir, alors je vais jouer le grand jeu. Je lui fais la mauvaise blague de disparaître sous l'eau comme si je me noyais. Je reste ainsi une bonne minute en apnée à danser et tournoyer sous l'eau, comme en apesanteur, observant dans ce monde du silence la profondeur opaque du néant. Je retiens ma respiration jusqu'à l'extrême limite, puis remonte brusquement à la surface en dressant le poing en signe de victoire. Au moment où ma tête sort de l'eau, j'entends des cris affolés, ceux de Janot debout sur la pierre plate où il a installé son attirail de pêche.

— Purée, Ange ! Tu m'as foutu une de ses frousses ! Le con de ta race, va ! dit-il pâle comme un linge.

— Allez viens, au lieu de faire ta *mariquita !*[37] je lui réponds avec de grands éclats de rire.

— ¿ *Qué mariquita ?* ¡ *Toma !* tu vas voir ça !

Et il plonge du rocher. Vlan ! Une *pantcha*[38] phénoménale qui me fait mourir de rire. Un vrai plongeon de *m*... comme à son habitude. Nageant frénétiquement, il arrive sur moi. Je ris tellement que j'en bois presque la tasse. Alors il se jette sur moi en tentant de me mettre la tête sous l'eau. Une bagarre amicale s'engage. On fait les fous comme ça une bonne demi-heure, puis on finit par s'étendre sur les rochers au soleil, épuisés mais heureux.

À treize heures, on ouvre le cabassette. Pain, longanisse, tomates, œufs durs, morcilla, chorizo et queso, et une bouteille de Sidi Brahim. Mais avant tout ça, on se sert une bonne anisette

---

[37] Pédé.
[38] Plongeon raté, à plat sur le ventre.

accompagnée de la kémia que ma mère a préparée avec quelques olives, des moules à l'escabèche et des pois chiches grillés.

Voilà, c'est ça le bonheur. La liberté. La tranquillité. L'amitié. Les rigolades. L'anisette. La mer et le soleil.

Le dimanche suivant, nous décidons de faire une sortie sur la côte jusqu'à Paradis-Plage, entre Bouisseville et Clairefontaine, stations balnéaires bien connues des Oranais. Janot a invité ses cousins d'Arzew : Antoine – que certains appellent Toni –, Roger et Rosette. Cette dernière est accompagnée d'une amie, Francine *la pépée*. Au total, une sacrée bande de gais lurons. On s'est donné rendez-vous au monument aux Morts sur le Front de mer, où on voit arriver Antoine au volant d'une superbe Renault Frégate couleur bleu ciel, celle avec le toit bleu marine. La classe ! Mine de rien, on a réussi à entrer à six là-dedans. Au moment de démarrer, Antoine tourne le bouton d'un appareil fiché dans le tableau de bord, et la *moúsica* jaillit brusquement. *Crazy Man Crazy*, de Bill Haley. La super classe ! L'appareil, c'est un Radiomatic ; alors oui, sur ce coup-là, il nous épate !

Musique hurlante, nous quittons le port, arrivons au Fort Lamoune, puis nous dépassons la crique de Monte-Cristo. La voiture file à vive allure vers Mers-el-Kébir. Dans le tunnel de la corniche, Antoine joue du klaxon au rythme de la chanson *Jock-A-Mo* dont l'écho incroyable résonne sous la voûte en amusant les filles. Après le tunnel, les quartiers défilent à la vitesse de l'éclair, Sainte-Clothilde, Saint-Jérôme, Cité Longchamp, Jeanne d'Arc, Roseville, La Sardine, La Joconde, Saint-André. À la sortie de Mers-el-Kébir, la route en lacets grimpe vers Cap Gros. Dans le virage qu'on appelle l'Escargot, Antoine appuie sur le champignon, la voiture s'emballe, penche à droite, tangue dangereusement, le tout dans un crissement de pneus interminable. À cet endroit, la montagne tombe à pic vers les criques ; une perte de contrôle et c'est direct le vol plané dans la mer. À côté de moi, les filles crient à tue-tête en riant comme des écervelées. Finalement, d'un coup de volant semble-t-il maîtrisé, Antoine redresse l'engin et, grâce à Dieu, ce n'est qu'une giclée de graviers blancs qui jaillit en s'envolant dans le vide sous un nuage de poussière. Les filles gloussent de plus belle d'autant que sous la secousse, Francine a failli se retrouver sur les genoux de Janot. Certes, à mon avis mon cousin en crevait d'envie. Puis, levant joyeusement les bras, nos tourterelles se mettent à fredonner le tube du moment qui passe sans cesse à la radio :

« *Certains courent après la vie*
Moi la vie me court après
Bien des gens font des folies
Moi c'est folie de m'avoir fait... »[39]

Nous voilà bientôt au Rocher de la Vieille. Ce lieu est immuablement lié à une légende mystérieuse que me racontait ma grand-mère et que les anciens perpétuaient autrefois de génération en génération. Mais c'est surtout un coin maudit et dangereux à cause du virage qui surplombe la mer. J'imagine Janot en train de se demander si on n'va pas finir dans le *barranco*[40]. Par contre les filles, elles, continuent à chanter à tue-tête le refrain d'Eddie Constantine.

Aussitôt dépassé le Rocher de la Vieille, la corniche oranaise se profile enfin à nos yeux émerveillés. Jamais on ne pourra se lasser de ces kilomètres de plages parées de couleurs chaudes et lumineuses. Un long panache bleu et jaune que déroule la baie Aïn-el-Turck, depuis les tout premiers cabanons de Saint-Roch jusqu'au Cap Falcon à l'extrémité de l'horizon. À Trouville, petite station balnéaire, nous croisons le car bondé de la SOTAC qu'Antoine dépasse en klaxonnant gaiement. Nous laissons ensuite la station de Bouisseville avec ses larges plages de sable fin. Arrivé à Paradis-Plage, Antoine gare la voiture dans une allée ombragée non loin du casino. Les portières claquent et notre bande de joyeux drilles se dirige vers les plages. Tandis que Rosette et Francine s'allongent sous le parasol, nous on court se jeter dans les vagues en faisant des sauts de cabris.

— Allez va, venez les filles ! s'écrie Antoine frénétiquement.

---

[39] « Et bailler... et dormir » chanson interprétée par Eddie Constantine. Paroles : Charles Aznavour. Musique : Jeff Davis. 1953
[40] Ravin.

Puis il plonge tête la première en transperçant une grosse vague frangée d'écume.

— Ah baba ! comme elle est bonne ! claironne Roger en se jetant sur Janot pour lui passer la tête sous l'eau.

Un moment plus tard, les filles nous rejoignent enfin et on savoure chacune de ces sensations de liberté et de bien-être qui font notre bonheur quotidien ici sur la corniche oranaise : le soleil brûlant, la plage de sable fin, la mer couleur bleu encre, le parfum de la pinède si proche, le roulis des vagues bouillonnantes poussées par le vent chaud venant du large.

Peu après, Janot, lassé et l'air contrarié, retourne s'allonger sous le parasol. Que s'est-il passé ? Rien, il me semble. Au bout d'une demi-heure, je vais le voir, histoire de m'assurer que tout va bien.

— Quel phénomène ton cousin Antoine, il est increvable ! m'exclamé-je en me posant sur la serviette.

— Pour ça oui. Il est même un peu loco loco, si tu vois c'que je veux dire, marmonne-t-il un peu dépité.

Puis il ne dit plus rien. La plage est noire de monde, mais ceux qu'on entend le plus ce sont nos quatre acolytes. Ça rit, ça crie, ça glousse, ça ronchonne, et puis ça recommence à batifoler, à se rouler dans le sable, surtout Antoine et Francine qui n'arrêtent pas de se faire des *guignos*[41].

— Y a pas à dire, quelle belle pépée c'te Francine, ajouté-je avachi sur ma serviette.

— *Qué va... Ni chichis ni limonas*[42], lâche-t-il soudain.

— N'exagère pas quand même, c'est une belle caille...

— Tu parles. Les yeux y sont beaux, le reste tu peux jeter.

— Eh ben, dis donc, qu'est-ce qu'y te faut ? Si elle c'est pas une *guapa*, « que Dieu vienne et qu'il la voit ! »

---

[41] Clins d'œil.
[42] Ni nichons ni fesses.

— Une sainte-nitouche, che'te dit ! non, mais ti as vu les manières qu'elle a pour parler ! On dirait qu'elle a la bouche pleine de *gatchas* !

C'est drôle, mais le voir à ce point hargneux me fait dire qu'au contraire il est en train d'en pincer pour cett' fille.

— Mais dis, tu serais pas un peu *tchalé*[43] de la Francine toi ? lui dis-je en douce.

Il me regarde curieusement, comme s'il se demandait comment j'avais pu deviner.

— Moi ? Alors là, tu te goures complètement. C'est pas moi qui vais me laisser embobiner par une bourrique pareille !

Et point final, il ne dit plus rien jusqu'au moment de repartir.

Dans la voiture, pendant le trajet du retour, Janot reste impassible, alors que les autres font un *jaléo*[44] du tonnerre, Roger en tête. Une fois arrivés en ville, Antoine nous dépose sur le boulevard du Front de mer devant le square Lyautey. Puis, tout en faisant ronfler le moteur, il démarre sur des chapeaux de roues sous les acclamations et les « au revoir » des filles et de Roger qui crient « Tchao ! Tchao ! ».

Deux semaines plus tard, on prend les mêmes et on recommence. Cette fois au Cagnaret, sur le littoral à l'est d'Oran. La même bande qu'à Paradis-Plage, avec Alain et Yves en plus, les frères de Janot, et leur jeune sœur Jacqueline. Les parents de Janot ont là-bas un cabanon où la famille Martinez au grand complet se rassemble régulièrement pour les vacances et les fins de semaine. Pour s'y rendre, faut passer par Canastel puis prendre le sentier sous le casino qui descend vers la mer. Dix minutes à pied parmi les genêts odorants, et, à gauche après la dune de sable, nous arrivons au paradis. C'est un endroit pittoresque et sauvage avec ses criques et ses plages de galets. L'eau est d'un bleu limpide presque translucide et l'on peut y admirer les fonds marins. Le Cagnaret, c'est une

---

[43] En adoration, épris, amoureux.
[44] Tapage, chahut, charivari, boucan.

quinzaine de cabanons où tout le monde s'entraide et s'apprécie. Celui de mon oncle est tout près du bord de mer, quasiment les pieds dans l'eau. Souvent, à l'aube il part pêcher sur son youyou. Pas besoin d'aller bien loin pour ramener une bonne dizaine de kilos de poissons, des soles, des calamars, des mérous et des rascasses. Pendant que ma tante prépare la frita, nous décidons d'aller faire de la plongée, à la découverte des fonds marins. Un émerveillement tant la faune et la flore sont abondantes, riches et colorées. Un festival inimaginable de couleurs chatoyantes, nacrées et dansantes dans les remous de l'eau.

À midi, sur la terrasse du cabanon surplombant les rochers, nous dégustons l'anisette, suivie d'une succulente frita et d'un grand plat de grillades de poissons. Après une courte sieste, nous rejoignons des copains d'Yves et Alain, avec au programme, baignade, farniente et bronzette. Dans le ciel d'azur, le soleil scintille et dore le sable blanc de la plage.

L'après-midi passe et le week-end s'achève. Tout le monde s'en va vers 20 heures. Antoine décide de faire un crochet par Oran pour nous ramener.

Et une nouvelle semaine reprend. Comme tous les soirs, je quitte l'usine vers 17 h 30. Place Jean Mermoz, je prends à droite l'avenue de Tunis que je remonte en direction des arcades de la rue d'Arzew – enfin, depuis la fin de la guerre, c'est devenu officiellement la rue du Général Leclerc, mais personne à Oran ne s'y fait, la rue d'Arzew reste et restera toujours la rue d'Arzew. Comme toujours à cette heure de la journée, les trottoirs sont bondés. Dans le flot joyeux des passants qui « font le boulevard », un détail qui m'avait échappé attire soudain mon attention. Voilà plusieurs jours que sur le chemin du retour je remarque une jeune fille. Une bien jolie jeune fille. Enfin, je veux dire, une charmante demoiselle. Mon regard croise furtivement le sien et je me retourne sur son passage. Elle baisse timidement les yeux, continuant sa route comme si de rien n'était. L'esprit émoustillé je dépasse les arcades et redescends la rue jusqu'au numéro 46. Mes parents habitent l'appartement juste au-dessus de la pharmacie Pasteur. À côté, c'est la brasserie Le Parthénon, rendez-vous incontournable des jeunes du quartier où l'on déguste des kémias du feu de Dieu, tellement bonnes que le diable il se fait ange de suite. Tout en sifflotant, je passe le porche et gravis l'escalier jusqu'au premier étage.

Dans la cage d'escalier flotte un parfum de cannelle reconnaissable entre mille. Ah baba ! écoute-moi c'te odeur ! ça sent bon les petites pâtisseries de maman ! Je pousse la porte et l'arôme alléchant me conduit directement dans la cuisine. Là, au beau milieu de la table, dans une assiette en porcelaine, une tapée de montecaos dressés en pyramide me font de l'œil comme si c'était la plus belle pépée de toute l'Oranie. Moins cinq j'allais me jeter dessus. *Johé tché !* Je me force à battre en retraite et me rabats mort de soif sur la bouteille d'antésite.

— Ah ti es là mon Ange ? me dit maman en se retournant. Je t'avais pas entendu entrer, dis.

Après un soupir de bafane, elle se plante devant moi les poings sur les hanches, et m'examine avec des yeux comme qui dirait de gendarme.

— Toi ti as couru, j'te vois comm' qu'si ti sortais du bain !

— Ma foi, m'man, dis-je en gobichonnant un deuxième verre d'antésite, il fait un de ces cagnards dehors, que le soleil y te tue même à l'ombre.

— Ouais ! Et toi aussi quell' idée de marcher la tête à pieds nus ! Ma parole, ti veux mourir ou quoi ? Fais entention, si ti meurs, j'te jure que j'te tue avant ! Ti entends ?

Puis, tranquillement, elle finit de ranger sa vaissele. Ensuite, munie du chiffon de table, elle se met à essuyer d'un geste précis le lévier[45]. Ma mère, c'est une maniaque du chiffon, totalement inoffensive c'est vrai, mais maniaque quand même.

---

[45] Mutation verbale propre aux immigrés espagnols. « L'évier » donne « le levier ».

— *Oilà,* c'est fini. Ouh lala ! J'ai la tête comme un tchic-tchic, dit-elle flagada en s'asseyant sur la première chaise qu'elle trouve.

Moi je reste immobile comme un mort de faim, les yeux braqués sur le temple de la gourmandise érigé au milieu de la table, tel un trésor inviolable.

— Purée, mon fils ! Ti vas les zieuter encore longtemps ces montecaos ? *Pos vaya,* prends-en, mais fais la sorte qu'y l'en reste pour ce soir !

Sitôt dit, sitôt fait. J'en prends un premier que j'enfourne en plissant les yeux de plaisir, un deuxième que je croque délicatement, puis un troisième pour ma réserve personnelle.

Dans ce moment de plaisir intense, le souvenir de la jolie demoiselle de la rue d'Arzew revient occuper tout l'espace de ma caboche.

26

Un ange au paradis

Oran, centre-ville. Silvia Carmona

Je referme mes dossiers, retire mon tablier que je suspends au cintre derrière moi, et me dirige d'un pas alerte vers la porte.

— À demain, monsieur Moati, j'me sauve j'suis en retard ! m'écrié-je en passant devant le bureau du patron.

— Au revoir, Silvia ! lance-t-il de sa voix pointue.

Je ferme doucement la porte et m'élance dans la rue de Lamoricière, puis la rue d'Arzew. Comme tous les jours après le travail, je rejoins ma sœur Claudine qui m'attend à l'hospice avenue Ali Chekkal. Je marche aussi vite que possible, car ma sœur me fait à chaque fois un flan du tonnerre si j'suis pas à l'heure. Elle est comme ça ma sœur, un peu beaucoup fanfaronne, et surtout patiente « comme un chat qui fait dans la braise ». Tout ça pourquoi ? Pour ne pas ennuyer et retarder son Eugène Almozini, un infirmier de l'hospice où elle travaille, qui nous fait l'honneur et la grâce de nous ramener tous les soirs à la maison dans son automobile. Elle profite du fait qu'il ait le béguin pour elle, mais c'est juste pour la voiture. Elle est comme ça ma sœur, dès qu'elle voit un bolide tout chromé de neuf, ses yeux lui brillent sur tout' la figure !

J'arrive bientôt aux arcades de la place de la Victoire et je poursuis mon allure rapide, évitant dans ce flot continuel les passants qui flânent sur les trottoirs. Le soleil est encore très haut et il fait une chaleur écrasante. Je dépasse une première arcade, savourant l'ombre heureuse qui diffuse ses bienfaits. Et soudain venant vers moi d'un pas calme, mais assuré, je le vois s'approcher, le regard fixé sur moi. Au moment où nous nous croisons, je baisse les yeux, troublée, tremblante, éblouie, presque estourbie. Dans ma poitrine mon cœur bat la chamade. C'est la troisième fois en une semaine que je remarque ce garçon. Mais aujourd'hui c'est différent, il me sourit et pas qu'un peu ! Un sourire à la Tyrone Power que même ma sœur elle n'a jamais vu ça de sa vie ! Puis il s'arrête en me détaillant comme si j'étais Cendrillon descendant de son carrosse. Je m'arrête à mon tour que si je continue à le regarder comme ça moi aussi, je vais finir par m'emplâtrer quelqu'un. Le voilà face à moi. Je me sens toute chose, toute bête, toute rébouliquée à l'intérieur.

— Bonjour, dit-il d'une voix un peu chantante qui me fait fondre à vue d'œil.

J'ai tellement la tremblote et la gorge serrée que je ne peux ni parler ni masquer la trouille qui me tenaille. ¡ Mira ! la bourrique que je fais ! Pourtant je voudrais bien lui rendre son sourire à ce beau garçon, mais décidément j'ai l'impression d'être complètement pégotée[46], comme si dans mon cerveau c'était le sirocco et le chergui réunis !

Je ne sais combien de temps je reste là, à le zieuter, à le mirer, à le contempler ; en tout cas suffisamment pour être sacrément en retard ! Non seulement ma sœur va encore maronner, mais cette fois, c'est sûr, elle va me chanter la Marseillaise en kabyle !

Je continue donc mon chemin, et vingt minutes plus tard j'arrive enfin au point de ralliement habituel. Évidemment, comme je le craignais, qui je vois complètement survoltée en train de faire les cent pas de l'autruche devant l'auto du saint Eugène ? Ma Claudine !

— Ah ! Quand même te voilà ! s'écrie-t-elle de sa voix de crécelle. Dis, la prochaine fois que t'y auras perdu les aiguilles de l'horloge, t'y remont'ras à pied à la maison, t'y entends !

---

[46] Argot pied-noir : empotée

Elle m'énerve tellement que sans réfléchir j'invente un *tchalef*[47], histoire de la calmer et de me trouver une excuse.

— Parle pour toi ! ça fait une heure que je vous cherche !

— Comment ça ? Et depuis quand ça fait une heure ? Dis, t'y es pas tombée dans la marmite de l'ezagération, des fois ?

Puis elle se tourne alors vers le saint Eugène pour le prendre à témoin.

— Mais dis, nous z'ôtres on n'a pas bougé d'ici !

— Ça m'étonnerait, continué-je dans le mensonge, exprès pour lui donner le martyr. Moi j'étais là bien avant vous !

— ¡ *Qué va* ! Que ma langue elle tombe par terre et que noire elle devienne si je dis pas la vérité !

— En tout cas, j'vous ai pas vus.

— Purée va ! toi t'y vas à la mer et t'y trouves pas l'eau, ma parole !

— Bon, pas tant de *tcheklala* ![48] ¡ *Anda* ! que t'es toujours en train de faire du *jaléo* dans la rue !

— Eh, les filles ! s'interpose Eugène en nous ouvrant les portières, vous pouvez pas crier doucement, non ? Que tout le quartier y profite du carnaval !

Aussitôt on monte dans la voiture du « Prince-qu'on-sort ». Claudine, la figure *pesarosa*[49], s'installe à l'avant et moi à l'arrière. Comme chaque fois, durant tout le trajet Claudine piaille et tchatche que j'te tchatche ! Elle n'arrête pas une minute, une vraie tchatcharone !

Soudain, la voiture pile à un carrefour dans un concert de klaxons et sous les insultes d'Eugène qui a eu la peur de sa vie.

Tout aussi véhémente, ma sœur n'est pas en reste :

— Non, mais regarde-moi-le un peu çuilà ! s'écrie-t-elle en levant le bras contre le chauffard qui a manqué nous emboutir. Plus maboul que toi, y a pas ! ajoute-t-elle hargneuse en baissant la vitre.

---

[47] Bobard, blague, baratin.
[48] Esbroufe.
[49] Dépitée.

— Non, mais qu'est-ce qu'elle me dit Marie-la-folasse ? réplique le type d'un air ahuri.

— ¡ *Qué va !* à moi t'y m'traites de folasse ! Purée va ! Répète un peu ça et j't'y jette les yeux empoisonnés sur la mort de tes ôsses !

— *Bova*[50] que ti es ! s'énerve l'autre, la figure rouge écarlate comme un tchoumbo.

— Purée ! C'est qu'y m'insulte ct' espèce de cataplasme ! Dis, on n'a pas roulé le couscous ensemble que je sache ! riposte-t-elle de plus belle.

Sur le coup de la colère, le type cale en plein milieu de la rue, et Claudine infatigable continue à le mitrailler d'insultes :

— ¡ *Anda, anda !* Face de zgeg ! Avance en arrière, qu'on puisse passer ! Allez ! Balek, balek ! [51] T'y vois pas qu't'y bloques la route avec ton trasto !

¡ *Madre mía !* Non, mais y a pas à dire, des fois elle me fait honte ma sœur ! J'ai jamais vu pareille *rebolica*[52] dans la rue.

En deux manœuvres et trois tours de volant, Eugène finit par réintégrer la circulation.

— Ouh, mais toi aussi ! lui dit-elle énervée. On dirait que plus t'y vas moins vite, plus t'y vas doucement ! Après, *oilà,* on s'fait des insultes avec des tabanars comm' l'autre-là !

Après avoir dépassé le cimetière Tamashouet, le saint Eugène qui doit avoir la tête comme une pastèque, tourne pour prendre à gauche vers le parc du Champ de Manœuvres. Eckmühl n'est plus très loin. L'auto tourne dans la rue Jean Macé. Puis à droite, c'est la rue Henri Poincaré qui s'ouvre à nous. À l'angle de la rue d'Adana, Eugène stoppe sa voiture. *Madre mía, qué* périple !

Une fois l'auto disparue au fond dans la grande avenue, ma sœur et moi remontons tranquillement la rue jusqu'à la maison.

— Franchement, Claudine, j'vois pas c'que tu lui trouves à ton Eugène avec sa figure de calamar ! lui dis-je en poussant la porte

---

[50] Imbécile, abrutie.
[51] Dégage !
[52] Émeute.

d'entrée de l'immeuble. Tu pourrais te trouver autr'chose que ce gavatcho !

— Gavatcho ! Gavatcho ! m'arrête-t-elle du bras en pénétrant dans le hall. Il est *pit-être* gavatcho, mais lui au moins y l'a l'auto ! Et pas n'importe quelle auto, une Frégate décapotable !

— Ah ouais ! Va, c'est l'auto qui t'éblouit, toi ! Ma parole, tu veux t'la mettre en pièces détachées autour du cou son auto ! C'est pas une couronne de diamants, si ?

— Ouh ! la purée d'nous z'ôtres ! Commence pas à me faire monter la colère, sinon j'vais t'en donner une, que le mur y va t'en donner une autre !

À l'étage, une porte s'ouvre, et la voix de not' mère retentit comme un coup de fouet.

— Dites les filles, c'est pas bientôt fini la bamboula ? Dépêchez-vous de rentrer, que le travail à la maison y l'attend ! Et qu'à force à force d'attendre, cet' maison c'est tellement un cafoutche que j'en ai honte à la figure ! Toi Claudine, tu vas m'passer le chiffon du parterre ! Et toi, Silvia…

— Ouh, calme-toi, *man-man* ! rétorque Claudine au son de ses talons qui claquent dans l'escalier. Si tu t'mets colère ! Purée ! après, l'envie du travail, elle me passe !

— Elle te passe ? Elle te passe ? Et avec une calbote tu vas voir si ell' te passe ! fait-elle d'un geste de la main qui va bien.

— Bon, vous pourriez crier plus doucement, que tous les voisins vous entendent ! crié-je à mon tour pour les radoucir toutes les deux.

En fermant soigneusement la porte, je repense au beau jeune homme de la rue d'Arzew, et j'espère bien le revoir encore demain.

Quelques jours passent dans la chaleur de braise d'un été toujours plus chaud. Je suis un peu triste et déçue, car je n'ai plus croisé mon galant promeneur. Et comme une désagréable surprise ne vient jamais seule, me voilà ce soir en tête à tête avec le saint Eugène à attendre dans sa voiture l'arrivée de Claudine. Je me demande vraiment ce que ma sœur peut bien lui trouver. Je n'aime pas ce type et par-dessus tout, j'ai horreur de me retrouver seule avec ce gavatcho.

Soudain il pousse un soupir qui ne trompe pas.

— Je compte jusqu'à trois. Si à trois, elle n'est pas là... un, deux, trois...

Et le scélérat met le moteur en route.

— Quoi ? tu vas quand même pas planter ma sœur ?

— Pour une fois, elle peut bien rentrer à pied, ça lui fera pas d'mal. Comme ça toi tu peux t'installer devant, à la place d'honneur, celle de la princesse... et nous partons tous les deux.

— Aouah ? Et pour aller où ?

— Où ça te plaît. À Canastel si tu veux, ou encore mieux, je connais un coin fabuleux près du cap Falcon où l'on peut admirer la mer et toute la côte émeraude.

— Admirer la mer ? Mais oui bien sûr...

À peine ai-je fini ma phrase que cette satanée Claudine arrive au pas de course en gambillant sur ses talons.

— Eh ben dis donc, s'exclame-t-elle en se vautrant sur le siège passager, j'ai cru que j'arriv'rai jamais à me défaire de cet' arapète de Saturnin.

— Qui c'est çuilà ? fait Eugène sur un ton de jalousie.

— Eh le *disgracioso* de la lingerie, que tous les jours y me raconte les fleurs !

— Y te raconte les fleurs ? répète Eugène.

Comme il n'a pas l'air de comprendre, je fais la traduction.

— Elle veut dire par là qu'il lui conte fleurette.

— Non, mais t'y sais ce qu'y m'a demandé ? poursuit Claudine, l'humeur passablement colérique. Si je voulais aller avec lui voir la mer ! Qué sale punaise, va ! Moi j'y ai pas besoin de lui pour aller voir la mer ! Eh pis la mer, j'la vois tous les jours !

— Ah ça ti as bien dit ! Quelle sale punaise ! répète Eugène comme un perroquet.

Je lui glisse un regard entendu, car pour moi, la punaise c'est lui !

— Oui, bon, enchaîne Claudine, tais-toi et marche la route, va, qu'on n'y est pas encore rendus à la maison, que la *madre* elle nous attend du pied ferme !

Après quelques soubresauts, la voiture s'engage dans la circulation et nous voilà partis.

Le lendemain soir Claudine est encore en retard et le saint Eugène en profite pour remettre le couvert. Toujours son histoire d'escapade au cap Falcon. Cette fois, c'en est trop, et un soir de la semaine pendant que nous l'attendons toutes les deux devant l'hospice, je décide de tout balancer à ma sœur. Sur le moment elle reste sans voix, les lèvres pincées. Puis elle se reprend et me dit, venimeuse, qu'elle va l'accueillir à boulets rouges le saint Eugène !

Mais curieusement, rien ne se passe de ce qu'elle m'a annoncé. À croire que ma sœur s'est dégonflée ! Nous montons en silence dans la voiture et le goujat de service nous ramène comme si de rien n'était. Sur le moment, je suis étonnée. Claudine ronge son frein en passant par toutes les couleurs : blanche, verte, rouge, noire ; l'explosion ne devrait pas tarder.

Cependant, ce n'est qu'une fois arrivées et descendues de la Frégate que la Claudine dégaine son artillerie.

— Dis donc toi, c'est quoi cette soupe de fèves qu'elle m'apprend, ma sœur ? T'y tournes autour d'elle comme une mouche sur le pot de miel, c'est ça ? Sale punaise que t'y es !

Il tombe aussitôt la face, mais son orgueil reprend vite le dessus.

— Dis Claudine, m'insulte pas ! J'ti ai pas insulté moi que je sache !

— Ah non ? J't'y prends les mains dans la farine en train de préparer un gâteau à la crème pourrie, et encore t'y dis qu'c'est pas vrai ?

— Qu'est-ce tu racontes ? C'est quoi c'te histoire de farine et de gâteau ? tente-t-il de l'amadouer tout en me lançant en coin un regard de reproche.

— *Anda*, prends-moi pour une *cougouste !*[53] Alors c'est ça, t'y as voulu m'éblouir juste pour faire les yeux doux à ma sœur, et en plus dans mon dos ! C'est elle qui t'intéresse depuis le début, c'est ça ? *Anda,* dis-le si t'y es un homme !

— Si chuis un homme ? répète-t-il en bafouillant lamentablement.

— Non t'y es pas un homme ! Espèce de goujat, t'y as pas honte ! À 35 ans ! à 35 ans, tourner autour d'une jeunette de 17 ans ! Il te les faut au berceau maint'nant ?

— Claudine, je voudrais pas que tu te figures…

— Quoi ma figure ? T'y as vu la tienne ? Avec ta tronche de calamar !

— Dis donc Claudine, m'insulte pas, sinon !

— Sinon quoi ? Alors t'y crois me fair' peur ?

— Sinon, fini l'auto.

— Quoi l'auto ? Ton auto ? Ah ah ah !

— On verra si le soir après l'travail tu vas rire quand tu devras rentrer chez toi à pied !

— Alors c'est bien ça, t'y croyais m'éblouir avec ta décapotable de gavatcho ? Dis, t'y sais quoi ? t'y peux t'la bouffer en pièces détachées ton auto ! Moi chuis pas Ava Gardner, on m'éblouit pas en me posant des diamants sur la tête !

— Pouah, ça, c'est sûr, avec la tête que ti as !

— La tête que j'y ai ? Dis, fais bien entention à ce que t'y dis, tronc d'Eugène ! Sinon, tu vas voir c'qu'y va t'arriver, j'vais te faire tout neuf !

Ma sœur, elle crie tellement fort qu'elle va finir par ameuter tout le quartier si ça continue.

— Dis Claudine, dis-je en retenant son bras, calme-toi, que tout Eckmühl il en profite, ma parole !

— Toi, t'y as rien à dire, fait-elle en se retournant sèchement vers moi. Rentre à la maison et pis c'est tout !

Et elle me pousse sans ménagement vers l'entrée de l'immeuble.

---

[53] Idiote, imbécile.

— Allez, dépêche-toi ! Monte en haut !

Puis se tournant vers le saint Eugène :

— Quant à toi ! Va chez Azrin[54], va ! que de ma vie j'y veux plus te voir !

— Quoi tu veux plus me voir ? tente encore de parlementer le saint Eugène que cette fois son auréole il l'a perdue pour de bon.

Claudine, infatigable, le crucifie littéralement :

— Voui voui voui ! toi et ta Frégate de *mariquito-mariquita*, t'y disparais de ma vue, t'y sors de mes yeux et que j't'y revois plus ! que sinon j't'y serre le cou, que la langue comme ça de longue elle te sort ! T'y entends ?

Fin du roman-photo de l'été, avec Claudine Carmona en vedette principale, la Calamity Jane de l'Oranie.

Quant au saint Eugène, pour de bon, on ne l'a plus jamais revu.

Un mois plus tard, le vendredi soir, veille du 15 août, ma sœur et moi arrivons toutes pimpantes au cinéma du quartier, le Plaza, avenue d'Oujda. Claudine a chaussé ses talons blancs, et moi j'ai mis ma plus belle robe. Mes cousins de Saïda, Lucie et Daniel Rodriguez, en vacances à Oran, nous rejoignent sans tarder. Daniel est accompagné d'un ami, Christian Mascaro, et moi j'ai invité Herminie. Une bande de joyeux drilles à laquelle vient se joindre mon galant de la rue d'Arzew. Quelques jours plus tôt, nous avons fait plus ample connaissance, il s'appelle Ange et il a vraiment le visage de son prénom.

Nous nous retrouvons tous dans le hall d'entrée. Au centre se trouve le guichet où officie madame Belcasto, avec son chignon poivre et sel de quatre étages. C'est l'épouse du gérant du cinéma, une vieille maigrichonne, souvent très directive et quelquefois franchement revêche. Avec elle, il vaut mieux se tenir correctement, ou c'est la porte immédiatement. Au Plaza, les films passent en première vision en même temps que les grandes salles d'Oran.

---

[54] Expression pied-noir. Azrin est l'ange de la mort chez les Arabes.

Dans le hall à droite, l'affiche du film « Le train sifflera trois fois » qui est en rediffusion en ce moment. À gauche, celle du film de la semaine prochaine : « Niagara » avec Marilyn Monroe et Joseph Cotten. Dans des cadres accrochés aux murs figurent également de nombreux portraits de vedettes de cinéma, comme Viviane Romance, Michèle Morgan, Martine Carol, Rock Hudson et Lauren Bacall... mais les autres je n'les connais pas. Nous intégrons sagement la file d'attente au guichet, et quand arrive notre tour nous demandons des places au balcon.

— Les balcons sont complets, annonce la voix monocorde de la mère Belcasto.

Évidemment, Claudine ne peut s'empêcher de ronchonner. Mais nous prenons nos billets en silence et nous nous dirigeons à droite vers la salle.

— Purée, c'te bonne femme ! J'peux pas me l'encadrer va ! me soupire-t-elle en serrant les lèvres. Qu'à chaque fois j'y ai envie de lui donner la savate à cell'-là !

Cela fait sourire tout le monde, surtout Ange qui découvre le phénomène. Mais moi, elle va finir par me faire honte.

— Oulala, Claudine ! Faut toujours qu'tu fasses le carnaval !

— Le carnaval ? Le carnaval ? Ma parole que si je dis rien ! après vous dites que je suis une sauvage ou quoi ?

Avec ma sœur c'est toujours comme ça, le cinéma, il n'est pas sur l'écran !

Lorsque nous entrons dans la salle, c'est complètement bondé. C'est dire si plusieurs mois après sa sortie ce film avec Gary Cooper attire toujours autant les foules. Nous nous installons tout en haut, presque au fond de la salle. Ange s'assoit à ma gauche. À ma droite, ma cousine Lucie, et à côté d'elle Herminie. Daniel, Christian, et Claudine complètent ensuite la rangée. Tous les sièges en bois couinent à mesure que chacun s'assied.

À 21 heures, après les actualités nationales, la salle plonge dans une obscurité quasi totale. Puis un faisceau de lumière éblouit soudain l'écran, et le spectacle commence.

186

Lorsque le film se termine, je réalise que la plus belle histoire d'amour de ma vie vient de commencer. C'est à la fin, à la toute dernière image quand Gary Cooper et Grace Kelly s'éloignent sur leur carriole, que mon Ange a enfin posé délicatement sa main sur la mienne. Sa main chaude et douce, caressante, tendre à souhait. Dans la pénombre, j'ai vu ses yeux briller quand, à mon tour, j'ai osé un regard vers lui. Il m'a souri, beau comme un dieu, beau comme un soleil. Mon cœur s'est mis à battre follement dans ma poitrine. Je n'avais jamais encore ressenti un tel émoi. Une explosion de joie et de bonheur ! Comme Grace Kelly, j'aurais voulu poser ma tête sur son épaule, et partir avec mon Ange à l'autre bout du monde.

Les semaines passent, déjà un mois que nous nous fréquentons. Mon Ange est le plus beau et le plus gentil garçon que je connaisse. On ne se quitte plus. Nous allons souvent au Ritz, le cinéma près de la place des Victoires. Après le film, nous descendons le boulevard Laurent Fouque pour rejoindre le paseo du Front de mer où l'on se promène longuement. Il m'emmène quelques fois aussi à Paradis-Plage avec ses cousins. Mais le plus souvent, nous y allons seuls en amoureux, en prenant le car de la SOTAC au Petit-Vichy. Juste après Aïn-el-Turck, nous descendons à la station balnéaire de Bouisseville, et nous flânons main dans la main au bord de la plage, en admirant le bleu azur de notre si belle Méditerranée. Des moments simples, mais merveilleux que je partage avec mon Ange au Paradis.

25 septembre. Aujourd'hui c'est son anniversaire. On est vendredi et ce soir toute notre belle équipe décide d'aller danser à Eckmühl. Les bals se tiennent au dancing situé au stade de l'A.S.E, près du Tir au pistolet. L'A.S.E, c'est le club de foot de notre quartier : l'Avenir Sportif d'Eckmühl. Certes, dans la famille personne ne fait du foot, hormis Mané dont la passion du ballon rond commence à le démanger, mais maman s'y oppose fermement en lui suggérant plutôt le patronage Don Bosco. Mon pauvre Mané, comme je te comprends, la passion du Christ a ses vertus certes, mais aussi ses limites.

Depuis quelques années, c'est le groupe Los Javaloyas qui le plus souvent anime les bals à Eckmühl. Tous les jeunes du quartier se retrouvent au dancing pour boire un verre et danser avec frénésie jusqu'au bout de la nuit. Rumba, mambo, paso doble, boogie-woogie, bref toutes les danses à la mode.

Vers minuit une lumière rouge tamisée emplit la salle, et s'élève alors une douce mélodie qui attire des dizaines de couples vers la piste. Enveloppés dans la pénombre, les couples s'enlacent étroitement. Herminie dans les bras de Christian Mascaro – je crois que ces deux-là se sont bien trouvés. Mon Ange m'entraîne à son tour sur la piste. Entre ses bras, je ressens la chaleur de sa robuste carrure, et un parfum subtil exhale de son cou. Sa joue, douce comme celle d'un enfant, effleure tendrement la mienne. Blottie contre lui, je m'abandonne, à la fois sereine, fébrile et impatiente. Va-t-il enfin oser m'embrasser ? Nos cœurs battent à l'unisson et je pose ma joue sur son épaule. Dans un nuage de fumée bleue, la musique voluptueuse et enivrante entretient cette ambiance intimiste, si propice au frôlement des étoffes et aux caresses imperceptibles. Soudain, pour ne pas dire enfin, ses lèvres se collent fougueusement aux miennes. Une immense bouffée d'amour m'envahit. Une sensation inimaginable, une véritable révélation. Je n'oublierai jamais le baiser brûlant de mon Ange. Je le savoure comme une abeille butine sa fleur favorite.

Une heure plus tard, Claudine vient me faire un caprice pour rentrer à la maison. Il est vrai qu'il est tard ; la *madre* va nous faire un scandale si on rentre aux aurores.

— Qu'est-ce t'as fait de ton chevalier servant ? je lui demande pour la taquiner.

— Quoi, le *pégoté* à lunettes ? Purée, qué cataplasme çuilà ! Une heure que j'y ai mis à m'en défaire ! Y m'a fait que du chiqué ! Que maint'nant, j'y ai qu'une envie, aller me coucher dis !

Finalement nous partons vers deux heures du matin. C'est mon Ange qui nous ramène avec l'auto de son père.

Une fois dans la chambre, Claudine tombe comme une bûche sur son lit, et moi je reste éveillée encore un moment. Dimanche, je suis conviée au repas de fête que lui prépare sa mère. Je ferai donc mon entrée dans sa famille. Puis, je ne cesse de repenser au tendre baiser de mon Ange, jusqu'à ce que je m'endorme en emportant dans mes rêves le goût de miel de son âme candide.

Trois mois plus tard, nous voilà aux portes d'une nouvelle année. À l'occasion du repas de Noël, mon amoureux m'a invitée chez ses parents. Mon entrée dans la famille en septembre dernier s'est admirablement bien passée. Carmina se montre à mon égard agréable et aimante. J'ai le sentiment qu'elle m'apprécie beaucoup, au point que des liens profonds et sincères semblent déjà nous unir.

Pour le réveillon du 31, c'est une ambiance un peu plus festive. Toute notre petite équipe se retrouve à Paradis-Plage. La soirée organisée au restaurant « Les flots bleus » rassemble une centaine de jeunes. Mon Ange est venu avec son cousin Janot, lui-même accompagné de ses frères Yves et Alain et leurs copines. Animée par un orchestre enjoué, mais assourdissant, la fête bat son plein dans une atmosphère de cotillons, flonflons et pétarades, jusqu'au bouquet final, un merveilleux feu d'artifice sur la plage.

« Bonne année 1954 ! » entonne la foule des convives en s'étreignant joyeusement. Lorsque mon Ange me prend dans ses bras et m'embrasse avec tendresse, je me dis que rien n'est plus important que l'être aimé. Je n'savais pas que c'était ça, l'amour, une osmose totale, l'harmonie exquise qui unit deux cœurs dans une communion parfaite.

C'est ce soir-là que ma sœur Claudine nous a présenté sa dernière *petite folie* – comme le chante si bien Eddie Constantine. Un blondinet au nez retroussé, gringalet et un peu collet monté, qu'elle a rencontré au cours de la soirée. Un drôle d'énergumène que ce Reymond Casas. Reymond avec un « e », précise-t-il avec une pointe d'orgueil dans la voix.

— Aouah ? mais mon chéri t'y es unique alors ! s'exclame Claudine pliée de rire et arc-boutée au bras de son coq de basse-cour.

Eh ben, en voilà encore un, de fanfaron ! Ça promet ! *Mamamilla*, pauvre Claudine, mais où est-ce que tu mets les pieds ? Dans un panier de braises.

Mais les braises refroidissent bigrement le matin du 1er février 54 quand Oran se réveille sous la neige. « Du jamais vu depuis 1935 » comme le racontent les anciens dans les articles de « L'Écho d'Oran ». Des températures ne dépassant pas les 1° et des chutes de neige éparses, mais suffisantes pour recouvrir d'un voile blanc toute l'Oranie. Un beau spectacle, même si, pitié ! je préfère de loin le soleil chaud de notre beau pays.

La mi-avril arrive enfin avec ses traditionnelles fêtes de Pâques. Comme chaque année, toute la famille participe aux divers préparatifs et à la confection des mounas. Nous envoyons Mané et Gisèle chercher les lastras chez le boulanger. Les lastras sont de grands plateaux sur lesquels seront déposées les boules de pâte. Pendant ce temps maman et tía Carmen manches relevées préparent le levain. Mélange de farine, de lait, d'œufs, de levure de boulanger, d'huile, le tout arrosé d'un peu d'eau, de jus et de zeste d'orange, et de tisane d'anis. Chacune pétrit fermement du poing la pâte dans une grande cuvette métallique servant de pétrin, jusqu'à réaliser une énorme boule lisse et odorante, suffisamment consistante et surtout pas trop collante. Quand la confection est terminée, elles mettent les portions de pâte à lever sous une serviette pour conserver la chaleur. Après une première levée, elles les reprennent et les pétrissent à nouveau, frappant, pliant et rabattant la pâte à grands tours de poignet. Puis elles les remettent à lever pour deux bonnes heures. Lorsque les boules de pâte sont suffisamment gonflées, elles les cisaillent de deux coups de couteau en croix et les badigeonnent avec un mélange de jaune d'œuf battu dans un peu de lait. Pour finir, Gisèle et Mané mettent la dernière touche en s'amusant à les saupoudrer de sucre sommairement concassé. Voilà qui est fin prêt. En route pour le fournil du boulanger de la place Noiseux, où l'on peut voir une véritable procession de ménagères qui s'étire jusque dans la rue ! Mères et enfants de tout le quartier apportent leurs mounas sur les lastras, ou dans des paniers en osier. Que de moments magiques de joie et de partage entre toutes les familles rassemblées sur la place, dans l'attente de la cuisson ! Au sortir du four, les belles mounas dorées et luisantes embaument la fleur d'oranger et l'anis, et répandent leur parfum dans tout le quartier. De retour à la maison, maman range les mounas dans les placards, car la tradition exige de ne pas y toucher avant le jour de Pâques.

Après un beau dimanche pascal en famille, nous partons très tôt passer le lundi de Pâques à la forêt des Planteurs, au pied de Notre-Dame de Santa-Cruz. Claudine est accompagnée de son clinquant Reymond au volant d'une voiture incroyable, à tel point qu'on dirait une vedette d'Hollywood. Mon Ange n'a pu se joindre à nous, car il est invité à Canastel chez ses cousins Martinez.

— Bé dis donc, dis-je à voix basse à Claudine. Il fait pas dans la dentelle ton Reymond, il a gagné à la loterie ou quoi ? C'est quoi cette voiture de milliardaire ?

— Une Alfa Roméo 1900C cabriolet, t'y as vu ça ?

— Oui, ça j'ai compris, quoi. Il a dû la payer bon bon ! Encore un qui veut t'éblouir.

— Pourquoi t'y dis ça ? rétorque-t-elle de sa voix mielleuse. Moi, y a personne qui m'éblouit !

Enfin bon, j'aime bien ma sœur, mais moi il m'est avis que son Reymond, avec ses belles voitures, il n'a pas fini de faire l'avenue pour essayer d'*encoster* les filles. Pôvre Claudine, elle y voit que du feu.

Nous passons vraiment une bien belle journée, puis au coucher du soleil nous profitons des dernières lueurs rose et orangé qui barrent l'horizon, avant de rentrer à la maison.

Courant juillet tata Beatriz part s'installer définitivement en France avec son mari et nos cousins. Ils ont acheté une maison là-bas, à Marseille. Un peu avant le 14 juillet, ils sont venus nous dire au revoir. Papa en a été peiné, mais la vie est ainsi. Et, sait-on jamais, ça peut nous faire un pied-à-terre en France pour de futures vacances.

Puis au début du mois d'août, papa reçoit encore une nouvelle qui l'affecte beaucoup. Un télégramme d'un dénommé Marcel : « *Mon père Juan, décédé. Stop. Obsèques à Mostaganem le 9 août à 14 heures. Stop.* »

Le soir même, alors que mes frères et sœurs sont déjà endormis, je m'assois près de lui sur le canapé. Maman finit de passer le balai dans la pièce à vivre.

— C'était qui ce Juan ? Tu m'en as jamais parlé…

— C'était un cousin de ma pauvre mère.

— La yaya Rosa ?

— Oui. C'est lui qui nous a accueillis avec sa femme Mercè lorsque nous sommes arrivés en Algérie. Ils nous ont beaucoup aidés, tu sais. C'est moi qui gardais son troupeau quand j'étais enfant.

— Ah ? Tu étais berger, papa ?

— Oui, dans les pâturages autour de Bouguirat. Tu vois, je marchais toute la journée pieds nus. Je n'avais des chaussures que le dimanche pour aller à la messe. Une paire de sandales blanches. Nous étions pauvres, certes, mais nous étions les plus heureux du monde.

— Papa, c'est beau ce que tu me confies là, soufflé-je en posant affectueusement ma joue sur son bras. Tu es le plus beau, le plus gentil et le plus fort des papas.

— Tout cela en même temps ? Mais non, ma petite, je ne suis que ton père, rien de plus. Et je suis bien triste aujourd'hui… Oui, triste d'avoir perdu celui qui nous a sauvés. Je n'oublierai jamais que c'est grâce à Juan si nous sommes aujourd'hui une famille heureuse et unie.

— Merci cousin Juan. Nous irons à Santa-Cruz, prier pour lui. Tu veux bien, papa ?

— Oui, entendu, ma belle. Et à la Toussaint, nous irons à Mostaganem nous recueillir sur sa tombe.

— Tu n'veux pas te rendre aux obsèques ? demande maman, étonnée, en s'immisçant dans la conversation.

— C'est demain, comment veux-tu qu'on y aille ? On n'a pas de voiture, et puis on n'peut pas fermer le bar.

— Comment ça ? On met un écriteau de fermeture pour cause de décès, *y basta*.

— Ça fait beaucoup de complications, soupire papa pour signifier tout le contraire de ce qu'il veut faire croire.

— Ça, c'est pas des complications, rétorque maman. C'est de l'amour et de la reconnaissance, la plus belle façon de rendre hommage et remercier ton cousin. Alors demain, nous partons tous pour Mostaganem.

En disant ces mots et d'un geste de compassion, maman pose une main affectueuse sur l'épaule de mon tendre père. C'était évidemment une affaire entendue. La famille Carmona au grand complet ira rendre un dernier hommage au cousin Juan.

Et, nous y sommes allés. Nous avons fait la connaissance des cousins Marcel et Germaine, de leurs conjoints et de leurs enfants. De la vieille Mercè, la veuve de Juan. Et, nous avons prié sur la tombe de la yaya Rosa et de la tante Lola, la sœur de papa morte en 1935.

Nous avons ensuite visité Mostaganem, le port et la maison de la rue Jean Bart. À cette occasion, papa nous a raconté la catastrophe de 1927 où une partie de la ville fut détruite, emportée par les flots d'une inondation meurtrière.

« La vie sur Terre est parfois un Paradis, mais elle peut aussi s'avérer être un Enfer. »

27
Une guerre dont on ne connaît pas le nom

2 novembre 1954. Ange Alvarez

Depuis un mois je suis en poste à Blida, dans l'Atlas au sud d'Alger, où je fais mon service militaire. Autant les journées sont chaudes, autant les nuits sont glaciales. Une horreur.

Hier c'était la fête de tous les saints, et aujourd'hui celle des morts. Et des morts il y en a eu un peu partout hier en Algérie. « Des événements d'une extrême gravité, ont dit nos gradés ». Ils nous ont parlé d'une trentaine d'attaques perpétrées dans la nuit de dimanche à lundi. Dans les Aurès, des soldats ont été tués à la caserne de Batna et, pris dans une embuscade, un couple d'instituteurs français récemment arrivé en Algérie a été abattu sur la route de Biskra. Quel drame effroyable !

D'après les nouvelles qui circulent, il ne s'agit pas de quelques actions isolées ni de petits faits d'armes dans le but de marquer un semblant de révolte, mais bel et bien d'une rébellion. Une opération militaire parfaitement organisée et planifiée. Par qui ? Nul ne le sait vraiment. Il ne fait pas de doute que cette insurrection devra être rapidement matée, sinon les conséquences pourraient être terribles et dévastatrices.

Une dizaine de jours plus tard, Mitterrand, ministre de l'Intérieur, déclare : « L'Algérie, c'est la France ! ». Au moins c'est clair. Le gouvernement français a bien compris qu'il était urgent et primordial d'agir. Aussi, cinq mille soldats ont été envoyés en renfort dans la région avec l'objectif de prendre de vitesse cette insurrection, ne pas la laisser s'étendre à tout le pays. Elle doit être impérativement confinée aux massifs des Aurès où se trouve le berceau de la révolte. Le corps d'armée a établi un dispositif d'encerclement, et tous les jours nous arpentons les montagnes à la recherche de ces rebelles algériens qu'on appelle fellaghas. Mais la tâche est rude. On connaît mal ces zones reculées, on les redoute même. Dans le djebel, le fellagha s'y promène comme un poisson dans l'eau, ce qui n'est pas franchement notre cas. Pour nous, le danger est omniprésent. Ce n'est pas une guerre classique qui commence, mais une guerre d'embuscades, de harcèlements et d'attaques soudaines qu'il va falloir combattre sans merci. Nous fouillons chaque village, chaque maison, chaque abri de pierres pouvant servir de refuge aux rebelles. Nous ratissons tout ce qui peut l'être, mais pas toujours avec succès, car nous sommes en territoire hostile. Parfois, l'artillerie attaque les zones à la roquette pour tenter d'y déloger l'ennemi. La répression est la seule solution. Sinon, ça ne finira jamais.

Au début du printemps 55, l'opération de grand nettoyage dans l'Aurès commencée en novembre dernier est, quoi qu'on en dise, une réussite significative. Nos patrouilles avaient pour mission de parcourir les zones d'insécurité et les vider de sa population. Ce qui a été fait, non sans mal. Par manque de préparation tout d'abord. Nombre de mes camarades soldats de la métropole n'ont jamais été entraînés à crapahuter dans les montagnes ou à courir le djebel, avec en plus sur le dos tout le barda et un casque lourd sur la tête. Mais avec force, volonté et courage, nous avons su nous implanter dans les lieux les plus inaccessibles.

Dans le courant de l'été, les choses se gâtent pour nous, simples soldats ou appelés. L'ennemi est insaisissable. C'est une guerre des nerfs insupportable. Une guérilla. À cette peur silencieuse et sournoise qui s'infiltre en nous, s'est rajouté un nouvel épisode horrible et révoltant. Le 20 août dernier dans la région de Constantine, une centaine d'Européens ont été massacrés par les rebelles. À ce qu'on dit, la plupart des hommes ont été émasculés, et les femmes violées et éventrées. Seuls des « chiens » ont pu commettre de telles horreurs. Ces types-là ne sont pas des combattants, mais des assassins sanguinaires. Cette fois, la guerre est déclarée entre les deux communautés.

Depuis fin septembre et après de multiples changements, notre unité s'est installée dans une ferme réquisitionnée au sud de Blida, où nous menons nos continuelles missions de « maintien de l'ordre ». Toute la région est infestée de fellaghas. Une vraie nasse de crabes dans laquelle nous baignons. Ce n'est ni une partie de plaisir ni une partie de pêche d'ailleurs.

Ah justement, comme elles me manquent mes parties de pêche avec Janot dans la crique de Monte-Cristo ! Comme j'ai hâte de revoir Oran et ses longues plages, mes parents, et ma douce Silvia. J'ai peur de devenir fou, ici. Normalement, et si tout va bien, j'aurai une permission en décembre pour passer quelques jours en famille. J'écris à ma mère pour le lui annoncer, sans toutefois lui raconter notre quotidien dans le djebel. Je l'assure de tout mon amour, et lui dis à quel point je pense à eux et comme il me tarde de les revoir. Puis, je prends un autre feuillet pour écrire à ma bien-aimée. Je m'installe sur un matelas posé au sol dans un des bivouacs dressés près du cantonnement. Je lui dis ô combien elle me manque, ainsi qu'Oran, ma famille, mes amis, et la mer. *« La fureur de la guerre est un puissant détonateur pour tous ceux qui n'ont jamais réellement pris conscience à quel point la douceur de vivre est ce qu'il y a de plus beau et de plus cher en nous... Ta douceur, ma belle Silvia, et ton sourire angélique suffiraient à me combler de bonheur... Je te promets, quand je serai sorti de ce bourbier, que nous nous marierons, enfin, si tu le veux... car je n'imagine pas ma vie sans toi. »*

Je dépose un baiser au fond de la page à côté d'un joli cœur dessiné, puis je glisse la lettre dans une enveloppe.

Oran, Noël 1955. Carmina Alvarez

Letché ! Mon fils ne sera pas avec nous pour les fêtes de Noël. Sa permission, y l'ont annulée. Repoussée au printemps, qu'il nous a dit

196

dans sa dernière lettre. Ça m'a beaucoup chagrinée. Encore un Noël sans lui. Ma fille Paule aussi est très déçue. Quant à Silvia, c'est pire que si on lui avait arraché le cœur. *Pos vaya,* que faire ? Faut savoir prendre son mal et l'enterrer dans la patience.

Ma cousine Antonia est venue dimanche dernier et nous avons parlé de nos garçons qui sont sous les drapeaux. Janot, son plus jeune, est lui aussi parti dans le courant de l'été faire son service militaire. Il a été envoyé dans la région de Constantine où les affrontements sont les plus tendus. Purée, autant dire qu'Antonia n'est pas du tout rassurée de le savoir parachuté si près des zones à risque.

Remarquez, je dis ça, mais moi c'est pareil, j'ai les mêmes craintes pour mon fils. C'est très dur à vivre cette angoisse permanente chevillée au corps. S'il lui arrivait quelque chose, je ne le supporterais pas. Grâce à Dieu, Silvia vient régulièrement me faire une petite visite. Il nous suffit de regards échangés en silence pour adoucir nos peines. Cette petite est une merveille. Nous nous sommes comprises dès le premier jour. Comme si l'amour qui nous rattache l'une et l'autre à notre Ange adoré, était un lien indéfectible et éternel. Elle est la femme qu'il lui faut. La femme idéale et parfaite. Celle qui comprend, celle qui ressent, vibre, respire et porte en elle tout l'amour qu'il mérite.

Nous parlons de lui pendant des heures, assises à la table de la cuisine. Comme elle veut tout savoir de mon fils adoré, alors moi je lui offre l'entièreté de mon cœur de mère. De mère insatiable que je suis. Ange par-ci, Ange par-là. Ange partout. Purée, bientôt elle en saura plus sur mon fils, que moi qui suis sa mère. C'est vrai, quelle mère n'adore pas ses enfants ? Aucune, j'imagine. Mais pour moi, y l'est bien plus que *mon* enfant. Il est mon ange protecteur et son sang irrigue à jamais mon cœur. Il est ma chair, il est mon double. La continuité de mon âme, la sainteté dans mon esprit, l'incarnation suprême du bonheur de vivre ; bref, un rayon de soleil qui illumine ma vie.

¡ Ojalá ![55] que cette guerre dont on ne connaît pas le nom finisse vite, pour que mon Ange revienne et donne à Silvia le nom qu'elle espère si ardemment. Pour qu'ils soient enfin heureux, dans la joie infinie d'un mariage que nous espérons tous.

---

[55] Dieu veuille.

28
Ne pas laisser le bonheur s'enfuir

Dimanche 15 avril 1956. Silvia Carmona

Après dix-huit mois d'une longue absence, comme nous l'avons attendue et espérée cette permission ! Et voilà qu'elle s'achève déjà. Six jours trop vite passés. Mon Ange reprend le train demain à l'aube et c'est notre dernière journée ensemble.

Ce matin nous allons nous promener sur le boulevard du Front de mer. Claudine nous accompagne, escortée de son chevalier servant ; enfin, de son galant je devrais dire. Ce fichtre de Reymond est un sacré *pincho*[56]. Je ne m'étais pas trompée, je crois que ma sœur a gagné le grelot avec ce type-là. En général, je n'aime pas dire du mal, mais j'ai déjà aperçu ce goujat en train de se pavaner en ville en très charmante compagnie. Et ladite charmante, ce n'était pas Claudine. Impossible non plus de se méprendre sur sa main quelque peu baladeuse. Je ne sais pas à quoi il joue. Claudine est-elle au courant de ses écarts de conduite ? Je l'ignore, même si je subodore qu'elle est à mille lieues de s'en douter. J'hésite à m'en mêler, car je connais ma sœur. Elle dira que j'ai mal vu ou pire, que j'invente. Alors dans le doute, je préfère les laisser régler leurs affaires eux-mêmes. La seule chose qui m'importe pour l'instant, c'est de profiter de mon ange adoré.

---

[56] Petit coq.

La vue sur la mer est si belle depuis le Front de mer où le bleu de l'azur se reflète dans les eaux calmes du large. Accoudés à la balustrade, nous admirons l'immensité. Je m'abandonne, la tête posée sur l'épaule de mon ange, ma main serrant la sienne. Je sens contre moi sa chaleur, son parfum masculin et sauvage. Nous savourons pleinement ces instants délicats de bonheur en pensant à sa prochaine permission, et mieux encore à sa démobilisation et le retour à une vie normale.

— Comm' c'est beau la mer, lâche soudain Claudine d'une voix de crécelle.

— Chutt Claudine, murmuré-je sans même détacher le regard de mon tendre amoureux. Écoute, écoute le silence...

— Écoute le silence ? Mais ça se peut pas, ça fait pas de bruit, le silence...

— Si justement tu te taisais, tu verrais que ça se peut, lui lance Reymond avec la grâce et la légèreté d'un coq de basse-cour.

— Eh bé, si c'est ça les conversations, rétorque-t-elle en nous tournant brusquement le dos.

— Ohlala, t'as pas d'humour ma parole ! sifflote Reymond.

— Alors quoi, c'est bien ça, quand c'est toi qui es dans le collimateur on a le droit de rien te dire, monsieur est susceptible, par contre quand c'est moi, j'suis qu'une dinde qui n'a pas d'humour !

— De quoi tu parles ? Quel collimateur ?

— J'me comprends. Puisque c'est ça, bonne balade et bonne contemplation du silence !

Et elle nous plante.

— Claudine ! Ma caille, où tu vas ? minaude mielleusement son roméo en s'élançant pour la rattraper.

Ange et moi, on n'en croit pas nos yeux à les regarder se chamailler comme des enfants au milieu des badauds qui déambulent sur le paseo.

Cette dernière journée se termine au cinéma, en amoureux. Un film dont le titre à lui seul donne toute la mesure de l'amour qui nous unit : « La fureur de vivre ». Et James Dean, quel acteur magnifique !

Son rôle de Jim Stark restera à jamais dans les mémoires. Propulsé vers la gloire en quelques films, le destin hélas a réservé à cet acteur inoubliable une fin bien tragique, en se tuant l'année dernière au volant de sa Porsche. Alors oui, sa fureur de vivre est devenue à jamais le symbole de la jeunesse et d'un désir profond et souverain de vivre. De vivre vite, de vivre sans fin, de vivre pleinement. Oui, croquer la vie, sans gâcher les instants précieux qu'elle nous offre.

C'est fou à quel point mon Ange adoré ressemble au personnage de Jim, tellement touchant, fragile et fort à la fois. Alors, mon Ange, reviens-moi vite. Je t'attendrai, toute la vie, s'il le faut. Oui, comme dans la chanson, j'attendrai, le jour et la nuit, j'attendrai toujours, ton retour.

Deux mois ont passé. Claudine et Reymond se sont fiancés le mois dernier à la Pentecôte, et ils nous ont annoncé dans la foulée leur volonté de se marier avant la fin de l'été. J'espère que ma sœur sait ce qu'elle fait. J'ai bien tenté de la mettre en garde sur le personnage, sans vraiment lui raconter ses écarts de conduite. Mais elle ne m'a pas écoutée ; ou bien elle s'en fiche. À mon avis, elle doit se trouver dans une situation embarrassante. Pour parler clair, elle est sûrement enceinte, *toma*. Donc je m'attends l'année prochaine à prendre un grade supplémentaire : tatie Silvia. Autre nouvelle, son cher Reymond a réussi un concours pour être CRS. Eh ben c'est la journée des surprises ! Il manquait plus que ça, un policier dans la famille !

L'été est chaud, comme d'habitude, caniculaire même. Depuis sa dernière permission et son retour à la guerre, mon Ange m'écrit des lettres toujours plus belles. Il m'a dit qu'il est maintenant opérateur radio, que c'est une spécialité qui lui plaît. Cependant, je ressens quelquefois au détour d'une phrase, l'ennui qu'il éprouve et une certaine lassitude aussi. Le mal du pays, le vide d'une absence, la désespérance de notre séparation et l'impatience de nos retrouvailles.

Mon Ange, soleil de mes jours, reviens vite, je t'en supplie.

Samedi 25 août. C'est le jour J

Le grand jour pour ma sœur. Elle est tout simplement magnifique dans sa robe nuptiale brodée de dentelles. Le marié aussi a belle allure, élégant à souhait dans son costume d'officier, képi au bras, col boutonné et œillet à la boutonnière. Mes parents ont sorti la tenue des grands jours, mon père en costume trois-pièces, cheveux gominés à la Gary Cooper, maman dans une robe couleur sable, collier de perles et broche ciselée d'or accrochée près du cœur, coiffée comme sa Gracieuse Majesté la reine d'Angleterre. Gisèle qui va sur ses treize ans s'est parée d'une petite robe de princesse rose pâle. Mané du haut de ses onze ans, porte fièrement un costume cintré de jeune premier, cravate ultra fine et boutons de manchette. Quant à Dédé, sept ans, maman l'a habillé avec des culottes courtes à bretelles, une jolie chemisette et le nœud papillon. Jamais la famille n'a été à ce point sur son trente-et-un.

La cérémonie à la mairie rassemble une bonne centaine de personnes composée des familles Carmona et Casas, ainsi que les amis et les proches. La montée de l'escalier en marbre menant à la salle des mariages est un grand moment d'émotion pour papa qui marie la première de ses trois filles. L'adjoint au maire nous accueille avec entrain et grand sourire, et prononce son discours d'accueil qui nous fait chaud au cœur. Puis vient la lecture des articles du Code civil, et le moment tant attendu : l'échange des consentements. À la question solennelle de l'adjoint au maire à laquelle Claudine est censée répondre « oui », ma godiche de sœur, visiblement émue, perdue ou un peu ailleurs, a un moment de flottement.

— Euh, c'est là que j'y dois répondre ? bafouille-t-elle devant une assemblée hilare.

— Bon, eh bien, je recommence, sourit l'adjoint au maire à la fois troublé et embarrassé. Celle-là, on ne me l'avait encore jamais faite !

Encore une vague d'éclats de rire puis, à grand renfort de gestes pour ramener le silence, l'officier d'état civil reprend doctement :

— Mademoiselle Claudine Huguette Maria Carmona, consentez-vous à prendre pour époux monsieur Reymond Édouard Casas ici présent ?

— Ouiiiii, déclare enfin Claudine, la voix traînante, emportée d'une passion fougueuse provoque à nouveau une cascade de rires.

À la même question posée au marié, ce dernier répond un « oui » sans fioriture, d'une voix blanche, presque monotone.

— Au nom de la loi, je déclare monsieur Reymond Édouard Casas et mademoiselle Claudine Huguette Maria Carmona unis par le mariage.

Le marié embrasse alors son épouse sous un tonnerre d'applaudissements. Cette fois c'est fait, mon incroyable et indécrottable sœur a fait l'abandon du patronyme « Carmona », pour s'appeler désormais madame Claudine Casas.

Les noces se poursuivent par la cérémonie religieuse à l'église d'Eckmühl, puis un vin d'honneur et un grand banquet sont donnés au restaurant « La Coupole Deligny », boulevard de Mascara. Ce fut une si belle journée, pourtant mes pensées n'ont cessé chaque instant d'accompagner mon cher et tendre amour, mon Ange de cœur qui m'a tant manqué pour que la fête soit totale.

Les semaines et les mois filent à la vitesse de l'éclair. En septembre, tía Carmen, mon oncle Indalo et ma cousine Lucie ont quitté Saïda pour s'installer à Oran, rue Montgolfier, au quartier Saint-Eugène. Et rapidement Lucie a trouvé un travail au cinéma Mogador où elle est ouvreuse.

Ce soir, c'est la veillée de Noël. La cathédrale d'Oran est pleine à craquer pour la messe de minuit. Les voix des fidèles rassemblés dans l'édifice emplissent la nef d'un bourdonnement de chants et de cantiques. À ma gauche, maman, Gisèle, Mané et Dédé fredonnent la liturgie. Claudine, dont le ventre s'est arrondi, fait l'effort de rester debout, malgré la fatigue liée à sa grossesse –, vous voyez, quand je vous disais que ma sœur s'est mariée enceinte ! mon intuition ne m'a pas trompée ! À ma droite, Lucie et tía Carmen reprennent à toute volée le chapelet de bénédictions qui s'élèvent du chœur. Comme d'habitude, sont absents les « infidèles » de la famille : papa pour qui les messes sont d'un ennui profond, tonton *le muet* qui malheureusement a la phobie de la foule, l'oncle Indalo pour qui Dieu est un vain fantôme alliant à la fois mensonges et impostures, et Reymond qui, aux élucubrations des curés et autres religieux de tous bords, préfère en toute cordialité et sans trop de modération – faut bien l'avouer –, la fraîcheur, la sobriété et la rondeur d'une double anisette.

Après la prière universelle, le Sanctus, l'Anamnèse et l'Agnus Dei, vient le moment de la sainte communion et le partage du corps du Christ. Une fois la messe finie, le chant d'envoi s'élève dans le chœur de la cathédrale et le flot des fidèles se déploie lentement vers la sortie. Il y a tellement de monde que notre petit groupe se retrouve séparé. Je joue des coudes, en vain. Arrivée sur le parvis, je cherche maman et les autres du regard dans la masse de gens agglutinée devant les grandes portes de la cathédrale. La nuit est claire. Au-dessus de nous la voûte céleste est constellée de petites étoiles fines et lumineuses. Soudain, une voix légère s'élève derrière moi :

— Silvia…

Une voix qui ne m'est pas vraiment inconnue et qui me fait frissonner d'émoi.

Je me retourne… et il est là. Instant de rêve que je n'aurais jamais cru possible. Instant suspendu où mon cœur s'arrête de battre au moment où il me sourit. Ivre de joie et pour ne pas laisser le bonheur s'enfuir, je cours me blottir dans ses bras.

Quelle merveilleuse surprise, cette permission ! Mon Ange est arrivé tard dans la soirée par le train d'Alger, et c'est ainsi que j'ai passé le réveillon de Noël chez lui avec sa famille. Notre soirée s'est achevée sur les coups de trois heures du matin lorsqu'il m'a raccompagnée, rue d'Adana. Après un dernier baiser, je suis rentrée à la maison. Je me suis glissée dans mon lit froid, et j'ai fermé les yeux en gardant dans mon cœur la chaleur tendre et agréable de son corps d'homme. Mon Ange est un être incomparable à la fois robuste et délicat, mélange de grâce sauvage et délicieuse. Il envahit toutes mes pensées, réchauffe mes nuits, et réveille mes sens les plus enfouis. Ange Alvarez que j'aime, et qui sera un jour mon mari et le père de mes enfants.

Nous passons la soirée du 25 à Canastel dans la villa des parents d'Antoine, Toni pour les intimes, un de ses cousins. Enfin, ce n'est pas tout à fait ça, mais c'est tout un fourbi, ces cousins ! Je n'y comprends rien sauf qu'ils ont un cousin commun qui s'appelle Janot, bref.

La villa est pleine à craquer de jeunes. Les couples se forment et se défont au rythme de la musique d'un petit orchestre assourdissant qui joue sur une estrade dressée dans un coin de la salle à manger. L'alcool coule à flots, surtout la bière. Les verres passent de main en main. Moi je me contente de jus d'orange. Les filles, en jupe et escarpins à la mode, se déhanchent en gesticulant au son du rock. Sur leurs épaules négligemment dénudées, leurs longs cheveux défaits virevoltent comme des crinières prises dans le vent. Cette nouvelle musique venue tout droit d'Amérique exalte la jeunesse, car elle est synonyme de liberté et de joie de vivre.

Vers minuit, alors que l'orchestre fait une pause, la sœur d'Antoine met un disque sur la platine et nous entendons aussitôt une voix chaude et sensuelle envahir la villa.

Love me tender, Love me sweet
Never let me go
You have made my life complete
and I love you so...[57]

Aussitôt cette voix suave, tellement riche et pleine à la fois, me fait l'effet d'une bombe. La voix d'un Ange. Ce chanteur s'appelle Elvis Presley.

Nous dansons sans fin sur cette chanson, dans l'obscurité chaude de la salle, où quelques spots éclairent nos visages radieux inclinés tendrement. Ange m'offre plusieurs fois ses lèvres sensuelles. Oh, mon Dieu, que jamais pareil plaisir ne s'arrête ! Je le serre si fort

---

[57] Love Me Tender, 1956, Elvis Presley, Vera Matson (and Ken Darby). Adaptation de la chanson « Aura Lea », composée en 1861 par George R. Poulton.

dans mes bras que je peux sentir son cœur battre contre le mien. En totale osmose, nos âmes dansent au rythme des refrains langoureux qui m'emportent dans un torrent insoupçonné de volupté et de désir. *Love me Tender, mon Ange.*

Le lendemain, au moment de nous quitter sur le quai de la gare, je l'embrasse une dernière fois, dévorant son visage et ses yeux. Nous nous serrons si fort, si tendrement et si amoureusement que j'aurais voulu que cet instant d'allégresse et de félicité ne cesse jamais. Oui, rester blottie contre lui pour toujours. Ô mon Dieu, retiens-le... et laisse-le-moi encore un peu, mon amoureux.

Le sifflet du chef de gare retentit comme une déchirure, et le train s'éloigne lentement dans un bruit de ferraille. Je voudrais retenir ce train qui nous sépare encore. Ne plus laisser le bonheur s'enfuir, le retenir à bras-le-corps, *à bras-le-cœur.*

Une semaine après le Nouvel An, Claudine vient nous annoncer que son mari a encore réussi un concours, cette fois celui d'officier de police. *Mamamilla,* que c'est une bête de concours cet homme-là ! Et donc, après une mise en bouche comme CRS, voilà notre cador de Reymond versé dans la police nationale, au commissariat de Tiaret. Claudine fait un peu la tête. Elle avait espoir de rester à Oran, surtout avec la naissance prochaine du bébé.

Le 6 février, par une matinée un peu grisâtre, Reymond finit de charger la Peugeot 403 grise qu'il a achetée l'année dernière. La rue de Nîmes au quartier Sananès, où le couple s'est installé après leur mariage, est plus que jamais animée. Pour cause, toute la famille est là pour assister au grand départ. Mes parents, ceux de Reymond, mes frères ainsi que Gisèle, et même tía Carmen. Après des embrassades qui semblent ne jamais finir, Claudine prend place dans l'auto avec l'élégance d'une reine des champs, tout arrondie qu'elle est dans sa robe à fleurs roses et blanches.

— Fais bien attention à toi ! lui crie maman à travers la vitre de la portière. Tu nous écriras pour le bébé !

Pendant ce temps, de l'autre côté de la voiture, les parents de Reymond adressent également à leur fils des recommandations pour le voyage, en lui souhaitant une bonne installation dans ses futures fonctions.

— Sois prudent, fiston. La route n'est pas très sûre, dit le père comme s'il fallait s'en inquiéter.

— Pas très sûre ? Que veux-tu dire par-là ? s'exclame la mère soudain catastrophée.

Et d'un coup, c'est la cacophonie sur le trottoir avec d'un côté les parents Casas qui manifestement ont décidé de palabrer jusqu'à ce que mort s'ensuive, et d'un autre, maman et Claudine qui tentent de s'entendre à défaut de se comprendre.

— Mais vous viendrez pas pour la naissance ? demande ma sœur en baissant la vitre.

— Tu sais, tu sais, ma fille, hésite maman, Tiaret, Tiaret, c'est pas la porte à côté !

— C'est quand même pas si loin, décrète Claudine d'une voix mielleuse à souhait. Faut même pas trois heures de route !

— ¡ Qué va ! Trois heures de route ! Dis, ma fille, nous, on n'a pas l'auto de ministre !

Ça, c'est une pique pour le Reymond qui change de voiture comme de chemise, toujours des grosses cylindrées et du dernier cri. Mais il n'en fait pas cas, occupé qu'il est à tempérer les envolées verbales de ses parents.

— Bon, on verra ça, conclut à la hâte maman en s'écartant de la voiture. Et vous mon gendre, tachez moyen de prendre bien soin de ma fille !

— Vous inquiétez pas, belle-maman ! je vais vous la bichonner votr' Claudine ! claironne-t-il d'un air bravache, comme à son habitude.

Puis, tout en jouant du klaxon, il embraye bruyamment et la voiture bondit dans un vrombissement de moteur surpuissant. Avant qu'elle ne disparaisse à l'angle de la rue, on voit la main gantée de Claudine s'agiter en signe d'adieu.

— *Mira* çuilà ! Qué fanfaron ! marmonne maman, les poings sur les hanches, à voix basse bien sûr, pour que les parents Casas n'entendent pas.

Voilà, Claudine Casas vient de quitter notre belle ville d'Oran pour suivre son mari, et accessoirement aller s'enterrer à Tiaret, où sa nouvelle vie d'épouse d'inspecteur et de mère de famille l'attend désormais.

J'espère que nous nous reverrons bientôt, car elle va me manquer ma godiche de sœur.

29

Au bout de la nuit

12 mars 1957. Ange Alvarez

Au retour de ma perm où j'ai passé Noël en famille, j'ai été détaché au IIIe bataillon du 117e RI. Je suis second opérateur radio au sein d'une section d'intervention Half-tracks en poste au CCAS[58] de l'Arba dans la Mitidja, entre Blida et Fondouk. La raison de cette affectation inattendue ? Tout simplement pour remplacer l'opérateur radio qui s'est fait tuer juste avant Noël dans une embuscade. Toutes ces attaques sont malheureusement courantes ces derniers temps.

J'ai donc fait la connaissance de nouveaux camarades, des appelés de la métropole, des vrais *patos*[59], des *frangaoui* qui arrivent du fin fond de la France. Par exemple Croizer, qu'on appelle Paulo, vient du Lot. Que même pas je savais que ça existait un coin pareil.

— C'est où ça le Lot ? lui ai-je demandé le premier soir sous la tente, allongés sur nos lits picot.

— Dans le sud-ouest, entre Toulouse et Brive. Une région qu'on appelle le Quercy.

— Jamais entendu parler.

— Pas loin, y a le vin de Cahors.

Ça ne me parlait pas davantage.

---

[58] Compagnie de commandement et d'Assurance service.
[59] Désigne des Français métropolitains arrivant en Algérie, donc des nouveaux débarqués. Par la suite, ce terme a été appliqué à tous les Français métropolitains.

Paulo, c'est vraiment un bon gars. De suite je me suis bien entendu avec lui.

Un autre larron de notre section, c'est « Fifi la Planque », dixit Philippe Planqueville, un normand bien en chair probablement élevé à la cuisine au beurre. Il est du Cotentin, dans la région de Sainte-Mère-Église. Le jour de mon arrivée, j'ai demandé aux autres pourquoi ils lui avaient donné ce surnom de « La Planque ». Ma question, un peu naïve j'avoue, fut accueillie par un éclat de rires général, avec cette répartie de Redon, le « radio » de la section :

— Ah ah ! Parce que Planqueville, il a la planque !

Wouaf, wouaf, ils étaient morts de rire. Sauf le concerné qui riait jaune, et moi qui trouvais la vanne aussi conne qu'une lune cherchant son orbite.

Georges Redon, venons-y, est donc notre chef radio. Il arrive tout droit de la Lorraine avec ses gros sabots. C'est un gringalet, *sloughi* comme un stocafitche, haut comme trois pommes. Un convulsif de la parlote qui passe son temps à raconter des *tchalefs,* c'est-à-dire des *conneries.* Un vrai tchatcharon, comme on dit chez nous. Bien que parfois aussi un peu maboul, un agité du ciboulot si vous préférez. Par contre, une fois sur le terrain c'est un soldat hors pair.

On a aussi André Dupeut, un berrichon avec un accent que pardon, faut suivre. Avec Hervé Le Pinsec, un breton à la tête ronde, ces deux-là font la paire. « Excusez du peu » et « Au pain sec et à l'eau » sont les vannes débiles dont Redon nous abreuve à longueur de temps. Il y a aussi un alsacien aux yeux bleus, Roland Gemmrich. Un gars de la Dordogne, Rémy Tribouille, nerveux comme un plat de nouilles – wouaf, wouaf, encore une blague crétine de Redon ! Sans oublier le chtimi du groupe, Etienne Waquier, qu'on n'comprend rien quand il cause, et pour finir, un corse, Christian Battesti, le dur à cuire du cantonnement.

Du côté des galonnés, ça rigole beaucoup moins. Encore que le chef d'escouade, ça va, le caporal Dolto, on l'a à la bonne. Notre chef de section, c'est le lieutenant Philippe Beck. Et là, le registre est tout autre. À lui, personne ne fait de blagues pourries. Il est originaire de Savoie. C'est un officier remarquable, très intelligent, volontaire et courageux. Avec lui, on serait prêts à aller partout. Pas de doute, il est voué à un grand avenir au sein de l'armée.

Pour le plus haut gradé, nous avons affaire au capitaine Hozier, le commandant de compagnie. On dit Hozier, mais c'est Hozier de la Chesnaye qu'il s'appelle. Melchior, de son prénom. Et croyez-moi, il n'a pas une tête de roi mage. Ce n'est vraiment pas le genre de type avec qui on rigole. Baraqué comme une armoire à glace, un cou de taureau, blond et robuste comme un Viking. D'un seul regard, le type il te pétrifie. Avec lui, vaut mieux se tenir à carreau, sinon c'est corvée de pluches pendant dix jours, sans parler du reste.

Voilà, c'est ça notre cantonnement, un mélange dissonant de Français venus de régions tellement différentes, et de tous horizons. Chacun d'entre nous ayant l'impression au final de vivre cette guerre sans vraiment la comprendre, loin de nos familles, et follement nostalgiques des saveurs et des couleurs de nos campagnes. Certes, je suis le seul Français d'Algérie, et suis donc moins dépaysé qu'eux. Mais ô combien tous ces patelins de France me paraissent si loin de mon Algérie !

Je me sens bien ici, au sein de cette section ; même si depuis deux semaines nous avons un nouveau chef d'escouade, le caporal Massoulier, un « parigot » qui prend plaisir à jouer les chefaillons. On regrette amèrement le caporal Dolto, qui a pris du grade et s'est vu offrir une affectation à Souk Ahras dans le Constantinois. Mais soit, car pour moi, dans quarante-neuf jours, c'est enfin la quille. Au total, j'aurai passé vingt-huit mois à l'armée. Avec au final un sentiment mitigé, un sentiment étrange d'ennui et de perte de temps, de peur et d'insouciance. Mais en même temps, j'ai rencontré des gars formidables, un état d'esprit aussi de camaraderie, de solidarité et de partage que je n'aurais pas imaginé. Quelque chose de difficile à retrouver dans la vie normale.

Dans la nuit, vers 4 heures du matin, le lieutenant Beck fait irruption dans nos guitounes pour nous tirer du lit.

— Allez les gars, debout ! Y a eu un accrochage dans la montagne, vers la côte 856. Un commando de bérets noirs. Y a des blessés. Faut y aller ! Bon sang, magnez-vous !

Moins d'une demi-heure plus tard, nous voilà en route vers la Koudiat Beni Anane, la montagne où a eu lieu l'attaque. L'accès y est très difficile, car seuls des chemins muletiers permettent de l'atteindre. Dans l'impossibilité de poursuivre, le convoi stoppe vers la côte 280, et nous continuons à pied. Chargés des brancards, de sacs contenant le nécessaire de secours, de nos armes et de munitions, nous cheminons pendant plus de deux heures sur des pistes caillouteuses qui sinuent dans le djebel, entre des cactus géants et des buissons sauvages. Lorsque nous parvenons enfin à la côte 856, le jour commence à poindre. Les commandos nous conduisent auprès de leurs camarades blessés à qui ils ont prodigué les premiers soins en attendant notre arrivée. Les blessés sont aussitôt pris en charge par le médecin et nos infirmiers. Le retour à nos véhicules s'avère extrêmement éprouvant, « au crapahut » comme on dit dans notre jargon, sur les sentiers pentus et empierrés et portant les brancards à la force des bras. Une fois rendus, le convoi file en direction d'Alger, jusqu'à l'hôpital militaire Maillot situé dans le quartier de Bab-el-Oued. Nous rentrons au cantonnement dans la matinée, rompus de fatigue.

21 avril 1957. Quarante jours sont passés – plus que neuf au compteur ! Nous sommes le dimanche de Pâques. Il pleut à torrents depuis hier soir. Un vrai déluge, à croire une tempête. On passe tous la journée au cantonnement, à jouer aux cartes pour certains. Moi je me consacre à la finition de ma quille qui est bientôt terminée. J'ai une pensée pour la famille qui a dû assister à la messe pascale en notre belle cathédrale d'Oran ; ainsi qu'à ma chère et tendre qui me manque tant. Dans l'après-midi, je lui écris pour répondre à sa dernière lettre où elle m'a appris que Claudine avait accouché d'une petite fille. Je lui transmets donc mes félicitations et en profite pour lui donner de mes nouvelles. Je lui raconte notre dernière sortie en

patrouille, sans trop m'étendre toutefois, pour ne pas l'inquiéter inutilement. Tous les trois jours, de la tombée de la nuit à minuit, huit ou dix gars dont un radio sortent à tour de rôle pour des missions nocturnes dans le djebel. Mais fort heureusement, je n'ai jusqu'à ce jour jamais été confronté à autre chose qu'à des cris de chacals ou quelques braiments de bourricots brisant au loin le silence de la nuit.

Un soir, allongé près des broussailles dans la douceur d'une nuit tiède, j'étais là aux aguets, la joue posée contre la crosse de mon fusil pointé vers le point de surveillance, fixant une cible invisible dans l'obscurité. Peu à peu, l'œil appesanti par l'immobilité du temps, je songeai à ma douce Silvia, rêvassant au jour prochain où je pourrais la serrer dans mes bras. Et le temps passa. Et le temps s'écoula comme une source claire et limpide. Soudain, un coup de pied dans les côtes et une voix tonitruante m'arracha de mes rêveries :

— Dis donc, je t'aide à ronquer ? s'écria le caporal Massoulier.

Combien de temps avais-je dormi ? Au moins une bonne heure, car c'était déjà le moment de repartir. Le lendemain, je fus convoqué par le capitaine Hozier et, comme je le craignais, j'ai fait la connaissance du camp Oued Smar, où les « punis » sont accueillis pour une escale en tout point mémorable, c'est-à-dire un charmant stage de redressement. Ces quelques jours de villégiature commencent généralement par un passage au tiffeur qui nous rase le crâne. Ensuite, corvées, marches forcées, eau et pain sec viennent compléter ce séjour inoubliable.

Trois jours passent. La pluie a enfin cessé. Le 24 avril en fin d'après-midi, nous nous préparons pour une nouvelle sortie de nuit. En ce qui me concerne, la dernière avant la quille. Hip hip hip hourra, c'est bientôt la fin pour moi ! Le 30 avril j'ai prévu une petite fête au cantonnement avec les potes et le commandement.

19 heures. La patrouille embarque dans un GMC, direction Sakamody et le col des Deux-Bassins. Le soleil décline lentement au-dessus des montagnes arides et dénudées. La nuit ne va plus tarder. Le camion gravit non sans mal le col de Sakamody, puis poursuit sa course lourde et lente sur la piste en lacets à flanc de

montagne. À travers la bâche relevée, nous voyons défiler les fossés embroussaillés qui bordent la route accidentée. Nous sommes une dizaine, nos armes posées au plancher. Redon comme toujours racontent des âneries au kilomètre qui ne font rire personne. Le lieutenant Beck est assis à l'avant aux côtés de Dupeut. Le GMC conduit par Gemmrich ralentit pour aborder un virage en épingle.

— Eh, « La Planque », fait soudain Battesti de sa voix grave et sonore, toi qui sais chanter, tu veux pas nous faire le refrain de *La Marie-Vison* ?

— *Elle a roulé sa bosse, elle a roulé carrosse...* commence à fredonner Redon.

— Faites pas chier les gars, rétorque Fifi la Planque dans un soupir d'agacement.

Un peu malgré moi je souris, non sans compatir à l'exaspération de Fifi qui sans cesse se fait chambrer, puis, machinalement, je tourne la tête vers l'extérieur. Dans mon champ de vision, devant moi je vois surgir de derrière un rocher à quelques mètres du camion, un fell avec une casquette Bigeard qui nous vise à bout portant.

J'ai tout juste le temps de crier et me baisser, qu'une pétarade éclate de tous les côtés.

— Puutainnn de fells, ils nous tirent dessus ! hurle sauvagement le caporal Massoulier.

Les balles fusent autour de nous, certaines sifflent à nos oreilles. On entend le bruit sec et mat des impacts sur la carrosserie. On se jette tous à terre, entassés et recroquevillés les uns sur les autres, et des cris d'agonie s'élèvent déjà dans l'habitacle. Certains d'entre nous ne bougent plus. Du sang coule sur le plancher.

— Merde ! Gemmrich est touché ! s'écrie le lieutenant en se jetant sur le volant pour tenter de négocier le virage à venir.

Le camion prend de la vitesse et tangue dangereusement. Tout contre moi, Waquier, le chtimi, est inerte, le regard fixe et vide. Une tache rouge s'agrandit à la base de sa nuque.

— Merde les gars ! Y a des blessés ! hurle Redon en se redressant tant bien que mal.

— Salauds de fells ! rugit Battesti, la rage au ventre.

Brusquement le GMC fait une embardée vers la droite et vient se tanquer dans le talus. Le lieutenant essaie de redresser pour redémarrer, mais la roue arrière patine, probablement bloquée dans un trou.

— Allez ! Sortez ! Sortez avant qu'ils viennent nous achever ! crie Massoulier en armant sa MAT49.

Trois d'entre nous sont touchés. Waquier est mort sur le coup, Gemmrich est blessé au bras et à la jambe, et Tribouille a reçu une balle dans le dos. Armes au poing, on sort aussitôt du GMC en traînant les blessés pour ne pas les abandonner à une mort certaine ; puis on court se mettre à l'abri derrière un monticule rocheux à cinq mètres du camion immobilisé dans le talus. Le lieu de l'embuscade est à une trentaine de mètres. Les fells se sont lentement approchés et continuent à nous tirer dessus. Ils sont vraisemblablement une dizaine, peut-être moins, mais leurs tirs nourris n'aident pas à nous faire une idée précise. Les balles crépitent contre la roche et dans les broussailles autour de nous.

C'est la première fois que j'ai affaire aux fells et à la frayeur d'une embuscade sanglante. Et j'avoue que j'ai le trouille-mètre à zéro. Je revois encore avec tristesse le regard vitreux et fixe de Waquier. Allongé derrière nous, Tribouille blessé au dos semble inconscient. Le Pinsec a beau tenter de le soulager, je crains que cela ne serve à rien.

Évitant de justesse quelques rafales de mitraillettes, le lieutenant aidé par Dupeut nous rejoint en soutenant Gemmrich qui gémit de douleur. Une fois déposé contre la paroi du rocher qui nous sert d'abri salvateur, Fifi lui fait un garrot à la jambe. Le saignement est important et, là aussi, c'est plutôt de mauvais augure. Les salves continuent à fuser autour de nous. Les balles ricochent contre la pierre. À côté de moi, le souffle tremblant, les mains cramponnées sur son FM, Paulo semble tétanisé.

— Ça va ? je lui demande dans un murmure étouffé.

D'un mouvement de tête il fait signe que oui, mais à son visage blanc comme un linge, je vois que ça ne va pas fort.

— Putain merde la radio ! s'écrie soudain Redon en se tapant sur la cuisse. Je l'ai laissée dans le camion !

La réponse du lieutenant ne se fait pas attendre :

— Beh, y'a pas le choix, si on veut lancer un SOS, faut aller la chercher.

Alors que je charge mon FM et me propose d'y aller, Redon me retient le bras :

— C'est à moi d'y aller. Vous autres, couvrez-moi.

— Ok... Fais gaffe, lui dit le lieutenant.

Pendant que Redon prépare sa sortie, Massoulier, Paulo, Battesti, Dupeut, Fifi, Le Pinsec et moi, nous nous postons légèrement en retrait, prêts à tirer pour le couvrir à son signal.

— Allez, Go !

Je me redresse, pointant mon FM en direction des fellaghas retranchés à une trentaine de mètres devant nous. Le temps d'une seconde, je vois le type à la casquette Bigeard. J'arme, je vise, et au moment d'appuyer sur la détente... c'est comme si mon œil percevait au loin la fulgurance d'un éclat lumineux. Une détonation suivie d'un feu invisible, cuisant et violent, dont la vive brûlure, en une fraction de seconde, me déchire en plein cœur.

Un froid glacial se diffuse en moi et m'entraîne dans les entrailles de l'inconscience. Au bout d'une nuit blanche qu'illumine un soleil que je ne connaissais pas.

Embuscade du 24 avril 1957, Lieutenant Philippe Beck

La fusillade vient de cesser. En récupérant le poste radio, Redon a aussi ramené un sac de grenades. On les a balancées sur nos assaillants et aussitôt quatre fells ont voltigé comme des pantins désarticulés, avant de retomber déchiquetés. Un truc pas beau à voir, mais c'était notre seule chance d'en sortir vivants.

Alors qu'il tremble autant de peur que d'horreur, Croizer – que ses camarades appellent Paulo – tire vers lui de toutes ses forces le

216

corps d'Alvarez dont la chemise est rouge de sang. En voyant ses blessures, surtout celles de son thorax criblé de balles, je sais qu'il n'y a quasiment plus rien à faire pour lui. Sa tête repose sur la cuisse de Croizer, qui tente de lui parler. Un filet de sang coule entre ses lèvres, et des petites bulles d'air rouge se forment au niveau du cœur à chaque tentative de respiration.

— Allez, Ange, fais pas l'con, reste avec nous... supplie Croizer d'une voix brisée.

— C'est foutu, y'a plus rien à faire, lui dis-je alors avec une profonde tristesse.

Accablé, Croizer ne peut s'empêcher de sangloter dans un silence hébété. Un peu plus loin, le soldat Planqueville geint également, mais sa blessure est moins grave, une balle lui a seulement traversé l'épaule. Redon a lancé plusieurs SOS, et nous attendons l'arrivée des secours. Le calme est pour ainsi dire revenu, mais autour de nous flottent des odeurs âpres de poudre et de sang.

Une bonne demi-heure s'écoule avant que n'arrive un premier convoi. Une jeep, une ambulance et deux camions avec à leur tête notre commandant, le capitaine Hozier, accompagné du sergent Barrot et ses hommes de la IVe section.

— Sale affaire encore, me dit le capitaine, laconique, alors qu'il inspecte la zone de l'embuscade, tout en prenant des nouvelles des blessés.

En passant devant les deux civières où sont allongés les corps de Waquier et Alvarez, il s'attarde un instant pour leur rendre l'hommage digne et silencieux du commandement militaire. Au moment où je lui rappelle que c'était la dernière sortie d'Alvarez avant la quille, je vois se dessiner sur son visage une profonde et réelle tristesse.

— Pauvre gamin, murmure-t-il en retirant son képi.

Puis, claquant les talons, il adresse aux deux dépouilles un salut militaire solennel et respectueux. Bilan de cette triste soirée : deux morts, quatre blessés, dont trois dans un état critique. Gemmrich a perdu énormément de sang, seule une transfusion pourra le sauver.

L'ambulance est en route pour le conduire au PC du bataillon où un hélico l'attend. Le Pinsec a une horrible plaie au cou, touché par plusieurs balles qui lui ont également déchiqueté la mâchoire, et Tribouille atteint dans le dos est entre la vie et la mort.

Sur le chemin du retour, nous croisons un vieux chibani sur sa mule qui circule sur le bas-côté de la piste. Au moment où nous le dépassons, affolé, il descend de son âne et commence à s'enfuir par un sentier rocailleux qui s'enfonce dans le djebel. Battesti, fou de colère, s'empare brusquement de son fusil et, par-dessus la ridelle, met en joue le fuyard. Mais avant qu'il ne lui tire dans le dos, je parviens in extremis à arrêter son geste insensé.

— Laisse ce pauvre vieux ! À quoi ça servirait...

— Il peut bien payer pour nos deux camarades morts !

— Lui ? Il n'y est pour rien, fais-je remarquer en soutenant son regard noir.

— C'est pareil, ça fera un bougnoul de moins !

— Allez, calme-toi, je lui dis en récupérant son arme. Ça les fera pas revenir.

Battesti m'écoute. Il va se rasseoir dans le fond du camion et, prenant sa tête entre les mains, il laisse aller sa peine.

Un peu plus tard dans la soirée, j'ai tenté de lui apporter quelques mots de réconfort, mais que dire, que faire dans des moments aussi tristes ?

— Tu sais... si tu avais tué ce pauvre bougre, ça les aurait quand même pas fait revenir...

— Non, mais ça les aurait vengés, m'a-t-il dit d'une voix blanche chargée d'amertume et de reproche.

— Je comprends ta colère, mais la vengeance aveugle est injuste et indigne d'un homme de courage. Je sais à quel point tu es un homme d'honneur, et ce geste tu l'aurais regretté toute ta vie. Tu comprends ?

Tapi dans l'ombre, il est resté silencieux, accablé par la mort de Waquier et Alvarez.

Mais, au fond, je suis sûr qu'il a compris mes paroles.

30
La mort dans l'âme

27 avril 1957. Silvia Carmona

Je cours... je cours... je cours jusqu'à perdre haleine en remontant la rue d'Arzew.

Sauveur Moati, mon patron, a reçu un appel téléphonique de la brasserie Le Parthénon, en bas de chez Carmina. C'est Paule qui lui a demandé de me prévenir. En pleurs, elle n'a rien dit de plus, juste qu'il me fallait venir au plus vite. J'ai tout laissé en plan et arrachant du portemanteau mon sac à main, je suis partie en catastrophe.

La rue est noire de monde et j'essaie de me frayer un passage, les yeux embués, et le cœur prêt à éclater. Une peur indescriptible me barre le ventre, alourdit mes jambes et semble m'écraser au sol. La brasserie est bientôt en vue. Voilà, je m'engouffre dans l'immeuble au 46 et gravis les deux étages. À peine arrivée sur le palier je sonne, et déjà la porte se referme sur moi... comme si j'en avais franchi le seuil depuis des heures et des heures mortelles. Paule se tient face à moi, livide. Son visage est un rideau de pleurs. Elle tente de parler, mais aucun son ne sort de sa gorge paralysée.

— Que s'est-il passéééé ? parviens-je toutefois à murmurer d'une voix tremblante. Ce n'est pas Ange, n'est-ce pas, Paule ? Ce n'est pas Ange !

Soudain au fond du couloir, j'entends de longs gémissements, les gémissements lancinants de Carmina. Alors je m'élance vers la cuisine où la voix plaintive d'une mère accablée me guide douloureusement. Je la découvre effondrée sur la table, la tête enfouie entre ses bras, brisée de chagrin, anéantie, sanglotante et laminée, pâle comme la mort. À bout de forces, épuisée et moi-même telle une morte, je fais encore un pas avant de me jeter contre elle. L'entourant de mes bras tremblants, je ne sais comment je parviens à lui murmurer à l'oreille une prière silencieuse, éperdue, mais tellement désespérée et inutile.

— Oh ma Silvia, me souffle-t-elle dans un soupir brisé. Mon Ange était toute ma vie, notre Ange adoré...

— Pitié Carmina, ne dites pas ça...

Oh mon Dieu, non, Carmina se trompe... ! Je ne veux plus qu'une chose, sortir de ce cauchemar et me raccrocher à l'espoir que ce n'est pas vrai ! Sinon, plutôt mourir. Partir avec lui pour toujours.

Gare d'Oran. Jour du retour tant attendu. Mon amour nous revient. Il devait revenir ce 30 avril. Le train s'arrête lentement le long du quai. Une escorte de soldats présente pour lui rendre les honneurs militaires, attend à nos côtés au fond du quai. Dans le ciel épuré, un soleil magnifique scintille comme une auréole offerte à mon ange adoré.

Paule et moi soutenons Carmina, petit bout de femme courageuse, droite et digne, inconsolable sous le crêpe de son deuil.

Les portes coulissantes du dernier wagon s'ouvrent dans un bruit sourd et lugubre, et dans le soleil blanc et lumineux, apparaît le sarcophage de notre insurmontable chagrin, un cercueil recouvert du drapeau tricolore.

— Oh mon petit ! se lamente la pauvre femme en s'affaissant douloureusement.

Resté jusque-là à quelques pas derrière nous, son mari s'avance pour tenter de la soutenir.

— Carmina, je t'en prie, lui dit-il tristement.

Alors que je m'apprête à laisser ma place au mari éploré, Carmina s'accroche brusquement à mon bras en me suppliant de rester à ses côtés, que notre Ange aurait tant voulu que nous soyons là côte à côte pour l'accueillir à son retour.

Dans l'après-midi, mon Ange est conduit à sa dernière demeure, au cimetière militaire de Petit-lac à Oran, carré 4, rangée 11, sépulture n° 28.

Alors, commence pour moi une longue période de solitude, d'abandon et d'anéantissement.

Oh mon Ange, que sera ma vie sans toi ? Dans le désespoir de mes longues et interminables heures de solitude, de mon manque de toi, je me surprends à ressentir une jalousie sans borne à l'encontre de celle qui t'a emporté. Cette mort brutale et obsédante. Oui, jalouse, je le suis. Jalouse de la pluie qui glissera parfois sur ta dépouille vénérée. Jalouse de l'air qui enveloppera ton corps oublié. Jalouse de tous ces lieux où nous avons marché main dans la main. Jalouse de toutes ces lettres que j'ai écrites dans mon cœur et que je n'ai pas eu le temps de t'envoyer. Jalouse de ton souvenir qui déjà hante mes nuits. Oui, jalouse de ces nuits d'éternité où désormais tu dors si loin de moi. Jalouse de te savoir peut-être heureux dans cet autre monde. Jalouse de cette vie que je ne connaîtrai plus jamais, à te chérir, te bénir, dans le sourire perdu de ces poignantes prières que jour et nuit j'adresserai aux anges gardiens qui ont failli à leur tâche. Car derrière ces sourires étranges empreints d'une ineffable consolation, je ne cesse et ne cesserai de te pleurer, mon Ange.

Moi qui ai toujours cru que tu reviendrais, quelque chose de plus fort pourtant nous a séparés. À qui pourrai-je pardonner de t'avoir laissé partir ? de t'avoir laissé seul ? Tu as emporté ma vie avec toi. Tu as pris mes rêves et tu as pris mes espoirs aussi. C'est tellement dur pour moi de l'avouer, mais je voudrais te rejoindre, te retrouver quelque part au-dessus des nuages, dans la chaleur de ton cœur, dans la douceur de ton ombre qui plane au-dessus des vents portants. Je suis donc condamnée à vivre. À vivre jalouse, à vivre sans toi. Moi à errer la mort dans l'âme, et toi à jamais prisonnier de la mort.

Dans le milieu de l'après-midi, après un dernier adieu, nous quittons le cimetière de Petit-Lac sous un soleil blanc comme le marbre. Toute la famille et les amis sont présents. La famille Alvarez au complet. La famille Martinez ; même Janot a obtenu une permission pour les obsèques de son cousin. Mes parents, mes frères et sœurs. Claudine et Reymond, venus spécialement de Tiaret. Lucie et son frère Daniel, tía Carmen et l'oncle Indalo. Il ne manque rien ni personne sauf la pluie que déversent à grands flots nos torrents de peine. Malgré le soleil persistant, nous sortons du cimetière en laissant mon Ange qui ne me quittera jamais.

Love me tender. Love me sweet. Never let me go.

12 juillet 1957. Lucie Rodriguez

Deux mois et demi que ma cousine a perdu son fiancé, et elle ne s'en remet pas. De jour en jour, elle sombre dans de cruelles désillusions. Mais je ne l'abandonne pas, je continue à venir la voir, à la soutenir, à l'emmener au cinéma. Bref, à tenter de la sortir de sa détresse. Et pour cela, j'ai trouvé une méthode plutôt efficace. En fait, je refuse l'idée qu'Ange devienne un sujet tabou entre nous. Alors tous les jours avec Silvia je parle de lui. Je me refuse de l'évoquer au passé, je fais comme s'il était encore parmi nous. Je m'efforce de faire de ces moments, des moments de joie et de tendresse. Et ça marche plutôt bien, même si je sais pertinemment que lorsque Silvia se retrouve seule, les larmes lui reviennent comme des lames de fond et emportent tout sur son passage.

Dimanche, mon frère Daniel et sa fiancée nous emmènent passer la journée au cap Falcon. J'espère que cette petite sortie redonnera du baume au cœur à Silvia. Il faut qu'elle se change les idées, qu'elle retrouve le goût des sorties et des crises de fous rires que nous avons tant partagées par le passé.

Plage de la Madrague. Silvia reste silencieuse, mais je vois à son regard qu'elle se complaît dans la beauté et la candeur du murmure éternel de la mer. C'est vrai, il fait si beau et si bon ici sur la plage abandonnée, que l'on en oublierait toutes les misères du monde. Les parfums des herbes vertes et des roseaux dansent autour de nous, dans le maquis sauvage balayé par le vent délicat du bord de mer. Un havre de paix où l'on pourrait rester des heures à contempler l'azur de la mer et la blancheur diamantine du soleil d'été. Le transistor posé près du cabassette de plage crachote de la musique de variétés. Nous sommes en pleine discussion sur nos chanteurs préférés, lorsqu'une voix chantante retentit derrière nous. C'est un ancien camarade de mon frère, à l'époque où ils étaient au collège Jules Ferry à Saïda. Alphonse Benguigui, dit Fonzy. La surprise est totale pour eux de se revoir ici, si loin de Saïda. Ils se congratulent, se tapotent l'épaule, et ricanent à quelques blagues niaiseuses d'ex-collégiens sur le retour. Puis vient le moment des présentations. Ledit copain est accompagné de sa pépée – dont les parents possèdent une villa pas très loin d'ici, à Bou-Sfer, d'où la présence de Fonzy dans les parages ! Mais il y a aussi la sœur de la pépée, le beau-frère de la pépée, et le meilleur copain du beau-frère ! Eh ben, un fourbi de smala, que j'y perds la boule. Mais moi, je ne remarque qu'une chose. Enfin, plutôt quelqu'un, devrais-je dire : le meilleur copain du beau-frère de la pépée. Il s'appelle Guy Montoya et habite Aïn-el-Turck. C'est un joli brun aux yeux bleus, avec une fine moustache et un sourire enjôleur.

Le soir venu, toute l'équipe se retrouve au dancing « Le Deauville », avenue de Saint-Eugène, pour le bal du 14 juillet. Je passe avec Guy une soirée de folie, tous les deux enlacés dans des cha-cha-cha endiablés ! Je rentre seulement vers deux heures du matin, et au moment de m'endormir, je pense à Silvia que je voulais tirer de sa tristesse, et je réalise que c'est sur moi que les fées se sont penchées aujourd'hui. Décidément, la vie nous réserve des surprises et nous apporte parfois bien des démentis quant à nos certitudes trompeuses.

Printemps 58. Oran est en fête pour la venue des Platters aux arènes d'Eckmühl. Vous vous rendez-compte ? Les Platters à Eckmühl ! C'est inimaginable !

Le cœur battant, nous sommes des milliers d'admirateurs à attendre sous le soleil l'arrivée sur scène du célèbre groupe américain. Silvia et Gisèle nous ont rejoints tout à l'heure, bientôt suivies par Herminie et son fiancé Christian. Même Guy, qui n'aime pas trop tous ces groupes de « Doo-wop » s'est finalement décidé, non sans avoir longuement bataillé pour le convaincre. Malheureusement, les meilleures places, celles avec des chaises alignées sur le devant de l'estrade, étaient déjà toutes vendues quand j'ai réservé les billets. Du coup, j'ai pris les gradins. Ceci dit, nous sommes pile en face de la scène, et c'est déjà pas si mal ; même si les prix étaient je trouve plutôt élevés juste pour des gradins. Mais bon, ce n'est pas rien ce récital, ce sont les mythiques Platters ! Et puis, comme pour tant de couples, c'est sur « Only you » que Guy et moi nous nous sommes embrassés la première fois. Alors quelle chance de pouvoir les applaudir ici à Oran !

Finalement le quintet arrive plus tard que prévu, mais avec quelle acclamation nous les accueillons ! Ils sont magnifiques, tout de blanc vêtus. La chanteuse dans une robe en lamé blanc et les hommes dans leurs smokings blancs cintrés. Dès la première chanson, c'est du délire ; tout le monde se lève et applaudit. Puis catastrophe, au bout de cinq chansons, dont l'immortel « Only you », le groupe disparaît dans les loges aménagées derrière l'estrade. Personne ne comprend ce qui se passe. On s'interroge. On tape des mains. On les acclame pour les faire revenir. Mais rien n'y fait malgré les rappels, ils ne réapparaissent pas. Que s'est-il passé ? Nous sommes tous désappointés, pour ne pas dire horriblement déçus.

— *Jodeh*, ça va, ils se sont pas fatigués, maronne Guy.

Des sifflets s'élèvent peu à peu dans les arènes, tandis que des coussins de chaises volent vers la scène. Dans un chahut général, des protestations grondent sous le soleil, et un quart d'heure plus tard, la fête est bel et bien gâchée. Voilà, Les Platters, c'est fini. Cinq chansons et puis *Adiós*.

Malgré les tentatives de la foule à vouloir manifester son mécontentement, cela ne les fera pas revenir malheureusement. Alors les travées commencent lentement à se vider, et c'est la mort dans l'âme que nous rentrons à la maison.

31
« Je vous ai compris ! »

30 avril 1958. Claudine Casas

Eh *oilà,* encore un déménagement ! Mon Reymond a pris du grade : brigadier-chef qu'il est maintenant, d'où sa nomination au commissariat d'Alger. J'ai l'impression qu'avec mon mari, j'ai pas fini de voir du pays. Qu'avec cette police, t'y es toujours en train de faire et de défaire les valises. Il commence son nouveau poste lundi prochain, 5 mai. On va habiter une jolie villa du quartier d'El Biar.

Vers 10 heures, une fois le camion chargé, les déménageurs montent dans leur véhicule. Moi, j'installe la gosse à l'arrière de la 403 dans son couffin bien calé entre quelques cartons et des cabas garnis de linge. Agile comme une anguille, mon Reymond saute dans la voiture, enclenche la première, puis démarre si vite que les roues elles écrasent les chapeaux, dis ! *¡ Anda ! Y viva Alger ! Oilà* l'aventure qui commence ! Malgré la joie et l'émotion de ce nouveau départ, j'en oublie pas pour autant qu'il y a un an, on enterrait l'amoureux de Silvia. Paix à son âme.

Après plus de six heures de route, nous parvenons enfin aux abords d'Alger. Mon Reymond a l'air très à l'aise dans cette grande ville. En suivant les panneaux d'indication, il trouve facilement la direction d'El Biar, un quartier périphérique au sud-ouest d'Alger. Mais une fois à El Biar, ça se complique. Nous cherchons en vain la mairie et l'église. Sur la banquette arrière, notre petite Rosy

225

commence à se tortiller d'impatience. « Va, sois raisonnable ma poulette, on est bientôt arrivés », que je lui dis dans un soupir éreinté.

— Raisonnable ? répète mon Reymond en me regardant hébété. C'est qu'une gosse de treize mois, comment tu veux qu'elle soit raisonnable ? La pauvre, sors-la de là-derrière, tu vas pas la laisser nous bramer dans les oreilles !

Et *oilà !* Faut encore que j'm'avale une tomate ! Houh ! Mon mari, faut se le farcir des fois ! Donc, pas le choix, je prends la gosse sur les genoux, et bien entendu elle s'arrête aussitôt de chougner.

Après des tours et des contours, on arrive sur une place pittoresque. Au milieu se dresse une très belle église avec sa tour de clocher haute et fine comme un mât de navire.

— Bon, voilà l'église, me dit Reymond tout en cherchant sa route. La maison ne doit plus être très loin. Vois si tu trouves la rue des Écoles, ajoute-t-il en me mettant à contribution.

— Beh, j'sais pas où elle est ta rue des Écoles !

— Et moi j'peux pas tout faire, conduire et chercher ! Regarde le nom des rues et dis-moi si tu vois une rue des Écoles !

— Ma foi ! J'croyais qu'tu savais où c'est, je lui rétorque aussi sec.

C'est que mon mari faut vraiment se le farcir et pas qu'une fois ! D'habitude, c'est Monsieur-je-sais-tout, et là c'est Monsieur-cherche-la-rue-des-Écoles !

Alors que mes yeux scrutent les plaques des rues, je tombe enfin sur l'objet de la polémique du moment :

— Là ! Là ! La rue des Écoles ! Allez, va ! Tourne, tourne ! Mais où tu vas ma parole, à Tataouine ? Tourne j'te dis !

— Mais tu vois pas qu'c'est sens interdit ! lâche-t-il plutôt sèchement en continuant l'avenue qui contourne le quartier.

Au bout du compte, tourne que j'te tourne et vire que j'te vire, un bon quart d'heure plus tard on retombe enfin sur l'église, que j'ai cru que mon Reymond, de colère, tous les cantiques de la sainte bible y l'allait me chanter ! Finalement et sans trop savoir comment, on atterrit *por fin* dans la rue des Écoles, et cette fois, dans le bon sens.

— Purée, dis, on n'aura pas besoin de visiter le quartier ! je lui lance au moment où il stoppe au n° 8 devant une belle bâtisse au crépi blanc.

13 mai 1958. Brigadier-chef Reymond Casas

C'est la grande pagaille aujourd'hui à Alger. Un ordre de grève avait été annoncé pour 14 heures afin de permettre à la population d'assister à la cérémonie hommage qui doit avoir lieu en fin d'après-midi au monument aux Morts. Et ce, en mémoire des trois militaires du contingent fusillés en Tunisie par le FLN. La plupart des commerces ayant baissé rideau, la manifestation devait se dérouler dans le calme. En fait, pas du tout. Le mot d'ordre largement suivi attire une foule nombreuse qui marche d'un pas décidé vers le centre d'Alger. Des cortèges brandissant drapeaux, banderoles et pancartes déferlent telle une marée en scandant des slogans hostiles au pouvoir. Des automobilistes par centaines martèlent les slogans de la manifestation à grands coups de klaxons, tout en lançant par poignées des tracts à la foule. Aux balcons d'où s'élèvent de folles acclamations, fleurissent des cocardes, des bannières et des pavillons tricolores.

Il est 18 heures, des milliers de manifestants sont agglutinés sur l'esplanade du monument aux Morts au plateau des Glières. Accompagné de mes agents Favard et Martinot, je me glisse dans la cohue. Des tracts appelant à défendre l'Algérie française jonchent la chaussée et les trottoirs. À la défendre jusqu'à la mort, si nécessaire ! C'est dans cette atmosphère lourde et électrique qu'un militaire s'approche et vient se jucher sur le socle du monument aux Morts.

— C'est Lagaillarde, un lieutenant parachutiste, m'indique Favard qui connaît le personnage.

— Accepterons-nous d'être gouvernés par des traîtres ? se met-il à haranguer la foule du haut de son piédestal. Irons-nous jusqu'au bout pour garder l'Algérie française ? crie-t-il pour couvrir la clameur du peuple.

Des cris fusent de toutes parts en vagues grondantes : « Algérie française ! » « Vive Soustelle ! » « Pflimlin à la mer ! » « L'armée au pouvoir ! »

Avec mes deux collègues, nous échangeons des regards inquiets.

Un moment après, la foule en liesse s'agite dans de joyeuses bousculades. Un étroit couloir vient cisailler la cohue, laissant le passage à un cortège de chefs militaires. On reconnaît Salan, Jouhaud et Massu, pour les plus connus des généraux. D'un pas solennel, ils s'avancent pour déposer une gerbe au pied du monument aux Morts. Puis, ils font un pas en arrière, et la *Sonnerie aux morts* retentit. Aussitôt la ferveur cède la place à l'immobilité et au recueillement, au cours d'une intense minute de silence. Alors, d'une seule voix, la *Marseillaise* s'élève chantée par la foule écrasante et silencieuse. C'est un moment extrêmement émouvant qui, au-delà de notre mission d'observation, nous donne des frissons. Il me semble même que Favard fredonne tout bas quelques couplets.

Le moment est venu pour nous de s'éloigner. Alors qu'on se faufile difficilement dans la masse grouillante et compacte, de loin on entend Lagaillarde donner le signal à la foule en délire de se diriger vers le Forum. Immédiatement, une vague déferlante et bruyante hissant banderoles, drapeaux tricolores et étendards, se met en route vers le GG[60] sous les clameurs de « Algérie française ! ». Des milliers de personnes, mêlant aussi bien des Français musulmans venus en masse de la Casbah, que des Français d'origine, forment un flot gigantesque. On a la sensation d'assister à une véritable révolte.

18 h 30. Nous remontons vers la rue Charles Péguy en direction du palais du Gouvernement. Favard et Martinot ne sont pas très rassurés. Sur la place du Forum, la population algéroise transformée en meute hurlante, exaspérée, indignée voire déchaînée, vient se heurter aux grilles closes du Gouvernement Général, derrière lesquelles des camions de C.R.S sont rangés. Très vite, des jets de pierres s'abattent sur les forces de l'ordre qui ripostent à coups de

---

[60] Gouvernement Général de l'Algérie.

gaz lacrymogènes. La place se couvre d'épaisses fumées. Le chaos est total. Les grilles qui ferment l'accès au palais sont sans cesse secouées par la poussée de la foule en colère. Vers 19 heures, un groupe d'insurgés s'empare d'un camion des paras et l'utilise comme camion-bélier. Après plusieurs assauts, les grilles cèdent et les manifestants, avec Lagaillarde à leur tête, forcent le passage et s'engouffrent dans l'enceinte officielle du palais sous la clameur populaire. Les C.R.S se replient vers l'intérieur du bâtiment et tentent en vain d'éloigner la foule exaltée en lançant depuis le premier étage des grenades lacrymogènes. Mais rien ne semble pouvoir arrêter l'émeute générale qui s'est emparée de la capitale. Sommes-nous en train de vivre une révolution ?

Quelques minutes plus tard, les portes vitrées sont à leur tour enfoncées par des voitures-béliers et une vague humaine se rue à l'intérieur du bâtiment. Un peu partout des vitres sont brisées, des meubles probablement renversés, et des machines à écrire finissent jetées par les fenêtres. Des dizaines de manifestants balancent aux quatre vents des multitudes de dossiers dont les feuilles de papier s'envolent dans le ciel d'Alger, avant de retomber comme des confettis épars sur la place du Forum où la foule en liesse exulte.

Une bonne demi-heure plus tard, des militaires en uniforme se présentent au balcon du Forum. Un des officiers tente de parler à la foule, en vain. Dans ce déferlement bruyant, son seul moyen de se faire entendre est de brandir un tableau noir sur lequel est inscrit à la craie blanche : *L'armée est la garante de l'Algérie française.*

— Ma parole, c'est un putsch militaire ! s'exclame Martinot.

— Ça se pourrait bien, je lui dis d'une voix blanche.

— En tout cas, c'est au moins une révolte, lance Favard.

Puis, à la fois assommés et ivres de tous ces événements, nous retournons à la voiture qu'on a laissée vers midi dans le secteur de l'Hôtel de ville.

Il est environ 21 h 30 lorsque je rentre à la maison.

— Eh ben, te voilà ! glapit Claudine au moment où je pousse la porte. J'étais inquiète avec tout ce *follón*[61] qui s'est passé en ville !

— Oui, je sais, j'arrive du Forum...

— Mon pauvre chéri, tu dois être épuisé !

Puis, de sa main douce et tendre, elle me guide jusqu'au canapé, s'agenouille pour me retirer mes chaussures l'une après l'autre, procédant avec amour, tact et dévouement.

— Voilà, mon chéri, repose-toi, mon chéri, tu dois être fatigué mon p'ti chou.

Humm. Quel délicieux moment ! C'est si bon d'avoir une femme à la maison qui vous dorlote avec des « chéri » par-ci, « p'tit chou » par-là, qui vous prépare de bons petits plats et vous repasse vos chemises.

Oui, quoi qu'on en dise, le mariage a du bon.

17 mai 1958. Claudine Casas

Ce soir, j'organise une petite réception dans notre maison d'El Biar pour fêter notre installation. Côté invitations, y aura quelques collègues de Reymond qui sont de relâche ce week-end : Luc Favard et son épouse, Gendron, Moretti et le jeune Martinot. Et surtout bien sûr le commissaire divisionnaire qui nous honorera de sa présence ! Bon, j'avoue, et c'est bien dommage, il devra nous quitter après l'apéritif, en raison des événements qui secouent la capitale.

Ensuite, pour représenter le quartier, j'ai invité les Courtaud, nos propriétaires qui habitent au centre-ville près du plateau des Glières. Sans oublier notre voisine madame Pardo qui viendra avec sa fille Liliane et sa nièce Janine. C'est une brave femme, notre voisine, très gentille et tout et tout. Mon mari, y se moque d'elle, parce qu'elle a comm' qui dirait des hanches plutôt larges. « Putain, elle t'a un de ces tafanars ! c'est une malle arabe ou quoi ! Qu'avec un tafanar comm' ça elle passe pas la porte ni de face ni de travers ! » qu'il m'a

---

[61] Plusieurs sens possibles : bazar, grabuge, raffut, bordel, pétrin.

dit la première fois où il l'a vue. Comm' ça, je sais à quoi m'en tenir le jour où je serai aussi large qu'une malle arabe.

Pour l'apéritif, j'ai préparé une belle tablée de kémia, et pour le repas un succulent couscous.

Appelé par son devoir professionnel, le commissaire Aldebert – fort bel homme et carrure d'athlète, soit dit au passage – prend congé vers 20 h 30, non sans me féliciter pour ce banquet qu'il a trouvé fort sympathique et très réussi ! *Mamamilla,* quelle classe cet homme-là !

Le repas se déroule à merveille. Tous les invités semblent apprécier mon couscous, que ça c'est sûr, c'est pas de la boîte ni du réchauffé ! Même madame Courtaud, assez bourgeoise faut bien dire, et ma voisine plutôt couche populaire, ont l'air de bien s'entendre et papotent sans discontinuer !

De leur côté, les hommes discutent à bâtons rompus de politique. Et surtout monsieur Courtaud, retraité de l'aviation civile, et féru de politique, qui relate avec verve et passion les événements de ces derniers jours.

Moi, la politique, je n'y comprends rien. Si ce n'est que ça divise les peuples au lieu de les rassembler.

22 h 45. Célestin Courtaud

Nous parlons tous de l'arrivée de Soustelle aujourd'hui à Alger. Comment ne pas en parler ? L'homme providentiel dont l'Algérie a tant besoin. Le réunificateur de tous les Français d'Algérie, autant les musulmans que les Européens.

— Avec le retour de Soustelle, il ne fait aucun doute que de Gaulle va accepter de reprendre les rênes du pouvoir, insiste Gendron, un des collègues de Reymond Casas.

— Très certainement, ponctué-je d'une voix pleine de persuasion. Et d'ailleurs, avant-hier, au Forum, Salan a terminé son discours par un « Vive l'Algérie française ! » et un retentissant « Vive de Gaulle ! ». J'y étais, et sincèrement ç'a été un grand moment. J'en frémis encore.

Moretti qui jusque-là a très peu parlé, repose lentement son verre de vin avec cette réflexion que personne n'attendait :

— Moi, j'aurais plutôt tendance à émettre quelques doutes sur de Gaulle.

— Enfin, voyons, rétorqué-je aussitôt pour couper court à ces insinuations déplacées, vous devez bien savoir que de Gaulle représente le libérateur de la France de 40 ! De la France occupée ! De la France vacillante ! Le grand libérateur, c'est lui ! Et le seul garant de l'Algérie française, c'est aussi lui !

— Moi aussi je pense qu'il est sincère, dit Casas pour me soutenir. Il faudrait être fou de se lancer là-dedans sans y croire totalement.

— Sans compter, continué-je, que Français musulmans et Européens sont pour une fois sur la même longueur d'onde. Si vous aviez vu arriver hier au Forum ces dix mille, que dis-je ? ces vingt mille, peut-être trente mille musulmans de la Casbah, arborant des cocardes ! Des défilés entiers noyés sous les drapeaux tricolores entonnant la *Marseillaise* au monument aux Morts ! C'était vertigineux et tellement beau. Musulmans et Européens s'étreignaient, s'embrassaient, se mêlaient les uns aux autres dans une entente et une fraternité inégalée jusqu'à ce jour ! Qui aurait pu imaginer ça ? Moi, je l'ai vu et c'est ce qui me fait dire que l'Algérie française n'est pas une utopie ! Que oui, l'entente est possible ! Que oui, les musulmans peuvent espérer un jour prochain avoir les mêmes droits civiques et politiques que les Européens ! Que oui, il est possible de construire une Algérie fraternelle ! Que oui, « Liberté, Égalité, Fraternité » s'adresse aussi à nos amis musulmans ! Que l'Algérie est en train de réussir ce que tant de pays voudraient réussir : réunir dans l'amour d'une même patrie deux peuples que tout oppose ! Je ne sais pas si certains d'entre vous étaient là-bas hier soir, mais, voyez ça : au balcon du Forum, un couple de musulmans habillé à l'européenne s'est approché pour parler à la foule. « Nous sommes l'Algérie de demain ! » ont-ils déclaré sous les acclamations de la foule. Si vous aviez vu toutes ces femmes musulmanes et voilées qui ont arraché leur voile pour le jeter à terre et le brûler ! C'était unique, exceptionnel, indescriptible. Et lorsque j'ai vu ça, j'ai aussitôt compris ce qu'était réellement l'Algérie. La foule entière l'a ressenti. C'est pourquoi l'Algérie restera française. Parce qu'elle le doit, et parce qu'elle le veut.

Un silence intense et troublant flotte autour de la table.

— Pour que l'Algérie reste française ! dit alors Casas en levant son verre.

Imitant son geste, toute la tablée, sourire aux lèvres et le cœur palpitant, porte un toast à la victoire finale tant attendue et espérée.

4 juin 1958. Claudine Casas

Tous les policiers de la ville ! Y les ont tous réquisitionnés pour la venue du général de Gaulle ! Pour faire quoi exactement ? Purée, on se le demande ! Même mon mari, y n'a rien pu me dire, ne le sachant probablement pas lui-même. Donc, *euchkeut,* impossible d'en savoir plus.

Toutefois, désireuse de participer à cette journée historique, j'ai décidé de me joindre à Liliane et sa cousine Janine ; plus on est de fous plus on rit. Madame Pardo qui préférait rester tranquille chez elle s'est proposée de garder ma petite Rosy jusqu'à mon retour.

— Renata, vous z'êtes sûre que ça vous dérange pas ? J'y voudrais pas abuser de votre gentillesse.

Elle m'a assuré que non. Comme elle tient ma petite Rosy dans ses bras, je m'approche de ma choupinette pour lui faire un gros smac sur la joue. Avant de partir, je précise à Renata que monsieur Courtaud nous attend chez lui au boulevard Laferrière, l'immeuble juste en face du monument aux Morts, pour assister de leur balcon aux célébrations de la journée.

— Ah ? et pour faire quoi ?

— Ma foi, pour voir de Gaulle ! Y va venir déposer une gerbe !

— Eh ben ! qu'ils aiment ça tous nos militaires et nos dirigeants, les monuments aux Morts, les médailles et les discours ! Ils font tuer nos enfants soldats, y après ils viennent déposer des fleurs ! Ça n'changera jamais.

— Bon, maman, commence pas à faire ta rabat-joie ! lui rétorque Liliane en refermant le portillon.

Et nous partons dans la ville en liesse, sous une chaleur torride. Vers onze heures, nous arrivons enfin au 17 boulevard Laferrière. Quelle aubaine cette invitation de monsieur Courtaud, car le plateau des Glières est quasiment inaccessible. Impossible de s'approcher du monument aux Morts, tant la foule est compacte et inextricable. Non sans mal, nous parvenons à pénétrer sous le porche de l'immeuble et nous gravissons le bel escalier jusqu'au cinquième étage.

11 h 05. Célestin Courtaud

J'ai invité une bonne partie de la famille et tous nos amis pour profiter du cadre exceptionnel de notre balcon. Celui-ci donne pile en face du monument aux Morts.

En cuisine, Huguette prépare la kémia. Je l'abandonne un instant pour rejoindre nos invités rassemblés sur le balcon. Posé sur le buffet de la salle à manger, le poste de radio diffuse les informations en direct.

La vue est imprenable sur l'esplanade Laferrière. Amassée face à nous sous un soleil de feu, la foule en ébullition agite drapeaux, cocardes et banderoles.

— Oui, on dirait bien que la Terre entière s'est donné rendez-vous à Alger, dit madame Casas tout aussi impressionnée.

— Ça donne les frissons, n'est-ce pas ? dis-je en admirant ce spectacle surnaturel.

À côté de nous sur le balcon voisin, un groupe de jeunes filles exaltées brandissent des petits drapeaux tricolores.

— Si de Gaulle ne connaît pas la ferveur du peuple français d'Algérie, il va en avoir une éblouissante démonstration ! m'écrié-je pour couvrir le brouhaha indéfinissable qui règne dans l'appartement et dans la ville entière.

Je repars en cuisine voir où en est Huguette de ses préparatifs. Les beignets de sardines sont terminés, elle les dispose sur de longs plats ovales. Je retourne au balcon annoncer que la kémia est servie lorsqu'une clameur monte soudain de la foule, tandis que des mains pointées vers le ciel se dressent comme des oriflammes flottant dans le vent.

— Il arrive ! Il arrive ! vibre avec enthousiasme la rumeur sourde qui s'élève de la masse humaine.

Effectivement, nous voyons au loin un avion s'approcher sous escorte militaire. En quelques minutes, le voilà sur nous, débouchant dans le ciel d'Alger, alors qu'à son passage retentit un coup de canon tiré depuis le port. Toute la ville en liesse fait alors une véritable ovation à la Caravelle qui transporte de Gaulle. Au passage de l'avion, on peut lire l'inscription « Air France » sur la carlingue blanche.

Dans l'attente de l'arrivée du Général je fais le tour de mes invités, donnant audience à chacun, tandis qu'Huguette un pichet à la main leur propose des boissons rafraîchissantes.

12 h 40. Comme le roulement lointain du tonnerre annonce l'orage, une clameur sourde, frémissante et sans fin, bourdonne au-dessus de la ville. Cette clameur grondante éclate soudain comme une bombe à retardement au moment où le cortège tant attendu débouche en bas de l'avenue, à l'entrée du plateau des Glières. Encadré par une haie de motards, la voiture perce lentement la foule. De Gaulle, debout à l'arrière aux côtés du général Salan, les bras tendus en signe de victoire, impressionnant par sa stature puissante et élancée, fait une apparition grandiose en saluant la foule en délire. Coiffé de son képi beige, il apparaît comme le maître du monde, le maître de l'Algérie.

À notre balcon, c'est de la folie ! Mes frères, ma belle-sœur, mes amis du club, Maurice, Ernest et René, tous applaudissent à tout rompre. Les plus jeunes, mes neveux et nièces, mais aussi Claudine Casas et ses deux amies, sautent de joie, agitent à force de bras tout ce qui tombe entre leurs mains, mouchoirs blancs, banderoles, drapeaux et calicots tricolores. D'une seule voix, tout le monde crie à s'en brûler les poumons « Vive de Gaulle ! ». Puis, me tournant machinalement vers ma tendre Huguette serrée tout contre moi, je remarque ses yeux noyés de larmes. Alors, malgré le brouhaha et l'effervescence qui règnent sur le balcon, je lui dis d'une voix altérée par l'émotion, mais d'une voix retentissante :

— Voilà ce qu'est notre peuple ! Nous pouvons en être fiers, et je ne doute pas que de Gaulle comprenne à cet instant précis notre ferveur à vouloir garder l'Algérie française !

Après de longues minutes, le Général entouré de la délégation officielle parvient à se frayer un passage, gravissant le long parcours de marches de l'esplanade jusqu'au monument aux Morts. Aidé du général Salan et de trois ou quatre personnes, il dépose au pied du monument aux Morts une énorme gerbe en forme de croix de Lorraine, symbole de la Résistance et de la France libre. Après un salut militaire des plus solennels, la *Sonnerie aux morts* retentit, et un silence de cathédrale plonge la ville dans un recueillement contemplatif à la fois saisissant de vérité et d'intensité. Puis ce sont des coups de canon tirés du port qui ramènent la population à son état initial de liesse et d'exaltation. Au-dessus de nos têtes, des avions militaires exécutent une parade en dessinant dans le ciel d'Alger une croix de Lorraine. Puis, effrénée, fiévreuse, puissante et impétueuse, la *Marseillaise* jaillit de l'antre de la foule. Toutes les voix d'un peuple debout chantent à en mourir, ce jour de gloire que nous ne pourrons jamais oublier.

Sous les vivats et les acclamations, de Gaulle se tourne vers cet océan d'enthousiasme qu'il salue chaleureusement en levant les bras, puis la délégation repart bravement dans cette cohue bourdonnante. Voilà un rendez-vous d'amour que de Gaulle et le peuple d'Alger ne sont pas près d'oublier.

18 h 15. Claudine Casas

Palais du Gouvernement. Une foule immense, colossale et démesurée, attend d'apercevoir enfin de Gaulle au balcon du Forum. Autour de nous, les transistors diffusent les informations en direct et annoncent qu'il va faire un discours très attendu. Je suis sur la place du Forum depuis le début d'après-midi, avec Liliane et Janine. On crève la dalle, car on n'a pas déjeuné, à part quelques olives et deux-trois sardines chez les Courtaud. Mais ce n'est pas grave, aujourd'hui on va se nourrir d'autre chose.

Ça fait maintenant plusieurs heures que nous patientons sous un soleil de feu, entassées, compressées par la foule qui roule et tangue comme une mer humaine en perpétuel mouvement. Le moindre centimètre carré est occupé. Impossible de changer de place, ou même bouger et se tourner. La chaleur est accablante. Comme tant d'autres, nous avons opté pour le mouchoir sur la tête, histoire de pas attraper une insolation. Certains sont coiffés de chapeaux en papier, d'autres ont sorti des ombrelles. Les banderoles qui fleurissent partout au-dessus de la marée humaine apportent également un peu d'ombre. À côté de nous, brandie par de jeunes étudiants, est déployée une grande bannière où est inscrit « Rampe Vallée ».

La foule bariolée et impatiente ne cesse de crier « Vive de Gaulle ! ». Lorsqu'enfin, vers 19 heures, une délégation militaire apparaît au balcon orné des drapeaux tricolores.

— Les voilà ! Les voilà ! s'écrient dans la foule des voix haletantes, se gonflant d'elles-mêmes, par à-coups.

De loin, on parvient à distinguer un officier de marine en uniforme blanc, un homme en costume noir, et un autre officier, tenue beige avec un képi. Mais toujours pas de de Gaulle, si ce n'est au-dessus du balcon le portrait du Général accroché sur la façade du GG. Purée ! Nous, c'est en vrai qu'on le veut ! Pas son portrait !

L'un des officiers, celui avec le képi, s'approche du micro :

— C'est Salan ! dit une voix derrière nous.

— Et en noir, à côté, c'est Soustelle ! répond un autre.

Un silence tout relatif s'installe et Salan commence son allocution. Hélas, d'où nous sommes, nous n'entendons que des bribes. Puis il termine par un vibrant *« Vive le général de Gaulle ! Algérie française ! »*. Ce dernier cri sur « Algérie française » est salué par une formidable ovation ponctuée d'applaudissements enthousiastes et chaleureux. À côté de moi, Liliane et Janine sautent de joie en agitant chacune leur petit drapeau tricolore.

Puis, l'homme en costume noir qui s'appelle apparemment Soustelle, vient à son tour au micro et commence ainsi : *« Le général de Gaulle est parmi nous ! »* Là encore, une immense clameur s'élève comme un grondement de tonnerre, puis il termine ainsi : « ... *L'Algérie va l'accueillir par votre voix en criant avec moi : « Vive la République ! », « Vive l'Algérie française », « Vive de Gaulle ! »*

C'est un véritable triomphe ! Les bras se lèvent, les mains s'agitent, les bannières dressées à bout de bras flottent au vent sous les vivats de la foule. Puis, notre héros apparaît enfin ! Ouvrant ses bras comme pour nous accueillir contre son cœur, de Gaulle s'avance au balcon, mains levées en signe de victoire, visage rayonnant et triomphateur. Pendant plusieurs minutes, la population algéroise et je dirais même le pays tout entier, l'acclame comme son sauveur. C'est un homme à la stature immense, doté d'une taille exceptionnelle et d'un incontestable charisme. Le général de Gaulle est face à nous ! Multipliant les gestes de la main pour demander une accalmie ou un semblant de silence, il finit par s'approcher enfin du micro. La foule semble retenir son souffle. Alors, la voix rauque légèrement éraillée, mais tellement puissante de de Gaulle retentit dans les haut-parleurs installés tout autour de la place du Forum :

— Je vous ai compris !

La clameur s'élève à nouveau, comme un roulis impétueux. Une vague de cris de joie qui semble balayer le monde de nos incertitudes passées. Cette fois c'est sûr, de Gaulle est bien de notre côté ! Il nous a compris ! Il vient de le dire ! Il va sauver l'Algérie française !

Sa voix chantante, magnifique, chaude, envoûtante et tonnante dompte nos âmes et nos cœurs. Avec un empire absolu, il se tient droit, dressé comme un pilier, dominant toute la baie d'Alger et le monde auquel nous rêvions jusqu'alors en silence :

— Je sais... ce qui s'est passé ici !

Première manifestation d'applaudissements.

— Je vois... ce que vous avez voulu faire ! Je vois que la route... ! que vous avez ouverte... en Algérie... c'est celle... de la rénovation... et de la fraternité !

Au milieu de l'acclamation générale où s'agitent banderoles et bannières, de Gaulle martèle son discours de sa voix tonitruante :

— Eh bien ! de tout cela, je prends acte au nom de la France. Et je déclare qu'à partir d'aujourd'hui, la France considère que dans toute l'Algérie, il n'y a qu'une seule catégorie d'habitants...

De longs applaudissements viennent interrompre momentanément l'allocution du Général.

— Il n'y a que des Français à part entière !

À nouveau, c'est un tonnerre d'applaudissements.

— Des Français à part entière, avec les mêmes droits et les mêmes devoirs !

À chaque mot, chaque phrase, le peuple algérois lui fait une ovation.

— Moi, de Gaulle, à ceux-là, j'ouvre... la porte... de la réconciliation !

Des cris et des applaudissements encore et toujours s'élèvent au-dessus de la masse humaine.

— Jamais, plus qu'ici... et plus que ce soir... je n'ai senti... combien c'est beau... combien c'est grand... combien c'est généreux...

Il marque un temps, puis termine par ces deux mots qui nous réunissent tous ici et qu'il nous assène comme une évidence :

— La France !

De la foule déchaînée se lève alors un grondement d'acclamations. Et comme une détonation imprévisible, le chant de la *Marseillaise* éclate dans tous les cœurs.

— Vive la République ! Vive la France ! s'exclame de Gaulle pour finir avec force et rage, d'une voix chargée d'une émotion telle, qu'elle nous tue tous !

C'est indescriptible. Partout autour de moi, les larmes coulent sur des visages rayonnant d'espérances. Comment est-ce possible autant d'amour, autant d'ardeur et autant de grandeur ?

Ah si papa pouvait voir ça, lui qui doute souvent de l'avenir de notre si beau pays !

32

Les battements du cœur de tout un peuple

6 juin 1958, 9 heures. Manolo Carmona

Aujourd'hui n'est pas une journée comme les autres. Oran accueille de Gaulle. *L'Écho d'Oran* titrait hier « Oranais, pavoisez ! Oran doit être vendredi une ville tricolore ! » Toute la ville se prépare donc à la fête. La journée s'annonce des plus chaudes sous le soleil d'Algérie. Le discours de de Gaulle est prévu à 10 heures, mais je préfère être en avance. Sans compter qu'il doit déjà y avoir du monde là-bas.

Effectivement, lorsque Mané et moi arrivons vers 9 h 15 à proximité du parc des Expositions, une foule gigantesque est déjà agglutinée en plein soleil, comme des mouches sur du miel. Une grande estrade a été dressée, drapée aux couleurs de la France et ornée de deux croix de Lorraine. Tout alentour au-dessus de la marée humaine, fleurissent des pancartes et des banderoles brandies à bout de bras comme des trophées d'amour à la nation : « Sidi-Bel-Abbès » « Algérie Française » « El Turci » « Vive de Gaulle » « Mascara » « Saint-Eugène » « Rio Salado » « Misserghin ». Les drapeaux français également à l'honneur flottent aux quatre vents. La patrie en effervescence attend l'arrivée du Général comme le messie. Moi, je doute, et il m'arrive parfois de songer qu'il pourrait s'agir du pire.

Du pire plutôt que du meilleur, car autant le de Gaulle de 1940 m'avait plu, autant celui de 58 me laisse perplexe. Quelque chose me gêne chez lui. Peut-être sa manière d'être, ses grands airs, son côté « héros de la nation », sa façon de parler aussi. Il a souvent un aspect très autoritaire, et se comporte comme un dictateur. On critique Franco, mais lui c'est kif-kif. Finalement, Pierrot avait raison à son sujet.

9 h 30. Sauveur Moati

Le cortège officiel ne devrait pas tarder à passer, aussi je referme la porte du bureau et descends la rue de Lamoricière. Silvia n'a pas voulu me suivre ; pourtant ce n'est pas faute d'avoir insisté.

Je débouche dans la rue d'Arzew. Le spectacle est incommensurable. Depuis ce matin, le flot humain n'a cessé de grossir. C'est une liesse indescriptible. Tous les balcons et les trottoirs sont bondés. Finalement, au niveau du passage Germain, je trouve un petit espace libre pour me glisser dans la foule. Pile en face, il y a le cinéma Le Rialto. À l'affiche du jour, un film avec Raymond Souplex qui m'arrache un sourire au moment où mon regard tombe sur le titre : « Les carottes sont cuites ». J'espère bien que non.

10 heures. Silvia Carmona

De guerre lasse, je suis quand même sortie pour me joindre à l'attroupement populaire qui inonde les trottoirs de la rue d'Arzew. Le moment est effectivement historique. La parade de de Gaulle en Algérie fera date, tant l'enthousiasme général a atteint un paroxysme probablement inégalé à ce jour. Il y a tellement de monde, que je renonce à chercher monsieur Moati. Je reste à l'angle de la rue de Lamoricière, car impossible de faire un pas de plus. J'observe la foule compacte et fervente entassée le long de la chaussée. C'est impressionnant.

Soudain, on entend sous la clameur le ronronnement des moteurs de motocyclettes. Un tonnerre d'applaudissements envahit la rue. Je m'approche autant que possible du bord du trottoir. Une joyeuse bousculade s'empare de la foule. Je suis ballottée, à droite à gauche, compressée, épaule contre épaule, poussée et repoussée. Les bruits de moteurs s'approchent de plus en plus. Dans la cohue joyeuse qui s'ensuit, je finis par apercevoir une haie de motards qui encadre un défilé de voitures noires. La foule crie, hurle, et agite cocardes et drapeaux. Des milliers de confettis tombent des balcons comme si une tempête de neige s'abattait sur Oran. Puis, à quelques mètres de moi, parmi un défilé de voitures officielles, passe celle où de Gaulle a pris place. L'instant ne dure que quelques secondes, mais j'ai le temps de voir ce grand homme que tout le pays acclame, debout à l'arrière, avec son uniforme beige, son képi sur la tête, sa stature imposante, bras tendus et saluant la foule en délire. Tout le monde crie « Vive de Gaulle ! » « Vive l'Algérie française ! » Moi, je pense à mon Ange adoré qui me manque tant, qu'on m'a arraché et que je ne verrai plus. Il fait un temps magnifique en ce jour de festivités, mais mon ciel à moi est sombre et j'ai des larmes plein les yeux.

Plein les yeux de cette douleur qui ne me quitte jamais.

10 h 05. Sauveur Moati

La DS19 noire décapotable de de Gaulle vient de passer devant nous. Vraiment, quel illustre personnage ! Quelle prestance ! Quelle puissance se dégage de cet homme providentiel ! À côté de moi, un homme avec un appareil photo en bandoulière a immortalisé l'instant.

— Vous avez réussi à l'avoir ? je lui demande joyeusement d'une voix forte pour couvrir l'euphorie générale de la foule qui ne cesse d'applaudir en criant « Vive de Gaulle ! »

— Je crois bien que oui, me dit-il timidement. J'espère que la photo sera réussie ! et que *les carottes ne seront pas cuites* pour nous, ajoute-t-il en lorgnant la façade du cinéma Rialto.

Toute la ville est en liesse. C'est grandiose ! C'est unique ! Oui, ici, à Oran, ce sont les battements du cœur de tout un peuple qui ont su jouer pour son sauveur une symphonie héroïque et enivrante. Sans presque m'en rendre compte, ma voix s'échappe de ma gorge au moment de crier à mon tour dans la clameur générale : « Vive de Gaulle ! Vive l'Algérie française ! »

11 h 10. Manolo Carmona

Des milliers et des milliers de personnes sont rassemblées près du parc des Expositions. Le lieu choisi pour le discours de de Gaulle est ce vaste terrain vague où sont installés chaque année en octobre les multiples stands qui ne peuvent être tous contenus dans l'enceinte de la grande foire d'Oran.

À force de nous faufiler dans la masse grouillante, Mané et moi parvenons à nous approcher à une vingtaine de mètres du podium où de Gaulle va monter faire son discours.

Après plusieurs heures à attendre sous le soleil, le moment tant espéré finit par arriver. Voilà de Gaulle qui gravit les marches de l'estrade, et sous une acclamation délirante il s'approche au plus près de la balustrade où un micro a été installé.

Les bras levés en V, il salue toute l'Oranie rassemblée devant lui et pour lui.

— P'pa ! C'qu'il est grand ce de Gaulle ! s'exclame Mané à mes côtés.

Toutes les banderoles de la place s'agitent et la foule scande « Vive de Gaulle ! » « Vive l'Algérie française ! ». Avec des hochements de tête, il remercie la foule puis, de ses grandes mains, il tente de calmer les ovations, indiquant par là qu'il va parler. Il s'approche du micro, et au moment où il va s'adresser à l'immense foule, des cris retentissent sur la droite du podium, scandant « Soustelle ! Soustelle ! ».

Surpris et gêné par ces manifestations inattendues, de Gaulle se tourne légèrement vers les quelques provocateurs regroupés à proximité du podium. Derrière lui, un homme en costume noir et portant des lunettes, s'approche du groupe en leur demandant de se taire. Mais les cris continuent : « Soustelle ! Soustelle ! ». Cette fois agacé et presque furieux, de Gaulle se tourne franchement vers eux en s'écriant à deux reprises d'une voix grave, impérieuse et glaçante : « Taisez-vous ! »

— Laissez-moi parler ! finit-il par leur dire froidement pour clore l'incident.

Puis il commence son allocution, de sa voix rocailleuse et traînante :

— La France est ici ! Elle est ici pour toujours ! Elle est ici en vous... hommes et femmes d'Algérie... de toutes communautés, catégories et confessions !

Acclamation générale.

— Oui, oui, oui ! elle est ici avec sa vocation ! Sa vocation millénaire... qui aujourd'hui s'exprime en trois mots ! : Liberté, Égalité, Fraternité !

Tous les drapeaux dressés vers le ciel s'agitent en mesure, puis de Gaulle reprend d'un plus bel élan encore :

— Il faut qu'il y ait en Algérie rien autre chose – mais c'est beaucoup ! – rien autre chose... que dix millions de Françaises et de Français ! avec les mêmes droits !

Cette vibrante intention est aussitôt accueillie par une cascade d'applaudissements du public.

— Avec les mêmes droits et les mêmes devoirs !

Cette fois, c'est une immense ovation qui lui est réservée. Des acclamations s'élèvent de toutes parts parmi la communauté musulmane. J'écoute la foule. J'entends de Gaulle. Et dans le ciel pur et azuré d'Oran, je vois ô combien des nuages pourraient un jour venir assombrir notre pays, sans que l'on ne s'y attende. Un sentiment de malaise s'éveille peu à peu en moi. Et les paroles chaleureuses et tellement chargées d'espoir de de Gaulle ne parviennent pourtant pas à me rassurer.

— Je remercie Oran de tout mon cœur ! Je vous convie, tous et toutes, à me suivre dans le chemin, où j'ai le mandat de conduire la France !

Et que dire du bouquet final avec ses « Vive Oran ! » ?

Non, je n'y crois plus. Pour moi, cet homme ne sauvera pas l'Algérie française. Il est en train de nous bluffer.

Pierrot avait raison.

11 h 30. Antoine Martinez

C'est du délire ! De Gaulle vient de finir son discours en apothéose sur un incroyable cri du cœur lancé à la foule ébahie ! « Vive Oran ! Ville que j'aime et que je salue ! Bonne, chère, grande ville française ! » « Vive la République ! Vive la France ! »

Un moment si unique et intense ! De Gaulle est bien le sauveur de l'Algérie tant annoncé !

Je me tourne vers mes vieux copains. Toujours la même bande depuis le lycée Ardaillon. Albert Soto, François Sanchis qu'on appelle Paco, Bernard Candela, Gérard Torres, et Mahomet Tadjini qu'on appelle Mehmet, notre seul copain arabe et qui pour nous est un copain comme les autres.

— Et si on le suivait ? m'écrié-je soudain.

— Où ça ? dit Albert après une hésitation.

— Où ça ? Eh bé, à Mostaganem, pardi !

On se regarde tous avec une lueur de défi.

— Allez ! Tope cinq ! On y va ! s'écrient les autres en chœur.

Mostaganem, 14 h 30. La place de l'Hôtel de Ville est archi-comble. C'est incroyable le monde qu'il y a partout, même dans les arbres ou accrochés à des lampadaires ! On s'enfonce dans la foule en jouant des coudes. Une estrade couverte et aux couleurs de la France a été montée devant le parvis du bâtiment. C'est là-bas qu'il faut aller, au plus près de la tribune. Au centre de la place, on découvre le monument aux Morts, une belle statue en bronze posée sur un gros socle en pierre blanche. Eh bien là aussi la stèle est couverte de monde ! Certains sont allés jusqu'à escalader la statue pour être aux premières loges. Les veinards ! Nous, on ne peut plus avancer, mais nous sommes bien placés quand même. L'estrade est à une vingtaine de mètres devant nous.

Comme à Oran, il fait une chaleur de feu. On est en bras de chemise, mais si on le pouvait, on se mettrait torse nu. Dans la foule amassée, je remarque qu'il y a une très grande proportion de musulmans en tenue locale, drapés dans des burnous, chèche sur la tête, tandis que les mauresques toutes vêtues de blanc sont couvertes du haïk traditionnel. Quel effet saisissant cela fait de voir tant de musulmans acclamer de Gaulle en brandissant des drapeaux français ! Une quinzaine de mètres derrière nous, une immense banderole flotte sous le vent d'Algérie où l'on peut lire : « 14-18, 39-45, FRANCE Toujours ».

Il est maintenant presque 15 h 30. Cela fait donc bientôt une heure que nous patientons ainsi sous le soleil, quasi sans bouger, mais sans cesse ballottés, secoués par les mouvements de la foule. Il s'écoule du temps encore, avant qu'une montée de cris et d'ovations submerge soudain cette marée humaine comme une énorme vague mugissante : « De Gaulle arrive ! Il arrive ! » Dans le même moment, la mer humaine s'ouvre peu à peu sous la protection d'une barrière de soldats qui maintient la foule débordante, tout en favorisant le passage à la longue délégation qui accompagne le Général. On dirait Moïse écartant les eaux de la mer Rouge ! Une ou deux minutes plus tard, je vois, flottant au-dessus des autres têtes, le képi beige du général ! De Gaulle passe à tout juste trois mètres de nous, escorté et sous haute protection. Cet homme est un roc ! Un héros du monde ! Il se dirige vers le parvis de l'Hôtel de Ville. Encore quelques minutes et il franchit les quelques escaliers de l'estrade. Puis, tête nue, il apparaît à la tribune ornée du drapeau tricolore. Il lève ses bras victorieux et salue le peuple en liesse. Et il commence son discours par ces mots forts, puissants, porteurs de tant d'espoirs et de vertu patriotique :

— La France entière... le monde entier... sont témoins de la preuve que Mostaganem apporte aujourd'hui ! que tous les Français d'Algérie sont les mêmes Français ! Dix millions d'entre eux... sont pareils ! avec les mêmes droits et les mêmes devoirs !

Nous l'écoutons solennellement, cette voix de la République, cette voix magnifique de loyauté, d'honneur et de fidélité. Puis de Gaulle arrive hélas au terme de son discours. On pourrait rester des heures à l'écouter, tant ses talents d'orateurs indéniables parviennent à hypnotiser son auditoire.

246

— Mostaganem, merci ! Merci du fond de mon cœur ! C'est-à-dire...

Nous lui faisons une telle ovation qu'il doit marquer une pause.

— C'est-à-dire... du cœur d'un homme... qui sait qu'il porte... une des plus lourdes responsabilités de l'Histoire !

— Ouais ! Hourrah ! hurle encore de joie toute l'assemblée amassée sous le soleil.

Il ouvre ses bras.

— Vive Mostaganem !

La foule s'emporte, puis il nous offre soudain un cadeau des plus émouvants et des plus intenses en déclamant fièrement :

— Vive l'Algérie française !

Puis de Gaulle finit par ce cri du cœur jeté avec force à la foule : « Vive la France ! ». Tout le monde scande avec un enthousiasme indescriptible : « Algérie française ! ». Mehmet à nos côtés se met à sautiller sur place en hurlant de joie, agitant un drapeau français qu'il a dû trouver quelque part dans la foule.

De Gaulle, merci ! Merci du fond du cœur d'être venu à la rencontre du peuple d'Algérie ! Merci pour votre ferveur et votre soutien à notre si belle terre ! Je n'oublierai jamais ce 6 juin 58. Personne ne pourra jamais l'oublier ! Ni Mostaganem. Ni Dieu ni le soleil.

Environ 16 heures. Lucien Laugier, maire de Mostaganem

Je n'en reviens pas ! J'en suis stupéfait, au point où je me demande si j'ai bien entendu. D'ailleurs, je ne suis pas le seul, toute la tribune est sidérée. De Gaulle a dit pour la première fois : « Vive l'Algérie française ! » Cependant, je crois l'entendre dire à Delbecque au moment où il passe froidement devant lui :

— Alors ? Vous êtes content maintenant, hein ?

Pourtant, Léon Delbecque n'est pas n'importe qui ; il est un des instigateurs du putsch d'Alger du 13 mai et donc également un des artisans du retour au pouvoir de de Gaulle. Il y a soudain comme un malaise parmi nous, les élus et les officiels. Je remarque quelques regards étonnés et troublés. Mais cette impression furtive est vite dissipée par la force de la clameur du peuple qui, depuis l'esplanade de la mairie, s'élève jusqu'à nous.

Je décide alors d'accompagner de Gaulle dans mon bureau où il souhaite s'isoler ; ce que je peux comprendre après toutes ces émotions depuis son arrivée en Algérie. Comme il est de coutume lors des visites de grandes personnalités, je l'invite à signer le livre d'or de la mairie. Ensuite, je propose de lui offrir à boire. Il accepte.

— Un verre d'eau seulement, ça ira, me dit-il cependant.

Puis il se dirige vers la fenêtre qui donne sur la place. Je m'approche à mon tour. Nous contemplons à travers les rideaux la foule bruyante et disciplinée qui est encore là, à l'acclamer, à attendre, à espérer peut-être qu'il réapparaisse au balcon.

— Mon Général, vous les voyez tous, Européens et musulmans, unis dans la même ferveur...

Il demeure immobile, silencieux. Je dirais presque impassible. Alors, je poursuis d'une voix lente et entrecoupée :

— Tout peut être sauvé... Mais jusqu'à présent on nous a tellement trompés.

De Gaulle se tourne enfin vers moi. Sa carrure massive et impressionnante me fait face. Il pose ses mains sur mes épaules et me dit d'une voix convaincante :

— Maintenant, monsieur le maire, vous ne le serez plus.

24 décembre 1958. Manolo Carmona

Veillée de Noël. Voilà plus de six mois que de Gaulle nous a fait la démonstration de sa puissance, de sa volonté et de sa détermination à trouver une solution au problème algérien. Pour moi, ça sent l'entourloupe. Certes, personne ne me croit, hormis Pierrot qui depuis toujours déteste de Gaulle. Autour de moi, on me reproche de céder à un pessimisme excessif. La parole donnée par de Gaulle, qui est un militaire et donc par définition un homme droit et loyal, ne peut selon eux être mise en doute. Certes, mais je le dis et le redis, pour moi de Gaulle cache son jeu. Et Dieu sait si j'aimerais mieux me tromper. Enfin, nous verrons bien.

L'année 58 s'achève sur une nouvelle bien plus réjouissante que toutes ces affaires politiques. Ma fille Claudine nous a annoncé que la famille allait encore s'agrandir. Elle attend un petit pour juin prochain. Nous espérons un garçon cette fois, comme la petite Rosy qui réclame sans cesse un petit frère.

Comme tous les ans, ma femme s'est rendue à la messe de minuit à la cathédrale, en compagnie de sa sœur et des enfants. Sauf Silvia qui est restée dans sa chambre. Ma fille a encore bien du mal à surmonter la mort de son fiancé. Je ne reconnais plus la jeune fille joyeuse qu'elle était auparavant, avant le drame. Elle ne sort pas de cet état de tristesse latente. Elle vit comme un « porte-deuil », et cela me fait mal au cœur. Ma femme semble y prêter moins d'attention, elle dit que cela s'arrangera avec le temps.

Les aiguilles de l'horloge marquent 23 heures. Je quitte la table où je jouais aux cartes et me dirige vers la chambre de Silvia. Je toque doucement à sa porte. Lorsque sa voix frêle me répond, je tourne la poignée et passe la tête dans l'encoignure. Elle est debout près de la fenêtre, l'épaule appuyée au mur.

— Tu vas bien ?

Elle me fait signe que oui, mais ça veut dire tout l'inverse.

— Ils ne sont pas encore rentrés ? me dit-elle machinalement, sans se retourner.

— Non, pas avant une bonne heure sûrement.

Je finis de pousser la porte et j'entre lentement. Je m'assieds maladroitement au bord du lit, les bras ballants, ne sachant trop comment aborder la discussion. J'observe Silvia en silence. Elle ne bouge pas, son regard fixant la nuit.

— Alors, tu as décidé de ne plus aller à l'église ? commencé-je timidement.

— Non, papa. Ce lieu n'est plus pour moi, avoue-t-elle nonchalante, presque froidement.

— Et pourtant... c'est un lieu de paix, et de sérénité, soufflé-je en observant mes mains.

— Justement, papa. Je n'y trouverai plus jamais la paix.

Je lève les yeux vers elle, et d'une voix aussi tendre que possible, lui demande de venir s'asseoir près de moi. Elle marque un temps, puis finit par se décider.

J'observe un silence, cherchant le ton de voix le plus approprié, les mots les plus justes.

— Tu ne peux pas continuer ainsi, Silvia. Il faut que tu te ressaisisses. Pense à toi, à ton avenir...

— Je n'ai plus d'avenir, papa, m'arrête-t-elle aussitôt sans la moindre intonation, comme si les notes de son cœur vibraient tout à coup dans le vide.

— Voyons, qu'est-ce que tu dis ? Au contraire, tu as toute la vie devant toi. Tu es si jeune et belle comme un soleil...

— Pour qui, papa ? Belle pour qui ? Celui que j'aimais est mort... Je ne pourrais jamais en regarder un autre. Jamais ! Je ne veux pas l'oublier, papa ! Je ne VEUX pas !

De fines larmes perlent au coin de ses paupières rougies. Je saisis doucement ses mains et lui demande de me regarder.

— Je sais, ma Silvia, que tu ne l'oublieras jamais. Je le sais du plus profond de mon cœur. Non seulement je le sais, mais je te l'ordonne également.

Elle me regarde, éberluée, cherchant dans mes yeux la signification profonde de ces paroles auxquelles elle ne s'attendait pas.

— À partir d'aujourd'hui, Ange va vivre ici, lui dis-je en pointant mon index sur son cœur. Imagine, ma Silvia, que son cœur est ici à la place du tien. Imagine que ses yeux, ce sont les tiens. Imagine qu'il respire et qu'il vit à travers toi. Imagine que tu portes en toi la vie qui lui a été volée...

— J't'en prie, papaaa, soupire-t-elle avec des sanglots dans la voix.

— Alors pour toutes ces raisons, tu te dois de vivre pour lui, et pour toi, continué-je en lui serrant les mains. Redonne-lui vie, ma Silvia. Par ton courage et ton abnégation, avec tes joies et tes peines, tu dois lui redonner vie...

Et brusquement elle s'effondre dans mes bras. Des larmes douloureuses ruissellent sur ses joues. Sa gorge se soulève au moindre de ses sanglots, des sanglots longs, étranglés et redoublant à chacune de mes paroles.

— Tu te dois ma Silvia de le faire vivre en toi, pour que chaque jour sa flamme éclaire ta vie. Honore celui que tu as perdu. Écoute-moi, ma fille chérie, je suis certain que Ange saura te guider jusqu'à ton dernier souffle. Fais-le pour lui, ma Silvia. Et surtout, fais-le pour toi. Vis *ta vie,* car si tu ne le fais pas, tu lui infligerais une deuxième mort plus terrible encore : la mort de sa mémoire. Et crois-moi, ces regrets-là sont les pires à endurer.

Nous restons un long moment ainsi, main dans la main, à écouter nos battements de cœur. Puis, avant de sortir, j'embrasse tendrement ma fille, comme avant, quand elle était enfant.

— Tu sais, dis-je en me tournant vers elle, je pense que ton Ange est à la recherche du Paradis. Tu ne le sais pas, mais puisque tu en détiens la clé, ouvre-lui cette porte. Bonne nuit, ma Silvia.

— Joyeux Noël, papa, me répond-elle avec un sourire et un éclat dans le regard, premiers signes d'un apaisement que je n'avais plus vu depuis plus d'un an.

33
Qu'importe le temps

30 avril 1959. Silvia Carmona

Voici le printemps. Aujourd'hui cela fait deux ans que mon Ange repose au cimetière, sous un peu de cendres, un peu de sable et tellement de regrets et de souvenirs. Comme papa me l'a si tendrement suggéré, je rouvre enfin les volets et la fenêtre de mon cœur. Je le fais pour Ange, pour qu'il vive en moi, pour ne jamais l'oublier. Pendant deux ans j'ai essayé d'enfouir mon chagrin. En cachant au fond de soi cette douleur, on *croit* l'oublier. Mais en réalité, elle ne cesse de grandir. Elle t'étouffe jusqu'à l'épuisement, jusqu'à ne plus pouvoir *vivre*. Je me suis demandé pendant tout ce temps, si je voulais vivre ou non, et ce qu'allait être ma vie. Je n'en savais rien et ne voulais même pas y songer. Puis papa m'a parlé, et depuis j'ai compris beaucoup de choses. Je me dois d'être heureuse, pour lui, mon Ange. Alors je le suis. Même si cela fait mal.

Mon Ange, qu'importe les jours, qu'importe le temps. Que m'importe la vie, je serai toujours avec toi et te serai fidèle jusqu'à mon dernier souffle. Alors, me voilà heureuse.

Je m'agenouille devant ta tombe, et je te rends grâce.

Magnifica la vida.

Jeudi 7 mai. C'est l'Ascension. Toute la famille se retrouve dans la forêt des Planteurs, au pied de Notre-Dame de Santa-Cruz. Même Claudine et Reymond sont présents. Le temps est magnifique, et nous passons une merveilleuse journée, ponctuée par le pèlerinage à la chapelle. En ressortant, nous rencontrons sur le parvis la famille Alvarez et Martinez. Carmina m'embrasse tendrement tout en me serrant contre son cœur. Inutile de se parler, on se comprend à la seconde où l'on se voit. Paule, la sœur d'Ange, m'embrasse également. Nous discutons un instant, heureuses de nous revoir. Je croise également le regard de son cousin Janot, lui-même accompagné de ses frères, sa sœur Jacqueline, et du fameux Antoine et sa fiancée Francine. Toujours la même équipe. Celle de nos sorties délirantes à Canastel et Paradis-Plage. Il me semble que cela fait des années. Une éternité. Nous sommes tellement ravis de nous revoir que nous en profitons pour parler quelques minutes. C'est Antoine le premier qui propose qu'on se retrouve tous à Canastel, dimanche.

— Allez, d'accord ! jubile Claudine. Tous à Canastel, comme autrefois !

Nous tombons tous d'accord et prenons acte de cette bonne résolution.

Magnifica la vida.

Canastel. La journée s'achève. Nous avons passé ensemble un superbe dimanche. Baignade, bains de soleil, parties de pêche sous-marine pour les garçons, et pour les filles des heures à écouter le transistor, allongées sur les serviettes de plage. Claudine s'est montrée prudente et précautionneuse quant à sa grossesse. Une petite baignade pour profiter quand même de la mer, et surtout bien rester à l'ombre sous le parasol. La naissance est prévue à la fin du mois prochain.

Le soir, nous décidons d'aller boire un verre au casino de Canastel. Nous nous installons en terrasse face à la mer, avec la vue plongeante sur les falaises à pic. Au loin, le golfe d'Oran disparaît lentement dans l'horizon légèrement pourpré d'un coucher de soleil féerique. Des effluves de jasmin flottent dans l'air. Il fait si bon, comme c'est agréable.

Le serveur réapparaît rapidement avec nos consommations. Dédé, Mané et Anne-Marie ont pris du Judor et des boules de créponné.

Les hommes, du whisky ou du gin. Les filles, des sodas. Quant à Claudine, qui ne fait rien comme les autres, au lieu d'une boisson, elle s'est commandé une coupe de glace. Mais comme c'est plus long à préparer, le serveur lui demande de patienter un peu.

— Tiens, tu veux goûter ? lui dit Reymond en lui présentant son verre.

— C'est quoi ?

— Du gin... Tiens, goûte ! réitère son mari tout attentionné.

Délicatement, elle porte le verre à ses lèvres, puis aussitôt, une grimace tordue lui fend la bouche en deux.

— Pouah ! Comme c'est mauvais ce truc !

— C'est mauvais, c'est mauvais ? Dis, c'est pas du lait de tchoumbo ! s'esclaffe Antoine.

Là-dessus le serveur est de retour avec, dressé sur son plateau d'argent, non pas une coupe banale, mais un iceberg, une montagne, un Everest glacé ! Une énorme coupe de glace garnie de chantilly et de crème au chocolat ! Toute la tablée en est complètement *boba*[62].

— Mais dis, Claudine, tu n'vas pas t'empiffrer tout ça ? je lui dis en essayant d'être la plus discrète possible.

— Mais si, mais si ! s'exclame-t-elle les yeux arrondis de plaisir.

Et la voilà qui saisit la coupe de sa main gauche pour y enficher la grosse cuillère destinée à la dégustation de son plaisir gourmand. Puis, par je ne sais quelle maladresse malencontreuse, la coupe bascule soudain déversant tout son contenu sur le ventre arrondi de ma « sœur catastrophe ». La robe complètement bariolée de crème dégoulinante, Claudine se met alors à minauder des « Oh non, oh non ! » qui provoque l'hilarité générale.

Toma ! La coupe de glace, par terre ! Bravo Claudine !

Franchement, et en toute objectivité, ma sœur est vraiment déconcertante, une vraie calamité.

---

[62] Être boba : bouche bée.

Arrive le mois de juin et une incroyable opportunité m'est donnée d'entrer à la Société Générale. Je saisis cette occasion inespérée d'avoir un travail plus gratifiant et mieux payé. Même si je n'ai aucun reproche à faire à monsieur Moati, pour qui j'ai eu tant de plaisir à travailler. C'est un homme si bon et intègre, je le quitte à regret. Mais le marché du travail est ainsi fait, quand le patron d'en face vous donne dix centimes de plus de l'heure, on démissionne et on traverse la rue sans hésiter.

Je commence le 22 juin comme agent de guichet à l'agence centrale située au boulevard du 2ᵉ Zouaves, tout près du boulevard Clémenceau. Juste une semaine après la naissance du bébé de Claudine, arrivé quinze jours avant terme. Un petit garçon, Eddie. Comme Eddie Cochrane, bien sûr, ce chanteur américain que ma sœur adore. Même si en réalité, pour l'état civil, son vrai prénom c'est Édouard, car Eddie n'est pas autorisé.

Puis, les festivités continuent avec le mariage fin juillet de ma cousine Lucie avec Guy Montoya. Un très beau mariage en la cathédrale d'Oran. Ma cousine s'est montrée ravissante comme jamais dans sa belle robe blanche à dentelles. Janot Martinez, le cousin de mon Ange, était également de la fête, car témoin du marié. Guy et Lucie l'ont également choisi pour être mon cavalier, et j'ai passé quasiment toute la journée en sa compagnie. Les cérémonies à la mairie et à l'église, le repas au restaurant « La Tonnelle » rue Marcel Cerdan – anciennement rue du Fondouk –, ainsi que toute la soirée dansante. Janot s'est montré des plus attentionnés. Chaleureux et bienveillant à mon égard.

Par la suite, nous nous sommes revus à de nombreuses reprises dans le courant du mois d'août. Des petits rendez-vous en tête à tête, au jardin du Petit-Vichy, au théâtre de Verdure, ou sur le Front de mer. Et quelques fois à la Cueva de l'Agua, lieu pittoresque et hautement apprécié des amoureux.

Début septembre, encore une noce. Cette fois, c'est Antoine et Francine. Une fête grandiose à Trouville avec vin d'honneur royal et banquet gargantuesque. À l'occasion de ce premier mariage chez les

Martinez, j'ai fait mon entrée dans la famille, avec le titre on ne peut plus honorifique de « presque fiancée » du cousin du marié. Et ma foi, je peux dire que j'ai été plutôt bien accueillie. Plus tard, dans la nuit, Janot m'a emmenée faire une petite promenade sur la plage, au clair de lune. C'est là qu'il m'a embrassée pour la première fois.

« Voilà, c'est fait », me suis-je dit. Ce que je n'aurais jamais cru possible venait d'arriver. Mon Ange adoré n'était plus le seul à avoir goûté à mes lèvres. Ainsi, un autre homme venait de prendre sa place. Étais-je réellement prête à m'offrir à lui ? Qui plus est, Janot était le cousin, presque le frère de celui que j'avais tant aimé. Ai-je le droit de faire ça ? Et lui, comment vit-il cette romance ? Comme une opportunité à ne pas manquer ? Un heureux hasard du destin ? Ou comme une trahison envers son cousin ? Je ne sais plus vraiment où j'en suis. Je me sens perdue. Et puis, Janot sera-t-il un bon mari pour moi ? Mais lui ou un autre, après tout, qu'importe, tant que cela me permet de sortir du joug de ma mère. Oui, qu'importe la vie, qu'importe le temps, puisque de toute façon celui qui m'était destiné m'a été si injustement arraché.

Dolorosa la vida.

Douloureuse aussi pour Janot, lorsqu'il y a deux mois, début juillet, il a appris la mort de son grand-père paternel. Une mort brutale et inattendue, puisqu'il s'est couché comme d'habitude, et qu'il ne s'est jamais réveillé. Enfin si, « Il s'est réveillé mort », comme dirait ma mère. Pôvre de lui.

Comme quoi, on dit toujours « La vie est belle, la vie est belle ». Mais la vie, c'est aussi beaucoup la mort.

34
Traître à la France

16 septembre 1959. Antoine Martinez

Dix jours que nous sommes mariés, et déjà notre première dispute. Eh bien, ça commence fort. Ça promet pour la suite. Tout ça pour une broutille, en plus. Une parole malheureuse que j'ai eue à propos de mon beau-père.

— Tu ne parles pas de papa comme ça ! s'est énervée Francine. Il t'a pas embauché pour que tu passes tes journées à jouer au ping-foot ou au flipper avec les copains ! surtout si c'est pour nous ramener des Arabes...

— Quoi, Mehmet ? C'est pas un Arabe, c'est mon pote comme les autres !

— Oui bé non, justement. Mon père y veut pas de ça ici !

— Bon ça va ! et puis d'abord je passe pas mes journées à jouer...

— Ah non ? Dis que mon père est un menteur alors ! Et puis estime-toi heureux qu'il t'ait pris pour travailler dans son bar, ajoute-t-elle d'un ton acerbe, presque cassant.

— Oui, SON bar, en effet. Merci beau-papa.

— Allez, vas-y, fais le malin ! Tu sais, si ça te convient pas, tu peux aller chercher ailleurs, c'est pas le boulot qui manque.

Oui bon ça va, puisque c'est ça, je claque la porte de la cuisine et file m'allonger sur le canapé.

À 20 heures, commence la retransmission du discours de de Gaulle. Francine vient enfin s'installer à côté de moi sur le sofa en cuir. Je me blottis nonchalamment contre elle pour faire la paix.

— Voyons voir c'qu'il a à dire celui-là, dis-je en passant mon bras autour du cou de ma chérie.

— Ah, mais, sors ton bras de là, que ça me fait l'écharpe autour du cou ! chougne-t-elle en repoussant ma main.

Le générique de l'ORTF s'achève. De Gaulle est assis à son bureau, en tenue sobre, juste un costume noir. Sur le bureau style empire ou Louis-quelque-chose est posé un simple micro. De sa voix reconnaissable entre mille, il se lance dans un long exposé où il parle de fusées sur la lune, de progrès social, de recherches scientifiques et d'un monde où il faut sauvegarder la liberté et maintenir la paix ; bref je vois pas trop ce que ç'a à voir avec l'Algérie.

— Mais de quoi il cause ? je ne peux m'empêcher de lâcher.

La phrase qui suit annonce effectivement un peu plus clairement la voie qu'il entend mener dans notre beau pays :

— *Pourtant... devant la France... un problème difficile et sanglant reste posé : celui de l'Algérie !*

Cette fois, on y est. De Gaulle marque un silence puis :

— *IL FAUT le résoudre !* s'exclame-t-il d'une voix ferme et impétueuse.

Aïe, aïe, aïe, ça sent le roussi.

— *Nous ne le ferons certainement pas en nous lançant les uns les autres à la face,* continue-t-il en tapotant nerveusement ses mains sur la table, *les stériles... et simplistes slogans de ceux-ci ou de ceux-là qu'obnubilent en sens opposé... leurs intérêts, leurs passions, leurs chimères, nous le ferons ! comme une grande nation ! et par la seule voie qui VAILLE ! je veux dire... la... le choix que les Algériens eux-mêmes feront de leur propre destin !*

C'est une blague ? Mais qu'est-ce qu'il raconte ce vieux croûton ?

Et dix minutes plus tard, c'est l'apothéose. Un violent coup de massue que le vieux général assène à toute l'Algérie française :

— *On peut maintenant discerner... le moment... où les femmes et les hommes qui habitent l'Algérie seront en mesure... de décider de leur destin une fois pour TOUTES ! librement en connaissance de cause...*

— Incroyable !

— *... je considère comme nécessaire... que ce recours à l'autodétermination soit proclamé AUJOURD'HUI ! Au nom de la France, et de la République, en vertu du pouvoir... que m'attribue la Constitution de consulter les citoyens ! Pourvu que Dieu me prête vie et que le peuple m'écoute... je m'engage... à consulter... les Algériens dans leurs douze départements ! au sujet du destin qu'ils veulent adopter !*

— Oh le salaud !

— *... Quant à la date du vote, je la fixerai le moment venu, MAIS... au plus tard quatre années après la paix revenue. J'entends par là une situation telle ! qu'embuscades et attentats ne coûteront pas la vie de plus de deux cents personnes en un an !*

— Merci quand même pour les deux cents morts ! m'écrié-je aussitôt. Mais ce type est cinglé ! Complètement cinglé !

Le supplice dure encore dix bonnes minutes, jusqu'à ces derniers mots qui scellent quasiment et définitivement le destin de notre beau pays. Ma parole, mais ce salaud de de Gaulle a lâchement l'intention de nous abandonner ! et ce, après nous avoir fait miroiter tant d'espoirs en mai 58 !

— *Le sort des Algériens... ap-par-tient ! aux Algériens ! non pas comme le leur imposeraient les couteaux et les mitraillettes ! mais... comme ils le diront eux-mêmes... légitimement ! par le suffrage universel. Avec eux et pour eux, la France... garantira ! la liberté de leur choix !*

— La liberté de leur choix ? Tu parles ! des conneries tout ça !

— *D'autre part... le moment venu... les modalités de la future consultation devront être en détail élaborées et précisées...*

De Gaulle porte sa main droite à la bouche et se met à tousser. La mort de ses ôsses ! S'il pouvait s'étouffer, oui !

— *Mais... la ROUTE est tracée ! La décision est PRISE !* s'enflamme-t-il en cognant du poing sur la table comme pour nous sermonner. *La partie est DIGNE de la FRANCE !*

Écran noir. Cette fois, c'est bien la fin.

Je suis sous le choc. De Gaulle nous a trompés ! Pour moi, la guerre est désormais perdue pour la France. Par ce discours catastrophique, de Gaulle vient de donner raison au combat du FLN. Nous sommes foutus.

Après le libérateur de la France de 44, le sauveur du 13 mai 58, le « Je vous ai compris ! » du 4 juin à Alger, le « Vive l'Algérie française ! » du 6 juin à Mostaganem, il n'est plus pour moi qu'un traître à l'Algérie française, un traître à la France !

35

Les vents contraires

30 janvier 1960. Manolo Carmona

Je suis inquiet pour Claudine et mon gendre. À Alger depuis dimanche, des émeutes se sont transformées en révolte. Depuis bientôt une semaine, le peuple algérois s'est rassemblé autour de barricades. Il y a même eu des affrontements ! D'un côté, les manifestants qui protestaient contre le renvoi du général Massu par de Gaulle, et d'un autre, les contingents de gendarmes mobiles chargés du service d'ordre. Entre Français ! C'est inimaginable ! On parle d'une vingtaine de morts pour la journée de dimanche 24.

En Algérie, des Français se font donc tabasser voire tuer par d'autres Français, juste pour des raisons politiques ! C'est honteux et scandaleux ! Tout ça par la faute de cette politique désastreuse de de Gaulle. Renvoyer Massu, lui, le héros de la bataille d'Alger du 13 mai 58, et l'empêcher de retourner en Algérie ! C'est une honte ! Qui es-tu de Gaulle pour faire cela ? C'est grâce à des hommes comme Massu que tu es revenu au pouvoir ! Et maintenant tu le chasses comme un malpropre ? Mais que se passe-t-il dans notre pays ? Depuis le début de la révolte algérienne en 54, je n'ai jamais été très optimiste pour notre avenir, mais là, je commence réellement à m'inquiéter. Nous filons droit au désastre.

Plus le temps passe et plus l'Algérie est déchirée par des vents contraires en furie. On critique Franco, mais ce de Gaulle à mon avis ne vaut pas mieux !

5 février 1960. Ramona Carmona

Claudine nous a téléphoné dans la semaine. Depuis peu, ils ont le téléphone dans leur villa d'El Biar. Nous, ça fait bientôt deux ans que nous l'avons au bar. Une cabine au fond du commerce, pour les clients. Ainsi nous avons pu avoir des nouvelles. Pendant la semaine des barricades, Claudine est restée cloîtrée chez elle. Évidemment, ce n'était pas le moment d'aller faire les magasins. Puis, de ce que j'ai compris, mon gendre a encore pris du grade et devrait changer prochainement de commissariat tout en restant à Alger. Mais il est obligé de laisser la maison d'El Biar à son successeur. Bon quoi, encore un déménagement en perspective.

Au bar, les affaires marchent plutôt bien. Le café, les casse-croûtes du matin, la kémia et les apéros le soir. Quand arrive l'heure de se coucher, on est fourbus. C'est ça le travail.

Non, la seule chose qui me tracasse, c'est que Silvia s'est mise à fréquenter. Alors oui, ce Janot m'a l'air de quelqu'un de sérieux. Mais ça n'veut rien dire, quand on est un saligaud, ce n'est pas écrit sur le front. Alors, je me méfie, et j'ai toujours mis en garde mes filles. Et Silvia est si têtue, que quelquefois ça fait de l'électricité. Comme ce soir quand je lui demande à quelle heure elle va rentrer.

— Dis m'man, mon Janot, il m'a pas tiré le programme de la soirée en triple exemplaires ! J'en sais rien moi à quelle heure il va me ram'ner ! Tu verras bien !

— Je verrais bien ! Je verrais bien ! Dis plutôt que je dormirai pas de la nuit oui ! Moi, quand mes gosses y sont dehors, chuis pas tranquille !

— Alors quoi ! À 24 ans faut que je demande encore la permission de minuit ?

— Qué 24 ans ? Parce que t'as 24 ans, t'es plus ma fille ? Dis, tant que t'es pas mariée, c'est encore ta mère qui te nourrit non ? Alors t'as pas ton mot à dire, *euchkeut !*

— Dis, Ramona, tu crois pas que t'ezagères un peu quand même ?

Et voilà que mon mari, attablé avec son jeu de cartes, se mêle aussi de la conversation. Lui qui d'habitude ne s'occupe jamais de rien, il ferait mieux de se taire.

— *Johé tché !* Moi j'ezagère ? Dis, Manolo, retourne à tes cartes espagnoles, va ! Que si j'étais pas là dans cette maison, eh bé ça serait la maison des farfalas et des tarambanas ! Dis, tu veux me faire bouillir le portrait, ma parole ?

— Hé, calme-toi, que t'es toujours à faire du *tcheklala,* soupire-t-il en mélangeant lentement ses cartes.

Et soudain une porte claque derrière mon dos. Je me retourne. C'est Silvia qui ni une ni deux s'est *scapa !* Ah, elle perd rien pour attendre ! Elle va voir quand elle va rentrer !

15 août 1960. Antoine Martinez

Avec Francine et le bébé, nous sommes installés à Alger depuis fin juillet, quartier de Bab-el-Oued. Le petit est né le 3 avril. Un garçon qu'on a appelé Etienne. Il se porte bien. Il fait déjà ses nuits. Au moins comme ça on est tranquilles. Francine a été nommée à l'école Léon Roches où elle aura en charge la classe du cours élémentaire 1re année. Nous habitons un bel appartement dans une cité toute neuve construite l'année dernière. La cité des Eucalyptus. Nous sommes tout en haut, au 9e étage, c'est dire si la vue est exceptionnelle sur toute la baie de Bab-el-Oued. Et, chose curieuse, hasard heureux, ou destin farceur, Claudine, la belle-sœur de mon cousin Janot, habite aussi depuis peu ce quartier haut en couleur. À une dizaine de minutes de chez nous, près de la place des Trois-Horloges. Là, on peut dire qu'elle se fond littéralement dans le paysage, tant ce bout de femme est à l'image de ce quartier animé d'une totale démesure. Fantasque, bruyant, babillard, authentique, tellement vivant et théâtral, où l'exagération outrancière n'est pas qu'une déformation du langage, mais bien l'essence même de leur existence.

Aujourd'hui 15 août, justement nous partons faire une petite virée à Sidi-Ferruch avec elle et son mari policier, le fameux Reymond. Matinée baignade à la plage Moretti avant les grosses chaleurs de la journée, puis l'après-midi on se promène dans la forêt de Sidi-Ferruch. En passant près de la guinguette « Le Robinson », nous nous arrêtons boire un verre. La jeunesse danse en plein air au rythme du chachacha. Claudine commande un Judor pour Rosy. Reymond et moi on opte pour une bière bien fraîche, et les femmes une menthe à l'eau.

En attendant d'être servis, Claudine me demande si j'ai trouvé du travail à Alger.

— Pas encore. Mais j'ai un bar en vue, avec un vieux copain du lycée Ardaillon qui vient aussi de s'installer à Bab-el-Oued.

— Un bar ? criaille Claudine plus que sceptique. Tu sais, c'est un drôle de boulot ça. Je vois mes parents comme y bossent, y z'arrêtent pas une minute !

— Oui, mais justement, on sera associés, donc on se partagera le travail, j'ajoute d'un ton savant et très étudié.

— Ah ! oui, c'est que t'y es pas bête, toi, lâche-t-elle avec une mimique épatée.

Francine sourit malicieusement. Reymond lève les yeux au ciel en secouant la tête de dépit. Et moi, j'en suis fichtrement convaincu, d'avoir un peu plus de cervelle qu'elle.

Le soir, au moment de nous coucher, Francine me dit :

— Tu sais, cette Claudine, y a pas à dire, c'est une vraie gourdasse.

— Non, elle est marrante, et elle a le cœur sur la main.

— C'est bien c'que je dis : une gourdasse. Quand on pense que son mari est officier de police. Franchement, ils vont pas du tout ensemble. Un type comme lui n'a rien à faire avec une bécasse pareille. En tout cas, j'espère qu'on n'va pas passer tous nos dimanches avec eux.

Un clac retentit au moment où elle éteint la lampe de chevet. Ma femme est une très belle femme, mais elle est un peu précieuse parfois. Bon, certes, une institutrice, ça a de l'instruction pour dix !

10 septembre 1960. Silvia Carmona

Cet après-midi, je pars flâner en ville avec Lucie. Nous allons faire quelques emplettes pour ce soir. Nos hommes nous ont invitées au casino de Canastel où se déroule le festival de Jazz. C'est la première édition de la « Semaine du Jazz » qui a débuté lundi dernier et se termine demain soir.

Après un passage « Au Printemps » devant l'Hôtel Martinez et le « Prisunic » du boulevard Seguin, nous remontons vers la place Villebois-Mareuil. Il est tout juste 16 heures. Alors que nous traversons la place, je remarque que Lucie n'est plus à mes côtés. Je me retourne machinalement et la découvre figée quelques mètres derrière moi comme prise d'un malaise. Elle se tient appuyée contre un lampadaire, sa main posée sur le front. Je reviens aussitôt vers elle, passablement inquiète.

— Lucie ? Qu'y a-t-il ?

— Écoute, j'en sais rien, murmure-t-elle, d'une voix affaiblie, j'ai eu comme un coup de couteau dans la nuque... mais ça va passer...

— Tu es sûre ? J'aime autant te ramener à la maison, tu sais... C'est trop tout ça pour toi, n'oublie pas que tu es enceinte de sept mois.

— Non, non, ça va déjà mieux.

— On peut aller faire une pause à la terrasse du « Grand Café Riche », tu veux ?

— Je t'assure, je vais bien, Silvia. C'est juste une petite fatigue passagère. Et puis, rappelle-toi, je ne rentrerai pas avant d'avoir déniché cette paire d'escarpins dorés.

— Lucie, les blancs qu'on a vus au Prisunic feront très bien l'affaire, tu sais.

— Non, je veux des dorés. Allez, ne perdons plus de temps, allons-y ! dit-elle en me prenant le bras.

Au « Paris Moderne », Lucie ne trouve pas le trésor du jour qu'elle recherche avec tant d'abnégation. Alors, sans perdre de temps, nous ressortons sous le soleil puis nous nous dirigeons vers le bâtiment des « Galeries de France », rue d'Arzew. C'est un superbe édifice de style « Belle époque » échelonné sur cinq niveaux tous desservis par de gigantesques escaliers ; et il y a même des ascenseurs à chaque étage avec des liftiers qui vous accueillent et vous accompagnent durant la montée ou la descente de la cabine. Le grand luxe ! De plus, le magasin éclairé par une grande verrière est composé d'une immense cour intérieure qu'on appelle un atrium. C'est par excellence le palais princier de la ménagère.

Une heure plus tard, nous en ressortons bras dessus bras dessous, éreintées c'est vrai, mais satisfaites et totalement comblées. Tout d'abord Lucie qui finalement est tombée sous le charme d'une jolie paire d'escarpins rouge vermeille, d'un béret blanc à voilette et d'un foulard noir à pois blancs. Et quant à moi, j'ai déniché une petite pépite : une robe fourreau en satin, blanche à rayures noires, sans manche, avec un col roulé et évasé, le tout cintré par une fine ceinture rouge à boucle dorée.

— Ouah, Silvia ! On dirait Audrey Hepburn ! Mais tu vas être la reine de beauté de la soirée ! s'est exclamée Lucie en me voyant ressortir de la cabine d'essayage.

— Lucie, arrête, tu vas me faire rougir !

— J'espère que ton Janot n'est pas homme à être jaloux, sinon il a du mouron à se faire !

Elle n'en démordait pas, j'allais attirer tous les regards du festival ! En attendant de glaner l'Oscar de la soirée, je rentre à la maison avec le trolley du parfait petit citadin.

Casino de Canastel. Lucie Montoya

21 heures. Nous voilà enfin arrivés. Janot a dû garer sa Dauphine à plus d'un kilomètre du parking du casino qui était bondé. Eh bien, il semblerait que ce festival soit un franc succès !

Mon mari Guy, assis à l'avant côté passager, descend le premier. Il m'ouvre la portière arrière et je lui offre un baiser au passage. Cela me fait oublier qu'en sortant de l'auto, j'ai comme une sensation de douleur dans le ventre et de légers maux de tête. Mais je ne dis rien. D'abord pour ne pas gâcher cette soirée qui s'annonce merveilleuse.

Et puis toutes les femmes enceintes connaissent ces désagréments. Alors pourquoi devrais-je me plaindre ? Au contraire, j'ai la chance d'être l'épouse d'un homme tellement exquis. Je lui donne le bras et nous nous dirigeons vers le casino. Derrière nous, Janot et Silvia clôturent le cortège. Au fur et à mesure que nous approchons, les bruits de la fête se font plus précis.

Nous pénétrons dans l'enceinte en suivant l'allée. Les graviers crissent sous nos pas. La musique est là, l'ambiance aussi. Une très belle soirée en perspective. Une personne à l'entrée nous accueille et nous accompagne à l'intérieur. Sur une estrade au fond, des musiciens sont en pleins préparatifs. Au centre, une piste de danse, et tout autour, des îlots de tables rondes et de chaises disposées en arc de cercle. La salle est décorée « Jazzy ». Au plafond, des lattis en roseau. Accrochées sur les murs, des feuilles de palmiers et des couronnes de fleurs aux couleurs écarlates. Bougies et lumières tamisées sur les tables confèrent un cachet tout particulier, fait de romantisme envoûtant et de mystère. Il règne là une atmosphère de fête, de joie, de bonne humeur et de détente.

Un trombone laisse s'envoler quelques notes épaisses et plantureuses. Puis une trompette les reprend à la volée. Que le spectacle commence !

Des couples se lèvent, se dirigent vers la piste de danse et commencent à swinguer avec grâce et frénésie. L'orchestre tonique à souhait s'emballe puis se déchaîne. Aux tables, les invités tapent dans les mains au rythme de la musique. Dans la salle, le ballet des serveurs semble lui aussi réglé comme du papier à musique. Agiles et empressés, ils passent et repassent entre les tables en levant leur plateau chargé de verres et de bouteilles. À la nôtre, un charmant jeune homme dépose une bouteille de whisky, quatre verres et un soda pour moi. Guy verse le breuvage de cowboys dans les trois verres et on se met tous à trinquer !

— À cette belle soirée ! déclare Janot en levant son verre.

— À nous ! lui répond Guy. Et à notre petit qui va bientôt arriver !

Clac, les verres s'entrechoquent. Nous sommes tellement heureux que nos regards brillent des mille braises du bonheur. Sur la scène, un trompettiste noir vit sa vie de jazzman frénétique, et toutes les mains battent au rythme dynamique des riffs du pianiste qui l'accompagne.

— C'est Peanuts Holland ! s'écrie Guy en lâchant en l'air une bouffée de sa cigarette.

— Qui ça ? Le piano ? je lui demande tout aussi fort en m'approchant de son oreille.

— Non, celui à la trompette ! Et c'est autr' chose que vos *Platters* !

Nous tapons des mains tout en se trémoussant sur nos chaises, tandis que Silvia déguste tranquillement son whisky. À l'instant où elle repose son verre, une douleur furtive me traverse le bas des reins, de droite à gauche, un peu semblable à celle de cet après-midi.

— Lucie ? Ça va ? semble-t-elle me dire de sa voix inquiète que je distingue à peine à cause du bruit, mais dont les mots se dessinent lentement sur sa bouche.

Guy et Janot, captivés par le quartet qui occupe la scène, ont le visage tourné vers les musiciens. J'observe Silvia en silence, et la douleur aussitôt disparue revient cette fois tel un grand coup de poignard qui me lacère le crâne, jusqu'au bas du dos. Une douleur intense, mille fois plus forte que celle ressentie en ville cet après-midi. « Mais que se passe-t-il ? » me dit une petite voix intérieure. J'essaie en vain de ne pas crier, mais au troisième élancement, je pousse un hurlement si aigu et déchirant qu'il se répercute comme un écho sans fin. Mes mains tentent en vain de s'accrocher à la table, puis je sens que je m'effondre.

Hôpital d'Oran. Janot Martinez

Deux heures du matin. Nous sommes toujours dans la salle d'attente. Guy est immobile, abasourdi, avachi sur une chaise. Silvia est en larmes. Nous attendons le retour du médecin qui soigne Lucie. Visiblement, les nouvelles ne seront pas bonnes. Voilà plus de trois heures qu'elle est en observation. Ils lui ont passé toute une série d'examens. Rien de concluant à cette heure. Est-ce sa grossesse ? On n'en sait rien encore. Nous restons là, à attendre, en silence, tellement abattus et attristés qu'on ne parvient pas à se parler. Nos gorges sont serrées. Nos craintes envahissent nos esprits.

2 h 20. La porte de la salle d'attente s'ouvre. L'homme en blouse blanche s'approche de Guy.

— Comment va-t-elle docteur ? dit-il en se levant d'un bond.

— Pas très bien, monsieur Montoya.

— C'est le bébé ? murmure Guy d'une voix étranglée.

— Non, ce n'est pas ça. Il est impossible de se prononcer à cette heure. Nous en saurons davantage dans les prochains jours.

— Les prochains jours ? Est-ce donc si grave ? demande Guy, abattu.

— Oui, je le crains, fait le médecin en hochant la tête. Il est préférable que vous rentriez vous reposer, monsieur Montoya. Je vous dis à demain.

Et la porte se referme en nous laissant dans un état proche de l'apoplexie.

13 septembre 1960. Hôpital d'Oran. Guy Montoya
Quarante-huit heures plus tard.

À 6 h 28, ma douce Lucie vient de fermer les yeux. Pour toujours. Mon doux amour ainsi que le bébé n'ont pu être sauvés. Les médecins ont tout tenté. Une méningite bactérienne foudroyante, diagnostiquée trop tard, qui n'a laissé aucune chance à Lucie. Je suis effondré sur le lit blanc, près de mon amour, ma main tremblante de douleur serrant la sienne inerte et déjà si froide. J'en implore la mort. Oui, qu'elle vienne me chercher à mon tour !

— Allez Guy, viens, ne reste pas là, me dit Janot en me saisissant par les épaules.

De l'autre côté du lit où repose mon amour éteint, je croise le regard de belle-maman. Carmen est là, stoïque sur sa chaise, les yeux brouillés de larmes fines et silencieuses.

— Elle a fini de souffrir, dit-elle.

Ses premiers mots depuis des jours et des jours. Je tourne la tête, et je vois tout le monde. Indalo, le père de Lucie, livide, figé et désarmé, n'a plus la force d'espérer. Ramona, mains jointes, murmure des prières à genoux près du lit. Manolo baisse la tête pour ne pas voir la couleur du malheur. Et Silvia, prostrée, anéantie, appuyée contre l'armoire, comme si elle s'interdisait d'approcher, comme si elle ne voulait pas voir ce qui ne devait pas être vu : le corps froid et immobile d'une suppliciée de l'amour.

Adieu ma Lucie. Que vais-je devenir sans toi ?

2 avril 1961. Ramona Carmona

En ce dimanche de Pâques, nous fêtons les fiançailles de notre Silvia. Elle a choisi Janot pour futur mari. Quatre ans après la mort de son fiancé, c'est quasiment inespéré, car fut un temps, elle n'allait pas bien du tout.

Nous faisons un simple repas juste en famille, pour respecter le deuil de notre Lucie. Un malheur qui nous a tous bouleversés. Mourir si jeune, et enceinte de presque huit mois qui plus est.

Comme de coutume, le repas de fiançailles se passe chez la famille du garçon, avec les plus proches seulement, les parents et les frères et sœurs de chaque côté. Les parents de Janot habitent un bel appartement, rue Ampère, proche du boulevard Gallieni. Vraiment les beaux quartiers. Le père de Janot est artisan joaillier. Il a sa bijouterie rue Pélissier dans le centre-ville.

Le repas se passe parfaitement bien, dans un esprit de grande convivialité. Au moment du dessert, c'est la traditionnelle remise du cadeau de fiançailles à la future mariée. Janot remet une petite boîte de velours à sa dulcinée. Silvia, les yeux émerveillés, ouvre alors l'écrin d'une main tremblante. À l'intérieur scintille de mille feux, une magnifique bague, un véritable joyau qui éblouit toute l'assemblée. C'est Janot qui a taillé la pierre précieuse – un diamant de toute beauté – et son père a confectionné la bague en or blanc 18 carats.

Après le repas, toute la famille part faire le paseo sur le Front de mer. Nous prenons les traditionnelles photos de fiançailles, le long de la rambarde, face au port d'Oran, avec la mer en arrière-plan. Quelques clichés de Silvia et Janot en amoureux. Puis d'autres avec les parents.

Le soir, au moment de nous coucher, je dis à mon mari :

— T'as vu, comme les belles-sœurs de Janot ont fait les *disgracia* ? Et surtout après le dessert.

— Ah bon ?

— T'as pas remarqué ?

— Non.

— *Johé tché !* Mais t'y as les yeux aveugles, ou quoi ?

— Non, j'ai pas les yeux aveugles, c'est juste que je passe pas mon temps comm' toi à détailler les gens !

— Eh ben, je te le tiens pour dit : à mon avis, elles z'étaient jalouses de la bague.

— Mais qu'est-ce que tu vas chercher ?

— J'ai bien observé les leurs de bagues, figure-toi ! Et crois-moi ç'avait l'air de la camelote à côté de celle de Silvia. Elles crevaient de jalousie, j'te dis !

— Bon, très bien, elles crevaient de jalousie, et après ? Qu'est-ce que tu comptes en faire ?

— Comment ça ? Qu'est-ce que je compte en faire ? Bé rien bien sûr !

— Ah… Rassure-moi. Bon, allez va, éteins la lumière, et dors !

De guerre lasse, je lui obéis. Y a pas à dire, mon mari y fait pas de vagues, mais cet homme-là, a l'art de faire de moi ce qu'il veut, et pourtant Dieu sait si je suis une coriace !

22 avril 1961, 8 h 20. Reymond Casas

Samedi matin. Enfin un week-end de repos. Une fois n'est pas coutume, je traînasse au lit, la tête enfouie sous l'oreiller. Claudine s'est déjà levée. Elle le fait exprès ou quoi ? Pour une fois que j'avais du temps pour la peloter, elle a déserté le lit quasiment aux aurores.

Elle a entrouvert les volets et je vois à travers les persiennes le ciel pur d'Alger. Dans la cuisine, je l'entends tambouriner les portes du buffet. Non, mais qu'est-ce qu'elle fabrique ? La porte de la chambre s'ouvre lentement.

— Tu dors, mon chéri ?

— Nooon, maugréé-je d'une voix traînante. Mais qu'est-ce que tu fais debout si tôt ? Tu comptes aller à la chasse aux papillons ou quoi ?

— Chuuut, tu vas réveiller les gosses.

— Ah parce que maintenant c'est moi qui fais du bruit ? Que tout Bab-el-Oued t'entend faire du boucan jusqu'à Notre-Dame-d'Afrique !

— Dis, t'ezagères pas un peu mon loulou ?

— Viens donc ici, tu vas voir si j'exagère...

Elle s'approche alors lentement du lit comme le ferait d'un pot de lait une chatte affamée. Puis, quand elle est tout près à ma portée, je la saisis par la taille et la tire vers moi. Voilà qu'elle s'affale mollement au milieu des couvertures, alors, lui collant mes deux mains puissantes et viriles sur ses fesses rebondies, je la fais basculer à califourchon sur moi.

— Dis donc toi, t'aurais pas envie de jouer à dada des fois ? je lui susurre à l'oreille d'une voix de séducteur. Je suis une très bonne monture, tu sais.

Ça y est, je sens le désir monter en moi. Elle n'y résistera pas, ma Claudine. Elle adore ça, grimper aux rideaux.

— Ma foi, je n'avais pas spécialement prévu ce matin d'enfourcher mon petit porcelet, pas plus que de monter au cocotier si c'est à ça que tu penses...

— Hummm, tu es sûre ? Regarde, tu y es là, sur le cocotier. Profites-en pour grimper jusqu'en haut, je vais te faire goûter mon lait de coco, du bon lait frais...

— Ça m'étonnerait, p'tit cochon. Y l'a dû tourner cent fois ton lait à force de bouillir sur de la braise, me rétorque-t-elle en me laissant avachi sur la paillasse des occasions ratées.

— J't'ai chauffé une tasse de café. Tu veux la prendre où ? sur la table de la cuisine ? au lit ? ou en haut du cocotier ? me dit-elle près de la porte, d'une voix mi-démon, mi-aguicheuse.

Ah elle n'perd rien pour attendre ! Comme elle m'a refroidi la cochonne ! Et comme je vais te la faire couiner un de ces soirs ! Non, mais !

Même pas une minute après, elle déboule dans la chambre :

— Chéri ! Chéri !

Tiens, déjà ? Elle n'y résiste plus ?

— C'est l'cocotier que tu veux ? je lui souris en écartant les draps.

— Arrête tes conneries, tu veux ! Y s'est passé un truc ! Viens écouter la radio !

Et elle disparaît aussi vite qu'elle était apparue. J'arrive à la cuisine en pyjama, traînant les pieds, et la tête ébouriffée.

— Écoute ça, me dit-elle en montant le son du transistor. Y a eu un putsch militaire ce matin !

Dans l'appareil retentit une voix nasillarde :

« *Ici, le général Challe qui vous parle. Je suis à Alger... avec les généraux Zeller et Jouhaud et en liaison avec le général Salan pour tenir notre serment, le serment de l'armée de garder l'Algérie ! pour que nos morts ne soient pas morts pour rien !* »

J'écoute cette voix solennelle, abasourdi par ce qu'il me semble comprendre.

« *L'Armée ne faillira pas à sa mission... et les ordres que je vous donnerai n'auront jamais d'autres buts !* »

Puis, jaillit une musique militaire qui clôture ce discours insensé. Toute la matinée des flashs infos apprennent à ceux qui ne le sauraient pas encore, que dans la nuit un pouvoir militaire a pris le contrôle de la ville. D'abord le GG[63], puis l'Hôtel de Ville, l'aéroport, et la radio. Par la fenêtre de la cuisine ouverte, on entend sur la place des Trois-Horloges les passants se crier la nouvelle. Elle

---

[63] Gouvernement Général de l'Algérie.

fuse même partout dans Bab-el-Oued de balcon en balcon. La liesse revient comme aux belles heures de mai 58.

En tout cas pour moi, ce n'est pas la grande joie. Fini mon week-end, car je reçois un appel du commissariat qui réquisitionne d'urgence tous les agents en repos hebdomadaire.

Alger la blanche semble se préparer à entrer une nouvelle fois dans l'histoire. Une révolution ? Et qui sait, tout ça pourrait se terminer par une guerre civile. Comment de Gaulle va réagir à ce nouveau camouflet en Algérie ? En 58, un putsch l'a conduit au pouvoir ? Est-ce que celui-là l'en fera partir ? Décidément, il doit en avoir plus que son aise de l'Algérie !

23 avril 1961, 20 heures. Claudine Casas
Dimanche. Deuxième jour du putsch. Mon mari ne sait quoi penser des événements actuels. Je le sens inquiet, mais il ne fait aucun commentaire. Je m'installe sur le sofa. Les enfants sont lavés, ont pris leur repas, et sont même déjà couchés. Je veux être tranquille. À la télévision, le générique de l'ORTF retentit puis, après un écran brouillé et des ratés de retransmission, apparaît le palais de l'Élysée, puis enfin, de Gaulle en uniforme militaire.

La puta madre, la tête qu'y fait ! Y l'a avalé une bicyclette, ma parole !

Y redresse la tête et commence d'une voix hautaine, grave et presque violente : « *Un pouvoir insurrectionnel... s'est établi en Algérie par un pronunciamiento militaire !* »

C'est un de Gaulle pétrifié et quasi désavoué ! Ah qu'c'est bon de voir ça !

« *... Ce pouvoir a une apparence ! : un quarteron de généraux en retraite. Il a une réalité : un groupe d'officiers, partisans... ambitieux et... fanatiques ! Ce groupe et ce quarteron possèdent un savoir-faire... limité et expéditif ! Mais ils ne voient... et ne connaissent la nation et le monde ! que déformés ! au travers de leur frénésie ! Leur entreprise ne peut que conduire qu'à un DÉSASTRE national !* »

— ¡ *La puta madre !* Non, mais chéri, t'y as vu un peu toutes les saloperies qu'y dit ce goujat avec ses yeux empoisonnés ! La mort de ses z'ôsses, va ! que si j'y pouvais, té, je t'y lui enverrai ma savate à la figure !

— Calme-toi, vé ! Et va pas casser le téléviseur !

Les goujateries de ce crapaud de de Gaulle continuent de plus belle :

« ... *Voici que l'État est bafoué ! la Nation... bravée ! notre puissance... dégradée ! notre prestige international abaissé ! notre rôle... et notre place... en Afrique ! compromis ! Et par qui ? Hélas ! Hélas ! Hélas ! par des hommes ! dont c'était le devoir, l'honneur, la raison d'être... de servir et d'obéir ! Au nom de la France ! J'ORDONNE ! que tous les moyens, je dis tous les moyens ! soient employés partout ! pour barrer la route à ces hommes-là ! en attendant de les réduire ! J'INTERDIS ! à tout Français ! et d'abord à tout soldat ! d'exécuter aucun de leurs ordres !* »

— Mais oui, té vé, fais ton Général ! Ma parole sur ma mère ! que pire dictateur que toi y a pas !

« *Devant... le malheur ! qui plane... sur la patrie ! et devant la menace qui pèse... sur la République !* »

— Ça c'y est sûr ! Que t'y as du souci à te faire !

« *À partir d'aujourd'hui je prendrai ! au besoin directement ! les mesures qui me paraîtront exigées par les circonstances !* »

— Ça, on n'en doute pas, crevure !

« ... *je maintiendrai quoi qu'il arrive ! jusqu'au terme de mon mandat ! ou jusqu'à ce que viennent à me manquer ! soit les forces ! soit la VIE ! et que je prendrai les moyens ! de faire en sorte ! qu'elle demeure après moi ! Françaises, Français ! Voyez ! où risque d'aller la France... par rapport ! à ce qu'elle était en train de redevenir ! Françaises, Français ! AIDEZ-MOI !* »

Et tchoc, j'y balance ma savate à la figure, et re-tchoc j'éteins le poste ! Merci mon Général ! Que t'y vas voir l'Algérie comment elle va t'accueillir si t'y reviens par ici ! T'y vas en avaler de la tomate ! C'est moi qui te l'dis !

Trois jours plus tard, mercredi 26 avril

La puta madre de de Gaulle ! Les officiers de haut rang et les troupes du contingent n'ont pas suivi le putsch de nos généraux et ont préféré obéir au despote de l'Élysée ! Les généraux Challe et Zeller se sont rendus ce matin. Qué cagade ! Mais Salan et Jouhaud ont réussi à s'enfuir. Assa'oir si y pourront revenir tenter autr' chose !

Bon, voilà comment tout ça se termine en feu de paille ! Adieu nos espoirs de soulèvement, de révolte, et peut-être de révolution si ç'avait marché ! Jamais on va y arriver à le faire sauter, le « planqué de Londres » ! C'te espèce de raclure !

J'peux plus le voir çuilà, ni en cadre ni en peinture !

36

Pour un Ave Maria

12 juillet 1961. Silvia Carmona

Dans moins de deux semaines, je me marie. Enfin. Plus vite ça sera fait, mieux ça ira. Une libération, tant j'en peux plus de supporter ma mère. Elle aura réussi à me pourrir ma jeunesse. Et pas qu'à moi d'ailleurs, à Claudine aussi. Enfin, bref, voilà, plus que dix jours et je quitterai à jamais mon nom de Carmona, pour devenir Silvia Martinez. Même si je n'oublie pas que le destin m'avait promis « Silvia Alvarez ».

Nous serons environ une centaine de convives. Une trentaine pour la famille Carmona, et le double pour les Martinez. Janot ne m'a jamais caché que les Alvarez seraient bien évidemment invités. Carmina étant la cousine germaine de ma belle-mère, il était évident que sa place serait parmi nous, malgré le décès de mon ex-fiancé. De même que Paule, la cousine de Janot, avait toute sa place elle aussi. Pourtant, Dieu sait si cela sera difficile pour moi. Et ô combien pour Carmina aussi ! Elle qui aurait dû être à l'honneur en tant que mère du marié.

13 juillet 1961. Carmina Alvarez

Il est bientôt 17 heures. Plus de temps à perdre. Je m'élance dans la rue d'Arzew, pressant le pas pour me rendre à la banque. Pas n'importe quelle banque. Je dois y arriver avant la fermeture des guichets. Parvenue au croisement du boulevard Seguin et de la rue d'Arzew, je longe l'immeuble de la Société Générale et pousse la porte d'entrée. À l'intérieur, à quelques minutes de la fermeture, se trouvent juste deux ou trois clients. Je traverse le hall et me dirige vers les guichets. Au comptoir, j'aperçois Silvia qui en relevant la tête me reconnaît.

— Carmina ! fait-elle avec surprise. Comment allez-vous ?

Je lui souris tendrement, et lui demande si je peux lui parler après le travail.

— Oui, bien sûr. Je finis... dans un quart d'heure, dit-elle à voix basse après un coup d'œil au cadran de l'horloge installée dans le hall.

Et, comme je m'apprête à repartir, elle m'interpelle non sans une pointe de contrariété :

— Tout va bien, Carmina ?

Je ne manque pas de la rassurer, et lui dis que je préfère l'attendre dehors.

Vingt minutes plus tard, nous nous promenons square Garbé, parlant tranquillement de tout et de rien, lorsque je finis par lui avouer que j'ai des choses importantes à lui dire.

— Rien de grave, Carmina ?

— Non, rien de grave. Mais enfin...

Nous nous asseyons sur un banc à l'ombre. Je lui prends la main et, d'une voix étouffée et presque fluette, je lui annonce que je ne viendrai pas à son mariage.

Elle me dévisage alors avec une certaine incompréhension et une évidente déception.

— Mais pourquoi, Carmina ? J'y tenais tant...

— Je ne peux pas, ma Silvia. Je n'en aurai pas la force.

Elle garde le silence, tandis que ses yeux commencent à s'embuer.

— Oui. Je comprends.

— Il ne faut pas m'en vouloir, ma petite. Ce serait trop dur pour moi.

— Je ne vous en veux pas, Carmina. Vous avez raison... aucune mère ne pourrait.

Je lui serre les mains.

— Et puis, Paule et mon mari seront là... pour représenter la famille, en quelque sorte.

Elle me sourit, malgré son air maussade.

— D'accord. Alors c'est bien, Janot sera content.

Très émues, nous nous étreignons longuement avant de nous quitter. Mais notre émotion masque en réalité un immense chagrin.

22 juillet 1961. Silvia Martinez

Le grand jour est arrivé. Celui qu'aucune femme ne peut oublier. Le plus beau jour de la vie, en général. Celui de l'union. Celui de l'amour.

14 heures. Je suis apprêtée. Gisèle et Claudine m'ont aidée à passer ma robe de mariée. Rosette, la cousine à Janot qui est coiffeuse, s'est proposée pour me coiffer et fixer la tiare en perles qui maintient le voile.

— Tu es superbe ! se sont-elles exclamées tour à tour à mesure des avancements.

Maman n'aurait pour rien au monde cédé sa place à la supervision des préparatifs. Mais aujourd'hui, tout va pour le mieux. Elle rayonne et papillonne avec une humeur des plus décontractées, ce qui est suffisamment rare pour être signalé.

Enfin quand tout est fini, elle s'approche et me serre délicatement dans ses bras.

— Aïe, aïe, aïe ! *Hija mía,* tu es magnifique !

— Merci maman.

J'enfile ma paire de longs gants blancs à dentelle, tout en jetant un dernier regard au miroir, et, je dois le dire, je suis effectivement trop belle !

Cette fois, nous sortons de la chambre.

Dans la salle à manger, je découvre mon père en costume noir, chemise blanche, boutons de manchette, cravate, gants blancs et petit brin de jasmin fixé à la pochette : un vrai lord anglais ! Tout aussi ému, il m'observe avec une admiration infinie, et je crois même déceler quelques fines larmes au bord de ses yeux verts. Nous nous embrassons chaleureusement.

En ce jour, j'ai une heureuse pensée pour mon amie Herminie qui se marie également aujourd'hui avec Christian. Ils passent devant le maire juste après nous à 15 heures, et ensuite leur cérémonie religieuse aura lieu en l'église Saint-André. Quel curieux hasard, je vous assure qu'on ne s'était pas concertée pour la date ! C'est au moment d'échanger nos invitations que nous avons réalisé que c'était le même jour !

Soudain, un coup de klaxon retentit dans la rue. C'est sûrement Reymond qui vient d'arriver. Nous quittons l'appartement en descendant prudemment l'escalier de l'immeuble. C'n'est pas le moment de se fouler une cheville ou de faire un plongeon tête la première ! Papa met un tour de clé à la porte et nous sortons dans la rue d'Adana. ¡ Madre mía ! Garée sur le côté de la rue, je découvre la Simca Chambord rouge et blanc de Reymond qui va servir de carrosse nuptial. Un superbe carrosse recouvert de longues tresses de fleurs et d'un immense bouquet fixé sur le capot avant ! Mon beau-frère n'est pas peu fier, il va sans dire.

Des voisins penchés aux fenêtres et attroupés sur les trottoirs nous applaudissent avec chaleur. Madame Saez, notre plus fidèle voisine, vient m'embrasser et me souhaite tout le bonheur du monde. Madame Guerrero et sa fille Colette, de l'immeuble d'en face, font de même en venant me féliciter affectueusement. Émue, je les remercie très sincèrement.

Voilà, nous sommes en route. La voiture nuptiale descend la rue de Tlemcen puis le grand boulevard Joffre jusqu'à la place d'Armes. Reymond s'arrête devant l'Hôtel de Ville pour nous déposer, puis va stationner plus loin pour ne pas gêner la circulation.

Sur les marches de la mairie, tous les invités sont là. Et, en première ligne, la famille Martinez dont, bien évidemment, mon futur mari qui tombe en admiration devant sa dulcinée. Complètement *boba,* il me détaille comme s'il me voyait pour la première fois. Lorsqu'il réalise que je ne suis pas un rêve évanescent, il s'approche et me prend délicatement les mains :

— Silvia, c'que ti es belle !

— Toi aussi, tu es beau, je lui réponds bêtement sous la chaleur de l'été.

Un à un, les invités viennent m'embrasser, me complimenter, me souffler des gentillesses, me faire part de leur joie d'être ici. Même Paule, accompagnée de son fiancé et de son père, ne manque pas de me féliciter en ce jour de joie. Je constate à regret l'absence de Carmina, certes elle m'avait prévenue, mais j'avoue que j'espérais secrètement qu'elle changerait d'avis au dernier moment.

La cérémonie est à 14 h 30. Il est donc temps d'entrer, avant de se retrouver totalement grillés au soleil. Tout le monde se met en mouvement. Janot, au bras de sa mère ravissante à souhait, pénètre le premier, bientôt suivis des invités qui s'engouffrent lentement dans le magnifique bâtiment style Renaissance de l'Hôtel de Ville. Clôturant le cortège, je donne le bras à mon père qui n'est pas peu fier et nous commençons à gravir les marches du parvis. En passant entre les deux lions en bronze sculptés, l'emblème de notre ville, je ne peux m'empêcher de m'approcher de l'un d'eux pour lui caresser l'encolure. Un geste qui m'échappe, et que je regrette presque aussi vite, car un pincement au cœur me cisaille la poitrine. Et je sais pourquoi. Tant de fois j'avais fait ce geste que je croyais anodin, lorsque je venais me promener par ici avec mon Ange.

Nous passons le porche et pénétrons dans mon palais princier. Notre mairie est un bâtiment de toute beauté, un lieu rare et magique. L'intérieur est couvert de marbre blanc. Papa et moi empruntons l'escalier d'honneur qui mène au premier étage. Quelle merveille ! On a beau le connaître, on ne s'en lasse jamais ! Et puis, lorsque l'on gravit cet escalier, vêtue de la plus belle robe que l'on puisse imaginer, alors on se dit que la vie à cet instant est un véritable conte de fées. Mes mains en tremblent d'émotion, et papa à mes côtés remarque mon émoi. Il me glisse un regard aimant, pour me soutenir, m'encourager, me dire à quel point il comprend et sait ce que je ressens au plus profond de moi, dans l'antre de mes secrets.

Après le long couloir, nous arrivons à la salle des mariages d'où s'échappe un brouhaha de murmures et de commentaires. La salle est archi-comble. Au fond, devant les fenêtres, une grande table en bois doré derrière laquelle se tient l'officier d'état civil, un des adjoints du maire, entouré de la secrétaire de mairie et de quelques personnes de l'équipe municipale. Janot est debout devant eux. Papa m'y conduit solennellement, lâche mon bras, puis rejoint maman derrière nous.

L'officier d'état civil, un petit homme chauve, portant des lunettes, vêtu d'un costume gris, salue très gracieusement toute l'assemblée réunie, puis débute la cérémonie.

Dix minutes plus tard, je réponds « oui », à la question fatale, cruciale, et fatidique. Et me voilà rebaptisée pour l'état civil : *Silvia Alvarez*.

Non. Sylvia Martinez.

Les applaudissements crépitent de partout, mais moi, je n'ai qu'une envie, pleurer. Cependant je n'en ai pas le droit. Cela ne serait ni juste ni loyal pour Janot et les invités. Alors je retiens les larmes de mon passé.

En sortant, nous tombons sur l'arrivée du mariage d'Herminie. Nous nous embrassons, tellement émues et heureuses dans nos belles robes blanches. Papa et Pierrot aussi s'enlacent, tellement fiers de vivre le même jour le bonheur de marier chacun leur fille. Puis, en tant que reines de beauté du jour, nous posons pour une photo devant les lions en bronze. Quel beau souvenir cela nous fera !

La cérémonie religieuse a lieu à 15 heures en l'église d'Eckmühl. Nous y parvenons avec un léger retard. Le cortège de voitures ayant eu un mal fou à se frayer un passage dans la circulation. Tous les invités se sont rapidement engouffrés dans la fraîcheur de notre paroisse de quartier. Au bras de mon père, mon héros, j'entre dans la maison de Dieu, le visage caché sous mon voile baissé. Et c'est mieux ainsi. Dans la nef remplie de monde, s'élève doucement l'Ave Maria chanté par la chorale d'Eckmühl. Mon Dieu, que n'aurais-je pas donné pour un *Ave Maria* m'accompagnant jusqu'à l'autel où m'attendrait mon Ange ? Lorsque papa me laisse devant le prie-Dieu aux côtés de Janot, mes pleurs silencieux se sont déjà taris. Ce seront là, les derniers que je m'autoriserai. J'en fais la promesse.

Au moment de sortir, alors que je remonte la nef cette fois au bras de mon époux, quelque chose attire mon regard sur la droite – ou plutôt quelqu'un – dans l'ombre du confessionnal. Une personne se tient là. Elle nous suit du regard et nous observe en silence dans la lumière opaque d'un cierge finissant. Oui, c'est bien elle. Immobile et figée. Rompue de prières muettes. Je lui fais discrètement un signe de la main, au moment où Janot et moi sortons sur le parvis. Une pluie de vivats et de milliers de fleurs d'oranger nous accueille dans la chaleur torride de ce samedi de juillet. Moi, je n'ai qu'une envie, c'est me précipiter à l'intérieur pour retrouver la fraîcheur des anges. Dès que l'occasion se présente, je m'échappe quelques minutes pour me rendre près du confessionnal.

Avec quelle émotion je cours me jeter dans les bras de Carmina. Dans ses bras et son cœur chargés de joie, de bonheur et de sollicitude. Nous restons ainsi, sans parler, sans pleurer, mais tellement sereines en pensant à celui qui nous manque tant. Ange est avec nous, entre nos bras, entre nos cœurs pour la dernière fois probablement.

— Sois heureuse, ma fille. Tu le dois. Tu le sais, n'est-ce pas ? finit-elle par dire en prenant mon visage entre ses mains tremblantes.

Je voudrais lui répondre, mais aucun son ne parvient à franchir ma gorge serrée. Alors je me contente de hocher la tête pour dire « oui ».

— Va, ma belle, retourne auprès de ton mari. Il va finir par s'inquiéter, souffle-t-elle en m'embrassant dans un adieu déchirant.

— Tiens, Carmina… dis-je en lui tendant fébrilement mon bouquet de mariée. Tu voudras bien aller le lui offrir ?

Avec un sourire dans les yeux, lentement, elle s'en saisit. Et cette fois, nous nous quittons.

Silvia Alvarez a définitivement cessé d'exister dans nos pauvres cœurs égarés.

37
L'année de tous les dangers

Oran, décembre 1961. Janot Martinez

À 26 ans, ma vie est enfin lancée. Après des années d'errements sentimentaux, me voilà enfin marié. J'ai quitté le cocon familial. Pour moi, c'est enfin la liberté et l'indépendance.

Depuis septembre, nous sommes installés dans un appartement à Choupot pas très loin du bar de mes beaux-parents. Et puis surtout, nous nous sommes lancés également dans un commerce : le bar Gomez, à Eckmühl. Silvia a démissionné de la Société Générale, et moi j'ai arrêté à la bijouterie de mon père.

Le bar est situé avenue d'Oujda. Nous l'avons repris début septembre. C'est un établissement qui ne paie pas de mine, mais il est bien placé, à proximité du bureau de poste. On y fait la kémia, les cafés bien sûr, tous les alcools, et le bar pour les habitués. Mais on fait attention que ça ne devienne pas le rendez-vous des pochtrons du quartier, parce que ça, ce n'est pas l'idéal pour un commerce.

Deux ou trois semaines après l'ouverture, nous avons embauché une petite mouquère de treize ans qui fait la vaisselle, du rangement, et un peu de ménage le matin avant l'ouverture. Elle s'appelle Sabrya. Cette petite nous aide bien. Elle fait aussi un peu de service en salle, car le comptoir, c'est mon domaine. Silvia s'occupe plutôt de la cuisine et de la préparation des kémias. Notre affaire tourne plutôt bien, malgré le danger des attentats qui durant l'année 61 n'a cessé de s'intensifier. Surtout depuis la création de l'O.A.S. en février dernier. Pour ma part, je fais gaffe. J'essaie de ne pas mettre les pieds là-dedans, bien que mon cousin Antoine me tarabuste sans cesse pour rallier l'organisation. Il m'a confié que « Tassou » le propriétaire du grand « Café Riche » est l'un des chefs de l'O.A.S. à Oran. Mais moi, je n'suis pas « Tassou », je veux rester tranquille et peinard.

Quoi qu'il en soit, 1961 n'a été qu'une longue série de plasticages, de bombes, d'assassinats, aussi bien à Alger qu'Oran et dans toute l'Algérie. Oui, l'année de tous les dangers sans aucun doute, avec l'instauration par les autorités d'un couvre-feu fixé de 21 heures à 5 heures. Le deuxième lundi de décembre, nous avons eu une énorme frayeur au bar. Sur les coups de 7 heures alors qu'on venait tout juste d'ouvrir, la petite Sabrya est arrivée en pleurs en s'agrippant à Silvia. De ses bras frêles, elle nous suppliait de la cacher dans la remise.

Ma belle-mère était là et s'apprêtait à repartir quand la gosse a fait irruption dans la cuisine.

— *lkn ma aldhy yahduth lak ?* s'écria Ramona en arabe. (Mais qu'est-ce qu'il t'arrive ?)

Mes beaux-parents sont les seuls dans la famille à parler un peu arabe.

— Sabrya, mais qu'est-ce que t'as ? demanda ma femme inquiète de voir la petite dans cet état de panique.

— Y viennent me prendre pour me marier !

— Te marier ? Mais qu'est-ce que tu racontes ?

— Oui, y veulent me marier ! Mais moi j'veux pas ! Y vont venir me chercher !

— Qui ça ?

— Mon père, mon oncle et mes frères aussi ! Y veulent me marier à un homme qui est très vieux... qui a plus de 60 ans !

— Ça, y fallait s'y attendre, fit remarquer Ramona. Dès que les petites mouquères elles ont leurs règles dans l'heure qui suit, elles se retrouvent ou mariées ou promises à un type. *Y euchkeut*, t'y as rien à dire !

— Silvia ! Silvia ! Je t'en supplie ! Aide-moi à me cacher ! sanglotait la pauvre petite.

— Mais, ma p'tite Sabrya, comment veux-tu qu'on te cache ici ? soupira ma femme d'une voix tremblante, comme si elle perdait brusquement tout contrôle.

À peine venait-elle d'achever sa phrase que dans l'encadrement de la porte du bar apparurent quatre Arabes revêtus du burnous traditionnel. Sans se préoccuper de mes tentatives de politesse, ils entrèrent sans y avoir été invités et arrachèrent littéralement la gamine des bras de ma femme.

— *Tawqaf ! 'atrukuha wahdha !* (Arrêtez ! Laissez-la tranquille !) s'écria Ramona en tentant vainement de leur barrer la route.

Alors que j'essayais de m'interposer, je reçus un coup derrière la tête et tombai à la renverse au milieu des tables. J'étais conscient, mais totalement sonné, incapable de me relever. La nuque engourdie, les oreilles bourdonnantes, j'entendais les cris de Silvia qui tentait de protester. Essayait-elle de me porter secours ? ou de retenir la petite qui hurlait de désespoir ? Puis soudain, le silence. Et ensuite une petite voix rassurante que je reconnus.

— Janot... tu vas bien ? fit un murmure près de mon oreille.

J'ouvris les yeux tout en me demandant où j'étais, puis entendis la voix sifflante de Ramona qui vitupérait de sempiternels « Ils ont emmené la petite ! ces voyous ! »

Et à partir de ce moment-là, effectivement on n'a plus jamais revu Sabrya.

Mars 1962. Durant les deux premiers mois, les attentats se sont multipliés dans toute la ville. L'escalade de violence est sans commune mesure avec ce que l'on avait connu avant la création de l'O.A.S. Oran est désormais à feu et à sang. Toute personne pro-FLN ou soupçonnée de renseigner le FLN se fait tôt ou tard descendre par l'O.A.S. Ça rigole plus du tout. Et d'ailleurs, personne n'est à l'abri. Quels que soient les aspirations et les avis politiques des uns et des autres. Un de nos clients, un fervent communiste, prônait sans cesse le droit de vote et l'égalité des droits pour les indigènes, leur droit à l'indépendance, et le refus de la colonisation française. Lors de discussions de comptoir, il se targuait de prendre systématiquement la défense de l'opprimé-arabe contre l'oppresseur-européen et colon de surcroît, ce qui bien évidemment était une vision totalement erronée et caricaturale au possible. Bref, un vrai anti-Algérie française, pro de Gaulle, voire pourquoi pas, porteur de valise du FLN ? Un matin de février, on a appris que son fils de vingt ans avait été égorgé comme un mouton, en pleine rue, aux abords du Village nègre, le quartier arabe d'Oran. Cela nous fit de la peine, il va sans dire. Pauvre gamin. Personne ne mérite de finir comme ça.

Deux semaines plus tard, notre client communiste revint au bar. Personne ne fit de réflexion, ni la moindre allusion au drame qu'il venait de vivre. Comme à son habitude, il s'installa en terrasse. C'était à peu près onze heures, presque l'heure de l'apéro. Silvia lui servit son anisette avec douceur et peut-être une affectation de politesse un peu plus marquée que de coutume, toujours eu égard à son drame récent. Chacun retourna à ses occupations, Silvia à la kémia et moi à servir les anisettes au comptoir. À peine quelques minutes plus tard, on entendit des cris horrifiés à l'extérieur. Silvia et moi nous nous précipitâmes et découvrîmes l'horreur. Au milieu de la rue, une bicyclette était renversée, autour de laquelle des passants se pressaient pour porter secours à un homme qui venait de s'écrouler. Étendu face contre terre, le dos ensanglanté et secoué de soubresauts, un vieil Arabe était en train de se vider de son sang. En un rien de temps, c'était fini ; le pauvre homme était mort.

Très vite, les témoignages fusèrent :

— J'ai vu le type qui l'a tué !

— Moi aussi !

— Y l'était là ! Y l'était là assis à la terrasse du café !

En me retournant, je remarquai que notre client communiste avait disparu. Le verre d'anisette n'avait même pas été touché. Je glissai un regard étonné à Silvia, et on songea à la même chose.

— Moi je l'ai vu se *jiter* sur ce pôvre homme ! Il avait la folie sur li yeux ! s'écria une femme arabe couverte de son voile haïk blanc.

— Ça, on peut pas dire ! Il l'a pas manqué ! Il te lui a planté cinq ou six coups de couteau, et *schlaf !* confirma un type qui passait par-là.

L'attroupement se dispersa très vite, puis une ambulance vint chercher le pauvre Arabe, qui lui aussi, comme le fils de notre client communiste, s'était malheureusement trouvé au mauvais endroit, au mauvais moment. La haine indicible. La violence gratuite. Et la mort immédiate. Ce genre de drame était hélas notre quotidien. Il ne se passait plus un jour à Oran sans que quelqu'un ne se fasse zigouiller.

Le soir, au moment de se coucher, je dis à Silvia :

— Ti as vu le coco de ce matin ? Tout communiste et pro-arabe qu'il était, dès qu'on touche à sa progéniture, le discours n'est plus le même.

— C'est sûr, quand on est directement concerné, personnellement touché et meurtri, on oublie les belles phrases. On discute plus, on se venge et puis c'est tout.

— Oui, mais bon, en même temps, ce qu'il a fait là, c'est complètement lâche. J'ai plus de respect pour un gars de l'O.A.S. qui se bat avec courage pour un idéal, plutôt que ce genre d'acte ignoble et puant de lâcheté.

Silvia éteignit la lampe de chevet, puis sa voix posée, calme, presque chuchotée, scella l'obscurité :

— C'est vrai. Le courage, c'est autre chose.

Trois jours plus tard, 5 mars. Et voilà, *otra sardina al fuego !*[64] La journée commence mal. Silvia est souffrante. Enfin, pas souffrante, mais disons, pas en forme. Maux de tête. Nausées. Mal au cœur. Fatigue et j'en passe. Je lui dis de rester couchée. Rien à faire, elle tient mordicus à travailler.

Qui va préparer les escargots et les supions pour la kémia ? soupire-t-elle en posant le pied par terre.

— Eh bien moi, qui d'autre veux-tu ? dis-je pour la convaincre.

— Toi ? Tu n'sais même pas tenir une casserole !

On arrive un peu en retard ce matin-là, vers 7 h 30. Commençant à s'impatienter, Gisèle, qui nous aide au bar depuis qu'on n'a plus

---

[64] Tiens, v'là autre chose ! Littéralement, « une autre sardine au feu ! »

Sabrya, demande ce que nous faisions. Silvia s'excuse d'une voix lasse et je lève le rideau en fer. J'introduis la clé dans la serrure et nous entrons.

À 8 heures, nous n'avons toujours pas vu le moindre client.

— Qu'est-ce qu'y se passe ce matin ? Personne ne veut son café ou quoi ? dis-je étonné en frottant le zinc avec un chiffon humide.

Il fait pourtant un beau début de matinée. La porte est ouverte sur la ville. L'odeur de l'usine de café à côté des arènes embaume tout le quartier. Le transistor posé sur l'étagère à côté des bouteilles diffuse sa musique matinale, sous l'écho du percolateur qui sous la pression siffle en crachant des filets de vapeur d'eau.

Sortant de la cuisine, Gisèle écarte le rideau de bille et arrive dans l'allée centrale en tenant une pile de cendriers qu'elle s'apprête à poser sur chaque table. C'est à ce moment-là qu'on entend quelque chose rouler sur le plancher. Occupé à mon travail, je n'y prête pas vraiment attention, mais, en heurtant un pied de chaise ou de table, l'objet se remet à rouler en sens inverse vers la porte d'entrée. Là ça commence à m'intriguer, comme si des garnements par malice venaient de jeter un ballon, ou une grosse bouteille. Oui, comme une bouteille jetée à la mer. Quel est donc le message s'il vous plaît ?

Puis, je remarque le visage pétrifié de Gisèle. Elle a les yeux rivés au sol et en une fraction de seconde, je la vois se jeter en arrière vers le comptoir en poussant un énorme cri de frayeur. Dans le même instant, une explosion sourde éclate devant nous. Les vitres volent en éclats ; le sol et les murs tremblent, tandis qu'une forte odeur de poudre brûlée envahit la pièce enfumée.

38

« Alger la blanche »

Alger, 20 mars 62. Silvia Martinez

Le train Oran-Alger entre en gare. *Mamamilla,* c'est pas trop tôt ! Presque six heures de voyage. L'Inox[65] a beau être rapide, on est restés bloqués presque une heure entre Orléansville et Blida. Claudine qui m'attend à la gare doit ronger son frein.

Ces quelques jours vont me faire du bien. Ce sera comme des vacances après tous ces événements terribles de ces derniers temps. D'abord, l'enlèvement de la petite Sabrya ; ensuite l'assassinat juste devant notre bar de ce pauvre Arabe ; puis le 9 mars le garage d'Eckmühl incendié par un commando FLN où seize personnes ont péri, brûlées vives ; et pour finir l'explosion dans notre bar. Dieu soit loué, Gisèle et Janot n'ont été que très légèrement blessés. Heureusement, la bombe de fabrication plutôt archaïque n'a pas produit l'effet escompté. Du coup, nous avons fermé le bar en attendant de vendre l'affaire. Et puis, grande nouvelle : je suis enceinte ! Il est vrai que je n'étais pas bien depuis quelque temps déjà. L'heureux événement est prévu pour début novembre, normalement.

La gare d'Alger est bien plus vaste que celle d'Oran. Je me faufile dans le flot des voyageurs qui remonte le quai, puis pénètre dans le hall, lorsqu'une voix que je reconnaîtrais entre mille retentit au loin :

---

[65] Train de la ligne Alger-Oran nommé ainsi en raison de l'aspect de ses wagons en matériau type aluminium inoxydable.

— Silviaaa !

Alors que les gens se retournent sur son passage, je vois Claudine courir sur ses talons aiguille en agitant la main. Je lui fais signe, histoire qu'elle cesse de se faire remarquer et ne se retrouve les quatre fers en l'air en trébuchant piteusement. Arrivée à ma hauteur, elle se jette sur moi et m'embrasse comme si on ne s'était pas vues depuis dix ans. Je la détaille des pieds à la tête. Elle porte un joli ensemble beige agrémenté d'un corsage rose à dentelle blanche. Noué autour du cou, un foulard rouge vif lui donne une touche très élégante. C'qu'elle est chic ma sœur depuis que son mari est inspecteur de police !

— Ti as fait bon voyage, ma belle ?

— Oui, très bien. Et puis c'qu'il est beau ce train ! Et avec ça, très confortable, on se croirait en première classe !

— Purée, t'y appelles ça première classe toi ? T'y as vu le retard ! Y a une heure qu'y j't'attends dis !

— Oui, je sais pas ce qu'il y a eu. La loco s'est arrêtée en pleine campagne.

— Un attentat ?

— Avec le cessez-le-feu ? ça m'étonnerait…

— Le cessez-le-feu ? Le cessez-le-feu ? Et t'y crois à ça toi ? Que maint'nant c'est pire qu'avant, dis ! Ma parole ! Regarde c'qu'y s'est passé dans ton bar !

D'un geste las et en roulant les yeux, je lui fais comprendre qu'on l'a tous échappé belle.

— Faudra que t'y me racontes, dis ! s'exclame-t-elle avec une intonation que pardon !

— *Johé tché,* Claudine ! C'est quoi cet accent ! Tu parles comm' les Arabes ou quoi maintenant ?

— *¡ Qué va !* moi une Arabe ! Eh non ici t'y es à Bab-el-Oued ! Les gens parlent comm' ça ! Et pis moi, t'y sais bien, chuis comm' qui dirait un caméléon ! Où tu me mets, j'attrape l'accent !

— Eh ben, *tché,* ne va pas en Chine alors !

Elle m'arrache la valise des mains et passant son bras sous le mien, elle m'entraîne vers la sortie en m'expliquant que Canuto nous attend.

— Qui c'est ça Canuto ? je lui demande intriguée.

— C'est notre voisin du sixième étage. C'est lui qui m'a emmenée avec son auto...

— Ah bon ? Et Reymond ?

— Punaise ! M'en parle pas, que j'ai la *rabia* qui me monte à la figure ! Y l'ont envoyé à Constantinople pour une affaire, figure-toi !

— À Constantinople ! je m'exclame effarée.

— Mais non, j'te fais marcher ! À Constantine !

Nous sortons de la gare.

— Une affaire ? Une affaire de quoi ? Il n'était pas nommé à Alger ?

— Ma foi ! Tu connais mon mari ! *¡ Chitón y boca cerrada !*[66] Une affaire qu'elle est secrète qu'y m'a dit, que même de Gaulle y l'est pas au courant !

— Il est agent secret ton mari ou quoi ?

— Ma foi ! Y m'dit rien ! Y dit qu'ça pourrait y être dangereux ! Pourtant, ma parole, tu me connais, jamais je parle ! Et surtout pas à des *estrangers !*

— Mouais. Et donc pour l'anniversaire de Rosy, il sera pas là ?

— Hé bé, tant pis, *tchoufa* pour lui ![67]

Nous approchons de quelques voitures parquées en rang d'oignon le long du mur de la rampe d'accès à la gare.

— Voilà Canuto ! Bon, j'te préviens, y l'est tout petit. Tellement y l'est petit, quand on le voit, on dirait qu'y l'est loin ! Mais tu vas voir, y l'est gentil ! Bon c'y est un italien d'origine, mais c'y est un vrai morceau de pain !

Effectivement, c'est un petit homme qui vient vers nous, guère plus qu'un mètre cinquante. Il a la peau mate, la trentaine et des cheveux noir de jais.

---

[66] Motus et bouche cousue.
[67] Faire tchoufa : rater, louper quelque chose.

— Canuto, voici ma sœur Silvia, annonce Claudine pour lancer les présentations.

Il a de drôles de petits yeux luisants couleur noisette qui me sourient au moment de me serrer la main.

— Bonjour madame *Silwa*, dit-il d'un air débonnaire.

— Bonjour monsieur.

— Et bienvenue à Alger la blanche, que plus belle ville au monde, y a pas ! ajoute-t-il avec un accent terriblement comique et lyrique.

Je le remercie. Il débarrasse Claudine de ma valise et la pose sur le siège arrière.

L'auto démarre, gravit la rampe d'accès à la gare et s'engage dans la circulation.

Claudine me fait la visite de la ville. La place du Gouvernement avec la cathédrale au fond, la Grande Mosquée, le lycée Bugeaud, le square Nelson et l'entrée de Bab-el-Oued. Canuto décide de faire un petit crochet par le sud vers les carrières Jaubert pour me faire découvrir le quartier. Ainsi nous remontons une longue rue, appelée rue Mizon, lorsque Claudine s'exclame brusquement :

— ¡ Mira ! tu vois les grands bâtiments là-bas ! C'est la cité des Eucalyptus, et dans le bâtiment du milieu, là, c'est Toni et Francine qui habitent !

J'observe ces gigantesques immeubles tout neufs, puis je demande à ma sœur si elle les voit quelques fois les cousins.

— Non, pas souvent, marmonne Claudine la voix un peu renfrognée. Et pis, et pis...

Je sens qu'elle hésite, comme une envie de parler et en même temps de tenir sa langue.

— Et puis quoi ?

— T'y sais... enfin, quoi, j'y ai appris que la Francine, elle y est toujours en train de m'arracher la peau par derrière.

— Ah bon ? Mais non, tu t'fais des idées.

— Si j'te l'dis ! Et pis, tout' façon, j'm'en fous de cett' Francine comm' de la mort de Pépette en prison, et pis *oilà*.

— Ils n'ont pas de deuxième enfant ? je lui demande pour changer de conversation.

— Non non. J'crois pas, enfin pas que j'y sache. Tu sais comm' y l'est le cousin. Y raconte pas sa vie dans « Confidences » ![68]

Nous longeons le cimetière musulman El Kettar, puis après maints détours, nous voici dans la fameuse artère emblématique du quartier : l'avenue de la Bouzaréah.

— Ti vois madame *Silwa*, commente soudain Canuto d'une voix chaude et péremptoire, la Bouzaréah à Bab-el-Oued c'est comm' qui dirait les Champs-Élysées de Paris !

— Purée va ! renchérit Claudine. Plus belle avenue que la Bouzaréah y a pas ! À côté, les Champs-Élysées, c'est quoi ? Un p'tit sentier du djebel !

Ma sœur dans toute sa splendeur, sans scrupule, sans complexe, et habitée en permanence par le don de l'exagération !

Quelques minutes après, nous atteignons « le symbole de Bab-el-Oued », me commente Canuto. Les Trois-Horloges ! C'est une place au centre de laquelle se dresse un lampadaire de rue, coiffé d'une horloge à trois cadrans.

— Moi, me raconte Claudine, depuis que j'y vis ici… j'y l'ai jamais vue donner l'heure juste. Elles t'y donnent tout ce que t'y veux, mais l'heure exacte, jamais ! C'qui est sûr, c'est le point de ralliement et de rendez-vous de tous les Babelouediens. À la question « On s'y retrouve où ? » la réponse incontournable c'est toujours…

— Aux Trois-Horloges ! s'écrient en chœur Canuto et Claudine en riant aux éclats.

Bon, nous dépassons la place, et Canuto se gare dans la rue Fourchault. Face à nous, les fameuses Trois-Horloges. Nous pénétrons dans l'immeuble qui fait angle avec la Bouzaréah. Canuto nous laisse au troisième étage en me souhaitant un excellent séjour, et continue à gravir l'escalier jusqu'au sixième. Claudine ouvre la porte de l'appartement et pendant qu'elle me laisse m'installer, elle

---

[68] Magazine féminin hebdomadaire à succès dans les 50-60.

va récupérer les petits qu'elle a donné à garder à sa voisine de palier. La petite Rosy est maintenant une jolie gamine brune un peu boulotte, avec des couettes et des yeux malicieux. Quant à Eddie, c'est un beau blondinet de trois ans, fin et docile. Dès l'instant où elle me voit, Rosy, pas timide pour un sou, ne me lâche plus d'une semelle. Elle me suit partout en me posant sans cesse une tapée de questions.

— Purée, *qué tchatcharone !* s'échauffe Claudine. Dis Rosy, tu veux te taire un peu ? Laisse tata Silvia tranquille, que dans cinq minutes elle aura la tête pire qu'un tchic-tchic !

Ma sœur me fait visiter l'appartement. Il y a deux chambres, une grande salle à manger et un salon avec un canapé en velours grenat – où je dormirai dès ce soir, car il est convertible – et, dans le coin du mur un poste de télévision ! Comme j'ai hâte ce soir pour découvrir le petit écran, car personne chez nous n'a la télévision. Sur le buffet de la salle à manger, trônent également un poste TSF et un phonographe avec des disques de Django Reinhardt. Je reconnais bien là les goûts musicaux de ma sœur. La salle d'eau n'est pas très grande, mais elle est moderne et fonctionnelle. La cuisine est également exiguë, car en plus d'une table et de la gazinière il y a un imposant réfrigérateur tout neuf. L'appartement est bien éclairé grâce aux trois fenêtres du séjour. Nous regagnons tranquillement la cuisine.

— Tu veux de l'eau du robinet avec de la menthe ? me dit-elle soudain en ouvrant le buffet pour attraper des verres.

Puis, une fois mes affaires rangées, nous décidons de sortir nous promener dans le quartier. Nous descendons jusqu'au jardin Marengo où pendant une bonne heure les enfants s'en donnent à cœur joie. Ensuite nous traversons le square Guillemin avec ses jardins en escalier pour rejoindre les plages situées plus bas. Pendant que les enfants jouent au bord de l'eau, nous on s'installe sur le muret, nos pieds caressant le sable.

Claudine me parle de ses affaires de couple. Son Reymond qui disparaît parfois pendant deux ou trois jours, puis réapparaît, la bouche en cœur.

— T'y sais, être la femme d'un inspecteur de police, c'y est quelqu' chose ! Faut pas faire chauffer la soupe en s'imaginant passer à table à la même heure tous les soirs, sinon t'y peux t'préparer à la réchauffer dix fois de suite !

Moi, je n'dis rien. Et j'ne peux rien dire, car je n'ai pas de certitude. Et puis je n'veux pas lui faire de la peine à ma sœur. À mon avis, le Reymond, ce n'est pas qu'un cavaleur occasionnel, c'est même plus qu'un coureur de jupons, c'est un coureur olympique !

— Le jour où y sera commissaire, hé ben, pauvre de moi ! continue Claudine sur un ton de pessimisme et de lassitude. Ça s'ra plus un mari, ça s'ra un fantôme ! le fantôme de Bab-el-Oued !

Enfin bon, malgré l'absence de Reymond, elle a prévu une belle fête pour les cinq ans de Rosy, dimanche.

— Purée, Rosy ! T'y veux tomber à l'eau ou quoi ? s'écrie tout à coup ma sœur en voyant sa fille s'approcher trop près de l'eau. Allez, venez par ici ! Ça suffit, on rentre !

La petite, qui visiblement n'en fait qu'à sa tête, plonge ses mains dans le sable mouillé et jette une poignée le plus loin possible dans l'eau, tout en sautillant avec des petits cris de chipie ! Puis, se tournant vers nous, elle fait alors la pire chose à ne pas faire : elle essuie ses mains sales et collantes de sable sur les pans de sa jolie robe blanche à fleurs rouges.

— ¡ Anda ! C'est ça ma fille, pourris-toi bien, qu'après ta mère elle fera la bonne !

Total, la petite s'est ramassé une bonne fessée dans les règles de l'art. Mais, pour autant, elle n'a pas chougné.

Nous rentrons à la maison sur les coups de 18 heures, avant que la fraîcheur du soir n'enveloppe l'atmosphère. Pendant que les gosses jouent dans la chambre, nous préparons tranquillement le dîner. Au

296

menu, un restant de salade juive, de la soubressade et une tortilla de pommes de terre.

— *Oilà,* c'est prêt, on peut passer à table ! dit Claudine de sa voix perçante en éteignant le feu de la gazinière.

À 19 h 30, le repas est terminé. Pendant que Claudine fait la vaisselle, Rosy et Eddie regardent leur petit feuilleton à la télévision. « La revanche des Sioux »

— Si t'y avais vu la semaine dernière comme y se sont ré-ga-lés avec « Poly » ! Des z'amours de gosses !

— Poly ?

— Oui, un feuilleton merveilleux. L'histoire d'un petit garçon et d'un poney !

— Mais dis, ils regardent pas un peu trop la télévision tes petits ?

— *¡ Qué va !* Ça dure un quart d'heure, pas plus ! Et puis dès que c'est fini, direction le « lit-on-dort » !

Juste avant le journal télévisé de 20 heures, j'aide Claudine à coucher les boutchous. Puis on s'installe toutes les deux devant le poste. Les informations de Léon Zitrone ne nous apprennent rien de nouveau. Et enfin, à 20 h 30, est diffusée une pièce de théâtre de la Comédie Française, « Dialogues des carmélites ». Ça se passe sous la Révolution, à l'époque de la Terreur. Claudine n'est pas emballée par le sujet, mais moi je veux bien regarder. Ce n'est pas si souvent que j'ai l'occasion de voir du théâtre.

— Purée, qué dommage ! s'exclame Claudine en regardant le programme de la semaine prochaine. Mardi prochain y a « Âge tendre et tête de bois » ! Avec Niño de Murcia... Qui d'autres ? Philippe Clay... et Vince Taylor, waouh !

— Oh tu sais, moi, les yéyés, murmuré-je avec une moue dubitative. Ça fait que se trémousser comme des hystériques, moi je préfère...

— Oui je sais, Elvis Presley ! s'esclaffe-t-elle en me charriant.

Claudine et moi, on se chamaille toujours à cause d'Elvis. Pour moi, Elvis ce sera toujours mon p'tit Ange. Mon Ange adoré, qui me manque tant.

La pièce de théâtre se termine vers 22 h 30. Personnellement, comme dirait ma sœur, je me suis ré-ga-lée ! Bien sûr, elle, cette cruche s'est endormie avant la fin. Quelle merveilleuse invention, cette télévision, c'est le spectacle qui s'invite à la maison.

Confortablement installée dans le canapé transformé en couchette, j'éteins la petite lampe qui me sert de chevet.

Ma première nuit à Alger.

39

Opération « Coup de Bab-el-Oued »

Alger, quartier de Bab-el-Oued. Antoine Martinez

Au sein de l'O.A.S., je suis connu sous le nom de « Mimosa » (à cause de mes cheveux clairs et presque blonds !) ; mais dans la vie normale, je suis tout simplement Antoine Martinez, un Français d'Algérie comme on dit. Depuis que de Gaulle nous a honteusement trahis en 59, il n'y a plus guère d'autre solution que la révolte. La création de l'O.A.S. voilà un an de ça, n'est qu'une réponse aux lâchetés et aux intransigeances d'un gouvernement despotique, menées par un vieux général revanchard et totalement dépassé par les événements. Oui, l'O.A.S. est la seule armée qui défend notre terre et notre devenir. On ne se considère pas comme des hors-la-loi, mais comme des résistants. Ce fossile de de Gaulle a belle figure de nous traiter de criminels. Faut-il qu'il ait la mémoire courte. En 40, lui aussi, me semble-t-il, a désobéi aux ordres d'un certain Pétain pour suivre la seule voie que lui dictait son honneur. C'est ce que nous faisons aussi, nous les combattants de l'Armée secrète. Pour moi, de Gaulle est la dernière des pourritures, et je le clamerai toujours haut et fort, jusque devant le peloton d'exécution s'il le faut.

Depuis bientôt deux ans que Francine et moi sommes installés à Bab-el-Oued, nous avons appris à connaître et aimer ce quartier tellement particulier et pittoresque. Pour dire vrai, Bab-el-Oued n'est pas qu'un quartier, c'est un village à lui seul, à l'ambiance heureuse et chantante, un village si vivant, si populaire, où tout est animé et haut en couleur.

Ce matin, comme tous les matins depuis deux mois, j'accompagne Francine à son travail, car le danger est vraiment partout. De nombreux enlèvements d'Européens ont eu lieu ces dernières semaines. Il paraîtrait même que les disparus seraient « séchés » de leur sang pour servir à soigner les ordures du FLN.

Après un dernier baiser, je laisse ma chérie devant le portail et je rentre à la maison en veillant à ne pas être suivi. Je ferme à clé la porte d'entrée et me dirige vers la pièce du fond. C'est une pièce qui nous sert de débarras, en attendant d'y faire plus tard une troisième chambre. À gauche de la porte, face à la fenêtre, un grand placard. J'ouvre les deux battants, retire les deux étagères et, méticuleusement, je démonte la fausse cloison en contreplaqué. Derrière apparaît une cache, pour des documents, des armes, voire une ou deux personnes si nécessaire. Je saisis un paquet ficelé que je coince sous mon bras, caché dans mon blazer, puis je remets tout en ordre dans le placard. Je quitte la maison discrètement pour rejoindre Dédé au bâtiment 6, et nous commençons la distribution des tracts dans les boîtes aux lettres du quartier. La situation est vraiment difficile et très tendue en ce moment, surtout depuis les accords d'Évian et le soi-disant cessez-le-feu instauré hier à midi. Nous savons tous très bien que le FLN va poursuivre sa chasse contre l'O.A.S., et s'en servir de prétexte pour continuer les massacres de civils. De Gaulle et ses sbires se font berner encore une fois et persistent dans leur logique d'abandon et de trahison. Nous, Français d'Algérie, on nous jette en pâture, on nous livre lâchement à la vindicte FLN pour nous chasser d'un territoire qui nous appartient autant qu'aux Arabes, quoi qu'en disent tous nos détracteurs. Ces mêmes Arabes qui bien avant la France je le rappelle, sont venus coloniser par le feu et le sang les peuplades berbères.

Les tracts ont pour but d'informer la population que « Le cessez-le-feu de Mr de Gaulle ne signifie pas le cessez-le-feu de la France » « Notre guerre commence » « 48 heures de réflexion sont laissées aux officiers, sous-officiers et soldats qui, à partir du jeudi 22 mars 1962, à 0 heure, seront considérés comme des troupes au service d'un gouvernement étranger. » Ainsi par nos tracts nous invitons la population de Bab-el-Oued « à faire des provisions », ce qui revient à dire à « préparez-vous à vivre des heures difficiles », compte tenu du fait que tout sera fait par l'O.A.S. pour « empêcher l'abandon de l'Algérie française ».

Comme un soutien de tout un peuple, des drapeaux noirs au sigle de l'O.A.S. fleurissent un peu partout aux balcons des immeubles de Bab-el-Oued. Lorsque des gendarmes sont annoncés (grâce au téléphone arabe qui chez nous marche mieux que nulle part ailleurs !), hop, les fanions noirs disparaissent discrètement, pour réapparaître une fois que les forces de l'ordre se sont éloignées.

Vers 21 heures, je me rends avenue de la Marne chez Rico, notre chef de quartier. L'équipe réunie au complet, nous barricadons la porte principale de l'immeuble et pendant que l'un de nous fait le guet, les autres filent dans les caves. Nous y restons une bonne partie de la nuit à préparer des cocktails Molotov. Une bonne centaine en tout. Toutes les deux heures, le guetteur est relevé. Je fais mon tour de garde à 23 heures. Tout est calme, rien de louche aux alentours.

Il est 1 heure du matin lorsque je rentre chez moi. En remontant vers la cité des Eucalyptus, j'entends au loin comme tous les soirs ces derniers temps, le sifflement angoissant et continu des youyous au-dessus des quartiers arabes de la Casbah et d'El Kettar. À n'en pas douter, les Arabes se préparent. Qu'à cela ne tienne, nous aussi !

Le lendemain, mercredi 21 mars. Dès l'aube, Rico nous emmène dans une station-service où des barils d'huile de vidange ont été mis de côté pour nous. On les embarque en faisant au moins quatre ou cinq voyages. Rico les répartit entre plusieurs immeubles du quartier. Quand c'est fini, chacun rentre chez soi.

Dans le milieu de la matinée, je passe au bar voir Paco mon associé. On se connaît depuis le lycée Ardaillon. Son vrai nom c'est François Sanchis. Je règle avec lui deux-trois problèmes de comptabilité et de livraison de stock. Puis, vers midi, comme je suis à deux pas de la place des Trois-Horloges, je décide d'aller saluer Claudine qui habite dans le coin.

— Ah c'y est toi Antoine ! s'écrie-t-elle de sa voix pointue en ouvrant la porte.

Ah, la voix de Claudine ! Y en a pas deux comme ça dans tout le quartier ! Un timbre inimitable !

— *Anda,* entre ! Entre Toni ! T'y vas pas rester tout' la matinée devant la porte quand même ! clame-t-elle en se faisant de l'air avec son *abanico*[69].

Nous filons dans la cuisine où Claudine m'offre une chaise.

— Tu prendras bien une petite anisette ? dit-elle en reposant le couvercle sur sa cocotte, dans un cortège d'odeurs alléchantes qui envahissent la pièce.

— Humm, tu prépares quoi, dis donc ?

— Une Oranaise de moules... T'y restes manger avec nous et puis *oilà !*

À ce moment-là, la porte d'entrée claque bruyamment.

— C'est moi ! s'exclame une voix qui me semble familière. Ouh, quel monde y avait à la boulangerie dis donc, pire que le pèlerinage de Santa-Cruz !

La cousine Silvia est là, face à moi, deux baguettes de pain sous le bras, étonnée autant que moi de se rencontrer ici. Elle est venue à Bab-el-Oued pour les cinq ans de la petite Rosy.

— Dimanche, on lui fait l'anniversaire ! s'exclame Claudine en prenant le pain des mains de sa sœur.

Puis elle s'arme d'un long couteau et commence à tailler des tranches.

— Y a longtemps que tu es arrivée ? je demande à Silvia.

— Non, hier en début d'après-midi, par le train.

— Et Janot ?

— Il est resté à Oran. Comme il travaille à l'usine depuis peu, il n'a pas pu avoir de congés.

---

[69] Éventail espagnol.

Puis, au bout d'une dizaine de tranches décapitées, Claudine stoppe son geste, se tourne vers moi et, ses mains sur les hanches, claironne d'une voix haut perchée :

— Mais dis, Toni, t'y vas garder ta veste jusqu'à Pâques ou quoi ? Purée va ! que te voir habillé comm' t'y es, té, j'y en ai la transpiration qui me monte ! C'y est comme si j'étais une des moules qui rissolent dans l'Oranaise ![70] ajoute-t-elle en bouillonnant comme une locomotive à vapeur.

Se saisissant de son *abanico*, elle se met alors à l'agiter sans répit devant sa figure. Elle change pas cett' Claudine ! Toujours aussi fantasque.

— Dis ma fille, achève-t-elle en se tournant vers Silvia, sers-lui l'anisette, va !

Avant de retirer ma veste, je saisis le paquet de tracts que je tenais caché à l'intérieur, et le pose sur le buffet de la cuisine.

— Tiens, d'ailleurs, je venais aussi pour ça, ajouté-je en déposant sur la table de la cuisine un des prospectus.

— Ah c'y est bien, mon petit. Purée, va, que si je l'avais là, c'te raclure de de Gaulle tiens, « schlack ! », la mort de ses ôsses ! s'écrie-t-elle en plantant brusquement l'arme tranchante sur la planche à couper le pain.

— Bon, calme-toi, Claudine, tente d'intervenir Silvia pour apaiser les envies de meurtre de sa frénétique de sœur.

— Me calmer ? Ah non, çuilà y me calme pas, y me fait bouillir le portrait, ça oui !

— Silvia a raison, ne t'emballe pas, tenté-je de la raisonner. D'autant qu'il vous faudra rester tranquilles à la maison. Tu entends Claudine ? Surtout, ne sortez pas pendant quelques jours.

— Quoi ? s'étonne Claudine, le visage soudain pâle. Mais c'est l'anniversaire de la petite, on avait prévu de…

---

[70] Sauce à base de tomate, huile d'olive, oignon, piment, coriandre, thym, paprika, cumin et laurier.

— Pas de folie, je vous dis. Faites même quelques provisions aujourd'hui si vous pouvez.

— Mais qu'est-ce qui va se passer ? demande Silvia inquiète. Antoine, tu nous fais peur...

— Mais *qué va,* t'y vois pas qu'c'y est des *tchalefs* encore ! T'y l'connais pas encore ton cousin ? C'y est pas une bouche qu'y l'a, c'y est une fabrique de *tchalefs !*

— Non, Claudine, c'est sérieux. Faites attention. J'peux rien vous dire de plus.

— *Pos vaya.* Donc des *tchalefs !*

Ah cette Claudine ! Quel phénomène ! Et quand je lui demande des nouvelles de Reymond, elle continue sur sa lancée :

— Punaise ! Ça aussi c'y est une belle soupe de fèves ! Y l'ont envoyé ch'sais pas où, à Constantine ou par là-bas, pour une enquête. Même pas qu'y sera rentré dimanche. Ah la purée d'nous z'ôtres, j'ai gagné le cocotier depuis qu'y l'est passé inspecteur ! Mon mari, j'l'vois plus !

Et elle se remet à couper le pain. *Schlack,* une tranche de plus.

Dziing. Dziing. C'est le carillon de l'entrée qui retentit.

— Purée, c'est la journée des visites ou quoi ! s'exclame Claudine en s'élançant vers le hall d'entrée, avec son torchon de cuisine suspendu à son épaule.

On l'entend ouvrir la porte et sa voix de rossignol se met à chantonner « Ah ! Janine, ma chérie ! Mais quelle surprise ! Que fais-tu là ? »

— J'te présente ma mère, et ma sœur Lucette. J'te dérange pas au moins ?

— *¡ Qué va !* Non bien sûr ! *Anda,* entre ! Entrez aussi, mesdames, je vous en prie ! Que... aujourd'hui, c'est comm' qui dirait la constellation du berger, tout le monde y l'est là en même temps !

À ce moment-là, Claudine nous appelle et nous présente Janine Fuentes, une collègue de travail.

— Ma sœur Silvia, et notre cousin Antoine.

— Enchantée, sourit la jeune collègue de Claudine en nous serrant la main.

C'est plutôt nous qui sommes enchantés. Enfin, surtout moi, car elle est tout à fait ravissante cette jeune femme !

— Et *oilà,* maint'nant c'y est ma collègue du Monoprix ! chantonne Claudine en se collant à elle comme une arapète. Mais on s'connaît d'avant, t'y t'rappelles dis ? que t'y es venue manger le couscous à la maison d'El Biar, que ce couscous c'y était pas de la boîte !

Tout le monde rit, et moi je détaille des yeux cette charmante demoiselle, que si toutes les vendeuses du Monoprix de Bab-el-Oued sont de cet acabit, je veux bien y aller plus souvent faire mes courses !

— Vous z'allez bien boire un p'tit quelque chose avec nous ? propose soudain Claudine en se tournant vers Janine.

— Oh non, ne te dérange pas !

— ¡ *Qué va !* la kémia est prête ! Allez, allez, pas de salamalecs !

Mais toutes ces dames déclinent, car elles sont pressées et ne veulent pas déranger, elles passaient juste pour un faire un petit bonjour. Et tralala et tralala.

— Purée ! eh bé avec vous on risqu' pas de se ruiner ! s'exclame la maîtresse de maison avec l'accent typique de Bab-el-Oued.

Tout le monde éclate de rire, puis Claudine et sa ravissante collègue échangent quelques mots à propos de leur travail au Monoprix. Elles finissent par une bise et la porte se referme dans un claquement mat.

Quelques minutes plus tard, pendant que Silvia dresse la table, je sirote enfin mon anisette accompagnée d'une tranche de morcilla. Claudine achève de préparer les assiettes des gamins, puis nous passons enfin à table pour déguster les fameuses moules à l'Oranaise !

Le repas est succulent et on termine par un bon caoua.

Déjà 14 heures ! Je dis au revoir aux cousines et sans plus tarder je file rapidement, car il me reste encore pas mal de tracts à distribuer. J'en ai bien pour une bonne partie de l'après-midi ! Sans oublier la réunion ce soir, au PC de Jacques Achard, le chef des commandos Alpha.

Je rentre vers minuit. Ce soir-là, curieusement, je n'entends pas les youyous habituels. Je ferme doucement la porte d'entrée en veillant à ne pas réveiller la maisonnée. Je jette un œil à Etienne qui dort comme un loir dans son petit lit à barreaux, puis je pousse délicatement la porte de notre chambre. Sans bruit, je m'avance à pas de velours et me glisse sous les draps. Francine ne dort pas.

— Tout va bien, ma chérie ? je lui murmure dans un souffle amoureux.

Elle se serre contre moi, et sa voix retentit dans le silence.

— Il va se passer quelque chose... je le sens, dit-elle froidement.

— Mais non, que veux-tu qu'il arrive ? Allez, t'inquiète pas, la rassuré-je en l'embrassant tendrement sur le front.

Encore un long silence. Les lueurs de la lune qui filtrent au travers des persiennes viennent adoucir quelque peu l'atmosphère.

22 mars. Nouvelle réunion de quartier pour la préparation de l'opération « Coup de Bab-el-Oued ». Rico apporte des clous et nous révèle l'usage que nous allons en faire.

Vers 22 h 30, l'heure est venue de passer à l'action. Par groupes, nous transportons les barils d'huile sur les lieux choisis par les chefs de secteur ; en gros, les carrefours d'accès principaux de Bab-el-Oued. On déverse sur la chaussée des nappes d'huile et d'eau savonneuse tout en jetant également des poignées de clous. Soudain un crépitement dans la nuit, le feu d'une mitraillette. On entend les balles ricocher tout près de nous contre les murs des immeubles. On se taille en rasant les murs pour finalement s'abriter sous une porte cochère. Après un long moment, nous finissons par sortir sans trop de mal, et heureusement sans aucun blessé.

Une fois de plus, il est minuit passé lorsque je rentre à la maison. Demain les choses sérieuses vont commencer.

Vendredi 23 mars. Rendez-vous est pris à 6 h 30 chez Rico. Nous sommes une petite dizaine. Ortiz, Pineda, Augier, Gimenez, Dédé Garcia, Dufour, Ferrer, Bernal, Lulu *la gâchette*, et trois autres que je ne connais pas. On barricade la porte d'entrée de l'immeuble pour être plus tranquilles, et Rico nous fait le topo. La veille au soir, un commando Z a tendu une embuscade à la sortie du tunnel des Facultés. Ils ont ouvert le feu sur une patrouille de half-tracks de la gendarmerie mobile. Tirs au bazooka, fusil-mitrailleur et grenades. Bilan de l'opération : une vingtaine de morts, et autant de blessés.

— Ça leur fera les pieds ! déclare Gimenez d'une voix bourrue. S'ils rendent pas les armes, on les canarde et *pis* c'est tout.

— Non ! s'emporte Rico. La consigne c'est pas de tirer sur tout c'qui bouge ! Le mot d'ordre c'est d'empêcher l'armée française d'entrer dans le quartier, ou de les refouler. En récupérant les armes si possible, et sans faire de victimes, c'est clair ?

— Et si on se fait tirer dessus ? demande Lulu un peu désappointé, lui qui justement est connu pour avoir la gâchette facile.

Rico nous fixe du regard.

— Là c'est différent, dit-il avec une logique implacable. Dans ce cas uniquement, on applique la légitime défense. Mais on n'est pas censés en arriver là. OK tout le monde ?

On acquiesce tous, puis Rico nous distribue les armes en nous indiquant la zone à couvrir « rue Suffren et Franklin, côté place Desaix ». Ensuite il nous remet des brassards tricolores frappés du sigle O.A.S., et chacun de nous l'enfile au bras avec fierté et respect.

— Nous serons une dizaine de groupes en tout, à peu près 140/150 hommes. Alors bonne chance à tous. Vive la France et vive l'Algérie française !

— Vive l'Algérie française ! nous reprenons tous en chœur.

À ma montre, il est environ 8 h 30 lorsqu'on atteint la place Desaix. Le quartier est étrangement calme, enfin, pas comme d'habitude. Il règne une atmosphère indéfinissable, comme un sentiment de malaise. Déjà une heure trente que la mission a commencé, mais pas grand-chose à se mettre sous la dent.

— Ce matin, on va occuper cette position, nous répète Rico, l'arme à l'épaule.

Il sépare le groupe en trois équipes. La première se planque à l'angle rue Livingstone et rue Christophe Colomb, à proximité de la fabrique de cigarettes Bastos et du cinéma « Le Plaza » ; la seconde équipe, avenue Général Verneau ; et la troisième, la mienne, prend position rue Franklin.

Les minutes passent ainsi dans l'attente et le calme. Je suis avec Dufour, Gimenez et Lulu *la gâchette*. Rico est dans le groupe « Général Verneau ». Vers 9 h 30, j'entends un bruit de moteur sur ma droite et j'ai tout juste le temps de voir un camion militaire qui passe dans la rue de Suffren en direction de la Bouzaréah.

— Attention, là c'est bientôt pour nous, dit Lulu en préparant son PM[71].

— Déconne pas Lulu, tu attends les ordres, je lui souffle aussi fermement que possible.

— Tranquillise-toi, Mimosa, ricane-t-il, tout excité, avec un sourire narquois.

Puis, portant deux doigts à mes lèvres, je siffle en direction de Rico pour l'alerter. Celui-ci me fait signe OK et on se planque entre les automobiles stationnées dans la rue. Deux ou trois minutes plus tard, j'aperçois à l'angle de la rue Franklin le fameux camion qui remonte la rue Montaigne. Les affaires se précisent. Mais finalement, le bruit du moteur s'éloigne. J'en déduis qu'ils ont dû continuer leur route dans l'autre direction. Au même instant, Rico nous avertit de l'approche d'un autre camion. Accroupis entre les voitures, on le voit remonter en sens interdit la rue Vasco de Gama, au niveau des escaliers de la rue Christophe Colomb, pour se diriger sûrement vers la rue Suffren. On se tient prêts à intervenir au cas où il ferait le tour du pâté de maisons pour revenir vers la place Desaix.

À ma montre, il est 9 h 35. Au bout de quelques minutes, le camion réapparaît, entrant sur la place Desaix par l'avenue Général

---

[71] Pistolet mitrailleur MAT49 très courant durant la guerre d'Algérie.

Verneau. C'est un GMC, un camion de transport de troupes. Comme Lulu et Gimenez, je reste planqué entre les voitures, au ras du sol, surveillant le signal du chef. Le doigt sur la gâchette de mon PM, je sens des gouttes de sueur qui commencent à perler sur mon front. Le convoi militaire n'est plus qu'à une dizaine de mètres, au niveau de l'usine Bastos devant les escaliers de la rue Christophe Colomb. Comme on le supposait et pour cause, le camion se met à déraper sur la chaussée rendue glissante par l'huile versée la veille. C'est alors que Dédé sort de l'immeuble où il se tenait caché avec le chef. D'un air décontracté, il s'approche du camion pour faire signe au chauffeur de stopper. Ce dernier, surpris, freine légèrement, mais pressentant le piège, il s'apprête à accélérer. Rico et Ortiz donnent le signal, et nous surgissons tous, arme au poing.

— Vos armes ! hurle Ortiz en tenant en joue les soldats à l'arrière du camion.

À l'avant, Dédé et Ferrer tiennent en respect le chauffeur et un sous-lieutenant. Nous sommes une douzaine en soutien derrière Ortiz, prêts à intervenir. Sur le moment, il me semble qu'il y en a deux parmi nous que je ne connais pas. Se sont-ils ralliés à nous, venant des immeubles voisins ?

— Ne bougez pas, on n'veut que vos armes ! répète Rico à la vingtaine de militaires figés à l'intérieur du GMC.

Et comme notre chef se montre particulièrement menaçant, ces derniers obtempèrent et commencent à déposer leurs armes. Ce sont des appelés, semble-t-il. Sauf deux ou trois musulmans.

Mais soudain, tout va très vite. Au fond du camion à gauche, un des soldats arabes fait claquer la culasse de sa MAT49. Il va nous tirer dessus c'est sûr ! À mes côtés, Lulu arme son PM.

Qui a commencé à tirer le premier ? Est-ce lui ? Est-ce l'Arabe ? ou un des deux inconnus qui étaient avec nous ? Qu'importe, car la fusillade éclate. Ça crie de partout ! Des soldats s'écroulent à l'intérieur. Fou de colère de voir comment l'affaire tourne au vinaigre, Rico ne cesse de hurler qu'il faut se tailler.

— On fout l'camp les gars ! Magnez-vous !

Malgré la panique, on a pu récupérer quelques armes, mais pas toutes malheureusement. En un éclair, on détale par la rue Christophe Colomb en empruntant les escaliers. Gimenez qui court devant moi loupe une marche, se casse la gueule et se tord la cheville. Augier et Ortiz l'aident à se relever. En me retournant pour voir où est Lulu, je le découvre dans une flaque de sang, la tête en partie éclatée. Les autres ont disparu. Où sont-ils ? Rico, Dufour, Ferrer, Dédé, Bernal, Pineda ? Ont-ils réussi à prendre la tangente et se mettre à l'abri ?

Après avoir cavalé dans le dédale des rues de Bab-el-Oued, je me retrouve seul en haut de la rue Mizon. Reprenant mes esprits, je décide alors d'appliquer la consigne que nous avait donnée Rico en cas de problème : « Chacun regagne son poste de garde en attendant les nouvelles instructions. ». Le mien étant situé rue Soleillet en contrebas de la cité des Eucalyptus, je redescends la rue Mizon. Arrivé à l'angle de la rue Guy de Maupassant, j'entends sur ma droite un « Psitt, Mimosa ! » qui attire mon attention. Je me tourne vers l'entrée de l'immeuble et je vois Dufour armé de son PM, qui me fait signe. Je le rejoins aussitôt. Il est avec deux autres gars que je ne connais pas.

Dufour est un jeune de 19 ans. Il habite chez ses parents rue de Colmar, vers les plages, pas très loin de la caserne de la Salpêtrière. C'est un bon gars, un peu cabochard, car il n'en fait qu'à sa tête. C'est son gros défaut, sinon il ne manque pas de courage.

— Et vous, vous êtes d'où ? je demande aux deux autres.

— Commando Delta 3. Moi c'est Botella, et lui, Rémi. On doit rejoindre notre poste de garde sur les toits du bâtiment 2 aux Eucalyptus, en prévision d'une attaque des Arabes par le cimetière El-Kettar. Et justement on a perdu deux gars ce matin, venez avec nous, on n'sera pas trop de quatre.

Ce Botella, je le connais de vue. Quant à Rémi, il a 17 ans, guère plus.

— OK, ça marche. Moi c'est Mimosa, du commando Alpha.

Botella me serre la main et nous sortons dans les rues désertes, en route vers le bâtiment 2 aux Eucalyptus. Arrivés au 18 rue Soleillet, des balles crépitent autour de nous. On se jette à plat ventre entre les voitures. Le silence retombe aussitôt. La fusillade semble terminée. Impossible de savoir d'où provenaient les tirs, les rues sont désertes. On décide une tentative de repli dans l'immeuble le plus proche. Une fois à l'abri, on reste là, planqués dans la cage d'escalier. Une demi-heure passe, à attendre que le calme revienne, en espérant que les tireurs appelés ailleurs aient laissé le champ libre. Je repense à ces soldats du GMC morts ce matin. Un vrai fiasco qui pourrait nous coûter cher. Enfin, nous verrons bien. Dix minutes plus tard, nous prenons position sur le toit du bâtiment 2 des Eucalyptus. De là, la vue sur le cimetière El-Kettar est imprenable. Idéal pour contrer une éventuelle attaque des Arabes arrivant de la Casbah ou de Climat de France[72].

Nous entendons de temps à autre des crépitements d'armes automatiques. Puis, à nouveau, le calme. Deux heures s'écoulent sans le moindre coup de feu. Vers 13 h 45, il se passe enfin quelque chose dans le fond du cimetière. On dirait une procession qui chemine lentement.

— Un enterrement, sûrement, fait remarquer Dufour.

Mais il s'agit en fait de deux enterrements réunissant une cinquantaine de personnes, des hommes surtout et quelques femmes.

— Vous trouvez pas ça louche ? fait remarquer Botella. Y'a pas de femmes d'habitude aux enterrements musulmans…

— C'est vrai ça, j'acquiesce à mon tour.

Du coup, on se tient sur nos gardes, embusqués à plat ventre sur le toit. Le cortège approche. À moins de soixante mètres de l'immeuble, au bord de la colline, les Arabes déposent deux cercueils, tous deux étrangement orientés vers le centre de Bab-el-Oued. Les femmes s'éloignent ensuite en hâtant le pas. Tout cela est vraiment curieux. Chaque cercueil est recouvert d'un drap. Les Arabes retirent brusquement les linceuls laissant apparaître deux fusils mitrailleurs sur trépied !

---

[72] Quartier arabe à proximité de Bab-el-Oued.

— Putain les salauds, je le savais ! s'écrie Botella d'une voie rageuse en armant son PM.

Et avant même que les Arabes ne puissent ouvrir le feu, nous les mitraillons à tout berzingue ! Ça fuse de partout ! Quand la fusillade s'arrête enfin, je constate qu'il y en a au moins une douzaine sur le carreau. Les autres se sont taillés en laissant les FM[73] bien en vue. Vraiment dommage qu'on ne puisse pas aller les récupérer.

Appuyé contre un muret, je m'essuie le front sur la manche de ma veste. Dufour se redresse pour se détendre le dos, lorsque retentit une salve de mitraillette.

— Couchez-vous ! hurle Botella.

Les balles passent si près de nos oreilles qu'on se jette tous à terre.

— D'où ça vient ? m'écrié-je.

— Là-bas ! Juste en face ! maronne le jeune Rémi en commençant à pâlir d'angoisse.

On s'abrite derrière le parapet qui borde le toit du bâtiment. D'un regard prudent par-dessus le muret, je m'aperçois que ce sont des militaires qui depuis la rue nous canardent avec zèle et intérêt. Et pas avec n'importe quoi : des mitrailleuses de 12.7 !

— Qu'est-ce qu'on fait ? On réplique ? demande Rémi.

— Non, pas question ! j'interviens aussitôt. On tire pas sur des militaires français ! On a assez fait de conneries ce matin.

— Ce matin, ils nous ont tirés dessus, rétorque Dufour.

— On reste à l'abri pour l'instant, c'est un ordre ! insisté-je en le fusillant du regard.

Les minutes passent, longues et angoissantes. Deux heures plus tard, les choses s'aggravent encore quand arrivent des automitrailleuses et même des chars ! Les tirs de canons de 37 sur la façade du bâtiment font littéralement voler en éclats le mur des escaliers qui mènent aux appartements. Des débris de béton volent au-dessous de nous. Depuis des half-tracks, les tirs des militaires sont

---

[73] Fusil-mitrailleur.

incessants. Ça fuse de partout. En regardant ma montre, je remarque une fissure sur le cadran. Les aiguilles sont bloquées sur 16 h 50, probablement au moment où j'ai plongé à terre lorsque les canons ont fait sauter le mur du bâtiment. Maintenant il doit être environ 17 heures, peut-être un peu plus, car le soleil décline doucement. On entend au loin comme un bruit de moteur, puis, à l'horizon où la brume et la fumée se mêlent au ciel et à la terre, apparaît non pas un, mais plusieurs avions !

— Regardez, les gars ! s'exclame Rémi. Putain, l'aviation !

— L'aviation ? s'écrie Dufour, abasourdi. C'est la guerre ou quoi !

En effet, des T6,[74] arrivant du secteur des carrières Jaubert, passent en rase-mottes et commencent à mitrailler les toits et les façades des immeubles des Eucalyptus.

— Faut pas rester là ! s'égosille Dufour qui commence à s'agiter.

Alors qu'il s'apprête à se lever, Rémi le retient par le bras.

— Calme-toi, l'arrête Rémi. Faut pas faire n'importe quoi non plus. J'l'ai vu le zouave qui nous canarde d'en bas avec son automatique.

Rémi a raison. Impossible de quitter les toits sans passer dans le champ de tir des soldats.

— Faut que j'le dézingue, propose-t-il très sûr de lui. J'l'ai eu plusieurs fois à portée de tir ; ça sera facile.

— Non, pas question ! déclaré-je fermement. Attendons que les tirs se calment. On aura bien une opportunité.

Alors on patiente comme ça un bon quart d'heure. Au loin les T6 survolent toujours Bab-el-Oued. Il y en a au moins quatre, plus deux hélicoptères. On les voit tournoyer au-dessus des Messageries, puis ils font un piqué et mitraillent à nouveau les toits et les façades. Même d'ici, on distingue presque les impacts de balles. Ils s'éloignent enfin, et puis brusquement ils changent de direction. Les

---

[74] Avions d'entraînement rachetés aux Américains, et rééquipés de mitrailleuses de 12.7 par les forces aériennes françaises pendant la guerre d'Algérie.

voilà de retour ! Et le pire c'est qu'ils s'approchent de nous, droit en ligne de mire !

— Putain, cette fois, c'est pour nous, il faut s'tailler ! s'écrie Dufour toujours aussi agité.

Effectivement, on n'a plus le choix. Je me tourne vers Dufour et Rémi.

— On vous ouvre la marche, OK les jeunes ? Comme ça, on vous assure le passage, si ça tourne mal, ça sera pour Botella ou moi.

Rémi acquiesce d'un hochement de tête. Botella part en rampant. Il progresse rapidement comme un serpent, dissimulé derrière le parapet en béton. Arrivé sans encombre à l'escalier, il me fait signe que la voie est libre. Je m'élance aussitôt. En bas, les tirs se sont calmés, mais après un détour les avions reviennent vers nous. Je mets les coudées franches et rejoins facilement Botella. Maintenant, c'est au tour des deux jeunes. Dufour en troisième et Rémi qui clôture la marche. Depuis l'escalier, on les encourage en les assurant que tout va bien se passer, mais un déluge de balles reprend soudain. Dufour, qui ne cesse de s'agiter, se redresse légèrement pour aller plus vite. Je le sens très nerveux et il y a de quoi.

— Fais pas l'con, te lève pas, lui dit plusieurs fois Rémi.

— Couche-toi, bon sang ! je lui crie aussitôt.

Malgré nos mises en garde, Dufour ne nous écoute pas, il continue de marcher vers l'escalier sans se baisser !

Deux coups de feu mats et sourds claquent près de nous et on le voit s'écrouler. Rémi revient vers lui et le saisit en le serrant fort contre lui. Dufour est blême, tout son corps tremble. Botella et moi, on retire quelques blocs de béton qui gênent, afin qu'on puisse le ramener jusqu'à l'escalier. Malgré les balles qui crépitent, je rampe vers eux. Arrivé à leur hauteur, je prends Dufour par les épaules et, aidé de Rémi, je le traîne non sans difficulté sous les tirs qui redoublent. Après bien des efforts, nous atteignons enfin l'escalier. Dufour, blessé à l'abdomen, est vraiment amoché.

Alors que Botella descend en éclaireur dans les étages, Rémi se tourne alors vers moi :

— Tu vois, le zouave en bas qui nous canardait, c'est lui qui l'a touché, dit-il dans un murmure triste et teinté de reproche. Si tu m'avais laissé descendre ce salopard, ton gars n'serait pas en train de mourir...

Bien sûr, je pourrais lui répondre : « Et s'il nous avait écoutés ? s'il ne s'était pas levé ? ». Mais à quoi bon, inutile d'en rajouter.

— Venez ! On y va ! Y a une ambulance en bas ! s'écrie Botella en remontant les escaliers quatre à quatre.

Une ambulance ? Quelle aubaine ! Y a plus à hésiter ! On descend au rez-de-chaussée où des infirmiers, venus chercher un blessé au quatrième étage, acceptent d'emmener Dufour.

— Merci les gars ! je leur dis avec gratitude au moment où ils le déposent sur un brancard.

— Comment il s'appelle ? demande un des infirmiers.

— Jean-Louis Dufour. Il a 19 ans et habite rue de Colmar.

— Et les armes ? demande soudain Botella. Faut s'en débarrasser, on va quand même pas sortir avec.

— Allez, c'est bon, mettez ça là, propose l'infirmier en soulevant la couverture qui recouvre le corps de Dufour.

Botella et moi, on se regarde, étonnés, mais convaincus qu'il n'y aura pas de meilleure occasion.

La porte de l'immeuble se referme et la civière disparaît dans l'ambulance.

Puis, nous décidons tous les trois de nous séparer, chacun partant à dix minutes d'intervalle dans une direction différente.

En retournant chez moi au bâtiment 3, je constate que tous les immeubles des Eucalyptus, ainsi que les voitures garées en bas, ont été copieusement mitraillés. Rien n'a été épargné. Mon Aronde a hélas subi le même sort : pneus crevés, vitres et pare-brise cassés, intérieur saccagé.

J'espère qu'il n'est rien arrivé à Francine et au petit ! La peur au ventre, je cours jusqu'à l'escalier A. J'entre prudemment et monte au neuvième. Dans l'appartement toutes les vitres ont volé en éclats, ainsi que le lustre de la salle à manger. Je vérifie dans toutes les pièces, pas de trace de Francine ! En dépit des nombreux dégâts, me voilà plutôt rassuré. Elle est sûrement partie à temps pour se réfugier avec le petit chez ses tantes aux Tagarins.

Un quart d'heure plus tard, je suis à nouveau dehors et file avenue de la Marne en veillant à ne pas marcher à découvert. C'est pas le moment de se ramasser un pruneau. Je zigzague d'immeuble en immeuble, jusque chez Rico.

À la nuit tombée, une grosse majorité des commandos parvient à s'échapper de Bab-el-Oued par les égouts. Alors que mes camarades prennent la fuite par les souterrains, une chose au dernier moment me retient, une force invisible, mais toute-puissante qui me dicte de rester.

Le combat est loin d'être terminé. L'O.A.S. vaincra ou mourra.

40

C'est Diên Biên Phu !

Bab-el-Oued, 24 mars 62, 6 h 30. Claudine Casas

À travers les persiennes mi-closes, le jour commence à pointer sous un ciel ombragé. Personne ne sait ce que notre quartier risque de vivre dans les prochains jours, vu la nuit qu'on a passée et surtout après les événements d'hier. Mais une chose est sûre, Bab-el-Oued le quartier de la joie méditerranéenne et de la douceur de vivre ne se laissera pas abattre. Depuis les terrasses, depuis les balcons, depuis les encoignures de portes, Bab-el-Oued se défend par tous les moyens et ne se rendra jamais. Du moins, pas sans livrer bataille. Et le couvre-feu instauré hier n'y changera rien.

Dès 14 heures, avec Silvia et les enfants, nous nous sommes barricadés, tellement ça tirait de partout. Puis vers 16 heures, tout est redevenu calme. On a pu rouvrir un peu les volets, et s'interpeller de fenêtre en fenêtre. J'ai même entendu ici et là des applaudissements, et quelques-uns ont même osé crier et claironner des « *Algérie française ! Algérie française !* » D'autres ont fait encore plus fort en branchant leur électrophone : « *C'est nous les Africains, Qui revenons de loin, Nous venons des colonies, Pour sauver la Patrie »,*[75] pouvait-on entendre par les fenêtres ouvertes.

— Tu vois quelque chose ? m'a demandé Silvia en restant accroupie près du lit avec les enfants.

---

[75] « Chant des Africains ». Symbole des partisans de l'Algérie française, pendant la guerre d'Algérie. Parfois dénoncé comme étant « le chant de l'OAS ».

— Ma foi... On dirait qu'c'est terminé, ai-je dit d'une voix monocorde tant je n'étais ni convaincue ni convaincante.

Et effectivement, on a vite déchanté. Une demi-heure plus tard, des blindés sont arrivés place des Trois-Horloges. J'ai vu les tanks prendre position, et quand ça a commencé à canarder, là pour le coup j'ai failli voir trente-six chandelles. Et juste après, à la stupéfaction générale est arrivée dans le ciel d'Alger une armada d'avions, enfin pas cinquante, mais plusieurs ! Suffisamment en tout cas pour m'écrier au moment où l'aviation s'est mise à tirer : « Ma parole, mais c'est la guerre ! »

L'embrasement était total. Les canons grondaient, les blindés bombardaient à tout va, les vitrines explosaient, des véhicules flambaient le long des trottoirs, et d'autres n'étaient plus que des amas de tôles tordues ! Les avions n'ont cessé de survoler Bab-el-Oued. Plusieurs fois on les a vus attaquer en piqué, mitraillant les façades et les terrasses des immeubles. Et même les rues où j'ai vu des gens tomber avenue de la Bouzaréah et aux Trois-Horloges.

— Punaise ! Mais qu'est-ce qui s'passe ? ai-je soudain vociféré en serrant les mâchoires autant de peur que de colère. Mais il est fou ce de Gaulle ! Fou ! Fou ! Mais c'est plus Bab-el-Oued, ma parole ! C'est Diên Biên Phu !

Je me suis précipitée vers les fenêtres pour fermer les volets. Puis on s'est cachés tous les quatre comme on a pu. Un coup sous les lits, une autre fois derrière des meubles, et même dans les placards. Tout ça en se déplaçant uniquement en rampant comme des chats, pour pas dire comme des rats. Ah la belle figure qu'on avait à se traîner ainsi par terre ! Cette fois c'est sûr, on se le paiera ce de Gaulle !

Dans la soirée, vers 21 heures, après que le calme soit à peu près revenu, Canuto est passé prendre de nos nouvelles.

— Oui, nous allons bien, enfin si je puis dire, lui ai-je dit en parlant doucement. Et dehors ? Comment ça se passe ?

— Dehors, ma foi madame *Clôdine*, tenez, voyez la pluie qui commence à tomber. C'est comme si Bab-el-Oued pleurait ses morts...

318

— Ses morts ?

Alors je l'ai fait entrer quelques minutes pour qu'il nous raconte. Effectivement, l'armée avait encerclé tout le quartier, avec des milliers de soldats, de gendarmes et de CRS, des blindés, des automitrailleuses, des avions de chasse et des hélicoptères armés.

— Vous comprenez, madame *Clôdine*, faut pas sortir, c'est trop dangereux, y a déjà eu assez de morts...

— Comment ça ?

— Eh bé, comment vous voulez que je vous l'dise ? Des gens se sont fait tuer chez eux, et sur les terrasses. Comm' le fils du boulanger de la rue Franklin. Mais pas que lui...

— Le fils Garalta ?

— Oui madame *Clôdine*. Jean Garalta, c'est bien lui. Vous vous rendez compte ? Tout juste 19 ans. Son père s'est effondré en le découvrant sur la terrasse.

— Paix à son âme, ai-je murmuré en baissant les yeux. Les pôvres Garalta, ils ne vont jamais s'en remettre.

— L'armée française qui tire sur des Français dans une ville française, y a qu'en France qu'on voit ça, a commenté Silvia d'une voix amère.

— Et vot' mari madame *Clôdine* ? s'est étonné Canuto en nous voyant seules.

— Ma foi, mon Reymond est en déplacement à Constantine. Jamais là quand y s'passe quelq'chose ; ça, c'est tout lui. Et dire qu'y veut être commissaire un jour... Eh bé purée, avec lui, les affaires seront pas prêtes d'être résolues !

— Bon, j'vous laisse, madame *Clôdine*. Vous z'avez compris ? Pas d'imprudence, restez à l'abri, loin des fenêtres.

— Entendu Canuto, c'est promis, ai-je acquiescé en me tamponnant les yeux avec un mouchoir.

Puis nous attendons que passe la nuit. Et quelle nuit ! Interminable, harassante ! Nous dormons dans la chambre du fond. Les enfants par terre sur un matelas, et moi avec ma sœur dans le grand lit. Enfin, si on peut appeler ça « dormir » ! Pas moyen que je puisse fermer l'œil, à cause des tirs réguliers qui ne cessent de déchirer le silence. « Taratatatatata » et quand ça a l'air d'être fini, vlan, encore une enfilade de « Taratatatatata » et je sursaute à chaque fois, comme si y avait un feu d'artifice dans ma cuisine ! Ma parole, j'ai l'impression que les balles sont toutes pour moi, qu'elles me cherchent désespérément, qu'elles veulent m'atteindre à tout prix. Et avec la chance que j'ai, y en aura bien une qui va me choisir ! Quelle nuit d'enfer.

À la pointe du jour, notre supplice semble terminé. Je me lève tout ankylosée et qui plus est avec la gueule de bois. Au passage, j'enjambe à pas de velours le matelas des gosses qui dorment comme des loirs. Quelle chance y z'ont ces deux-là. Ah les boutchous !

— Qu'est-ce qui s'passe ? s'écrie brusquement Silvia en se retournant.

— Chut, c'est moi. J'reviens, je vais à la salle de bain...

— Fais attention quand même...

— Oui, t'inquiète pas, articulé-je d'une voix caverneuse. À peine que j'm'en vais, on dirait déjà que je reviens.

Sur ces sages paroles, je fais deux mètres dans le couloir et prends à gauche direction la salle d'eau. C'est une petite pièce, avec juste le nécessaire : un lavabo, une baignoire sabot sous la fenêtre, et un meuble de rangement pour les produits et les serviettes.

Le matin, en me levant, la première chose que je fais c'est me rincer la bouche. Après une nuit de sommeil, j'ai toujours l'impression d'avoir la bouche asséchée et pâteuse. Mais je crois bien qu'c'est encore pire après une nuit blanche. Avant tout, je vais d'abord jusqu'à la fenêtre, et, me tenant droite, de profil et adossée au mur, j'écarte très discrètement le rideau pour jeter un œil dehors. La ville se réveille lentement. Les tirs ont cessé depuis 5 heures du matin au moins. Je lâche le rideau et retourne près du lavabo. Je saisis mon verre habituel posé sur la tablette, je le remplis à ras bord ou presque, puis je referme le robinet. Dans la glace au-dessus du lavabo, se reflète par la fenêtre derrière moi l'éclat du jour qui se lève ; puis je vois MON « reflet ». Eh beh ma fille, ce matin c'est

plutôt : « Dis-moi, joli miroir, qui est la plus moche du royaume ? »
Allez Claudine, ferme les yeux va, que t'y as la façade comme celles
du dehors ; c'est les mitraillages de la nuit, ou quoi ? Je prends une
bonne gorgée et, penchant la tête en arrière, je commence mes
gargarismes : glouglouglou… une fois, deux, fois, et à la troisième,
le musée des horreurs est complet ! Je dis stop, et au moment où je
me penche pour recracher, c'est comme une… une quoi ? une double
détonation aussi vive et cinglante qu'un éclair. Un sifflement perçant
qui passe juste au-dessus de ma tête en faisant voler en éclats le
miroir. Par un réflexe inné, je me jette à terre en criant et vociférant
comme une truie qu'on égorge. D'un regard oblique vers la fenêtre,
je constate deux trous ronds et réguliers dans le carreau du milieu, et
deux impacts sur ce qu'il reste du miroir au-dessus du lavabo.

— Claaaudineeee ! hurle Silvia d'un cri mortifère.

Une fois à quatre pattes, je me faufile dans le couloir, direction la
chambre. J'entends Rosy qui pleure et Eddie qui braille. Mon cœur
se serre d'effroi à la limite de l'épouvante.

— Tout va bien ! j'arrive ! hurlé-je pour la rassurer. Et vous, pas
de mal ?

J'arrive en rampant dans la chambre et les découvre tous les trois
blottis dans le grand lit. Ouf, ils n'ont rien ! Quant à moi, oui je
rampe comme une limace empotée, mais Dieu soit loué je suis bien
vivante ! Parvenue à un mètre du lit, je prends mon envol et saute sur
le matelas comme une tigresse voulant défendre sa portée. Une fois
réunis et soulagés, on se serre tous les quatre dans les bras, à la fois
morts de trouille et secoués d'une gaieté folâtre qui détonne
particulièrement avec ce qui vient de se passer.

Et là, je remarque que la fenêtre de la chambre se trouve pile dans
l'axe de visée du lit.

— Vite ! Sous le lit ! hurlé-je encore en tirant mes filous par les
bras.

Je hurle beaucoup, c'est vrai. Je hurle pour tout, d'ailleurs. Mais
c'est ma pas faute à moi, si j'ai la voix qui porte.

— Aïe mam', tu m'fais mal ! beugle Rosy.

— Purée, ma fille ! Moi j'ti fais mal ? *Anda,* vaut mieux qu'ce soit toi qui pleures plutôt que moi !

Et nous voilà à plat ventre, terrés sous le lit, cette fois bien à l'abri dans notre bunker de fortune. Tellement qu'à la fin, on s'retrouve tout engourdis après une heure à rester sans bouger, sans se retourner, à se cogner la tête aux ressorts du sommier, et le nez dans les moutons de poussière qui nous ont fait tousser et éternuer au moins dix fois chacun.

— Dis, Claudine, y a combien d'années que t'as pas fait la poussière chez toi ? dit ma sœur exténuée, au bout du cinquième éternuement successif.

— Purée, la mort de vous z'ôtres ! Plains-toi, va ! Mieux vaut ça que de s'faire trouer la peau non ?

— Ma foi, t'as mis de la poudre à éternuer sous le lit ou quoi !

— De la poudre à éternuer ? De la poudre à éternuer ? Purée, ma fille ! Mourir, c'y est aussi une poudre à éternuer, mais celle-là, j'connais pas grand-monde qui rigole quand y l'a sous le nez !

Aussitôt après, Rosy et le petit Eddie commencent à chougner, car ils ont faim. Alors nous décidons de quitter notre sombre tanière. L'un après l'autre, à la queue leu leu, nous nous dirigeons à quatre pattes vers la cuisine. Moi devant et Silvia fermant la marche.

— Surtout, ne vous levez pas les enfants !

— *Man-man,* on va loin comm' ça, ronchonne Rosy, j'ai mal aux genoux moi !

— Tais-toi et marche la route, ma fille !

Arrivés dans la cuisine, c'est l'apocalypse. Les vitres ont volé en éclats et les murs sont criblés d'impacts ! Ça, c'est l'arrosage de la veille ou le feu d'artifice de cette nuit ! Heureusement qu'on n'a pas bougé de la chambre pour ne pas risquer d'être touchés par une balle perdue. Quoique malheureusement, une balle perdue n'est pas toujours perdue pour tout le monde, et malheur à celui qui se la prend. Paix à son âme.

— Quoi ? tu veux sortir ? s'exclame Silvia, étonnée et anxieuse. Et le couvre-feu ?

— Ti as entendu c'qu'a dit Canuto hier soir ; les femmes peuvent sortir le matin de 6 à 8 heures pour faire leurs courses, alors j'y vais.

— Les courses ? Quelles courses ? Tu comptes aller faire ton marché ou quoi ?

— Au moins un peu de pain chaud.

— Oui *man-man* ! du pain ! du pain !

Ça, c'est mes boutchous, dès qu'y z'entendent le mot « pain », c'est plus des yeux qu'y z'ont, c'est des yeux de gobies sur des yeux de crabes et une langue de caméléon !

Bon, il est 7 h 10, faut pas que je tarde. Silvia n'est pas franchement rassurée.

— Je fais vite, dis-je en poussant doucement la porte.

Puis je descends les trois étages à pas de velours. Mais une fois dehors, c'est pas mon quartier que je découvre : c'est un chaos indescriptible. Les rues sont quasi désertes. La place des Trois-Horloges habituellement si animée, si vivante, n'est que l'ombre d'elle-même. Un détail attire mon attention, les aiguilles des horloges sont arrêtées sur 14 h 45, heure à laquelle elles ont été mitraillées elles aussi. Décidément, rien ni personne n'a été épargné. Partout la peur rôde. Je remonte l'avenue de la Bouzaréah, vers la rue Franklin. À l'angle des deux rues se trouve la boulangerie Garalta, des commerçants tellement dévoués et aimables. Je suis une de leurs fidèles clientes, et, après la terrible nouvelle de la mort de leur fils, je voudrais... comment dire ? Peut-être entrer, juste pour les voir. Et quoi d'autre ? Avoir des nouvelles ? Pas la peine Claudine, les nouvelles sont extrêmement mauvaises. Mais je m'approche quand même, et finalement je me retrouve devant une porte fermée. Oui, le deuil est bien dans cette maison. Alors je fais demi-tour. Mon cabas vide se balance sur mon bras frissonnant de douleur contenue, mais pas seulement, de terreur aussi.

Tous les magasins – du moins ceux qui sont ouverts, ont déjà été vidés de leurs marchandises. Les autres sont complètement saccagés, voire pillés. Je découvre avec stupeur ce qu'est devenu notre quartier, un vrai champ de bataille avec partout des devantures éventrées, des voitures écrasées le long des trottoirs, des fils électriques pendants comme des chapelets damnés. Des ordures jonchent le sol du fait que les poubelles n'ont pas été ramassées depuis plusieurs jours, et à tous les coins de rue, les murs sont couverts d'impacts de balles.

Je rentre à la maison comm' j'étais sortie, le cabas vide, mais avec une chose en plus : la tête pleine d'horreurs et de douleur. La belle affaire.

Silvia et moi, on a mis une demi-heure à calmer les estomacs de mes deux petits morfalous. Faut dire que la situation se complique, pas d'eau, pas d'électricité, et bien sûr pas de gaz non plus. Donc, pour le menu de ce midi, à part se sucer les doigts, j'ai pas trop d'idée. Le téléphone aussi est coupé depuis hier. Silvia s'inquiète de ne pas pouvoir donner de nouvelles aux parents, ainsi qu'à Janot. Si le téléphone arabe marche bien, ce dont je ne doute pas, toute l'Algérie doit être au courant de ce qui se passe à Bab-el-Oued. Et à Oran, toute la famille doit s'inquiéter. Quant à mon Reymond, *ass'aoir*[76] où y l'est passé çuilà.

Soudain des coups secs et rapides retentissent à la porte, et j'entends sur le palier une petite voix faible : « Claudine ! Claudine ! » J'ouvre et je tombe sur ma voisine de palier, madame Morales, en robe de chambre à fleurs et en pantoufles.

— Vous avez vu ? Ils distribuent du pain aux Trois-Horloges !

— Ah bon ? je m'exclame ahurie.

Attrapant un gilet au portemanteau, je descends quatre à quatre l'escalier en spirale.

Effectivement, sur l'avenue de la Bouzaréah, un corbillard est arrêté le long du trottoir, coffre ouvert, et des gens sont agglutinés à l'arrière. Je m'élance le cœur battant, tout en restant sur le qui-vive. Deux hommes distribuent des miches de pain planquées dans un cercueil. C'est un peu la panique, ça se bouscule, je tends les mains, j'en demande trois…

---

[76] Va savoir.

324

— Ma « pôvre » dame, me dit l'un des hommes, il en faut pour tout le monde, une miche par famille. C'est cadeau des boulangers de Saint-Eugène.

— Alors deux, s'il vous plaît, y m'en faut une aussi pour ma voisine ! La vérité si j'mens ! Que le bon Dieu me crucifie sur la croix et Lucifer me coupe en deux morceaux, si c'y est pas la vérité d'ma mère sur la tête de mes enfants !

— Bon, va comm' ça ma brav' dame, si vous l'dites, j'vous crois... consent-il alors, sensible à ma supplique.

Une fois mes deux tourtes sous le bras, je regagne la rue Fourchault à vingt mètres de là. Je pénètre dans l'immeuble, referme la porte et m'adosse au mur du hall d'entrée pour reprendre ma respiration, tellement j'ai eu peur que les gendarmes mobiles n'arrivent pour nous dézinguer et nous faire passer le goût du pain. Je gravis les trois étages, toque à la porte de madame Morales pour lui donner son dû. Les yeux émerveillés et soulagée, elle me serre de joie dans ses bras. Quand j'entre chez moi accompagnée par la bonne odeur du levain, je tombe nez à nez sur quatre yeux de gobies et deux langues de caméléon qui me fixent avidement :

— *Man-man* ! du pain ! *Man-man* ! du pain !

Pour le coup, j'ai vraiment l'impression d'être la mère Noël avec sa hotte garnie de cadeaux.

L'après-midi va être longue. Il est un peu plus de trois heures. Totalement abattue, madame Morales ne cesse de pleurer. Elle a peur de tout, même du silence, elle a peur du noir, et aussi de la clarté. Elle tremble en regardant les minces filets de lumière qui traversent les persiennes fermées. Elle tremble de tout son corps, de toute son âme. Elle sursaute au moindre bruit. Elle est inconsolable, comme je la comprends ! Quand je repense à c'qui s'est passé ce matin... vé, j'en suis toute *botcha* !⁷⁷ À quelle heure sont-ils arrivés ces goujats ? J'me souviens plus vraiment, si ce n'est que c'était avant midi.

---

⁷⁷ Tourneboulée.

Ça a commencé par des coups contre la porte. Mais pas des « toc-toc » de politesse. Non, plutôt des coups de massue. Enfin, de grands coups de crosse de fusil ! Comme je le craignais, à force d'être défoncée, la porte s'est brusquement ouverte à la volée. La serrure et la poignée ont voltigé lourdement contre le mur. Bien évidemment, mon premier réflexe a été de pousser un hurlement. Moi quand j'ai peur j'hurle. Mais ça n'a guère ému ces messieurs représentant l'ordre « soi-disant ». Et malgré les cris et les pleurs de frayeur de mes boutchous, je me suis efforcée de rester calme tout en demandant des explications sur cette intrusion cavalière. Pour unique réponse, j'ai eu droit à un « Pousse-toi de là » qui me fit valdinguer contre la cloison du séjour. C'est à ce moment précis que j'ai entendu madame Morales crier à son tour, et des gardes mobiles – qu'on appelle les rouges – sortirent de chez elle en entraînant brutalement son mari et son fils. Elle a tenté de s'accrocher à eux, mais ces brutes l'ont écartée sans ménagement, et elle s'est laissée tomber au sol, se répandant en lamentations. Je m'apprêtais à l'aider à se relever, quand, à la suite d'un énorme fracas dans la maison, j'entendis Silvia s'écrier : « Mais qu'est-ce que vous faites ? Vous n'avez pas le droit ! »

C'est alors qu'en me retournant je les ai vus commencer à tout saccager chez moi ! Ce n'était pas des gardes mobiles, mais bien des CRS qui venait de renverser le buffet du séjour en brisant toute la vaisselle. Je m'élançai vers eux pour tenter de m'interposer. D'un coup de crosse, l'un d'eux explosa le poste de télévision et d'un coup transversal fit éclater notre poste radio, le cadeau de mariage de mes beaux-frères Casas ! Accroupie près du canapé, Silvia en larmes tenait serrés contre elle mes enfants totalement effrayés.

— Mais ils sont fous ! dit-elle avec des sanglots dans la voix.

Ils étaient partout. Dans la cuisine, dans les chambres, la salle d'eau. Investissant chaque recoin, renversant tous les meubles, vidant tous les tiroirs. Dans leurs uniformes noirs, lugubres et funestes, on aurait dit les serviteurs du diable, assoiffés de haine et de violence. Impuissante et désespérée, j'entrai dans ma chambre au moment où l'un d'eux jetait au sol toutes mes robes après avoir volontairement et gratuitement pris soin de les lacérer. Mus par une rage folle, deux autres CRS étaient en train d'éventrer le matelas, éparpillant les lambeaux de laine. Un autre tout aussi enragé ouvrit le dernier tiroir de ma commode, et en sortit une grande boîte en carton fermée par une ficelle. Il la jeta sur le sommier et l'ouvrit sans ménagement. Mon cœur explosa et je me jetai sur lui pour qu'il s'arrête.

— Nooon, touchez pas à ça ! m'écriai-je consternée dans un brusque sursaut de révolte.

Ce soldat du démon me poussa si fort contre le mur que ma tête cogna l'arête de l'armoire. Je sentis quelque chose de chaud couler lentement sur l'arcade sourcilière. M'essuyant d'un revers de la main, je vis le sang sur la manche de mon chemisier blanc.

Le CRS venait de déchirer avec une hargne incompréhensible la boîte de rangement de ma robe de mariée.

— Mais pourquoiiiiiii ? Pourquoi ma robe de mariée ? Qu'est-ce qu'elle vous a fait cette robe ? quel mal ? m'écriai-je en sanglotant rageusement, terrassée de douleur.

Pendant qu'il me toisait, je remarquai son regard d'acier. Ses yeux étaient comme fous et dans ce regard de haine, je pus y lire la peur, une peur vile et lâche.

— Est-ce qu'au moins vous savez que mon mari a été CRS comme vous ?

— Justement, il est où votre mari ?

— Hein ? Il se cache où ce vendu de l'O.A.S. ? me dit sèchement un autre.

— Y l'est pas dans l'O.A.S. ! Maint'nant y l'est inspecteur de police ! Y l'est en mission à Constantine !

— Inspecteur ? ricana celui qui avait piétiné ma robe de mariée. Dis plutôt un salaud de l'O.A.S., et là on te croira.

Il me toisa encore. Je n'oublierai jamais ce visage de *bouznik,* anguleux et crispé, avec ce casque noir aux reflets argentés qui lui donnaient à son front une pâleur cadavéreuse de bête traquée.

— Vous pouvez être fiers… vous êtes pire que des nazis !

Il ne m'a pas répondu, il a juste eu un rictus sinistre et méprisant. Après quoi, ils sont tous partis.

Silvia m'a aidée, non sans efforts, à ramener notre voisine chez nous, car il n'était pas question de la laisser seule dans son appartement tout autant dévasté que le nôtre. Comme notre porte d'entrée était cassée et la poignée inutilisable, nous l'avons bloquée avec une commode. Puis, nous nous sommes installés dans la chambre du fond, la pièce la moins exposée.

Depuis qu'elle est avec nous, madame Morales n'a toujours pas bougé. Elle est prostrée sur une chaise, inconsolable, les yeux gonflés, rougis de larmes, morte d'inquiétude pour son fils et son mari. Qu'allons-nous devenir ? On n'ose même pas y songer. Les secondes et les minutes sont longues. Silvia, les enfants et moi passons notre temps à jouer aux jeux de société, avachis sur le matelas déchiqueté. Malgré la mise à sac dévastatrice de notre appartement, on a quand même pu retrouver dans la chambre des enfants certains éléments, notamment le jeu de l'oie, les 1000 bornes, les osselets, les petits chevaux, les dominos, et bien sûr les jeux de cartes.

— Oh oui *man-man,* on joue aux cartes ! s'extasie Rosy.

— À quoi tu veux jouer ? lui dis-je alors d'une voix évasive.

— À la bataille !

— Hein ? la bataille ? ah ça oui que non ! pas la bataille !

— Pourquoi *man-man* ? s'exclame Rosy en minaudant.

— La bataille, la bataille... pourquoi pas aux cowboys et aux Indiens tant que t'y es ! Non, c'est mieux le jeu de l'oie, comme ça ton frère, y peut jouer.

— *Man-man,* c'est pas juste ! On a joué déjà dix fois à l'oie !

— Hé bé, ça fera onze en attendant la douzaine !

Les parties se succèdent, sans grand entrain pour Silvia et moi. Mais faut bien occuper les enfants. Sans compter que nos parties, guère enjouées, sont de nombreuses fois entrecoupées par des épisodes de mitraillages. Ça dure comme ça pendant des heures.

Côté ravitaillement, nous commençons à manquer. Suite au saccage de la cuisine, tout est renversé, le frigo, le buffet et les placards. Les provisions jetées à terre et piétinées par ces saligauds sont définitivement gâchées. Même chose chez madame Morales. On fait un rapide inventaire : quatre bouts de pain, sept carottes, six tomates, cinq boîtes de sardines à l'huile, deux pots de confiture et huit bouteilles d'eau. C'est bien maigre pour cinq personnes, dont deux jeunes enfants.

La nuit ne va pas tarder à tomber. Un camion militaire vient de passer en déclarant par haut-parleurs que le bouclage du quartier et le couvre-feu étaient maintenus jusqu'à nouvel ordre. Eh bien, encore une excellente nuit qui s'annonce.

Le lendemain, à l'aube, je suis réveillée par une sensation désagréable. En fait, par les vitres cassées de l'appartement, pénètrent les odeurs de la rue, mélange nauséabond de poubelles, de poudre à canon, et de sang séché. Quand pourrons-nous à nouveau vaquer à nos occupations et retrouver l'ambiance heureuse de notre quartier ? C'est bien quand elle est perdue que notre liberté revêt toute sa splendeur, sa nécessité, voire son caractère fondamental et universel.

Silvia s'est réveillée avec des maux de tête. J'ai pu retrouver dans le fatras de la salle de bain, des aspirines. J'espère que ça va lui passer, car les médecins ont reçu l'ordre de ne pas intervenir auprès de la population de Bab-el-Oued. Encore une charmante amabilité de l'État français. Seule la Croix-Rouge parvient, paraît-il, à franchir les barrages.

Durant la matinée, les tirs continuent dans les rues autour de la place des Trois-Horloges. Par les fenêtres nous parvient le bruit angoissant des jeeps des gardes mobiles et des blindés qui sillonnent la ville, régulièrement ponctué par des salves de fusils mitrailleurs. Notre repas de midi se limite à une demi-tomate chacun, et une sardine sur une tranche de pain. Mon petit Eddie est si affamé qu'il se jette comme un morfale sur son casse-croûte, qu'il termine rapidement en lâchant un rot infantile.

— *Hamdoullah !* Profite, mon fils !

Et soudain, en croquant mon maigre repas, je réalise avec effroi et douleur que nous sommes dimanche... dimanche 25 mars, et qu'aujourd'hui ma petite Rosy, elle fait tout juste cinq ans. Dire que nous devrions être en train de fêter son anniversaire, autour d'un bon repas et d'un magnifique gâteau. Une profonde détresse m'envahit le cœur. Mais je n'en montre rien, pour ne pas alourdir l'atmosphère plus qu'elle n'est.

Comme la veille, le camion militaire passe en fin de journée pour annoncer la poursuite du couvre-feu permanent qui sera maintenu jusqu'à nouvel ordre.

Et une troisième nuit d'angoisse commence. Silvia souffre toujours de ses maux de tête. En fermant les yeux, je prie pour que demain soit un meilleur jour pour elle, et pour nous tous.

Lundi 26 mars. Aux aurores, des coups de mitraillettes retentissent encore. Journée de printemps en perspective, et pourtant, quatrième jour de notre calvaire. Dans le milieu de la matinée, quelqu'un essaie de pousser la porte. De la pousser, non, je dirais plutôt de forcer le passage tout en s'exclamant « Claudine ! C'est moi ! »

Je m'approche du vestibule, et qui je vois ? Antoine ! Je dégage le meuble et je me laisse tomber dans ses bras.

— J'avais tellement peur qu'il vous soit arrivé quelque chose, me dit-il. Comment allez-vous ?

Pas moyen de répondre de suite, tant l'émotion de ce que nous avons vécu est encore vive. Silvia apparaît et il l'enserre également. C'est à ce moment-là qu'il remarque, ahuri, le spectacle de la dévastation.

— T'y vois ça un peu... murmuré-je en poussant un soupir plaintif. Comm' y dit l'autre : Y'a du fourbi dans le gourbi.

Puis il parcourt l'appartement, constatant avec désolation et colère les nombreux dégâts. Il revient vers nous, baissant la tête, puis frappe un grand coup de poing dans la cloison que l'immeuble en tremble encore.

— Purée, va, ne me casse pas la maison plus qu'elle n'est, lui dis-je lasse et résignée.

— Ça, ils vont l'payer !

— Tu parles. Regarde à mon œil, et t'y verras pas Notre-Dame-d'Afrique !

Bon, certes, ça pourrait être pire, vu le nombre de civils qui ont été lâchement abattus.

— De pauvres innocents, murmure Silvia en baissant la tête.

— Une gamine de dix ans aussi a été tuée hier à midi chez elle, rue Soleillet, ajoute Antoine.

— Non ! Y z'ont fait ça ! Les salauds ! m'écrié-je.

— Une balle perdue, sûrement.

Nous sommes abattus, envahis par la tristesse, le dégoût et la colère.

— Allez, va, Antoine. Viens t'asseoir, lui murmuré-je en m'approchant du séjour. T'y veux boire quelq'chose ? C'est-à-dire qu'aujourd'hui c'y est de l'eau, ou de l'eau. L'anisette, depuis deux jours, elle est en train d'abreuver à l'œil le carrelage de la cuisine.

On redresse tant bien que mal le canapé, et Antoine s'y installe.

— Et toi ? Raconte-nous.

— La plupart des copains de l'O.A.S. se sont repliés vendredi soir en filant par les égouts, commence-t-il passablement dépité en regardant le fond de son verre. Samedi soir, on n'était plus qu'une vingtaine ; la plupart sont sortis dans des ambulances ou grâce à quelques pompiers et militaires qui les ont laissés passer au travers des mailles du filet.

— Et toi ? lui demande Silvia, pourquoi es-tu resté ?

— En laissant Francine et le petit ici ? Je suis tout ce qu'on veut, mais pas un saligaud.

— Bien sûr Antoine, ce n'est pas ce que j'ai voulu dire, s'excuse-t-elle platement.

Puis il se lève pour partir. Il voulait juste savoir si on allait bien. Il nous embrasse, ainsi que les enfants.

— Mais ne vous inquiétez pas, c'est bientôt fini. Cet après-midi une manifestation pacifique de tous les Algérois va venir jusqu'aux portes de Bab-el-Oued pour réclamer la levée du blocus.

— Et t'y crois à ça ? je lui demande, un brin sceptique. Ça va dégénérer encore une fois, oui.

— Non. L'O.A.S. ne sera pas à la manif. Tous les commandos ont reçu l'ordre de ne pas y participer. On n'est quand même pas stupides au point de se jeter dans la gueule du loup, avec toutes les forces de l'ordre qu'il y aura partout dans Alger.

— T'y sais, c'est pas contre toi que j'dis ça, mais si on fait le bilan, l'O.A.S. elle a fait plus de mal que de bien.

Il me regarde stupéfait, même un peu sonné.

— Je n'peux pas te laisser dire ça, Claudine. On s'oppose à la politique de trahison de de Gaulle ! Et on se bat pour notre pays !

Nous restons silencieuses Silvia et moi. On n'sait plus quoi penser.

— C'est sûr que ce de Gaulle nous a bien *endoffés*, avoué-je d'une voix sépulcrale.

— Sois tranquille. Quand le moment sera venu, on lui fera le compte.

Et il sort.

Troisième partie
Du crime d'État au cataclysme

41
Des cris sous les balles

Alger, 26 mars 62, 11 h 35. Janine Fuentes
À la maison nous sommes inquiets pour l'oncle Joseph et tante Loli de Bab-el-Oued. Maman et moi sommes passées les voir, rue de la Consolation, mardi dernier après le marché. Mais comme depuis le début de l'insurrection leur téléphone est coupé à cause du blocus, n'ayant plus de nouvelles nous y sommes allés hier après-midi. Il y avait des dizaines de familles comme nous, inquiètes pour leurs proches et désireuses de leur témoigner soutien et réconfort. Malheureusement des barrages filtrants bloquaient les entrées de Bab-el-Oued et des militaires empêchaient toute intrusion dans le quartier. Nous avons bien essayé de parlementer, expliquant qu'on apportait des vivres pour nos familles, mais ça n'a servi à rien. On nous a seulement autorisés à remettre les denrées aux personnes de la Croix-Rouge qui se chargeraient de la distribution.

Mais aujourd'hui c'est tous les Algérois qui vont manifester et se rendre à Bab-el-Oued.

— Janine ! Écoute voir ça ! me dit ma jeune sœur Lucette en montant le son de la radio.

Une voix lourde et sentencieuse se met alors à grésiller dans le haut-parleur du poste posé sur le buffet de la salle à manger :

« ... Il est formellement rappelé à la population que les manifestations sur la voie publique sont interdites. Les forces de maintien de l'ordre les disperseront, le cas échéant, avec la fermeté nécessaire. »

Lucette coupe la radio. Ce n'est pas avec leurs manœuvres d'intimidations qu'ils vont nous faire changer d'avis. On s'y rendra quand même, comme c'était prévu.

— Maman ? Tu viendras avec nous ? demande Nadia en haussant le ton, car notre mère est occupée en cuisine à préparer le déjeuner.

Nadia est ma sœur cadette. Elle a dix-neuf ans, et Lucette seize et demi.

— Dites les filles, c'est plus de mon âge tout ça !

— Maman, y a pas d'âge pour manifester, tenté-je de la convaincre. On ne peut pas laisser faire. Pense à ta sœur, et à tous les autres, c'est pour soutenir Bab-el-Oued !

— Oh oui, je pense à eux tous. C'est honteux, je sais bien. Mais, Janine, je n'aurai jamais la force de marcher jusque là-bas. Non, allez-y vous autres, mais promettez-moi d'être prudentes !

— Maman, qu'est-ce que tu vas t'imaginer... c'est une manifestation pacifique.

— Bon, très bien. En tout cas, habillez-vous joliment. On n'sort pas en ville en tenue ordinaire !

13 h 30. J'entre dans la salle de bain pour finir de me préparer. Je rajuste mon tailleur qui parfois fait de mauvais plis ; j'arrange mon chemisier et vérifie une dernière fois ma coiffure. Quelques gouttes de parfum, et me voilà prête pour le plus grand rassemblement à Alger depuis la visite de de Gaulle en juin 58.

13 h 45. Nous descendons l'escalier de l'immeuble pour nous rendre à la place Hoche. Il fait un beau soleil de printemps. Sous son petit gilet blanc, Nadia porte une belle robe d'été blanche à rayures bleu marine. Lucette, une jupe ample bleu clair et un haut rosé. Place Hoche, nous retrouvons notre cousine Liliane et mon amie Georgette. Nous nous connaissons depuis l'école primaire. Liliane va se marier en juin avec Serge Martinot qui est agent de police au commissariat d'El Biar. Et Georgette est secrétaire de direction. Souvent je repense à cette soirée où Liliane a rencontré son fiancé ; ça se passait chez Claudine Casas, la femme du collègue de Serge. Le repas avec le fameux couscous. C'était au moment du putsch

d'Alger en mai 58. Comme le temps a passé depuis, et tout n'a cessé d'empirer.

Sans perdre de temps, nous rejoignons toutes les trois la rue Sadi Carnot par le boulevard Victor Hugo. Un peu plus loin, nous tombons sur un premier barrage. Des camions militaires sont positionnés en travers de la route, sans pour autant bloquer totalement le passage, puisqu'un espace suffisant est laissé libre entre les camions. Comme si c'était volontaire. D'ailleurs les militaires nous laissent passer sans réellement s'y opposer. Déjà nous constatons que la foule est là, dense, compacte, joyeuse, brandissant des drapeaux tricolores et entonnant la *Marseillaise*. Tout le monde a répondu présent : hommes, femmes, enfants, et même parfois des vieillards marchant à petits pas, ou avec leur canne. Malgré la présence de nombreux militaires, ces derniers persistent à nous laisser franchir les barricades tranquillement, sans même prendre la peine d'essayer de nous refouler. C'est incroyable et presque inespéré. Nous avançons sans difficulté tout le long du trajet. Pas de doute, c'est gagné, l'armée est avec nous. Le petit peuple d'Alger marche vers son destin, un destin heureux, car personne ne doute de la victoire, de notre capacité à délivrer Bab-el-Oued, pacifiquement. Ah, papa, maman, si vous étiez là pour vivre ce moment historique !

Dans les rangs de la foule qui fourmille, drapeau tricolore en tête, retentit régulièrement le « chant des Africains ». Puis le cortège bifurque légèrement à gauche dans la rue Charras pour rejoindre plus vite le plateau des Glières. Plus nous approchons de la Grande Poste et plus le flot de manifestants s'intensifie. C'est désormais une marée humaine qui déferle sur la ville. Aux dernières nouvelles, nous serions quelques milliers en marche vers Bab-el-Oued. L'ambiance est à la fête. Les gens chantent et se parlent même sans se connaître. Pour un peu, on se croirait dans une kermesse.

Rue Charles Péguy, nous rencontrons un nouveau barrage militaire mis en place entre les Facultés et le plateau des Glières. Là aussi, on le passe sans trop d'encombres, grâce à quelques bourrades plus amicales que réellement hostiles de la part de la foule. Quant aux filles, certaines usent de petits stratagèmes plutôt inattendus, comme des œillades et des baisers volés forts sages et vertueux.

— Eh là, si vous forcez le barrage comme ça, on vous laisse passer, mesdames ! nous disent quelques soldats en riant.

Vers 14 h 30, nous arrivons enfin au plateau des Glières. Des slogans retentissent un peu partout : « Vive l'Algérie française ! » « L'armée avec nous ! » La foule ne cesse de grossir. Plus de doute, nous sommes largement plusieurs milliers à manifester dans toute la ville. Comme c'était prévu, Liliane retrouve Serge au pied de la statue de Jeanne d'Arc. Tout le secteur de la place de la poste est bouclé. Des soldats, arme au poing, forment des barrages et condamnent toutes les rues adjacentes, notamment la rampe Bugeaud où un camion bloque le passage. Nous sommes à ce moment-là au moins cinq ou six cents personnes rassemblées, au coude à coude. La seule voie possible pour rallier Bab-el-Oued, c'est la rue d'Isly. Une bonne partie du cortège s'y est déjà engouffrée, et marche calmement vers la place d'Isly.

À ma montre, il est 14 h 40. Georgette, mes sœurs et moi sommes maintenant sur l'esplanade de la Grande Poste, côté rue d'Isly, pas très loin de l'immeuble du Crédit Foncier. Visiblement Nadia cherche quelqu'un dans la foule.

— Solange devait me retrouver sur l'esplanade, près des arrêts d'autobus, me dit-elle en scrutant les environs. J'ai bien envie d'aller voir si elle est par-là…

— Ah non, Nadia, ne t'éloigne pas. On reste ensemble, tu sais c'qu'a dit maman.

Elle m'écoute sans trop rechigner. À hauteur du Crédit Foncier, face à nous se tient un cordon de militaires, en tenue kaki et avec leur casque recouvert d'un petit filet, comme s'ils étaient en guerre ! D'ailleurs – et sur le moment ce détail m'intrigue un peu –, la plupart de ces soldats sont algériens ; parmi eux, d'autres semblent plutôt européens, peut-être des gradés. Côté impair de la rue, le long du trottoir, sont alignées des barrières de barbelés qui n'ont même pas été mises en place. Le barrage se résume à un cordon de soldats espacés d'un mètre environ, mais les manifestants arrivent à les contourner quand même. Pour les autres, les soldats s'évertuent à faire front, même s'ils se font quelque peu houspiller par la foule qui tente de parlementer. On entend s'élever quelques débuts de *Marseillaise* venant de groupes de jeunes, puis le silence retombe. Un peu plus loin, à une vingtaine de mètres du barrage, j'entends un soldat qui crie « Halte ! ». Instantanément, le calme exigé semble rétabli. Liliane et Serge sont allés récupérer des amis avec qui ils avaient rendez-vous sur les marches de la poste, mais ne sont toujours pas de retour.

Je regarde le ciel, il fait vraiment une belle journée. Passé un moment d'accalmie, l'ambiance redevient électrique, car le cortège est à nouveau ralenti probablement un peu plus haut dans la rue d'Isly. Des manifestants cherchent à tout prix à passer, bousculant un peu les forces de l'ordre, sans toutefois user de violence puisque c'est une marche pacifique. Des femmes essaient même de les attendrir, espérant ainsi ouvrir une brèche. Soudain, un jeune officier apparaît et demande à ses hommes de se ranger en ligne le long du trottoir, face au café Le Derby. Ils tirent alors à eux les chevaux de frise pour barrer le passage. Je remarque le jeune officier en tenue kaki qui est très charmant d'ailleurs, avec de beaux yeux clairs, un képi blanc et des jumelles autour du cou. Est-ce lui que j'ai entendu crier « Halte » tout à l'heure ?

— Ah ils sont là ! s'exclame Nadia en voyant revenir Liliane et Serge accompagnés de deux jeunes garçons que je ne connais pas.

Après de rapides présentations, on s'apprête tous à intégrer le cortège qui s'engouffre rue d'Isly, lorsque je remarque l'absence de Lucette. Affolée, je me tourne vers Nadia.

— Où est Lucette ? je m'exclame en la cherchant dans la foule.

— Je ne sais pas, elle était pourtant là, y a une minute ou deux.

Liliane et Serge nous demandent ce qu'on fait, vu que le cortège a repris sa marche en avant.

— Lucette a disparu, dis-je angoissée à Liliane.

— Ah bon ? Mais comment ça ?

— Non, elle est là, je la vois ! s'écrie Nadia.

Venant à contresens, Lucette se rapproche de notre groupe en jouant un peu des coudes pour se faufiler à travers la foule. Je lui fais une remontrance en lui rappelant qu'on doit rester ensemble. Elle s'excuse avec un léger sourire qui me semble contrarié, puis nous dépassons le café Le Derby en suivant sagement le cortège. J'observe les soldats en ligne le long du trottoir, arme au poing. Les visages fermés, ils m'ont l'air bizarres et visiblement nerveux.

Lucette me prend la main. Je lui souris. Et, à demi-mot pour être sûre que personne n'entende, elle me dit quelque chose que sur l'instant je ne comprends pas.

— Hein ? Mais qu'est-ce que tu racontes ? lui dis-je stupéfaite en la fixant. Voyons, réfléchis, ce n'est pas possible.

— Pourtant j'te jure que j'ai entendu un officier le dire à une dame devant moi.

— Quel officier ?

Au bout d'une vingtaine de mètres, à hauteur de l'agence Havas, un autre cordon de militaires attend, les canons des fusils levés. J'aperçois l'officier aux beaux yeux clairs. Face à la foule pressante, il recule de quelques pas. Son regard semble affolé, il voit bien que le cortège parvient à passer malgré les efforts de ses tirailleurs pour endiguer le flot des manifestants.

— C'est lui ? je demande à Lucette.

L'officier est à deux mètres de nous à peine, elle le regarde et me répond en hochant la tête négativement.

— Mon capitaine, certains ont déjà passé le barrage ! dit-il en hurlant dans une espèce de téléphone émetteur.

Lorsqu'il raccroche, son visage change subitement. Il semble plus pâle que jamais, totalement fébrile, et un sentiment d'anxiété profonde émane de son regard perdu. À côté de moi, une dame s'approche de lui en pleurant. Sur le moment, je me demande ce qu'elle fait. Puis elle s'adresse à lui d'une petite voix si douce, si gentille, si suppliante que je l'écoute avec un pincement au cœur.

— Mon lieutenant, nous voulons simplement aller secourir ceux de Bab-el-Oued. Vous voyez bien qu'on ne fait rien de mal. Vous êtes français comme nous...

— Impossible, j'ai des ordres, rétorque-t-il tout en contenant l'émotion dans sa voix.

Puis elle se tourne vers un jeune soldat muni d'un poste radio qui se tient près du lieutenant : « Ne fais pas cela. Écoute-moi, tu es mon fils, nous sommes français ! »

Il y a alors comme une bousculade et après ça je ne vois plus la vieille dame. L'officier aux yeux clairs est toujours là, mais il paraît totalement débordé, préoccupé à contenir ses hommes qui de plus en plus sont pris à partie verbalement par quelques manifestants. Soudain, d'autres soldats arrivent en renfort par la rue de Chanzy, et l'officier reformant un barrage parvient non sans mal à stopper le défilé.

En l'espace de quelques secondes, un lourd silence, pesant et tendu, s'instaure. Comme s'il allait se passer quelque chose. Je repense à ce que m'a dit Lucette. Mais je ne peux pas y croire. Devant nous, en rang le long de la rue, se tient une vingtaine de militaires, fusils braqués sur nous. La plupart sont des soldats algériens qui parlent entre eux en arabe. Ils paraissent nerveux, voire menaçants, pointant sur nous le canon de leurs fusils, le doigt crispé sur la détente. Lucette me regarde, inquiète. Je lui souris, pour la rassurer. Néanmoins, une angoisse subite s'empare de la rue.

— Vous n'allez pas tirer sur nous ? leur crie un homme sur un léger ton d'indignation.

La foule gronde, se remet à chanter. Des manifestants houspillent le service d'ordre. Il y a quelques échauffourées. La tension monte. L'officier demande à ses tirailleurs de relever leurs canons, puis s'avance vers la foule, les bras en croix.

Je me tourne et vois la foule compacte, lasse de trépigner et qui veut avancer coûte que coûte. Le temps d'une fraction de seconde, je cherche des issues possibles, mais je n'en vois pas. Nadia est derrière moi avec Liliane, Serge et les deux jeunes. Lucette est à ma droite, je lui tiens la main et demande à Nadia de venir à mes côtés. Elle me rejoint, et je lui prends la main.

— Quoi qu'il arrive, on reste ensemble, entendu ? répété-je à mes sœurs pour la énième fois.

— Qu'est-ce que tu as ? me dit étrangement Nadia en devinant l'inquiétude dans mon regard.

L'officier a regagné sa position aux côtés de ses tirailleurs algériens, sur le trottoir côté impair de la rue d'Isly, entre le café Le Derby et l'agence Havas. Puis...

C'est à ce moment-là que tout a basculé. Cela s'est passé en quelques secondes à peine. J'ai vu un des soldats musulmans faire un pas en arrière, lever son fusil sur la foule, armer et tirer. Un éclair de feu jaillit devant nous ! Et tout à coup c'est la panique ! Une panique folle, brutale, assourdissante, car ça tire de tous les côtés ! Je me mets à courir comme une folle. Folle de peur ! Folle de vouloir vivre ! J'entends les balles siffler à mon oreille !

— Janine ! retentit un cri derrière moi.

Malgré le chaos, je reconnais la voix de Lucette. Elle me suit en courant aussi vite qu'elle peut. Où est Nadia ? Je ne la vois plus ! Je tends la main à Lucette. Elle s'en saisit. Sa main est brûlante et tremblante. Je la serre fortement dans la mienne, et nous continuons à courir sous un feu nourri et des cris de « Halte au feu ! » qui ne cessent jamais et semblent résonner dans ma tête comme un tocsin macabre. Partout autour de nous les balles ricochent sur les murs. Nous atteignons le trottoir du Crédit Foncier. C'est l'hystérie ! Des cris sous les balles s'élèvent au-dessus de cette cohue infernale pour se changer aussitôt en cris de douleur indescriptibles. Des lamentations et des cris de blessés qui se traînent en agonisant.

Et brusquement... un embrasement me déchire de part en part. Tout s'arrête brutalement. Je tombe dans l'abîme. Jamais de ma vie je n'ai eu aussi peur. Tout tourne autour de moi. Seul le ciel est totalement figé. Je suis allongée, inerte, sans force. Quelque chose d'étrange scintille en moi. Une sensation totalement inconnue que je n'avais jamais ressentie jusqu'à ce jour. Jusqu'à ce jour funeste. Un feu intérieur qui étrangement me glace peu à peu. Je repense à ce que m'a dit Lucette tout à l'heure. *« Ils ont ordre de tirer. Ils nous IMPLORENT de partir, parce qu'ils ont ordre de tirer ! »* Ainsi c'était vrai. Mais je n'entends plus rien, si ce n'est le bruit d'une voix mourante, inaudible et si lointaine qu'elle semble s'envoler lentement dans les hauteurs célestes. Puis, lorsque la voix finit par s'éteindre, la seule chose que je ressens encore, c'est une main brûlante et tremblante. Une main si douce et réconfortante.

La main de Lucette.

42
« Au nom de la France, halte au feu ! »

Rue d'Isly, 26 mars 62, 14 h 50. Lieutenant Daris Alhouche
Deux coups de feu viennent de claquer, plongeant soudain la foule dans un étrange silence.

Moi, lieutenant Alhouche, commandant le premier barrage situé devant l'agence Havas au 57 de la rue d'Isly, j'affirme que des tirs en feux croisés sont partis de l'immeuble d'en face, au deuxième étage du 64 rue d'Isly, mais également depuis l'immeuble de la Warner Bros qui fait angle avec l'avenue Pasteur. Et pourtant, depuis ce matin, les terrasses des immeubles bordant la place de la poste, et notamment celles donnant sur l'espace Isly-Pasteur-Chanzy-Bugeaud-Lelluch, sont occupées par l'armée. Comment un tireur isolé a pu y prendre position ? Pour moi, c'est incompréhensible.

Appelé en renfort, le lieutenant Dupont-Saint-Gil encadre le second barrage de tirailleurs à l'angle de la rue d'Isly et la rue de Chanzy. Et, dans la panique générale, alors que la fusillade se poursuit sans fin dans un vacarme infernal, je vois précisément le lieutenant interpeller à plusieurs reprises son caporal. Il lui désigne le balcon du quatrième étage d'un immeuble de la rue Alfred-Lelluch où une arme automatique – au moins de type FM AA52, et peut-être plusieurs, difficile à dire – tire également en enfilade dans la rue de Chanzy. Les balles crépitent, touchent l'unique voiture en stationnement dans la rue de Chanzy, puis ricochent sur les murs et criblent les civils en train de se réfugier dans les immeubles et les magasins de la rue d'Isly. Les vitrines explosent sous les impacts des balles et des éclats de verre rejaillissent tout autour. Le caporal Mezaiddine repère la fenêtre d'où sont partis les coups de feu, empoigne son FM et tire une salve en direction de cet étage.

À ce moment-là, les tirailleurs algériens que je commande, positionnés sur le premier barrage entre l'agence Havas et Wagon-lit Cook, se mettent brusquement à tirer droit sur la foule. Je reste stupéfait, abasourdi par ce que je vois. De plus en plus acculés et totalement paniqués, mes hommes se livrent à une folie meurtrière. En quelques secondes, des corps innocents tombent les uns après les autres devant le Crédit Foncier, hachés par les rafales de PM. Ceux qui en réchappent poursuivent leur fuite vers la Grande Poste.

— Halte au feu ! ai-je beau hurler, mais rien n'y fait.

— Pitié ne tirez plus ! crie-t-on un peu plus loin.

Mais les tirs continuent impitoyablement.

— Halte au feu ! Halte au feu ! crié-je à nouveau pour faire cesser cette hystérie destructrice.

— Halte au feu ! Arrêtez ! répète inlassablement un autre gradé.

Mais les tirs persistent. Des manifestants pris de panique et cherchant désespérément un abri, se ruent vers les portes cochères sans avoir d'autre choix qu'enjamber les corps. Plus loin, des déflagrations retentissent. Ici, encore des claquements sonores de fusils mitrailleurs.

— Halte !

— Arrêtez ! s'écrie encore un sous-officier d'une voix horrifiée. Halte au feu !

— Haalteeeee auu feu ! Mon lieutenant ! Un peu d'énergie, mon Dieu ! me supplie désespérément le sergent-chef Douchez qui se tient à mes côtés au niveau de l'agence Havas.

— Halte au feu ! hurlé-je alors jusqu'à l'épuisement, la voix bouleversée.

Mais j'ai beau supplier, rien ne semble pouvoir arrêter ce désastre. Moi, lieutenant Daris Alhouche, vivant parmi les morts, me voici parmi tant d'autres témoins de la tragédie de la rue d'Isly. Je ferme les yeux. Pour ne plus voir l'horreur. Je voudrais prier. Mais quel Dieu implorer ? Aucun. Alors je ferme les yeux, pour ne pas pleurer.

Les témoins ne manquent pas, hélas. Pour ma part, je ne peux plus raconter.

L'arme à la hanche, les tirailleurs du premier barrage continuent à faire feu de tout bois. Les façades sont mitraillées, fauchant dans le dos et sans discernement la foule qui prend la fuite vers la Grande Poste.

Rue d'Isly, un vieillard s'effondre. Malgré ses blessures, il tente de se relever, sans y parvenir. En tournant légèrement la tête, il voit derrière lui un soldat musulman qui lui crie :

— Couche-toi et ti te relèveras pas !

Et il l'abat.

D'autres tireurs pénètrent dans les immeubles et les magasins en poursuivant leurs victimes qu'ils achèvent à bout portant, et à bout touchant pour certains. Devant la porte d'une boutique, deux hommes tenant le drapeau français sont froidement exécutés. C'est un véritable carnage, quelque chose d'insensé et d'irréel.

Fuyant ce lieu de supplice, des hommes, des femmes, des vieillards continuent à courir sur la place de la poste, en quête d'un abri, une façade, une impasse, une porte cochère, mais ils tombent à nouveau sous le feu d'autres tirailleurs algériens, postés au barrage du boulevard Bugeaud. Un peu partout des corps disloqués s'effondrent et s'entassent, recroquevillés dans les caniveaux et sur les trottoirs. Ceux qui ont le malheur de bouger sont achevés par des tirs en rafale. Un homme qui s'est relevé, croyant à une accalmie, s'écroule, la tête explosée. Ici et là, des râles s'élèvent, mais les plaintes, les gémissements ou les cris des blessés couvrent à peine le bruit assourdissant des détonations. Côté rue d'Isly, certains tirailleurs, ayant perdu tout contrôle d'eux-mêmes, continuent à s'acharner en vidant entièrement leurs chargeurs. Quand le magasin de leur mitraillette est épuisé, ils le réapprovisionnent encore, rechargent et tirent sans cesse vers la Grande Poste, jusqu'à l'hystérie.

Tout près de là, un sergent, qui ne cesse de hurler en réclamant le cessez-le-feu, s'approche furieux d'un de ses soldats tirailleurs pour lui arracher des mains la bande de cartouches qu'il s'apprête à engager dans sa mitraillette. Mais son geste, aussi profondément humain soit-il, ne peut masquer la vision horrible et terrifiante des lieux. La rue d'Isly n'est plus un lieu ordinaire, c'est un champ de bataille. Un spectacle hallucinant. Le sang coule sur les trottoirs. Des cadavres s'amoncellent contre les murs maculés de sang et au milieu de la chaussée. Des blessés gisent au bord des trottoirs. Une femme traumatisée hurle sans discontinuer auprès de son mari inerte dont la tête éclatée baigne dans une flaque de sang. Partout des débris de toutes sortes donnent une idée de l'ampleur du massacre : des éclats de verre provenant des vitrines détruites ; des chaussures éparpillées ici et là ; des foulards égarés ; des vêtements tachés de sang ; des morceaux de branches des arbres, bordant la rue d'Isly, jonchent le sol et les trottoirs rouges de sang de ce décor apocalyptique.

Un peu plus loin devant le parvis de la poste, même vision d'horreur. Des dizaines de corps sont à terre. Partout des morts, des blessés et tant d'autres qui restent immobiles pour ne pas de se faire abattre, priant en silence dans l'espoir d'en réchapper. Comme ces deux femmes à terre, suppliant qu'on vienne les secourir, mais une rafale de fusils mitrailleurs claque aux alentours et leurs voix se taisent à jamais.

Dans cette folie meurtrière, un homme qui était à l'abri se porte au secours d'un jeune garçon qui vient de s'écrouler. Il parvient jusqu'au blessé et lui fait un garrot. Puis, au moment où il l'aide à se redresser, il aperçoit derrière lui deux tirailleurs algériens armés. Une rafale claque contre le mur et les deux corps s'effondrent.

Du côté de la rue Chanzy, sur ordre de leur sergent, les tirailleurs mitraillent les balcons du quatrième étage de l'immeuble de la rue Alfred-Lelluch d'où sont partis les premiers coups de feu qui ont déclenché la fusillade. Le pilonnage dure jusqu'à ce que les tireurs embusqués soient mis hors d'état de nuire. L'un d'eux, plaqué contre le mur, la poitrine ensanglantée, inerte derrière son FM, est un homme d'une trentaine d'années de type « asiatique », vêtu d'un treillis.

Il est maintenant un peu plus de 15 heures, rue d'Isly, et on entend encore ici et là des tirs sporadiques.

— Au nom de la France, halte au feu ! hurle une dernière fois un officier à la voix brisée par l'émotion.

43
Du sang français sur le drapeau

Rue d'Isly, 26 mars 62, 15 h 02

Douze minutes d'horreur, et pour certains, quelques minutes encore pour espérer survivre. Mais à quoi bon ? L'État français a donné ordre de tirer sur des Français sans arme, sans défense, pacifiques et innocents. Des femmes, des enfants, des vieillards qu'ils ont traités comme des ennemis de la patrie. La France ne sait plus reconnaître les siens. Alors, à quoi bon survivre ? Sinon pour réclamer justice. Mais à qui ? Celui ou ceux qui ont fomenté la forfaiture et sont donc responsables du sang versé ce 26 mars ? Ce sang français qui entache honteusement le drapeau de la France.

Sur le trottoir qui longe le Crédit Foncier, le sol est jonché de cadavres et de blessés dont les râles d'agonie s'élèvent dans un silence effrayant de fin de bataille. Nadia Fuentes, geignant de douleur, rampe vers le mur pour trouver un refuge, un endroit où se protéger des tirs. Sa jambe gauche n'est plus qu'un amas de chair sanguinolente qu'elle traîne derrière elle. Arrivée près du mur où d'autres corps gisent en silence, elle parvient à s'allonger sur le dos. Autour d'elle flotte une odeur âcre de poudre brûlée et de sang. Elle respire difficilement et entend peu à peu une étrange petite voix. Sa voix intérieure qui semble lui murmurer : « Je vais mourir, je vais mourir ». Pourtant, Dieu sait si elle n'en veut pas de cette mort qui s'immisce lentement en elle. Non, elle ne veut pas mourir. Pas comme ça. Pas si jeune. C'est trop bête, elle va bientôt avoir vingt ans.

Alors qu'elle essaie lentement de se tourner, une voix provenant des personnes allongées à côté d'elle parvient à ses oreilles encore bourdonnantes du bruit des fusillades.

— Surtout, ne bougez pas, lui dit cette voix entrecoupée de sanglots. Si vous bougez, ils vont vous achever.

Alors, elle attend ainsi ; un temps qui lui paraît interminable. Un temps qui finit par trouver une fin. La fin de la fusillade. Les gens qui le peuvent s'enfuient en courant. Elle reste seule, parmi des corps qui ne bougent pas, qui ne bougeront plus. Y aurait-il une accalmie dans ce tonnerre de feu enseveli sous le silence ?

Loin au-dessus d'elle dans le ciel d'Alger, des nuages à peine visibles glissent sous l'azur. Dans ce bleu pur et limpide du royaume céleste, ses yeux cherchent la lumière. Voir une dernière fois le soleil d'Algérie, elle qui ne verra pas la fin de la guerre. « Pourquoi l'armée française a-t-elle tiré sur nous ? se demande-t-elle désespérément. » Elle regarde sa jambe. Et ce qu'elle voit lui donne un sentiment d'horreur. Rassemblant son courage, elle s'efforce de se lever. Il faut qu'elle sache ce que sont devenues Janine et Lucette. Elle ne veut pas mourir sans les avoir revues une dernière fois. Elle ne le sait pas encore, mais dès le début de la fusillade, Lucette et Janine sont tombées à une trentaine de mètres de là, devant l'entrée du Crédit Foncier, comme tant d'autres victimes. Elles n'ont pas eu le temps de s'enfuir, ni de se mettre à l'abri durant les dix minutes du mitraillage, autant dire une éternité pour voir la mort venir.

Allongée sur le trottoir, Lucette tente de se redresser, mais elle est blessée au dos, peut-être au bassin. Impossible pour elle de cerner précisément le foyer des souffrances qui se diffusent à l'intérieur de son corps. En outre, Janine immobile est couchée sur elle, ce qui n'arrange rien.

Lucette regarde tout autour d'elle et découvre un parterre de morts. À quelques mètres, un vieux monsieur, blessé aussi, se lève péniblement en s'appuyant au mur de la banque. Les soldats musulmans situés en face, de l'autre côté de la rue, ne tirent pas. La tuerie est-elle enfin terminée ? Il semble que oui, alors plus de temps à perdre pour Lucette, elle doit profiter de cette accalmie pour s'échapper. Mais pour cela il lui faut se libérer du poids de sa sœur. Parvenant à la faire basculer sur le côté, sa main touche quelque chose de chaud et visqueux. C'est alors qu'elle remarque une large blessure dans le dos de Janine. La jeune fille prend peur, elle parle à sa sœur, mais celle-ci reste sans réaction. Elle essaie encore de la soulever, mais Janine lui paraît si lourde à présent.

— Janine, je t'en prie, murmure-t-elle avec des sanglots dans la voix.

La tête de Janine bascule sur le côté. Ses yeux sont grands ouverts, totalement fixes dans le bleu du ciel. Les yeux voilés de larmes, Lucette regarde le visage de sa sœur, et elle entend juste ces quelques mots dans un murmure mourant *« Dis au revoir... à maman... pour moi ».*

À côté d'elle, appuyé au mur, le vieux monsieur blessé lui dit avec effort :

— Sauvez-vous. Vous ne pouvez plus rien pour elle.

— Quoi, l'abandonner ? Mais c'est ma sœur, je ne peux pas faire ça...

— Vous voyez bien qu'elle est morte. Sauvez-vous si vous voulez vivre.

Voyant qu'elle ne réagit pas, il lui répète avec autant de douleur que d'espoir : « Vous voulez vivre oui ou non ? »

De l'autre côté de la rue, les soldats algériens sont toujours là. Lucette les fixe, animée d'une haine inextinguible. Alors un cri strident, déchirant et à moitié étranglé, sort de sa gorge en faisant écho à celui de tout un peuple à jamais meurtri :

— Assassiiinns ! Vous n'êtes que des assassins ! Pourquoi vous l'avez tuée ? Elle voulait rester française ! Et vous l'avez tuée !

Terrassée de douleur, Lucette parvient à se redresser en s'accrochant aux barreaux des grilles des fenêtres du Crédit Foncier. Entre-temps, les tirailleurs repliés sur l'autre trottoir au niveau de l'agence Cook se remettent à tirer vers la place de la poste. Une femme qui tentait de s'enfuir s'écroule près des arrêts de bus. Blessée, elle geint de plus en plus faiblement. Le tireur s'approche d'elle et l'achève à bout portant. Témoin de cette froide exécution, un sous-lieutenant accourt sur les lieux, et pour l'exemple abat instantanément le tirailleur indigène. Dès lors, les tirs se calment enfin.

De son côté, Nadia réussit tant bien que mal à se redresser en s'agrippant au mur recouvert d'éclaboussures de sang. Sa jambe gauche est pendante, le fémur est sûrement touché. La douleur lui cisaille le ventre, mais elle n'a d'autre choix que d'aller chercher ses sœurs. Comment trouve-t-elle la force d'avancer ? Elle l'ignore, mais elle avance, pas après pas, obligée de sautiller pour enjamber les cadavres qui jonchent le trottoir. De l'autre côté, devant le café Le Derby, elle voit un cordon de tirailleurs. Une peur terrible et irraisonnée l'étreint brusquement, celle de se faire à nouveau tirer dessus. Au prix d'affreuses souffrances, elle tente de progresser à cloche-pied en direction de l'entrée du Crédit Foncier. Mais son pied glisse et elle s'affale sur les victimes agglutinées dans l'entrée.

Des sirènes de voitures de pompiers et d'ambulances retentissent enfin. Mais les blessés, y croient-ils seulement ? Une ambulance n'a-t-elle pas déjà été criblée de balles ? Aux quatre coins de la place, des infirmiers commencent à charger les blessés. Près d'un corps sans vie, une petite fille pleure. Les vivants et les morts sont triés. Pendant que des ambulances quittent les lieux du drame, toutes sirènes hurlantes, les morts, eux, sont déposés dans des camions militaires.

En relevant la tête, Nadia découvre à deux mètres devant elle une jeune femme allongée sur le côté ; elle ne peut voir son visage tourné vers l'esplanade. Recroquevillée, celle-ci porte un tailleur bleu, un tailleur qu'elle connaît bien et qu'elle identifie aussitôt. Mais en le voyant taché d'une auréole rouge sang, elle se met à hurler de douleur.

— Janiiine !

Alors qu'elle se rapproche d'elle en rampant, sa voix suppliciée ne cesse de se briser en lamentations de plus en plus déchirantes : « Non, pas ma sœur... pas ma sœur chérie... »

Un peu plus loin, Lucette remarque une ambulance.

— Aidez-moi ! Pitié, aidez-moi ! geint-elle en appelant les personnes des secours.

L'un d'eux lui fait signe et vient à sa rencontre. Lucette reprend espoir. Il lui faut maintenant retrouver Nadia et elles seront enfin sauvées ! Une dernière fois elle crie de toutes ses forces :

— Nadia ! où es-tu !

Alors qu'elle n'y croyait plus, la voix suppliante de sa sœur lui parvient enfin, non loin d'elle.

— Lucette ? Ici, je suis là !

Se tournant vers l'entrée du Crédit Foncier, elle aperçoit Nadia. Alors, malgré ses blessures qui la dévorent de l'intérieur comme un feu cuisant, Lucette puise en elle des forces insoupçonnées pour revenir près d'elles.

— Ils ont tué Janine ! Janine est morte ! ne cesse de crier Nadia d'une voix étranglée de chagrin.

Lucette serre enfin Nadia dans ses bras et, le visage strié de larmes, lève les yeux au ciel pour implorer la miséricorde de Dieu.

— Sauve-toi, Lucette, laisse-moi là avec Janine, car je vais mourir aussi... je ne sens plus mes jambes... ni mes bras... J'ai si froid maintenant.

— Non, ne dis pas ça, je t'en supplie.

— Sauve-toi tant qu'il en est encore temps.

— Non, je reste avec toi, tu m'entends ? martèle Lucette d'une voix étouffée. On va s'en sortir, on va s'en sortir !

Quinze minutes plus tard, un camion bâché roule vers l'hôpital Mustapha. À l'arrière, une dizaine de blessés sont entassés dans l'urgence, dont un pompier gravement atteint – car oui, même les secouristes ont essuyé des tirs. Parmi eux, Nadia est couchée sur une civière et près d'elle, allongée aussi sur le plancher du camion, Lucette lui tient la main.

— J'ai froid... j'ai mal partout si tu savais, gémit Nadia en fermant les yeux.

— Non, Nadia, je t'en supplie, ouvre les yeux.

Car pour Lucette, depuis ce jour funeste, « Fermer les yeux, c'est mourir ».

— Je sens que la vie s'en va, ma petite Lucette, susurre Nadia en grelottant.

Sa voix est tellement faible qu'elle en devient inaudible.

— Non, je t'en prie, Nadia...

— Je ne sais pas si je vais tenir, petite sœur chérie...

— Si, il le faut, l'encourage Lucette en la couvrant d'une couverture. Nous devons raconter à la face du monde ce que nous avons vécu ici. Il le faut... pour Janine, et pour tous les autres.

— Personne ne nous croira, parvient-elle à articuler, le souffle court.

— Tant pis. Nous le raconterons encore... Et encore, jusqu'à la fin de nos jours. Nadia, tu dois vivre, tu m'entends ? Tu me le promets ? répète-t-elle inlassablement.

— Promis, murmure-t-elle en cherchant la main fébrile de sa sœur.

Durant le trajet jusqu'à l'hôpital, Nadia a gardé les yeux ouverts. Où a-t-elle puisé la force et le courage ? Elle l'ignore, mais elle sait que durant son atroce agonie dans ce camion funèbre, elle a gardé en mémoire une image qui restera à jamais gravée en elle. Cette image, la plus terrible de ce 26 mars, elle l'a vue pendant qu'elle attendait désespérément les secours dans les bras de Lucette, toutes deux allongées devant l'entrée du Crédit Foncier... Cette image furtive scintillait un peu plus loin dans la rue d'Isly, sous le voile de ses larmes éprouvantes, et c'était le symbole même de la mise à mort de l'Algérie française ; car, en cet instant macabre, dans l'éclat du ciel bleu une main brandissait le drapeau français baigné de sang. Ce sang français sur le drapeau de la France porterait pour toujours la marque de la plus immonde des ignominies, tandis que sous le soleil blanc du silence flottait le rouge oriflamme des suppliciés.

Alger, 27 mars 62. Julien Poinçon, reporter à Europe N° 1
Esplanade de la Grande Poste, le lendemain de la tragique fusillade.
Ceci n'est pas un reportage. Je suis venu ici, en anonyme, pour observer ; pour m'incliner. Peut-être comprendre, s'il est possible d'expliquer une telle horreur.

La façade et les trottoirs du Crédit Foncier sont couverts de gerbes de fleurs déposées par la population algéroise endeuillée. Pourtant, les militaires et les CRS les retirent systématiquement. Qu'à cela ne tienne, la population n'abdique pas pour autant. En mémoire des innocents lâchement assassinés, la façade et les trottoirs se couvrent à nouveau de fleurs amoncelées telles des parures de deuil et de douleur. *« Ici sont morts des patriotes »*, peut-on lire sur une pancarte.

Un peu plus loin, côté rue d'Isly, et d'une manière générale sur tous les lieux de supplices, des gens pétrifiés et en pleurs se recueillent à l'endroit où un proche a perdu la vie. Sur plus de dix mètres, les trottoirs sont couverts çà et là de flaques de sang coagulé. L'abomination et surtout l'incompréhension occupent tous les esprits. C'est comme si toute la population algéroise avait été assassinée.

La veille, à la morgue de l'hôpital Mustapha, il y avait des corps dénudés et entassés partout. Aucune restitution n'ayant été autorisée, la plupart des familles n'ont pu enterrer leurs morts. Les autorités s'en sont chargé, à la hâte, sans le moindre sacrement, emmenés de nuit par convois militaires dans les cimetières de Saint-Eugène ou de El Halia. Pas d'autopsies ou tellement peu. Pas d'enquêtes, bien évidemment. Pour les hautes instances de l'état, il fallait éliminer le plus de traces possible et oublier tout cela au plus vite. D'ailleurs, sitôt la fusillade terminée, des preuves ont été arrachées des mains des photographes et des cameramen, comme s'il était urgent de camoufler les preuves de la forfaiture. Rue Alfred-Lelluch, deux brancardiers que nul ne connaissait sont montés au quatrième étage d'un immeuble où venait d'être abattu un des tireurs au FM. Ils sont redescendus sous l'étroite surveillance de deux ou trois gendarmes mobiles, tout aussi inconnus. Sur la civière, il y avait la forme d'un corps, recouvert d'un drap. Qui était ce tireur anonyme ? Un barbouze ? Un provocateur ? Un « mercenaire étranger » ? Toujours est-il qu'il a rapidement été embarqué dans une ambulance de gendarmerie. Et voilà comment, par un tour de passe-passe, la police a fait disparaître un corps qui s'avérait « gênant ».

Quant au général de Gaulle, il a fait, le 26 mars au soir, une allocution à la télévision pour demander au peuple de voter « oui » au référendum sur l'autodétermination de l'Algérie. Mais il n'a fait aucune référence au massacre, pas plus qu'il n'a eu la moindre pensée pour les innocentes victimes.

Dans les jours qui ont suivi, les forces de l'ordre ont en permanence surveillé ces lieux maudits, comme s'il fallait à tout prix empêcher les Algérois de prendre des photos. Et lorsque des photos ont été prises, ils ont tout bonnement confisqué les appareils. De ce que j'en sais, une enquête judiciaire a tout de même été ordonnée, mais tardivement. Celle-ci a été bâclée en quelques jours, et le compte-rendu n'a pas été rendu public et ne le sera probablement jamais.

« À qui pourrais-je témoigner de tout cela ? Et le puis-je, seulement ? Sans risquer de mettre en danger ma vie ou celle de mes proches ? Non, cela ne me semble pas raisonnablement envisageable. Tout cela est à oublier. Malheureusement. Honteusement.

Julien Poinçon, reporter à Europe N° 1. »

44

Le début de la fin

Alger, 30 mars 62, Bab-el-Oued. Silvia Martinez

Le blocus a pris fin hier jeudi à 5 heures du matin avec la levée définitive du couvre-feu. Le bilan est effroyable ; des morts, de nombreux blessés, des centaines de prisonniers qui n'ont toujours pas été libérés à ce jour. Et le pire de tout, la fusillade à la Grande Poste, lundi après-midi.

Ce matin, quelques lignes de téléphone ont été rétablies. Canuto m'a accompagnée à la Grande Brasserie, avenue de la Bouzaréah, pour que je puisse appeler mes parents au bar. Il connaît bien Irénée Bonalidès, le patron, presque un ami. C'est maman qui a répondu, soulagée d'avoir enfin de nos nouvelles. Je n'ai pu lui raconter en détail ce qui s'était passé ici, ne voulant pas m'attarder et abuser de la gentillesse de monsieur Bonalidès. Mais lorsqu'elle m'a dit que Janot voulait venir me chercher demain en fin de matinée avec l'auto, je me suis retrouvée dans l'embarras.

— Écoute maman, je ne peux pas laisser Claudine seule avec les enfants, l'appartement est dévasté. Je vais rester quelques jours de plus pour remettre en état ce qui peut l'être…

— Purée, y a eu un tremblement de terre ou quoi ?

— Maman ! J'ai pas l'temps de te raconter, mais ç'a été horrible ! rétorqué-je à bout de nerfs, tout en baissant la voix pour ne pas me faire remarquer.

— Bon, comme tu veux, ma fille. Et mon gendre y peut pas l'aider ?

— Reymond est à Constantine.

— À Constantine ? À Constantine ? Ma parole, y l'est toujours en vadrouille çuilà !

— Bon, maman, j'téléphone d'un bar, faut que je raccroche.

— Hé beh raccroche ma fille puisq' tu veux pas m'parler. Allez, embrasse ta sœur, *y los nenes tambien !* (Et les gosses aussi !)

Et je raccroche le combiné. Pas besoin de demander de qui tient ma sœur Claudine. Ces deux-là, c'est kif-kif bourricot.

Je remercie chaleureusement monsieur Bonalidès, et je sors accompagné de Canuto.

Dans le quartier, la vie a repris son cours. Les passants vont et viennent. Le tramway circule à nouveau dans l'avenue de la Bouzaréah. Dans les magasins, on nettoie et remet en état tout ce qui peut l'être. Arrivés place des Trois-Horloges, Canuto ne cesse tous les trois-quatre mètres de saluer des amis et des connaissances.

Nous voici devant l'immeuble, rue Fourchault. Je me tourne vers lui pour prendre congé.

— Bien le bonjour à madame *Clôdine !* dit-il en me prenant les mains, puis il repart vaquer à ses occupations.

Arrivée au troisième, je pousse doucement la porte. Demain, un serrurier doit venir changer la serrure et réparer les délicatesses des CRS.

Quand je rentre, Rosy et Eddie jouent sur le canapé.

— Maman n'est pas là ? je leur demande en posant mon sac à main sur le buffet.

— Si. Elle pleure dans la cuisine, me dit Rosy.

Inquiète, je traverse le couloir et la découvre affalée sur la table, la tête dans les bras, les épaules agitées de soubresauts.

— Claudine ?

Elle lève vers moi un visage écarlate et ruisselant de pleurs. Mon cœur bat très fort, tant l'angoisse m'étreint.

— Qu'est-ce qui s'passe ?

Elle a toutes les peines du monde à parler.

— C'est Janine, dit-elle à demi-mot. Elle est morte... Tu comprends, elle est morte et...

— Janine ?

Je me souviens très bien de cette jeune fille. J'ai fait sa connaissance la semaine dernière lorsqu'elle est venue ici, accompagnée de sa mère et sa sœur. Claudine me donne quelques détails qu'elle a appris par une amie commune, une certaine Liliane Pardo qui se trouvait avec elle rue d'Isly au moment du massacre. Les deux sœurs de Janine également présentes ont été grièvement blessées, mais leurs jours ne sont plus en danger. Liliane a pu en réchapper, mais elle est extrêmement choquée. Pauvre Janine. Victime innocente, lâchement tuée par l'armée française. Je n'arrive pas à y croire. Elle était si joyeuse, heureuse et pleine de vie. C'est inimaginable. Alors si maintenant les Français aussi nous tirent dessus, avec l'aval du gouvernement voire sur ordre de l'État, ça dépasse l'entendement. J'ai bien peur que ce ne soit pour nous le début de la fin.

2 avril 1962. Antoine Martinez

Vu la situation actuelle, j'ai décidé d'envoyer Francine et Etienne en France. Ce qui s'est passé rue d'Isly ne fait que confirmer mes craintes. Ce pays est devenu trop dangereux. Chacun de nous est à la merci de la moindre balle perdue, du moindre attentat. Et on les a vus se multiplier depuis quelques mois et notamment depuis les accords d'Évian. Merci de Gaulle. Tu n'es qu'un vendu. Assassin !

Grâce à un camarade de l'O.A.S. qui travaille à la Cie Maritime, j'ai réussi à dégotter deux places sur le prochain bateau, le « Ville d'Alger ». Départ le 7 avril, vers midi. Je ne pourrai pas les accompagner au port, trop risqué pour moi. Paco les conduira dans la matinée, et ce dans le plus grand secret. J'ai fait promettre à Francine de n'en parler à personne, ni à ses tantes, ni à la famille. Elle les préviendra lorsqu'elle sera en France.

Six jours plus tard. Dimanche 8 avril 1962. Silvia Martinez
Ce matin, Janot a pris la route pour venir me chercher. Nous l'attendons pour le début de l'après-midi. La semaine est vite passée, tellement nous avons eu du travail pour remettre l'appartement à peu près en ordre. Bon, fort heureusement, Reymond de retour de sa mission a fini par refaire surface un beau matin. Quelle mission exactement ? On n'en sait pas plus. « Secret défense », a-t-il argué.

Il est rentré dimanche dernier. En découvrant l'état de l'appartement, ça lui a fichu un coup. Tout était détruit, la télévision, la radio, le réfrigérateur, ainsi que le mobilier du séjour et des chambres. Mais ce qui l'a choqué le plus, ce sont les trous béants sur les façades des immeubles et les impacts de balles un peu partout, notamment dans la cuisine et la salle de bain.

— Vous êtes sûres que c'est des CRS qui ont perquisitionné ? a-t-il questionné en nous regardant droit dans les yeux, totalement stupéfait.

— Purée d'nous z'ôtres ! À peine il arrive, y nous fait l'enquête de police !

— Claudine, je suppose juste que vous vous êtes peut-être trompées. Ce n'était probablement pas les CRS, mais plutôt les gardes mobiles !

— Dis, tant que t'y es, prends-nous pour des *cougoustes* aussi ! Moi la femme d'un ex-CRS je sais reconnaître un CRS quand j'en vois un, quand même ! J'y ai pas les yeux aveugles encore !

— Écoute, je les connais bien les CRS, j'ai travaillé avec eux. Avoue que c'est surprenant, non ? Enfin, je suppose que...

— Surprenant ? Surprenant ? Ah t'y es bon, toi ! Purée, c'est bien un mot d'inspecteur de police ça ! Mais c'y est pas surprenant ! C'y est ignooble, oui ! Y se sont comportés pire que des saligauds ! Si t'y avais vu comme y z'ont embarqué m'sieur Morales et son fils, une horreur ! Qu'à cette heure y sont peut-être morts ! Même pas on sait où y sont !

En signe d'impuissance, Reymond a haussé les épaules et n'en a plus reparlé de la semaine.

Puis, Dieu soit loué, la plupart des prisonniers sont finalement rentrés au bout d'une dizaine de jours. Nos voisins, c'était avant-hier, dans la nuit, vers 23 heures. Nous avons entendu un cri de joie sur le palier ; c'était madame Morales qui enlaçait ses deux hommes, certes en guenilles, mais sains et saufs. Le lendemain, ils nous ont raconté qu'ils étaient internés au camp de Beaulieu, à côté de Maison-Carrée, pas très loin d'Alger. Douze jours en tout, juste pour contrôler les identités soi-disant.

— Vous avez été bien traités, je suppose, fit remarquer Reymond, sur un ton un peu naïf.

— Arrête de supposer, va, lui rétorqua Claudine avec une moue passablement agacée.

— Bien traités, oui si on veut, mais faut le dire vite, indiqua monsieur Morales. Un seul point d'eau pour 600 hommes, les vêtements je vous dis que ça, y en avait même qui étaient en pyjama ou tout juste habillés. La nourriture, *macache* pendant plusieurs jours. Et puis, la Croix-Rouge n'a eu l'autorisation de nous ravitailler que dans les derniers jours.

Madame Morales ne cessait d'éponger ses larmes de joie de les savoir tous deux en bonne santé, et nous tous les écoutions avec une attention particulière. Au même instant, nos pensées se dirigeaient vers les familles et toutes les victimes innocentes, dans le silence respectueux de nos prières éperdues.

— Papa, tu te rappelles le colonel ? murmura le fils Morales en levant les yeux.

— Du colonel ? Quel colonel ? fit Reymond, surpris.

— Oui, le colonel qui commandait le camp, précisa monsieur Morales. Il nous a accueillis avec ces mots que je n'oublierai jamais, je crois…

— Ah ? et qu'a-t-il dit ? quémanda encore Reymond.

— *Pos vaya*, Reymond ! râla Claudine, exaspérée. Laisse-le parler, que tu nous embrouilles le cerveau avec tes questions *à lazdague* ![78]

— Il nous a dit : « *J'ai honte de faire aujourd'hui ce que j'ai à faire. J'ai honte d'être Français* ».

Personne ne fit la moindre remarque. Nos cœurs étaient bien trop lourds. Lourds de regrets, de colère, de douleur et de honte. Oui, une honte ineffaçable.

---

[78] Fantaisiste.

45
Les disparus ne reviennent jamais

Dimanche 8 avril 1962. Janot Martinez
J'ai quitté Oran avec ma 4 CV tôt ce matin, dès la levée du couvre-feu. Mais à peine arrivé place Saint-Eugène, je suis tombé sur un barrage. Deux half-tracks étaient stationnés le long du trottoir. « Hé bé, ça commençait bien ! » Les « gardes rouges » m'ont fouillé comme un vulgaire criminel, jambes écartées et mains appuyées sur le capot, en me palpant sous toutes les coutures. Moi je n'avais qu'une envie, c'était de leur dire à ces putains de « rouges » : « Va fangoule ! »[79] J'aime pas trop qu'on me tripote comme ça. Mais bon, j'ai rien dit, chuis pas fou. Après ils ont vérifié mes papiers et m'ont demandé d'ouvrir le coffre. Évidemment, ils n'ont rien trouvé ; je n'ai jamais sympathisé avec l'O.A.S., mais bon, ces « rouges » je m'en méfie comme de la peste. À leur grande déception, ils ont dû me laisser repartir. J'ai démarré tranquillement, en prenant la direction d'Assi-Bounif, à l'est d'Oran.

Il fait une belle journée ensoleillée. Le ciel est bleu, légèrement marbré de nuages blancs épars, et l'air embaume de senteurs printanières. Après avoir dépassé Assi-Ameur, je vois sur ma droite la direction de Fleurus par la départementale, mais je préfère rester sur la nationale et continuer vers Assi-Ben-Okba. Sur une vingtaine de kilomètres, le paysage est assez uniforme. La route longe des

---

[79] « Va te faire enc… »

champs à la végétation clairsemée et arbustive. Des arbousiers au feuillage épais et verdoyant se confondent aux coquelicots qui bordent les talus. Je croise peu de véhicules civils, et un convoi militaire entre Assi-Ben-Okba et Saint-Cloud. Jusque-là, tout se passe sans encombre, en espérant que cela dure.

Sur la plaine de Saint-Cloud, des parcelles de céréales et de vignes s'étendent des deux côtés de la route, déroulant une nappe d'or et d'émeraude perdue dans la solitude de l'horizon. Hormis les cultures, les champs sont vides, donnant l'impression de ne plus être travaillés, comme s'ils trahissaient l'abandon des lieux. Par moments apparaissent au loin des fermes isolées.

Quelques minutes plus tard, j'arrive à Renan, une petite bourgade tranquille aux maisons basses que je traverse en roulant lentement. Dans le centre du village, je m'arrête à un carrefour, car j'hésite à propos de la route à suivre pour me rendre à Saint-Leu. Soit tout droit par la nationale en faisant un sacré détour par Arzew, mais plus sûr ; soit à droite en coupant directement vers Saint-Leu, mais là, avec le risque d'une mauvaise rencontre puisqu'on sait que les fellaghas sillonnent souvent les routes départementales. Cessant de tergiverser, je tente par le plus court et bifurque à droite. Après avoir dépassé l'église et son clocher blanc, je sors du village. Le paysage ne change pas, toujours des vignes à perte de vue.

Au son du moteur qui ronronne, ma 4 CV avale les kilomètres sur l'asphalte luisant. Avant l'embranchement de la nationale 13 qui descend au sud vers Sainte-Barbe-du-Tlelat, je vois au loin sur ma gauche une camionnette venant d'Arzew, qui roule à tombeau ouvert sans avoir visiblement l'intention de me laisser la priorité. De fait, je lève le pied pour ralentir. Après tout, si ce tabanar est pressé il n'a qu'à passer, c'est pas le jour à avoir un accrochage. La camionnette s'engage dans le carrefour, puis soudain, à une trentaine de mètres devant moi, elle stoppe ! ¡ *Qué va !* Voilà qu'on me coupe la route ! Ce que je redoutais le plus est en train d'arriver ! Trois Arabes en burnous descendent du véhicule, et l'un d'eux porte une mitraillette à l'épaule. Ils me font signe de m'arrêter, mais si je fais ça, je suis foutu. Vraiment quel con j'ai été d'avoir choisi la départementale plutôt que la nationale ! Avec méfiance, je m'approche au ralenti. D'un rapide coup d'œil, j'analyse la configuration des lieux. Une route toute droite, pas de talus, des accotements à peine surélevés bordés d'herbes et de pierrailles.

Le type à la mitraillette est maintenant à trois ou quatre mètres devant moi. Au moment où il s'apprête à pointer son arme pour m'obliger à stopper, j'appuie à fond sur l'accélérateur. La 4 CV bondit en crissant des pneus. Surpris, mon agresseur tente de me bloquer le passage en agitant ses bras affolés. Moi, je ne pense qu'à une chose : « Les disparus ne reviennent jamais ». Alors, sans réfléchir ni hésiter, je fonce sur le fellagha qui me barre la route. *¡ La madre que te parió !*[80]

Au moment où je le percute, un bruit sourd et mat fait vibrer la carrosserie. Catapulté comme un pantin désarticulé, je le vois d'un rapide coup d'œil dans le rétroviseur retomber sur le bitume en se tordant de douleur. Abasourdis et apeurés, les deux autres qui ne sont pas armés restent sans réaction, ne sachant quoi faire. Mais moi, je sais. À la faveur d'un brusque coup de volant, j'en percute un deuxième en le touchant au niveau des jambes et du bassin. En voilà un autre qui ne me courra pas derrière ! Pour le troisième, je ne peux rien, il est trop à l'écart, impossible de lui régler son compte. Aussi, je n'ai plus qu'une chose à faire, déguerpir ! J'accélère de plus belle, les roues mordent le bas-côté et après un écart dans le champ avoisinant, je contourne la camionnette arrêtée dans l'intersection. La 4 CV tressaute sur l'herbe et les pierrailles dans un bruit de tôle grinçante. Une fois l'obstacle dépassé, j'entends claquer derrière moi des rafales de mitraillette. Je vois dans le rétroviseur le troisième fellagha qui par tous les moyens tente de m'atteindre en vidant son chargeur. Comme ce n'est pas le moment de lever le pied, je maintiens cette allure forcenée, sans me soucier du moteur qui vrombit furieusement.

---

[80] « Putain de ta mère ! » ou « Putain de m... ! » selon la situation.

Au bout de six kilomètres, j'entre dans Saint-Leu. Je décélère juste ce qu'il faut pour ne pas attirer l'attention, puis je m'élance plein gaz vers Port-aux-Poules en suivant la route côtière. Je scrute l'horizon, redoublant de vigilance avec la hantise de tomber sur une autre escouade d'égorgeurs. *Johé tché !* quand je pense que j'ai tout juste parcouru soixante kilomètres sur les quatre cent cinquante au total ! Longeant le golfe d'Arzew, je file sur la nationale pendant encore une bonne quarantaine de kilomètres avant d'atteindre sans encombre Mostaganem vers 9 h 45.

À la sortie de la ville, je tombe une nouvelle fois sur un barrage militaire, sans avoir la possibilité d'anticiper toute échappatoire. Là aussi, comme à Oran, deux half-tracks bloquent la route. Par chance, je remarque que ce sont des militaires français, un contingent d'appelés probablement. Ils demandent mes papiers et ceux du véhicule. Après vérification, ils reviennent vers moi.

— Vous savez que la route est interdite entre Mostaganem et Ténès ?

J'en reste pantois.

— Non, j'ignorais.

— Il vous faut contourner par le sud. Vous descendez à Bouguirat et vous suivez Rélizane et Orléansville. C'est le mieux pour se rendre à Alger.

Je déplie ma carte routière et, d'un rapide coup d'œil, étudie le nouvel itinéraire.

— C'est que j'avais prévu de passer par Cherchell, déclaré-je contrarié.

— Dans ce cas-là, si vous devez impérativement rejoindre Ténès, ça sera sous escorte militaire depuis Orléansville via Chassériau.

Je les remercie et m'engage à droite, direction Aboukir par la nationale 23. Une quinzaine de kilomètres plus loin, je sors de cette bourgade tranquille où les paysages bordés de vignes se mêlent aux cultures agricoles. Des vergers se profilent également ici et là au détour d'une courbe. La circulation est plutôt calme. J'arrive sans difficulté à Sirat, puis traverse Bouguirat agréablement surpris par la beauté de la ville, avec ses larges boulevards ombragés et parsemés de jolies maisons fleuries. Moins d'une heure plus tard, je quitte Rélizane que j'ai traversée sans problème. Finalement, je ne regrette pas d'avoir suivi les conseils des militaires. Je découvre des paysages de mon Algérie que je ne connaissais pas, avec ses longues lignes droites qui traversent les plaines maraîchères de la vallée du Chéliff.

Une fois rendu à Orléansville, en suivant la direction de Ténès, je ne mets guère de temps à tomber sur le barrage militaire qui contrôle l'accès de la nationale 15. Là, les hommes en uniforme m'avisent qu'un convoi va se mettre en route dans une heure. Composée d'un camion GMC et deux half-tracks, la caravane militaire se met en branle sur les coups de midi. Je suis en queue de peloton, et un des half-tracks sécurisant l'ensemble, clôture la marche. Par contre, nous roulons au pas, enfin, à guère plus de 40 km/h. *Johé tché,* à ce train-là, je suis pas près d'arriver à Alger !

Enfin bon, le trajet se déroule sans encombre, et nous arrivons à Ténès vers treize heures. J'ai encore au moins trois heures de route avant d'atteindre Alger. D'autant que le parcours Ténès-Cherchell se fait lui aussi sous escorte militaire, via les villages de Francis-Garnier et Dupleix.

La nationale 11 sillonne le rivage et trace ses lacets aux abords de la côte rocheuse, devant une mer étale où baignent des petites criques allongées aux rives escarpées. En arrivant vers Gouraya, la route serpente entre mer et montagne, où le sol rocailleux se teinte de nuances brunâtres, parfois rougeâtres. À la vitesse où nous roulons, j'ai le temps d'admirer le paysage, même si cette expédition mémorable finit par être presque un calvaire. Comme un voyage sans fin.

À 14 h 30, les half-tracks nous laissent à la sortie de Cherchell. Chacun part de son côté, moi, je poursuis vers Tipasa. C'est une jolie route en corniche, avec ses paysages de carte postale, ses criques bleues taillées dans les roches rouges, et ses collines avoisinantes couvertes de broussailles et de pins maritimes.

Restant extrêmement vigilant, les mains agrippées au volant, je fonce vers Tipasa où j'arrive sur les coups de 15 heures. Le soleil radieux de cette journée d'avril tape chaudement sur le pare-brise. Je baisse la vitre, et l'air de la vitesse vient rafraîchir mes tempes. De temps en temps, je croise quelques voitures de particuliers qui disparaissent dans le reflet du rétroviseur.

16 heures sont dépassées de dix minutes lorsque je franchis enfin le panneau annonçant l'entrée dans « El Biar », aux portes d'Alger. Le dos en compote, les muscles ankylosés, la nuque raide et lourde à cause de la tension du voyage. Je me sens totalement épuisé, autant par le périple que par l'anxiété permanente de tomber dans une embuscade. Mais cette fois, c'est bien la fin du voyage. Je bifurque vers Frais-Vallon tout en suivant les indications pour Bab-el-Oued. Une fois dans le quartier de ma destination finale, je tourne en rond une dizaine de minutes avant de trouver la place des Trois-Horloges. Dans une rue adjacente, je me gare et coupe le moteur.

Si je m'écoutais, je me laisserais aller sur la banquette pour sombrer dans un sommeil profond.

Bab-el-Oued, 9 avril 62. Je l'ai eue ma nuit de repos bien méritée. J'avoue qu'hier soir, je ne risquais pas *d'aller faire l'avenue*. Silvia et moi repartirons pour Oran demain matin. Mon cousin Antoine s'est proposé de nous accompagner. Il doit se rendre d'urgence à Oran. Pour une mission, sans nous en préciser la nature. Affaire secrète, bien sûr. Moins on en sait, mieux ça vaut. Enfin, ça me paraît un peu louche quand même. Surtout en laissant Francine et le petit Etienne à Alger chez des tantes. Mais avec lui, faut s'étonner de rien.

Claudine et Silvia m'ont raconté le dramatique blocus de Bab-el-Oued. La guerre pour de vrai. Sauf que c'est la population civile qui s'est retrouvée sous les lignes de feu des gardes mobiles et de l'armée. Personne ne nous comprend, il faut bien le dire. L'État français nous a lâchés depuis longtemps. Et la métropole n'attend qu'une chose, le retour de ses soldats. Seule l'O.A.S. nous soutient, malheureusement ses actions sont indéniablement très impopulaires.

Beaucoup ne comprennent pas cet acharnement à défendre notre terre. À l'allure où ça va, je crains que la situation ne fasse qu'empirer, et pour beaucoup d'entre nous « la valise ou le cercueil » est probablement ce qui nous attend.

Je repense à ces Arabes que j'ai peut-être tués hier. Je n'ai rien dit à Silvia pour ne pas l'effrayer inutilement, surtout à cause du retour demain. C'est vrai que la présence d'Antoine va grandement nous rassurer. Il est aguerri à ce genre de situations, et je ne doute pas qu'il sera armé ; en toute discrétion, il va sans dire.

Le soir, après un léger dîner, Antoine et Reymond évoquent les résultats du référendum de de Gaulle sur l'approbation des accords d'Évian, et donc en conséquence, la future autodétermination de l'Algérie. Référendum uniquement destiné à la métropole, puisque les habitants d'Algérie, pourtant les principaux concernés, ont été exclus du scrutin bien entendu. À plus de 90 %, le « oui » l'a emporté comme on pouvait s'en douter, car cela signifie l'arrêt des hostilités et le retour en France de tous les appelés. Et nous, Français d'Algérie, sommes juste bons à nous taire, à crever la bouche ouverte et, pour mieux dire, à se faire égorger par les couteaux des fellaghas.

Avant de se coucher, Antoine et moi préparons l'itinéraire pour le trajet de retour. Je l'informe des difficultés de circulation entre Cherchell et Mostaganem et des possibilités d'être escortés par l'armée.

— Escortés par l'armée ? fait-il d'un ton ironique. Franchement non, je préfère éviter, tu vois.

Il déplie la carte routière sur la table de la salle à manger et d'un geste déterminé, trace de son doigt agile l'itinéraire qu'il préconise. Tipasa, Marengo, Hammam-Righa, Affreville, Orléansville, Rélizane, Pérrégaux, Saint-Denis-du-Sig, Sainte-Barbe-du-Tlélat, Valmy, La Sénia et Eckmühl.

Mardi 10 avril. Lever du jour. Nous montons dans l'auto. Moi au volant, Antoine à mes côtés et Silvia à l'arrière. Claudine, Reymond et les enfants nous regardent partir. La 4 CV passe devant les Trois-Horloges et nous baissons les vitres pour leur dire « au revoir ».

Sur les conseils d'Antoine, nous prenons la route de Guyotville en direction de Tipasa. Nous voilà partis pour six ou sept heures de route, peut-être davantage.

— Faut surtout pas s'arrêter en rase campagne à cause des enlèvements par les fellahs, insiste-t-il d'une voix calme.

Moi, je n'ai nul besoin d'être convaincu, sachant que j'ai failli en faire la dramatique expérience.

En moins d'une heure nous voilà à Tipasa. Silvia a, semble-t-il, apprécié cette belle route longeant le bord de mer, avec au loin le mont Chenoua qui semble baigner dans les criques. À Desaix, six kilomètres après Tipasa, nous bifurquons à gauche en suivant la nationale 42 jusqu'à Marengo, belle ville entourée de vignobles. Pour ne pas faire un détour par Mouzaïaville, nous prenons la départementale 8, direction Hammam-Righa.

Au bout de quelques kilomètres, Antoine prend le volant pour me relayer. Un peu de détente me fera du bien. Cependant, nous restons vigilants quant aux patrouilles FLN qui pourraient nous intercepter.

À l'arrière, Silvia paraît songeuse. Elle parle peu, se contentant de regarder défiler les paysages traversés. Elle a du mal à oublier les événements vécus à Bab-el-Oued.

Tout en restant discret dans mon propos, je finis par demander à Antoine ce qu'il pense de la situation du pays. Même sans connaître son degré d'implication dans l'armée secrète, je sais que sa réponse sera réaliste et étayée.

— Tu veux que je te dise vraiment ?

— Oui...

— C'est perdu, cousin... On n'a plus rien à faire ici. Notre pays, de Gaulle l'a bradé. Il l'a vendu pour sa propre gloire. Il n'a pensé qu'à lui dans toute cette affaire. L'Histoire retiendra qu'il aura été l'homme de la décolonisation. Comme si nous étions des colons. Qui, en France, sait vraiment ce qu'est l'Algérie ? La propagande gaulliste nous fait passer aux yeux de la métropole pour des coloniaux, des exploiteurs, des nantis bourrés de flouze à ne savoir qu'en faire, et même des esclavagistes. De Gaulle a réussi à berner

370

tout le monde, les Français de métropole et les Français d'Algérie, en nous dressant les uns contre les autres. Ce type est une ordure infâme, et il ne l'emportera pas au paradis. Il fait croire au monde entier qu'il est l'instigateur des accords d'Évian, alors qu'il s'est fait rouler dans la farine par le FLN. Il leur a tout accordé, sans sourciller, sans discuter, en baissant son froc. Il a fait pareil que Pétain en 40 face à Hitler.

— Sur la forme, je ne sais pas, mais sur le fond, tu as raison, lui avoué-je en baisant la tête.

— Les Arabes veulent nous foutre dehors, OK, mais qu'ils ne s'imaginent pas qu'on va tout leur laisser sur un plateau doré. Au moment de partir, il faudra pratiquer la politique de la terre brûlée, tu m'entends ? Ils n'auront pas ce qui n'est pas à eux. C'est vrai, cette terre était autant la leur que la nôtre. Par contre le fruit de notre travail n'a pas à leur revenir. Quand on fout quelqu'un dehors, il faut s'attendre à ce qu'il s'en aille sans rien laisser.

— Oui, c'est sûr. Donc, il n'y a aucune chance que nos deux communautés s'entendent ?

— Aucune. Dès le départ, le FLN a choisi de gagner son indépendance en appliquant une politique de terreur, aussi bien contre les Européens que contre les Algériens qui vivaient en paix avec nous. Ils ont créé, entretenu et exacerbé un climat de guerre en perpétrant des tueries systématiques et d'atroces massacres. Trop de sang a coulé, il est trop tard pour réconcilier les deux communautés.

— On n'pourra jamais partir, intervient doucement Silvia. Nous sommes nés ici. Nous y avons tous nos morts.

Je me tourne légèrement. Son regard vague, voilé de larmes, se perd dans l'horizon d'un paysage morne qu'elle ne remarque même pas.

Les mains crispées sur le volant, Antoine retient également son émotion.

— C'est fini, je vous dis.

— Alors l'O.A.S. aussi lâche l'affaire ? je lui demande déçu par ce constat et cette sensation d'abandon.

— Non, Janot. Crois-moi, nous nous battrons jusqu'à la dernière heure.

— Mais y a plus rien à espérer, c'est ça ?

Un silence s'installe. Je vois bien qu'Antoine en a gros sur la patate.

— Que veux-tu que j'te dise ? murmure-t-il entre ses lèvres.

— Mais les Européens ne vont pas tous partir quand même ? Le nouveau gouvernement algérien aura besoin de nous. Dans toute société, il faut des ingénieurs, des comptables, des avocats, des banquiers, des instituteurs, des fonctionnaires, des ouvriers qualifiés... enfin, toute cette compétence professionnelle qu'ils n'ont pas.

— Si tu penses ça, c'est que tu n'as pas encore compris quelles étaient les motivations réelles et profondes du comité révolutionnaire qui a créé le FLN. Ce mouvement insurrectionnel n'avait pour seule finalité – jamais avouée officiellement, mais tellement limpide aujourd'hui – qu'une épuration ethnique et idéologique. Le but étant de chasser d'Algérie tous les Européens opposés au mouvement de libération nationale, et de soumettre ou massacrer tous les Arabes favorables à l'Algérie française.

— C'est sûr, vu comme ça... avoué-je dépité.

— C'est clair comme de l'eau de roche, mon Janot. Nos parties de pêche à Canastel ne seront bientôt que de lointains souvenirs, conclut-il dans un long soupir de regret.

Au bout d'une quinzaine de kilomètres, les plaines cultivées de la Mitidja cèdent la place à de hautes collines arrondies et boisées. En arrière-plan se dessinent les contours réguliers de quelques sommets du massif de Dahra avec ses collines couvertes de forêts. La route est désertique et descend en lacets vers Hammam-Righa en coupant à travers des maquis de broussailles et de pins. À flanc de coteaux, les ravins avoisinants couverts de haies vives forment comme des entailles dans le paysage. Sur cette route dangereuse, Antoine se prend pour Fangio et conduit d'une manière beaucoup trop vive. Ce n'est pourtant ni le jour ni le moment de plonger dans le *barranco*. Alors que je m'apprête à lui demander de lever le pied, Silvia réagit la première.

— *Oustia,* que ça tourne ! s'exclame-t-elle en s'accrochant au siège passager devant elle.

Manière habile et élégante de lui témoigner en finesse ses quelques craintes.

— Non, regarde, c'est fini, dit-il pour la rassurer.

Mais à la sortie du dernier virage en épingle, il profite d'une longue ligne droite pour appuyer sur le champignon, nous précipitant aussitôt vers le prochain tournant. Les pneus crissent dans la courbe, et d'un coup Antoine écrase brutalement le frein. La voiture chasse sur la route et s'arrête à une vingtaine de mètres d'un groupe de soldats qui vient de bondir de derrière les buissons.

— Merde, des fellouzes !⁸¹ s'exclame Antoine dépité tout en restant agrippé au volant.

Ils sont quatre. Deux d'entre eux, à l'allure agressive, sont armés. Ils ont revêtu la panoplie : tenue kaki, pataugas guêtrés et casquettes zébrées. Les deux autres en burnous sont coiffés du traditionnel chèche des fellaghas. Dix mètres plus loin, une vieille traction-avant noire est garée à l'écart de la route, à droite sur une sorte d'aire de service désaffectée. Les deux soldats lèvent la main et s'approchent, tandis que les deux autres restent en surveillance en bordure de route. Antoine stoppe la voiture à leur hauteur.

— Qu'est-ce qu'on va faire ? s'inquiète Silvia apeurée.

— Surtout, laissez-moi faire, marmonne Antoine entre ses dents.

Le soldat qui a l'air d'être le chef s'approche, mitraillette levée sur nous.

— Descends de là ! se met-il à hurler en menaçant Antoine.

Le deuxième se tient légèrement en retrait, un fusil de chasse à la main.

Antoine baisse la vitre prudemment.

— Qu'est-ce qui se passe ? demande-t-il d'une voix qui se veut naïve.

---

⁸¹ Argot pour « Fellaghas ».

Le soldat, animé d'une hostilité évidente, braque son arme en plantant son regard haineux sur nous.

— Vous descendez tous li trois ! s'écrie-t-il toujours aussi agressif.

Nous obéissons sans protester et les deux Arabes nous conduisent à l'arrière de l'auto. Je prends la main de Silvia pour qu'elle reste à mes côtés. Les deux fellaghas en burnous s'approchent à leur tour. Mon regard s'attarde sur leur ceinture, et je remarque qu'ils sont chacun armés d'un long couteau.

Toujours sous la menace de son arme, le chef demande à ce qu'on ouvre le coffre. À l'intérieur, la valise de Silvia est posée près du sac d'Antoine.

— Ti ouvres tout ça et ti les vides par terre !

Antoine prend le bagage de Silvia, l'ouvre et commence à verser son contenu sur le sol. Du linge tombe sur le bitume, ses effets personnels, sa trousse de toilette, un livre...

— L'aut' maint'nant ! plus vite ! hurle le soldat en pointant sa mitraillette.

Discrètement, Antoine me glisse un regard en coin, dont je ne peux comprendre la signification. Il défait la fermeture éclair de son sac, plonge sa main à l'intérieur et au moment où il le retourne pour le renverser, deux coups de feu éclatent. L'Arabe s'écroule lourdement au milieu de la route, atteint de deux balles dans le thorax et la tête.

— Couchez-vous ! nous crie Antoine.

En une fraction de seconde, on assiste à quelque chose d'hallucinant, digne d'une attaque à main armée. Sans même réfléchir, j'attrape Silvia et on se jette à terre derrière la voiture. Face à l'extrême rapidité d'action de notre ange gardien, l'autre soldat n'a pas le temps de réagir. Passablement encombré de son fusil, il n'a pas le temps de sourciller qu'il reçoit une balle entre les deux yeux et s'écroule dans les haies sèches du fossé. Complètement affolés, les deux fellaghas en burnous munis de leurs seuls couteaux, décident de battre en retraite en tentant de s'enfuir dans les bosquets. Mais

Antoine est plus prompt ; pointant son arme, un MAC 50[82], il les dégomme en deux tirs rapprochés. Tapis derrière la 4 CV, je continue de serrer dans mes bras Silvia tremblante de peur, pour qu'elle ne voie pas le carnage.

— Allez ! Chargez les affaires, faut déguerpir ! s'écrie Antoine en commençant à balancer l'un après l'autre les cadavres dans le ravin à gauche de la route.

C'est en remontant dans la voiture que je réalise comment Antoine s'y est pris pour buter le premier fellagha sans qu'il n'ait rien vu venir – ni lui, ni personne d'ailleurs. Une fois sa main sur le pistolet à l'intérieur du bagage, il a tout simplement tiré à bout portant à travers le sac sans avoir besoin de sortir son pétard. Imparable.

Antoine revient en courant, se jette au volant et démarre sur des chapeaux de roue. Puis il freine brusquement, comme si une idée venait encore de lui traverser l'esprit.

— Viens, aide-moi ! me dit-il.

Il descend, s'installe dans la bagnole des fells et défait le frein à main.

— Allez, vas-y, pousse !

Antoine, guidant le volant, dirige la vieille guimbarde à l'opposé vers le fossé. Mètre après mètre, les roues se rapprochent inexorablement du vide. Encore une bonne poussée et ça sera fait. Agile comme un cabri, mon cousin saute au tout dernier moment. Dans un bruit assourdissant de ferraille tordue, la traction dévale l'abrupt, pour s'écraser dix mètres plus bas dans les pierrailles et les épaisses broussailles du maquis.

Quelques kilomètres plus loin, la 4 CV fonce bride abattue vers la nationale 4. Je regarde l'heure à ma montre. Neuf heures passées de dix minutes. Une heure trente qu'on est partis, et il me semble que ça fait une éternité.

---

[82] Pistolet automatique de calibre 9 mm, modèle 1950, chargeur 9 coups.

Silvia, encore sous le choc, finit par briser le silence.

— C'est quoi cette arme, Toni ?

— Ma baguette magique.

— J'ai vu ça. Enfin bon, merci... tu nous as sauvé la vie, ajoute-t-elle, non sans un sentiment de reconnaissance. Mais... tu sais ce qu'on risque si on se fait attraper avec « ta clarinette ».

— Faut pas se faire coincer, c'est tout, sourit-il en conclusion.

Au bout d'un quart d'heure, Bou-Medfa est en vue. On bifurque à droite sur la nationale, direction Affreville et Orléansville. Je baisse ma vitre et l'air qui pénètre dans l'habitacle nous apporte un peu de fraîcheur.

Nous venons de dépasser Orléansville. Il est maintenant un peu plus de onze heures. Je demande à Antoine s'il veut que je le remplace. Il me dit que ça va, qu'il peut rouler encore une heure, jusqu'à Rélizane. Le ciel, si bleu en matinée, commence à se voiler. Ce qui n'enlève en rien à la beauté splendide de la plaine du Bas Chélif dont nous longeons le tapis ondoyant de champs multicolores. L'éclat si pur des bleuets, coquelicots, marguerites et autres pâquerettes, y flamboie dans un décor de féerie. Même en ces heures dramatiques que nous vivons au quotidien, je ne me lasserai jamais, je crois, de ce pays que nous avons bâti. Ces terres hostiles qui n'étaient jadis que poussière, rocailles, broussailles et marécages, sont aujourd'hui, un siècle plus tard, le jardin d'Éden de l'Afrique du Nord.

En arrivant à Inkermann, le ciel se couvre. Avant qu'il ne tombe une averse, Antoine s'arrête dans le centre du village pour que je le remplace. De l'autre côté de la chaussée trône l'église avec son clocher pointant vers le ciel. Je me remets au volant, et sans attendre, nous repartons. Nous ne sommes guère plus qu'à 140 kilomètres d'Oran, soit deux heures de route.

Midi trente. Nous avons dépassé Rélizane depuis peu et, sous une pluie fine nous entrons dans le village de Clinchant. Finalement, le trajet se déroule plutôt bien hormis l'accrochage de ce matin. Silvia commence à être fatiguée. Elle se plaint de nausée, pourtant elle n'a rien mangé depuis le petit-déjeuner.

Après Perrégaux, la pluie cesse. Nous voici à Saint-Denis-du-Sig que nous traversons sinon rapidement, du moins sans s'y attarder, tant notre impatience d'arriver chez nous est grande. Au demeurant, c'est une charmante petite ville. À la sortie, nous passons devant un panneau indiquant « Sainte-Barbe-du-Tlélat, 27 km ; Oran, 52 km ».

— Enfin un panneau « Oran », soupire Silvia en s'appuyant à la vitre. J'en pouvais plus, dis.

Devant nous, la route est indéfiniment rectiligne, et ce depuis Orléansville, soit environ deux cents kilomètres. Les parcelles agricoles sont couvertes de fruitiers et notamment d'orangeraies, ainsi que des champs d'oliviers qui s'étalent à perte de vue.

— Oui, cette fois, on n'est plus très loin, commente Antoine en regardant machinalement le paysage.

Curieusement, au moment où il dit ça, je sens quelque chose d'anormal dans le volant, comme un problème de stabilité.

— *Johé tché !* Qu'est-ce qui s'passe là ? je m'exclame, tracassé.

Je ralentis immédiatement.

— Qu'est-ce qu'y a ? fait Antoine, sans comprendre.

Sauf que moi, j'ai compris. Je stoppe sur l'accotement en me rangeant entre deux arbres, car nous sommes sur une portion de route bordée d'eucalyptus longilignes.

— On a crevé, annoncé-je d'une voix lasse en coupant le moteur.

Antoine et moi descendons. Le pneu avant gauche est presque à plat. Je récupère la roue de secours dans le coffre. Antoine met en place le cric. Comme il est plus costaud, c'est lui qui se charge d'actionner la manivelle. Rapidement la 4 CV se soulève. Silvia en profite pour se dégourdir les jambes en faisant les cent pas au bord de la route.

— Regardez ! s'écrie-t-elle d'un coup.

On se retourne, et l'on voit arriver derrière nous à une centaine de mètres un camion militaire. Antoine me regarde et remarque à coup sûr la peur panique qui fige mon visage.

— Qu'est-ce qu'on fait s'ils s'arrêtent ? bafouillé-je à demi-mot.

— Rien pour l'instant.

— Rien ? m'écrié-je d'une voix étranglée. Tu rigoles, j'espère ? Et ton flingue dans le coffre ?

Alors que j'allais me relever, il me retient en m'attrapant sèchement le bras.

— Bouge pas, bordel !

Puis il s'adresse à Silvia, avant que ne lui vienne l'idée de faire la même connerie que moi.

— Et toi Silvia, tu fais comme si de rien. Même pas tu les regardes passer !

— Ça va, Antoine, j'ai compris, dit-elle avec un aplomb et une sérénité qui me laissent pantois.

Le bruit du moteur se fait de plus en plus proche. Nous, on continue à démonter la roue, comme si de rien n'était. Je crains le pire si le camion s'arrête. Je tends l'oreille pour discerner les moindres nuances du moteur. J'ai tellement la pétoche que mon cœur bat à deux cents à l'heure au moins. Encore quelques secondes, et nous saurons si les ennuis vont recommencer. Le moteur pétarade, s'essouffle, tousse et pétarade à nouveau. Grincement de freins, cette fois, on est foutus.

— Ils s'arrêtent ! murmuré-je affolé.

— Laisse faire, j'te dis. Et pas un mot.

Après un bruit de portières qui se referment, une voix retentit derrière nous.

— Messieurs dames, bonjour…

Antoine se retourne et se relève lentement, en m'intimant de faire de même.

— Messieurs, répond-il, affable.

Le camion est un GMC. Quatre soldats s'approchent de la voiture, avec leur PM à la hanche. Des militaires français d'une Unité Territoriale, quasi sûr. Deux d'entre eux sont des gradés. Un lieutenant, il me semble. Et l'autre doit être sergent. Le chauffeur, resté au volant, semble nous surveiller attentivement.

— Tout va bien ? s'enquit le lieutenant d'un ton qui cependant me paraît méfiant.

— Oui, oui, déclare Antoine aussi à l'aise que possible. On a crevé, on change la roue et tout ira bien.

— Vous allez où comme ça ?

— À Oran. On était presque rendus. C'est pas d'chance de crever si près du but.

— Et vous venez d'où ?

— Pas très loin, d'Orléansville, répond Antoine sans la moindre hésitation.

Silvia me rejoint et s'accroche à mon bras.

— Avec mon mari et mon beau-frère, nous sommes allés voir ma sœur qui vient d'accoucher, renchérit-elle.

— Ah... une petite fille ? demande à son tour l'autre gradé.

— Non, un garçon, réplique Silvia qui m'épate de plus en plus.

— Qui s'appelle ? insiste-t-il un rien obstiné.

— Eddie.

— Très bien, intervient laconiquement le lieutenant. On peut voir vos papiers ?

— Bien sûr messieurs, confirme Antoine en sortant son portefeuille de la poche de sa veste.

— Les nôtres sont dans la boîte à gants, annoncé-je au lieutenant pour éviter tout malentendu.

— Allez-y, dit-il en examinant la carte d'identité d'Antoine.

Une fois nos papiers également vérifiés, les soldats font le tour de la voiture, voient le coffre ouvert, remarquent à l'intérieur les bagages soigneusement alignés.

— Tiens... des valises ? Juste pour aller voir un nouveau-né ? fait le lieutenant un brin suspicieux.

Mon cœur est à deux doigts d'exploser, mais j'ose espérer que rien ne transparaît sur mon visage. Antoine, lui, demeure si imperturbable, qu'il en est époustouflant.

— Oui, nous avons passé deux jours là-bas et maintenant nous rentrons, explique Silvia tout en restant elle aussi incroyablement stoïque.

— Bon, très bien, répond le lieutenant en revenant vers nous. Si vous avez besoin d'un coup de main, n'hésitez pas.

— Merci, messieurs, mais regardez, nous avons quasiment terminé, précise Antoine dans un sourire sans pareil.

— Vous savez qu'il est de plus en plus dangereux de parcourir les routes ? insiste encore le sergent.

— Nous ne sommes plus très loin à présent, ça devrait aller, explique posément Antoine.

— Mais si vous le souhaitez, nous pouvons vous escorter jusqu'à l'entrée d'Oran, c'est également notre route, propose singulièrement le lieutenant.

On se concerte tous les trois du regard, et je laisse à Antoine le soin de donner sa décision.

— Écoutez, pourquoi pas, si cela ne vous gêne pas, bien sûr.

— Pas du tout. Nous avons pour mission avant tout d'assurer la sécurité des personnes, explique succinctement le lieutenant.

— Eh bien, merci infiniment, dit Silvia avec grâce et bonté, tout en se confondant en politesses.

Une fois la roue changée, nous remontons dans l'auto. Puis, dans un vrombissement de moteur, le camion militaire s'élance en ouvrant la marche. Nous le suivons paisiblement pendant les cinquante-sept derniers kilomètres. Quelle aubaine finalement !

— Hé ben Antoine, tu nous la copieras celle-là ! sourit Silvia après un long soupir de soulagement.

— Oui, ça, c'est la meilleure quand même, s'extasie mon cousin en riant nerveusement par petites saccades.

— Franchement, vous m'avez épaté tous les deux, lancé-je admiratif. Moi, je n'aurais jamais eu l'idée de mentir !

— Hé, mon Janot, c'est pour ça que je t'ai demandé de rien dire, je te connais comm' si je t'avais fait ! Le roi de la cagade ! s'exclame Antoine en me collant une *bofeta* très amicale derrière la tête.

— Y l'est comme ça mon mari, il est trop bon, il n'sait pas mentir, c'est son problème, dit gentiment ma reine Silvia en me charriant à son tour.

S'ensuit alors une cascade de rires, un moment de pure euphorie, plein d'une exaltation frénétique et hypnotique, probablement due à un complet relâchement de toutes les tensions contenues en nous depuis quelques jours. Des moments si dramatiques que nous avions vécus en silence et dans la peur, chacun à sa façon.

Puis, trois quarts d'heure plus tard et après sept heures d'un voyage harassant tant nerveusement que physiquement, nous entrons enfin dans notre bonne ville d'Oran. Et qui plus est, sous escorte militaire ! Le truc le plus improbable qu'on aurait pu imaginer !

Sur les coups de 14 heures, les militaires nous laissent à l'entrée du quartier Boulanger, et nous arrivons enfin sains et saufs à Eckmühl.

46

Les petits bonheurs

23 avril 1962. Gisèle Carmona

Comme tous les ans, le lundi de Pâques, nous prenons le cabassette en milieu de matinée et nous partons à Santa-Cruz. Le convoi festif traverse Oran, et depuis La Calède, nous filons vers le point de ralliement : la forêt des Planteurs. Dans la 4 CV, le coffre est rempli de mounas et ça embaume la fleur d'oranger.

Aujourd'hui, c'est une belle journée. Un soleil chatoyant et éclatant, contrairement à hier qui s'est soldé par un dimanche pascal franchement maussade, avec un ciel voilé et ombrageux. La forêt des Planteurs est située au pied de la colline de Santa-Cruz. Aux fêtes de Pâques, c'est le lieu de rendez-vous de tous les Oranais qui viennent y pique-niquer. Il y a déjà beaucoup de monde. Nous garons les voitures, puis nous cherchons un emplacement pour nous installer à l'ombre sous les pins. Une fois le lieu choisi, nous déployons soigneusement sur le sol quelques nappes et couvertures.

Voilà, tout est prêt pour cette belle journée de fête en famille.

Cependant, avant toute chose, il faut confectionner un coin feu pour y faire cuire notre fameux riz à l'Espagnole. Pendant que Janot et Pedro *le muet* creusent dans le sol une petite cavité entourée de pierres, j'attrape les cabas et aide maman et Silvia à rassembler tous les ingrédients pour le repas. Antonia se charge de la grande poêle et des casseroles. Papa et Mané quant à eux s'occupent de l'anisette et la kémia.

Soudain, Jacqueline, la jeune sœur de Janot qui est âgée de dix-sept ans, interpelle une jeune fille installée un peu plus loin avec ses parents.

— Ohé, Nicole ! tu es là toi aussi ?

— C'est qui ? lui demande Dédé curieux comme une fouine.

— Dis donc Dédé, ti as pas honte à la figure ! ça t'regarde ? lance maman en lui faisant la leçon de politesse du jour.

— C'est une de mes amies du lycée, répond quand même Jacqueline.

Elles se font un petit signe amical de loin.

— Maman, je peux aller la retrouver en attendant qu'on passe à table ? demande Jacqueline à sa mère Antonia.

— Bon, d'accord, mais ne tarde pas.

— Y moi, j'peux venir aussi ? réclame Dédé tout frénétique.

— Purée Dédé ! *Qué térémoto* ce gosse !*83* s'emporte maman. Tâche moyen de rester tranquille ou j't'envoie une *bofeta* que tu t'en souviendras !

— *¡ Qué, man-man !* J'm'ennuie moi là !

— Eh bé, aide à ton père !

— La kémia, elle est prête ! rétorque-t-il aussi sec.

— Eh bé, aide à ton frère !

— Le feu y l'est fini.

— Eh bé, aide à ta sœur !

— Elle a rien à faire !

— Eh bé, aide-toi et le Ciel t'aidera !

Agacé, Dédé finit par s'asseoir sur une souche en soupirant tout son aise, les bras croisés, l'humeur grincheuse.

Il est presque midi et demi lorsque le rizotto achève de frémir dans la grande poêle, et les premiers fumets de safran et de poulet frit commencent alors à nous chatouiller les narines. Tout le monde s'approche de la petite table pliante où sont alignées les assiettes de kémia. Il y a des fèves au cumin, mon péché mignon ; des blisblis,

---

83 Du mot italien, « terremoto », « tremblement de terre ». Se dit d'un enfant turbulent.

mais aussi des tramoussos, de la longanisse, de la soubressade, des filets d'anchois, des rondelles de morcilla, et tout un assortiment d'olives.

— Allez, « *a picar* », claironnent papa et Mané en servant l'anisette.

On se jette dessus sans demander notre reste, pire que des morfales. Puis vient le riz servi à l'assiette. Un riz à l'Espagnole, tellement qu'y l'est mortel, que les doigts tu te lèches ! *Mamamilla !*

Nous les jeunes, sommes installés par terre sur les nappes et les couvertures, tandis que les anciens – notamment les dames – sur des chaises pliantes positionnées en arc de cercle. Et quand arrivent les mounas, alors là, c'est carrément l'extase. Mané et moi, on s'empiffre jusqu'à n'en plus pouvoir, et à un degré moindre, Dédé et Jacqueline aussi. Les autres restent raisonnables, tout en ne laissant pas leur part au chat. Pour les Oranais, les fêtes de Pâques sans mouna, c'est juste pas possible.

Jacqueline a invité sa copine de classe à se joindre à nous. Nicole est une jolie jeunette, blonde comme les blés, mais très timide et réservée. Ses parents sont commerçants à Oran, nous dit-elle. Dédé, Mané, Jacqueline et Nicole se mettent à jouer aux cartes, pendant que les adultes se lancent dans des discussions animées sur la situation actuelle qui plus que jamais est explosive. Bon, comme tous ces débats ne me passionnent pas beaucoup, je décide d'aller rejoindre mes amis au fort espagnol de Santa-Cruz où on s'est donnés rendez-vous pour 16 heures. Bien sûr, comme d'habitude, Dédé, collant comme une arapète, a demandé à me suivre, emmenant dans son sillage Jacqueline, Mané et la jolie Nicole.

— Tâchez moyen de pas revenir trop tard ! nous lance maman. Qu'après, faut tout ranger avant d'partir !

Nous gravissons la colline jusqu'au fort. Danielle m'y attend avec Paulo, quant à Julien, il arrive un peu plus tard. Paulo et Julien ne sont pas tout à fait nos amoureux, mais presque. On s'entend bien tous les quatre, on s'amuse comm' des jeunes.

Nous nous installons dans un coin à l'ombre et nous écoutons de la musique grâce au poste radio de Danielle. Moi je suis folle de Johnny, il est trop chou ! Danielle ne jure que par Bécaud. *« Et maintenant, que vais-je faire ? »* ne cesse-t-elle de fredonner. Paulo, son idole, son étoile, c'est Buddy Holly. Il adore ce rockeur qui s'est tué dans un accident d'avion y a trois ans. Pour Julien, c'est Dalida et son *Bambino* qui le font frissonner de plaisir. Jacqueline aime bien Richard Anthony, pour sa voix et sa bonne bouille. Nicole, sans hésitation, a un faible pour les chansons à texte de Charles Aznavour. Mon jeune frère Dédé, lui, les chanteurs y s'en fout comme de sa première chemise. Mais bon, c'est normal, il n'a que douze ans.

Quant à Mané c'est bien simple, la musique, même pas y l'écoute, je doute même qu'il l'entende. Comme Dédé, il a l'air totalement subjugué par la jolie Nicole. J'ai jamais vu mon frère comme ça. Le type à sens unique. Sourd, muet, anesthésié, mais pas aveugle pour un sou. C'est plus des yeux qu'il a, c'est des pinces, c'est des tentacules, des ventouses hypnotiques tellement son regard dévorant reste fixé et rivé sur la jolie blonde. Ça oui, y l'est complètement boba ! Comme nous tous, Nicole se rend-compte de la fascination qu'elle suscite chez mon frangin. Ne sachant ni quoi faire ni où se mettre, elle reste sans voix, sans bouger, comme un pot de fleurs qui attend la pluie. J'ai beau discrètement donner des coups de coude à mon frère, il ne capte rien. Pas moyen de le réveiller de son hypnose.

En fin d'après-midi, nous nous séparons et chacun regagne son campement. Nous rangeons tout dans les voitures, tables, cabas et chaises pliantes. Avant de partir, nous nettoyons soigneusement les lieux pour laisser la forêt aussi propre que possible. Papa vérifie que les braises soient bien éteintes et par précaution verse une casserole d'eau dans le foyer en recouvrant bien de terre.

Voilà, une agréable journée qui se termine. Après de chaleureuses embrassades, nous rentrons à la maison, entassés dans les voitures surchargées.

Le soir à la nuit tombée, lorsque j'éteins la lampe de chevet et que la chambre sombre dans l'obscurité, j'entends la voix de Mané, couché dans le grand lit à côté.

— Qu'elle est belle, cette fille.

Pas la peine de demander de qui il parle.

— Dors, va, je lui chuchote comme un sage conseil, que si ça continue, ti vas mettre le feu au matelas avec tes yeux de braise.

— Non, j'veux pas dormir. Si j'ferme les yeux, j'la vois plus.

— Tu la vois plus ? Tu la vois plus ? Eh bé, ma foi, ti as qu'à dormir les yeux ouverts.

— Elle est trop belle, continue-t-il sur un ton d'extase béate.

— Trop belle pour toi, ça c'y est sûr.

— Pourquoi tu dis ça ?

Je crois bien l'avoir vexé, même si c'était pas volontaire.

— Ma foi, ouvre tes yeux Mané. Ça s'voit de suite qu'elle est d'un autre milieu. Ti as pas vu la voiture de ses parents ou quoi ? Une 404 toute neuve...

— Qu'est-ce que je m'en fous de ses parents, c'est pas leur bagnole qui m'intéresse.

— Oui, j'me doute bien. Moi j'te dis ça comme ça, prends-le juste comme un conseil de grande sœur. Cett' fille n'est pas pour toi, mon Mané.

— Quoi, chuis pas assez beau pour elle, c'est ça ?

— Mais si ti es beau, mon Mané. Mais si tu crois qu'il suffit d'être beau... Enfin, tu verras bien un jour comment ça marche l'amour.

— *Johé,* tu m'agaces à la fin, dit-il d'un air renfrogné en se cachant la tête sous l'oreiller.

— Et puis, tout' façon, j'vois pas ce que tu lui trouves. C'est quand même pas miss Oranie.

Malgré la pénombre, je le vois qui se tourne vers moi et, s'appuyant sur un coude, il se redresse et me dit d'une voix changeante.

— C'est la miss de mon cœur. C'est mon petit bonheur secret. Tu pourras dire c'que tu veux, ça n'changera jamais.

Eh bien, voilà le clou de la journée. Mon frangin, amoureux. Avec sans doute son lot de complications à venir. Enfin, ce qu'on peut appeler aussi les petits bonheurs de la vie. Mais en toute franchise, je crains que nos petits bonheurs ne soient réellement en danger en ce printemps 62. J'espère seulement que nous pourrons enfin malgré tout retrouver notre vie d'avant, en dépit de cette guerre qui en réalité ne cesse de se durcir, alors qu'officiellement elle est finie depuis le 19 mars.

Oui, retrouverons-nous un jour la paix ? Une paix durable, afin que nous puissions vivre et aimer comme avant, en toute quiétude et dans l'accomplissement suprême de nos rêves et de nos espérances. C'est véritablement la pieuse prière que je voudrais adresser en cette fête de Pâques à la Vierge de Santa-Cruz.

Et… aux petits bonheurs de notre si beau pays.

47

La Colline aux Oiseaux

Printemps 1962, « Mimosa, alias Toni la brindille »

En dépit, et surtout à cause de la proclamation du « cessez-le-feu » du 19 mars, la guerre fait rage plus que jamais. Même si Salan, notre chef, a été arrêté – et avant lui, Jouhaud et Degueldre – le combat de l'Armée Secrète continue et continuera. Et ce, malgré la fin du maquis OAS dans le massif de l'Ouarsenis, bombardé par l'aviation française le 10 avril. D'ailleurs, Salan, ne nous avait-il pas donné l'ordre le 19 mars de « harceler » toutes les forces ennemies, quoi qu'il arrive ? Si. Alors c'est ce que nous faisons et ne cesserons de faire jusqu'à la victoire finale, et s'il le faut, jusqu'à la mort. C'est pourquoi l'O.A.S. a décidé d'entrer dans une escalade certes dangereuse. Celle de la politique de la terre brûlée. Car si nous devions renoncer et partir, alors rien ne devra rester après nous.

L'O.A.S. d'Oran est composée de commandos regroupés en Collines. À mon retour d'Alger début avril, j'ai intégré la Colline 8 « Colbert », dite *la Colline aux Oiseaux.* Et les drôles d'oiseaux c'est nous : Maître Corbeau et *la Pie,* nos chefs de commando. Gégé *la buse,* notre chef de groupe. Et les agents Picvert, Cui-cui, Alouette, Faucon, Titi *l'épervier,* Rouge-gorge, Garaldo *alias la mouette,* Albatros, Gros-bec et Jo *le pélican.* Oui, que des drôles d'oiseaux ! Moi, en arrivant d'Alger, il m'a fallu par mesure de sécurité changer mon surnom *Mimosa* en Toni *la brindille.* Pour harmoniser la collection ornithologique du groupe, j'imagine. Le seul à détonner dans ce tableau, c'est Bob *la ventouse*

388

avec qui je fais souvent équipe. Pourquoi Bob et pourquoi *la ventouse* ? J'en sais rien, et ça n'a d'ailleurs strictement aucune importance.

Le champ d'action de la Colline 8 couvre principalement le Front de mer et le port. Cependant, il m'arrive de me rallier aux autres Collines lorsque des opérations spécifiques nécessitent un renfort, surtout depuis que de nombreuses arrestations ont fragilisé et parfois décimé nos effectifs.

Ça fait maintenant un mois, depuis la mi-avril, que les enlèvements se multiplient un peu partout dans le pays. Notamment dans certains quartiers périphériques d'Alger et d'Oran ; mais pas seulement, puisque même dans le bled, des groupes FLN établissent des barrages au hasard des routes, comme je l'ai constaté la semaine dernière en ramenant Janot et Silvia. Personne n'est exempt, hommes, femmes, enfants, même les vieillards. Le mois dernier une quarantaine d'Européens ont été retrouvés dans un abattoir musulman du Village-Nègre, saignés à blanc comme des animaux. Le bruit court que ces enlèvements auraient pour but d'effectuer des prélèvements sanguins, jusqu'à vider les victimes de leur sang, palliant ainsi la pénurie dans les hôpitaux clandestins du FLN.

Encore des abominations inqualifiables, lâches et indignes.

En riposte à ces atrocités, nos attaques vont devoir encore s'intensifier. Nous rendrons coup pour coup. Enfin pas exactement, car il ne nous sera jamais possible et envisageable de faire subir à nos ennemis, le même sort que réservent ces barbares d'un autre temps à nos compatriotes. D'ailleurs, dès le début du conflit, ce sont ces mêmes tortures et exactions qu'ils ont commises envers les Algériens pour obliger les populations musulmanes à rallier le FLN. Tortures, viols, exécutions, éventrations, dépeçages. La stratégie de l'horreur.

Pour autant, ces abominations inouïes et inqualifiables ne feront pas de nous des tortionnaires, nous ne sommes pas comme eux. Nous sommes des combattants, pas des bourreaux sadiques et sanguinaires. Cependant, pas question de laisser faire sans réagir. Nous savons bien que le but du FLN est de créer la panique chez les civils européens dans toute l'Algérie et ainsi de précipiter leur départ. C'est pourquoi l'O.A.S. a donné comme consigne de ne pas succomber à la tentation de partir et d'abandonner le pays. Le communiqué est très clair : l'exode vers la métropole est interdit ! Les agences de voyage sont surveillées et des représailles ne sont pas exclues. Mais nous savons bien que c'est impossible à appliquer, sans compter que ces mesures ne font pas l'unanimité. Moi le premier, j'ai envoyé Francine et Etienne en France. Je peux difficilement dire à mes compatriotes de ne pas en faire autant.

Durant ce mois de mai, les attentats se poursuivent à un rythme effréné. À commencer par la clinique du Docteur Combère, située sur le boulevard du Front de mer. Combère est un militant communiste. Pis encore, un combattant à part entière de l'indépendance. On l'appelle « le médecin du FLN ». C'est un vendu, un opposant à notre cause, un danger. Du coup, on a plastiqué sa clinique, mais il a eu du bol, il s'en est réchappé.

Tous les jours les combats font rage entre nous et les gardes mobiles. Ça tire de partout. On les met sous pression, à coups de tirs de mortiers et en les canardant du haut des immeubles. On ne les lâche pas. Quoique, eux non plus. Leurs blindés mitraillent au canon de 20 mm, souvent au hasard des rues et des façades. Il ne se passe pas un jour sans heurts ou sans mitraillages. Une chasse à l'homme, permanente, sournoise, et fallacieuse. Malheureusement, la population subit également la répression des gardes rouges. Ces chiens fouillent sans ménagement les habitations des quartiers européens, à la recherche d'armes détenues illégalement, ou mieux encore, d'agents de l'O.A.S. réfugiés dans les maisons. Même les magasins et les commerces sont visités, voire totalement mis à sac, juste parce qu'ils sont soupçonnés d'être des caches ou des refuges de l'organisation. Un vandalisme infâme, des humiliations volontaires et constantes, des contrôles d'identité arbitraires pour ne pas dire musclés, des brutalités verbales, physiques et excessives infligées aux pères de famille devant leurs enfants apeurés. Toutes ces forfaitures, accomplies par les gendarmes mobiles et les militaires du contingent, plongent Oran dans une anarchie et une terreur intense.

Un état de guerre civile.

Le 11 mai, en pleine nuit, ces ordures de barbouzes ont arrêté quatorze personnalités de la ville, partisans de l'Algérie française. Après les avoir interrogées, et probablement passées sur le gril, ils les ont transférées en France dans des camps de concentration. Tiens donc, comme Hitler et Staline. Bravo de Gaulle, digne successeur des dictateurs de l'ère moderne. Bien aidé en cela par Katz, le chef du secteur d'Oran au sein du corps d'armée, qu'on surnomme « le boucher d'Oran ». Ce tyran, dont la mission est d'abattre définitivement l'O.A.S. en Oranie, a interdit à la population de se tenir aux balcons ou sur les terrasses, sans quoi les forces de l'ordre pourront faire feu sans la moindre sommation. Pour nous, ce Katz est pire qu'un nazi.

J'ai bien peur que ce mois de mai ne soit le mois le plus noir qu'ait connu Oran depuis le début de la guerre. Avec le durcissement de nos actions et de notre volonté de combattre, les gardes rouges redoublent d'ignominie. Les contrôles intempestifs dans la rue sont innombrables, les arrestations sommaires, avec coups de poings ou de crosse si l'on a le malheur de protester. Tous les Oranais sont tôt ou tard confrontés à ces persécutions. Mes cousins Alain et Yves, les frères de Janot, ont été embarqués un soir alors qu'ils sortaient de la bijouterie de leur père. Ils sont restés deux jours dans un sous-sol, sans boire ni manger, menottés et gentiment passés à tabac, mais relâchés le troisième jour, car on ne pouvait rien leur reprocher. Cela me fit mal, car j'imagine que les « rouges » cherchaient un tout autre Martinez, un certain Antoine, c'est-à-dire moi. Heureusement, j'ai régulièrement de nouveaux faux papiers. En ce moment je m'appelle Armand Vargas. Et depuis des semaines je reste constamment en alerte. Un simple contrôle dans la rue pourrait m'être fatal, alors je fuis comme la peste tout véhicule militaire à moins de cent mètres à la ronde.

Après l'annonce du verdict au procès Salan, de Gaulle, furieux, fait aussitôt dissoudre sa haute cour de Justice qu'il avait créée expressément dans ce but, mais qui ne l'a pas suivi en prononçant la non-condamnation à mort de Salan. Aussi, pour se venger et assouvir son besoin de répression, le « Général micro » ou le « planqué de Londres », comme on le surnomme dans l'O.A.S., vient d'annoncer qu'il va faire fusiller Jouhaud à la place. Quel pauvre type ce de Gaulle. Un jour ou l'autre, on lui fera la peau. On ne le laissera pas salir en toute impunité notre honneur et celui de la France.

Fin mai, des batailles rangées ont encore lieu entre nous et les forces de l'ordre. Fusillades et mitrailleuses lourdes se répondent durant une bonne partie de la soirée.

Depuis le 6 juin, Messmer, le ministre des Armées a décrété le plan « Simoun ». Des milliers de jeunes oranais et algérois âgés de 19 ans au minimum ont donc obligation de répondre à l'ordre d'incorporation immédiate, pour être intégrés « d'office » dans un corps d'armée et envoyés en métropole. But officiel : protéger la jeunesse européenne d'Algérie. Mais évidemment il s'agit plutôt d'expatrier la jeunesse du pays, l'empêcher de participer aux manifestations en tout genre, de troubler l'ordre public, et cela va sans dire, l'empêcher coûte que coûte de « rallier » les rangs de l'O.A.S. Ce n'est donc ni plus ni moins qu'une « rafle ». Quiconque ne se présente pas à la convocation est automatiquement déclaré déserteur.

Le 7 juin, très tôt le matin, quatre écoles, la bibliothèque municipale et la mairie sont plastiquées. Pour ma part, j'ai organisé avec Bob *la ventouse*, Cui-cui et Pic-vert, l'attentat qui a endommagé l'entrée de la mairie. La journée qui suit, nous restons planqués dans l'appartement de Cui-cui au douzième étage de la cité Perret, située au carrefour de la rue Mostaganem et de la route du Port.

Le soir, à la réunion de quartier, Gégé *la buse* nous apprend que sept des nôtres, dont un de nos chefs de groupe de la Colline 3, ont été abattus par les forces de l'ordre vers la place des Victoires et la rue d'Arzew. De plus, ce qui était à craindre est arrivé. De Gaulle, cette ordure infâme, s'est vengé de la non-condamnation à mort de Salan, en faisant fusiller hier matin, non pas Jouhaud, mais nos deux camarades Piegts et Dovecar des commandos Delta, arrêtés à Alger l'année dernière pour le meurtre d'un commissaire divisionnaire que l'Organisation avait jugé pour « crime de haute trahison ».

De Gaulle, à toi comme aux autres, ton heure viendra.

12 juin, Quartier Saint-Eugène, Opération « Barbabouze »

Max et moi faisons le guet depuis une heure rue Montgolfier. Max *le Tyr* est un agent de la Colline « Simca », dite aussi « Socrate » qui couvre le secteur Saint-Eugène. On se connaît depuis longtemps, depuis le lycée Ardaillon. Max c'est son nom de combattant, et en vrai : Albert Soto. On était ensemble avec d'autres copains au discours de de Gaulle à Oran et à Mostaganem. Ah, juin 58 ! Ce qu'on a été naïfs de croire à ce *falso !*[84] Mais ça, c'est de l'histoire ancienne.

Le réseau Socrate ayant perdu une dizaine d'agents arrêtés fin mai, Gégé m'a envoyé en renfort pour cette mission « délicate ». J'ai pris avec moi Bob *la ventouse,* qui doit assurer notre repli. Vers dix-huit heures trente, un type va se présenter à l'entrée de l'immeuble situé au 12, de l'autre côté de la rue. Objectif, le suivre dans le hall, et le dégommer sans broncher. Ce gars est dangereux. Il a été repéré par nos indicateurs. C'est un barbouze qui a fait hélas énormément de dégâts dans nos rangs. À descendre au plus vite.

Bientôt 19 heures. Le salaud n'est toujours pas là.

— Putain, qu'est-ce qu'y fout ? s'impatiente Max, nerveux. Tu vas voir qu'ce soir y va pas venir.

— Ferme-la, tu veux, tu vas nous porter la chkoumoune.

C'est la fin de la journée. Le ciel est bleu. L'air est doux. La rue est calme. Trop calme. Les piétons déambulent, d'autres vaquent à leurs occupations.

---

[84] Traître.

— Putain, c'est lui là-bas ! souffle soudain Max, en me pressant le bras.

Nous sommes sous la porte cochère de l'autre côté de la rue. Le type marche d'un pas tranquille.

— OK, on y va, dis-je sans émotion.

On sort de notre planque. Je mets la main à la poche et, tout en surveillant les alentours, nous traversons la rue en hâtant le pas. Ma main serre fermement le flingue que je n'ai pas encore sorti. Le type se présente devant la lourde porte d'entrée. Il n'y a plus qu'à le laisser pénétrer dans le hall. Nous atteignons le trottoir. Mais, alors qu'il s'apprête à franchir la porte, il regarde derrière lui et nous remarque. En une fraction de seconde, il flaire le danger et tente de s'échapper. Illico presto on le pousse à l'intérieur. Le type tombe à terre. Je lève mon flingue et le pointe vers sa tête.

— Vas-y tire ! Tire ! s'écrie Max dans une agitation fébrile.

Le type me regarde froidement. Je pose le doigt sur la gâchette et au moment où je m'apprête à tirer, des cris stridents retentissent derrière nous. Je me retourne et vois une femme avec deux jeunes enfants terrorisés par la scène qui est en train de se jouer.

— Putain, tire ! hurle Max. Tire, tire ! Faut se tailler !

Ces quelques secondes d'hésitations suffisent à notre type pour nous faire faux bond. Se ruant vers la porte, il parvient à nous échapper en se carapatant dans la rue. D'un bond, je m'élance à mon tour, suivi par Max toujours aussi nerveux. La course poursuite est lancée. Des piétons se retournent sur nous. Je joue des coudes en leur criant de me laisser le passage. Le type perd du terrain, il a du mal à courir à cause de son embonpoint. Je suis à cinq mètres de lui, il ralentit, puis essoufflé il s'arrête près d'une porte cochère. Il me regarde, haletant comme un buffle acculé dans ses derniers retranchements. Rougeaud, les yeux incandescents comme s'ils jetaient des boules de feu, il me toise maintenant. Un rictus lui barre la face.

— Allez, vas-y, tire, si t'es pas une lavette…

— Ferme-la, je lui dis mâchoires serrées en le mettant en joue.

— Tout' façon, on vous fera tous la peau, ajoute-t-il avec mépris.

Toujours le même rictus de haine sur sa figure de salaud.

— Bande de lavettes ! ricane-t-il comme un porc.

Alors, pour qu'il se taise une bonne fois pour toutes, je vide mon chargeur sur cette vermine. Sans ressentir la moindre émotion, je le regarde s'écrouler et glisser mollement le long de la porte en bois.

Max me tire par la manche en criant qu'il faut se barrer.

On file en courant vers la rue Forest où nous attend Bob. On évite quelques passants sur les trottoirs et on zigzague entre les voitures en stationnement. La Simca nous attend comme prévu. Max est le premier à se jeter sur la portière arrière.

— Démarre ! démarre ! s'écrie-t-il pour donner l'alerte.

Bob lance le moteur qui peine à se mettre en route. Agrippé au volant et à la clé de contact, il mugit comme un forcené en maugréant « Allez, démarre ! »

— Ah non merde, mais c'est pas vrai ! Démarre-moi cette putain de bagnole ! je lui crie dessus en tapant du poing sur la vitre.

Le moteur tousse plusieurs fois puis, après un dernier soubresaut, la Simca rugit enfin.

Bob passe la première et, faisant crisser les pneus, la voiture fait un bond de cabri avant de partir à toute berzingue.

21 juin. L'avenir de l'Algérie française est définitivement scellé. Notre pays est perdu. Katz a rejeté nos principales revendications. Ce type nous mène par le bout du nez et son cessez-le-feu n'est que de la poudre aux yeux. La polémique de son assassinat manqué la semaine dernière y est sûrement pour beaucoup. C'est le général Ginestet qui s'est fait dégommer à la place. Pourtant nos chefs réfutent toute responsabilité de l'O.A.S. dans cet attentat et il n'est pas impossible qu'il s'agisse de l'action d'un élément isolé. Quoi qu'il en soit, tous nos chefs de Collines se sont réunis hier pour voter la question du soulèvement de la ville. Une seule Colline a voté pour. Pour les autres, c'est la « fuite » qui prévaut.

En ce mois de juin, des milliers d'Européens continuent d'affluer vers le port, dans l'attente d'un hypothétique bateau. Rien ne pourra arrêter cet exode massif. Pour ma part, je n'ai aucune nouvelle de mes parents ni de mon frère et mes sœurs. Il m'est difficile de les approcher sans mettre en péril leur sécurité. Pour mes beaux-parents, c'est une autre histoire. Ma belle-mère a décidé de prendre un avion la semaine dernière pour rejoindre Francine et Etienne dans le Périgord, mais son mari a préféré rester à Oran pour l'instant. Hier après-midi, je suis passé le voir pour lui conseiller de filer au plus vite. Il ne m'a pas écouté, refusant d'abandonner ses biens, le travail de toute une vie, l'héritage de son père venu s'installer en Algérie au début du siècle.

— Je sais tout ça, Firmin. Personne n'a voulu ce qui arrive, lui ai-je dit d'une voix à la fois calme et ferme, mais il s'agit de survivre, de sauver votre peau tant qu'il est encore temps... vous comprenez ?

— Fuir comme un lâche ? C'est bien tout ce que vous savez faire, vous de l'O.A.S.

— Oui, peut-être bien, ai-je avoué en soutenant son regard. Mais, Firmin, vous pouvez nous croire qu'on ne lâche pas l'affaire pour autant. Le combat continue... et de Gaulle aura son compte, d'une manière ou d'une autre.

— Alors bonne chance, Antoine, m'a-t-il dit en m'ouvrant sèchement la porte pour que je reparte comme j'étais venu.

Une fois sur le palier, je me suis retourné une dernière fois.

— Qu'est-ce que vous allez faire ?

Et il a fermé la porte sans me répondre.

25 juin. Le chant du cygne. Après une quinzaine de plasticages dans toute la ville hier, notre dernière opération est prévue pour ce soir. Un gigantesque feu d'artifice que nous préparons en guise d'adieu à notre terre d'Algérie. Objectif : le port, et les cuves de la compagnie pétrolière de la British Petroleum qu'un de nos commandos a réussi à bourrer de dynamite. Nous voici rendus à notre destin final. Le dernier combat approche. La ville va sombrer

dans le chaos. Une puanteur infâme règne dans certaines rues, car les ordures ne sont plus ramassées. Les magasins sont fermés, grilles baissées. Les immeubles, abandonnés. Les quartiers se vident de leurs habitants.

17 h 30, face à la rade, nous investissons l'immeuble du Front de mer choisi pour l'opération finale. Comme prévu, nous montons jusqu'aux terrasses. Deux commandos armés de mitrailleuses et de bazookas. Nous sommes une dizaine, sous les ordres de Gégé *la buse*. Face à nous, le port et ses immenses citernes lestées d'explosifs. Le soleil est au zénith, il fait une chaleur de feu. Alignés aux côtés de Pic-vert, Albatros et Faucon, je prends position à genou, le canon du lance-roquettes posé sur l'épaule droite.

— Prêt ? hurle Gégé pour donner le signal. Feeuu !

L'œil fixé sur le viseur, j'appuie aussitôt sur la gâchette. Quatre grosses détonations retentissent et les roquettes partent comme des fusées en soulevant un nuage de fumée. Elles filent en dansant frénétiquement vers les cuves métalliques. Au moment de l'impact, une cascade d'explosions secoue le port et les quartiers alentour. En quelques secondes, c'est l'apocalypse. Un spectaculaire incendie embrase les réserves de mazout, laissant s'échapper d'immenses flammes ronflantes et furieuses qui montent à plus de cent mètres de hauteur. Lorsque nous quittons l'immeuble, de gigantesques fumées noirâtres s'élèvent vers le ciel en tourbillonnant et s'amoncelant sur la ville comme un champignon atomique. Le soleil commence à ne plus être visible, au point qu'il fait soudain presque nuit.

La nuit de l'Enfer va peu à peu couvrir Oran.

Oran, dont il ne doit rien rester, si ce n'est qu'une terre brûlée.

27 juin. Les réservoirs flambent depuis trois jours. Le port et la ville sont couverts de fumées et de cendres. Nos commandos se sont enfuis pour la plupart sur des chalutiers en partance pour l'Espagne. Moi, je continue de me cacher chez Cui-cui, en attendant l'arrivée de deux navires espagnols en provenance des Baléares et affrété par

l'État espagnol. Malheureusement, ces bateaux sont bloqués au large d'Oran en attendant l'accord des autorités françaises pour accoster.

Comme le téléphone est toujours coupé à Oran, j'ai décidé de me rendre chez mon frère Roger à Gambetta, où il habite depuis deux ans dans la plus haute tour de la cité La Fontaine. J'ai pris la voiture de Bob, que je gare le long de l'allée, devant les blocs de cinq étages. Puis je me dirige sagement vers la grande tour.

Une fois dans le hall, j'entre dans l'ascenseur et appuie sur le bouton du 16e étage. La montée est longue, vibrante et oppressante. Lorsque j'en sors enfin, je me dirige vers la porte 4 et je toque trois coups rapides, suivis de deux autres, signal habituel pour Al-gé-rie Fran-çaise. De l'autre côté, le même signal me répond et la porte s'entrouvre. Lorsque Roger me voit, il achève d'ouvrir en me souriant. On se fait une accolade, contents de nous revoir après plus de deux mois sans nouvelles.

Nous parlons de tout et de rien. Enfin si, surtout de l'incendie du port et du gigantesque nuage de fumée qui assombrit la ville. Je ne fais aucune allusion à ma participation, et lui ne me demande rien. C'est tout aussi bien. Sur la famille, il m'apprend que l'oncle François, la tante Antonia et ma cousine Jacqueline, ont quitté Oran le 15 juin en embarquant sur le Kairouan. Ils ont laissé leur appartement de la rue Ampère à nos parents qui ne pouvaient plus rester à la villa de Canastel, car beaucoup trop dangereux.

— Quand est-ce que vous allez partir ? je lui demande.

— Pour l'instant, on reste. On attend de voir comment ça va tourner.

— Ça va mal tourner, Roger. Un conseil, partez avant que ça se gâte pour de bon.

— Ma foi, ça ne peut pas être pire qu'en ce moment.

— Partez je vous dis, et sans tarder. Nous tous de l'O.A.S., on fout le camp, mon vieux. Alors faites-en autant. Tu entends ? Faut qu'tu décides le père.

— OK, je lui en parlerai, mais j'connais déjà la réponse.

— Je compte sur toi. Et les frangines ? Comment vont-elles ?

— Anne-Marie a arrêté l'école aux vacances de Pâques, à cause des attentats et de l'insécurité. Et Rosette, elle travaille toujours au salon de coiffure.

Une once d'inquiétude voile aussitôt mon regard.

— C'n'est pas très prudent, avec tout c'qui s'passe...

Il tente de me rassurer en me disant qu'elle ne prend plus le tram. Le père l'emmène le matin, et lui va la chercher à midi et le soir. Ensuite, il m'apprend une heureuse nouvelle. Silvia attend un petit pour la fin de l'année. C'est donc au tour de notre cousin Janot de connaître bientôt les joies et les misères de la paternité.

— Tu sais, je serais très étonné que ce petit naisse en Algérie, et en un sens, je ne le lui souhaite pas, tu vois...

— Faut pas dire ça, Antoine, me répond mon frère d'une voix lente et insistante.

Nous nous quittons quelques instants plus tard, après qu'il m'ait promis de réfléchir à mes recommandations.

Par la place Jean Mermoz, je rejoins le Front de mer jusqu'au boulevard Laurent Fouque. La circulation est fluide, pas grand monde dehors. Je traverse la rue d'Arzew et m'engage rue Béranger, comme je le faisais souvent avec mes copains d'école pour aller dans les bars du coin. Souvent je repense à Mehmet, enfin, surtout depuis que Arabes et Européens en sont arrivés à un point de non-retour entre les deux communautés. Qu'est-il devenu dans ce chaos permanent et sanglant ? Voilà presque trois ans que ne n'ai plus de ses nouvelles. J'espère qu'il n'est pas tombé dans le piège du FLN et que nous n'aurons pas à nous affronter comme d'impitoyables ennemis.

En arrivant au carrefour de la rue Mirauchaux, un half-track surgit brusquement devant moi ! En quelques secondes, je suis pris dans une nasse de gardes mobiles qui procède à un bouclage du quartier. J'ai tout juste le temps de freiner que déjà trois ou quatre types s'approchent de moi, mitraillettes à la main, et insultes aux lèvres.

— Papiers, me dit l'un d'eux, le regard noir.

Une profonde balafre cisaille la joue droite de ce scélérat. Le genre de type dont on a envie de refaire le portrait. Mais je reste sage. Sans même sourciller, je lui présente mes papiers. Je pense à mon arme planquée sous le siège. Est-ce raisonnable de m'en emparer ? J'en doute. Ça pourrait finir en carnage.

Le type me regarde, et tour à tour examine la photo, tournant et retournant la carte dans sa main boursouflée.

— Alors comme ça toi tu t'appelles Armand Vargas ?

— Ben oui, c'est bien ça, j'acquiesce le plus normalement du monde.

— Allez, descends de là, lâche-t-il sèchement en pointant vers ma poitrine le canon de son MAT49.

Bon, méfiance. Je confirme, c'est un sale type. Je sors tranquillement de la voiture. Peut-être qu'en un éclair je pourrais parvenir à saisir mon flingue, viser cet' ordure et le dégommer. Mais les autres ? Non, décidément, je n'donne pas lourd de mes chances dans ce genre de rififi. En même temps, s'ils se mettent à fouiller la bagnole, je suis cuit aussi.

Le balafré me conduit à l'arrière et, sous la menace de sa sulfateuse, me fait ouvrir le coffre. Ce que je fais en gardant mon sang-froid, car je viens de m'apercevoir que deux autres s'occupent de fouiller à l'avant. Cette fois c'est foutu, je suis fait comme un rat. Une affaire de minutes, de secondes, trois, deux, une. Branle-bas de combat à l'avant, les deux « rouges », surexcités comme des puces, se mettent à crier tout en brandissant mon flingue comme un trophée de guerre.

Alors que je me retourne vers le balafré pour « prendre la température » de ce qui me pend au nez pour les prochaines secondes, je vois brusquement surgir à quelques centimètres de ma tête, la crosse d'une MAT49 qui me fracasse le crâne.

28 juin. Lycée Ardaillon. Pas besoin d'un dessin, je reconnais les lieux. Le temps de l'école est fini ; maintenant c'est une prison des

400

gardes rouges. Une prison où les gars de l'O.A.S. comme moi se font déplumer et arranger le portrait. À l'école, j'ai toujours eu une profonde admiration pour le génie de Molière, mais là, point de « Fourberies de Scapin » à l'entracte, ni de « Que diable allait-il faire dans cette galère ? » Bien que j'y sois, dans la maudite galère, et depuis bientôt vingt-quatre heures. Grâce au général Katz et à ses sbires, j'ai eu droit au traitement de faveur qui sied à ce genre d'endroit de villégiature. Et ce n'est pas leurs beaux yeux qui vont me faire *mourir*, en tout cas pas d'amour. Insultes, tabassages à coup de poing, volées de coups de botte, tortures lentes et raffinées mitonnées à l'ancienne. De tout cela, ils ne se sont pas montrés avares, ces ordures !

Je suis comme qui dirait épuisé. Assis sur une chaise, menottes aux mains attachées dans le dos, tête penchée pour pas dire dodelinante, nez sanguinolent, mâchoire déboîtée. Sans manger ni boire depuis hier. Putain, chuis mort. J'en peux plus. Mais bon, au moins les coups ont cessé. Ça me fait un peu des vacances. Juste un peu. J'essaie de réfléchir à ce que je peux tenter pour sortir de ce traquenard. Mais j'avoue que j'ai pas trop les idées claires.

Au bout d'un moment qui me semble infini, des types arrivent et m'arrachent de ma chaise. On me traîne dans les couloirs comme un vulgaire sac jusque dans la cour où un camion nous attend. On me balance à l'intérieur. Les portières claquent et le fourgon démarre.

30 juin 1962. « Bob la ventouse »
On a retrouvé la trace de Toni *la brindille*.

Après avoir été méchamment secoué par les gardes rouges, ces fumiers l'ont transféré à l'hôpital, dans l'attente d'un possible rapatriement dans une prison française. De toute façon la fin est proche pour eux aussi, car ce soir à minuit, sur tout le territoire algérien, l'État français n'assumera plus l'ordre et n'aura plus officiellement aucune autorité.

Au volant de ma Simca, nous remontons le boulevard Sébastopol. Côté passager, Max de la Colline « Socrate », et Cui-cui à l'arrière.

Nous nous présentons à l'entrée de l'hôpital, et pénétrons sans la moindre difficulté. Après les repérages de Cui-cui hier, nous connaissons exactement le rôle que chacun doit jouer dans le plan mis en place. L'enjeu est simple : si on veut garder une chance d'embarquer à temps sur le bateau espagnol, il faut sortir Toni de là avant midi. Ça faisait trois jours que ce put... de bateau était bloqué au large, à attendre que l'État français lui donne l'autorisation d'accoster. Ce qui est fait depuis ce matin. Le départ est prévu en début d'après-midi. Donc le plan est simple, on récupère Toni et on file au port.

Toni est dans une chambre au rez-de-chaussée qui donne sur l'arrière du bâtiment. Je traverse lentement la cour intérieure et, contournant l'hôpital, je me gare à une vingtaine de mètres de la fenêtre de sa chambre. Cui-cui reste dans la voiture et s'installe au volant, tandis que Max vêtu d'une blouse blanche se dirige vers l'entrée. Je laisse passer une minute et à mon tour je prends la direction du hall d'entrée. La main agrippée à mon flingue au fond de la poche de ma blouse, je rejoins rapidement Max qui m'attend devant la porte 14. Nous entrons sans frapper. À l'intérieur, le garde mobile qui surveille Toni est sur une chaise, occupé à lire une revue.

— Messieurs ? dit-il étonné en nous voyant entrer.

Bon, voilà qu'il se méfie cet empaffé. Pourtant je trouve que nous sommes très crédibles en tenue d'infirmier.

Ses doutes se confirment, car il pose sa gazette et se lève.

— Que faites-vous ici ? où est le docteur Grasset ?

— Il est retenu au bloc... Une intervention urgente, invente Max.

— C'est que... lui seul est autorisé à entrer ici, commence à s'interposer le garde mobile.

Alors, en deux temps trois mouvements, Max et moi on se jette sur le type en lui assénant plusieurs coups de crosse dans la mâchoire. Puis on le ligote avec les rideaux de fenêtre qu'on déchire à la hâte.

C'est le branle-bas de combat. Assis sur le bord du lit, Toni s'habille avec difficulté. Son visage est méchamment marqué par les coups, surtout une vilaine aubergine au-dessus de l'œil droit. Pour passer inaperçu, ce n'est pas ce qu'il y a de mieux. Max ouvre en grand la fenêtre, et moi je condamne la porte en poussant l'armoire-penderie contre le battant.

— Tu vas pouvoir sauter ? lui demande Max en approchant une chaise de la fenêtre.

— Oui, les gars, ça ira, dit-il en se redressant quelque peu fourbu.

Je passe le premier. J'enjambe la fenêtre et je saute. La hauteur ne dépasse pas un mètre vingt, mais comme Toni est bien amoché, va falloir l'aider. Il pose un pied sur la chaise et s'assoit sur le jambage de la fenêtre. Je m'approche pour le réceptionner.

Derrière nous, Cui-cui recule la Simca à fond de train et stoppe près de nous d'un grand coup de frein. J'ouvre les portières arrière et on se jette sur la banquette. Max nous a déjà rejoints et hurle à Cui-cui de démarrer. La voiture bondit sous les assauts du moteur et on traverse la cour en trombe. On franchit la sortie sans encombre et nous voilà lancés comme des fous sur le boulevard Sébastopol. Pendant que la Simca zigzague dans la circulation, j'annonce à Toni qu'après trois jours d'attente les bateaux espagnols devraient arriver d'une minute à l'autre.

— Alors c'est bon, on se taille en Espagne ? dit-il avec un rictus de douleur.

— On file direct au port.

— Et Pic-vert il est où ? fait soudain Toni en réalisant l'absence de l'un des nôtres.

Un malaise s'instaure, alors c'est moi qui me charge de lui annoncer la mauvaise nouvelle.

— Il s'est fait descendre par les « Rouges » avant-hier en pleine rue, place des Victoires. Il est tombé sur un contrôle. Il a tenté de s'enfuir. Ils lui ont tiré dans le dos.

— Les fumiers... soupire Toni très attristé, avant de se réfugier dans le silence.

L'horloge du port marque midi quinze quand on arrive sur le quai d'embarcation. La foule des réfugiés amassée là depuis des jours est totalement en liesse à l'approche des deux navires.

13 h 10. Une fois les navires à quai, c'est la bousculade pour embarquer. Nous nous séparons pour limiter les risques de se faire repérer. Max et Cui-cui d'un côté, Toni et moi de l'autre. D'autant que des groupes de CRS fouillent tous les bagages à l'entrée des passerelles d'embarquement. Une fouille systématique et méticuleuse. Fort heureusement, grâce à quelques complicités à la Cie Maritime, nos papiers sont en ordre et nos billets validés. Pour ne pas risquer d'éveiller de soupçons, je prête à Toni une gavroche qu'il visse sur sa tête jusqu'aux yeux, afin de masquer les traces de coups qui lui barrent le front. Nous nous glissons discrètement dans le flot des réfugiés qui s'agglutinent devant les passerelles. Une demi-heure plus tard, nous sommes à quelques mètres des CRS. Lorsque c'est notre tour, ils nous regardent dans les yeux en demandant d'ouvrir nos valises. Là aussi, fouille rapide, mais précise. Je reste de marbre, même si dans la poitrine mon cœur bat à m'en péter les côtes. Des gouttelettes de sueur glissent aussi dans mon dos.

— Suivant, dit le CRS.

On est passés ! Nous commençons à gravir la passerelle qui est pleine de monde. Le pont du bateau est là, si près de nous, à portée de main. Encore quelques mètres, avant la délivrance.

15 h 10, sous le soleil d'Algérie. Cette fois nous sommes à bord du « Victoria ». La route vers notre terre d'exil semble enfin se dessiner. Mais vers 15 h 30, coup de théâtre. Alors que tous les passagers ont embarqué et que le départ est imminent, deux unités de CRS tentent de monter à bord. Alerté par les membres d'équipage, le commandant du navire vient aussitôt en haut de la passerelle pour faire barrage à cette intrusion. Alors, pour faire valoir son bon droit, l'officier CRS affirme que, selon ses informations, des membres de l'O.A.S. seraient à bord.

— Ces hommes sont recherchés par l'État français et sont, de ce fait, sous mon autorité, ajoute-t-il d'un ton effronté.

Nullement impressionné, le commandant espagnol se fait un plaisir et un devoir de hausser le ton.

— Ce navire tient lieu de territoire espagnol ! s'écrie-t-il vivement. Vous n'y avez aucune autorité !

L'affrontement n'est pas loin. L'officier CRS se replie quelques instants vers son opérateur radio pour rendre-compte de la situation. On l'entend demander des instructions. Après plusieurs minutes de discussion, les CRS finissent par se retirer définitivement.

Cette fois, plus de doute, la route de l'Espagne est ouverte !

1er juillet 1962, « Toni la brindille »

À deux heures du matin, les lumières du port d'Alicante chassent enfin de nos yeux les larmes qui n'ont cessé de couler, lorsque, dans le crépuscule de notre Algérie perdue, avait lentement disparu comme un fantôme la silhouette meurtrie de notre bien-aimée Santa-Cruz.

« Garde bien cette image en toi, car tu ne reverras plus Santa-Cruz », n'avait cessé de me dicter mon cœur durant ces longues minutes du départ. Adieu la colline du Murdjadjo. Et adieu pour toujours la « Colline aux Oiseaux ». Voici Alicante qui nous ouvre ses bras.

Notre accueil par l'Espagne est tout simplement magnifique. La Croix-Rouge est à nos petits soins. On nous propose des boissons et à manger. Des personnes nous aident à porter nos bagages. Des infirmiers prennent en charge les enfants, les personnes âgées et ceux qui sont malades. Dire ô combien nous apprécions cette chaleureuse hospitalité offerte à tous, est d'une évidence absolue ; c'est même inimaginable ! La ville et je dirais même l'Espagne toute entière a tout prévu pour nous recevoir au mieux. Les contrôles d'identité sont extrêmement souples, et de toute façon sans tracas. On nous propose même une aide pécuniaire si besoin. Incroyable.

Soudain, une longue pétarade retentit dans le port. Non, ce n'est pas un plasticage. Mais seulement des pétards pour fêter l'arrivée des réfugiés d'Algérie qui, pour Madrid et l'État espagnol, sont considérés comme leurs propres ressortissants.

Mais là-bas de l'autre côté, qu'en sera-t-il pour ceux qui restent ? comment vont-ils s'en sortir ? Mes parents, mon frère, mes sœurs, mes cousins, toute la famille et tous les nôtres...

48
5 juillet 62
La « boucherie d'Oran »

Bien entendu et, quoi qu'il arrive, la France protégera ses enfants dans leurs personnes et dans leurs biens.

Charles de Gaulle, le 6 janvier 1961

Oran, jeudi 5 juillet, 5 heures. Janot Martinez

Le jour commence à se lever.

Le sirocco déferle sur la ville jusqu'à la mer en fines vagues successives chargées de sable clair. J'ouvre la fenêtre de la chambre. La chaleur est étouffante. Dormir la fenêtre ouverte par temps de sirocco n'est pas une idée des plus judicieuses. Et qui dit « sirocco », dit « chaleur, poussière, et temps sec ». La journée s'annonce des plus caniculaires.

Depuis trois mois, le chaos règne en Algérie et notamment à Oran – un des bastions de l'O.A.S. – où l'Armée Secrète a continué seule le combat jusqu'au 26 juin, coupable d'avoir cru jusqu'au bout en sa victoire sur le parjure gaulliste. L'atmosphère générale à Oran est à ce point délétère, oppressante, et répressive, qu'il est extrêmement hasardeux, voire très dangereux, de sortir de chez soi. Les vérifications d'identités se multiplient au même titre que les arrestations arbitraires, sous prétexte d'une traque menée tambour battant contre les anciens de l'O.A.S. D'ailleurs, comme je le craignais, Antoine a été arrêté par les gardes mobiles le 26 juin, le lendemain du plasticage du dépôt de la BP[85]. Personne ne sait ce qu'il est advenu de lui. Pas plus son frère, ses sœurs, que ses parents Lucien et Adrienne.

Dans ce climat alarmant, il y a une question à se poser avant de s'aventurer dehors : « Suis-je sur la liste du FLN ? » La menace est permanente, sans parler des confusions de noms, un risque majeur et pour lequel je suis particulièrement visé, puisque je m'appelle Martinez comme mes cousins, et notamment Antoine. Ne pas s'exposer, rester chez soi, c'est la règle d'or.

C'est pour cette raison que je ne pourrai pas accompagner Silvia au port ce matin. Elle ira avec sa mère et tía Carmen. Il nous faut réserver un conteneur, car il ne fait plus de doute que nous allons devoir partir. Certes les violences et les attentats se sont considérablement calmés depuis la fin de l'O.A.S. le 25 juin, mais rester en Algérie dans le contexte actuel à la merci du futur gouvernement algérien, c'est devenu impossible. Personnellement, je n'ai plus confiance. Je ne crois pas aux accords d'Évian. C'est un leurre total. Depuis le cessez-le-feu du 19 mars, l'armée française nous a totalement abandonnés à notre triste sort. Pour preuve, les innombrables départs qui se sont précipités en juin. Oui, nos heures en Algérie sont comptées, vu la ligne de conduite dictée par les nouveaux maîtres du pays : « la valise ou le cercueil ».

Silvia et moi avons longuement parlé de ce départ inéluctable. Au tout début, elle m'a dit qu'elle voulait aller à Alicante, car l'Espagne est le pays de nos aïeux. Mais qu'est-ce qu'on irait faire là-bas ? On n'y connaît personne, on n'parle même pas la langue. Mais le pire c'est qu'elle a même envisagé le Canada ou l'Australie.

— Le Canada ou l'Australie ? me suis-je presque étranglé.

— Paraît que des filières d'expatriation sont déjà en place depuis plusieurs mois.

— Moi je ne vais pas là-bas ! Mais ça va pas ou quoi ?

---

[85] Compagnie pétrolière britannique.

— Et pourquoi pas ? Qu'est-ce qu'on risque ?

— Enfin quoi, toute la famille irait en France et toi tu veux partir à l'autre bout du monde ! Mais on ne peut pas faire ça, Silvia, c'est impensable !

C'était la semaine dernière, quelques jours avant l'incendie de la BP, au port. Depuis, soutenu par mes beaux-parents, j'ai réussi à la raisonner et nous avons décidé de nous expatrier en France dès que possible, ne serait-ce que pour se mettre à l'abri, et voir comment les événements vont évoluer.

Bien évidemment, comme toutes les familles résignées à partir, nous souhaitons emmener des affaires auxquelles nous tenons. Notre trousseau de mariage par exemple, et si possible quelques meubles. Rien de grande valeur, mais des choses auxquelles nous et nos anciens sommes très attachés. Assurément le fruit du travail de toute une vie. La vie des Français d'Algérie ; une population ô combien modeste composée dans sa grande majorité de petites gens, simples artisans, ouvriers, commerçants, fonctionnaires ou fermiers. Arriver en France sans rien, et devoir repartir de zéro, serait épouvantable pour nous tous, un désespoir total.

5 h 30 passées. Silvia prend son sac à main et nous quittons notre appartement de la rue Édouard Choupot. Nous descendons la rue Aristide Briand, et rejoignons l'avenue Jules Ferry. À cette heure matinale, la ville est bercée par le silence et la tranquillité. Ça change de ces derniers jours, car depuis le vote de l'indépendance ce dimanche, l'ambiance était plutôt à la nouba, voire au désordre général avec l'invasion du centre-ville par les Arabes en liesse qui manifestent massivement.

Arrivés au 4 de la rue d'Adana, nous entrons dans l'immeuble et montons au premier étage où logent mes beaux-parents. Dix minutes plus tard, Silvia et sa mère sont encore à attendre que tía Carmen finisse de se préparer. Avant de partir, Silvia renouvelle à son père de rester à la maison, car il avait en tête d'aller ouvrir son bar.

— Le danger est partout, alors ne sors pas d'ici. Pas la peine de tenter le diable, tu entends, papa ? dit-elle d'un ton ferme et résolu.

— Mais aujourd'hui ça va être la fête de l'indépendance, rétorque Manolo en essayant d'argumenter.

— La fête de l'indépendance ? La fête de l'indépendance ? s'exclame Ramona hébétée. Qu'est-ce qu'tu crois, toi ? Qu'tu vas aller faire la nouba au Village-Nègre ou quoi ?

— Mais non, mais j'suis sûr qu'on aurait du monde au bar…

— Aouah ? Du monde ? Qu'y vont te vider les bouteilles et rien payer, ça oui ! Tu laisses le bar fermé, che'te dis, aujourd'hui ça va être le *jaléo* partout en ville.

— Tu dis ça, mais tu sais très bien que les Arabes, ils boivent pas d'alcool…

— *Pos vaya,* alors quoi ? quand y z'ont soif, ils se sucent les doigts peut-être ?

— Hé, ils boivent du thé !

— Oui… et pour la kémia, des feuilles de menthe à l'escabèche !

Pour seule réponse, Manolo hausse les épaules avec une sorte de soumission résignée, tandis que je souris à l'humour toujours cocasse de ma belle-mère.

Carmen apparaît enfin, sortant de la salle de bain et nouant son foulard sur la tête. Les voilà prêtes à partir, mais rien à faire, j'arrive pas à me faire à l'idée qu'elles vont descendre seules au port, ce n'est pas très prudent.

— Écoute, chéri, c'est pas le moment d'en rediscuter, me dit Silvia en prenant son sac à main. En bus, faut même pas vingt minutes.

— Si les bus circulent, ce qui n'est même pas sûr, ajouté-je anxieux. J'sais pas si tu t'rends compte, il va faire une chaleur terrible aujourd'hui, c'est pas bien conseillé pour une femme enceinte…

— Écoutez Janot, me rétorque Ramona la voix vive et tempétueuse, vous conseillez quoi alors ? Sur le lit, ma fille, elle s'allonge, et on met le lit dans le réfrigérateur ? Moi j'ai eu treize enfants, oui treize ! D'accord, huit n'ont pas survécu, paix à leur âme, mais c'est comm' ça les femmes, ça peut tout supporter. Vous, les hommes, vous z'êtes un peu *figa mola* des fois !

— Maman, on papote ou on y va ? Si ça continue, quand on arrive y aura trop de monde et on va encore passer la journée à faire le pied de grue.

— On y va ma fille, mais tu vois bien qu'c'est ton mari qu'y fait rien que me parler !

Silvia vérifie qu'elle a bien ses papiers et son porte-monnaie et demande à sa mère et sa tante si elles sont enfin prêtes.

— *Anda,* on peut y aller ! annonce Ramona en tirant la porte.

6 h 30. Ramona Carmona

Nous descendons à pied la rue de Tlemcen. Nous avons raté de peu le trolley qui dessert la gare maritime. Et comme le prochain ne devrait passer que dans une heure, on ne peut pas perdre tout ce temps à poireauter. Et puis Silvia m'a confirmé qu'elle se sentait la force de marcher. Ma sœur Carmen, elle, c'est pas de la tarte, et vas-y que je t'avance au pas du chat. Si elle n'accélère pas plus, on y arrive demain au port.

Après avoir forci dans la nuit, le sirocco commence enfin à perdre un peu de sa vigueur. Même si par moments il souffle encore quelques rafales qui nous z'envoient à la figure des nuages de poussière et de sable.

— ¡ *Madre mía* ! Que si ça continue avec ce vent, je vais arriver au port les cheveux tout rébouliqués ! m'écrié-je, marchant juste derrière ma fille.

— J't'avais dit de prendre un foulard ! dit derrière moi ma sœur qui clôture la marche.

— Un foulard ? Un foulard ? Dis ! Tu veux pas qu' j'm'habille en fatma aussi !

Sur la ville, le soleil clair monte déjà dans le bleu du ciel, que ma foi ça laisse présager une chaleur étouffante pour la journée. Mais le pire, c'est l'odeur pestilentielle des ordures que le sirocco transporte comm' des bouffées aigres et persistantes. Au point de devoir par moments se couvrir le nez d'un mouchoir.

Nous dépassons le cinéma Rex au bas de la rue de Tlemcen, et on s'engage dans le boulevard Maréchal Joffre qui descend jusqu'à la place d'Armes. Partout, les rues elles sont calmes. Ça nous change d'autres jours, car depuis les résultats du vote pour l'indépendance dimanche dernier, vas-y les manifestations dans toute la ville et toute l'Algérie ! Et vas-y les défilés ! Et les pétarades ! Et les concerts de klaxons ! Et la musique arabe ! Et les youyous ! ¡ Y toda la pachanga ![86] Et puis, qué scandale ce vote ! 99 % de « oui » c'est impossible ! C'était que de la triche j'en suis sûre !

Arrivées place d'Armes, on laisse sur la droite la mairie avec ses deux lions en bronze, et nous traversons la place en longeant le théâtre municipal, direction le port. Maint'nant, on sera vite rendues.

8 heures. Manolo Carmona

Attablé à la salle à manger, je joue tranquillement aux cartes. J'entends s'ouvrir une porte des chambres. C'est Mané qui se lève. Je le vois passer dans le couloir, la tête ébouriffée et bâillant à gober les mouches. Il revient sur ses pas, et s'arrête dans l'encadrement de la porte.

— Purée ! Y z'ont encore fait un de ces ramdams c'te nuit les Arabes, z'avez pas entendu les pétards, les youyous et tout le tralala ?

— Avec la fenêtre fermée, non, dis-je un tantinet étonné, en alignant méticuleusement les cartes sur la table.

J'adore faire des réussites quand j'ai du temps à tuer.

— Nous aussi on avait fermé la fenêtre, à cause du sirocco, déclare Janot debout à la fenêtre à surveiller ce qui se passe dehors.

Mon fils finit de se diriger vers la cuisine. Je l'entends ouvrir le buffet, prendre un bol et se faire chauffer du café. Puis il revient avec le *porrón*[87] d'huile d'olive et s'installe pour déjeuner. À son menu, du café et deux tartines de tomate arrosées d'huile d'olive. Alors

---

[86] Tout le saint-frusquin.
[87] Petit pichet en verre.

412

qu'il commence à mordre dans le pain, Mané demande à Janot à quelle heure les femmes sont descendues au port.

— Vers six heures.

— Purée ! Elles sont parties au chant du coq !

— C'est qu'il va y avoir du monde.

Alors que je m'apprête à quitter la table, arrivent Dédé et Gisèle. Eux aussi ont l'air à moitié endormis. Ils s'installent à leur tour pour déjeuner. Gisèle, tout en grâce et finesse excessive, se prépare minutieusement un bol de café dans lequel elle verse lentement une bonne rasade de lait. S'armant d'une cuillère, elle remue son breuvage pendant de longues minutes, au son du « ckling-ckling » de la cuillère folle qui heurte nerveusement la faïence.

— Purée, Giselou ! s'exclame Mané dans un soupir agacé, ton « ckling-ckling », c'est jusqu'à demain ?

— Y l'est trop chaud mon café au lait.

— Bé, rajoute du lait froid, et arrête ton « ckling-ckling » que tu me mets la tête comm' une pastèque !

— Hé, les gosses, c'est fini oui vos bisbilles ? dis-je en reprenant ma réussite là où je l'avais laissée.

9 h 30. La longue attente du retour de Silvia, de ma femme et ma belle-sœur n'en finit pas. J'ai lâché mes cartes, et à présent je m'occupe en jouant au tchic-tchic avec mon gendre. Gisèle sort de la salle de bain, joliment coiffée, tirée à quatre épingles, avec une robe d'été à grosses fleurs bleues et des escarpins bleu marine.

Je la regarde, non sans étonnement.

— Tu sors ma fille ?

— Oui, p'pa. Colette m'attend en bas. On va rejoindre Danielle en ville, place des Victoires.

— Danielle ? Qui c'est cell'là ?

Je jette les dés. Double six ! Je gagne le droit de relancer.

— Danielle Ortega, qu'on est copine depuis la primaire, tu t'rappelles plus ou quoi ?

— Ah oui… Et ta mère, elle sait tout ça ?

Je lance les dés. Ils roulent en tournoyant et s'arrêtent sur 3 et 2.

— Mais oui, p'pa, j'lui ai dit la semaine dernière…

Au tour de Janot. Il remue lentement les dés dans sa main et fait un lancer de mollasson pour décocher un médiocre « 1 et 2 ».

— Eh bé Janot, t'es fatigué dis !

— Bon, j'y vais ! Que Danielle et les copains nous attendent pour aller au « Loubet »…

— Les copains ? Quels copains ?

— Paulo et Julien…

— Ah ? Qui c'est ces deux-là ?

Je secoue les dés dans le tchic-tchic.

— Purée p'pa ! J'ai bientôt 19 ans ! Paulo Montero et Julien Roque, précise Gisèle en soupirant d'ennui. Dis, tu veux pas aussi l'adresse des parents des fois ?

Les dés tournoient sur le tapis puis se fixent sur 5 et 2 !

— ¡ Vay ! J'ai fait 7 !

Tapant sur la table, Janot fait la tête du mauvais joueur.

— Bon, mais ne tarde pas, dis-je en me tournant vers ma fille, que ça me plaît pas beaucoup de te savoir en ville avec le *jaleo* qui s'prépare.

— Te fais pas de bile, les Arabes, y vont pas venir jusqu'à la rue d'Arzew, conclut-elle en m'embrassant sur le front. Je serai de retour vers midi.

— Ti as des sous pour l'autobus ?

— Mais oui papa, j'ai c'qui faut.

Elle fait un demi-tour en faisant virevolter sa jolie robe et se dirige vers la porte qu'elle referme doucement.

— À toi Janot, vas-y, remue bien les tchic-tchic si t'as dans l'idée de me gagner, mais je crois pas. Que t'es bien mal parti, je rajoute hilare et ravi de ma bonne fortune.

10 heures. Place des victoires. Gisèle Carmona

L'autobus s'immobilise dans un grincement rauque et métallique et dépose son flot de passagers. Colette et moi sommes les premières à descendre, surprises et impressionnées par l'ampleur de la foule indigène qu'on a croisée sur le trajet. Elle arrive de tous les coins de la ville, des quartiers arabes, des douars et aussi des villages avoisinants sûrement. Ça défile partout, à pied, en voiture, en camionnette, même à cheval ou à dos d'âne, drapeaux algériens agités, le tout dans une cacophonie de tambours, de sifflets et de klaxons. Les mauresques aux couleurs de l'Algérie nouvelle, en vert et blanc, dansent au rythme des musiques orientales. Le bruit est incommensurable, les youyous stridents des femmes font écho aux slogans chantés en arabe.

Tout le monde pensait que les manifestations allaient se cantonner aux quartiers arabes, voire à la périphérie. Mais, de là à les voir investir le centre-ville, c'est absolument surprenant pour ne pas dire inquiétant. La rue d'Arzew également commence à être envahie par une cohue de manifestants en liesse. On parvient à se frayer un chemin jusqu'à « l'Éden chanson »[88], où on a rendez-vous avec Danielle.

Cette dernière nous attend déjà, faisant les cent pas, de moins en moins rassurée par cette foule certes joyeuse, mais trop tumultueuse à son goût.

— Vous avez vu ça ? nous crie-t-elle aux oreilles pour couvrir le vacarme ambiant. C'est de la folie leur truc… qu'est-ce qu'y z'ont tous ?

— Mais tu sais bien, ils fêtent l'indépendance ! lui répond aussitôt Colette.

— Moi, tout ce charivari, ça me plaît pas. Allez, venez, rejoignons les garçons !

Et on s'élance toutes les trois vers le café Le Loubet, situé sous les arcades.

---

[88] Magasin de musique à Oran équipé de juke-box.

11 h 10. Bar Novelty, centre-ville. Mané Carmona

Avec mes copains Llorens, Maurin et Touati, on s'installe à notre table habituelle. Un serveur qui nous connaît bien vient prendre la commande.

— Quatre bières comme d'habitude messieurs ?

— Non, moi, une anisette, fait Maurin un peu fanfaron.

— ¡ *Johé tché, no te peles !* (Put... tu t'en fais pas toi !) s'exclame Llorens d'un ton à la fois joyeux et railleur.

— Hé c'est la fête ! Tu vois pas dehors, qu'y font tous la nouba ! tente de se justifier Maurin en ricanant.

— ¡ *Qué va !* je rétorque aussi sec. La fête durera pas, j'te dis. Y vont vite déchanter !

Dehors, le ramdam continue sous les concerts de klaxons, les youyous et les hurlements d'une cohorte en délire. Le serveur nous amène les boissons et dépose devant nous deux raviers de cacahuètes et d'olives.

— Ti as pas des calmars ou des moules en « escabech » ? réclame Llorens un brin déçu.

Le serveur désolé nous répond qu'il n'a plus que ça, à cause de tout ce *follón* les fournisseurs ne peuvent plus livrer. Et il tourne les talons avec son plateau sous le bras, pendant que nous levons nos verres pour trinquer. « À la tienne, Etienne ! »

J'avale une longue gorgée de bière et repose mon verre. Puis on discute de nos avenirs respectifs, ceux dans l'immédiat du moins. Llorens et moi on va partir en France. Maurin, lui, reste, car son père est convaincu que le nouveau gouvernement algérien aura besoin des Européens, de gens qualifiés, d'instituteurs et d'ingénieurs.

— Tu parles, rétorque vivement Llorens. Faut pas trop compter là-dessus.

Touati, qui est juif, ne sait pas s'il va rester en Algérie, car ses parents ne se sont pas encore décidés.

Le bar est bondé, il y a un brouhaha de conversations enflammées et ininterrompues qui couvrent tout juste la liesse générale du dehors. Brusquement, une sourde détonation retentit à l'extérieur. Sans doute quelques gros pétards que les manifestants ont dû lancer pas très loin d'ici. Puis, comme un coup de tonnerre auquel personne ne s'attend, s'ensuit une pétarade. Nous tendons l'oreille, essayant de comprendre ce qui se passe. On a l'impression qu'il s'agit de coups de feu. On se regarde tous, à la fois inquiets et interrogateurs.

11 h 15. Roger Martinez

Depuis l'arrestation de mon frère Antoine, je multiplie les démarches pour avoir de ses nouvelles. Le Révérend Père de Parville du patronage de Saint-Eugène m'a promis de tenter quelque chose. Il serait en contact avec une personne de la Croix-Rouge qui pourrait nous renseigner.

À ma descente du trolley, me voilà place d'Armes, devant l'Hôtel de ville, où des milliers d'Arabes sont rassemblés. Il y a une cohue pas possible ! Des Européens que j'ai croisés m'ont dit que c'est soi-disant pour assister à la levée du drapeau FLN sur le perron de la mairie. Je suis un peu étonné, car tout ce ramdam n'était pas prévu. Du coup, le centre-ville est complètement bouché. Pour aller chercher Rosette à Saint-Antoine, je vais devoir récupérer l'Aronde de mon père. Depuis un mois, c'est moi qui récupère ma sœur à la sortie de son travail. Ça serait trop dangereux pour elle de rentrer seule en trolley. Nos parents logent désormais chez notre oncle François, rue Ampère au centre-ville.

Dans cette immense marée humaine aux couleurs de la nouvelle Algérie, je tente de me frayer un passage, lorsque des tirs retentissent brusquement du côté de l'Opéra. D'un coup, la panique s'empare de la place. La foule devient hystérique, chacun se croyant en danger, voire attaqué. Sur les marches du perron de la mairie, l'homme qui hissait le drapeau du FLN reste figé dans son geste, ne sachant visiblement quoi faire. Terminer sa mission ? ou se jeter à terre pour s'abriter ? Bourdonnant comme un essaim de sauterelles, une rumeur se répand peu à peu. Des Arabes crient partout « C'est l'O.A.S. ! C'est l'O.A.S. qui nous tire dessus ! » Or c'est impossible, tous les dirigeants et la plupart des commandos ont quitté Oran depuis le 29 juin. Mais ça ne fait rien, comme d'habitude la cible est toute trouvée. « O.A.S. ! O.A.S. ! O.A.S. ! » persiste à crier la foule en s'enfuyant de toutes parts. Dans la foule surexcitée, je remarque des musulmans armés de couteaux. Je suis à la fois sidéré et finalement guère surpris d'en croiser d'autres avec des pistolets dissimulés sous leurs costumes de fête. Loin d'être rassuré dans cette nasse hostile et vindicative, j'évite cependant de courir pour ne pas attirer l'attention.

Une fois dans le boulevard Clémenceau, je me dirige vers le boulevard Gallieni. Toutes les artères menant à la place d'Armes sont envahies de manifestants. Depuis les coups de feu, une peur irraisonnée gagne la foule. Et en quelques minutes je vois cette peur se transformer en fureur. D'autres rafales d'armes automatiques éclatent au loin, déclenchant une vague déferlante de cris et de youyous où se mêlent à la fois la rage, la haine, la frayeur, et la soif de vengeance. Avant que les couteaux ne scintillent au soleil, je pénètre enfin sous le porche du 10 rue Ampère.

Dans l'appartement, mon père met un temps fou à m'ouvrir, car il s'était terré avec Anne-Marie dans la pièce du fond, une petite chambre dont la fenêtre donne sur la cour intérieure. Je raconte alors ce que j'ai vu, les intimant, lui, maman et Anne-Marie de ne surtout pas sortir, car dehors les Arabes sont en train de devenir fous.

— C'est que ta mère est déjà sortie, m'avoue-t-il paniqué, d'une voix blanche.

— Quoi ? Y a longtemps ?

— Je n'sais pas, dix minutes, peut-être un quart d'heure.

— Mais où est-elle allée ?

— À la boulangerie, s'empresse de répondre Anne-Marie qui commence à s'affoler.

— Quelle boulangerie !

— Ben... comm' d'habitude sûrement... celle de la place de la Bastille.

C'est de la folie cette escapade ! Je n'ai plus qu'à aller la chercher. Mon père propose qu'on y aille en voiture, pour ensuite récupérer Rosette. Avant de sortir, je me tourne vers Anne-Marie en lui ordonnant de ne pas bouger d'ici.

418

— Mais Roger ! je vais pas rester là toute seule !

— Anne-Marie, lui dit papa en s'interposant avec une douce bienveillance, reste ici au cas où maman rentrerait. Tu lui diras que nous sommes allés chercher Rosette !

Et nous dévalons l'escalier.

11 h 30. Port d'Oran. Silvia Martinez

Maman, tía Carmen et moi, quittons les quais de la gare maritime. Nous rentrons bredouilles, n'ayant pu trouver de conteneur à louer. Il nous faudra revenir demain ou dans les prochains jours. Il y avait une queue d'une centaine de mètres, et le personnel s'est retrouvé débordé, dans l'incapacité de faire face à cette demande de jour en jour grossissante. Au final, tous les guichets ont été contraints de baisser leur grille.

En passant à proximité de l'Inscription maritime, nous assistons à une scène effroyable. Sans qu'on ne sache pourquoi, un Européen est soudain pris à partie par des Arabes. À deux cents mètres de là, des gendarmes du poste de service sont aussitôt alertés de ce triste spectacle par un témoin qui les supplie d'intervenir. La victime a beau crier « Au secours ! », les gendarmes ne bougent pas, laissant le pauvre homme se faire littéralement massacrer.

Apeurées, nous accélérons aussitôt le pas, nous dirigeant vers le centre-ville dans l'espoir de trouver un autobus et rentrer au plus vite à la maison. Je jette un œil à ma montre, il est un peu plus d'onze heures et demie. Près de la préfecture, à l'angle de la rue Charles Quint et de la place Kléber, une voiture s'arrête brutalement à notre hauteur. Au volant, un homme, d'une cinquantaine d'années portant un costume gris et un chapeau, nous dévisage avec une mine incrédule. Il a l'air complètement tourneboulé et paniqué.

— Vous allez où comme ça, mesdames ? Vous êtes folles ? Ils sont en train de tuer tout le monde !

— Mais comment ça ? Qui est-ce qui tue tout le monde ? s'écrie maman horrifiée.

— Les Arabes pardi ! Ils massacrent les Européens ! Vous habitez où ?

— À Eckmühl, dis-je aussitôt, comprenant qu'il ne s'agit plus de discuter.

— Allez-y, montez ! Je vais à la cité Petit !

L'auto démarre et emprunte un dédale de petites rues pour échapper à la foule en délire. Notre chauffeur contourne le centre-ville par l'église Saint-André et le stade Magenta, en évitant le chemin le plus court, la route du ravin de Raz-el-Aïn qui borde les quartiers musulmans des Planteurs. En traversant la place du Colonel Ben Daoud, on se retrouve brusquement encore témoins d'une scène horrible. Un attroupement bruyant s'est formé à l'angle de la rue des Juifs. Là, une dizaine de civils musulmans, hommes et femmes, sont en train de lyncher un Européen, un homme âgé qui ne bouge plus, étendu au milieu de la chaussée dans une mare de sang. Maman et tía Carmen tournent la tête pour ne pas voir ce carnage. Puis, à quelques dizaines de mètres à peine, en passant devant l'école Saint-André, on voit avec stupéfaction des militaires français impassibles qui, penchés aux fenêtres, contemplent passivement cet atroce spectacle.

— Regardez-les nos militaires ! s'écrie notre chauffeur ivre de colère en les désignant. Bande de salauds !

— C'est pas croyable ça ! s'exclame maman pâle d'effroi. Qu'est-ce qu'y z'attendent pour intervenir ? Qu'on s'fasse égorger sous leurs fenêtres ?

Quelques minutes plus tard, alors que nous remontons la rue de Tlemcen, des gens affolés courent partout en criant.

— Les Arabes nous assassinent !

— Ils nous tuent ! Ils nous tuent !

— Rentrez chez vous !

Malheureusement, même chez nous, je ne suis pas certaine qu'on soit en sécurité. Le cœur serré, nous comprenons qu'Oran va vivre aujourd'hui les heures les plus sombres de son histoire. La voiture s'engage enfin dans la rue Henri Poincaré et nous dépose tout au bout, en bas de la rue d'Adana. Au moment de quitter et de remercier notre incroyable sauveur, j'ai la présence d'esprit de lui demander son nom. Il hésite, puis, le front plissé et d'un regard à demi levé, il me répond d'une voix attristée que je n'oublierai jamais.

— Edmond Lagrange.

Je lui serre chaleureusement la main.

— Silvia Martinez. Monsieur, vous nous avez sauvé la vie. Avec toute notre reconnaissance. Que Dieu vous garde.

— Ne me remerciez pas, et vivez ! me dit-il les yeux rougis par l'émotion. Et que Dieu nous prête vie suffisamment longtemps pour témoigner de cette horreur !

Maman et tía Carmen lui témoignent tout autant notre profond respect et l'immense gratitude qu'il mérite. Puis la voiture redémarre en trombe.

Le cœur battant, nous nous précipitons vers l'immeuble. Je crois qu'on gravit l'escalier plus vite qu'on ne l'a jamais fait.

— Qu'est-ce qui s'passe ? demande Janot dès notre entrée en voyant nos visages livides.

— Y a des massacres en ville ! s'écrie Ramona.

Papa et Janot deviennent aussi pâles que des statues de marbre.

— Comment ça, des massacres ?

— Les Arabes ! Y sont devenus complètement fous ! renchérit tía Carmen. Maintenant qu'y z'ont l'indépendance, ils se vengent ! Ils tuent tout le monde !

— C'est pas possible, souffle Janot, stupéfait.

— Si vous aviez vu ça ! En ville, c'est une chasse aux blancs ! s'exclame Ramona.

— Mais vous les avez vus ? demande papa qui n'en croit pas ses oreilles.

Je me laisse tomber d'épuisement sur le canapé.

— C'était une horreur, et je n'ose même pas imaginer le reste. Par miracle, un monsieur en voiture nous a ramenées jusqu'ici... Sinon, je crois bien qu'on y passait.

— Mais alors, Mané et Giselou ? s'exclame Dédé, inquiet.

Ramona blêmit de peur, cherchant des yeux ses deux autres enfants.

— Pourquoi ? Où qu'ils sont partis ? dit-elle d'une voix tremblante.

11 h 45. Roger Martinez

C'est mon père qui conduit. L'Aronde avance difficilement dans les rues encombrées de manifestants qui fuient dans tous les sens depuis les coups de feu sur la place d'Armes. Voilà dix minutes qu'on roule et nous arrivons à peine place de la Bastille. On avance au pas, tant il y a du monde, et pas question de jouer du klaxon pour obtenir le passage. Inutile d'exciter davantage cette meute hystérique et hostile.

Nombre de boulangeries sur notre chemin sont fermées. Malgré ce labyrinthe de rues encombrées, on quadrille tout le quartier, passant de la rue Cavaignac à la rue Thiers, puis les rues Bastille, Fonderie, Lamoricière, Jalras, Bugeaud, Thierry, Richepin, et ce jusqu'à la rue d'Igli. Mais c'est en arrivant rue El Moungar, pas très loin de la maison, que je remarque enfin sur le trottoir ma mère pressant le pas, son panier serré contre elle.

— Elle est là ! crié-je à mon père qui stoppe aussitôt.

Passant le bras par la fenêtre, je l'appelle en lui faisant signe de nous rejoindre. Elle traverse et ouvre la portière arrière.

— J'ai rien trouvé ! souffle-t-elle en posant son panier sur la banquette. Tout est fermé ! Je ne sais pas c'qui se passe, tout le monde court dans tous les sens, on dirait que la ville est prise de panique !

— Il faut aller récupérer Rosette de toute urgence, dis-je en me tournant vers elle.

— Pourquoi ? Qu'y a-t-il ?

— Je ne sais pas trop, mais faut rentrer au plus vite à la maison.

— Et Anne-Marie ? dit-elle inquiète.

— Elle est restée à l'appartement. Au moins elle y est en sécurité.

— Très bien. Allez, démarre Lucien ! s'exclame maman d'une voix déterminée.

11 h 50. Cercle des Officiers, place d'Armes. Colonel Pierre Thonin

Alors que je sors du mess où j'ai pris mon déjeuner en compagnie d'autres officiers, je suis témoin, place d'Armes, de scènes complètement surréalistes. Un grand nombre d'Européens sont rudement pris à partie par des musulmans en furie qui s'acharnent sur eux en les brutalisant, et pour certains en les tabassant à coup de matraque. Des femmes et des enfants figurent déjà parmi les victimes. C'est ahurissant. Un véritable déchaînement de violence d'une sauvagerie innommable. Totalement impuissant, mais convaincu qu'il faut agir, je retourne immédiatement au mess pour informer tout le monde, et demander à notre commandant – l'adjoint du général Katz – l'intervention d'une troupe pour faire cesser ces lynchages.

— C'est hors de question ! nous répond-il très fermement.

J'en suis totalement ébahi et stupéfait. On ne peut laisser faire ça, alors je tente de rallier mes collègues officiers qui pour la plupart gardent la tête baissée.

— Mais enfin, nous sommes des militaires ! On ne va pas laisser des citoyens français se faire trucider sous nos fenêtres !

Aussitôt, le commandant m'interrompt en haussant la voix.

— Nous avons l'ordre formel de ne pas intervenir ! martèle-t-il pour ancrer en chacun de nous les consignes expresses du général Katz.

Furieux et en colère, je sors en claquant la porte.

11 h 55. Joseph Katz, commandant du corps d'armée d'Oran

De nombreux officiers des unités cantonnées sur les différents secteurs d'Oran, viennent de m'alerter que des agressions contre des citoyens français seraient actuellement commises en ville. Elles auraient débuté un peu après 11 heures, suite à un coup de feu tiré sur la place d'Armes. Certains de ces officiers parlent même d'un massacre au « faciès blanc ». Enfin, tout cela me paraît très exagéré comme d'habitude. Si toutefois de telles exactions ont bien été commises, je n'exclus pas l'implication de l'O.A.S. dans une dernière action visant à provoquer des débordements incontrôlés lors de la manifestation musulmane du jour.

Ceci étant, et pour me rendre compte par moi-même, je décide de me rendre à la base afin d'effectuer un rapide survol de la ville en hélicoptère.

12 heures. Rue Alsace-Lorraine. Sauveur Moati

Comme tous les jours, je suis venu déjeuner au « Restaurant du Midi », en compagnie de Jocelyne, ma secrétaire qui a remplacé Silvia, il y a déjà trois ans. Installés à la table du fond, nous venons tout juste de passer notre commande auprès de la serveuse, lorsque des détonations retentissent à l'extérieur.

— Qu'est-ce que c'est ? s'inquiète-t-elle en tournant son regard vers la rue.

— Rien… quelques coups de feu comme d'habitude, dis-je machinalement.

Sur l'instant je n'y prête guère attention, tant les tirs sporadiques sont fréquents depuis la proclamation d'indépendance le 1er juillet. Mais une autre détonation vient cette fois claquer pas très loin dans le quartier. Un client assis près de la porte sort pour voir ce qui se passe réellement. Dans le restaurant tout le monde s'interroge.

— Ils tirent dans les maisons ! nous dit le client en refermant la porte.

Pris au dépourvu comme nous tous, le patron a juste le temps de baisser en partie la grille, lorsqu'une rafale ricoche sur le rideau métallique. Une femme occupant une des premières tables près de la porte, touchée en pleine tête, s'effondre sur son assiette, morte sur le coup. C'est la panique dans le restaurant ! Tous les clients se jettent à terre. À un mètre de moi, Jocelyne, tremblante et effrayée, se tient recroquevillée contre le mur, tout en cachant son visage entre ses mains pour ne pas voir l'horreur. Je la saisis par le bras et l'attire vers moi sous la table où j'ai trouvé refuge. Certains tentent de se sauver par l'arrière en filant vers les cuisines, mais peu y parviennent finalement. Des soldats surexcités et menaçants, pour ne pas dire haineux, entrent dans le restaurant. Ce sont des soldats de l'A.L.N.[89] Ils nous font tous sortir et nous alignent bras en l'air le long du mur du magasin Meslau situé juste à côté. Au bout d'un moment, les femmes sont relâchées ainsi que des militaires. Je fais signe à Jocelyne de s'en aller, de ne pas se préoccuper de moi. On est une douzaine d'hommes, et, mains sur la tête, on nous conduit un peu plus loin, place de la Bastille, où trois camions sont garés en enfilade. D'autres Européens sont là, sous un soleil brûlant, mines fermées, les yeux hagards, attendant leur tour pour monter. Des ATO[90], fusils au poing, les poussent sans ménagement, et les moins obéissants ramassent au passage des coups de crosse. Puis c'est à nous. J'enjambe la ridelle et me retrouve assis au fond du camion, à côté d'un jeune de quinze ans à peine. Il l'air traumatisé et je me demande ce qu'il peut bien faire là à son âge. Touché par sa détresse, j'essaie de le rassurer, en vain, car il ne cesse de pleurer en silence.

— T'inquiète pas, petit, ça va aller.

Son regard se raccroche douloureusement au mien, et d'une voix étranglée il me dit :

— Ils ont égorgé mon pèèère...

12 h 05. Adrienne Martinez

Je suis assise à l'arrière de la voiture et nous sommes en route vers Saint-Antoine pour aller chercher Rosette au salon de coiffure. Roger fulmine, car on fait quasiment du surplace à cause de cette masse de manifestants qui encombrent les boulevards. Malgré la chaleur torride et étouffante, mon mari nous a demandé par sécurité de remonter les vitres et verrouiller les portières.

Enfin, nous dépassons le boulevard Clémenceau, laissant derrière nous la rue d'Arzew totalement à la merci de la foule arabe en révolte. À notre gauche, sur l'esplanade de la cathédrale, nous

---

[89] Armée de Libération Nationale. Le bras armé du FLN.
[90] Auxiliaire temporaire occasionnel : policiers musulmans recrutés depuis mai 62 pour remplacer les policiers français.

découvrons la statue de Jeanne d'Arc recouverte du drapeau FLN. Quel spectacle désolant ; la pucelle d'Orléans doit sûrement se retourner dans sa tombe ! Mon mari accélère et nous filons vers la place Karguentah. En arrivant à la Maison du colon, des soldats algériens coiffés d'une casquette militaire et armés de mitraillettes, font barrage et nous font signe de nous arrêter. Ils ont l'air visiblement excités, avec leurs mines patibulaires et leurs regards noirs de cruauté.

— Papa, un conseil, ne t'arrête pas, lui dit à voix basse mon fils.

— Tu crois ? murmure mon mari tout en ralentissant, soudain réticent.

— Fonce, j'te dis ! Fonce, papa ! s'écrie mon fils en faisant de grands gestes.

En une fraction de seconde, mon mari obéit et appuie sèchement sur l'accélérateur. La voiture bondit, les soldats s'écartent en se jetant vers les trottoirs, mais aussitôt plusieurs rafales claquent contre la carrosserie. Je m'affale sur la banquette, les vitres éclatent et du verre se répand partout dans la voiture.

— Papaaaa ! s'écrie Roger, saisi de terreur.

Je me relève légèrement, et vois mon mari penché sur le volant, la tête ensanglantée. Un hurlement désespéré s'échappe alors de ma gorge serrée par la douleur et l'horreur du drame qui vient de se jouer.

La voiture zigzague et s'arrête dix mètres plus loin en venant buter contre le trottoir.

— Maman, sauve-toi ! hurle Roger en m'ouvrant la portière.

Comme je ne réagis pas, il me tire précipitamment et me pousse dans la rue en m'exhortant à fuir. Je traverse le boulevard en courant sans vraiment réfléchir. Au premier immeuble que je trouve, je frappe des coups violents contre la porte métallique.

— Au secours ! Aidez-moi ! Au secours ! crié-je de toutes mes forces.

Mais personne ne vient m'ouvrir.

Comme je me retourne, je vois des soldats arriver près de notre voiture. Mon Lucien est mort, j'en suis certaine. Mes yeux se noient de larmes en voyant Roger tenter de s'enfuir à son tour. Mais les soldats parviennent à le saisir et l'immobilisent au milieu de la route. L'un d'eux, tenant un couteau, lui maintient fermement la tête et...

— Nooonnn ! hurlé-je de terreur.

D'un geste vif, malgré mes cris horrifiés et mes appels à la pitié, ces barbares lui tranchent la gorge. Après un râle rauque d'agonie, mon fils s'effondre, la tête contre le sol, et une large flaque de sang se répand autour de lui.

Paralysée par l'épouvante et une infinie souffrance, je reste là, anéantie, attendant à mon tour une mort certaine.

12 h 10. Capitaine Fortier, pilote d'hélicoptère

Depuis une bonne dizaine de minutes, nous survolons la ville et assistons à des scènes hallucinantes d'effroi. Des cortèges de civils, bras en l'air, hommes femmes et enfants sont rassemblés en plusieurs points de la ville, par des soldats de l'A.L.N. et des Forces locales. Partout, nous voyons des gens qui fuient, c'est une véritable chasse à l'homme !

À mes côtés, le général Katz observe attentivement, tout en restant silencieux.

Je prends la direction des quartiers musulmans, Victor-Hugo, Medioni et notamment Petit-Lac. La vue aérienne nous permet de constater que des véhicules vont et viennent aux abords du lac. On distingue des soldats des Forces locales, mais aussi des civils arabes en armes qui escortent des files de prisonniers terrorisés vers différentes zones, notamment vers les bâtiments du quartier Petit-Lac. Quelques-uns d'entre eux, mains en l'air, sont directement dirigés vers le lac. On les force à entrer dans l'eau... Puis ils sont froidement abattus !

— Mon Général ! hurlé-je horrifié, on abat ces gens ! Voyez comme l'eau devient rouge sang !

— Retour à la base, me répond-il impassible.

12 h 15. Poste centrale, place de la Bastille. Armand Debève-Ribera
À l'heure du repas, nous sommes pour la plupart rassemblés à la cantine lorsqu'un bruit énorme nous fait sursauter. Ce ne sont pas des pétards liés aux festivités comme on pourrait le penser, mais plutôt des rafales de mitraillettes. J'ai juste le temps de me jeter à terre avant que les vitres de la cantine ne volent en éclats dans un bruit assourdissant. Quelques instants après, des musulmans et des soldats arabes font irruption dans le bâtiment. Si je veux sortir vivant de cet enfer, je n'ai pas le choix. Malgré les bouts de verre qui jonchent partout le sol, je me mets à ramper sur les coudes, à plat ventre entre les tables et les chaises pour me glisser prestement vers le fond du réfectoire. Dans ma fuite précipitée, je suis toutefois témoin d'actes d'une barbarie ignoble : dès leur entrée, les assaillants se ruent sur quelques fonctionnaires, les plus proches de la porte d'entrée qu'ils égorgent sans discernement, hommes ou femmes n'ont strictement aucune importance à leurs yeux. À la vue des corps affalés qui agonisent en se vidant de leur sang, des cris d'horreur et d'épouvante retentissent dans la salle. Sans tergiverser, et profitant de l'affolement général, je disparais dans le couloir qui s'ouvre sur les escaliers conduisant aux étages. Une fois hors de danger, je me relève d'un bond et gravis quatre à quatre les marches jusqu'à la terrasse de la poste. C'est sur le toit du bâtiment que se trouve la station côtière où je travaille comme opérateur radio. Mais avant que les assaillants sanguinaires n'aient l'idée de monter jusqu'ici, je me saisis de plusieurs extincteurs et asperge de mousse carbonique toute la cage d'escalier. Celle-ci, désormais totalement impraticable, m'assure sinon la vie sauve, du moins un peu de répit.

Je m'approche du muret de la terrasse et me penche discrètement côté cour. En bas, je vois une soixantaine de mes collègues rassemblés dans la cour avec rudesse et brutalité, alignés à genoux contre le mur, sous la surveillance d'un garde qui pointe sur eux son fusil.

À ce moment-là, j'entends dans le ciel un hélicoptère tourner au-dessus de la ville. Figé sur la terrasse de l'immeuble, je tente de faire des signes d'alerte, en vain. L'hélicoptère s'éloigne et disparaît.

En bas dans la rue, je remarque un vieil homme qui revient tranquillement du marché avec son panier à provisions. Surgissant de nulle part, un jeune Arabe pointe sur lui son fusil mitrailleur en le visant à bout portant. Au dernier instant, je détourne le regard pour ne pas voir la tête exploser. N'en pouvant plus de supporter ces horreurs, je décide alors de m'enfermer dans le local, et une fois connecté sur les ondes, je lance au monde des SOS qui, je l'espère, seront entendus.

— Au secours ! Je répète ! Au secours ! Ici, Oran ! On massacre femmes, enfants et vieillards ! m'écrié-je en serrant le pied de mon micro.

12 h 20. Rosette Martinez

Je ne comprends pas. Roger n'est toujours pas arrivé. D'habitude, à midi et quart il est déjà là, garé devant le salon de coiffure. Je commence à m'inquiéter, d'autant plus que des détonations résonnent au loin, vers le centre-ville. Peut-être des pétards et des feux d'artifice ? Eh ben, c'est plus une fête, mais une célébration nationale !

Félicien a insisté pour que je reste à l'intérieur, vu le grabuge qu'il y a dehors. Mais je préfère attendre mon frère dans la rue de Calvi, comme je fais d'habitude, comme ça, dès qu'il arrive, je saute dans la voiture et on rentre à la maison.

12 h 23. Toujours pas de trace de Roger. J'espère qu'il ne va pas tarder. L'atmosphère semble houleuse aujourd'hui. Un grand défilé devait se tenir ce matin en ville pour que les musulmans puissent fêter leur indépendance, mais des choses anormales ont dû se passer là-bas.

Rachid, notre jeune barbier qui travaille avec nous au salon, vient de sortir et se dirige vers moi. Il est gentil ce Rachid, mais il est surtout collant, pire qu'une arapète !

— Mamzelle Rosett', faut pas rester là tout' seule dans li rue, qu'c'y est dangereux ici aujourd'hui... Viens dans ma maison, j'y habite là, à deux rues d'ici, c'y est tout à côté.

— Merci, Rachid, je lui réponds poliment, mais mon frère va bientôt arriver.

— Y s'il arriv' pas ? T'y peux pas rester ici... c'y pourrait êtr' beaucoup de danger.

— Du danger ? Quel danger ?

— Y j'y sais pas moi, mais aujourd'hui faut pas rester dehors com' ça...

Ça va, j'ai compris son manège, j'suis pas née de la dernière pluie. Il me propose d'aller chez lui pour y être soi-disant en sécurité, mais c'est plutôt pour me sauter dessus, oui ! Ça fait des mois qu'il me tourne autour.

— Je te remercie Rachid, mais mon frère va arriver d'une minute à l'autre, et il s'inquiéterait de ne pas me voir.

— Comme ti voudras, mamzelle Rosett'.

Enfin il tourne les talons et commence à s'éloigner tête basse vers la place Laurence. Mon frère n'est toujours pas là, et ça commence vraiment à m'inquiéter.

Une minute plus tard, en provenance de la rue de Tlemcen, un bruit de moteur surgit enfin à l'entrée de la rue de Calvi. Sûrement Roger, il arrive toujours par ce côté. Je me tourne avec l'espoir d'apercevoir sa Dauphine jaune. Mais pas du tout, c'est une camionnette. Le véhicule fonce à vive allure en zigzaguant sur la chaussée. Les passants s'écartent des trottoirs et s'enfuient par la rue de Sartène, adjacente. À mesure que s'approche la camionnette, je remarque au moins deux soldats agrippés aux portières avant et en équilibre sur le marchepied. Chacun brandissant une mitraillette, ils paraissent totalement surexcités. Les deux soldats descendent et s'élancent vers moi en proférant des insultes en arabe. Je n'ai pas le temps de réagir ni de m'enfuir, qu'ils se ruent sur moi en me traînant vers le véhicule. J'ai beau crier et hurler en tentant de me débattre, impossible d'échapper à leurs griffes, puis ils me jettent à l'intérieur de la camionnette. Là, je remarque d'autres femmes en pleurs, criant et suppliant d'être libérées.

Soudain, des coups de feu éclatent à l'extérieur et nous voyons des gens se faire tuer par des soldats en proie à une férocité aveugle. En quelques secondes, la place Laurence ressemble à un bain de sang !

En voyant toutes ces femmes prisonnières entassées dans la fourgonnette, je leur demande ce qui se passe. La plupart sont tellement effrayées qu'elles ne peuvent parler. Il n'y en a qu'une, assise derrière moi, qui parvient à peine entre deux sanglots à articuler quelques explications. Alors c'est bien ça, la folie semble s'être emparée de la ville, les Arabes tuent tout Européen qui croise leur route !

— On va tous mouuuriiir... dit-elle tremblante de peur.

On s'arrête plusieurs fois. À chaque fois, deux ou trois femmes de plus sont jetées à l'intérieur. Nous restons ainsi, parquées, recroquevillées les unes contre les autres, priant et espérant qu'on ne nous fasse aucun mal.

Et mes parents ? Et Roger ? Anne-Marie ? Que leur est-il arrivé ? Rien, j'espère !

Et l'armée française, où est-elle ? Pourquoi ne nous protège-t-elle pas ? Oh, Santa-Cruz ! Protège-nous si personne d'autre ne vient à notre secours !

12 h 25. Mané Carmona

On est une quinzaine du bar Novelty à être emmenés, mains sur la tête. Mon copain Henri Llorens marche à mes côtés, en silence, car nous avons tous peur. Miraculeusement Maurin a été relâché. Quant à Touati, il a réussi in extremis à s'enfuir par derrière. On arrive place de la Bastille où deux camions sont alignés le long du trottoir. Des policiers arabes nous pressent pour nous faire monter, bien plus avec brutalité qu'avec complaisance ; et ceux qui lambinent se ramassent des coups de crosse dans le dos. Le camion est plein à craquer. J'ai l'impression qu'on se prépare à partir. Où vont-ils nous emmener ? Il n'y a que des hommes adultes parmi les otages, à part Llorens et moi qui sommes plus jeunes.

Après quelques secousses, le véhicule démarre avec bruit et fureur. On prend la direction de la rue d'Arzew. Un long silence lugubre règne dans le camion ; seuls les regards se croisent. Des regards apeurés où se mêlent douloureuses émotions et incompréhension totale. Je remarque, dans le fond à gauche, un gamin qui pleure en silence ; il semble encore plus jeune que nous, tout juste quinze ans. À côté de lui est assis un petit bonhomme à lunettes. Cet homme-là bizarrement ne m'est pas tout à fait inconnu. Je l'observe longuement, car il me rappelle quelqu'un. Mais qui ? Je n'ose le lui demander.

Le camion s'engage dans le boulevard du 2ᵉ Zouaves et passe devant la cathédrale. Sur la place où trône la statue équestre de Jeanne d'Arc, un drapeau vert et blanc de l'Algérie a été accroché à l'épée de la pucelle d'Orléans. Des détonations résonnent un peu partout dans la ville. Je lève les yeux vers Llorens, inquiet de ce qui pourrait nous arriver. Nous sommes tous pétrifiés. Arrivé place Karguentah, le véhicule bifurque à gauche, dans le boulevard Sébastopol.

— Ils nous emmènent au Village-Nègre, dit l'un des prisonniers. Ils vont nous tuer c'est sûr !

Loin d'inciter à l'optimisme, cette déclaration produit un effet désastreux. Les visages blêmissent de frayeur contenue. Comme on pouvait le craindre, lorsque le camion traverse le quartier arabe, nous sommes accueillis par une pluie d'insultes, de crachats et de haine de la part des populations musulmanes. Ces chacals nous lancent des pierres à la figure qu'on évite de justesse en se protégeant du bras. À l'avant, dans la cabine, on entend les fellaghas ricaner bruyamment d'un rire méprisant. Enfin sorti de cet enfer, le camion finit son tour du quartier et revient vers la caserne. Quelques minutes après, le véhicule s'arrête enfin rue Jules Simon, devant l'entrée du commissariat central.

12 h 30. Hôpital civil d'Oran. Christian Mascaro

Je travaille au CHR d'Oran, et en décembre dernier j'ai été affecté au service général de la buanderie. Je m'occupe du ramassage du linge dans les différents services de l'hôpital. Comme tous les matins, j'arrive avec mon camion-benne aux abords de la morgue, passage obligé pour se rendre à la buanderie sous le bâtiment de la lingerie. Au moment où j'arrive à la morgue, je suis stoppé net par un spectacle aussi incroyable qu'horrible. Il y a là une camionnette civile qui déborde de cadavres d'Européens, dont certains paraissent mutilés. Des corps sans vie, tués par balles vraisemblablement, entassés les uns sur les autres. Une vision d'épouvante ! Des Arabes et des employés de l'hôpital déchargent le camion en jetant les cadavres à bout de bras. Tous ces pauvres anonymes gisent en tas devant la porte de la morgue, formant une montagne de corps décharnés dont les chairs ensanglantées s'entrelacent dans l'horreur la plus totale.

N'en pouvant plus tenir, je m'éloigne en me tenant le ventre, choqué et pris de nausée.

Je décide aussitôt de rentrer à la maison prévenir ma femme Herminie. Qu'elle ne sorte surtout pas aujourd'hui ! Elle devait aller voir son père Pierrot au quartier Boulanger, ça serait de la folie !

12 h 35. Firmin Bouyssou

Je me suis enfermé dans mon bar de la rue Alsace-Lorraine. Depuis plus de trois quarts d'heure, ça tire de tous les côtés. Sans parler de la foule arabe déchaînée qui court partout dans une chasse à l'homme indescriptible. Est-ce une émeute ? Par une des fenêtres du bar, j'essaie de surveiller ce qui se passe. Soudain, j'entends une rafale ricocher contre la fenêtre et des éclats de verre sont projetés dans le bar. Par bonheur je ne suis pas blessé, ayant eu tout juste le temps de m'écarter. C'est alors que j'entends crier pas très loin d'ici. Je me rapproche à nouveau de la fenêtre et me penche prudemment. Un peu plus haut, à une vingtaine de mètres, une femme est allongée sur le trottoir, hurlant à la mort. Personne pour la secourir. Presque aussitôt, je vois passer devant ma fenêtre une décapotable remplie de musulmans gesticulants, armés de fusils et de revolvers. Ouf ! La voiture s'est éloignée vers la place Villebois-Mareuil. Plus un instant à perdre, je quitte mon poste de guet et sors par la porte de l'arrière-cour qui donne sur le passage Pascalin. Je débouche rue Alsace-Lorraine et me précipite vers cette pauvre femme agonisante dans une flaque de sang devant le magasin de chaussures. Mais c'est trop tard, elle ne bouge plus. Je tourne son visage vers moi et découvre ses yeux révulsés et une large plaie qui lui traverse la gorge. Alors que je m'apprête à me relever, un cliquetis métallique derrière moi me fait sursauter.

Deux militaires arabes armés de fusils mitrailleurs me tiennent en joue.

— Qu'est-ce ti fais là ?

Je me redresse lentement et docilement, sans agressivité à leur égard.

— Cette femme est morte et je dois la tr...

— Y oui, ricane l'un d'eux, aujourd'hui on peut tuer beaucoup de roumis[91]...

— Alors, comme elle, vous allez m'égorger lâchement moi aussi ? dis-je en tentant le tout pour le tout.

Venant dans mon dos, un bruit de moteur attire mon attention, puis des grincements de freins retentissent. C'est un camion militaire dont la cabine est bourrée d'Arabes armés jusqu'aux dents. L'un d'eux, le regard noir et farouche, saute à terre et sous la menace de son fusil m'entraîne vers l'arrière en me molestant vigoureusement. Il m'ordonne de gravir la ridelle. À l'intérieur, je vois une vingtaine d'otages apeurés, des hommes de tous âges qui m'observent silencieusement.

12 h 40. Joseph Katz, commandant du corps d'armée d'Oran

Mon inspection aérienne sur Oran achevée, je regagne mon bureau de l'état-major. Je me devais de m'assurer que tout allait bien. Certains diraient que la situation est préoccupante, puisque des officiers dans les cantonnements m'ont fait part d'exactions perpétrées en ville contre les populations européennes. Ceci étant, et pour ce que j'en ai vu, les troubles semblent désormais terminés. La situation devrait donc bientôt revenir à la normale. Et puis quoi qu'il

---

[91] Nom donné par les Arabes aux chrétiens, et plus largement aux Européens.

434

en soit, il m'est impossible d'intervenir sans accord préalable des autorités algériennes. Ce sont les ordres de l'Élysée, et je ne peux y déroger.

Quelques minutes plus tard, alors que je m'apprête à partir pour déjeuner à la base militaire de la Sénia, mon secrétaire particulier me signale que les officiers ne cessent d'appeler à l'état-major demandant l'ordre d'intervenir, car les massacres de civils ne font que s'amplifier. Me trouvant quelque peu dans l'embarras face à ces nouveaux éléments, ma conscience de commandant du corps d'armée me dicte toutefois d'en informer le président de la République. Et quoi qu'il advienne, je m'en tiendrai à ses directives.

Lorsque la communication avec l'Élysée est établie, mon secrétaire me transfère l'appel.

— Allô, mon Président ?

— Je vous écoute, général Katz, que se passe-t-il ? demande de Gaulle de sa voix rauque et chantante comme à l'accoutumée.

— Il semblerait, mon Président, qu'un massacre au « faciès blanc » soit actuellement perpétré à Oran contre les citoyens français. Quels sont vos ordres, mon Président ? Devons-nous intervenir ?

La voix grave et impérieuse de de Gaulle résonne dans le combiné.

— Surtout, ne bougez pas !

12 h 45. Place des Victoires. Gisèle Carmona

Dès les premiers coups de feu vers onze heures trente, nous nous sommes enfuis du café Loubet. Dehors, le massacre avait déjà commencé. On a vu des militaires et des civils arabes égorger des Européens pris au hasard dans la foule. D'autres étaient embarqués dans des automobiles et des fourgonnettes qui démarraient aussitôt en trombe. Ces scènes hallucinantes se déroulèrent sous nos yeux pendant que Julien et Paulo nous entraînaient dans un immeuble, sous les arcades, dans l'espoir de nous tirer d'affaire. Nous n'avons pas entendu Colette. Si je l'avais entendue m'appeler, je me serais arrêtée, je l'aurais secourue. On ne l'aurait pas laissée à la merci de ces assassins. Alors que je la croyais derrière moi, c'est en me retournant que j'ai vu une voiture pleine de monde tourner à l'angle de la rue. Colette hurlait à l'intérieur, parmi d'autres otages agitant leurs mains par les fenêtres baissées.

— Coleettte ! ai-je crié en portant la main sur mon cœur.

Mais la voiture noire avait complètement disparu dans les méandres de la meute en délire qui envahissait la ville.

Voilà maintenant un bon quart d'heure que nous sommes cachés sous une porte cochère. Dehors, dans la clameur sauvage et hystérique de la foule meurtrière, on entend des cris se mêler aux youyous stridents des femmes, ainsi que d'incessantes détonations. Danielle ne fait que sangloter, inconsolable et tremblante comme une feuille. Moi j'ai peur pour Colette. Où l'ont-ils emmenée ?

Observant la rue par l'interstice de la porte d'entrée, Paulo guette le moment où nous pourrons sortir d'ici. Mais ce qu'il voit est probablement abominable, tant son visage blêmit au fil des minutes.

— Il faut pas rester là ! Ils entrent dans les immeubles !

— Mais où veux-tu qu'on aille ? C'est de la folie de sortir ! s'exclame Julien d'une voix blanche.

— Faut se planquer dans les étages, c'est la seule solution !

Aussitôt nous nous engouffrons dans la cage d'escalier. Nous montons les marches quatre à quatre, la peur au ventre. Un silence de marbre emplit l'immeuble. Au premier étage, nous tapons à une porte. Personne ne répond. Il est vrai, nombre de logements sont vides, la plupart des familles ayant pris le chemin de l'exode. Danielle se jette sur la porte d'en face en criant au secours.

— Qui est là ? Qu'est-ce que vous voulez ? répond bientôt une voix feutrée.

— Au secours monsieur ! m'écrié-je dans un élan d'espoir.

— Ouvrez-nous ! Par pitié ! reprend Danielle haletante.

— Allez-vous-en ! On n'veut pas d'ennuis !

À ce moment-là, des cris menaçants jaillissent en bas dans l'entrée ! Des soldats se précipitent à leur tour dans la cage d'escalier en tirant des coups de mitraillette.

436

— Montez ! Montez ! s'écrient Paulo et Julien à voix basse en nous pressant vers le deuxième étage.

Courant à perdre haleine, Danielle trébuche et tombe sur l'arête d'une marche. Du sang coule de son genou, mais ça ne fait rien, Paulo la relève et l'aide à marcher jusqu'au troisième où nous tambourinons à tous les appartements. En vain.

Les soldats enragés gravissent les étages en défonçant les portes à grand fracas de coups de crosse et en criant « Ouvrez ! Nous voulons li z'hommes ! »

Au palier inférieur, des gens sont emmenés sous les cris et les supplices qui résonnent dans la cage d'escalier – peut-être ceux qui ont refusé de nous ouvrir. Pendant ce temps, des soldats continuent leur sale besogne à tous les étages. Ils sont juste en dessous, on les entend se rapprocher et crier « Ouvrez ! ou on vous fusille ! ». Danielle et moi sommes blotties dans un coin, tremblantes et terrorisées. Paulo et Julien ne savent plus quoi faire. Ils essaient de nous réconforter. C'est alors qu'arrivent quatre Arabes en treillis. Leurs yeux noirs et luisants sont injectés de sang. En nous voyant, ils pointent leur arme sur nous. Cette fois, ils vont nous fusiller c'est sûr, notre heure est venue. J'ai une pensée pour mes parents, ma famille, tous ceux que je ne reverrai plus. Paulo et Julien lèvent les bras dans un geste de soumission pour tenter de les calmer. En retour, ils reçoivent chacun un coup de crosse dans le dos. Danielle et moi, on nous attrape brutalement par les cheveux en nous traînant jusqu'à l'escalier.

Pendant que d'autres Arabes poursuivent les perquisitions, deux d'entre eux nous forcent à nous relever. C'est sous les coups et les insultes qu'ils nous font descendre tous les quatre jusqu'à l'extérieur. Des colonnes d'otages, mains sur la tête, sont alignées sous les arcades. Un peu partout sur la chaussée et les trottoirs, il y a des cadavres recroquevillés contre les murs et les portes cochères. D'autres ont été abattus aux terrasses des restaurants et des cafés. C'est un cauchemar inimaginable. Qu'est devenue Colette ? Et Mané qui est descendu en ville juste après moi, où est-il à présent ? J'espère qu'il ne lui est rien arrivé.

Nous sommes au moins une cinquantaine d'otages, peut-être plus. Certains sont blessés, le front en sang, d'autres sont tout juste habillés. J'en vois un en slip, totalement pétrifié de honte et de peur. Pas très loin de nous, un homme âgé est même pieds nus. Danielle et moi, on se tient serrées l'une contre l'autre, apeurées, tandis que devant nous Julien et Paulo tentent de nous rassurer par de brefs regards compatissants. Mais ni elle ni moi ne croyons plus à l'espoir de revoir un jour nos familles.

Quelques minutes plus tard, un groupe d'hommes armés nous oblige à nous mettre deux par deux, puis la colonne se met en marche. Dans un silence quasi funèbre et sous une chaleur écrasante, nous remontons la rue d'Arzew, bras en l'air, sous la menace permanente des mitraillettes. J'ai mal aux épaules et la tête me tourne. J'ai l'impression que je vais tomber. Danielle pleure en silence. Je ne sais quoi lui dire pour la réconforter. Nous arrivons au boulevard du 2ᵉ Zouaves. La cathédrale est en vue, avec son square Jeanne d'Arc. Accroché à la statue, le drapeau algérien flotte sous le feu du ciel tel l'oriflamme des vainqueurs. Nous détournons nos regards avec un pincement au cœur. Mais, quel que soit l'endroit où nos yeux se posent, ce sont partout les mêmes scènes. Des cadavres au coin des rues, du sang sur les trottoirs et sur les murs. Dans une boucherie, je vois deux corps suspendus par la gorge à des crochets, comme du bétail à l'abattoir. J'en ai l'estomac tout retourné. Les arrestations continuent un peu partout. Des gens sont embarqués manu militari, avec brutalité, à coups de crosse, dans des voitures civiles qui démarrent à toute vapeur. Des camions passent près de nous sur le boulevard. À l'intérieur, on voit encore et toujours des otages. Où ces gens sont-ils emmenés ?

À la place Karguentah, nous bifurquons en direction des casernes, par la rue Eugène Finance. Nous ne savons pas où nous allons ni combien de temps cette marche forcée sous le soleil va encore durer.

Mais quelques minutes plus tard, Paulo nous donne un début de réponse :

— Ils nous emmènent au commissariat, à coup sûr, nous dit-il à voix basse en se tournant légèrement vers nous.

Un peu plus loin, en arrivant à l'angle du boulevard de l'industrie, nous passons à proximité d'un camion rempli d'otages, arrêté au milieu de la chaussée. À l'arrière, il reste un jeune homme, de nos âges, une vingtaine d'années, qui n'est toujours pas monté ; et pour cause, le véhicule est archicomble, il n'y a plus de place à l'intérieur. Le soldat arabe, qui s'occupe du chargement des prisonniers, le regarde d'un air à la fois embarrassé et désemparé, puis il finit par lui dire :

— Bon, allez, toi, fous le camp, y'a plus de place pour toi ici !

Le jeune homme, incrédule et soulagé, s'éloigne lentement, puis se met brusquement à courir.

« Quelle chance il a eu celui-là ! Bravo à lui ! dis-je à Danielle. »

13 heures. Felipa Gonzalez

Ils sont arrivés par l'avenue de Mascara, comme assoiffés de sang, en tirant sur tout ce qui bougeait. Aux terrasses des bars et des restaurants, des innocents par dizaines ont été fauchés, pris sous les tirs nourris des assassins. J'habite le quartier Saint-Antoine, à la rue de Calvi. C'est en sortant de chez moi à la recherche de mon mari André et mon fils Léon, partis en ville ce matin, que j'ai vu se déchaîner ces hordes de sauvages armés de fusils et de couteaux. Dès les premiers tirs, je me suis enfuie par la rue de Sartène et la rue de Tlemcen. Prise de panique et ne sachant où me réfugier, j'ai couru instinctivement vers Eckmühl où habitent les Carmona, en bas de la rue d'Adana. Cette gentille famille qui tenait le bar rue d'Oujda et avec qui nous sommes restés amis. C'est Silvia qui m'ouvre en prenant mille précautions, puis elle referme à double tour. Son père et son mari replacent un buffet pour bloquer la porte.

— C'est terrible tout ce qui se passe ! Ils tuent tout le monde ! m'écrié-je à bout de souffle.

— Tu es seule ?

— Mon mari et mon fils sont partis ce matin à la poste, et ils ne sont pas encore rentrés, ajouté-je un sanglot dans la voix.

— Mon fils et ma fille sont aussi en ville, gémit madame Carmona d'une voix chevrotante. *Madre mía,* s'il leur est arrivé le malheur, j'en mourrai !

— Ramona, calme-toi, lui dit son mari pour la réconforter. On peut faire confiance à Mané ; j'suis sûr qu'il saura trouver un abri, c'est un débrouillard.

— Et Gisèle, tu y penses ? Elle que pour un rien, elle s'évanouit à la moindre contrariété ! s'alarme madame Carmona.

Nous restons tous sous le choc, dans l'attente de nouvelles de nos proches. On ne peut rien faire d'autre qu'attendre.

13 h 05. La poste centrale. Armand Debève-Ribera

Suite à mes appels au secours sur les ondes, la première station qui a répondu est celle de Gibraltar. Quelques instants plus tard, elle m'a prévenu qu'une escadre anglaise avait reçu les SOS et s'apprêtait à nous porter secours. Pourvu qu'elle n'arrive pas trop tard. Le gouvernement espagnol a également reçu mes messages et en aurait informé Paris. Mais à cette heure, aucune réponse de la métropole ni des autorités françaises sur place. Pourtant il y a une demi-heure, j'étais en relation radio avec le commandant du navire français Colomb-Béchar qui s'est engagé à transmettre le message de secours. Comment se fait-il que personne à Paris n'ait encore réagi ? Je ne peux pas croire que la France laisse des Français se faire massacrer, sans lever le petit doigt. Que fait l'armée ? C'est impensable !

13 h 10. Le Colomb-Béchar me confirme que mon message vient d'être transmis à Paris aux ministères des PTT et de l'Intérieur. De Gaulle va sûrement donner des ordres pour faire stopper cette infâme tuerie. Ce n'est plus qu'une question de minutes, et c'est la seule ligne de conduite possible. Il en va de l'honneur d'un président, et de tout son gouvernement.

13 h 15. Adrienne Martinez

L'Aronde s'arrête dans les faubourgs de Petit-Lac, à la sortie est d'Oran.

Je pense à mon mari et ne peux me défaire de la dernière image qu'il me reste de lui. L'image atroce de mon homme pendu à un croc de boucher sur le boulevard du 2ᵉ Zouaves, à proximité de notre voiture. Et que dire de mon pauvre Roger ! Son cadavre jeté dans le caniveau comme une bête immonde dont on se débarrasse sans la moindre pitié. Ces assassins ont continué à attraper des gens dans la rue, des hommes principalement, et les ont embarqués dans notre voiture. Dans un acte de désespoir, j'ai bien tenté de m'interposer pour leur barrer la route, mais je me suis aussitôt retrouvée entassée dans l'auto avec les autres.

Arrivés à Petit-Lac, ils nous font descendre en nous brutalisant, sous les insultes et les crachats de la population arabe présente dans le quartier. Mais nous ne sommes pas les seuls otages hélas, car d'autres véhicules et des fourgonnettes arrivent à intervalles réguliers de divers quartiers d'Oran. Les hommes sont conduits à l'écart vers la décharge, sous la menace de soldats et de civils arabes armés et surexcités, tandis que femmes, enfants et vieillards sont rassemblés en silence aux abords du lac. Mais je connais le sort qui va nous être réservé à tous. Combien sommes-nous au total ? Probablement des centaines puisque des camionnettes arrivent de partout. L'une d'elles s'arrête tout près de nous. Et aussitôt la foule arabe en proie à la démence s'empare des otages. Une jeune femme européenne est lynchée, dépouillée, griffée, tabassée, déchiquetée par des mauresques en furie. Un homme qui tente de s'enfuir est rattrapé et décapité à la hache. Six ou sept autres personnes sont fusillées sommairement contre un mur. Comme s'il fallait tuer le plus d'Européens possible, quitte à bâcler de temps en temps la besogne et le plaisir de l'acharnement. Les corps sont ensuite traînés comme des pantins désarticulés vers la décharge.

Peu après, l'horreur atteint son paroxysme. Une 4 CV, conduite par des soldats FLN, arrive près du lac. Ils ouvrent les portières arrière pour en extraire un couple et leur garçonnet d'environ cinq ans qui sont immédiatement pris à partie par la populace. C'est d'une violence insupportable. J'en ai le cœur retourné. Ils sont ensuite emmenés vers un bâtiment près de là, où un billot et une hache attendent les suppliciés. La maman pousse des hurlements effroyables, ce qui attise encore plus la folie meurtrière de la foule en délire. J'entends les cris atroces des parents invoquant la Sainte-Vierge pour que la vie de leur enfant soit épargnée. Mais il n'y a rien à espérer, surtout pas la clémence. Tous les trois sont tirés par les pieds et les bras jusqu'au billot. Deux Arabes maintiennent le garçonnet pendant qu'un autre prend la hache, et la soulève. L'écho des cris des parents avant le coup fatal retentit jusqu'au ciel, comme une cruelle pénitence. Je me bouche les oreilles et ferme les yeux tant la scène est insoutenable.

Je ne sais plus discerner le temps, mais de longues minutes sinistres se sont écoulées maintenant. Sous la menace de ces hommes en treillis, notre groupe avance en silence vers le lac. Dans le trouble et le désordre de mes pensées, une image fugace attise mes souvenirs ; la sensation d'avoir reconnu quelqu'un. Je jette un regard derrière moi vers nos bourreaux. Oui c'est bien ça, je reconnais l'un d'eux. Je connais ce visage, même si ce n'est plus l'adolescent d'autrefois. C'était un camarade arabe de mon petit Toni, dont j'ai oublié le nom. Il me reconnaît peut-être aussi, ou bien se demande-t-il qui je suis ? Il hésite à me faire un signe. Il tremble. Est-ce la peur ? Le remords de devoir me laisser marcher vers la mort ? Toujours est-il qu'il ne fait rien pour me sortir de là. Non, il laisse faire nos bourreaux qui, impatients, nous bousculent pour nous faire avancer plus vite. Je croise le regard incrédule et totalement anéanti d'une jeune mère à mes côtés qui tient ses deux enfants par la main, récitant tout haut des cantiques et des prières à notre Vierge de Santa-Cruz. On se regarde comme si nous étions déjà mortes. Nous entrons dans les eaux salées du lac. Nos pieds s'enfoncent dans la vase. Grand nombre d'entre nous ne savent probablement pas nager. Mais ceux qui s'arrêtent sont mitraillés, alors en priant, nous continuons d'avancer vers une mort certaine et presque implorée.

Oui, la mort est imminente, je le sais, mais elle ne me fait plus peur. Au contraire, je l'appelle de tous mes vœux pour que cesse mon supplice. Ainsi, je vais enfin rejoindre mon mari et mon fils. Ne plus souffrir. Attendre la fin.

Mourir sur la terre qui nous a vus naître sera notre dernière consolation, monsieur de Gaulle, vous le plus grand criminel des chefs d'État français. Si, tel un dictateur repu de puissance, vous êtes satisfait de vous et convaincu de votre éclatante victoire, alors votre gloire sera totale, n'en doutez pas, car vous aurez réussi à tromper tous les Français.

Mais si vous pouviez entendre ces gémissements, ces râles des agonisants qu'on égorge. Si vous pouviez voir ces corps mutilés qui flottent dans les eaux salées et putrides du lac, peut-être perdriez-vous un peu de votre superbe. Et encore, je n'en suis pas certaine.

Je vous plains, en toute sincérité.

Les Oranais, du moins s'il en reste, ne vous oublieront jamais, soyez-en sûr.

Et puisqu'il faut mourir, alors je décide de ne plus avancer. J'ai de l'eau jusqu'à la taille, et mes yeux aussi se noient dans la détresse de ce triste jour de juillet. Où sont mes filles Rosette et Anne-Marie ? Pourront-elles se sauver ? Et si oui, rescapées d'une famille meurtrie, que vont-elles devenir ? Et toi mon Toni ? Brave guerrier d'une guerre perdue d'avance. Si tu savais qu'un de tes anciens camarades m'a conduit à la mort... enfin presque. Mais es-tu seulement encore vivant ? Et même vivants, ne sommes-nous pas tous finalement déjà morts ?

Alors l'écho d'une courte rafale claque froidement dans mon dos et, curieusement sans douleur, je bascule en avant, happée par les larmes sanglantes du lac.

13 h 40. Commissariat central, rue Jules Simon. Sauveur Moati
Nous voilà maintenant tous alignés devant le commissariat, mains en l'air, face contre le mur. Attendant d'être fusillés, sûrement. Nous sommes pour la plupart des adultes, à part deux jeunes, à ma gauche, qui ont tout juste vingt ans. Ils me disent s'appeler Henri et Mané, et très courageusement ils masquent leur peur.

— Mané ? chuchoté-je en essayant d'un regard oblique de reconnaître ce jeune homme dont le visage me dit effectivement quelque chose. Mané comment ?

— Carmona, souffle-t-il d'une voix éteinte.

Puis il ajoute : « Il me semble vous connaître, monsieur. »

— Je suis Sauveur Moati, et tu es le frère de Silvia, c'est ça ? Elle travaillait chez moi, à l'agence.

Il tourne son regard vers moi et ses yeux se mettent à briller.

— Monsieur Moati ? Ah oui, c'est ça ! acquiesce-t-il en hochant la tête.

Puis il observe un silence et me demande de sa voix tout innocente :

— Vous croyez qu'ils vont nous tuer ?

Quoi répondre ? À part hausser les épaules et lui dire que nous allons nous en sortir. À ma droite, mon petit protégé me fait tant peine également. Malgré ses efforts pour réprimer sa détresse, je l'entends pleurer doucement.

Dans la rue, des camions et des voitures continuent de déverser à intervalles réguliers des dizaines d'otages. Certains d'entre eux sont parqués, puis après des discussions animées entre fellaghas, les voici à nouveau embarqués dans des fourgonnettes qui repartent chargées à bloc. Où sont-ils emmenés ?

Soudain, les ordres fusent et on nous demande de nous retourner. Les soldats nous font face, telles des bêtes féroces. Ils nous conduisent à l'entrée du commissariat. Henri et Mané me précèdent, ils sont très courageux. Je tiens le bras du petit jeune qui ne me lâche pas, veillant à ce qu'il soit toujours à mes côtés. Alors que les premiers devant nous commencent à pénétrer en silence dans le grand hall, une voix brève s'élève dans mon dos.

— Toi ! Viens z'ici !

Surpris par ce ton virulent, je me retourne et vois un fellagha, fusil-mitrailleur en bandoulière, qui m'observe d'un air mauvais. Il me faut plusieurs secondes avant de le reconnaître. C'est un de mes anciens clients, un musulman qui avait une affaire au quartier Delmonte. Il me tire vigoureusement à l'écart, n'hésitant à me malmener pour me faire sortir au plus vite. Lorsque nous sommes enfin seuls, loin des regards indiscrets, son teint change et son œil s'illumine.

— Allez, file ! s'écrie-t-il à voix basse en vérifiant que personne ne nous voit.

— Quoi ? dis-je ahuri.

— Ti es libre, rentre chez toi !

Je n'en reviens toujours pas.

— Et les autres ? Où vous les emmenez ?

— Les autres ? On coupe le cou à tous les Européens ! Ti veux aller aussi ?

Un silence de glace me cloue sur place. J'en ai froid dans le dos, mais pourtant je n'ose bouger.

— Allez file ! répète-t-il crispé en surveillant les alentours.

— Je partirai, à une condition : que tu relâches aussi les trois jeunes qui étaient avec moi.

— Qui ça ?

— Le p'tit gamin de même pas 15 ans, et les deux autres jeunes. C'est tous les quatre ou rien, ajouté-je sans trembler.

— Mais ti es fou ! J'veux pas d'ennuis moi !

— Je partirai pas sans eux. Sinon tu me ramènes et je crèverai comme les autres.

Le voilà qui retourne au pas de course vers le commissariat. Je me cache sous la porte cochère de l'immeuble d'en face, et guette la suite des événements. Moins d'une minute plus tard, j'aperçois le p'tit jeune sortir du commissariat, sous la menace de l'arme du fellagha. Pour ne pas attirer l'attention de ses coreligionnaires, il fait mine de conduire son prisonnier dans un coin retiré, pour le fusiller direct.

Merde, et Henri et Mané ? Pourquoi il ne les ramène pas ?

Lorsqu'ils me rejoignent, le gamin me voyant rassuré ne comprend strictement plus rien.

— Et les deux autres ? m'exclamé-je en saisissant le fellagha par le col de son treillis.

— J'les ai pas trouvés ! Alors *maintinant*, vous filez ou j'y vous ramène là-bas tous les deux ! s'écrie-t-il en me forçant à le lâcher.

Puis, menaçant, il lève sa mitraillette sur nous.

13 h 45. Mané Carmona

Mon pote Henri reste à mes côtés, on ne se quitte pas d'une semelle, car nous sommes en train de vivre des choses que nous n'oublierons hélas jamais.

Nous entrons dans le commissariat. Il y a une foule énorme encadrée et surveillée par des soldats FLN en tenue léopard. Une foule silencieuse composée d'hommes, de femmes, et même de garçons de l'âge de mon frère Dédé, douze-treize ans pas plus. Monsieur Moati a été embarqué par un fellagha, ainsi que le gamin qui était dans notre camion. Que vont-ils leur faire ? Et à nous tous aussi.

Après concertation de quelques soldats FLN présents dans le commissariat, et dont l'un d'eux semble être le chef, notre groupe est emmené. Nous traversons le hall sous l'escorte de trois fellaghas qui ont des figures de sinistres chacals.

— Où est-ce qu'ils nous emmènent ? me demande Henri à voix basse.

Je lui réponds que je n'en sais rien, lorsque brusquement une voix tremblante et féminine s'élève quelque part dans le hall, résonnant comme dans un sanctuaire du silence.

— Manéééé !

Une voix que je connais très bien, et pour cause. Me retournant vivement, je vois Giselou courir vers moi totalement bouleversée.

— Mané ! Mané !

— Tu es là aussi ? murmuré-je à son oreille en la serrant très fort dans mes bras.

— Reste avec moi, je t'en prie ! J'ai si peur !

Aussitôt, deux fellaghas foncent sur nous pour nous séparer. Mais se débattant comme une lionne, Giselou reste accrochée à mon cou.

— Laissez-le ! C'est mon frère ! Je vous en supplie, c'est mon frère ! se met-elle à hurler de plus belle.

Un troisième soldat vient leur prêter main-forte. Comme elle ne se laisse pas faire, l'un d'eux la repousse violemment et de son arme la tient en joue, pendant que les deux autres me renvoient dans les rangs de mon groupe.

Après cet incident, nous quittons le grand hall, toujours sous escorte. J'ai la gorge nouée, et les larmes ne sont pas loin. Henri n'a pas l'air mieux non plus. À mesure que nous descendons le sinistre couloir qui mène aux sous-sols, nous sombrons dans la tristesse la plus totale, et une peur grandissante s'empare de nous.

Nous parvenons dans une sombre et vaste pièce qui ressemble à une cave. Voilà, est-ce la fin du voyage ? Sans vouloir jouer les rabat-joie, je n'entrevois guère d'autre issue, hélas. Si ce n'est l'inconnu, puis l'inquiétude, et pour finir, l'épouvante. En effet, lorsqu'une trentaine d'otages se trouve rassemblée dans un endroit aussi lugubre, où seule la lumière glauque des ténèbres occupe les lieux, c'est pour y connaître probablement une mort inexorable.

Alors j'essaie de penser à ceux que j'aime, à ma famille, à mes potes, à notre beau soleil d'Algérie, à nos plages féeriques, à Santa-Cruz, aux mounas de maman que je n'aurai plus le plaisir de savourer, à Giselou et ses « ckling-ckling » lorsqu'elle remue son café du matin. Mourir avec nos souvenirs sera notre plus belle vengeance. Personne ne nous les enlèvera.

Soudain, quatre ou cinq fellaghas de plus arrivent sur les lieux ; comme s'ils arrivaient de nulle part, mais pour accomplir sans aucun doute la sale besogne. Ils nous ordonnent d'avancer vers le mur du fond. En marchant dans l'obscurité, je me rends compte que l'on bute sur quelque chose. L'un de nous allume son briquet, et je réalise alors que l'on marche sur des corps. L'horreur s'empare de nous et des cris sourds et convulsifs s'élèvent dans la pénombre. Des plaintes et des gémissements lancinants, des pleurs incontrôlés, des supplications désespérées. Une douleur à nous rendre dingues. Les fellaghas crient aussi, ivres de sang et de rage. J'entends claquer une culasse, ce qui instantanément provoque la panique générale parmi les otages. Certains tentent de courir pour s'échapper. S'ensuit une bousculade qui me fait trébucher contre un cadavre étendu au sol. Au moment où je bascule en arrière vers le mur, le crépitement des balles commence sa tâche macabre. Une fusillade qui me paraît interminable, mais qui peut-être n'a duré que quelques secondes. Lorsqu'elle cesse, il ne reste que des râles étouffés, une odeur de poudre et de mort. Je sens peser sur moi des corps lourds, écrasants, inanimés, chauds de leur sang qui ruisselle dans mon cou.

Je n'ose bouger, pour ne pas attirer l'attention des bourreaux. D'ailleurs, sont-ils partis ? Je ne sais pas. Et Henri ? Est-il vivant lui aussi ? J'attends quelques minutes avant de tenter de bouger. Des bruits de pas résonnent dans l'escalier du sous-sol. Il n'y a plus de temps à perdre. Je me déleste du fardeau qui depuis la fusillade m'écrase les côtes. Ils étaient au moins quatre ou cinq étendus sur moi.

— Henri ? chuchoté-je douloureusement en palpant quelques corps autour de moi.

Personne ne répond, si ce n'est le silence glacé de la mort. Je tente encore de l'appeler, jusqu'à ce que ma voix se déchire dans les sanglots, car je le découvre gisant parmi les cadavres, le corps criblé de balles et dégoulinant de sang. Il ne respire plus. Je m'allonge de douleur sur le sol humide, tenant sa main inerte, mais encore chaude. Mon regard se perd lentement dans l'obscurité glauque. J'essaie d'imaginer la mort, de comprendre et de ressentir cet état d'inertie, de néant, et d'épouvante inexprimable. Comme un dernier adieu, je reste ainsi quelques instants en communion avec mon camarade. Mais je sais aussi qu'il me faut partir, si je veux sauver ma peau.

Après avoir dessiné sur son front un signe de croix, je me relève lentement et disparais dans les nombreux couloirs des sous-sols. Combien de temps ai-je cherché désespérément une issue ? Difficile à dire. Le temps que l'on trouve inutile paraît toujours plus long.

C'est au bout d'un énième couloir que j'ai enfin trouvé un sas avec une échelle. J'ai gravi les barreaux sur une dizaine de mètres, et, arrivé tout en haut, j'ai réussi à faire glisser sur le côté la plaque en fonte qui obstruait le passage, non sans mal tant elle semblait peser une tonne. C'est ainsi que je me suis retrouvé dans la cour intérieure d'un immeuble. Une fois dehors, j'ai reconnu la rue Montesquieu.

14 h 05. Capitaine Gournellec

Lycée Jules Ferry, site de cantonnement de la 2e compagnie du 2e bataillon de Zouaves.

Il n'est plus possible de rester sans rien faire. Depuis midi, nous assistons sans broncher à un déchaînement sans précédent contre les populations européennes. Des soldats de l'A.L.N., des ATO, et même des civils musulmans tirent et tuent à tout bout de champ. Ça devient du grand n'importe quoi. Pourtant les ordres du corps d'armée d'Oran sont clairs et formels : « Ne pas intervenir ! ». C'est un ordre écrit que tous les officiers ont émargé. Qu'à cela ne tienne.

Mes observateurs positionnés sur les terrasses du lycée m'ont signalé que des colonnes entières d'Européens, mains sur la tête, sont conduites vers le commissariat central situé à quelque deux cents mètres de là. Face à la gravité de la situation, je rassemble dans mon bureau mes officiers et sous-officiers. La discussion est animée, et tous ou presque parlent d'une même voix : « On ne peut pas laisser faire, mon commandant ! Il s'agit de nos compatriotes ! »

Debout près de la fenêtre, je suis pensif. L'heure est grave, et même extrêmement grave. Dans le quartier, les tirs d'armes automatiques semblent s'être enfin calmés, tout au moins dans notre rue. Alors, je prends une décision gravissime. Celle effectivement de désobéir aux ordres du général Katz. Je n'ignore pas quels en sont les risques, mais les tribunaux militaires ne me font pas peur. J'aurai toujours pour moi, quoi qu'il arrive, mon honneur et ma fierté. Aujourd'hui, je décide d'obéir à ma conscience, dans le respect du règlement de discipline générale qui stipule que la désobéissance est permise lorsque l'ordre donné est illégal. Et j'affirme que l'ordre donné par le général Katz de laisser nos compatriotes se faire massacrer sous nos yeux, est totalement illégal. Pire encore, c'est une infamie honteuse !

Ma décision est donc prise de me rendre au commissariat central. J'irai en jeep et surtout sans arme. Pour m'accompagner dans cette mission extrême et délicate, je choisis parmi mes sous-officiers le chef de bataillon Berthonat. Je saisis mon képi posé sur le bureau et nous descendons dans la cour intérieure. Berthonat se met au volant et nous sortons sous un soleil de feu. La chaleur est véritablement écrasante, ce qui alourdit encore plus le climat étouffant qui règne en ville.

Quelques minutes plus tard, Berthonat gare la jeep devant le commissariat et nous entrons délibérément par la grande porte. Les soldats FLN en faction à l'entrée paraissent étonnés, voire stupéfaits – et tout autant contrariés que nerveux – de voir des militaires français pénétrer en ces lieux. Effectivement, depuis la déclaration d'indépendance du 1ᵉʳ juillet, nous n'avons plus autorité pour intervenir en quoi que ce soit. Mais ça, c'est en théorie. Ceci étant, aucun d'entre eux ne réagit à notre intrusion, et nous nous approchons du grand hall sans difficulté. Là, dans un silence oppressant, nous découvrons, dociles et figés, plusieurs centaines de civils français en proie à un mutisme absolu. Leurs regards terrorisés témoignent à n'en pas douter de toutes les souffrances qu'ils ont endurées avant de se retrouver ici.

Au centre du hall, il y a un Arabe en civil très bien habillé qui, parlant dans un excellent français, s'adresse aux prisonniers en refaisant l'histoire de la conquête d'Algérie. Lorsqu'il me remarque, il cesse immédiatement son éloquent discours pour le moins douteux. Alors, sans tergiverser, je m'avance vers lui, d'un pas calme, mais ferme comme doit l'être celui d'un officier. Puis je me tourne vers tous ces pauvres gens, hommes et femmes, qui m'observent avec subitement une lueur d'espoir dans les yeux.

14 h 15. Danielle Ortega

Un miracle est en train de se produire. Mes prières à la Sainte-Vierge sont exaucées. Un officier français vient d'entrer dans le commissariat !

D'une voix calme, mais magistrale, il s'adresse à nous :

— Je tiens à vous dire à tous, qu'en tant que représentant de l'armée française, il est de mon devoir de protéger ses ressortissants. J'en ai le devoir et j'en ai le droit, tel que cela est spécifié dans les accords d'Évian ! Vous allez donc sortir, tous, sans exception, et immédiatement. Ma jeep est à l'extérieur, alors suivez-moi s'il vous plaît.

L'officier n'attend aucune réponse de qui que ce soit et se dirige vers la porte et l'ouvre en écartant les doubles battants. Il se met lentement de côté pour nous laisser sortir un à un. Je me penche vers Gisèle assise par terre derrière moi, totalement prostrée.

— Viens Gisèle, nous partons.

Depuis qu'ils ont emmené son frère, elle est en état de choc. Sans oublier qu'elle a été brutalisée et que sa tête a cogné lourdement contre le mur. Je me penche pour la relever, et la soutenant par la taille, je l'aide à se diriger vers la sortie. Nous sommes extrêmement nombreux, mais l'évacuation se fait cependant dans le calme. L'officier attend d'être le dernier pour sortir, puis il nous conduit jusqu'à son cantonnement situé à quelques rues de là, dans le lycée Jules Ferry.

Dès notre arrivée, on nous accueille très dignement, tout en nous distribuant des rations de vivres. Paulo et Julien nous apportent à Gisèle et moi un supplément de biscuits et deux oranges. Mais il est bien difficile d'avaler quoi que ce soit, vu la chaleur et surtout les horreurs dont nous avons été témoins. Impossible dans ces conditions d'avoir ne serait-ce qu'un semblant d'appétit. Mais nous pouvons nous désaltérer et nous reposer, en attendant de rentrer chez nous dès que notre sécurité pourra à nouveau être assurée. Je crois pouvoir dire que nous sommes sauvés, grâce à cet officier dont on ne connaît même pas le nom.

Pourtant, en dépit de notre soulagement, Gisèle et moi restons inquiètes pour Mané et Colette.

14 h 45. Lieutenant Rabah Sehdif

J'ai beau être le seul officier FSNA[92] de l'armée française, cela ne m'empêche pas de savoir en quoi consiste l'honneur véritable d'un militaire.

Je suis responsable du commandement de la 4ᵉ compagnie du 30ᵉ bataillon de Chasseurs portés. Et depuis ce matin, comme nombre d'autres officiers, j'ai eu vent de la situation terrible dans laquelle se trouvent nos compatriotes français, en proie à une chasse à l'homme dans les rues d'Oran. J'ai téléphoné au colonel qui commande le secteur, mon supérieur hiérarchique le plus élevé, pour lui faire part de mes remarques et de mes interrogations concernant ces nouvelles alarmantes.

— Écoutez, Sehdif, a-t-il répondu, je comprends très bien ce que vous ressentez. C'est affreux. Mais je ne peux rien vous dire d'autre, si ce n'est de vous laisser agir selon votre conscience. Mais attention ! Personnellement, je ne vous ai rien dit !

De toute évidence, le message était particulièrement clair. « Je ne vous ai rien dit » s'apparentait davantage à un assentiment – pour ne pas dire un encouragement – qu'à un refus net et catégorique. Évidemment, je compris aussi que, quoi qu'il arriverait, ma hiérarchie ne me couvrirait pas. Alors, sans plus attendre, j'ai rassemblé l'équivalent de quelques sections dans les camions dont je pouvais disposer et j'ai foncé sur Oran.

Aux environs de 14 h 30, nous arrivons devant l'ancienne préfecture où nous découvrons, encadrés par une section de l'A.L.N.,

---

[92] Français de souche nord-africaine.

des centaines d'otages rangés en colonne par trois ou quatre et prêts à être embarqués. Pour quelle destination ? Une destination inconnue, mais vu le sort systématiquement réservé aux Européens depuis la fin de matinée, nul besoin d'être devin pour comprendre que la destination la plus probable sera *la mort*. Si on ne fait rien, ces pauvres gens vont ni plus ni moins se faire zigouiller.

Je m'avance vers la préfecture. Devant le bâtiment, il y a un indigène en faction qui fait office de planton. Je m'approche de lui d'un pas ferme.

— Où se trouve le préfet ? je lui demande avec le ton qui sied à un officier.

Par préfet, j'entends par-là bien évidemment le nouveau représentant de l'État algérien en place depuis quelques jours. Le planton a l'air impressionné aussi bien par ma demande que le ton employé à son égard. Alors, se tournant vers l'escalier, il me montre justement un type avec une chéchia rouge, plutôt petit, costaud, qui grimpe nonchalamment les escaliers menant au perron de la préfecture.

— Regardez, c'est ce monsieur qui monte.

Sans plus attendre, je m'élance au pas de course vers lui en l'interpellant directement.

— Monsieur le préfet !

Surpris, il s'arrête et se retourne.

— Monsieur le préfet ! Je vous donne trois minutes pour faire libérer tous ces gens. Sinon, je vous garantis que je ne réponds plus de rien ! lui dis-je avec fermeté.

Il m'observe en silence. Son regard fait des allers-retours entre moi, ma section que j'ai déployée aux abords du bâtiment, et les colonnes d'otages dont on ne voit même pas le bout. Il semble réfléchir, peser le pour et le contre. J'ose espérer qu'il fera preuve de discernement pour ne pas s'engager dans une voie fort regrettable. Je soutiens son regard, sans faillir. Il comprend à quel point je suis prêt à tout faire sauter, même si la solution préférable est celle de « sans effusion de sang ». Après une courte réflexion, il amorce un mouvement d'obéissance, alors je redescends avec lui. Il va voir le chef de la section FLN. Les discussions ne s'éternisent guère, puisque quelques minutes plus tard tous les soldats de l'A.L.N. remontent dans leur camion.

— C'est fait, mon lieutenant, me dit le préfet en me rejoignant.

Puis il se retourne vers les otages :

— Mesdames, messieurs, vous êtes libres, vous pouvez rentrer chez vous.

Ne sachant s'il faut croire à un miracle ou pas, la foule d'otages d'abord figée dans un moment d'hébétude, finit par se disperser telle une volée de moineaux terrorisés. Les hommes, les femmes, les enfants et les vieillards, se mettent à crier comme des hystériques, pleurant, courant, se bousculant et tombant les uns sur les autres dans leur fuite inespérée.

15 h 20. La poste centrale. Armand Debève-Ribera

Cette fois, on dirait que le calme et le silence sont enfin revenus dans le quartier. Il ne subsiste que quelques bruits lointains de tirs d'armes automatiques, et peut-être quelques tirs de mortier de temps en temps. Rien de comparable à ce que la ville a connu depuis la fin de la matinée.

Penché au muret de la terrasse de l'immeuble, je vois arriver un char français qui se plante à l'entrée de la cour de la poste. Je comprends alors la raison de ce calme soudain. « Enfin ! » suis-je tenté de m'écrier. Ni une ni deux, je décide de sortir de ma planque. Je dévale les escaliers, non sans mal à cause du produit des extincteurs que j'ai répandu tout à l'heure. Lorsque je déboule dans la cour, la coupelle du char se soulève et un officier apparaît comme un poussin sortant de l'œuf.

— En fait, je constate que la rue est calme et déserte, dit-il mi-figue mi-raisin.

Sur le coup, je suis tellement sidéré que je ne sais quoi répondre. C'est alors que j'aperçois dans le caniveau quelque chose dont l'horreur est la plus extrême. Une image à ce point indescriptible qu'il n'existe que peu de mots pour la relater aussi fidèlement que possible.

Je me tourne alors vers cet officier un brin goguenard, pour lui dire d'une voix blanche, à la limite de l'évanouissement :

— Regardez... là, et dites-moi encore que la rue est calme.

Dans le caniveau, gît seulement la tête d'une femme, dont on ignore où se trouve le corps.

J'ai reconnu le visage de notre collègue, la bibliothécaire des PTT.

15 h 30. Sauveur Moati

Après avoir passé plus d'une heure caché dans les caves d'un immeuble, en bas du boulevard Paul Doumer, côté place Sébastopol, je sors prudemment. Le calme semble être revenu. Oui, la voie est libre, alors je fais signe au jeune Léon de me rejoindre. J'ai promis de le conduire chez lui ce soir, dès que tout danger sera définitivement écarté. Mais pour l'heure, je préfère le ramener à la maison. Ce qu'il a vécu ce matin, son père assassiné, égorgé devant ses yeux en pleine rue devant la poste, l'a complètement traumatisé.

Je connais assez bien le centre-ville, mais il me semble préférable d'éviter les grandes artères. J'opte pour un trajet plus tortueux, mais plus sûr. Nous quittons sans regret le boulevard Paul Doumer, direction la rue Mohemet, jusqu'au boulevard Fulton que nous traversons en courant vers la rue Lapasset. Nous restons vigilants, rasant les murs et vérifiant à chaque intersection que nous pouvons nous engager sans danger.

Voilà, nous ne sommes plus qu'à cinq minutes de notre point d'arrivée : le cinéma Mogador où j'ai garé ce matin ma voiture, une Simca Montlhéry beige avec son toit vert bouteille, qui stationne à l'angle de la rue du Fondouk et la rue des Salles. On s'installe rapidement, puis je mets le contact.

Nous remontons tranquillement la rue de Lourmel, puis je tourne à gauche dans la rue de Mostaganem, direction le pont Saint-Charles. Nous faisons trois ou quatre cents mètres, lorsque j'aperçois à une quarantaine de mètres, au niveau de la rue de Turenne, un groupe de soldats en uniforme léopard vert sombre. Pas de doute, c'est l'A.L.N.

Ils sont une dizaine, ou un peu moins, armés de mitraillettes. Comme ils me font signe de stopper, j'écrase à fond la pédale de frein et, pris de panique, je tente de virer à gauche dans la rue de l'Abricotier, sans réfléchir ni me soucier si la voie est à sens unique. Au moment de tourner, je ne braque pas suffisamment et la roue avant droite vient buter lourdement contre le trottoir. Sous le choc, la voiture cale. Profitant de l'aubaine, les soldats nous mettent en joue, tandis que j'essaie de relancer le moteur.

— Ils vont nous tirer dessus ! s'écrie le jeune Léon, blême de peur.

Le moteur vrombit enfin ! J'appuie à fond sur l'accélérateur au moment où les rafales de mitraillettes ricochent autour de nous. Léon se recroqueville tout en se bouchant les oreilles. Je crois bien que nous avons été touchés, tout au moins la carrosserie. Je descends la rue à toute vitesse jusqu'au carrefour de la rue Dufour, puis je prends à droite rue de Lesseps, puis rue de Lille. Le tout, au mépris du danger, à la limite de l'accident. Je n'ai jamais de ma vie conduit à pareille vitesse ! Côté avant droit, la voiture tangue de plus en plus. Sûrement le pneu qui a déjanté. Tant pis, nous fonçons vers la porte Bel Air et le boulevard de Lattre de Tassigny. Nous le traversons sans même ralentir, puis nous remontons la rue d'Escalonne en longeant le quartier Pouget. Arrivés avenue Saint-Eugène, nous sommes témoins d'une scène ignoble. Une de plus, qu'on ne pourra jamais oublier. Des Européens apeurés essaient de monter dans un camion militaire français, mais ils sont refoulés à coup de crosse ! La patrouille poursuit lâchement sa route en les laissant sur le bord de la chaussée. Sans réfléchir, je fais un détour pour les secourir. Il s'agit de deux jeunes couples, et tous les quatre sont muets d'épouvante. Je leur crie de monter, ce qu'ils font sans tergiverser en s'entassant sur la banquette arrière. Puis j'accélère à fond et reprends la direction du boulevard Vauchez jusqu'à la place Delmonte. La Simca, en surchauffe, n'est pas loin d'imploser. Je bifurque à droite dans le boulevard Henri Martin. Cent mètres plus loin, à l'angle de la rue des Éparges, je m'arrête en stoppant au frein à main. Je bondis quasiment de la voiture. Léon et les quatre jeunes gens font de même. On s'élance dans l'immeuble. Arrivés au deuxième étage, j'attrape mes clés et ouvre la porte.

— Chéri ? C'est toi ? retentit dans la cuisine la voix inquiète de ma femme.

Je pousse enfin un immense soupir de soulagement. Intimidé, Léon entre, suivi de mes quatre jeunes hôtes qui ne cessent de se confondre en remerciements.

Puis je ferme en verrouillant à double tour, non sans une pensée pour les deux jeunes de la préfecture, Henri et Mané, que je n'ai pas réussi à arracher aux griffes des fellaghas. Je prie pour qu'ils aient pu se tirer de ce funeste guêpier.

16 heures. Caserne du 28ᵉ train, boulevard de Mascara. Sergent Mercier

Nous sommes tous consignés avec interdiction d'intervenir à l'extérieur. Ce sont les ordres. Le colonel qui commande notre régiment ne rigole pas avec les actes de désobéissance. Il a clairement spécifié que tout soldat ou officier qui enfreindrait ses ordres de non-intervention serait immédiatement passé par les armes.

C'est l'incompréhension la plus totale. Rien n'est pire pour un militaire que d'assister impuissant à des exactions contre ses propres concitoyens. Ne rien faire, fermer les yeux, se boucher les oreilles, serrer les dents pour ne pas crier sa rage.

Dans l'après-midi, nous avons assisté depuis la cour de la caserne à des supplices intolérables. Des civils français égorgés par des musulmans. Certes par des soldats, mais pas seulement, des civils arabes ont également commis ces horreurs inqualifiables. Puis avec les têtes, ils ont joué au football. C'était à ce point infâme qu'un de nos officiers a supplié qu'on le laisse intervenir pour faire cesser ces actes de barbarie. Face au refus catégorique de ses supérieurs, livide, tremblant de rage et de désespoir, il a arraché ses galons.

Honte à la France. Je crains que l'armée, souillée d'un opprobre à ce point ineffaçable, ne se remette jamais d'une telle traîtrise envers les siens.

Pour ma part, c'est décidé, je quitterai l'armée dès mon retour en France.

18 h 45. Léon Gonzalez

Monsieur Moati me raccompagne chez moi, rue de Calvi, au quartier Saint-Antoine.

Nous longeons le cimetière Tamashouet puis le parc du Champs de Manœuvres. Le regard à l'affût, je surveille partout, craignant de tomber à nouveau dans une embuscade. Où que l'on soit, c'est le même spectacle aussi attristant qu'édifiant. Des rues vides, abandonnées de ses habitants. Aux façades des immeubles, toutes les fenêtres sont closes, les persiennes baissées. Il plane sur la ville comme un parfum de fin du monde.

Au 12 rue de Calvi, monsieur Moati arrête sa Simca en bordure de chaussée, sans couper le moteur. Je lui serre la main ; je l'aurais presque embrassé et serré contre mon cœur, tant je lui dois d'être encore vivant à cette heure. Mais je n'ose pas, et je descends de l'auto en silence.

— Au revoir petit, me dit-il avec un dernier signe d'adieu de la main. Porte-toi bien, et qui sait, peut-être qu'on se reverra…

— Au revoir, monsieur, murmuré-je d'une voix triste qui se perd dans le ronflement du moteur. Soyez prudent pour rentrer.

— Ne t'inquiète pas.

Il enclenche la première et la voiture s'élance.

Malgré la peur, je gravis quatre à quatre l'escalier de l'immeuble jusqu'au troisième étage. Une peur au ventre constante qui ne me quitte plus depuis l'attaque de la poste ce matin. J'ai dans les yeux les images de la mort et l'effroyable agonie de mon père. Qu'ont-ils fait de son corps ? Que vais-je dire à maman ?

J'ouvre la porte.

458

19 h 20. Mané Carmona

Après mon évasion inespérée du commissariat central, je me suis réfugié dans l'église Saint-André près de la place du Colonel Ben Daoud, où le Père Luc a accueilli de nombreuses personnes terrorisées et rescapées comme moi. Et cela au mépris du danger, car des fellaghas n'ont pas hésité à fouiller les églises. Un peu après 17 heures, nous avons vu des escadrons de gardes mobiles patrouiller dans les rues en half-tracks. Il était temps qu'ils interviennent, ces cochons de rouges ! Et pour une fois, nous étions heureux de les voir ! Mais hélas, pour de nombreuses victimes, il était trop tard. Je ne cesse de penser à Henri. Sa mort me hante. J'ai sans cesse sa vision présente à l'esprit. Son visage figé, son corps couvert de sang. La colère et la tristesse emplissent ma tête.

Quinze minutes plus tard, j'atteins Eckmühl et c'est avec un soulagement non feint que je gravis enfin les escaliers de notre immeuble. Je toque à la porte. Deux coups secs, puis un troisième plus long.

— Qui est là ? demande la voix craintive de maman.

— C'est moi, Mané.

La porte s'ouvre d'un coup et maman se précipite dans mes bras, tellement soulagée qu'elle en pleure de joie. Je crois que je ne l'ai jamais vue à ce point touchée par l'émotion. Janot, tía Carmen et Dédé se pressent autour de moi, rassurés eux aussi de me savoir vivant.

— Et ta sœur ? demande maman dans un silence angoissé.

— Elle n'est pas rentrée ? murmuré-je pour éluder la question.

Que puis-je répondre d'autre ? Rien. J'espérais juste que Giselou serait à la maison. Pour ne pas alarmer toute la famille, je décide de ne souffler mot de la scène au commissariat. Mais alors où est-elle ? Qu'ont-ils fait de ces centaines de prisonniers ? Je n'ose envisager le pire.

Janot referme la porte et nous entrons dans la salle à manger.

— Papa et Silvia ne sont pas là ? demandé-je étonné en remarquant leur absence.

— Ils viennent de sortir, annonce maman sans pouvoir m'en dire plus.

— Pour aller où ? soufflé-je stupéfait.

— Ma foi, j'en sais rien. Que ton père, y l'était dans un état, qu'on aurait dit que le diable l'emportait ! Que jamais je l'avais vu comme ça.

— Silvia va le ramener, faut pas s'inquiéter, ajoute Janot d'un ton aussi calme que possible.

Alors que je m'apprête à m'asseoir dans le canapé, un objet au-dessus du buffet me provoque aussitôt un haut-le-cœur qui me rend totalement fou. C'est le drapeau français que papa a accroché depuis quelques jours. Pris d'une colère noire, je l'arrache du mur, et d'une main rageuse je le réduis en mille lambeaux.

— Mais qu'est-ce qui t'arrive ? s'exclame maman sidérée en tentant de me raisonner.

— Non seulement not' pays nous trahit, mais en plus il nous laisse se faire massacrer en silence !

Ils sont tellement atterrés de ce que je leur raconte, qu'ils n'osent y croire. Alors je leur décris tout : les rafles dans les rues et les restaurants, les fusillades, les gens égorgés et pendus comme du bétail. À la fin de mon terrible récit, ils sont tous sans voix et livides.

19 h 30. Léon Gonzalez

Les minutes s'écoulent, longues et terribles, car maman n'est toujours pas rentrée.

Un bruit de moteur dans la rue parvient soudain jusqu'à moi. Des voix dans un haut-parleur se font de plus en plus distinctes. Je m'approche de la fenêtre et écarte légèrement la persienne. J'aperçois alors une patrouille motorisée de l'armée française, et très distinctement j'entends une annonce qui me fait bondir de rage :

— Oranais, Oranaises ! N'ayez aucune crainte, vous êtes sous la protection de l'armée française !

19 h 35. Gisèle Carmona

Le camion militaire s'arrête en bas de la rue d'Adana. Il finit sa tournée commencée il y a plus d'une heure, au cours de laquelle il a raccompagné chez eux tous les otages sauvés du commissariat central. Danielle a été déposée chez elle rue Mancipp, à côté de Choupot. Au moment de se quitter, on s'est étreintes tristement, sans savoir si on se reverrait un jour. Paulo et Julien qui habitent au plateau Saint-Michel sont rentrés chez eux peu après 18 heures.

Et Colette ? Où est-elle en ce moment ? A-t-elle été elle aussi épargnée et sauvée ?

Un des deux officiers qui a organisé notre évacuation se trouve avec nous dans le camion. Il s'appelle Charles Berthonat et jusqu'à mon dernier souffle je me souviendrai d'eux. Sans héroïsme calculé et en toute humanité, ils nous ont tout simplement sauvé la vie.

Il me demande si c'est bien ici que j'habite.

— Oui, au 4, dis-je en montrant timidement l'immeuble.

Me prêtant gentiment sa main, un autre jeune soldat m'aide à descendre du camion. Je suis tellement faible que j'ai peur de m'affaler sur le bitume.

— Voilà, mademoiselle, vous pouvez rentrer chez vous.

Je les remercie d'une voix fluette, car je suis à bout de forces, à bout de nerfs, prête à sombrer dans un état dépressif et de désarroi total.

Je n'ai ni la force ni le courage d'aller sonner en face, chez les Guerrero, les confronter à l'horreur de la disparition de Colette. J'irai demain. En espérant que d'ici là elle sera rentrée.

20 h 15. Silvia Martinez

Papa et moi venons de rentrer du cimetière où nous nous sommes recueillis une dernière fois sur la tombe du grand-père Francisco. Mon aïeul venu s'installer au début du siècle sur cette terre d'Afrique, ce bout de France, avec tant de rêves et d'espoirs en l'avenir. Puisse Notre-Dame de Santa-Cruz continuer à veiller sur lui et sur nous, comme elle l'a toujours fait.

461

Quoiqu'il en soit, avec quelle joie nous avons retrouvé Gisèle et Mané, sains et saufs tous les deux ! Cependant, à leurs visages blêmes, j'ai compris qu'ils avaient vécu des choses terribles. D'abord Gisèle qui est tombée dans mes bras, totalement amorphe. Elle était si choquée qu'elle ne parvenait pas à parler. Ensuite, Mané, dont la chemise était tachée de sang.

Puis j'ai remarqué notre drapeau, déchiré en mille morceaux et éparpillé sur la table de la salle à manger. « C'est Mané qu'a fait ça, m'a soufflé maman d'une voix meurtrie. T'y aurais vu ton frère ! Il était comme un fou. Remarque bien, vu tout ce qui s'est passé, je l'comprends, mais quand même, déchirer le drapeau, ça s'fait pas ».

Quand Mané m'a raconté les événements horribles qui se sont déroulés aujourd'hui en ville, j'ai compris sa hargne, sa rage à déchirer ce drapeau symbole d'une trahison qu'aucune nation ne saurait accepter. Le bilan des massacres est terrible. Le sang a coulé, au nom de quoi, au nom de qui ? Oui, qui sont les véritables coupables ? Les barbares qui les ont commis ou les lâches qui les ont laissés se perpétrer ? Le nouvel État algérien ou l'État français ? Qui le saura jamais ? Nous voudrions tant nous réveiller au petit jour, et nous apercevoir que ce n'était qu'un mauvais rêve. Un cauchemar. Mais c'est pourtant la triste vérité, une réalité ô combien douloureuse et inexpiable.

Janot est parti raccompagner Felipa. Pas question de la laisser rentrer seule. À son retour, mon mari nous raconte que Léon, le fils de Felipa, était rentré chez lui en fin d'après-midi, sauvé par un monsieur en ville qui a pris soin de lui. Mais le mari de Felipa est mort, il a été égorgé en pleine rue sous le regard de son fils, un gamin de quinze ans ! Une véritable horreur ! Dans le quartier aussi il y a des disparus. Notamment les frères Navarro qui ont été enlevés ce matin dans un bar-tabac du quartier de la Marine.

Vers 21 heures, mon mari et moi retournons dans notre appartement de la rue Choupot. C'est à une dizaine de minutes à pied de chez mes parents. En arrivant, nous trouvons la porte complètement fracassée. Dans l'appartement tout est sens dessus dessous. On a entendu dire que les Arabes ne se contentaient pas d'enlever les gens dans la rue, ils rentraient aussi dans les maisons pour emmener les hommes. Heureusement que nous étions chez mes parents.

Toute la nuit l'atmosphère est lourde, oppressante, à la limite du supportable, tant l'angoisse de nouvelles attaques nous étreint le cœur. Le moindre bruit dans la rue nous réveille, sans parler des craquements de plancher dans la cage d'escalier. Janot se lève plusieurs fois pour s'assurer que tout va bien. Nous dormons tout habillés, au cas où il faudrait fuir d'urgence en pleine nuit.

Ainsi s'achève ce 5 juillet 1962, la journée la plus noire, la plus meurtrière de toute la guerre d'Algérie. Une journée qui restera à jamais pour tous les Français d'Algérie, celle de la « boucherie d'Oran ».

49
Le cercueil dans la valise

6 juillet 1962. Silvia Martinez

Le lendemain vers 5 heures, le réveil est terrible, comme après un long cauchemar. Janot ouvre les volets de la chambre, et nous comprenons qu'Oran porte désormais en elle les stigmates de la mort. Nous réalisons que nous sommes en train de vivre nos dernières heures sur la terre d'Algérie, ce pays que nous aimons tant, où nous sommes nés, et qui nous a donné tant de joies. Avant les premières chaleurs, nous nous préparons rapidement, sans rien avaler, pour rejoindre mes parents, rue d'Adana.

Gisèle et Mané n'ont quasiment pas dormi. Tonton *le muet* est assis sur le canapé, seul, immobile, le visage éteint, taciturne. Comme il ne peut parler, c'est toujours son corps et son regard qui s'expriment. Dans la cuisine, maman m'apprend que tía Carmen et Indalo qui devaient partir avec nous en bateau, sont allés à l'aéroport chercher des billets d'avion. Le frère d'Indalo qui est déjà en France depuis la mi-juin les presse de les rejoindre dans la région de Nantes.

— Que veux-tu ? Après les événements d'hier, ils veulent partir au plus vite. Indalo a décidé en avion. Alors ça sera en avion.

Comme convenu la veille, Janot, papa et moi partons vers 6 h 30. Nous nous rendons au port pour acheter ou réserver des places pour le prochain bateau. La ville d'Oran est encore terrifiée par les massacres de la veille. Tout est fermé, aussi bien les commerces que les administrations. Pas une voiture ne circule. Seules des patrouilles de l'armée française et du FLN se manifestent par leur présence tout juste rassurante. Les rues sont chargées de fantômes et dans les caniveaux le sang à peine séché laisse une marque indélébile de l'infâme tuerie. Durant la nuit, les murs se sont couverts d'inscriptions et de slogans hostiles aux Européens : « La valise ou le cercueil » « Les Français à la mer » « Vive Ben Bella ».

La population européenne vit désormais dans la terreur.

Arrivés au port, nous découvrons sur les quais de la Transat une foule gigantesque de réfugiés qui attendent tristes et résignés l'arrivée inespérée d'un bateau sans nom. La chaleur est à ce point écrasante, étouffante, que le goudron des routes en fondant se colle aux chaussures. La foule est entassée, compacte, désolante, sous des bâches de fortune pour les plus chanceux, et sous un soleil accablant pour les autres. Nombreux sont ceux qui pleurent. Les regards sont sombres, hagards et apeurés. Des vieux semblent perdus, les enfants sont affalés sur des matelas entassés à la va-vite.

Dans un brouhaha général, nous déambulons tous les trois en nous faufilant dans la cohue de nos compatriotes hébétés pour rejoindre le guichet des réservations de billets. Dans la foule agglutinée près des quais, papa reconnaît son vieil ami Pierrot et toute la famille. Ils s'étreignent longuement, envahis par l'émotion, pendant que j'embrasse Herminie dans une étreinte muette. Elle tient dans ses bras son petit Marc qui n'est encore qu'un nourrisson. Nous sommes tellement contentes de nous revoir, même si les circonstances ne sont pas des plus heureuses. Subitement, je repense à cette soirée mémorable au cinéma Plaza en août 53, où Herminie et Christian se sont rencontrés, et où pour la première fois mon Ange s'était joint à notre joyeuse équipe. Il me semble encore que c'était hier. C'était le temps de l'amour et des jours heureux. C'était hier, et aussi… il y a une éternité.

— Où as-tu mis Christian ? je demande à Herminie.

— Il est parti par là… chercher des renseignements.

— Vous avez pu trouver un bateau ? demande papa sans conviction.

— Nous sommes arrivés dès 4 heures ce matin pour faire la chaîne, murmure Pierrot d'une voix grave, presque éraillée. On nous a annoncé des heures et des heures d'attente...

— Et avec ça, il paraît qu'hier un bateau est parti à moitié vide, rajoute Odette à la fois lasse et indignée.

— Ah bon ? s'exclame papa stupéfait.

— Les gens n'ont pas pu embarquer à cause des fusillades et du couvre-feu, reprend Pierrot, le ton cette fois grinçant. C'est de la folie ce qui se passe ici...

Papa baisse la tête pour masquer son émoi et contenir cette colère sourde qui bouillonne en lui. Après une dernière étreinte, nous faisons nos adieux à nos amis si chers, en espérant les revoir en France. Puis, tant bien que mal, nous nous dirigeons vers la longue file d'attente devant le Centre d'Accueil. Un bruit court qu'il y aura demain un autre départ, sur *Le Cazalet*. Encore faut-il avoir des billets. La cohue s'intensifie. Au bout de deux heures, je décide de ne plus rester là sans rien faire. Papa est épuisé et assoiffé, même s'il n'en demeure pas moins courageux et stoïque, comme à ses grandes heures de tailleur de pierres dans les carrières de granit à Saïda. Je lui dis de garder la file avec mon mari, en attendant je vais essayer de lui trouver de l'eau.

Je me dirige alors vers les hangars de la Transat où le Secours Catholique essaie tant bien que mal d'organiser un semblant de distribution d'eau et de nourriture. Rien n'a été prévu, ni par les pouvoirs publics, ni l'armée, et encore moins le gouvernement. Nous sommes livrés à nous-mêmes, dans un état d'abandon total. Après trois quarts d'heure de recherches et de négociations, je reviens quasiment bredouille, ne ramenant à mon pauvre papa qu'un fond d'eau stagnant dans une vénérable bouteille.

En passant le long des quais, mon regard tombe sur cette inscription peinte au loin sur fond blanc sur le mur de la jetée. Trois mots qui me nouent le cœur au plus profond de mes entrailles, car désormais l'Algérie n'est justement plus ce qui est écrit à l'entrée du port. En croisant le regard désespéré de papa, je manque d'éclater en sanglots. Jamais je ne pourrai oublier cette misère humaine qui me brise le cœur. Je revois encore cette vieille femme assise sur sa malle en osier, dans un recoin du hangar envahi par la foule, seule, vêtue de noir, dans un état de sidération, la tête baissée reposant sur sa main tremblante, le regard morne, comme si elle n'attendait plus rien ; si ce n'est la mort. Et là-bas cet homme âgé avachi sur un matelas posé à même le sol, pleurant toutes les larmes de son corps et serrant sur ses genoux ce garçonnet qui semblait être son petit-fils. Et le regard perdu de cette fillette aux bras menus accrochés au cou de son père livide. Et encore ici, des femmes et des hommes sans âge, les visages fermés, le regard dans le vague et dont les yeux éphémères cherchent l'infime lueur d'espoir qui pourrait à nouveau les rendre vivants. Oui, partout des familles assommées de douleur, mais si dignes et courageuses. Je ne pourrai jamais oublier non plus l'image insoutenable de ces montagnes de bagages, cette foule désordonnée, hagarde, et tous ces gens humiliés, abattus, agonisant en secret dans l'intimité de leur âme meurtrie par les deuils, les larmes, l'angoisse et l'horreur.

En remontant le boulevard Maréchal Joffre, nous croisons des camions de gendarmerie qui parcourent la ville en diffusant dans les haut-parleurs ce message qui se veut rassurant : « Le service d'ordre sera assuré dans l'ensemble des quartiers européens par la gendarmerie française », mais peut-on ou doit-on les croire ?

Il est plus de 20 heures lorsque nous rentrons enfin à la maison, avec en poche seulement quatre bons de voyage sur le prochain bateau prévu demain, *Le Cazalet*. Papa et maman décident de faire partir d'abord les plus jeunes, Dédé, Mané et Gisèle, ainsi que tonton *le muet*. Ils seront hébergés chez tata Beatriz, la sœur de papa qui vit à Marseille aux Camoins.

Finalement, le miracle se produit ; des militaires patrouillant en jeep dans le quartier nous informent qu'ils viendront nous chercher avant la nuit pour nous conduire dans un centre de transit à Eckmühl. Comme nombre d'habitants du quartier, nous décidons alors de pratiquer la politique de la terre brûlée, notre dernier baroud d'honneur, tel qu'Antoine nous l'avait suggéré. Alors, pendant plus d'une heure, nous jetons par les fenêtres tout le mobilier qu'on ne peut hélas emmener. Un spectacle ô combien désolant, c'est vrai, mais perdu pour perdu, il nous est impossible de laisser quoi que ce soit derrière nous. Oui, aussi triste que cela soit, avec quelle rage et quel désespoir papa, mes frères et mon mari s'appliquent à saccager tout ce qui doit l'être. Devant chaque immeuble, c'est partout le même spectacle : les lits, les armoires, les buffets, les tables et les chaises sont jetés en tas dans la rue. Dans chaque famille, les hommes brisent tout, à grands coups de massue. Puis le feu fait ensuite son œuvre, alimenté par des brassées de linge que nous ne pouvons également emmener. Les femmes quant à elles s'occupent de casser rageusement la vaisselle par piles entières, pour qu'il ne reste absolument rien de nos vies passées.

Devant chez nous, la famille Guerrero est effondrée. Leur fille Colette n'a toujours pas réapparu. Gisèle nous a confirmé qu'elle a été enlevée par des fellaghas sur la place des Victoires. Les Guerrero ont passé la journée à multiplier les recherches, en vain. Ils ne savent plus quoi faire, mais ils ne quitteront pas l'Algérie sans leur fille.

Le soir venu, le convoi militaire composé d'un G01 et d'une jeep nous attend au coin de la rue. Maman ferme le gaz et coupe l'électricité, et nous descendons après un dernier tour de clé. À bord du gros camion bâché, les yeux rougis et le cœur lourd, nous quittons pour toujours notre rue d'Adana où nous avons tout vécu, les joies, les peines, les heures paisibles, tout ce qui faisait notre vie d'avant. À nos pieds, nos vieilles valises, lourdes de peines et de souvenirs. Nous faisons nos adieux à madame Saez, puis aux Guerrero. Impossible de savoir si nous nous reverrons un jour.

Les militaires nous conduisent dans le bâtiment de l'École Normale, avenue d'Oujda, en haut d'Eckmühl, et je dois dire que l'accueil que nous recevons nous fait vraiment chaud au cœur. Nous sommes quelques centaines, regroupés dans les bâtiments de l'école, nourris et logés, certes simplement, mais compte tenu des circonstances, c'est inespéré de se sentir ainsi en sécurité. Enceinte de bientôt quatre mois, j'ai même droit à quelques égards. Des rations de pain un peu plus importantes, de la nourriture sans compter, de l'eau en quantité suffisante. Malgré cela, je ne peux rien avaler tant l'angoisse me serre l'estomac.

Dans l'après-midi arrive Felipa Gonzalez, accompagnée de son fils Léon. Elle est totalement anéantie par la mort de son mari dont elle n'a pas pu retrouver le corps, malgré ses démarches à la mairie et à la morgue de l'hôpital.

Le soir venu, nous dormons dans le gymnase sur des lits de camp mis à notre disposition. Enfin, nous essayons, car le sommeil est bien difficile à trouver. En effet, je ne cesse de repenser à l'épisode plutôt cocasse de cet après-midi.

Alors qu'on saccageait et brûlait toutes nos affaires, quelques vieux Arabes du voisinage, curieux et intrigués, sont venus voir ce que nous faisions. L'un d'eux, un de nos bons clients du bar Gomez, en reconnaissant mon mari s'est approché de lui.

— Y alors, *missieur* Martinez ? Qu'y est-ce qu'y vous z'arrive ?

— Ah c'est toi Kader ? Qu'est-ce qui nous arrive ? Eh bé tu vois pas ? Vous avez voté l'indépendance, eh bé maintenant vous l'avez ! Alors nous on n'a plus qu'à partir ! lui a répondu mon mari, la rage au ventre.

Kader Benabdellah qu'il s'appelait ce petit vieux. Un brave homme, oui, très brave. Mais l'heure n'était plus vraiment aux sentiments.

— Ah bon ? Mais pourquoi qu'y vous partez ? Nous on vous z'aime bien ici, vous z'êtes comme di frères pour nous...

— Des frères ? Va donc dire ça à vos assassins du FLN !

— Eh j'y sais bien mon pôvre *missieur* Martinez, mais qu'est-ce qu'y faut faire, c'y était la guerre. Mais dis-moi, *missieur* Martinez, combien de temps qu'ça va durer *la dipendance* ?

— L'indépendance ? Mais c'est pour toujours ! lui a rétorqué Janot, empourpré de colère.

— Ah bon ? Mais comment ça pour toujours ? balbutia le vieux Kader, frappé de stupeur. Ça va jamais s'arrêter ?

— Eh non, jamais. Maintenant que c'est fait, c'est pour toujours ! lui répétait mon mari tout aussi stupéfait de voir que ce pauvre Arabe n'avait pas vraiment mesuré toutes les conséquences de cette indépendance tant souhaitée et réclamée.

Alors, tête baissée, le vieux Kader est reparti, l'air triste et totalement abattu. C'était aussi ça, l'indépendance de l'Algérie : des Arabes navrés et peinés de ce qui nous arrivait, et qui, pour certains, n'avaient pas réellement compris le sens de ce qu'on leur avait fait voter.

7 juillet 1962

Le soleil se lève tôt, avec l'annonce d'une journée encore très chaude. Pour passer le temps, les réfugiés déambulent dans les couloirs de l'école, ou s'isolent dans les dortoirs en broyant du noir, dans l'attente d'un acheminement vers le port ou l'aéroport. Certains se regroupent pour tenter d'évacuer leur tristesse et leur désarroi, partageant leurs malheurs, la tête entre les mains. Mais pour la plupart d'entre nous, c'est une profonde torpeur qui règne dans les cœurs.

Vers dix heures, alors que nous errons dans la cour, une voix dans un haut-parleur demande s'il y a des volontaires pour descendre au port. Seules les familles avec de jeunes enfants ou des personnes âgées sont prioritaires. Maman va aussitôt se renseigner et revient une demi-heure plus tard avec une bonne nouvelle : Mané, Gisèle, Dédé et tonton *le muet*, vont enfin pouvoir partir dès cet après-midi.

Le repas à midi est très succinct, vu le nombre croissant des réfugiés qui arrivent sans cesse par convois entiers. Le ravitaillement se résume au strict minimum. Des pâtes, des pommes de terre, quelques conserves et des paquets de galettes militaires.

En début d'après-midi, les soldats du contingent font monter dans des camions bâchés tous ceux qui ont la chance de partir. Papa, maman et moi les accompagnons. La traversée de la ville se fait au pas de l'escargot, bien qu'il y ait peu de circulation.

Dès notre arrivée au port, nous constatons que le chaos est toujours aussi dense. La cohorte des déracinés ne fait que s'amplifier depuis ce terrible 5 juillet. Des montagnes de bagages, des caisses en bois, des ballots posés pêle-mêle, autour desquels des familles désabusées s'agglutinent sous un soleil toujours plus accablant. Tant de compatriotes malheureux campent là, comme des bêtes, entassés sur les quais, hagards, totalement désemparés et perdus. Certains attendent depuis plusieurs jours un bateau qui n'arrive jamais. Un spectacle ahurissant et désolant.

Le cadran de l'horloge du quai marque dix-sept heures lorsque le monstre d'acier apparaît enfin à l'entrée du port avec un certain retard. Le *Cazalet* est un long paquebot noir et blanc, avec sa grosse cheminée centrale ornée d'un bandeau blanc et rouge sur lequel est inscrit le sigle NM[93]. Une cohue indescriptible se presse aussitôt vers l'escalier qui mène à la salle des pas perdus. Gisèle tient fermement la main de Dédé en le tirant constamment pour l'arracher à la foule grouillante, tandis que Mané et tonton *le muet* portent chacun une valise où ils ont rassemblé quelques maigres affaires. Tant bien que mal, on parvient à se faufiler jusqu'au hall qui donne accès aux files d'embarquement. C'est ici que nous allons devoir les quitter. Papa fait l'accolade à son frère pendant que maman serre chaleureusement ses enfants dans ses bras. Les larmes ne sont pas loin de couler. Papa et moi les embrassons à notre tour, en silence, sans un mot, car ce départ précipité, auquel nous avons tant de mal à croire, sème le désarroi dans nos cœurs noyés d'amertume. Un dernier signe de la main et nos regards éperdus lisent ces quelques murmures d'adieu que nous échangeons en silence « À bientôt... à bientôt ! ».

Puis ils disparaissent dans le hall qui conduit à l'embarcadère, emportés par une vague humaine affligée et résignée. Nous redescendons aussitôt sur l'esplanade de la gare maritime au pied de

---

[93] Cie de Navigation Mixte.

la grande horloge. Arrivés au bord du quai, nos yeux se portent vers le pont principal. J'ai beau fouiller en vain du regard cette foule agglutinée, rien ne me permet de les distinguer. Maman essuie ses yeux avec un mouchoir. C'est la première fois qu'elle se sépare de ses trois plus jeunes. Nous remontons le quai sur une dizaine de mètres, tentant désespérément de les apercevoir.

— Tu les vois ? demande maman, d'une voix triste et inquiète.

— Non.

Quinze minutes plus tard, le bateau est plein à craquer. La chaleur est toujours aussi écrasante, comme si le soleil jetait du feu sur le port. Une sirène rugit pour annoncer le départ.

— Ils sont là ! s'écrie alors papa en montrant l'avant du paquebot.

Appuyés contre la rambarde et perdus dans la masse croulante des passagers qui hurlent des adieux déchirants, Mané, Gisèle, Dédé et tonton *le muet* nous font des signes de la main, auxquels nous répondons avec une émotion tellement difficile à contenir. La sirène du départ hurle à son tour par trois fois. Lentement, le navire s'écarte du quai, s'éloignant pour toujours, tiré par des remorqueurs qui paraissent si petits face à ce géant des mers. Alors, je ferme les yeux pour ne pas voir le spectacle poignant de nos peines profondes.

8 juillet 1962

Nous avons passé notre seconde nuit au centre de transit. Prétendre que l'on a bien dormi serait exagéré. À intervalles réguliers, nous avons été réveillés par les pleurs étouffés des uns, les cauchemars des autres, les lamentations désespérées de ceux qui, cachés dans l'obscurité, osaient enfin laisser libre court à leur chagrin. Quand ce n'était pas des cris qui déchiraient la nuit.

En milieu de matinée, Janot parvient à convaincre des officiers de le laisser monter dans une jeep en partance pour le port. En effet, mon mari souhaite se rendre chez ses parents où logent actuellement son oncle Lucien et la tante Adrienne, et dont nous sommes sans nouvelles depuis le 5 juillet. Et c'est d'autant plus inquiétant que ni Antoine ni Roger, pas plus que Rosette et Anne-Marie, n'ont donné signe de vie.

472

Il est de retour un peu avant midi, accompagné d'Anne-Marie en pleurs, car ses parents ainsi que Roger et Rosette ont disparu sans laisser la moindre trace. Nous essayons tant bien que mal de la réconforter, en lui disant qu'ils se sont probablement réfugiés quelque part.

— Mais où ? sanglote-t-elle. Papa et Roger m'ont dit qu'ils reviendraient vite... et ça fait déjà trois jours ! Non, je suis sûre qu'il leur est arrivé malheur ! J'ai cherché partout notre voiture dans le quartier, et je ne l'ai pas trouvée ! Ils ont sûrement été enlevés ou tués... et je ne les reverrai plus ! Vous comprenez pas ? Je ne les reverrai pluuuus !

— Allons, Anne-Marie, faut garder espoir, tenté-je d'une voix aussi rassurante que possible.

— Et pour Antoine ? Tu sais quelque chose ? demande Janot.

— Non. Rien non plus. Depuis deux semaines, déclare-t-elle en baissant la tête. Mais d'après Roger, il devait s'enfuir avec d'autres de l'O.A.S.

Vers dix-huit heures, un nouvel appel est lancé dans les haut-parleurs, demandant s'il y a des volontaires pour l'aéroport, mais aussi pour le port. Le centre de transit est archicomble. Ils doivent faire de la place, il n'y a pas d'autres solutions. Maman fait valoir ma priorité en tant que femme enceinte, et nous nous préparons pour partir. Bien qu'aucun bateau n'ait été annoncé, autant être sur place, au cas où. Nous faisons nos adieux à quelques familles avec qui nous avons sympathisé, en leur souhaitant bonne chance.

Anne-Marie refuse de nous suivre, malgré les supplications de Janot. Elle ne veut pas partir sans avoir retrouvé les siens, dût-elle fouiller toute la ville, tous les hôpitaux, et les morgues. Je sens mon mari très affecté et extrêmement contrarié, mais il ne peut l'emmener de force.

Nous arrivons au port sur les coups de vingt heures. Il y règne une misère humaine qui fait peine à voir, sans parler de l'accablement général. Le bruit court à présent que les bateaux n'arrivent pas à cause des dockers CGT de Marseille qui font la grève pour protester contre l'arrivée massive des rapatriés d'Algérie. Alors si les Français aussi sont contre nous, où devrons-nous aller ? En enfer ? Si j'avais su tout cela avant, nous serions partis en Espagne, ou ailleurs.

Le port est un spectacle désolant de milliers de personnes, accablées, hagardes, totalement déboussolées. Nous cherchons pendant plus d'une heure un emplacement pour nous poser, puis nous dénichons un petit coin presque libre au fond du port.

Vers 21 heures, le haut-parleur nous apprend qu'il y a au premier étage du bâtiment de l'amirauté, un service d'accueil réservé aux personnes âgées et aux jeunes enfants. Ni une ni deux, maman décide de m'y conduire.

— Tu n'peux pas dormir à la belle étoile... il faut que tu te reposes *hija mía,* sinon tu vas faire une fausse couche.

Et effectivement, elle ne croyait pas si bien dire. En m'examinant, un médecin du service d'accueil m'a trouvé une tension anormalement basse, alors il m'a délivré une autorisation pour obtenir en priorité des billets. C'est bien, mais bon, encore faut-il un bateau, et pour l'instant il n'y en a pas.

9 juillet 1962

Le soleil se lève tôt. Il est tout juste 5 h 30. La nuit a été courte et ô combien épuisante, à cause de la marée humaine entassée au premier étage du service d'accueil. Une centaine de femmes avec des bébés en pleurs et affamés, des enfants en bas âge, des personnes âgées, tout ce monde en proie à un sommeil agité, bruyant, et haché par les cauchemars des uns et les gémissements des autres. Faute de lits, maman est restée recroquevillée dans un coin, allongée par terre contre mon lit de camp. Elle se redresse, fourbue.

— T'y as bien dormi toi ? Parce que moi pardon, *hija mía !*

Je n'ose lui dire la moitié du quart de la vérité, alors nous retournons près de nos maris qui ont passé la nuit sur le quai. Papa et Janot ont très mal dormi également, et la journée s'annonce aussi chaude que la précédente.

Des groupes de militaires passent parmi les réfugiés pour voir comment nous allons, offrant un peu de chaleur humaine, d'amabilité, et pour ceux qui en veulent, un peu de café. Même si le précieux breuvage s'apparente plus à du « jus de chaussette », cela réconforte et met du baume au cœur. On en profite pour leur demander où se trouvent les « commodités ». Il n'y a que trois lavabos et trois WC turcs à disposition, pour des centaines, voire des milliers de gens. C'est ce que j'appellerai, l'Enfer. Avant même d'arriver, on y découvre une cohue indescriptible. Des dizaines et des dizaines de personnes patientent en file indienne. Il y a même par moments quelques bousculades. Certains ne peuvent plus attendre et quittent les rangs pour aller se satisfaire à l'abri des regards, si possible. C'est l'horreur totale. Un dénuement qui fait peine à voir, doublé d'un sentiment de déchéance humaine, le pire de tout, sûrement. Lorsque notre tour arrive enfin, nous faisons au plus vite. Ensuite nous nous lavons sommairement ; juste un peu d'eau sur le visage. En revanche, même pas la peine de songer à une toilette intime.

La journée passe lentement, dans l'attente d'un bateau qui hélas ne vient toujours pas. Pendant ce temps, un flot grossissant de nouveaux arrivants ne cesse d'arriver au port. La situation s'aggrave d'heure en heure. La pénurie alimentaire, l'hygiène sanitaire, la promiscuité et la fatigue morale et physique ne font qu'affaiblir la cohorte de déracinés entassés comme des bêtes autour des bâtiments et le long des quais.

Une deuxième nuit s'annonce sur le port. Maman et moi décidons de rester sur le quai avec nos maris, blotties sur nos matelas, ce qui vaut tout aussi bien qu'engourdies sur un lit de camp. Le fond de l'air est doux et la lune brille dans la voûte étoilée. On aperçoit Santa-Cruz sur la colline. Je prie en silence, en cherchant un sommeil qui ne vient pas. Pourquoi aucun bateau ne vient nous chercher ? C'est ignoble ; que fait l'État français ? Comment peut-on nous traiter de la sorte ? Inutile de chercher une réponse. Je crois qu'il n'y en a pas.

10 juillet 1962

L'aube du troisième jour sur le port. Je suis épuisée. À bout. Démoralisée.

Réveil pénible. À cause des courbatures. À cause des bruits de la nuit. À cause des angoisses naissantes. Des douleurs au dos. Des douleurs au ventre. Des contractions ? Non, surtout pas. Assez de malheur comme ça.

Mais encore le soleil. Les bâillements mélancoliques. Le « jus de chaussette » et le « bonjour » des militaires. Merci à eux.

Le défilé infernal aux toilettes. L'attente infinie. La lassitude. Les cris et les injures. Les bagarres même. L'horreur dans toute sa splendeur. Que de tensions sur le port ! De pis en pis. À quand la fin du cauchemar ? Toujours la pénurie de nourriture. Pénurie d'eau.

Le ballet des camions sans cesse chargés de nouveaux arrivants. Rumeurs d'informations tragiques. La ville pillée, livrée aux Arabes. Encore des morts, des enlèvements. Janot est très inquiet pour sa cousine Anne-Marie. Il veut repartir la chercher. C'est une pure folie ! Les discussions sont animées. Mais il n'en démord pas. Après des tractations délicates et laborieuses avec les militaires, un convoi se rend disponible.

— Janot, reste ici, c'est de la folie !

Mais il ne m'écoute pas.

Longue, très longue attente. Dans l'angoisse et l'anxiété. Et toujours sous un soleil de feu.

En fin de matinée, Janot est de retour. Mais sans Anne-Marie qui n'était plus au centre de transit. Partie ? Disparue ? Mystère total. Janot est dépité, abattu.

Puis, dans le haut-parleur, une fantastique nouvelle retentit ! Un bateau est annoncé pour demain ! Cris de joie de la foule ! Immense acclamation ! Applaudissements frénétiques ! Soulagement et pleurs délicieux.

Notre sauveur : le Phocée. Bientôt, le départ.

Soulagés, mais tellement tristes.

En fin d'après-midi, et après une attente interminable, le Phocée, un navire israélien ayant décidé de faire un détour pour venir à notre secours, entre lentement dans le port d'Oran sous les acclamations de la foule en liesse. Dès lors, une incroyable cohue se forme en bas du bâtiment de l'amirauté. Les gens se pressent, se bousculent, pour être sûrs d'avoir des billets et ainsi pouvoir embarquer. Cependant, il faut monter au premier étage pour accéder aux guichets d'enregistrement. Les escaliers sont tellement étroits que ça bouchonne comme dans un entonnoir. Finalement, en présentant l'avis médical, je passe en priorité avec mon mari et mes parents. Mais il nous faut une bonne heure avant d'atteindre l'un des guichets. Là, un employé, débordé et fatigué, nous apprend qu'il faut payer pour avoir accès aux cabines, sinon, c'est direction les cales. Maman se tourne vers moi puis, me demandant de faire écran, elle sort discrètement de son corsage une enveloppe garnie. Elle se retourne alors vers le guichetier, et dépose les 480 francs qu'il faut pour la traversée. Une fois nos titres de transport en poche, nous nous dirigeons avec nos valises vers l'embarquement. Le Phocée est un magnifique navire de croisière, immense me semble-t-il, car je n'en ai jamais vu de si près, majestueux et entièrement blanc. Un cygne des mers.

Avant de monter à bord, papa et Janot vont faire un tour sur les quais où des ouvriers travaillent au chargement des conteneurs dans les cales du navire. Maman veut s'assurer que nos quelques maigres affaires entassées dans deux conteneurs et trois grosses valises, n'ont pas été oubliées par mégarde, voire volontairement. Un quart d'heure après, ils sont justement de retour en tirant un chariot sur lequel sont posées trois grosses valises. Mon père affiche une mine dépitée, totalement stupéfait et indigné par la légèreté et le je-m'en-foutisme des dockers.

— Ils les avaient abandonnées sur le quai ! s'exclame-t-il à l'adresse de maman.

— *Pos vaya !* Tu vois c'que j'te disais ! s'écrie-t-elle avec de grands gestes de colère. Et les conteneurs ?

— Ça, tout va bien, ils sont dans les cales !

Puis, à force d'haranguer tous les inconnus qui passent à proximité, maman finit par aviser trois jeunes militaires qui déambulaient depuis un moment autour du navire en partance.

— Dites, les jeunes ! Vous n'avez pas de billets, c'est ça ? Et vous voulez monter à bord ?

— Oui, m'dame, chuchote l'un d'eux.

— ¡ *Anda* ! j'ai une idée. Prenez nos valises qui sont là sur le chariot...

Puis, me tirant par le bras, elle me fait signe alors de m'engager sur la longue et étroite passerelle d'embarquement.

— Va m'attendre au milieu de la passerelle, et ne bouge pas tant que je te l'dise !

Les jeunes soldats se présentent à l'entrée de la passerelle avec nos trois grosses valises à la main.

— Allez-y ! passez devant ! Vous n'aurez qu'à dire que c'est ma fille qui a les billets ! Allez, ¡ *Anda* ! Bonne chance mes garçons ! Déposez les valises sur le pont, on les retrouvera bien !

Au moment où ils me croisent, je leur fais un sourire. En arrivant au contrôle un peu plus haut, un officier leur demande les billets. J'entends alors l'un d'eux dire en se retournant vers moi :

— C'est notre sœur là-bas qui les a !

En quelques minutes ils disparaissent dans la foule qui se presse sur le pont.

Papa, maman et Janot s'approchent maintenant de la passerelle. Ils me rejoignent et nous nous engageons, contents et soulagés, le cœur à la fois léger, mais tellement lourd aussi de quitter notre terre. Notre pays qui nous a vus naître et que nous voyons mourir sous nos yeux. Chacun tient à la main sa lourde valise qui ne renferme qu'une infime part de sa vie, car hélas notre existence se résume aujourd'hui à un cercueil dans une valise.

50
L'horizon d'un dernier adieu

10 juillet 1962, 19 h 10, port d'Oran. Manolo Carmona
Adieu tous nos martyrs et tous nos morts. Adieu, père. Nous
quittons l'Algérie, en y laissant notre âme. Plus rien ne sera jamais
pareil. Voyage sans retour qui nous arrache à notre doux pays.

Je serre Ramona contre moi, et je lui prends la main. Pas de mot.
Juste un lourd silence qui nous unit. Je repense à la fontaine sur la
place de Charrier. Je revois la petite église, la façade en bois de
l'auberge « El Rincón de Pepe ». Je revois la jeune servante du
maire, ma douce Ramona, nos premières amours, nos jeunes années.
Non, nous n'avons pas de mots. Seul un long silence nous étreint.
Au-dessus de nous, rien d'autre que le soleil. Un blanc soleil qui
congèle nos cœurs pour l'éternité. Ni nos larmes, ni nos prières, ni
notre douleur, rien ne changera le destin de toute une vie.

Autour de nous, il n'y a que des gens en pleurs. Les regards ne
peuvent se détacher de la colline du Murdjadjo où la silhouette de
Santa-Cruz s'estompe dans l'horizon perdu. Quelques mouchoirs
s'agitent ici et là, puis très vite c'est une vague blanche qui s'élève
au-dessus de la foule amassée sur le pont. Des centaines de
mouchoirs murmurant leurs lamentations offrent un dernier adieu à
notre paradis terrestre. Le cœur ravagé par la détresse et la douleur
du partir, certains s'effondrent dans les bras de leurs proches. Je vois
des gens pleurer en silence et d'autres non sans mal parviennent à
surmonter leur désespoir. Je vois aussi des vieux sangloter en se
cachant le visage comme pour conserver un dernier degré de dignité.

D'autres ne tiennent même plus debout. La désespérance de l'exode nous abat les uns après les autres. Puis c'est alors que des voix commencent à s'élever au-dessus de cette tristesse ambiante, pour entonner un chant qui nous serre le cœur et nous arrache l'âme :

Ce n'est qu'un au revoir, mes frères,
Ce n'est qu'un au revoir,
Oui, nous nous reverrons, mes frères,
Ce n'est qu'un au revoir,

Ma fille Silvia nous rejoint et s'accroche à mon bras. Janot, très ému aussi, préfère rester à l'écart. Alors, ma femme d'ordinaire si forte et si joyeuse, craque soudain.

— C'est trop dur, gémit-elle en nous serrant tous les deux dans ses bras. Qu'avons-nous fait pour mériter ça ?

— Justement, nous ne méritions pas ça, dit Silvia avec un accent de colère.

Puis elle s'éloigne avec Janot de l'autre côté du pont.

La nuit commence à tomber. On aperçoit au loin quelques lumières puis… c'est la fin. La fin de notre histoire. Alors, anéantis et accablés, tous les passagers finissent par se disperser. Moi, je ne peux m'y résoudre, et avant qu'elle ne disparaisse à jamais je regarde une dernière fois ma terre, à m'en brûler les yeux. Oui, pour garder à l'horizon d'un dernier adieu l'image tant aimée de ce pays qui fut nôtre.

Au moment de regagner notre cabine, Silvia et Janot tombent nez à nez avec des jeunes qu'ils reconnaissent ; c'étaient des clients de leur bar. « Des gars qui étaient dans l'O.A.S, me chuchote Janot à l'oreille. »

— On a réussi à monter clandestinement, avoue l'un d'eux très méfiant en surveillant sans cesse les alentours.

— Vous n'avez pas de billets ? leur murmure Janot très embarrassé.

— Non.

— Bon, venez, on va vous cacher dans notre cabine ! Venez ! répète Silvia.

Et les trois clandestins nous suivent prudemment jusqu'au pont inférieur où se trouvent les cabines de première classe. Celle qui nous a été attribuée comporte tout le confort nécessaire. Privilège réservé aux femmes enceintes, et maigre consolation à notre malheur. Il y a quatre couchettes, avec des lits superposés. Nos trois clandestins dormiront au sol, sur des couchages improvisés. Ils sont ravis de leur bonne fortune, et ne cessent de nous remercier pour notre bonté. Ceci étant, la tristesse nous rattrape hélas très vite. Silvia est maintenant allongée, la tête enfouie dans l'oreiller de sa couchette. Janot est assis près d'elle, prostré sur une chaise. Nos regards se croisent. On se comprend sans rien se dire. Ramona vient s'asseoir sur le bord du lit, inquiète pour sa fille. Elle lui caresse tendrement les cheveux.

— Comment tu te sens, ma fille ? Tu n'as pas mal au ventre ?

— Non, ça va.

Quelqu'un toque à la porte. Aussitôt c'est le branle-bas de combat ; les trois jeunes clandestins se précipitent dans la petite salle de bain pour se planquer.

— Oui ? dis-je une fois le calme revenu.

La porte de la cabine s'ouvre doucement. Un matelot, tout sourire, passe la tête.

— Pardon messieurs dames, je vous informe que le dîner sera servi vers 20 heures.

On se regarde tous en ouvrant de grands yeux ébahis.

— Le dîner ? Quel dîner ? fait Ramona prudemment perplexe.

— Eh bien, tous les passagers sont conviés dans la salle du restaurant.

— Mais… il faut payer combien ? continue-t-elle toujours très à cheval sur la gestion des dépenses.

— Payer ? Mais rien, madame. C'est offert par le commandant. Bon, certes, ne vous attendez pas à un dîner de ministre, mais…

Et soudain, comme un barrage qui cède brutalement, ma femme éclate en sanglots, de longs sanglots qui lui brisent la voix.

— Mais madame, il ne faut pas pleurer, dit alors le matelot très ému à son tour.

— Merciii… merci à vous tous, ânonne-t-elle en séchant ses pleurs.

— Croyez bien, ajouté-je à mon tour très touché, qu'un tel geste de générosité nous va droit au cœur.

Nous remercions le matelot une dernière fois et il referme la porte. Ses pas résonnent dans le couloir jusqu'à la cabine voisine. Puis nous nous préparons tranquillement, chacun faisant sa toilette dans la petite salle de bain.

À 20 heures, nous laissons nos clandestins enfermés dans la cabine, et nous nous rendons au restaurant. Dès notre entrée, nous sommes sidérés par le luxe de la grande salle à manger où se sont rassemblées des centaines de convives. Sur les tables, des nappes blanches et des couverts en argent. Nous nous installons aussi solennellement que possible, en veillant à ne rien déranger et ne rien casser ; un peu mal à l'aise aussi, car peu habitués à un tel standing.

À nos côtés, une famille prend place également avec égard et attention. Nous nous saluons, un peu intimidés, mais avec un profond respect, car nous sommes tous d'une certaine manière des rescapés de la tuerie du 5 juillet. Mais aujourd'hui après un tel accueil – et certes sans aller jusqu'à parler de joie débordante – un sentiment d'apaisement et de réconfort ravive les cœurs. Les regards brillent à nouveau, et la douleur s'estompe peu à peu.

Un brouhaha ambiant s'élève et les discussions vont bon train, les gens font connaissance. Nos voisins de table s'appellent Hernández. C'est un couple avec trois grands enfants. Tous deux travaillaient à EGA[94], rue El Moungar à Oran. Ils nous racontent qu'ils ont échappé par miracle à la mort, mitraillés par des fellaghas dans la cantine de l'EGA où les employés prenaient leur repas. Ils ont eu la vie sauve en se jetant sous les tables.

---

[94] Électricité et Gaz d'Algérie.

— C'est inimaginable ce qu'on a vécu, se lamente madame Hernández. Je me demande si les gens de la métropole vont nous croire lorsque nous leur raconterons les événements du 5 juillet. C'est tellement impensable.

— Si vous voulez mon avis, ce n'est même pas la peine d'essayer, déclare Janot d'une voix sombre.

— Monsieur a raison. Mieux vaut oublier tout ça, renchérit monsieur Hernández.

— Oublier ? Mais il n'en est pas question ! Ayons le courage de témoigner, grand Dieu ! s'exclame, dépitée, madame Hernández. On n'va pas débarquer à Marseille comme des touristes, le sourire aux lèvres et le cœur en liesse !

Ramona se tourne alors légèrement vers elle et, d'une voix claire, douce et violemment émue, lui dit cette phrase que j'ai souvent entendue dans la bouche de ma belle-mère :

— *Los labios la sonrisa, el corazón conoce la lesión que lleva.*

On se regarde tous. Silvia connaît ce proverbe espagnol. Janot, j'en doute. Les Hernández ne semblent pas non plus, à voir leurs mines plutôt pensives.

— Ce qui veut dire ? demande monsieur Hernández d'un air interrogateur.

Alors que ma femme s'apprête à répondre, un silence de cathédrale envahit soudain la grande salle à manger. Ce n'est pas la messe qui commence, mais seulement les matelots qui apportent le potage.

— *Les lèvres ont beau sourire, le cœur sait la blessure qu'il porte,* glisse ma femme à madame Hernández tout en lui tapotant affectueusement la main.

Quelques minutes plus tard, on n'entend plus rien, si ce n'est la musique stridente des cuillères dans les assiettes. Silvia ne semble pas avoir grand appétit, je le vois à sa façon de laisser sa cuillère voguer nonchalamment dans son assiette. Ma femme le remarque aussi, mais elle ne dit rien. Après le potage, on nous sert du poisson accompagné d'une ration de riz.

— Ça, c'est du merlu à la sauce blanche, commente Ramona avec le même ton de certitude que si c'était elle qui l'avait préparé.

— Sauce blanche tu dis ? Ç'a quel goût ? je demande en insistant bêtement tout en humant mon assiette.

— Comment ça, quel goût ? Elle a goût à rien, puisqu'elle est blanche !

— Ah bon.

— Dis Manolo, tu l'fais exprès ou quoi ? Si tu veux, on appelle le cuisinier et tu verras c'que je te dis !

— Eau, farine, beurre et noix de muscade, c'est tout simple, précise ma voisine de table.

— Merci madame Hernández ! Quand j'dis que mon mari y l'est un peu particulier, je sais de quoi j'cause !

Tout le monde sourit, y compris moi, car je retrouve enfin la verve habituelle de ma fantasque épouse.

Viennent ensuite le fromage, des glaces et des fruits. Lorsque nous quittons le restaurant, tout le monde a l'air sinon heureux, tout au moins content d'avoir partagé ensemble un moment de convivialité. Mais avant de partir, Ramona et Silvia ne manquent pas de faire quelques petites réserves qu'elles dissimulent discrètement dans leur sac à main.

Dans la douceur du soir, nous regagnons la cabine après une promenade sur le pont supérieur et les coursives extérieures. Dès notre entrée, Ramona et Silvia sortent la nourriture qu'elles ont récupérée et la distribuent à nos trois jeunes clandestins affamés.

La mer est quelque peu agitée. Vers 23 heures, nous nous couchons enfin, tombant de fatigue après ces dernières nuits d'angoisse, et définitivement harassés par une journée que nous n'oublierons jamais. Nos clandestins aussi sont exténués ; ils dorment par terre, entre l'armoire et les lits superposés. Bien que bercé par le roulis du navire, je mets plus d'une heure à m'assoupir. Au moment de fermer les yeux, la dernière image qui me reste gravée à l'esprit est cette inscription sur la jetée du port d'Oran et qui, aujourd'hui nous fait si mal : « ICI, LA FRANCE ».

Où était-elle en réalité, cette France, notre patrie ?

51

Le port de la honte

12 juillet 1962. Silvia Martinez

7 heures du matin. Nous venons de passer notre deuxième nuit sur le bateau. Depuis notre départ, j'ai le mal de mer, et je n'ai dormi que quelques heures, passant mon temps à écouter l'écume de la mer battre les flancs du navire. À plusieurs reprises, durant ces longues heures sans sommeil, j'ai cru que nous avions fait demi-tour et que nous retournions à Oran. Mais non, ce n'était qu'un rêve. Un rêve merveilleux qu'il me fallait oublier. Définitivement, irrémédiablement. À présent, Santa-Cruz est bien loin.

Les premières lueurs de l'aube montent lentement à travers le hublot. Nous avons décidé de nous lever tôt pour voir approcher les côtes de ce pays qui nous est inconnu. Si seulement l'accueil de la France pouvait être aussi chaleureux que celui de l'équipage du Phocée qui a été d'une gentillesse fantastique, alors le supplice de notre exode serait plus supportable. Un haut-parleur a annoncé qu'on approchait des côtes françaises, alors ceux comme nous qui étaient réveillés sont montés sur le pont. Accoudés au bastingage, mes parents observent en silence l'horizon bleuâtre qui se dessine lentement à mesure que le navire approche de Marseille. Nous les laissons à leur contemplation solitaire, comme abîmés dans une morne attente. Janot me prend la main et m'emmène à la proue du bateau. On y trouve quelques passagers mal réveillés, venus découvrir les premières lignes côtières ondulant à l'horizon. On se tient enlacés, face à la mer. Face à l'immensité solitaire d'un avenir bien incertain. Dans le ciel embrumé du début du jour, des oiseaux de mer tournoient au-dessus de nos têtes en poussant des cris stridents. Peu à peu, le soleil s'éveille à la lisière de quelques nuages flottants. Tout autour du navire, les flots impétueux bouillonnent vainement, écumant notre terrible amertume. Ce pays, la France, dont on rêvait enfant est à présent si près de nous. L'espace de quelques instants, le souvenir de notre Algérie perdue semble combler un bonheur éphémère, comme si le regret de ce qui n'est plus, suffisait à faire revivre ce qu'on n'aurait jamais dû quitter. Je repense alors à mon grand-père Francisco qui, lui-même quarante-cinq ans plus tôt, avait quitté sa terre d'Espagne avec femme et enfants, accablés de misère, mais avec l'espoir d'un avenir meilleur. J'ai prié toute la nuit pour que son idéal ne reste pas vain. Mais toute la nuit, ce ne fut pas assez encore, tant cette infamie me nouait le cœur.

Nous approchons lentement de la côte, dans le petit matin naissant. Des îles blanchâtres apparaissent au large de Marseille, comme des bouées flottant sur la mer bleutée. Nous passons près d'une forteresse en pierre flanquée de remparts et de trois tours, perdue sur un îlot désertique. Je reconnais le château d'If du célèbre roman d'Alexandre Dumas, « Le Comte de Monte-Cristo ». Et brusquement, la capitale de la Provence surgit au loin, s'étalant au pied des collines alentour comme un lézard au soleil. Droit devant nous, sur son promontoire rocheux, la basilique de Marseille se dessine dans l'horizon blafard d'un crépuscule d'été. Majestueuse sentinelle perchée au-dessus du port, je crois un instant découvrir Santa-Cruz. Mais non, c'est bien Notre-Dame de la Garde qui, je l'espère, va nous ouvrir ses bras.

Dans quelques instants, nous allons pour la première fois de notre vie fouler la terre de France. Ce pays ô combien coupable, qui nous a si cruellement trahis. J'ose espérer pourtant que notre mère patrie saura nous accueillir. Nous n'attendons rien d'autre. Être accueillis dignement.

Que Dieu nous garde.

13 heures. Le bateau n'a toujours pas appareillé. Voici plus de cinq heures que nous sommes au large de la cité phocéenne. Nous pensions au début qu'on était en avance et qu'il fallait attendre, car il y avait peut-être un horaire à respecter pour entrer dans le port. En fait, pas du tout. Très vite, le bruit a couru qu'il s'agissait d'une grève des dockers ; ces derniers protesteraient à priori contre l'afflux massif depuis plus d'un mois des Pieds-Noirs d'Algérie.

— Hein ? Mais c'est quoi ça les pieds noirs ? s'exclame ma mère au matelot à qui elle vient de demander des explications.

— Ben vous, les Pieds-Noirs, c'est comme ça qu'on vous appelle en France.

— Quoi ? Nous on a les pieds noirs ! Dis, tous les matins moi j'me lave ! Faut pas m'dire ça à moi !

— Oh, mais moi j'y suis pour rien ! C'est pas ma faute si les Français vous appellent comme ça !

— T'y es pour rien, t'y es pour rien ! Ma foi, alors tu te tais et tu répètes pas les âneries des z'ôtres ! conclut maman rouge de colère.

Le matelot ne s'en laisse pas conter et disparaît manu militari.

— Calme-toi, finit par lui dire mon père un brin amusé. Après tout, ce pauvre gosse a raison, il n'y est pour rien.

— Ah dis ! tu vas pas t'y mettre toi aussi ! On va pas se laisser insulter sans rien dire, si ?

Fin de l'incident.

Il est presque 15 heures lorsque le Phocée accoste enfin au quai de la Joliette. Alors que finalement nous étions pleins d'espoir, l'horreur du départ est la même à l'arrivée. Partout c'est la cohue. Les quais sont déjà bondés de milliers de passagers des précédents voyages. Une foule accablée, grouillante et indescriptible attendant d'être prise en charge, ou tout simplement d'être dirigée vers les centres d'aide aux rapatriés. Avant même d'avoir débarqué, il règne ici une véritable pagaille. Le spectacle de la misère humaine n'est pas beau à voir.

Bloqués sur le pont principal, nous sommes agglutinés sous le soleil, attendant l'ouverture de la passerelle. Soudain, des CRS montent à bord du navire. Janot me tient serrée contre lui, protégeant mon ventre arrondi et veillant qu'aucun coup ne vienne me heurter pendant les probables bousculades. Papa et maman sont un peu plus loin derrière nous, déjà distancés par les mouvements de la cohue. Des cris de protestation s'élèvent « Ne poussez pas ! Pitié ! Ne poussez pas ! », puis un haut-parleur se met à crachoter : *« Nous vous rappelons qu'il est obligatoire à tous les passagers de satisfaire aux différentes formalités administratives avant de débarquer. Nous vous prions donc de bien vouloir vous diriger vers la passerelle de commandement où un bureau d'enregistrement vient d'être installé. Nous vous remercions par avance de votre collaboration, ce qui facilitera grandement le travail des personnes chargées des vérifications administratives. Merci de votre attention. »*

Comme je le craignais, aussitôt l'annonce terminée, on assiste à une bousculade et une cacophonie totale à proximité de ladite passerelle de commandement. Heureusement, les membres de l'équipage rétablissent l'ordre et le calme, faisant passer en priorité les personnes âgées, les femmes enceintes et les mères avec des nourrissons.

Janot part à la recherche de maman, car c'est elle qui a tous nos papiers – cartes d'identité et livrets de famille – cachés à l'intérieur de sa gaine à cause des risques de vols. Quelques minutes plus tard, le voici de retour avec mes parents. Nous faisons aussitôt valoir auprès d'un matelot ma situation de femme enceinte, ce qui nous ouvre la voie dans la foule agglutinée sur le pont. Dans ce flot humain, nous avançons péniblement, obligés de jouer un peu des coudes.

Devant le bureau d'enregistrement, nous attendons encore une demi-heure sous la chaleur, puisqu'il y a d'autres personnes avant nous. Lorsque vient enfin notre tour, nous pénétrons dans le bureau administratif installé dans le poste de commandement. Là, une dizaine de CRS s'occupent des formalités. Deux d'entre eux nous font signe d'approcher. Ils nous posent tout un tas de questions ; leurs fameuses « formalités administratives ». Identité, profession, situation familiale. Ils remplissent un fichier complet de tous les membres de la famille. Nous comprenons assez vite qu'il s'agit là pour eux avant tout de détecter et traquer les hommes de l'O.A.S. qui chercheraient à s'infiltrer en France. Cela me fait penser à nos trois jeunes clandestins. Que sont-ils devenus ? On ne les a plus revus depuis ce matin.

Après une dizaine de minutes, alors que nous sortons du bureau, nous constatons une agitation soudaine sur le pont. D'après la rumeur, un couple âgé vient de se suicider à la poupe du navire en se jetant à la mer. L'émotion est vive, chacun ayant une pensée pour ces deux pauvres malheureux qui n'ont pu trouver le courage de débarquer sur une nouvelle terre. Le cœur gros, nous nous dirigeons vers les coursives qui mènent à la passerelle de débarquement. Alors, du haut du navire je découvre l'étendue du port avec ces milliers d'expatriés. Une masse humaine déboussolée, dépenaillée et hirsute, occupe les quais dans un désordre déchirant, et déambule d'une marche faible et pesante sous une chaleur suffocante. Point de cris ni de lamentations douloureuses parmi cette foule de silhouettes courbées, mais un murmure sourd et continu telle une chape de pleurs et de sanglots amers et silencieux.

Plus loin, de l'autre côté des quais, nous remarquons quelque chose d'hallucinant et surréaliste qu'aucun d'entre nous ne pourra jamais oublier non plus. Sous nos yeux médusés, flotte sur le port de Marseille une banderole où l'on peut lire un charmant « *Retournez d'où vous venez !* ». Mais ce n'est pas le pire, car une foule de manifestants syndicalistes hostile et vociférante nous fait aussi l'honneur d'un accueil bigrement chaleureux, touchant d'humanité et de bienveillance, en scandant des slogans à notre gloire, le tout en s'agitant devant des cordons de CRS qui font leur possible pour les contenir.

« Les Pieds-Noirs à la mer ! OAS assassins ! Les colons dehors ! »

Vous l'aurez compris, ce sont en réalité ces cris funestes que l'on reçoit en plein cœur. Leur haine est à ce point aveugle et féroce qu'il n'est plus possible de douter du sort qui va nous être réservé en France. Nous voilà maintenant haïs, rejetés, comme si notre malheur ne suffisait pas. Mais que sommes-nous venus faire ici dans ce pays ? Je me demande si on n'aurait pas mieux fait plutôt de partir en Espagne, au Canada ou en Australie, comme j'en avais eu l'idée.

À travers cette violence verbale et haineuse, nous mesurons à quel point nous ne serons jamais acceptés sur cette terre qui finalement n'est pas la nôtre. Et pourtant, nous venons en France parce que nous sommes « Français ». Parce que l'on se sent peut-être même plus « Français » que les Français eux-mêmes. Je comprends à cet instant-là que nous allons devoir nous battre et nous défendre contre l'opprobre, le mépris collectif et toutes les injustices qui nous attendent. Ainsi, le pire n'est pas derrière nous, il reste à venir. Et cela me glace d'effroi et de douleur.

Suivie de mon mari et de mes parents, je descends lentement la passerelle. Puis nous posons le pied sur le sol français, dans le port de la honte. Dès notre descente, un service de police est là pour filtrer soigneusement la masse des passagers qui débarquent. On nous demande de présenter le récépissé qui nous a été fourni au « bureau des formalités ».

— C'est bon, allez-y, nous dit la voix creuse et froide d'un grand costaud à la mine blafarde et mauvaise.

— Où doit-on se présenter pour récupérer nos affaires ? demande poliment papa.

— Quelles affaires ? s'étonne le grand type d'un ton désagréable au possible.

— Eh bien, notre conteneur, répond Janot qui ne va pas tarder à s'agacer.

— Ah oui, tout ce que vous avez volé aux Arabes. Les dockers vont s'en charger, vous inquiétez pas, finit par dire le type d'un sourire narquois.

— C'qu'on a volé aux Arabes ? s'exclame maman rouge de colère. Non, mais qui c'est çuilà pour nous manquer le respect ! *Mangiacaga...* va !

Je saisis maman par le bras et la tire vers moi pour éviter l'esclandre, pendant que papa et Janot chargés de nos valises s'éloignent aussi, serrant les dents pour ne pas envenimer la situation. Je suis certaine que ça leur démangeait de lui coller leur poing dans la figure à cet empaffé.

— Nous, on n'a rien volé à personne, le peu qui est à nous, nous l'avons gagné par le travail ! monsieur ! renchérit maman en se tournant une dernière fois vers le sale type qui nous toise avec le dédain caractéristique des imbéciles.

L'âme blessée, dépités et contrariés par ces actes de méchanceté gratuite, nous suivons en silence les pancartes indiquant la direction des bureaux de réception et d'aide aux rapatriés. Ceci étant, il suffit de s'engouffrer dans le flot de la foule hagarde, pâle de désespoir et abrutie de fatigue. Ballottés, bousculés de gauche à droite, nous débouchons non sans mal sur un bâtiment annexe à la gare maritime. Assez rapidement, deux assistantes de la Croix-Rouge nous prennent en charge, en nous demandant si nous avons en France un point d'accueil familial.

— Oui, ma belle-sœur qui habite aux Camoins à Marseille, déclare d'emblée maman d'une voix fière et solennelle. Mais c'est juste pour quelques jours, nous devons y retrouver nos trois autres enfants.

— Et ensuite ?

— Et ensuite rien, comm' qui dirait. Vous comprenez, là-bas on a tout laissé. On est partis une main devant, une main derrière. Qu'à personne je souhaite ça !

— Maman, ne recommence pas à raconter tous nos malheurs, lui murmure papa d'un ton maussade et presque teinté d'un doux reproche.

— Eh comment ! Faut bien qu'ils sachent tous ces Français ce par quoi on est passés !

— Le moment n'est pas bien choisi, si tu vois ce que j'veux dire, ajoute-t-il en glissant un regard confus aux deux dames de la Croix-Rouge qui sont là pour nous aider.

— Ah parce que nous on a choisi ? Non ! On nous a dit : « C'est la valise ou le cercueil ! » *Euchkeut !* On nous z'a pas demandé de choisir ! Alors quand on voit la haine avec laquelle on est accueillis, croyez-moi, y a de quoi vouloir repartir ! ou se laisser mourir de chagriiin, finit-elle en s'affaissant contre l'épaule de papa.

— Mais non, madame, il ne faut pas dire ça, regardez, nous sommes là nous, s'épanche l'une d'elles, avenante, tout en lui prenant tendrement la main.

— Merci mesdames, gémit maman tout émue. Oui, vous, vous z'êtes gentilles, c'est vrai. Mais les z'ôtres, ces cochons de Français qui nous crachent à la figure !

— Ne faites pas attention, ils sont plus bêtes que méchants.

— Ma foi, si vous voulez, mais pour moi, c'est kif-kif.

— Kif-kif ? s'interroge une des dames de la Croix-Rouge.

Visiblement, le sens de cette expression semble lui être totalement inconnu.

— Oui, kif-kif, comm' on dit chez nous. Eh ben, si en plus on s'comprend pas, ah aïe aïe, pôvres de nous z'ôtres !

— Si vous le désirez, reprend l'autre dame, juste à côté d'ici un chapiteau est mis à votre disposition par les services sociaux, avec des boissons et des casse-croûtes. Vous voyez, il y a des Français qui vous aident, il ne faut pas désespérer.

— Je désespère pas… je suiiiis désespérée, nuance.

— Allons, ne vous inquiétez pas, tentent-elles encore de la rassurer.

Nous parlementons une bonne quinzaine de minutes, puis remplissons tout un tas de formulaires et de fiches de renseignements. Et pour finir, elles nous informent que nous serons affectés dans un « Centre de Regroupement ».

— Mais où ça ? quémande maman inquiète. Pas dans le nord de la France, j'espère ! Oh dites, on pourra jamais supporter le froid de là-haut !

— Ça, madame, on ne peut pas vous dire. Cela dépendra du plan prévu par le gouvernement pour le déploiement des rapatriés.

— Le gouvernement ? Eh bé mes enfants, alors on peut se couvrir de manteaux et de bonnets, lâche maman d'une voix éteinte. Pour ça, c'est sûr, on va gagner la tombola, ça s'ra le Groenland.

— Non, pas le Groenland ! se hâte de préciser l'une des dames de la Croix-Rouge qui n'a pas bien saisi l'humour de ma mère.

— Mais peut-être la région de Lyon, ou les Vosges, ajoute l'autre dame, hésitante et peu sûre d'elle.

— Les Vosges ? C'est où ça encore ?

— Faudra voir avec le responsable de l'accueil, répond-elle évasive. Lorsque vous aurez récupéré vos enfants, revenez nous voir, et il vous donnera votre destination.

— Et pour nos affaires ? Nous z'avons un conteneur, quand pourrons-nous le récupérer ?

Elles nous indiquent le quai où se rendre pour les bagages. Alors, nous les remercions et nous sortons du bureau. En passant devant le chapiteau du ravitaillement, papa et Janot nous laissent dans un coin à l'ombre.

— Restez là tranquillement, nous dit papa. On va aller faire la chaîne.

Ils sont de retour une demi-heure plus tard. Pour un peu, maman et moi on allait se retrouver desséchées ! Mais enfin, ils rapportent quelques boissons et trois sandwiches.

— C'est tout ce qu'on a pu avoir, explique Janot. À l'intérieur, c'est pire que la ruée vers l'or, faut voir.

— C'est pas grave, dit maman à la limite de l'apoplexie. On va partager, le principal c'est qu'il y en ait pour tout le monde.

Comme je n'ai pas très faim, finalement nous avons largement assez.

Après avoir repris des forces, nous filons vers les quais de déchargement. Le port de la Joliette est immense et toujours aussi noir de monde. On a l'impression d'être des millions entassés sur ce petit territoire. Il faut sans cesse faire des pieds et des mains pour se frayer un passage. Chaque regard que nous croisons est terrible, car on y lit la même souffrance, et un accablement morne et profond.

Nous parvenons enfin à proximité du Phocée. Aussitôt, nous sommes intrigués par des cris jaillissant de la foule amassée devant les machines géantes et tentaculaires qui travaillent au déchargement des conteneurs. Une nouvelle vague de cris, de lamentations et de colère s'élève à nouveau. Lorsque nous arrivons aux abords du quai, nous en comprenons avec consternation la signification. La plupart des grutiers, dans une attitude indigne et immonde, trempent volontairement dans l'eau les conteneurs avant de les déposer sans ménagement et avec fracas.

— Salauds ! s'insurge la foule autour de nous.

Autant de cris que de pleurs accompagnent les protestations de tout un peuple. Mais rien n'y fait. On ne peut plus croire que ce pays puisse être un jour le nôtre. Nous sommes haïs, tels de perfides étrangers. Désarmés, désabusés et éreintés de fatigue physique et morale, nous quittons le port de la honte où transpirent la haine des uns et le désespoir des autres.

Marchant sous le soleil en longeant le port de plaisance, nous nous dirigeons vers la célèbre avenue de Marseille, la Canebière. On nous a dit que l'on y trouverait un bus qui nous conduira aux Camoins, dans le 11e arrondissement.

Droit devant nous, juchée sur la colline tel un phare lointain, Notre-Dame de la Garde admire la mer et la rade de Marseille. Veillera-t-elle sur nous ? Saura-t-elle nous sauver de la tourmente et nous guider à travers les écueils de ce monde pitoyable ?

52

L'hécatombe

13 juillet 1962. Les Camoins, Marseille. Janot Martinez

Nous sommes arrivés chez tante Beatriz hier soir vers dix-sept heures trente. Pour faire dans l'originalité, nous avons bien évidemment raté l'arrêt d'autobus « La Treille-Camoins ». Le temps de réaliser, on était déjà au terminus. On en a été quitte pour revenir sur nos pas, huit cents mètres à pied, avec les valises et la chaleur d'un après-midi d'été. Je ne cache pas que j'étais inquiet pour Silvia. Ma femme est arrivée épuisée au possible. Toutes ces émotions depuis notre départ, la traversée en bateau et l'attente à la Joliette, ne sont franchement pas conseillées pour une femme enceinte.

Tante Beatriz habite une maison de campagne, dans la montée du boulevard du Parc. C'est une grande maison à deux étages, au crépi jaune et avec des tuiles rouges. Le portail en fer forgé couleur vert pâle étant ouvert, nous avons reconnu Gisèle, allongée sur un transat à l'ombre du feuillage d'un platane centenaire. Sur la table près d'elle, un transistor diffusait la musique bruyante d'un de ces nouveaux chanteurs à la mode dont elle raffole.

En entrant dans la cour, Ramona a lâché sa valise pour s'élancer vers sa fille. Mané et Dédé sont sortis presque aussitôt, ameutés par les éclats de joie de toute la famille. Des retrouvailles bien émouvantes, après tous ces événements dramatiques et l'incertitude de voir un jour la famille enfin réunie. Nous étions conscients d'être revenus de l'enfer. D'être des survivants. Mais nous étions loin d'imaginer qu'un autre enfer, un calvaire bien plus sournois encore, allait nous plonger dans un abîme d'incompréhension et d'ignominie.

Le lendemain, sur les coups de dix heures, j'accompagne Ramona et Silvia au port pour y rencontrer le responsable de l'accueil, ceci afin de connaître notre destination finale. C'est Joseph, le fils de tante Beatriz qui nous y conduit en voiture. Là-bas, c'est toujours le même *follón*. Chaque jour, la même panique, les mêmes scènes de désespoir. Nous allons directement au bureau d'aide aux rapatriés situé cours Pierre Puget. La jeune femme qui nous accueille nous demande de patienter quelques minutes ; un agent va nous recevoir. Par quelques minutes, il fallait plutôt entendre « une grosse heure ». Mais soit, nous quittons enfin cet endroit de malheur un peu avant midi, avec dans une enveloppe notre titre de voyage. Destination, l'est de la France, fatalement. C'est-à-dire le froid, et l'inconnu.

Notre départ est prévu ce soir, gare Saint-Charles. Un train spécialement affrété pour les Pieds-Noirs comme ils nous appellent...

Inutile de préciser que nos mines sont plus que déconfites.

14 juillet 1962, gare d'Épinal, dans les Vosges

Arrivés au petit matin, nous descendons du train, totalement courbaturés et groggy. Nous sommes aussitôt accueillis par des équipes de la Croix-Rouge qui ont installé une enfilade de tables et de bancs en divers points de ravitaillements. Pour nous, il nous en faudra une suffisamment grande, car nous sommes quand même huit adultes. La smala est de sortie !

— Té, là-bas, près du kiosque à journaux ! s'exclame Gisèle en rameutant les troupes.

Après avoir grossièrement entassé nos lourdes valises près de nous contre le mur, on finit par s'installer.

— Ça, je vous l'avais dit, c'est pas le Groenland, mais c'est kif-kif ! lance Ramona à la cantonade d'une voix essoufflée. ¡ *Madre mía !* À peine quinze degrés en plein mois de juillet ! Mais qu'est-ce qu'on est venus faire dans ce foutu pays ?

— *Man-man,* tout ira bien, la rassure Gisèle. Regarde, la Croix-Rouge s'occupe de nous, on ne s'est pas perdus, le voyage s'est plutôt bien passé... Nous sommes pris en charge, nous allons être logés, nous aurons le gîte, le couvert et un toit pour dormir. Que demander de plus ?

— Je sais bien, ma fille. Mais c'est pas nous qui avons voulu tout ce *jaléo* que je sache ! Allez, va, tout ça va mal finir. Une véritable hécatombe qui nous z'attend, voilà c'que j'en dis !

Deux personnes de la Croix-Rouge viennent vers nous tout en jetant un regard étonné et suspicieux à la montagne de bagages entassée près du mur.

— Bonjour messieurs, dames, dit un grand bonhomme au visage anguleux et aux oreilles en feuille de chou. J'espère que vous avez fait bon voyage...

— Eh bien, ma foi, si l'on peut dire, ne manque pas de maronner ma belle-mère très remontée.

L'autre bénévole prend le relais. C'est une bonne femme plutôt âgée dont la voix nasillarde laisse présager une gentillesse mielleuse :

— Avant de vous conduire sur le site d'hébergement, nous pouvons vous proposer une petite collation, ou un petit-déjeuner, par exemple, du café au lait, du chocolat chaud, des tartines de pain grillé... Enfin, c'est comme vous voulez, dites-moi ce qui vous ferait plaisir...

— Euh, vous z'avez de la soubressade ? demande mon beau-père dans la foulée.

— De la soubressade ? fait-elle en écarquillant les yeux. Non, qu'est-ce que c'est ?

Médusée, Ramona se tourne vers son mari.

— Ell' connaît pas. Prends autr'chose, va, sinon on y est encore demain matin.

— De la longanisse ? se hasarde encore Manolo avec un regain d'espoir.

— Hein ? bafouille cette fois la bonne femme éberluée.

— Ell' connaît pas non plus. Bon, prends autr'chose, va.

— Pfeuf, ch'ais pas moi, dit-il en réfléchissant. Vous z'avez de la sardine ?

— De la sardine ?

— Oui... des sardines fumées... ou à la rigueur, en filets, tergiverse poliment Manolo en déployant de nobles efforts pour modérer ses exigences.

— Ah non, sûrement pas non, ça m'étonnerait fort. Mais je peux demander quand même, on n'sait jamais. Ensuite ? Madame ? continue la bonne femme en se tournant vers Ramona.

— Pour moi, une tartine de pain à la tomate, et ça ira très bien, dit-elle confiante. Et vous les z'enfants ?

La bénévole de la Croix-Rouge laisse sa main en suspens au-dessus de son carnet de notes.

— Du pain à la tomate ? ânonne-t-elle en étirant son cou comme une girafe.

— Ma foi, oui, du pain avec de la tomate !

Manolo se penche discrètement vers sa femme :

— Si tu veux mon avis, ça non plus, ell' connaît pas. Prends autr'chose, va, ou ell' va finir avec la tête comme un tchic-tchic.

— Oh dis ! Je demande pas la lune ! lui rétorque-t-elle, abasourdie.

Puis, se tournant vers la bénévole ignare et désappointée :

— Juste une tartine grillée avec de la tomate ! Vous z'avez ça quand même ?

— Ah non, ici c'est plutôt tartine beurrée avec de la confiture, récite-t-elle d'un ton appliqué. Des croissants au beurre ou nature, si vous voulez. Du fromage frais, à la rigueur. Mais du pain à la tomate, non.

— ¡ Madre mía ! Ell' veut nous z'achever ou quoi ! Vous z'avez bien du pain ?

— Oui.

— Et vous z'avez bien de la tomate quelque part ?

— Euuuh oui peut-être, bredouille la bonne femme de plus en plus mal à l'aise.

498

— Une gousse d'ail vous savez c'que c'est ?

— Ouiii, bien sûr…

— Bon eh bien, vous m'emmenez tout ça avec de l'huile d'olive, et j'y me débrouillerai.

— Euh… de l'huile d'olive ? non, ça on n'en a pas.

— Comment ça, vous z'avez pas d'huile d'olive ? Mais dans quel pays on est ici ?

— Eh, vous êtes en France.

— Ma foi ! Où a-t-on vu qu'y a pas d'huile d'olive en France ?

— En tout cas, à Épinal, y'en a pas.

— Bon bé alors, mon petit-déjeuner y l'est terminé, conclut-elle en se tenant la tête dans les mains.

— Maman, prends un bol de café avec une tartine beurrée, propose gentiment Gisèle.

— Le beurre, ça m'écœure ! Dis ma fille, t'y veux m'empoisonner ou quoi ?

— Bon alors, une tartine sans rien dessus, la taquine maintenant Mané.

— Du pain sec ? Mais ç'a goût à rien !

— *Man-man*, la dame ell' attend que tu te décides, fait remarquer Gisèle un peu gênée.

— Ell' l'attend ? Ell' l'attend ? Eh bé qu'elle attende ! Et nous ? Ça fait des jours et des jours qu'on attend !

J'observe la bonne femme de la Croix-Rouge qui semble au bord de l'apoplexie.

— Apportez-nous quelques croissants. Nous allons les goûter, finit par dire Silvia pour clore l'incident.

La bénévole acquiesce alors d'un mouvement de tête, griffonne sur son carnet et disparaît sans demander son reste.

— Maman, comme d'habitude, tu te donnes en spectacle, poursuit Silvia avec une teinte de reproche dans la voix.

— Eh bé ça va être ma faute maintenant ! Y a pas idée d'avoir affaire à une bourrique pareille, que même pas ell' sait c'que c'est du pain à la tomate !

— Maman, on est en France maintenant.

— En France ? En France ? Et alors ! Qu'est-ce que ça change ? Une tartine à la tomate, que ce soit en France ou en Algérie, c'est une tartine à la tomate, non ?

Moi, je n'ai qu'une envie, c'est d'éclater de rire ; mais je me retiens non sans mal. Quelques minutes plus tard, la bénévole est de retour, embarrassée d'un plateau chargé de victuailles.

C'est sur ce quai de gare que nous prenons notre premier petit-déjeuner à la française, partagé dans la pudeur des silences, avec ces petits regrets que l'on saisit très clairement dans l'infime douleur du partir et l'attrait inconscient de l'inconnu.

Puis, c'est à jamais déracinés de nos souvenirs et de nos rêves perdus, qu'une voiture nous emmène à dix minutes de la gare jusqu'au lycée Claude Gellée d'Épinal. Un collège de jeunes filles où nous logerons jusqu'à la rentrée des classes.

Par la suite, au bout de quelques semaines j'ai eu la chance de trouver un travail dans un entrepôt qui approvisionne les épiceries de la ville. J'y suis resté jusqu'à notre départ pour Angers, courant octobre.

Quatre mois plus tard, 12 novembre 1962. Hôpital d'Angers

Me voici avachi dans un fauteuil de la salle d'attente de la maternité. Déjà deux heures que j'ai amené Silvia en urgence. Elle a perdu les eaux en début d'après-midi prématurément, car le bébé ne devait naître que mi-décembre. Assise en face de moi, ma mère patiente en tricotant. De temps en temps elle relève la tête pour me dire de ne pas me tracasser, que tout va bien se passer.

Durant cette attente interminable, je repense à tout ce qui s'est passé ces derniers mois, depuis notre arrivée en France. Hélas, l'hécatombe annoncée par ma belle-mère s'est avérée juste. Une hécatombe complète parmi les rapatriés, et ce, dès les premières semaines : des malheureux, des anéantis, des souffrants, des désespérés, parfois des mourants et souvent des suicidés. Des égarés aussi qui, malgré l'hostilité et la haine ambiante, tentent de s'en sortir comme ils peuvent. Sans bruit. Sans vague. En travaillant. En ne rechignant pas à la tâche. En se faisant le plus petit possible. En repartant de zéro pour la plupart. La règle d'or étant de tout faire pour passer inaperçu. Ne pas répondre aux attaques, aux sarcasmes, au dédain et au mépris, aux refus en tout genre. Un déchaînement de haine largement relayé par la presse et les politiques dont les phrases assassines ne pourront jamais être oubliées par les Français d'Algérie. Des mots qui font si mal à l'âme et au cœur :

« Que les "Pieds-Noirs" aillent se réadapter ailleurs ! » fièrement proclamé par Gaston Deferre, maire de Marseille.

« Ils fuient. Tant pis ! En tout cas je ne les recevrai pas ici. D'ailleurs nous n'avons pas de place. Rien n'est prêt. Qu'ils aillent se faire pendre où ils voudront ! En aucun cas et à aucun prix, je ne veux des Pieds-Noirs à Marseille ». Encore Gaston Deferre à l'œuvre !

La palme d'or revenant à cette phrase du député communiste François Billoux qui a écrit en première page du journal l'Humanité : *« Ne laissons pas les repliés d'Algérie devenir une réserve du fascisme. »* Ceci bien sûr après avoir conseillé au Gouvernement de loger les rapatriés dans les « châteaux de l'O.A.S. ».

Au conseil des Ministres du 18 juillet 1962, de Gaulle a également fait cette aimable suggestion : *« Il faut les obliger à se disperser sur l'ensemble du territoire. Leur répartition et leur emploi exigent des mesures d'autorité ! ».* Ce à quoi Louis Joxe a renchéri en se distinguant tout particulièrement par son cynisme : *« Les Pieds-Noirs vont inoculer le fascisme en France... Dans beaucoup de cas, il n'est pas souhaitable qu'ils retournent en Algérie ni qu'ils s'installent en France où ils seraient une mauvaise graine. Il vaudrait mieux qu'ils s'installent en Argentine ou au Brésil ou en Australie. »*

Cependant, le secrétaire d'État aux rapatriés, Robert Boulin, n'est pas en reste avec cette harangue intolérable en plein conseil des Ministres : *« La plupart des "repliés" à Marseille ne tiennent pas à travailler ! »*

Tandis que dans le Figaro du 23 août, on pouvait lire : *« Les Français d'Algérie sont de riches colons ! »*

Quel accueil, en effet ! Nous sommes bien loin de cette France dont on clame tant, à travers le monde, la beauté et la générosité, cette merveilleuse terre d'asile ! Le pays des droits de l'homme.

Mais pour nous, *Liberté, Égalité, Fraternité* n'auront été que de vains mots.

Toutes les familles ont été dispersées sur le territoire, comme le préconisait de Gaulle.

Une dizaine de jours avant la rentrée des classes au lycée Claude Gellée, la famille de Silvia a été relogée dans une maison à la périphérie d'Épinal. Une maisonnette de jardinier avec seulement deux chambres. Comme on ne pouvait pas s'y installer à sept, mes parents ont proposé de nous héberger chez eux à Angers où, depuis l'exode, ils sont installés dans un grand appartement avec mes frères et ma sœur.

C'est ainsi que Silvia et moi sommes arrivés en Anjou début octobre. Ainsi cela m'a permis de me rapprocher des miens que je n'avais plus revus depuis l'Algérie.

Cela fait deux mois, depuis août, que mon frère Alain est employé à la bijouterie Contie, et grâce à lui j'ai pu être embauché aussi. Mon travail consiste à transporter des lingots d'or à l'Atelier Crémazet pour les faire laminer. Un boulot harassant et particulièrement mal payé. Un comble au regard de la marchandise que je transporte. Je suis totalement exploité, comme un esclave, mais je n'ai pas mon mot à dire, sinon c'est la porte qui m'attend. Mon autre frère, Yves, vivote lui aussi de petits boulots. C'est dans ce contexte que nous avons décidé tous les trois de passer les concours des PTT et de la SNCF. Nous attendons les résultats, avec beaucoup d'espoir et d'impatience, car on ne peut envisager de continuer à vivre aussi chichement. Ma sœur Jacqueline a repris ses études en première, elle est au lycée de jeunes filles « Joachim-du-Bellay » à Angers. Elle veut passer son baccalauréat et devenir institutrice.

Du côté de ma femme, la tía Carmen et Indalo sont installés dans les environs de Nantes à une centaine de kilomètres d'ici. Quant à Claudine et Reymond, les formalités de rapatriement ont été beaucoup plus simples pour eux. Ils ont quitté Alger le 25 juin sur le « Ville d'Alger », car Reymond avait déjà en poche son affectation au commissariat de Romilly-sur-Seine dans l'Aube.

Concernant la famille de l'oncle Lucien, on ne sait toujours pas ce qu'est devenu mon cousin Antoine. La seule dont on a des nouvelles, c'est Anne-Marie qui vit en Vendée dans un foyer d'accueil. Avant de quitter Oran quelques semaines après nous, elle a retrouvé à la morgue de l'hôpital d'Oran les corps de son père et son frère Roger. Mais, malgré maintes démarches, aucune trace de sa mère ni de sa sœur Rosette. C'est un drame que nous nous efforçons d'oublier. Des horreurs dont personne ne veut plus parler, pour ne plus en raviver la douleur.

Oui, nous devons nous tourner vers l'avenir, car il faut bien vivre. Mais un dernier événement survenu le soir du 22 août nous a replongés dans un sentiment d'hostilité. Une double hostilité : une à l'égard de notre communauté, et une aussi pour nous Pieds-Noirs à l'égard de l'État français. Une hostilité certes voilée, mais palpable.

Vers 20 heures ce soir-là, au Petit-Clamart, un commando a mitraillé le convoi présidentiel sans réussir à atteindre sa cible. De Gaulle a réchappé à l'attentat. Faut-il s'en réjouir ? Je suppose que oui. De Gaulle lui-même a déclaré peu après : « Bah ! C'eût été une belle mort. Il vaut mieux mourir comme cela qu'aux cabinets. » Oui, très certainement c'eût été une belle mort. Et nombreux sont ceux qui parmi nous auraient pensé, à défaut de le clamer, que c'eût été amplement mérité.

Bastien-Thiry, un lieutenant-colonel de 35 ans, chef du commando, a été arrêté le mois dernier. Son procès se tiendra bientôt. Il risque la peine maximale. Pour ça, on peut faire confiance à de Gaulle et ses sbires.

Et parfois je me dis aussi que mon cousin Antoine aurait été capable de se retrouver sur le banc des accusés. Assassiner de Gaulle, oh que oui, il l'aurait fait, sans sourciller.

Il est plus de 21 heures lorsque la porte de la salle d'attente s'ouvre. Une sage-femme robuste et à l'embonpoint excessif s'approche pour me dire dans un sourire :

— L'enfant est né, monsieur. Par voie naturelle. C'est un garçon de trois kilos.

La nouvelle est si soudaine que je me lève d'un bond et, ne sachant que faire, je serre cordialement dans mes bras cette messagère divine.

Puis je ferme les yeux. Je revois Oran. Le port. La colline de Santa-Cruz. La jetée, et le bateau qui s'éloigne. Je revois la traversée et notre arrivée en France le 12 juillet. Et quatre mois plus tard jour pour jour, le 12 novembre, la naissance de notre fils. Jean-Claude Martinez, conçu en Algérie et né en France. Lui qui ne connaîtra sans doute jamais le pays où nous sommes nés. Je veux croire que dans l'avenir nous serons suffisamment nombreux à avoir surmonté l'effroyable hécatombe de cet exil forcé. Pour que le drame des Français d'Algérie ne tombe pas dans l'oubli.

53

Faites entrer les accusés

28 janvier 1963, Fort-Neuf de Vincennes, André Martin
Cour Militaire de Justice. Premier jour du procès de l'attentat du Petit-Clamart[95].

Une pièce souterraine tout en longueur, aux parois de béton gris et dépourvue de fenêtres. Une ancienne écurie royale devenue salle de projection. Le décor est sommaire pour ne pas dire inexistant. Au fond de la salle aménagée pour la circonstance en cour de justice, le public est sagement installé. Une majorité de militaires et de policiers en uniforme. Noyés dans cette masse en tenue d'apparat figurent quelques civils, principalement les familles et les proches des prévenus.

Lors du contrôle à l'entrée de la salle du tribunal, j'ai présenté ma carte d'identité estampillée au nom d'André Martin. Mon cousin Yves est marié à la sœur de Pierre Magade, l'un des prévenus.

Les avocats prennent place dans le carré de la défense, à la droite du public. La salle est comble et il plane comme un bruit de fond de conversations murmurées. Soudain, une voix s'élève et le silence se fait aussitôt.

— Messieurs, la Cour !

Toute la salle se lève d'un seul trait. Sous la lumière blafarde des néons, les juges, au nombre de cinq, eux aussi en uniforme et bardés

---

[95] Références et extraits du livre « Le procès du Petit-Clamart » de Yves-Frédéric Jaffré, avocat à la Cour de Paris, Nouvelles Éditions Latines, 1963.

de décorations, se dirigent vers la longue table dressée sur une estrade à l'avant de la salle. Le président de la Cour est le général Gardet. À la gauche du public, surélevé également, se situe le bureau du Procureur Général Sudaka.

Dans un calme oppressant et tendu, tous s'installent au banquet de la Justice, si l'on peut dire. Puis, le président de la Cour se penche légèrement en avant vers son micro et lance d'une voix grave et solennelle :

— Faites entrer les accusés.

Une porte s'ouvre et, dans un silence de cathédrale, huit hommes font leur apparition, marchant en file indienne et encadrés par des policiers. Ils prennent place sur des bancs à gauche de la Cour. Impressionné par cet instant de gravité extrême, mon regard ne peut se détacher d'eux. Le dernier à s'installer porte un uniforme bleu d'ingénieur de l'armée de l'Air, sur lequel brillent comme au soleil les cinq galons de son grade de lieutenant-colonel. Aucun doute, il s'agit de Bastien-Thiry. Le regard serein, il se tient parfaitement droit, à la première place du banc des accusés. Sur sa poitrine scintille la Légion d'honneur. Un micro est devant lui, attendant le début des débats. À moins que ce ne soit le début des hostilités, car la défense est bien décidée à batailler, dignement représentée par les ténors du barreau que sont Maître Tixier-Vignancour, Maître Isorni et Maître Le Corroller.

29 janvier 1963, 2ᵉ jour du procès de l'attentat du Petit-Clamart

« Je déclare, au nom de mes camarades, que nous sommes venus sous la contrainte, car nous récusons votre compétence à nous juger. Nous ne refusons pas d'être jugés bien au contraire, et depuis longtemps nous avons demandé à être jugés conformément à la loi par une juridiction régulière qui soit l'émanation du peuple de France, et non par une juridiction d'exception qui est l'émanation du pouvoir de fait.

Nous répondrons à vos questions parce que nous pensons qu'il est nécessaire que le peuple français sache pourquoi nous avons agi, et comment nous avons agi. Mais nos concitoyens seront témoins que la justice que vous êtes amenés à rendre illégalement contre nous ne sera pas la justice du peuple de France ! »

Lieutenant-colonel Jean Bastien-Thiry.

31 janvier 1963, 4ᵉ jour d'audience

Le général Sudaka qui occupait jusqu'à ce jour le siège du ministère public a été remplacé par le général Gerthoffer sans aucune explication – si ce n'est un curieux rhume, pour le moins inopportun. Mais des bruits de couloir ne tardent guère à circuler, laissant entendre que l'Élysée ne serait finalement pas étranger à cette éviction. L'avocat général Sudaka a probablement fait les frais de la susceptibilité du pouvoir en place. Très certainement, ce dernier n'a que modérément apprécié les différentes anomalies mises en relief par la défense vis-à-vis de cette juridiction d'exception décrétée par de Gaulle, en vue d'y faire comparaître à la hâte les conspirateurs du Petit-Clamart.

Le nouveau Procureur général Gerthoffer est totalement différent de son prédécesseur. Avare de gestes, sa silhouette voûtée lui confère un maintien sévère. Le langage est froid, et le regard souvent fuyant dans ce visage austère et fermé.

— Bertin, levez-vous, commence la voix fluette du Président Gardet, à l'adresse du premier accusé à être interrogé.

Pascal Bertin, vingt ans à peine, est un homme de petite taille. Épaules carrées, visage énergique, cheveux courts et l'œil intelligent, il se met à parler d'une voix claire et franche, la voix d'un militaire qui assume toutes ses responsabilités.

« *J'habitais Alger durant les premières années de la rébellion et j'ai vécu durant la bataille d'Alger une période où les tueurs du FLN faisaient sauter des autobus pleins d'écoliers, et où ils étaient l'ennemi de la France...* »

« *Ma vocation était d'être officier et officier français. Et non un disciple du général Katz qui, à Oran, a fait la même chose que les*

Russes à Budapest ou du colonel Debrosse qui à Alger a fait la même chose que la Gestapo... »

« ... Vous ne pouvez ignorer non plus les abominables tortures subies par de nombreux Français d'Algérie, dont certains que je connaissais, du fait des polices parallèles, ces fameuses barbouzes, dont les salles de tortures n'ont rien à envier à la barbarie de la Gestapo. »

« Devant tous ces faits, j'ai estimé que mon devoir de futur officier était de me mettre à la disposition de l'armée, de cette partie d'armée qui défendait l'intégrité du territoire et l'honneur de la France : l'O.A.S. et le C.N.R. Évidemment, c'était une armée clandestine, au même titre que la Résistance dans laquelle mon père, compagnon de la Libération, avait combattu en 1940. Personne ne niera que le seul responsable de la politique menée par le pouvoir en Algérie est le général de Gaulle... »

« C'est pourquoi quand, en août, je me suis mis aux ordres de Bastien-Thiry pour participer à une action militaire contre le général de Gaulle, c'était surtout pour sauver ceux qui étaient victimes de la politique gaulliste, c'est-à-dire faire mon devoir de Français. Messieurs, j'ai fait mon devoir, faites votre métier ».

1ᵉʳ février 1963, 5ᵉ jour d'audience
Déclaration du lieutenant Alain de Bougrenet de La Tocnaye.
« Monsieur le Président,

Je sais qu'un certain port de tête n'est guère diplomate : mais ma famille, qui a donné à la France des croisés, des chouans et des officiers, n'a jamais courbé l'échine devant ce que sa conscience considérait comme un parjure, une félonie ou un déshonneur, et je me dois d'écouter mes ancêtres qui ont toujours défendu des causes saintes... »

« ... Je n'ai jamais, pour ma part, eu le complexe du colonialisme. J'ai toujours pensé que le fait colonial est un fait historique, que comme toute œuvre humaine le colonialisme produit

de bons et de mauvais effets et que dans ce bilan le bon l'emporte et de beaucoup sur le mauvais... »

« La lutte pour un idéal n'est pas un tir à blanc, il faut vouloir la vérité avec violence. »

« L'attachement à la terre natale n'est pas une séquelle d'un mal raciste, mais tout simplement une vertu naturelle. »

« ... Il faut que le monde sache que la France éternelle existe toujours, et qu'il y a encore en France des hommes qui préfèrent la mort plutôt que de ne pas dire ce qu'ils pensent, la vérité plutôt que de vivre dans un monde qui leur semble une prison, qu'il y a encore en France des militaires qui préfèrent mourir plutôt que de suivre un homme qui, s'il le pouvait, changerait leur tenue en livrée. »

« ... le but de la mission opérationnelle était d'abattre le général de Gaulle conformément aux ordres du C.N.R., si on ne pouvait l'enlever. Évidemment, l'optimum aurait été de l'enlever, ce qui aurait été le plus élégant. Mais nous ne nous cachions pas la difficulté de cette solution que nous aurions de toute façon tenté d'exécuter. Mais il faut espérer contre toute espérance, a dit Saint-Paul. Vive la France et que la volonté de Dieu soit faite ! »

2 février 1963, 6ᵉ jour d'audience

En ce samedi d'hiver, l'air est glacial. Paris s'est recouvert d'une fine couche de neige. Je me suis garé dans une petite rue adjacente. Malgré le brouillard, je me dirige vers l'entrée du fort de Vincennes, où le public qui assiste au procès doit se présenter en passant les barrières métalliques gardées par des sentinelles. Je rejoins mon cousin Yves et sa femme Viviane, et, après avoir descendu une dizaine de marches, nous entrons dans le sous-sol, sous les regards inexpressifs des gardes mobiles qui font une haie jusqu'à la porte d'entrée du tribunal.

La séance reprend. Le colonel Bastien-Thiry, principal accusé, se lève et d'une voix lente, calme et précise, fait une longue déclaration. Durant plus de cinq heures, il va expliquer ses actions et son engagement dans le combat contre la dictature gaulliste.

« *Nous ne sommes ni des fascistes ni des factieux, mais des Français nationaux, Français de souche ou Français de cœur, et ce sont les malheurs de la patrie qui nous ont conduits sur ces bancs. Je suis le chef de ceux qui sont ici, j'assume à ce titre toutes mes responsabilités...* »

« *La dictature gaulliste est donc, comme les dictatures hitlérienne et communiste, basée à la fois sur le contrôle de l'opinion, c'est-à-dire sur le mensonge, et sur la violence... Elle est basée sur le mensonge plus encore que sur la violence.* »

« *Il y a dans la Constitution et dans les droits fondamentaux et universels de l'Homme, un droit imprescriptible : c'est le droit de résistance à l'oppression, le droit d'insurrection pour les minorités opprimées.* »

« *Nous n'avons pas agi par haine de de Gaulle, mais par compassion pour les victimes de de Gaulle et pour sauvegarder des vies humaines innocentes sacrifiées par un pouvoir tyrannique.* »

« *C'est à partir de la constatation selon laquelle le général de Gaulle est coupable des crimes de forfaiture, de haute trahison et de complicité de génocide, que nous avons agi conformément aux possibilités que donne la loi. Nous croyons que cette action était juste ; car la morale, le droit et la raison humaine s'accordent à reconnaître que la politique du général de Gaulle est à la fois immorale, illégale, aberrante et infamante.* »

« *Nous avons agi contre Charles de Gaulle en tant qu'il est un citoyen, justiciable, comme les autres citoyens français, des lois de la nation ; et en tant que ce citoyen est responsable d'innombrables morts et d'immenses souffrances ; en tant que ce citoyen est responsable chaque jour de nouveaux meurtres et de nouvelles souffrances ; et en tant que c'est notre droit, et que nous avons considéré que c'était notre devoir de défendre légitimement les victimes de ces meurtres et de ces souffrances.* »

« *Nous croyons avoir dit la vérité... Nous pensons que, tôt ou tard, cette vérité sera connue des Français et l'emportera sur l'imposture et sur les mensonges des hommes au pouvoir, sur les déclarations lénifiantes de beaucoup, et sur les silences complices de la radio d'État, de la télévision d'État et de certains organes de presse... »*

« C'est une vérité que l'homme contre lequel nous avons agi est, à tous moments, passible de la Haute Cour, et qu'il suffirait d'un minimum de clairvoyance et de courage de la part des parlementaires pour l'y traduire ; le dossier de ses forfaitures, de ses crimes et de ses trahisons existe, et des milliers d'hommes sont prêts à témoigner de la réalité de ces forfaitures, de ces crimes et de ces trahisons. »

« Cet homme est ruisselant de sang français et il représente la honte actuelle de la France. Il n'est pas bon, il n'est pas moral, il n'est pas légal que cet homme reste longtemps à la tête de la France ; la morale, le droit et la raison humaine s'unissent pour le condamner... Un jour cet homme rendra compte de ses crimes : devant Dieu, sinon devant les hommes.

Oser dire quel homme est en réalité de Gaulle – non seulement le dire, mais le clamer à la face du monde ! – nous en rêvions tous et Bastien-Thiry vient de s'y employer. Quel qu'en soit le prix à payer, car il sait probablement qu'en accusant de Gaulle, il signe son propre arrêt de mort. Il ne pourra donc plus espérer la moindre clémence. D'ailleurs la veut-il ? Bastien-Thiry n'est pas un homme de compromission, il a le sens du devoir et du sacrifice.

Séance du mercredi 20 février 1963

Un épisode retentissant du procès est probablement l'évocation de ce que nous, Français d'Algérie, appelons le « crime d'État du 26 mars 62 » : le massacre de la rue d'Isly à Alger.

Maître Le Corroller, second avocat de Bastien-Thiry, inséparable adjoint de Tixier-Vignancour, déclare :

« Messieurs... le 26 mars 1962, à Alger, plus de cent Français ont été tués dans des conditions horribles qui, en tout autre temps, auraient indigné non seulement la France entière, mais le monde entier... Messieurs, désireux que nous sommes pour que soit faite toute la lumière, nous avons demandé que soit versé l'ensemble des éléments de la procédure. Et c'est capital, parce qu'il s'agit d'une affaire si triste et si douloureuse qu'en présence de la thèse officielle, celle qui veut que les gendarmes ont été ce jour-là ceux qui ont tiré pour pouvoir se protéger, il y a la thèse des hommes honorables qui ont rédigé ce qu'on appelle le livre blanc intitulé *Alger, 26 mars 1962* et que le gouvernement a cru devoir faire saisir sans se préoccuper de l'article 30, comme il le fait habituellement quand il se sent dans cette zone grise intermédiaire entre la légalité et l'illégalité. Il l'a fait saisir, et aucune poursuite n'a été engagée. Pourquoi ? Parce que le *livre blanc du 26 mars 1962* apporte la démonstration que la population d'Alger dans sa volonté de résistance a été victime d'un guet-apens où sont tombés plus de cent bons Français... Nous avons à votre disposition l'ensemble des témoins sur l'affaire, et nous souhaitons qu'ils soient tous entendus, notamment un officier qui était présent, qui commandait ce jour-là, et qui est prêt à vider son cœur, ce qui veut dire qu'il est prêt à dire la vérité. »

C'est ainsi que le samedi 23 février 1963, de nombreux témoins viennent à la barre faire le récit de la tragique fusillade. L'un d'eux est Julien Poinçon, reporter à Europe N° 1.

— Cette manifestation était interdite. La préfecture de police faisait des communiqués assez fréquemment. Les termes en étaient assez vigoureux et disaient : « Les troupes ont reçu des ordres stricts. » Cela était diffusé sur France 5 Radio-Alger, assez régulièrement, tous les quarts d'heure. La manifestation était prévue pour trois heures de l'après-midi... Mais jusqu'à deux heures un quart, deux heures trente, il ne se passa rien. À ce moment, quelques personnes nous ont dit : « Ça commence à s'agiter là bas ». Nous sommes descendus au plateau des Glières voir ce qui se passait... Il y avait un barrage qu'on pouvait évaluer à une quinzaine de tirailleurs. J'ai reconnu un lieutenant rencontré la veille à Bab-el-Oued, un lieutenant au visage juvénile.

— Monsieur le Président, intervient Me Dupuy, le troisième avocat de la défense, on pourrait peut-être montrer cette photo au témoin qui pourrait la reconnaître.

— Oui, je le reconnais, confirme le reporter en regardant la photo. C'est un officier kabyle. Ces tirailleurs arrivaient du bled de Médéa. Ils étaient en tenue de campagne. À ce moment-là j'ai vu arriver un cortège d'une centaine de personnes... Ils ont commencé à s'infiltrer. Le lieutenant leur a dit de façon assez calme : « J'ai des ordres, ne passez pas. » Le ton est monté très rapidement. Non seulement du côté des civils, mais du côté des militaires. C'était une espèce d'émotion, d'état de nerfs indescriptible. Si la cour veut écouter des enregistrements, il y a dans la voix des gens une émotion qu'il est impossible d'expliquer. Cela se passait vingt minutes avant le début de la fusillade. Les gens voulaient passer, mais le lieutenant a refusé en leur disant : « Nous avons des ordres, reculez-vous »... Chacun des soldats était ainsi pris à partie, sans violence, par la foule et je me souviens d'une scène qui touchait presque à de l'hystérie. Une vieille femme pleurait en accrochant le bras du transmetteur qui avait un message à passer. Et cette femme lui disait : « Ne fais pas cela. Écoute-moi, tu es mon fils, nous sommes Français. » Le garçon était indiscutablement un Français. Il pleurait à chaudes larmes, dans un climat de nerfs qui montait sans arrêt. Les vagues successives sont arrivées et le barrage a été enfoncé, plusieurs fois. Et tout le travail du lieutenant était de regrouper ses hommes. Mais visiblement, il n'en avait pas assez.

— À combien avez-vous évalué cette foule ?

— Eh bien, elle arrivait par vagues, monsieur le Président... Il y avait bien entre trois mille et cinq mille personnes qui avaient passé les barrages... On sentait le lieutenant un peu perdu, ses hommes dispersés dans cette foule. À ce moment-là, le premier coup de feu a éclaté. Il a éclaté sur ma gauche et légèrement en haut. Ce n'était pas un coup de feu, c'était une rafale... Par la suite, toutes les armes se sont mises à tirer. Mon réflexe a été bien évidemment de me coucher et je ne peux pas dire que j'ai vu grand-chose... Je suis monté au bureau. J'ai appelé Paris. Il était, au premier coup de feu, 14 h 46 à ma montre et quand je suis monté à mon bureau il était environ 15 heures. J'ai appelé en direct l'antenne. J'ai raconté ce qui se passait, ce que je viens de raconter et je suis redescendu dans la rue. Cela tirait encore et le feu nourri continuait... On entendait des cris partout dans ce petit quartier, des cris de personnes qui avaient un peu perdu la tête. J'ai parcouru quelques mètres à plat ventre. Le feu continuait encore. C'est pourquoi je chiffre à peu près à vingt minutes le gros de la fusillade. Puis les ambulances commencèrent à arriver. Le feu diminuait progressivement. Vers 15 h 15 environ, on ne tirait presque plus dans ce périmètre... Le calme n'est réellement revenu que vers 17 heures seulement.

— Est-ce que la défense a d'autres questions à poser au témoin ? demande le président de la Cour.

— J'aurais quelques questions à poser à M. Poinçon, déclare Mᵉ Tixier-Vignancour. Mais, si vous êtes d'accord, monsieur le Président, je voudrais qu'on entende d'abord son reportage...

— Je ne pense pas qu'il soit nécessaire d'entendre ces bandes, estime subitement le Président Gardet.

— M. le Président, réitère alors Tixier-Vignancour, il y a une bande, courte d'ailleurs... Combien ? ajoute-t-il en se tournant vers le témoin.

— Une minute, précise le reporter.

— M. le Président, il s'agit d'une minute...

— L'incident me semble clos. On n'entendra pas cette bande.

— Comme cela, on donnera satisfaction à M. l'avocat général qui n'aime pas cette bande, rétorque Mᵉ Tixier-Vignancour, le ton cinglant.

Vient ensuite le témoignage des officiers qui commandaient les tirailleurs.

Le lieutenant Alain Dupont-Saint-Gil s'approche de la barre.

— J'ai reçu les ordres du capitaine Millet, qui était mon commandant. Il m'a dit : « Il y a une manifestation qui passera par la rue d'Isly ; nous avons l'ordre de l'arrêter. » J'ai attendu une heure environ rue Bugeaud, et sur ordre du capitaine Millet je suis monté à la tête de mes trois sections rue de Chanzy, pour soutenir un barrage qui avait sauté sous la pression de la foule... La fusillade a éclaté à ce moment-là du côté de la Grande Poste et, à peu près simultanément, dans mon coin, c'est-à-dire en haut de la rue de Chanzy. Il y a eu des rafales qui sont parties d'une arme automatique, à l'angle de la rue Alfred-Lelluch et d'une autre petite rue. Ce F.M. prenait en enfilade la rue de Chanzy.

— Cette arme, vous l'avez située ? questionne Me Tixier-Vignancour.

— Elle était à l'angle de la maison, au 4e ou 5e étage. Elle tirait de haut.

— Comment avez-vous pu discerner le feu de cette arme ?

— J'ai vu les flammes des balles.

— C'était une arme automatique ?

— Oui, ces balles sont passées au-dessus de moi et sont tombées dans la foule.

— Quand la fusillade a cessé, poursuit Me Tixier-Vignancour, et comme vous aviez parfaitement repéré cette fenêtre, avez-vous eu l'idée de prendre quelques hommes avec vous et de monter les étages pour aller vous assurer de ce qui s'était passé, éventuellement pour savoir qui avait tiré ?

Le lieutenant Saint-Gil répond sans la moindre hésitation.

— Non. Parce que je n'en avais pas reçu l'ordre... Le capitaine Millet a rassemblé sa compagnie ; moi je suis allé à ce moment-là relever quelques blessés rue d'Isly.

— Alors, vous êtes revenu au pied de cet immeuble, et à ce moment qu'avez-vous vu ?

— Quelque temps après, une ambulance est arrivée. Une civière a été sortie par la porte de l'immeuble, avec un linceul et la forme d'un corps. Comme on avait tiré de cette fenêtre, on a supposé qu'il y avait eu quelqu'un de blessé ou de tué. Seulement, ce personnage, on n'en a jamais entendu parler.

— Un dossier de perquisition stipulerait que ce mystérieux tireur de l'immeuble de la rue Lelluch serait un Eurasien, ajoute M^e Le Corroller.

515

Ce à quoi Me Tixier-Vignancour renchérit :

— Et ce n'était pas tellement dans les mœurs de l'O.A.S. d'employer des Eurasiens. D'ailleurs, conclut-il, s'il s'était agi d'un tueur de l'O.A.S., on aurait été trop content de le montrer, de l'inculper et de fort justement le condamner.

Plongée jusque-là dans un silence révérencieux, la salle d'audience frémit d'un murmure général.

— Après être revenu dans votre cantonnement, reprend l'avocat de la défense après un silence, n'avez-vous pas dans les jours qui ont suivi, été réunis par le ministre des Armées ?

— C'est exact. Monsieur Messmer est venu et a réuni les officiers et sous-officiers au mess. Il a dit qu'il regrettait beaucoup la tournure tragique des événements, mais que nous n'étions pas responsables de ce qui s'était passé.

— Au cours de cette visite, n'y a-t-il pas eu une distribution de croix de la valeur militaire ?

— Au cours de la réunion, non. Mais après, oui.

— C'est-à-dire ? questionne le président de la Cour sur un ton un peu étonné, mais qui relevait plus de la fausse indignation.

— Il a été donné des croix de la valeur militaire pour la rue d'Isly ? revient à la charge Me Tixier-Vignancour.

— Oui, murmure le lieutenant Saint-Gil. Avec citation à ce sujet-là.

Un brouhaha d'indignation s'élève dans la salle.

— Vous avez accepté, vous, la citation et la croix de la valeur militaire pour la rue d'Isly ? demande prudemment l'avocat.

— Je sais qu'il y avait un texte de citation en route, admet péniblement le lieutenant.

— Vous avez indiqué à votre colonel que cela ne vous paraissait pas nécessaire. Mais il y en a qui en ce moment portent cette croix de la valeur militaire, n'est-ce pas ?

Le lieutenant garde le silence. Alors, ouvrant les bras dans un geste d'éloquence, Tixier-Vignancour clame ouvertement comme s'il livrait là son ultime combat : « Nous sommes en train d'examiner le plus grand crime qui se puisse concevoir et qui a donné naissance au bouleversement de la conscience de ceux qui sont ici dans ce box ! »

C'est maintenant au tour du capitaine Millet de venir faire sa déposition concernant l'affaire du mystérieux tireur de l'immeuble de la rue Alfred-Lelluch.

— Quand le feu a cessé, continue-t-il, nous avons vu par cette fenêtre ouverte deux personnes aller et venir en haut, et puis des gardiens de la paix qui montraient des douilles. C'est tout ce que j'ai vu.

— Vous n'avez pas vu arriver une ambulance ?

— Si, également, j'ai vu arriver puis repartir une ambulance, mais je ne sais pas exactement ce qu'elle est venue faire.

— En ce qui vous concerne, persiste Me Tixier-Vignancour, vous avez entendu ce tir, mais vous n'avez pas pu distinguer le visage des tireurs ?

— Non, absolument pas.

— Alors, ajoute l'avocat, pour la Cour Militaire de Justice et pour M. le Procureur Général, j'indique que l'homme qui est descendu sur la civière s'appelle Tran Trong Doy, et qu'il est né le 25 juin 1932 à Hanoï.

Cette information, bien que suscitant une vague d'intérêt et de surprise dans la salle d'audience, n'a quasiment aucun effet ni sur le tribunal ni sur le Procureur Général Gerthoffer, comme si leur silence signait là une approbation tacite ou tout au moins une confirmation indirecte.

À présent, la déposition du chef de bataillon Pierre Poupat, commandant du régiment de tirailleurs.

— À propos du lieutenant Alhouche, intervient Me Dupuy, cet officier kabyle avait-il une qualité spéciale qui le désignait à ce poste qui était dangereux, à l'angle de la Grande Poste et de la rue d'Isly ?

— Alhouche est un officier musulman qui a donné des preuves certaines de ses qualités.

— Pourriez-vous indiquer à la Cour Militaire de Justice, reprend Maître Tixier-Vignancour, quel est l'effectif total qui a été placé pour assurer le maintien de l'ordre ?

— Je crois que l'effectif total de mon bataillon était de 340.

—340 hommes ? Et à combien estimez-vous le nombre de manifestants ?

— Il y en avait certainement plusieurs milliers.

— Le commandant sait-il quel est l'effectif prévu pour opérer des barrages, en cas de manifestation, à Paris, dans les artères ayant à peu près la configuration de celles qu'il était chargé de barrer ?

— Je refuse de répondre à cette question.

— Je m'excuse. Je vous ai demandé si vous le saviez ou si vous ne le saviez pas.

— Je ne réponds pas à cette question.

Un brouhaha s'élève dans la salle.

— Évidemment, vous ne pouvez pas répondre. Vous ne le savez pas. Alors je vous réponds tout de suite : il faut deux cents gardiens de la paix par barrage et un escadron de la garde de réserve. Alors, qu'il y ait eu 8 tirailleurs opérationnels ou qu'il y en ait eu 20 ou 25, les placer dans ces conditions et au mépris de tous les règlements du maintien de l'ordre, c'était réellement vouloir le drame.

— Mon Général, enchaîne Me Dupuy, une dernière question et j'en aurai terminé : il m'a été raconté que l'un des tirailleurs ne voulant pas cesser le feu, et continuant à arroser la foule, un officier de votre bataillon aurait abattu le soldat d'une balle dans la tête.

— J'ai eu connaissance de cela, mais c'est un racontar, s'insurge le commandant Poupat. Il n'y a eu aucun tirailleur tué de cette façon !

Se présente à la barre, le colonel Goubard qui commandait le 4e régiment de tirailleurs au moment du 26 mars. Grand, mince et impassible, il commence sa déposition par un long exposé liminaire précis et argumenté. Il se dit d'abord obligé de regretter à n'avoir pu être entendu sous serment, et que tout ce qu'il dira, il le dira avec la même rigueur morale que s'il avait prêté serment. Mais toutes les paroles qu'il va prononcer vont glacer d'effroi tout autant l'assistance que les huit prévenus, silencieusement assis sur le banc des accusés.

Ainsi, il attaque son exposé en ces termes difficilement supportables, à la limite de l'insulte : « *... La population européenne algéroise a toujours été une population émotive, imaginative, qui, mon Dieu, est une des populations méditerranéennes au sujet de laquelle on pourrait parler de mirage.* »

Premiers soubresauts d'agacement dans le box des accusés. Mais il n'en reste pas là. Ce qui va suivre vaut son pesant d'or en qualité de mépris et d'arrogance : « *Pendant l'été 1961, les manifestations ont été extrêmement nombreuses et les pertes des manifestants plus nombreuses à l'époque qu'au printemps 62. Mais il s'agissait de manifestants musulmans, il n'y a pas eu le tollé qu'il y a eu au moment de l'affaire de la rue d'Isly* ».

Ensuite vient ce qui va susciter des haut-le-cœur d'indignation parmi l'assemblée : « *Le barrage a été submergé et les manifestants sont passés par plusieurs centaines. Je précise, et ceci est extrêmement important, qu'à ce moment-là si vraiment les tirailleurs avaient voulu tirer, et ils auraient presque dû le faire, s'ils avaient obéi aux ordres du commandement c'est à ce moment-là qu'ils auraient dû le faire. Mais il n'était pas question de tirer dans la foule, c'était impensable.* »

Impensable, mais c'est pourtant ce qu'il vient clairement de préconiser. Puis, ayant une pensée émue à propos des dix blessés dénombrés parmi le service d'ordre, il ose dire, sans la moindre compassion pour les deux cents blessés et les quatre-vingts civils innocents froidement abattus : « *Je n'ai rien à reprocher à mes hommes, bien au contraire !* »

L'avocat général Gerthoffer vient aussitôt au secours du colonel Goubard en déclarant, pour justifier les tirs des soldats : « *On doit tirer pour se maintenir sur le terrain !* »

— Allons, M. Gerthoffer ! proteste alors violemment Me Tixier-Vignancour. Il ne s'agit pas ici d'un champ de bataille !

Frappant de son marteau sur le socle posé face à lui, le président de la Cour ramène le calme dans la salle.

— Le témoin peut-il dire où il se trouvait pendant les événements du 26 mars ? intervient aussitôt Me Dupuy.

— Je n'étais pas à Alger ; j'étais à 150 km au sud d'Alger.

Cet aveu suscite aussitôt l'hilarité générale parmi l'assistance.

— Voyez-vous, j'ai peu de questions à poser au colonel, très peu, annonce Me Tixier-Vignancour ; pour la raison très simple qu'il n'était pas sur les lieux. N'étant pas sur les lieux que voulez-vous donc que je lui demande ? et encore moins depuis que je l'ai entendu déclarer : il y a trois personnes qui connaissent cette affaire, le commandant Poupat, Garat et moi-même – c'est-à-dire trois personnes qui n'étaient pas sur les lieux. Le témoin n'a pas la superstition de la présence pour conditionner la connaissance !

Maître Tixier-Vignancour marque une courte pause, puis, ouvrant les bras, il reprend d'un ton toujours plus grave et solennel.

— En ce qui me concerne, je dis devant le colonel, avec beaucoup de gravité, que la défense n'a pas un seul moment cherché à faire porter à l'un quelconque de vos officiers une responsabilité quelconque de ces événements. La responsabilité fondamentale incombe exclusivement à ceux qui ont donné l'ordre de détacher un bataillon pour aller faire un métier pour lequel il n'était pas préparé et le faire dans des conditions qui devaient inévitablement aboutir à un drame, surtout à partir du moment où il avait été dit la veille à la radio par le général de Gaulle qu'il convenait de briser l'opposition en faisant usage de tous les moyens.

Puis, alors que le colonel Goubard, venu à la barre pour visiblement défendre l'honneur de son régiment, persiste à soutenir fermement la véracité des rapports sur lesquels il s'appuyait, Me Tixier-Vignancour termine par cette phrase éloquente : « *Mon colonel, vous ne tarderez pas à passer Général ! »*.

Lundi 4 mars 1963, 15 h 10

Plaidoirie de Maître Tixier-Vignancour pour Jean Bastien-Thiry.

« Monsieur le Président, messieurs les membres de la Cour Militaire de Justice, je voudrais dire à quel point je mesure l'ampleur et la vanité de ma tâche... »

« Le propos et le but de la défense n'ont pas et n'ont jamais été de justifier, le but de la défense c'est d'expliquer. Monsieur le Procureur Général a considéré que Bastien-Thiry avait attaqué la politique du gouvernement... Je crois que c'était une erreur, car, voyez-vous, Monsieur le Procureur Général, Bastien-Thiry n'a pas attaqué, il s'est défendu. Et il s'est défendu en expliquant quel rapport avait existé entre les événements et les hommes, et que ce rapport, que le pouvoir avait laissé s'établir, était de nature à susciter dans une âme droite et passionnée les réactions les plus extrêmes... »

« Au cours de ce procès, nous avons pu voir l'O.A.S. à la barre. Alors après cette comparution, personne ne pourra dire que la Cour Militaire de Justice ne connaît pas l'O.A.S. Elle l'a vue. L'O.A.S. a défilé toutes catégories confondues. Vous avez eu l'instituteur. Un instituteur hitlérien ? Non, seulement un homme désespéré. Vous avez eu le pêcheur. Vous avez eu la veuve Gomez, dactylo et veuve d'un gardien de la paix. Vous avez eu Claude Germain, cultivateur. Vous avez eu Perez, cheminot, M. Torres, fonctionnaire municipal. Ce que c'était l'O.A.S. ? Vous l'avez vu. C'était les soldats désespérés et c'était les musulmans inquiets pour leur sécurité physique et aussi pour leur fidélité. C'était cela l'O.A.S. Ni ultras, ni fascistes, ni hitlériens. Ils étaient un obstacle sur la route qui conduisait à l'indépendance de l'Algérie. »

« Dans le journal l'Express, le directeur du cabinet du préfet d'Oran indiquait qu'il fallait tirer et que mieux valait trente morts, maintenant, que 3 000 plus tard, mais, ajoutait-il : *"Il est bien entendu qu'il faut que l'armée se mouille"*. Voulez-vous remarquer que le directeur de cabinet du préfet d'Oran n'a pas dit avec quel liquide il voulait que vous vous mouillassiez : si c'était de l'eau ou du sang ? »

« … Il suffisait de quatre escadrons, c'est-à-dire de quatre cent quatre-vingts hommes avec des matraques et des grenades lacrymogènes pour une foule de trois à quatre mille personnes. Car pour la dispersion, il faut un membre du service d'ordre pour dix manifestants. C'est donc qu'il était voulu, le massacre, non seulement voulu dans sa réalisation, mais ordonné… Il en résulte, Messieurs, que, pour des raisons qu'il ne nous appartient pas d'apprécier et qui étaient de briser l'intolérable résistance en Algérie, il s'agissait de la briser par un massacre. C'est ce qui a été fait. »

« … Et le dernier contrat du catalogue, ce sont les accords d'Évian. La violation des accords d'Évian, Messieurs, en effet, peut être considérée par des hommes comme Bastien-Thiry et de La Tocnaye comme très importante. Car il a été question de génocide et M. le Procureur Général a sur ce point vertement répondu en disant que le génocide, c'était Hitler qui en avait commis un, en faisant périr quinze millions de personnes. Parce que, pour M. le Procureur Général, le génocide est une question de quantité. À partir du moment où il y a quinze millions de tués, c'est un génocide ; quand il n'y en a que 15 000, c'est une péripétie. »

« Si, à tous ces malheureux, en Algérie, et à tous ceux qui leur portaient compassion, en métropole, le Pouvoir avait expliqué non seulement avec franchise, mais avec l'immense autorité qui s'attache aux représentants du Pouvoir, s'il leur avait dit : « *Voilà ! Je suis le général de Gaulle, je vous ai toujours conduits sur les sentiers de l'honneur, j'ai une explication douloureuse à vous donner, je vous la donne. L'intérêt national a changé, c'est moi qui vous le dis. Il comporte une décision nouvelle, c'est l'indépendance de l'Algérie… Il va falloir pourtant être, nous, Français, cœur à cœur et coude à coude »*. Puis, s'adressant à leur cœur, s'il avait dit : « *Jamais la patrie ne vous a tant aimés… Par conséquent, vous aurez ici l'accueil le plus émouvant et le plus complet, puisqu'il faut savoir tirer les leçons de l'événement dans l'intérêt national. Et puis vous aurez perdu vos cimetières, vos tombes. Et c'est pour cela que je me sens encore plus près de vous »*. Ils auraient été heureux de s'entendre dire cela. « *Pour les biens que vous avez perdus, vous allez être indemnisés, complètement indemnisés ».* Je dis : les biens. Parce que pour les dégâts sur les personnes, les réparations pour les blessés, cela va de soi.

Or, M. le Procureur Général, vous le savez aussi bien que moi, pour des raisons supérieures, rien de tout cela n'a été fait, et l'on a créé les conditions de la révolte. Et le Pouvoir qui les a lui-même créées demande aujourd'hui qu'il ne soit accordé aucune circonstance atténuante.

Alors, ne nous dites pas qu'il faut fusiller Bastien-Thiry et de La Tocnaye parce que leur sensibilité d'homme, leur cœur de Français ont été déchirés par le drame qui a écartelé l'Algérie... Et ne vous dites pas, je vous en prie qu'ils ne seront pas exécutés ; d'autres l'ont cru, et je vois encore leurs visages désespérés de juges honnêtes, mais trompés, en apprenant l'horrible nouvelle de l'exécution d'une sentence dont ils n'avaient pas pu penser un instant qu'elle serait exécutée.

Dans ces conditions, il est incontestable que si vous prononcez la peine capitale contre Bastien-Thiry et de La Tocnaye, à raison de ce que je viens de vous rappeler, ceux-ci seront exécutés. Je ne crois pas que ce soit possible, je ne crois pas que ce soit humain et, par-dessus tout, je ne crois pas que ce soit utile.

Messieurs, je vous ai dit ce que je pouvais vous dire, pour tenter de retenir de mon mieux, de toute mon âme, la Cour Militaire de Justice sur le chemin de ce qui serait une tragique erreur. Je ne vois plus rien, sinon que depuis le début de ce procès, que ce soit à Saint-Léon de Bayonne, que ce soit à Saint-Jacques de Lunéville, et en d'innombrables autres villes, tous les matins une messe est dite pour que la Divine Providence vous éclaire et vous assiste au moment de votre délibéré. Vous ne serez pas sourds, Messieurs, à l'invocation de l'esprit qui tous les matins se produit à la prime aurore et redit ces mots que je souligne du plus intense de mon émotion. *« Et in terra pax hominibus bonae voluntatis »*[96].

---

[96] Et paix sur la terre aux hommes qu'il aime. (Tiré de « Gloire à Dieu », hymne liturgique chrétien)

4 mars 1963, 22 h 15, André Martin

Après la longue plaidoirie de Me Tixier-Vignancour, et l'ultime question du président Gardet aux accusés « Avez-vous quelque chose à ajouter pour votre défense ? », la séance a été levée vers 19 h 45.

Ainsi, l'heure du verdict approche. Je suis assis au troisième rang, aux côtés d'Yves et de Viviane. Celle-ci est inquiète pour son jeune frère, elle redoute une condamnation à mort.

22 h 30, soudain une légère agitation anime la salle du tribunal. Les cinq juges militaires entrent lentement, presque discrètement. Après un court délibéré d'à peine deux heures, la Cour reprend l'audience dans un silence de cathédrale. La salle retient son souffle. Les accusés se tiennent très droits, immobiles, attendant la sentence finale. Le verdict est annoncé par le Président Gardet, sans complaisance évidemment, et sur un ton des plus froids et des plus expéditifs.

Ainsi, après lecture de l'arrêt, trois des accusés présents se voient condamnés à la peine de mort : Jean Bastien-Thiry, Alain de Bougrenet de La Tocnaye, et Jacques Prévost.

Des cris s'élèvent dans les premiers rangs et au fond de la salle, ceux des proches des condamnés : « Assassins ! » « Bourreaux ! » « C'est une honte ! » « Un scandale ! »

Un homme, encadré par des gendarmes, est traîné vers l'extérieur pour avoir osé proférer « Vous ne trouverez pas un Français pour les fusiller ! »

Ici et là, quelques journalistes pris à partie par le public s'agitent tout en commençant à prendre des notes en vue de préparer leurs futurs papiers. Puis, les condamnés sont emmenés, et peu à peu la salle se vide.

Yves et Viviane se sont échappés discrètement, sûrement pour tenter d'apercevoir Pierre Magade qui par bonheur a échappé à la peine capitale ; pour lui ce sera quinze ans de réclusion criminelle.

Je suis un des derniers à sortir, l'humeur morose et le cœur serré, affreusement serré comme un poing prêt à se tendre pour cogner. Mais, malgré les risques encourus, je me devais d'être présent ici, en ce dernier jour d'un procès qui aurait pu être le mien. J'ai une profonde admiration pour Bastien-Thiry, pour son courage, sa droiture, son honnêteté, et son amour de la France.

Dehors, dans le ballet nonchalant des phares jaunes qui hachent la nuit, les camions cellulaires emportent les condamnés vers un destin qu'ils connaissent, qu'ils redoutent, ou qu'ils espèrent peut-être.

Je quitte alors le fort de Vincennes et m'éloigne d'un pas las, sous une pluie froide. L'ombre sombre de ma silhouette se fond dans la nuit noire et, au moment où je m'apprête à monter dans ma voiture garée rue d'Idalie, des bras vigoureux m'empoignent brusquement par-derrière. En deux temps trois mouvements, je me retrouve menottes aux poignets.

— Veuillez nous suivre, retentit dans mon dos une voix grave et menaçante.

Dans un bruit de crissement de pneus, une estafette s'arrête dans la rue et, sous la lueur blême d'un lampadaire défaillant, je remarque trois silhouettes qui me poussent dans le véhicule de police.

12 mars 1963, 11 h 30

Je regagne ma cellule, à la prison de la Santé, encadré par deux gardiens aux mines franchement sinistres. Je sors à l'instant de ma première entrevue avec mon avocat, Me Leroy, qui par ailleurs vient de m'apprendre l'exécution de Bastien-Thiry hier matin à l'aube. Son recours en grâce a donc été rejeté par de Gaulle. Quant à De la Tocnaye et Prévost, leur peine a été commuée en prison à perpétuité.

Alors que la porte de la cellule se referme sur moi dans une salve de bruits secs et saccadés de verrous que l'on tire, j'ai également une pensée pour Degueldre, Dovecar et Piegts, mes camarades de l'O.A.S., fusillés eux aussi par l'État français et son plus vil représentant. Stupeur et indignation les accompagneront à jamais au-delà de l'éternité. Car une fois de plus, pour ne pas dire une fois de trop, de Gaulle a prouvé qu'il n'a aucun cœur, qu'il n'a d'humain que l'apparence de son imposante stature. Cet homme n'est pas un chef d'État, mais un despote absolu, assoiffé de pouvoir et de gloire, qui n'a de cesse d'imposer sa loi, et ce, en passant au-dessus des lois.

À l'instar d'un de Gaulle constamment convulsif, je revois Bastien-Thiry si humble, si calme, si droit et digne sur le banc des accusés. Malgré les coups d'éclat d'un Tixier-Vignancour toujours juste, incisif et clairvoyant, son procès semblait pourtant perdu d'avance, tant les cinq juges militaires de cette parodie de justice se posaient en défenseur du président de la République, tels des cuirassés insubmersibles, insensibles et dénués de mansuétude.

En revanche, durant toute la procédure, Me Tixier-Vignancour, s'est montré lui d'une humanité rare, tant ses interventions ont su troubler, émouvoir et offrir des instants d'espérance.

Non, je ne regrette rien, pas même d'avoir pris le risque d'assister à ce procès. Ce n'était pour moi qu'un humble devoir. Je l'ai accompli par respect pour Bastien-Thiry et ses huit complices qui eux ont eu l'honneur de participer à l'attentat contre de Gaulle. Alors oui, je n'oublierai jamais quelques-uns des grands moments qui ont émaillé les débats, et dont nombre de plaidoiries furent des monuments de l'éloquence judiciaire.

Quant au mystère du tireur « asiatique » de l'immeuble de la rue Alfred-Lelluch lors de la fusillade de la rue d'Isly, celui-ci est, et demeurera peut-être pour toujours, la grande interrogation de ce tragique événement.

Je me laisse tomber sur la paillasse de ma cellule. Combien de temps vais-je rester ici ? Aurai-je à mon tour un procès ? Un procès digne des plus grandes affaires judiciaires ? Je crains que non, hélas. Qui cela peut-il intéresser les tribulations d'un ex-agent de l'Organisation Armée Secrète ? Plus personne, puisque de Gaulle a eu sa vengeance.

Moi, je ne suis qu'Antoine Martinez, pauvre soldat perdu de l'O.A.S. Perdu dans ses contradictions et meurtri dans ses souffrances existentielles de rapatrié d'Algérie.

54
Prisonnière du djebel

5 décembre 1964, Paris. Francine Martinez
J'ai loué pour trois nuits une chambre dans un hôtel du boulevard Port-Royal. C'est mon deuxième jour dans la capitale. Normalement, je repartirai demain avec mon mari, si tout se passe comme prévu. En effet, la plupart des condamnés à des peines inférieures à quinze ans de détention ont été amnistiés, car considérés comme des prisonniers politiques. C'est pourquoi Antoine sort demain matin de la prison de la Santé, après dix-huit mois de détention. Drôle de nom que cette maison d'arrêt. Comme si la prison, c'était la santé. En fait, c'est en allant le voir au parloir hier après-midi que j'ai compris. Elle se trouve rue de la Santé, pas très loin de l'hôpital Cochin. Décidément, une véritable fontaine de jouvence que ce quartier.

Voici plus de deux ans et demi que je suis en France. Je vis chez ma grand-tante – la sœur de mon grand-père – qui nous héberge à Biron, près de Monpazier, une bastide située à une cinquantaine de kilomètres au sud-est de Bergerac. C'est de cette contrée du Périgord que ma famille paternelle est originaire. Ma grand-tante Berthe, aujourd'hui âgée de quatre-vingt-trois ans, est veuve depuis quelques années. Elle a eu de nombreux enfants, du coup, à quinze kilomètres à la ronde j'ai des cousins par dizaines.

Ma mère est arrivée quelques semaines après moi, et depuis un peu plus d'un an, nous louons à notre grand-tante une ancienne maison de métayer située sur le domaine, au bord d'un petit lac. Nous y sommes bien, et de plus j'ai fini par trouver un poste d'institutrice à Mazeyrolles, un village situé à une dizaine de kilomètres, en attendant de voir ce que va décider Antoine pour notre avenir proche.

9 h 30. Je quitte l'hôtel sous une petite pluie fine et glaciale. Bravant le froid de décembre, je remonte le bruyant boulevard Port-Royal jusqu'au Val-de-Grâce, un célèbre hôpital militaire. La circulation est abominable. Des voitures de partout. Je traverse le boulevard au passage clouté, pour m'engager rue de la Santé. C'est une longue rue rectiligne et étroite, qu'il me faut redescendre sur environ quatre cents mètres. Puis, bifurquant à droite dans le boulevard Arago, je rejoins la rue Messier qui donne derrière la prison où se trouve l'entrée pour les familles, ainsi que l'accès aux parloirs. Il est un peu plus de 9 h 45 lorsque j'arrive à l'accueil. La personne qui me reçoit s'adresse à moi avec froideur. En tout cas sans amabilité, enfin il me semble. Est-ce par nature ? par nécessité professionnelle ? ou par zèle ? On dit bien « aimable comme une porte de prison », alors je laisse faire. Je me présente, c'est tout. J'explique le but de ma visite. Sans m'étendre. Sans en rajouter. Sans émotion.

Le type me répond que les « sorties », ce n'est pas ici, c'est par la porte principale.

— Comment le saurais-je ? Personne ne m'a rien dit lorsque je suis venue hier.

Il ne m'écoute pas et rajoute que de toute façon le matricule 4728 est déjà sorti.

— Comment ça déjà sorti ?

— À 9 h 30.

— Ce n'est pas ce qui était prévu...

— Ah si, madame. Croyez-moi, l'administration pénitentiaire n'a pas pour habitude de se tromper.

— Hier, on m'a dit : « 10 h 15 »

— Et moi je lis : 9 h 30.

Inutile de discuter davantage. Je refais le chemin inverse, direction la porte principale qui donne dans la rue de la Santé. Je cours à petites foulées sous le claquement sec de mes bottines qui résonnent sur le trottoir. Presque à bout de souffle, j'arrive devant la porte principale qui, comme je le craignais, se trouve irrémédiablement close. Une porte de prison, c'est toujours fermé, n'est-ce pas ? Je m'approche de l'immense entrée en forme d'arcade où règne un silence macabre. Un silence angoissant. Un lieu qu'on n'oublie pas. La rue est déserte, hormis des voitures garées le long des trottoirs. Si Antoine est déjà dehors, qu'a-t-il dû penser le pauvre, en ne me voyant pas à sa sortie ?

— Francine, retentit soudain une voix dans mon dos.

Je me retourne, et il est là. Face à moi, nonchalant, mollement appuyé contre le pilier de la porte cochère de l'immeuble d'en face. Mon cœur palpite aux souffrances de l'instant, avec violence, avec amour, chargé d'émotion et de crainte.

Son calvaire est fini. À moins que... à moins qu'il ne commence au contraire. Je cours me jeter dans ses bras. Pour la première fois depuis deux ans, depuis l'Algérie, nous nous enlaçons, fébrilement, avec une retenue et une pudeur qui me laissent un instant perplexe. Comment allons-nous vivre ces retrouvailles après trente-deux mois de séparation forcée ?

6 décembre, 14 h 20, Cahors, dans le Lot. À notre descente du train, nous remontons les quais jusqu'au hall de la gare. Nous y trouvons facilement mon cousin Robert qui nous attend patiemment. Il demande si nous avons fait bon voyage. Je lui réponds que oui, et il serre la main d'Antoine après de brèves présentations. Nous sortons sur le parvis et il nous accompagne jusqu'à sa voiture garée sur le parking. Une 404 Peugeot noire. La berline moderne par excellence. Il range nos valises dans le coffre et nous partons.

À la sortie de Cahors, nous longeons le Lot. La rivière est lente, trouble, épaisse et grise comme un ciel brumeux d'hiver. Nous dépassons le bourg de Mercuès avec son château perché sur un éperon. Quelques kilomètres plus loin, nous traversons le village d'Espère. Quel drôle de nom, « Espère » !

Et nous ? que pouvons-nous espérer ? Quel avenir ?

Assis à l'arrière, Antoine ne dit rien. Depuis sa sortie de prison hier matin, il n'a pas décroché dix mots. Je comprends et respecte son silence. Retrouver la liberté n'est sans doute pas si facile à vivre. Il faut du temps. Cela se fera en douceur.

La route chemine à présent vers Frayssinet-le-Gélat. Robert raconte que les nazis ont commis un massacre dans ce village en 44. En passant devant l'église, il nous montre la plaque commémorative du monument aux Morts. Nous ne faisons aucun commentaire, et nous filons vers Villefranche-du-Périgord où vingt minutes plus tard nous décidons de faire une halte. On s'installe bien au chaud dans un bar, sous les arcades, devant la place de l'église. Robert et Antoine commandent une pression, moi un café long. Avant de repartir, je demande au serveur où je peux trouver une épicerie. « Il y en a une juste là, à une cinquantaine de mètres, dans la rue principale. L'épicerie Malet. Allez-y, c'est ouvert, me dit-il aimablement. »

Je le remercie et me dirige dans la direction indiquée, pendant qu'Antoine et Robert regagnent tranquillement la Peugeot. En passant devant la boulangerie, j'achète deux flûtes de pain, puis j'entre dans l'épicerie en poussant la porte vitrée. Il n'y a pas grand monde dans le magasin en cette après-midi d'hiver. L'épicier, un homme plutôt grand et maigre, en blouse grise et arborant un crayon coincé sur son oreille droite, s'affaire devant le rayon des alcools, occupé à recharger en bouteilles de vin les étagères à demi pleines. Je m'approche timidement pour lui demander d'une voix frêle où je peux trouver du chocolat en tablette. Il me conduit très gentiment devant le rayonnage. Je choisis un paquet de trois tablettes de chocolat noir.

— C'est tout ce qu'il vous faudra, madame ? fait-il en repoussant du doigt ses lunettes épaisses qui glissent sur son nez aquilin.

— Oui… Euh, enfin non, bafouillé-je d'une voix incertaine. Vous auriez un produit de la région ? Enfin, je veux dire une spécialité ?

— C'est pour vous ou pour offrir ?

— Pour offrir.

— C'est-à-dire que... réfléchit-il en grattant le haut de son crâne dégarni. L'été, j'ai de la bonne fraise du Périgord. Mais là, à cette saison... J'ai bien des petites choses à base de cèpes. Des châtaignes aussi. Sinon, un alcool ? J'ai en ce moment un bon petit vin de noix du Périgord. C'est un producteur local de la région de Domme qui me le fournit, il est excellent.

Écoutant ses conseils, j'en prends une bouteille pour Robert qui a eu la gentillesse de venir nous chercher à Cahors. Je remercie aimablement l'épicier qui en même temps qu'un sourire m'offre un chaleureux *« À votre service, madame »*. Puis je me dirige vers la caisse enregistreuse où trône madame l'épicière, souriante et joviale, avec de plus l'embonpoint qui sied à la marchande de bons produits du terroir.

— Cela vous fera huit francs cinquante, madame, m'annonce-t-elle de sa voix chantante.

Je paie puis je sors avec mes achats soigneusement rangés dans un sachet en papier.

Une fois dans la voiture, à peine je montre à Antoine le chocolat, qu'il le dévore des yeux comme un affamé. Ensuite, j'offre la bouteille de vin de noix à Robert qui me remercie chaleureusement. Je suis heureuse que mes petits présents aient produit leur effet !

Après avoir traversé Saint-Cernin-de-l'Herm, Robert coupe à travers la campagne en prenant des petites routes sinueuses qui nous conduisent jusqu'au domaine de la Turenne à la sortie de Biron. C'est Germain, le père de Robert, qui a repris la gestion du vignoble. Mon cousin est un bon gars, très travailleur, lui aussi passionné par son métier de vigneron, mais très peu bavard. Quelqu'un de très discret. Trop discret, aux dires de la grand-tante Berthe qui lui reproche d'être toujours célibataire, malgré sa trentaine passée.

Janvier 1965, Domaine de la Turenne, Biron. Antoine Martinez
L'oubli n'est plus possible. L'attente non plus.

Cette vie campagnarde, paisible, calme et vide de sens n'est plus possible non plus. Je ne peux pas continuer à vivre ainsi, aussi platement, aussi nonchalamment, après ces mois de vie trépidante en Algérie, de vie certes dangereuse, oui, c'est vrai aussi. Mais une vie qui valait la peine. Ici, à ne rien faire, je me sens inutile. Francine est terne, maussade à faire fuir, de plus en plus renfermée. Ma belle-mère Ida, ce n'est guère mieux. Elle tente de faire face, mais la disparition de son mari Firmin ne cesse de l'affecter. Ses journées, elle les consacre au silence et au souvenir nostalgique de l'Algérie. Ce que je peux comprendre, car nous Pieds-Noirs, nous nous sentons en France bel et bien des déracinés, des incompris, des rejetés aussi. Et même si nous sommes nombreux à vouloir nous battre et relever la tête, combien d'entre nous baissent les bras ? dépérissent à vue d'œil et se laissent mourir de chagrin ? Oui, pour nombre d'entre nous, la valise aura été leur cercueil. Et la France, soi-disant terre d'asile, la prison de leur cœur éprouvé et vidé du sang d'Algérie.

C'est pourquoi j'ai décidé de retourner sur ma terre. Pour finir mon combat et rechercher la trace de ma sœur chérie, et de ma mère aussi. Faire le deuil d'un passé qui sans cela, je le sais, me poursuivra toute ma vie. Certes, il me reste ma jeune sœur Anne-Marie. Je l'ai revue pour les fêtes de Noël. Je lui ai promis de retrouver maman et Rosette. Le temps qui passe n'efface pas. Rien ne peut combler l'absence et encore moins l'oubli.

Je partirai début mars. J'ai déjà mes billets d'avion. La grand-tante Berthe est vraiment une femme extraordinaire. Un matin, Robert est venu me dire qu'elle souhaitait me voir le soir même. Je me suis donc rendu dans sa grande maison, une bastide avec des murs en pierre épais comme ceux d'un château. Elle m'attendait dans la chaleur de son salon richement meublé. Aux murs, de superbes tapisseries brodées alternaient avec des portraits de ses aïeux.

Elle se tenait assise dans son fauteuil de velours vermeil, une main posée sur le pommeau de sa canne en bois sculpté. Son visage rond, fin et très pâle, contrastait avec la fulgurance de son regard perçant. Oui, il émanait de cette femme une grandeur étrange, un caractère énigmatique inouï, à la fois empreint de dureté et de bonté.

— Asseyez-vous, Antoine, fit-elle en me présentant du bout de sa canne, le sofa face à elle.

Sur sa nuque épaisse, ses cheveux cendrés étaient noués en un lourd chignon d'où émergeaient de fines barrettes en or.

— J'ai appris que vous vouliez vous rendre en Algérie.

— Oui, ma tante...

— Ma tante ? rit-elle d'une voix gutturale. Et pourquoi pas Majesté tant que vous y êtes ? Je vous en prie Antoine, appelez-moi tout simplement Berthe... je vous épargne toutes ces *courtis-âneries* d'un autre âge.

— D'accord, Berthe, acquiescé-je avec un sourire, mais permettez-moi de vous dire que malgré votre grand âge, belle marquise vous êtes restée, je vous assure.

— Oh, vous savez, Antoine, dit-elle dans un frêle sourire, j'ai bien plus d'admiration pour des êtres comme vous ou comme mon frère, qui font montre d'un courage dont la plupart des Français comme moi, sans compter tous ceux que j'ai croisés dans ma longue vie, sont pitoyablement dépourvus.

Pour le coup j'en restai totalement coi.

— C'est-à-dire ?

— C'est-à-dire que, nous, les Français d'ici, les Français de métropole comme vous le dites si justement, sommes des pleutres, des lâches, et des hypocrites de la pire espèce. Enfin, pas tous les Français, mais les Français en général, si vous voyez ce que je veux dire.

— Non, pas vraiment.

— Oui, effectivement, pardonnez-moi Antoine... comment vous expliquer précisément le fond de ma pensée ? fit-elle en plissant le front dans un effort de concentration. Voyez-vous, mon frère a tout quitté ici au début du siècle pour partir en Algérie, tenter une aventure incroyable et incroyablement dangereuse. Il a réussi au-delà de ses propres espérances, et j'ai toujours eu pour lui, vis-à-vis de cette démarche extrêmement courageuse, une fascination sans borne. Vous l'ignorez sûrement, mais je connais très bien l'histoire de cette... « colonie », même si je n'aime pas ce mot. Mais ce n'est pas à vous, n'est-ce pas, que je vais apprendre quoi que ce soit sur l'Algérie. Je voulais juste que vous sachiez que j'admire tout ce qui a été fait là-bas, que j'admire votre peuple, et que le sort qui vous a été réservé ici en France est proprement indigne d'un pays comme le nôtre.

— Merci, Berthe, soufflai-je la respiration coupée. Cela fait chaud au cœur d'entendre de si belles louanges.

— Ne me remerciez pas, Antoine, et prenez juste cette enveloppe que vous voyez là...

Mes yeux se posèrent sur la table basse et l'objet qu'elle désignait du regard. J'hésitai un instant, puis, comme elle me lança une petite œillade d'approbation, je saisis lentement le pli.

Après avoir découvert ce qui s'y trouvait à l'intérieur, je relevai la tête, abasourdi.

— Mais qu'est-ce que c'est ?

— C'est pour vous, Antoine.

— Mais... il y a plus trois mille nouveaux francs là-dedans !

— Oh vous savez, les choses n'ont de valeur que celle que nous leur attribuons. Mais cela devrait être suffisant pour votre voyage et votre séjour là-bas. Et s'il s'avérait que non, alors n'hésitez pas à me le faire savoir, je ferai le nécessaire immédiatement.

— Mais... pourquoi ? tremblait ma voix éperdue et teintée d'un accent ému.

— Pourquoi ? fit-elle avec une pointe de réflexion. Eh bien, comment dire ? Je ne vois pas à ce jour de meilleure façon de contribuer aussi modestement soit-il à la profonde reconnaissance des valeurs qu'incarne notre famille. Et je sais ô combien ces valeurs sont importantes aussi pour vous, Français d'Algérie. Alors, du plus profond de mon cœur, je vous souhaite de retrouver et de ramener votre sœur et votre mère. Comme j'aurais aimé le faire moi-même, s'il avait fallu que je parte au secours de mon frère, qui lui – grâce à

Dieu et paix à son âme – repose à jamais sur le sol qui vous a vu naître.

Que pouvais-je répondre à pareille confidence ? si ce n'est en ressentir une immense fierté, un insigne honneur.

— Merci infiniment, vraiment je ne sais pas quoi dire...

— Un silence m'ira très bien. « Un silence... voilà qui est suffisant pour expliquer un cœur », me sourit-elle alors avec un regard taquin.

Je m'apprêtai à parler lorsqu'elle m'interrompit d'un geste empreint de douceur.

— Allez donc, Antoine. Ne vous attardez pas en ma sénescente compagnie. Bonne route et bonne chance à vous. Et vous n'êtes pas sans ignorer, que « Plus grand est l'obstacle, et plus grande est la gloire de le surmonter. »

Alors je compris les références à Molière et souris à mon tour.

— Eh oui, mon bel ami, murmura-t-elle en esquissant une petite révérence, voyez-vous je ne suis ni belle ni marquise, mais je connais mes classiques.

Oran, 28 mars 1965.

Voilà trois semaines que je suis en Algérie, et il me semble être lancé dans une enquête impossible.

Impossible également de me retrouver ici, sur ma terre, sans ressentir une amère douleur. Oran vidée de ses Européens. Oran défigurée. Oran livrée à elle-même. En trois ans à peine, la ville n'a plus rien de ce qui faisait sa beauté. Pourtant, je n'ai pu résister, je suis retourné sur les lieux qui m'étaient si chers : la villa de mes parents à Canastel, la cité HLM La Fontaine où habitait mon frère Roger, le salon de coiffure de la place Laurence où travaillait Rosette, le lycée Ardaillon où j'ai passé l'essentiel de ma jeunesse estudiantine, la brasserie de mes beaux-parents rue Alsace-Lorraine. Tout, tout... tout est devenu sans âme, dégradé, spolié, déstructuré. Un gâchis immense et scandaleux. Mais on ne peut plus rien y faire.

Pour commencer mes recherches, je me suis rendu à la préfecture dans les bureaux de la délégation d'Oran des services de la Croix-Rouge Internationale, seul organisme à avoir pu enquêter, de mars à septembre 1963, sur les disparus d'Algérie. On m'a répondu que les résultats de ces recherches ont été communiqués aux gouvernements intéressés et que seuls ceux-ci sont habilités à en transmettre le contenu et, le cas échéant, informer les familles. Mais quels sont ces gouvernements ? Les gouvernements français et algériens ? Mais ils s'en foutent royalement ! Ils ne font rien pour nous, et ne feront jamais rien !

Deux jours après, je suis retourné à la préfecture avec Mehmet, notre ancien camarade de lycée que j'ai retrouvé par hasard alors que je déambulais dans le marché, rue de la Bastille, où il tient un commerce d'huile et de poissons salés. J'étais tellement heureux de le revoir après ces quelques années où l'on s'était perdus de vue, depuis fin 58. Pour fêter nos retrouvailles, nous sommes allés boire l'apéro au café Le Clichy, rue d'Arzew, qui est toujours là, inchangé avec sa marquise rouge. Nous avons longuement parlé, tout en nous remémorant notre jeunesse, notre vie d'avant, d'avant l'indépendance et surtout d'avant la guerre. Car il y a bien eu un avant et un après 54, où dès le début tout le monde a su que plus rien ne serait comme avant. Tout en lui cachant mes activités dans l'O.A.S., je lui ai expliqué les raisons de mon retour en Algérie.

— Si ta sœur a disparu le 5 juillet, j'y ai bien peur que tu la retrouv'ras pas, m'a-t-il dit d'une voix profondément désolée.

— Chuis pas venu ici, Mehmet, pour entendre des conneries pareilles. Et je n'repartirai pas d'ici sans savoir où elle se trouve. Qu'elle soit morte ou vivante. Et pareil pour ma mère.

Il est resté un moment silencieux, mal à l'aise. Comme si quelque chose pesait sur sa conscience.

— Tu vas bien ?

— Oui, oui, m'a-t-il dit avec un sourire presque amer. Tu sais, ça fait si longtemps. Jamais j'y aurais imaginé qu'on se reverrait un jour. Ça m'fait le grand bouleversement.

Puis, il m'a appris que son cousin Abder était le secrétaire du chef de cabinet de Boudraâ Belabbes, et qu'il pourrait peut-être m'aider. Ce Belabbes, c'est le président de la « Délégation Spéciale » à la ville d'Oran, c'est-à-dire l'équivalent du maire.

J'accueillis cette nouvelle avec beaucoup d'espoir, même si rien n'était gagné pour autant. Et l'après-midi même, nous fûmes reçus par le fameux cousin de Mehmet, Abderrahmane Hamhid.

— Monsieur, me dit-il d'une voix qui se voulait aimable, je comprends votre... comment dire ? votre contrariété quant à la disparition de votre mère et votre sœur, ainsi que vos motivations pour les rechercher. Mais voyez-vous, je crains de ne pouvoir vous être d'un grand secours, sans compter que l'espoir de les retrouver est à mon avis presque inexistant. Tout cela s'est passé il y a bientôt trois ans, ne l'oubliez pas.

— Monsieur Hamhid, sans vouloir vous offenser, tout ce que vous me dites là... c'est du pipi de chat, ça ne m'intéresse pas. Je sais ce qu'il est advenu de la plupart des disparus, ce n'est pas le sujet. Ce dont j'ai besoin, ce sont les informations qui ont été récoltées par les enquêtes de la Croix-Rouge. Votre gouvernement détient ces informations et je veux pouvoir y accéder...

— Impossible.

— Ce mot ne fait pas partie de mon vocabulaire.

— C'est un tort. Ici en Algérie, il a tout son sens, vous devriez le savoir, sinon vous vous en rendrez-compte par vous-même.

— Vous connaissez forcément quelqu'un qui pourrait me renseigner.

— À propos de quoi ?

— Ces enquêtes.

— Je ne connais personne à la Croix-Rouge.

— Vous peut-être. Mais dans vos relations... ou celles de votre chef de cabinet, ou celles du Président de la Délégation... cherchez bien.

Dans sa main épaisse et velue, il jouait à faire tourner entre ses gros doigts un stylo de luxe.

— Mais que voulez-vous au juste ?

— Savoir. Je veux savoir qui a dirigé ces enquêtes, vous comprenez ? appuyai-je d'une voix ferme et déterminée. Je ne vous demande rien d'autre. Après j'en ferai mon affaire.

— Et à quoi cela va-t-il vous mener ? À la triste conclusion que votre mère et votre sœur sont probablement mortes.

— Jusqu'à preuve du contraire, il n'y a pas de certitude.

— Non, c'est vrai. Mais il y a hélas de fortes présomptions.

— De toute façon, avec ou sans votre aide, je compte bien mener ma propre enquête. Il suffit parfois d'un seul témoignage pour qu'une piste à laquelle on n'avait pas pensé se révèle.

— Bon, je vais voir ce que je peux faire, dit-il en glissant comme un regard de reproche vers Mehmet. Mais je ne vous promets rien.

— Faites seulement ce que vous auriez souhaité que je fasse pour vous, si j'avais été à votre place et vous à la mienne.

Un sourire pincé se dessina sur ses lèvres épaisses, puis il se leva pesamment et nous raccompagna sans mot dire jusqu'à la porte.

Mehmet me proposa de me ramener à mon hôtel, l'hôtel Rahil, rue de Mostaganem. La voiture se fraya difficilement un passage dans la circulation totalement anarchique qui régnait à Oran.

— Qu'est-ce tu vas faire maint'nant ? fit Mehmet préoccupé.

— Continuer mes recherches.

— Oui, mais où tu vas chercher ? J'y n'sais pas si tu t'rends vraiment compte que dans c'pays c'y est très difficile de rechercher la mère, la sœur, et tout et tout !

— Il faut que je retourne à la Croix-Rouge. C'est là-bas le point de départ.

Quelques jours plus tard, à l'heure du petit-déjeuner, Mehmet vient me voir à l'hôtel. Au sourire qu'il arbore, je comprends qu'il a peut-être une bonne nouvelle pour moi.

En passant devant le bar de l'hôtel, il commande un thé à la menthe et vient s'asseoir à ma table. Puis, lentement, du bout du doigt, il fait glisser vers moi un morceau de papier où a été griffonné à la hâte ce qui semble être un nom. Je tourne le papier et y lis « Jonas Zundel ».

— Qui est-ce ?

— Le responsable délégué à la Croix-Rouge d'Oran. Tu peux aller le voir de la part de mon cousin. Ça pourrait bien t'aider.

— OK, merci Mehmet. Je te revaudrai ça.

Une heure plus tard, je suis à nouveau à la préfecture où, tel un lion en cage, j'arpente le couloir sur lequel donne la porte capitonnée du bureau de Jonas Zundel. Une secrétaire quinquagénaire vêtue d'un tailleur de tweed m'a reçu et m'a demandé de bien vouloir patienter. Pas d'inquiétude, je suis prêt à poireauter la journée s'il le faut.

Il s'écoule presque une heure avant de me retrouver face à Jonas Zundel, un homme à la grande stature, blond, la quarantaine sonnante. Le contact est chaleureux, convivial, et je commence à croire en ma bonne étoile.

— J'ai cru comprendre que vous recherchiez des membres de votre famille, commence-t-il en posant ses mains bien à plat sur son bureau.

— Oui, ma sœur, Rosette Martinez, et ma mère, disparues toutes les deux à Oran le 5 juillet.

— Terrible affaire que cette journée du 5 juillet, dit-il en baissant la voix. Mais vous n'êtes pas sans ignorer que toutes les personnes enlevées à Oran ce jour-là, sont mortes, ou quasiment.

— « Quasiment », vous dites ? Eh bien, voyez-vous, monsieur Zundel, c'est justement ce petit détail qui me laisse encore un peu d'espoir.

— Je comprends, même si je ne vois pas exactement en quoi je pourrais vous aider. Tout ce qui pouvait être fait par notre comité l'a été, me semble-t-il.

— « Il vous semble ? » Eh bien, voilà qui me conforte et me donne encore une fois des raisons d'espérer.

L'homme au costume, un brin surpris et mal à l'aise, commence à desserrer le nœud de sa cravate.

— Durant quatre mois, rétorque-t-il du tac au tac, nos délégués et nos enquêteurs de toutes nos représentations locales se sont essentiellement attachés à rechercher les morts et, le cas échéant, dans la mesure du possible, à les identifier. Croyez-moi, cela n'a pas été une mince affaire.

— Avez-vous également recherché les vivants ?

Jonas Zundel ne répond pas. Il me fixe comme s'il cherchait à repousser le moment où il aurait à répondre à cette question qui me semble cruciale.

— Avez-vous recherché les vivants ? me dois-je d'insister.

— Non, monsieur. Pas les vivants. Enfin... quasiment pas.

— Pourquoi ?

Il sourit brièvement, plus par dépit que par mépris.

— Vous savez très bien que c'était prendre des risques inconsidérés pour nos enquêteurs que de les envoyer dans le djebel. Tous les membres de notre comité sont des citoyens helvétiques, qui ne connaissaient rien de l'Algérie. Vous vouliez quoi ? Qu'ils aillent se faire égorger à leur tour ?

— Il fallait enrôler des volontaires, ou même des « mercenaires » si je peux m'exprimer ainsi.

— Eh bien c'est ce qu'a fini par faire votre gouvernement. Des enquêteurs privés sont venus en Algérie, sans grand résultat toutefois, tant la tâche était titanesque et quasiment impossible. Vous savez, ajoute-t-il d'une voix dolente, nous avons ouvert un peu plus de 1140 enquêtes officielles ; 250 environ ont abouti à une « constatation de décès » et 500 à une « présomption de décès » ; pour le reste c'est l'inconnue totale.

— Sauf que vous savez comme moi que des milliers de Français enlevés vivent encore dans des camps de travaux forcés et, pour les femmes, dans des maisons de prostitution.

— Je le sais sans le savoir, monsieur. Je dirais plutôt que je le redoute.

— Le résultat est le même, et personne ne fait rien. Ni les autorités algériennes, ni le gouvernement français, ni l'ONU, ni aucune autorité internationale. Tout le monde s'en fout des disparus d'Algérie, n'est-ce pas ?

540

— Tout le monde ? tente-t-il de s'indigner en se redressant dans son fauteuil. Faut quand même pas exagérer. Il y a des gens qui...

— Des gens ? Mais quels gens ? Montrez-les-moi, parce que moi je ne vois rien ni personne. Je ne vois que des coupables, des salauds indignes. Un monde soi-disant civilisé, mais en réalité lâche et insensible à la plus élémentaire humanité, et qui préfère nier obstinément cette tragédie honteuse et scandaleuse, dans l'espoir de tranquilliser sa bonne conscience.

— Allons, modérez vos propos, je ne peux vous laisser dire cela.

— Ah non ? Non seulement je vous le dis, mais je vous le martèle ! Au nom de tous nos disparus ! Au nom même du sang d'Algérie !

Son front se plisse et il baisse un instant les yeux.

— Monsieur Martinez, je vous le redis : pendant plus de six mois, nos délégués se sont rendus sur les lieux où les disparus ont été signalés pour la dernière fois ; ils ont interrogé les témoins éventuels ainsi que les autorités locales. Tout ce qui pouvait être fait, je puis vous l'assurer, a été fait. Notre mission a pris fin en septembre 63, et c'est le Croissant-Rouge algérien qui a repris la responsabilité de la suite des actions que nous avions menées. Je ne puis vous en dire plus, hélas.

— Le Croissant-Rouge ?

— Oui, la nouvelle organisation humanitaire du pays. Je vous invite à les rencontrer. Ils pourront sûrement vous aider.

— Permettez-moi d'en douter. Voyez-vous, je suis ici pour retrouver mes proches, ajouté-je pour clore l'entretien, pas pour m'épuiser à multiplier les démarches administratives. Alors, vivantes ou mortes, je les retrouverai.

— Je sais ce que vous ressentez, et croyez bien que je compatis. Sachez aussi que je veux bien vous aider, dans la mesure de mes moyens. Mais avant quoi que ce soit, si je puis me permettre un dernier conseil, il vous faudra rester calme et vous montrer extrêmement prudent, sinon vous n'en sortirez pas vivant.

— Ne vous inquiétez pas pour moi. Je sais parfaitement où je mets les pieds.

Après cette joute verbale, Jonas Zundel accepte de me donner les coordonnées d'un de ses collaborateurs, Walter Chappuis de la délégation d'Oran. Cette personne de confiance serait en relation avec un enquêteur privé qui a coopéré avec la Croix-Rouge lors des enquêtes officielles de 1963.

Avant de partir, je serre chaleureusement la main de cet étonnant personnage qui me le rend bien en me souhaitant bonne chance. Puis, il m'interpelle une dernière fois d'une voix solennelle, avec dans le regard un sourire empreint d'une tristesse douce :

— Vous avez beaucoup de courage, monsieur, car vous savez à quel point votre mission est impossible.

À mon tour, je souris, mais avec un air de défi.

— Tous les combats sont honorables et valeureux, mais le combat contre l'impossible est de très loin le plus noble de tous.

Puis je le laisse à ses pensées et je ferme doucement la porte.

6 avril. Nous roulons en direction du Telagh où nous arriverons dans une dizaine de minutes. Je ne sais pourquoi Mehmet déploie des efforts considérables pour m'aider dans toutes mes démarches. Je n'avais même pas songé à le solliciter, car Le Telagh est à quasiment 150 km d'Oran, et je sais qu'il a sa boutique à tenir. Mais il a insisté pour me conduire dans cette petite ville située au sud de Sidi-Bel-Abbès. Je dois y rencontrer un certain Georges Peyral qui fut en 1963 un des enquêteurs privés dont m'a parlé Jonas Zundel. Ce Georges Peyral tient désormais un café sur la place du village, « Le Petit Vichy ».

Mehmet gare la voiture devant le bar et nous entrons. Au comptoir, un serveur arabe tient l'office. Je me présente et lui indique que je voudrais parler au patron. Surpris, le serveur pose sur nous un regard interrogateur.

— Georges Peyral, ajouté-je pour le rassurer. Je pense qu'il m'attend.

Il fait un signe d'acquiescement et disparaît derrière le rideau de bille qui donne accès à l'arrière-boutique. Peu après, un quinquagénaire, bien en chair, mal rasé, portant une chemise à rayures beige et moite de transpiration, fait une apparition plutôt singulière. Ses cheveux gris trop longs et huileux dépassent de son chapeau de paille et retombent en mèches épaisses sur son cou gras et massif. Nos regards se croisent et se jaugent. Je remarque son mégot calé au coin de sa bouche épaisse.

— C'est toi qui veux me voir ? lâche-t-il de sa voix grave et gouailleuse.

— Oui... Dans un lieu tranquille... si possible, indiqué-je en lançant des œillades discrètes autour de nous.

Vu le nombre de clients qu'il y a dans le bistroquet, je n'ai pas trop envie que toute l'assemblée locale profite de notre causerie. Il me fait signe alors de la tête et on se dirige vers une porte au fond du bar. Mehmet reste près du comptoir où il s'installe en commandant un verre de thé.

Nous entrons dans une petite pièce carrée sans fenêtre qui visiblement sert de bureau, puis Georges Peyral referme soigneusement la porte et vient s'affaler sur un vieux fauteuil éventré.

— Asseyez-vous, dit-il en me présentant la chaise face à son bureau.

Devant lui, la table déborde de dossiers et de paperasse en tout genre.

— Bon, je vous écoute.

Je me présente succinctement et lui parle de mes recherches, ainsi que de mon entrevue avec Jonas Zundel.

— Je connais pas ce type.

— Certes, mais vous connaissez un des enquêteurs avec qui vous avez étroitement collaboré en 63. C'est lui qui m'a parlé de vous.

— Ah ! ce brave Walter ! Eh bien ? Que me vaut votre visite ?

— La liste.

— Quelle liste ?

— Ne jouez pas au plus fin avec moi. Je veux la liste des personnes sur lesquelles vous avez enquêté en 63.

— Vous rigolez ou quoi ?

— Non, c'est pas dans ma nature. Par contre, je subodore que vous avez fait des copies de ces listes.

— Tiens donc ? Et pour en faire quoi ?

— Bien voyons, pour les marchander, pardi. Je vous sens un peu « crapule » comme type. Moi, si j'avais été à votre place, c'est ce que j'aurais fait.

Il ricane lentement.

— Et que voulez-vous savoir sur ces listes ?

— Je recherche ma mère et ma sœur.

— Elles ont été enlevées ?

— Non, disparues le 5 juillet 62.

— Alors elles sont mortes.

— Je n'y croirai que lorsque j'en aurai la preuve.

— Comment s'appellent-elles ?

— Ma mère : Adrienne Martinez, née Gendrau ; et ma sœur : Rosette Martinez.

— Ces noms ne me disent rien. Vous aviez signalé leur disparition ?

— Comment ça ?

— Est-ce que vous avez fait en 62 une demande de recherche auprès du C.I.C.R. ?

— C'est quoi ça ?

— La Croix-Rouge, si vous préférez.

— Non. Je n'ai pas pu. J'ai eu un contretemps en ce temps-là.

— Un contretemps ? et le reste de votre famille, ils ont eu aussi un contretemps ?

— Mon père et mon frère sont morts assassinés le 5 juillet ; et mon autre sœur, elle ne s'en est jamais remise, si vous voyez ce que je veux dire.

— Ah... pardon. Je suis désolé, j'ignorais...

— Pour eux au moins, je sais. Ils ont été identifiés à la morgue de l'hôpital d'Oran.

— Il faut que vous sachiez que les enquêtes menées par la Croix-Rouge l'ont été pour la plupart avec l'appui de dossiers constitués sur la base de demandes individuelles des familles. Donc, sans demande des familles, pas de fiche individuelle et donc pas de recherche. Je ne comprends pas pourquoi ils ne vous ont pas expliqué cela au C.I.C.R.

— Parce que je n'ai pas précisé qu'il n'y avait jamais eu aucune signalisation de disparition les concernant.

— Eh bé ça alors, c'est fort. Et comment comptez-vous vous y prendre pour les retrouver ?

— C'est justement là le but de ma visite, monsieur.

— Comment ça ?

— Nous allons reprendre l'enquête ensemble, voilà tout. Et s'il vous faut des fiches de signalement, c'est pas un problème, je vous les fais tout de suite, donnez-moi un formulaire…

— Vous rigolez ou quoi ?

— Est-ce que j'ai l'air de vouloir rire ?

Nos regards se jaugent imperceptiblement, comme dans l'attente d'un duel au soleil.

— Ça va vous coûter un bras, monsieur, je ne travaille pas pour rien.

— Un bras, deux bras, mes deux jambes et mon cœur s'il le faut. Votre prix sera le mien.

— Quatre mille francs pour les deux. En nouveaux francs, bien sûr.

— Je vous en donne six mille si on les retrouve.

— Marché conclu.

15 avril 1965, Gouraya. Georges Peyral

Huit jours que je parcours tous les camps de la région avec ce foutu Martinez. Alors s'il y a bien un type qui est têtu comme une mule, c'est lui. Il ne lâche pas l'affaire, le gars. Mais il faudrait un miracle pour aboutir à quelque chose de concret. Cependant, c'est un défi qui me plaît. J'aime bien les types qui foncent tête baissée, par devoir ou par idéal.

Notre enquête a commencé dès le lendemain de sa visite. On a tout repris du début ; à savoir le point de départ : Oran. On s'est rendus sur les lieux de la disparition de sa sœur. La place Laurence au quartier Saint-Antoine, et le salon de coiffure « Chez Félicien » qui désormais s'appelle « Chez Rachid ».

— Filicien ? Li patron di l'époque ? Y l'a quitté l'Algérie après l'indépendance, nous dit le nouveau propriétaire alors qu'on discutait dehors sur le trottoir.

« Oui, ça c'est sûr, on s'en serait doutés, ai-je eu envie de lui rétorquer. »

— Rachid ? Rachid ? s'interrogea Antoine, le front plissé, en observant l'enseigne accrochée au-dessus de la devanture. C'est pas toi qui travaillais ici en 62 dans le salon de M. Félicien ?

— Y oui, c'est moi.

— Alors tu as connu ma sœur ? Rosette…

— Ah mamzelle Rosett' ! Y oui, j'm'y souviens bien d'elle !

— Je suis son frère, lui indiqua aussitôt Antoine pour couper court.

Ç'avait l'air d'être un sacré bavard, ce Rachid, et on se demandait s'il allait rester aussi bavard jusqu'au bout.

— Ah son frère ? répéta Rachid étonné. Celui qui venait des fois li chercher au travail ?

— Non, ça c'était mon frère Roger.

— Ah d'accord. Ahlala mamzelle Rosett', continua-t-il en hochant pensivement la tête. Quell' tristesse c'qui l'y est arrivé…

À ces mots, Antoine ouvrit aussitôt de grands yeux.

— Tu étais là le jour de sa disparition ?

— Y oui, li jour di 5 juillet.

— Alors tu as sûrement vu quelque chose ?

— Ahlala, c'est qu'ça fait bien longtemps tout ce malheur !

— Mais parle, bon sang ! Parle ! se mit à lui crier dessus Antoine tout en le secouant par le bras.

— Y oui, douc'ment ! j'vais te li dire ! Faut pas me tirer li bras comm' ça !

Je fis signe à Antoine de se calmer et de le lâcher, sinon, l'Arabe allait se braquer et on n'obtiendrait rien de lui. Je les connais ces énergumènes. Il nous raconta alors ce qui s'était passé dans le quartier ce 5 juillet.

— J'l'ai entendue crier, et quand je m'suis tourné, j'ai vu trois ou quatre militaires qu'c'était des soldats de l'A.L.N. et qui l'ont poussée dans une camionnette où y avait déjà des z'otres femmes ! Ah li pôvres ! que j'li vois encore qui pleuraient di la peur di mourir !

— Y avait des hommes et des enfants aussi dans cette camionnette ? lui demandai-je pour glaner le plus de renseignements possible.

— Ah non, que des femmes. Après y a eu plein des tirs di mitraillettes et li gens couraient partout en criant. J'y ai vu des hommes aussi qui étaient morts dans li rue avec di sang partout. Ah c'y était pas beau à voir tout ça, se lamentait-il en secouant la tête.

— Tu as vu ma sœur monter dans cette camionnette ? s'enflamma Antoine comme exalté par ces premiers indices.

— Oui, oui, j'te dis, j'l'ai vue ! après, y sont partis vers li boulevard di Mascara, et pis c'est tout, j'l'ai plus revue.

— Tu les connaissais ces soldats qui ont enlevé les femmes ?

Il réfléchit un instant, puis se décida à donner une réponse qui nous parut hésitante.

— Non j'les z'avais jamais vus avant. C'y était pas des types d'ici. Voilà, j't'ai dit tout c'que j'ai vu !

Antoine remercia chaleureusement ledit Rachid et on le laissa retourner à son travail.

On commençait à regagner la voiture garée sur la place, lorsque, en passant devant un marchand d'huile dont l'échoppe jouxtait le salon de Rachid, on entendit deux ou trois sifflements brefs provenant de l'intérieur de la boutique. En tournant la tête, on vit, assis sur un tabouret près de sa caisse enregistreuse, un vieil algérien avec son chèche qui nous faisait signe d'entrer dans son boui-boui.

— C'est nous que tu siffles ? je lui demandai d'une voix grave pour l'impressionner.

Ses yeux noirs étaient fixes et ardents, et en aucun cas troublés.

— Toi, dit-il à Antoine, ti es le frère de *missieur* Roger et ti cherches ta sœur.

— Tu connaissais mon frère ? fit mon acolyte, ébahi.

— Ici, j'y connais tout le monde. Ti ressembles à ton frère, comm' deux gouttes d'eau qui sont les sœurs.

— Tu as vu quelque chose le jour où Rosette a été enlevée ?

— Y oui, j'y ai vu tout c'qui z'ont fait ici le 5 juillet. Toutes les salop'ries...

— Alors, dis-moi c'qui lui est arrivé !

— Ah... le 5 juillet, c'y était un jour de grand malheur. Mais Rozett' c'y était aussi comme *un lion*, et *pit-être* qu'elle s'est sauvée, ça je n'sais pas...

— Mais qu'est-ce que t'as vu, vieux canasson ! s'impatienta encore une fois Antoine.

— Ici, dans le quartier, moi j'y vois tout, j'y entends tout, et c'qu'il t'a dit le Rachid, c'y est vrai, et en même temps c'y est pas vrai, ajouta-t-il avec un ton de mystère.

— Qu'est-ce que tu veux dire ? J'comprends rien !

— Le Rachid, y connaissait celui qui conduisait la camionnette...

— Quoi ?

— Y venait souvent au salon, c'y était un ami de Rachid j'y crois bien.

Inutile de préciser qu'Antoine a aussitôt déboulé au salon pour choper par le colbac le fameux Rachid. Pendant que je fermais la porte en poussant le verrou, Antoine l'a entraîné dans la remise à l'arrière de la boutique. Une petite pièce sans fenêtre avec des étagères fixées aux murs où était entreposé tout son stock de produits.

— T'as intérêt à tout me raconter ou je te démolis ta sale gueule ! hurla Antoine en lui serrant le col de sa chemise.

— Mais quoi ? moi j't'ai tout dit tout à l'heure !

— Ferme-la, que ti es menteur comme un arracheur de dents ! Je viens d'apprendre que tu connaissais le type qui conduisait la camionnette qui a enlevé ma sœur ! Alors, j't'écoute !

— Mais non, c'y est pas vrai ! Qui t'a dit ça !

Antoine ferma son poing rageusement et lui envoya un direct du droit dans la mâchoire. La tête de Rachid, sous ce coup de massue inattendu, percuta durement le mur derrière lui. Poussant un cri plaintif, il se mit à miauler des gémissements mêlés de larmes.

— Ou tu me déballes tout, tout de suite, ou je te découpe en morceaux et je t'éparpille aux quatre coins de la Mitidja ! continua Antoine, les yeux injectés de haine, en lui présentant contre la gorge le tranchant d'un rasoir qu'il avait récupéré en passant dans le salon.

— Si ! si ! *Missieur !* J'vais te dire tout c'que j'y sais ! tremblait Rachid dont le teint cireux commençait à virer à la pâleur cadavérique.

Dix minutes plus tard, on ressortait avec suffisamment de renseignements pour poursuivre nos recherches. Dans sa remise, Rachid geignait, allongé entre deux rangées de cartons, car Antoine lui avait joliment refait le portrait. Et pas qu'un peu. Si je n'avais pas été là, il l'aurait trucidé. Faute de quoi, il a parachevé son œuvre en lui tondant la tête.

C'est comme ça qu'on a pu remonter la trace du type de la camionnette. Un dénommé Saïd Ouahouah, dégotté non sans mal à Oued-Rhiou, anciennement Inkermann, au nord-est de Relizane. « Ouah ouah », certes, mais pas de quoi se tordre de rire. Une sale gueule qu'il avait ce type. Là aussi, Antoine s'en est donné à cœur joie. On l'a cravaté à la sortie de l'usine de béton où il travaillait. Une fois poussé dans la bagnole, on l'a embarqué dans le djebel, à une trentaine de kilomètres. Après s'être garés au bout d'une piste sablonneuse, on l'a traîné sur vingt mètres pour l'attirer à l'écart dans les bosquets. Il tremblait comme une feuille, ne comprenant pas ce qu'on lui voulait. Antoine s'est chargé de lui rafraîchir la mémoire.

— Le 5 juillet, place Laurence à Oran, ça te parle ?

Il nous regardait alternativement, avec étonnement et méfiance. Ses yeux affolés et effrayés nous scrutaient anxieusement. Il avait compris qu'il allait passer un sale quart d'heure.

— Tu étais bien de la bande de salauds qui ont enlevé des femmes ce jour-là ? continua Antoine en sortant tranquillement un pétard de la poche de sa veste en cuir.

— Mais c'était li guerre ! tenta de se défendre ce pétochard de Saïd.

— Non, non ! C'était pas la guerre ça ! C'était un massacre !

Les yeux révulsés de colère et de haine, Antoine pointa le canon de son Luger P08 sur la tempe de l'Arabe.

— Ma sœur était dans ce camion ! Alors maintenant, sale merde, tu vas me dire où vous l'avez emmenée, ou je te réduis la cervelle en bouillie et j'te jure que je la donne à bouffer aux cochons !

— Non, non, pitié ! Ti fais pas ça ! Je vais ti dire, je vais ti dire tout !

Il a fallu l'asticoter un moment avant qu'il nous file enfin quelques tuyaux ; notamment le nom du chef du commando qui dirigeait les opérations ce jour-là : Mohamed Mokrani, dit « Le Balafré », un employé des abattoirs d'Oran. Celui-ci, pour services rendus, avait réussi après l'indépendance à se placer au bureau de la « Délégation Spéciale » de Tiaret.

— Est-ce que tu reconnais ma sœur ? demanda Antoine en lui collant sur la figure une petite photo au format « identité ».

Saïd jeta un œil à la photo en disant qu'il ne pouvait pas être sûr, que tout s'était passé très vite, et que ça remontait maintenant à presque trois années.

— Qu'est-ce que vous avez fait de ces femmes ? cria Antoine pour ne pas lâcher la pression. Des putes, c'est ça non ? Des femmes à bordel ?

550

— J'y sais pas, j'y crois pas non…

— Malheureusement pour toi, moi, je crois bien qu'c'est ça.

Antoine fit un pas pour repartir vers la voiture puis, me faisant signe de le suivre, il se retourna vers Saïd qui venait de s'écrier « Y moi, j'y reste là ou quoi ? »

— Oui, tu restes là. Et tu vas même y pourrir, lança-t-il froidement en lui tirant deux balles en plein cœur.

Saïd s'effondra lourdement, face contre terre.

— Tu avais besoin de faire ça ? lui demandai-je d'une voix tout aussi prudente que prévenante.

— Moi ? Non, effectivement. Mais Rosette et tous les morts du 5 juillet, oui. Un OUI immense et revanchard.

— Tu sais bien que ça ne les fera pas revenir.

— Non, effectivement. Mais tôt ou tard, il faut bien finir par payer, dit-il hâtivement pour clore le débat. Et crois-moi, tous ces chiens paieront jusqu'au dernier.

Une immense chasse à l'homme allait sans aucun doute s'engager. Ce qui n'était pas pour me rassurer.

À Tiaret, nous avons retrouvé facilement Mohamed Mokrani, reconverti en politicard. Véreux comme de bien entendu. Un jeune fellouze impulsif et sans cervelle qui cependant a su mettre à profit son activisme révolutionnaire pour gravir l'échelle sociale et accéder à un poste important au sein de la mairie de Tiaret. Bref, une sale ordure aux dents longues.

Lui aussi, on l'a ramassé un soir à la nuit tombante alors qu'il rentrait chez lui. Facile à reconnaître, avec sa balafre sur la joue gauche. On l'a alpagué à sa sortie de voiture. Un mouchoir de chloroforme collé sur le nez, et le loup s'est fait doux comme l'agneau. L'opération ne nous a pris que quelques secondes, sans heurt et sans témoin. Il ne s'y attendait tellement pas qu'il n'a pas eu le temps de moufter. Comme pour Saïd, on l'a poussé dans notre voiture et on a filé à toute berzingue. Le plan consistait à l'emmener dans un coin tranquille. Le lac du barrage de Bakhadda paraissait correspondre assez bien à ce qu'on voulait. Situé à proximité du Djebel Ferrara à vingt-cinq kilomètres au sud de Tiaret, c'était le lieu calme par excellence. On s'est garés près du lac, à la lisière d'une épaisse forêt d'immenses eucalyptus. On a tiré notre otage hors de l'auto pour le traîner à moitié étourdi et titubant jusqu'à la bordure du lac. Seule la faible clarté d'un croissant de lune ciselé dans la nuit accompagnait nos pas saccadés. Parvenus près du rivage, on lui a plongé la tête dans les eaux froides, puis on l'a relevé en le tenant par les bras. Il s'est ébroué, reprenant peu à peu connaissance. Aussitôt, on l'a plaqué contre un arbre, en lui maintenant fermement la gorge, prêt à serrer s'il le fallait.

— Qu'est-ce que vous voulez ? souffla péniblement notre otage d'une voix étouffée.

— Que tu nous racontes ce que tu as fait des femmes que tu as enlevées le 5 juillet à Oran.

Il réfléchit une seconde ou deux, puis osa dire ce qu'il ne fallait pas dire : « Je n'vois pas de quoi vous parlez ». Cette simple phrase suffit à décupler la colère d'Antoine qui lui asséna, direct dans l'estomac, un de ces coups qui peuvent aider à guérir d'une amnésie.

— J't'écoute, Le Balafré.

Comme il restait irrémédiablement muet, Antoine lui décocha dans les mâchoires deux allers sans retour, une droite, et une gauche pour rétablir l'équilibre. Quel dur à cuire ce Mokrani ! Il a fallu qu'Antoine le tabasse à s'en bousiller les mains, avant de récolter enfin au bout de dix minutes une avancée significative. « Les camions avaient pris la direction du camp de Bois-Sacré, près de Gouraya. »

— Que sont devenues ces femmes ? poursuivit Antoine d'une voix qui se voulait calme et paisible, mais qui en réalité grondait au fond de lui.

— Et pourquoi ça t'intéresse tant ? lui murmura difficilement Mokrani à cause de sa mâchoire endolorie et couverte de sang. Y avait ta femme, c'est ça ?

— Que sont devenues ces femmes ? réitéra Antoine sur un ton plus pressant.

Un ricanement se dessina sur la face crispée du Balafré, ce qui immanquablement annonçait la teneur de sa réponse.

— Des femmes ? Non. Des putes... qu'on a remplies de *foutre* jusqu'à ce qu'elles en crèvent !

— Redis ça encore une fois et j'te fais sauter la cervelle ! vociféra Antoine en lui plaquant son Luger sur la tempe.

— Tout' façon, tu vas me buter quand même, alors arrête d'faire ton p'tit malin, et dis-moi qui tu es et ce que tu veux.

— Qui je suis ? Oui je vais te le dire : Antoine Martinez, du commando Delta de l'O.A.S. d'Oran. Des ordures comme toi j'en ai dégommé plus d'une, alors t'inquiète, j'te louperai pas. Ma sœur a été enlevée place Laurence le 5 juillet, et j'suis revenu pour la trouver et la ramener, c'est tout simple.

— Mais j'espère bien qu'tu vas la retrouver. Vivante aussi j'espère. Ta souffrance sera alors encore plus grande si elle est vivante, que si elle pourrit déjà dans l'enfer. Ah ah !

Antoine lui asséna un nouveau coup de poing. Du sang jaillit de l'arcade sourcilière, commençant à couvrir le visage du Balafré.

— Parle, vermine ! Où est-elle ? rugit Antoine en perdant patience.

— Tu veux vraiment le savoir ? souffla Mokrani, groggy et haletant, avec son éternel rictus aux lèvres. Peut-êtr' au camp d'Bois-Sacré. Et si elle est pas là-bas, tu la trouveras vers Tizi-Ouzou, au camp d'Azazga.

— Ça sert à rien, Antoine, dis-je en soupirant de lassitude, tu vois bien qu'il bluffe.

— Oh non, reprit le Balafré grimaçant de douleur, j'veux trop qu'il la retrouve. Mais quel dommage, je s'rai pas là pour voir l'horreur dans son regard...

— Non, effectivement, tu seras pas là ! s'écria Antoine en armant son Luger.

Pointant l'arme sur Mokrani, il fit feu en visant la tête. Les deux détonations claquèrent dans la nuit silencieuse et le corps du Balafré glissa lentement au pied de l'arbre, sur le sol terreux. Antoine, qui ne se répartissait pas de son sang-froid, me fit signe de l'aider à balancer le cadavre dans le lac. Ça, on ne peut pas dire, ce type-là ne fait pas dans la dentelle. Mais en un sens, je le comprends. Y a des moments qu'on regrette, et d'autres pas du tout. Quand on a affaire à des gibiers de potence comme ce Mokrani, eh bien il n'y a pas d'autre chose à faire. Je ne sais pas jusqu'où ira Antoine, mais moi je le suivrai jusqu'au bout. Pour au moins deux raisons : la vérité, et mes quatre mille francs.

22 avril 1965, forêt de Yakouren (Kabylie). Antoine Martinez
Notre fourgon sanitaire se présente à l'entrée du camp de détention, dans le secteur d'Azazga, en pleine forêt de Yakouren. Georges est au volant. Mehmet, assis côté passager, présente son laissez-passer au poste de contrôle. Un document obtenu grâce à son cousin Abderrahmane Hamhid : une autorisation officielle de l'État algérien pour accéder au camp de Yakouren, sous couvert d'une intervention sanitaire et sociale. Georges Peyral, lui, nous a fourni grâce à son réseau, des faux papiers d'infirmiers et de médecins. Ce camp n'a pas pu être visité par les enquêteurs du C.I.C.R. en 1963, car l'État algérien n'a jamais voulu donner d'autorisation concernant les camps militaires, sous prétexte qu'il n'y avait pas de prisonniers harkis ni européens dans ces camps. De fait, de nombreux camps comme celui-ci, militaires ou clandestins, sont passés complètement à l'as. Je n'espère qu'une chose, c'est que Mokrani ne m'ait pas menti, sinon tout ça n'aura servi à rien.

Le soldat en faction vérifie les documents, puis, reculant de deux pas, il nous laisse le champ libre en faisant signe à ses acolytes d'ouvrir la grille. Georges desserre le frein, enclenche une vitesse et nous pénétrons lentement dans l'enceinte. Le camp est composé de divers baraquements en bois, à l'hygiène plus que douteuse, à coup sûr. On se gare près du bâtiment principal qui, lui, est construit en dur, et où se trouvent les bureaux des services administratifs. Notre plan est simple : demander la liste des prisonniers et solliciter une visite sanitaire, tel que le stipule le document officiel en notre possession. Tout est réglo : Georges est le docteur Hommel, moi l'infirmier Antoine Moraz, tous deux de nationalité suisse, missionnés par les services sanitaires de la Croix-Rouge Internationale, tandis que Mehmet est Hamdane Ferrah en charge des affaires sanitaires du Croissant-Rouge-Algérien, antenne de Tizi-Ouzou. Qui pourrait remettre en cause l'authenticité d'un tel document ? Absolument personne.

Nous montons les quelques marches qui mènent au parvis du bâtiment administratif. Une fois dans le hall, Mehmet, le seul d'entre nous à parler arabe, demande au soldat en faction à quel étage se trouve le secrétariat. C'est au premier, la double porte dans le couloir. On gravit les escaliers sans précipitation. Après avoir pris connaissance du document, les deux jeunes officiers du secrétariat ne font aucune difficulté et nous procurent la liste des prisonniers. Nous y jetons un œil rapide, mais je remarque qu'aucune femme n'y est mentionnée.

— Mais où sont les femmes ? murmuré-je pour moi-même. Ils se foutent de nous ou quoi ?

Mehmet se renseigne en arabe auprès des deux secrétaires. Après un instant de flottement, ils affirment qu'il n'y a pas de prisonnières dans le camp. Pour éviter de faire naître chez eux un sentiment de suspicion, nous acquiesçons et demandons à visiter le camp sans tarder. Cependant, ils nous imposent la présence de deux soldats qui devront nous guider dans les baraquements. Moi, je n'ai qu'une idée en tête : trouver où ils les ont cachées ; car c'est certain, il y a des prisonnières ici.

Au bout d'une heure, notre inspection est terminée. Comme je m'en doutais, nous n'avons rien trouvé. Mais loin de me résigner, je demande à Mehmet de questionner les deux soldats pour savoir où est situé le cantonnement militaire. En fait, on apprend qu'il se trouve au fond du camp.

— Alors, faut trouver un moyen pour y aller, débrouille-toi.

Mehmet me regarde d'un air ahuri.

— Mais qu'est-ce tu veux que j'leur dise ?

— J'en sais rien moi, trouve un prétexte.

Du coup, c'est Georges qui propose une idée lumineuse :

— T'as qu'à leur dire qu'on nous a signalé une recrudescence d'épidémie de choléra et qu'on doit inspecter tous les bâtiments.

L'argument fait mouche aussitôt. Les deux soldats acceptent de nous conduire au cantonnement. On traverse tout le camp, jusqu'à la caserne. Un grand bâtiment blanc, avec dans l'aile droite les réfectoires et les cuisines, et, concentrés dans l'aile gauche, tout ce qui est buanderie, stocks et logistique. Au premier étage, c'est l'espace réservé aux officiers, quant aux dortoirs destinés aux soldats, ils sont répartis dans les deux étages supérieurs. Au bout d'un quart d'heure de déambulation dans toutes les parties du bâtiment, nous voilà encore une fois bredouilles. Pour Georges et Mehmet, on est sur une fausse piste. Tout a été vérifié, en vain. Pour ma part, je suis dépité, presque abattu. Nous n'avons hélas plus qu'à repartir. Mais au moment où nous passons devant le couloir qui mène à la buanderie, je découvre dans un repli du mur adjacent, un escalier en pierre très étroit qui plonge dans l'obscurité.

— Et là qu'est-ce que c'est ? dis-je aux autres pour attirer également leur attention.

Les deux soldats qui nous accompagnent s'arrêtent à leur tour et répondent aussi sec à Mehmet que ça ne mène nulle part. Comme ils ne font que baragouiner en arabe, je demande à Mehmet de traduire.

— Ils m'expliquent, commence Mehmet, que l'accès est maint'nant condamné, et qu'avant ça conduisait à l'infirmerie.

— Eh bien, dis-leur qu'on veut y jeter un œil quand même.

Mehmet s'exécute non sans une certaine crainte. Lorsque les deux soldats comprennent, leurs visages se figent. Des pourparlers houleux s'engagent. La tension monte et je décide de passer à l'action. J'envoie direct un crochet du gauche au premier qui me fait face, tandis que Georges s'occupe du deuxième. Deux tabassages en bonne et due forme les laissent groggy et on les traîne aussitôt par les pieds jusqu'au sous-sol. On les enferme dans un réduit obscur sous l'escalier, en prenant soin de les bâillonner, les mains attachées dans le dos. Puis, sans trop savoir où nous allons, nous nous engageons dans une longue galerie sombre et basse qui serpente dans les sous-sols.

— Dis, Toni, on va où comm' ça ? chuchote Mehmet qui visiblement a le trouillomètre à zéro.

Je n'ai pas le temps de répondre que le couloir débouche soudain sur une large porte en bois apparemment fermée à double tour.

— Y a quelque chose là derrière, j'en suis sûr ! m'écrié-je tout en donnant des coups d'épaule pour enfoncer la porte.

— Antoine, c'est plus facile avec ça, non ? me sourit Georges en pointant triomphalement une énorme clé qu'il vient de trouver dans une jarre en pierre suspendue près de l'entrée.

Il donne trois tours de clé et pousse la lourde porte qui chuinte sur ses gonds. Qu'espérions-nous trouver ? Un harem clandestin ? Un arsenal militaire ? La caverne d'Ali Baba ? C'est l'impensable qui nous éclate à la figure. Dans une vaste salle tout juste éclairée par des lampes à huile, une vingtaine de femmes en état de choc, comme inertes, sont allongées sur des paillasses nauséabondes. C'est l'horreur totale ! Que faire ? Vers qui se tourner ? Laquelle secourir ? Instinctivement, je recherche les traits chéris de ma douce Rosette. Je vais de l'une à l'autre, le cœur battant, le cœur déchiré et blessé de ne pas la reconnaître. Puis, désespéré, je tombe à genoux sur la terre humide et moisie, la tête enfouie au creux de mes mains :

— Rosette ! C'est moiiii, je suis venuuu te chercher !

Ma voix se perd dans les sanglots, tant le choc est rude. Je sens une main posée sur mon épaule. C'est Georges.

— Tu vois bien, toutes ces femmes sont devenues folles, dit-il à voix basse. On ne peut plus rien pour elles. Il faut partir, ajoute-t-il profondément désolé.

— Mais on ne peut pas les laisser là ! je parviens à articuler.

Il baisse la tête en silence. Spectacle inhumain que ces femmes perdues, avilies, humiliées, à moitié mortes. Mehmet et Georges m'aident à me relever, et nous nous dirigeons lentement vers la sortie lorsqu'une voix très faible s'élève à quelques mètres de nous.

— Roseeette ?

Aussitôt je me fige, et tournant la tête j'aperçois une forme humaine accroupie dans l'ombre contre le mur. Je m'approche et me penche doucement vers elle. Ce n'est pas Rosette. Elle est brune comme elle, mais ce n'est pas ma sœur.

— Qui êtes-vous ? Vous connaissez Rosette ? Elle est ici ?

La pauvre femme secoue la tête négativement.

— Elle est moorrte…

C'est comme si une bombe venait d'exploser dans ma poitrine. Mes épaules s'affaissent et de longs sanglots me broient la gorge.

— Vous l'avez connue ? balbutié-je d'une voix pleine de larmes.

Elle est si faible qu'elle peine à me répondre. En quelques mots, elle m'apprend l'essentiel, que Rosette a succombé il y a quelques mois. Elle ne sait pas me dire quand, elle n'arrive pas à se rappeler. Elles s'étaient liées d'amitié depuis trois ans qu'elles étaient ici.

Voilà, moi aussi, je suis comme mort. Je ne sais ce qui est le plus terrible ; est-ce le fait que ma sœur soit morte, que je sois arrivé trop tard, ou que tout cela n'aura servi à rien ? si ce n'est me donner des regrets. D'immenses regrets. Mes yeux n'ayant plus de larmes, je comprends qu'il faut partir. De mes bras j'entoure délicatement la jeune femme pour l'aider à se relever.

— Que faiiiites-vous ? murmure-t-elle dans un soupir déchirant.

— Je vous emmène, venez.

— Antoine, non, ne fais pas ça, s'exclame Georges qui tente de me raisonner.

— On la sort d'ici, y a pas à discuter !

Mais comment on va faire ! C'est à peine si elle peut marcher !

— On va la porter. Mehmet n'a qu'à aller chercher la fourgonnette… il se gare juste devant et après on fout le camp !

— Et comment on va passer le contrôle ? S'ils fouillent le véhicule, on est foutus !

— On a des bâches à l'arrière. Arrête de discuter, on n'partira pas sans elle !

Georges pousse un juron, mais il m'aide à transporter la pauvre femme dans le dédale des sous-sols. Lorsque Mehmet nous laisse pour récupérer le fourgon, je demande à la jeune femme comment elle s'appelle.

— Coleeette, me dit-elle péniblement. Colette Guerrero. Je suis d'Oran-Eckmühl.

Oran, huit jours plus tard. Mehmet m'a supplié de l'accompagner ce matin à Petit-Lac. Depuis que nous sommes rentrés du camp de Yakouren, il n'est plus le même. Il est très perturbé. Pâle comme un linge. Il dit qu'il ne dort plus, et je commence vraiment à m'inquiéter. J'espère qu'il n'a pas fait de conneries, ou qu'il ne va pas en faire une. Après une visite à l'hôpital d'Oran où Colette commence à aller mieux, je rejoins Mehmet rue de la Bastille. Quand j'arrive devant sa boutique, je constate qu'il n'a même pas levé la grille. Il m'attend juste devant, avachi dans sa vieille guimbarde. J'ouvre la portière et m'installe à ses côtés.

— Qu'est-ce qui se passe Mehmet ? commencé-je alors qu'il reste inexorablement silencieux.

— Pas ici. J'peux pas te dire ça ici, lâche-t-il dans un soupir en démarrant le moteur.

Le trajet jusqu'à Petit-Lac ne m'a jamais paru aussi éprouvant. C'est comme si l'ombre de la mort voyageait avec nous. Moins de dix minutes plus tard, Mehmet stoppe son tacot. Toujours en silence, sans décrocher un mot, il me conduit à l'écart de la cité de Petit-Lac, sur une portion de terrain vague, près de la rive nord-ouest du Petit-Lac. Au bout d'une cinquantaine de mètres, on parvient sur une zone aplanie et semi-désertique, à l'endroit où se trouvait l'ancienne décharge. Mais pour nous, Oranais, c'est surtout un lieu maudit. Un lieu de supplice pour tant de victimes du 5 juillet, massacrées et ensevelies dans divers charniers aux alentours. Ce souvenir m'est si pénible, que j'en ai un haut-le-cœur.

— Mais qu'est-ce qu'on fout là, Mehmet ? Tu vas m'expliquer ce qui se passe ou quoi ?

— Elle est là… s'écrie-t-il en tombant à genoux.

Surpris et abasourdi, j'observe Mehmet, pleurant toutes les larmes de son corps, penché en avant comme s'il priait son Dieu pour l'implorer d'un pardon auquel je ne comprends rien.

— Ta mère, j'l'ai vue, elle est là-dessous maint'nant.

— Qu'est-ce que tu dis ? bafouillé-je, totalement exsangue, la tête et le cœur renversés.

— J'l'ai vue le jour du massacre du 5 juillet. Elle était ici avec plein d'autres otages. Ils les ont mitraillés dans le lac. J'ai vu ta maman, et j'crois bien qu'elle aussi m'a vu. Mais j'pouvais rien faire pour elle, sinon ils m'auraient tué aussi, tu comprends ? Après, ils ont enterré tous les cadavres là-dessous. C'y est ici qu'elle est ta maman dans le charnier du Petit-Lac. Le lendemain du massacre, ils ont tout recouvert de terre avec des pelleteuses, pour bien cacher toutes les preuves de tous ces morts. Dis, Toni, tu comprends ? J'y ai pas voulu tout ça. J'voudrais que tout revienne comme c'y était avant la guerre… Tu comprends, Toni ?

J'observe Mehmet, complètement suffoqué et meurtri par ce qu'il vient de m'apprendre. Il est là, pitoyable, à se confondre en jérémiades et je n'ai qu'une envie, lui faire payer à lui comme aux autres l'horreur de tous leurs crimes. Des pensées meurtrières me traversent l'esprit et je me jette brusquement sur lui en lui assénant une ruée de coups. J'entends ses cris et ses lamentations. Sa figure est en sang. Il me supplie d'arrêter, mais rien n'y fait. Je réalise soudain que mes mains sont agrippées à son cou, elles ne me répondent plus, comme si elles ne m'appartenaient pas. J'observe mon ami d'enfance, son regard effrayé se fige au-dessus de moi dans la clarté du soleil blanc d'Algérie. Il n'a plus peur et semble même implorer la mort. Alors, mes mains se desserrent lentement, enfin libérées de l'emprise du mal et de la terreur des hommes. Mehmet fixe mon regard perdu, consterné, comme s'il était déçu d'être encore vivant. Alors, je relâche mon étreinte et je tombe en pleurs dans les bras de mon ami qui me serre à son tour comme un frère que je ne suis pas.

Qu'a-t-elle fait de nous cette guerre sans nom ? Cette guerre sans merci ? Des ennemis vaincus ? Des êtres sans âme ? Ou des cœurs qui saignent du pardon des autres ?

Oran, 6 mai. Aéroport d'Oran-La Sénia. Hall d'embarquement. J'allume une dernière cigarette. J'ai fait tout ce que je pouvais. Sur la base de notre témoignage, le camp de Yakouren a été investi par la Croix-Rouge Internationale qui a pu ainsi libérer toutes les autres détenues. Quant à Rosette et maman, maintenant je sais. Je n'ai plus rien à espérer, plus rien à attendre. Des regrets ? Non plus. Sinon qu'une page va définitivement se tourner, pour sceller à jamais mes derniers instants sur ma terre.

L'heure du départ est proche. Colette se repose dans la salle d'attente. Notre avion décolle dans un peu moins de deux heures. À notre arrivée à Marseille, je l'accompagnerai au siège de la Croix-Rouge où elle est déjà attendue pour être prise en charge. Elle y trouvera également l'aide nécessaire pour retrouver la trace de ses parents, dont elle est sans nouvelle depuis l'exode de 62. Avant-hier, je l'ai emmenée à Eckmühl pour m'assurer qu'ils n'étaient pas là. C'est alors que j'ai réalisé qu'elle habitait dans la même rue que les parents de Silvia, rue d'Adana.

— Mais alors tu as connu les Carmona qui habitaient juste en face ?

Ses yeux se sont mis à briller de mille lueurs.

— Mais bien sûr, leur fille Gisèle était une de mes amies !

— Je suis le cousin de Janot, le mari de Silvia, bafouillai-je au comble de la surprise.

Cet heureux hasard nous a encore plus rapprochés, et c'est le cœur allégé que nous sommes entrés dans l'immeuble de ses parents. L'appartement était occupé par une famille algérienne qui n'a pas souhaité nous ouvrir leur porte.

J'espère de tout cœur que Colette va pouvoir retrouver les siens en France. Qu'elle va s'en sortir, se marier et avoir une vie aussi heureuse et sereine que possible. Pour ma part, je vais retourner à

561

Monpazier rejoindre Francine et Etienne. Et ensuite ? Je n'en sais strictement rien.

Ce matin, je suis passé faire mes adieux à Mehmet, dans sa boutique qui sent le poisson pourri. Non, je plaisante, elle est bien sa boutique. On s'est donné une dernière accolade, avec émotion et tristesse, car on savait très bien que cette fois on ne se reverrait jamais.

La semaine dernière, c'est à Georges Peyral que j'ai également dit « adieu ». Il a retrouvé son bar du Télagh. Un chouette type, ce gars-là, avec qui j'ai partagé une aventure incroyable, douloureuse, dangereuse et rocambolesque. Il n'a pas voulu que je lui règle ses quatre mille francs. Non, rien, pas même un centime. Il a refusé sans autre explication. Ça lui paraissait indécent après ce que nous avions vécu ensemble.

12 h 15. Embarquement immédiat. Je tiens Colette par le bras pendant que nous traversons le tarmac. Arrivés près de la Caravelle, nous gravissons l'échelle d'embarquement. Fébrile, assaillie par l'émotion, Colette tient la rambarde en montant lentement les marches. Au moment d'entrer dans l'avion, elle se retourne une dernière fois, retenant ses pleurs. Je comprends ce qu'elle ressent ; cette chance inouïe d'être revenue de l'enfer, elle, la prisonnière du djebel. Je la serre contre mon épaule pour lui donner du courage, et nous pénétrons dans la carlingue. Quelques minutes plus tard, nous survolons Oran. Dans le ciel d'un bleu limpide, le soleil, sans rayon, colore à peine l'horizon. Cette fois, c'est l'adieu définitif. Autant le ciel est dégagé, autant nos cœurs sont lourds. À travers le hublot, je regarde la masse imposante de la ville qui s'étale jusqu'à la mer.

Adieu Oran. Adieu ma Terre.

J'y laisse tout, une deuxième fois. J'y laisse tous nos morts. J'y laisse toute ma peine et tous mes souvenirs. Et surtout, j'y laisse mourir la source de mes joies.

55

Je me souviens

19 avril 1992, Miramas (Bouches-du-Rhône). Silvia Martinez
Je me suis levée aux aurores pour préparer le repas de Pâques, et surtout notre traditionnelle mouna. Pour rien au monde je n'y renoncerais. D'ailleurs, je n'ai jamais failli à cette coutume qui m'est si chère. Chez nous, les Oranais, à Pâques, on fait la mouna.

À cette occasion, mes filles viennent passer le dimanche en famille. Ma fille Claire et son mari. Et Laetitia, ma petite dernière. Enfin, je dis « petite », mais elle vient quand même de faire 23 ans, ma *chounette*. Tout juste le 12 avril. Et demain, c'est Claire qui en aura 27. Comme chaque année, nous fêterons tous ensemble à midi leurs anniversaires. Ma sœur Claudine sera là aussi avec son nouveau compagnon, son *saint Honoré*. Elle est divorcée du Reymond depuis quatre ou cinq ans maintenant. Et pour arroser cette belle fête, mon mari a mis le champagne au frais. Toute une histoire que ce champagne. C'est-à-dire que nous avons une cave un peu particulière. Elle est située dans le vide sanitaire. Et quand je dis « cave », c'est un bien grand mot, disons un lieu pour y entreposer quelques bouteilles ; sauf que de porte, on ne pouvait point en faire. Alors l'accès se fait par une petite trappe, à l'arrière de la maison. Et comme la fichue trappe est particulièrement étroite, il est préférable d'avoir la ligne ou être épais comme un stocafitche pour s'y faufiler. Cette tâche a été entièrement et charitablement dévolue à mon mari, le seul de la famille à être taillé comme une arbalète. Pour y entrer il faut ramper ; je vous jure, c'est pire que de la spéléologie. À tel point que lorsqu'il s'y rend chercher une bouteille, il se sent l'obligation d'enfiler une tenue tellement moche et improbable, que la première fois que je l'ai vu fagoté comme ça à la *tchilala*[97], je n'ai pu me retenir, j'ai eu comme un mouvement d'épouvante. Couvert de guenilles de la tête aux pieds, il avait enfiché sur son crâne dégarni une vieille casquette de postier – mon mari est facteur, je précise – avec sur son front une lampe torche bringuebalante qui glissait sur ses lunettes. C'est bien simple, on aurait dit un scaphandrier trouvé dans une brocante, ou pire, un épouvantail tout droit sorti d'une décharge publique. Une fois ce premier sentiment d'horreur passé, je suis partie d'un de ces rires nerveux que j'en aurais presque pleuré.

— Oh dis, Janot, c'est quoi ces bouts de chiffons que t'as mis sur le dos ? Tu pars explorer la grotte aux serpents ou quoi ?

— Quoi, qu'est-ce qu'y a ? Tu veux que j'y aille en costume cravate ? Y a sûrement plein de toiles d'araignées là-dessous. D'ailleurs je vais t'en ramener quelques-unes, tu veux ?

Aussitôt mon rire s'est changé en un cri d'effroi. Je hais les araignées ! Une véritable phobie. Et depuis ce jour, je n'ai plus jamais charrié mon mari durant les minutes qui précèdent sa descente aux oubliettes.

Donc, ce matin, affublé de son scaphandre couvert de poussière comme toutes les fois où il remonte de notre cave de fortune, il m'a fait tout un *balahbalah* sur l'aspect très délicat, voire extrêmement périlleux de sa mission souterraine. Il est d'un pénible, mon mari. Il faudrait que je m'extasie constamment à ses moindres exploits, et même quand il ne fait rien d'autre que respirer ! Ma foi ! respirer, tout l'monde sait faire, non ? Pour preuve, le nombre de fois où je le lui ai dit, et lui redis d'ailleurs aujourd'hui en poussant des soupirs d'épuisement :

— Bon, allez, Janot, vas-y respire, que j'applaudisse !

— Bon, ça va, ça va, j'ai compris, quoi, tu te fous de moi.

---

[97] N'importe comment, en langage pied-noir.

— Beh non. C'est bien c'que tu veux entendre, non ? Comme toutes les fois et tant de fois, que je peux même pas les compter avec des nombres ; comme disait ma mère, c'est pire que la distance du Sahara au Groenland !

— Dis, Silvia, tu crois pas que t'exagères un peu ? qu'il me répond en tournant les yeux comme un Gobi.

— Moi ? J'exagère ? Eh non, j'exagère pas... Tiens, que si t'existais pas, que même Dieu il aurait pas pu t'inventer, tellement que pour toi la notice de montage... *macache*, y'en a pas !

Fin de l'épisode. Il a tourné les talons et, poussiéreux à souhait, s'est dirigé vers la cuisine avec la bouteille de champagne.

Il est bientôt dix heures trente quand le téléphone sonne dans la salle à manger. Je viens tout juste de mettre au four la mouna. Ensuite, ce sera le gigot d'agneau ; quant aux flageolets, ils mijotent tranquillement dans la cocotte.

— Allô ? je réponds en décrochant le combiné.

— Allô... Belle-maman... ?

Aussitôt je reconnais la voix de Robin, mon gendre.

— Nous sommes à l'hôpital, me dit-il de but en blanc.

— À l'hôpital ? Mais qu'est-ce qui se passe ? m'écrié-je affolée.

— Ne vous inquiétez pas, tout va bien, Claire a eu de très fortes contractions ce matin...

— Elle a perdu les eaux ? je lui demande éclairée par la logique d'un raisonnement serré.

— Non pas encore.

— Bon, on arrive !

— Mais... belle-maman, il est peut-être un peu tôt, et si c'était une fausse alerte, tente-t-il de me dissuader. Ça vous fait une heure de route pour venir à Marseille.

— Ça n'fait rien, Robin. On arrive, je vous dis. Je veux être là pour la naissance de mon premier petit-fils ! m'exclamé-je, la joie au cœur.

Et je raccroche. Trente-neuf minutes plus tard – le temps pour moi de prévenir ma sœur et ma *Chounette* que le repas était annulé –, nous démarrons enfin. Non sans mal, car il m'a fallu également batailler ferme pour convaincre mon mari, l'exhorter à se dépêcher, le prier de s'habiller décemment, le presser à sortir la voiture du garage, le harceler afin qu'il ne passe pas une demi-heure de plus à tout vérifier, le niveau d'huile, le niveau d'eau, le niveau d'air et que sais-je encore, je n'y connais rien en mécanique ! Je ne parle même pas de la pression des pneus, de la propreté du pare-brise, du bon fonctionnement du klaxon, des phares et autres feux clignotants... Mon mari est un véritable obsédé du contrôle technique, et encore plus depuis cette année que c'est devenu obligatoire.

— Dis, Janot, c'est bon là, elle est prête la voiture ou tu comptes décortiquer toute la mécanique ? je lui demande impatiente, plantée devant le portail du garage, car ça fait bien dix minutes que je suis prête et que j'attends.

— Oui, oui, c'est bon, on y va, dit-il en s'installant enfin au volant pour sortir sa chariote.

Opération somme toute banale pour n'importe quel quidam, mais ô combien minutieuse, délicate et compliquée quand on s'appelle Janot Martinez. Et pourtant la voiture, ce n'est jamais qu'une Simca-Chrysler 1307, on est loin de la Rolls-Royce qu'il faut bichonner.

Mais enfin, à force de patience, il finit par y arriver.

— Eh ben pour décoller, toi et ta Simca, c'est pire que le lancement de la fusée Ariane, dis-je en claquant la portière une fois installée dans le cockpit. Pour un peu, dis, il nous faudrait trois jours pour arriver à Marseille.

Sans dire un mot, avec juste un léger haussement d'épaules en signe de dénégation informelle, il passe la première, puis la seconde et nous voilà enfin partis. Nous sortons enfin de Miramas, et roulons vers Istres, direction Martigues, Ensuès-la-Redonne et Marseille. À l'allure du chameau, comme de bien entendu.

— Dis, Janot, tu veux pas marcher un peu plus vite, non ? Tu sais que t'as une pédale d'accélération à ta Simca ? Bon alors, appuie dessus, va.

Sa seule réponse : un regard oblique et son haussement d'épaules si caractéristique.

Alors, je tourne la tête et regarde le paysage. Et je repense à des choses. Des souvenirs lointains. Je n'en reviens pas que ma fille Claire va avoir un bébé. Je repense à sa naissance en 1965 à Antony, en région parisienne. Des souvenirs qui paraissent si loin, et si proches en même temps. Je revois son baptême à Calais où mes parents tenaient un bar près du port, le bar La Sirène, qu'un jour Antoine il nous a dit :

— Le bar « La Sirène » ? comme celui qu'y avait sur le Front de mer à Oran ?

— Dis, Antoine, ne nous parle plus d'Oran, que tu vas nous ficher le cafard, dis !

Fin de la parenthèse.

Je me souviens de la naissance de ma petite Laetitia quatre ans plus tard, à Fresnes, à quelques encablures de la célèbre maison d'arrêt.

Je me souviens de nos différents logements où nous avons vécu au fil des mutations de mon postier de mari. L'appartement de Massy où nous sommes restés huit ans, au sixième étage d'une barre HLM d'un quartier très populaire où nous vivions heureux et en toute tranquillité. Une cité d'ouvriers où le respect et le civisme n'étaient pas de vains mots. La loge de concierge que j'ai tenue à Bourg-la-Reine, également dans une cité ouvrière.

Je me souviens de nos sorties dominicales à Paris avec les enfants, pour aller voir la Tour Eiffel, faire des balades en bateau-mouche, visiter des musées, pique-niquer dans les parcs et les jardins comme à Vincennes ou à Sceaux.

Je me souviens de l'année terrible que j'ai vécue après la naissance de mon fils Jean-Claude, seule dans un 10 m^2 à Angers. Ayant réussi son concours des PTT, mon mari avait été nommé facteur à Paris, et il ne gagnait pas suffisamment d'argent pour nous faire venir et nous loger tous les trois. Il vivait dans un cafoutche au foyer PTT du quartier de la Roquette. Ça a duré un an avant que nous puissions nous installer à Bourg-la-Reine où j'ai été concierge pendant deux ans. Et dire qu'en Algérie, j'avais travaillé fut un temps à la Société Générale. Il n'y a pas de sot métier, dit-on, mais quand même, ça fiche un coup au moral ce genre de dégringolade sociale. Pourtant, je ne me suis jamais plainte, et comme mon mari j'ai toujours travaillé dur pour offrir à nos enfants une éducation aussi bonne que possible, et leur payer des études pour qu'ils aient une vie meilleure que la nôtre. Tous les Pieds-Noirs se sont battus pour s'intégrer dans un pays qui leur était inconnu, voire hostile.

Je me souviens des journées d'hiver angevines froides et lugubres, seule dans le minuscule studio, avec tous les matins sur mon paillasson, un large crachat verdâtre, horrible immondice laissée par la voisine du dessus, tuberculeuse ou pneumonique, mais surtout haineuse à l'égard des rapatriés. Acte de malveillance en tout point répugnant qui ne prit fin qu'avec la venue de la police, alertée par mon commissaire de beau-frère, Reymond Casas. À maintes occasions, j'avais raconté à Claudine mes hideuses découvertes matinales. Aussi, depuis Épinal, Reymond avait téléphoné à ses collègues d'Angers, leur demandant d'intervenir pour faire cesser ces ignominies. Il est vrai, j'étais bien jeune, et un peu trop naïve, seule et isolée, et surtout meurtrie par l'exode et nos conditions d'accueil en France. Je n'avais pas encore la rage au ventre pour me défendre. Pour me faire respecter, tout simplement. C'est venu avec le temps, et fort heureusement. Oui, petit à petit, j'ai appris à me forger une âme de guerrière, contre la haine, le racisme et la bêtise humaine. Dire qu'il a fallu que nous arrivions en France pour connaître le racisme. En Algérie, et Dieu sait si nous côtoyions et vivions parmi les Arabes, ça n'a jamais existé, du moins dans notre quotidien d'avant la guerre. Mais en France, cet aspect a été terrible pour nous. Alors voyez-vous, quand aujourd'hui des Français veulent nous donner des leçons de citoyenneté, de tolérance, et de non-racisme, excusez-moi, mais ça me fait bien rire, à défaut de me faire bondir de rage en me donnant l'envie de faire voler les tables.

Je me souviens de notre arrivée en France à l'été 62. Des mois de juillet et août qui pour nous ressemblaient plus au climat de l'automne algérien, et à l'hiver arctique quant à la chaleur avec laquelle nous avons été accueillis. Nous vécûmes ces premiers mois la mort dans l'âme, au point que la disparition de Marilyn Monroe le 5 août 62 nous laissa presque indifférents, tant nos tracas quotidiens revêtaient une urgence autrement plus grave que le suicide d'une actrice, même s'il s'agissait de la femme la plus glamour du monde. Les gros titres des journaux d'alors, m'avaient juste rappelé une expression bien de chez nous qui à elle seule voulait tout dire : « Celle-là elle remue le popotin comme si elle était Marilyn ! »

Je me souviens de l'attentat contre de Gaulle le 22 août de la même année. Comme nous avions regretté de voir notre pire ennemi échapper au châtiment qu'il méritait.

Je me souviens de mon oncle, tonton *le muet,* décédé en 1969 à l'âge de 53 ans. Ma fille Claire n'avait que quatre ans à l'époque, et elle avait compris qu'il n'était pas comme nous et intuitivement communiquait avec lui par le regard et le geste. Mon oncle l'adorait et elle fut pour lui durant les mois de sa maladie, son dernier rayon de soleil.

Je me souviens comme si c'était hier de la triste fin de mon idole, à Memphis, un soir d'août 77. La mort du King Elvis me raccrocha une fois de plus à celle de mon Ange au paradis. Paix à leur âme.

Je me souviens de nos départs en vacances tous les mois d'août entre 1966 et 1976, date de notre arrivée dans le Midi. Il y avait les juilletistes et les aoûtiens. Tous les Parisiens déferlaient comme nous vers le sud par vagues entières en suivant la route nationale 7, la route du soleil. C'était une époque de bonheur, d'insouciance extrême et de simplicité. Mais nous, nous faisions encore plus fort, nous allions bien plus loin puisque nous descendions en Espagne, jusqu'à Carthagène, dans la région de Murcia. À Cabo de Palos précisément, et ce, avec une Citroën Ami 6. Nous partions un mois complet, car l'usine où je travaillais était fermée tout le mois d'août. Un périple de plus de vingt heures où les routes en Espagne ressemblaient par endroits davantage à des chemins caillouteux, pour ne pas dire des pistes de sable, voire des sentiers tracés de façon naturelle dans le lit des oueds ; traduction : dans des rivières asséchées. Tout un folklore dans ce pays presque sous-développé qui était encore sous la coupe du dictateur Franco. Puis, avant notre retour en France, on s'arrêtait une semaine à Sagunto dans la région de Valence, où vit encore aujourd'hui mon frère Mané qui s'est marié là-bas avec Bégonia Carmona. Bégonia n'était ni plus ni moins qu'une de nos cousines de la descendance de mon oncle José, le frère aîné de papa, parti dans les années 20 à Puerto de Sagunto pour travailler dans les hauts-fourneaux des usines sidérurgiques de la Solmer.

Je me souviens de mon père, *mi querido padre*. Dans les dernières années de sa vie, il était atteint de la maladie de Parkinson. Papa est décédé en 1981. Un 24 avril à marquer d'une pierre noire pour moi depuis longtemps, car c'est ce même jour que mon Ange, mon amour, est monté au paradis. Papa repose à Miramas, dans le caveau familial, à l'ombre d'un olivier centenaire.

Je me souviens de la mort tragique en 1988 de mon neveu Christian, le fils de ma sœur Gisèle. Il s'est tué à l'âge de 20 ans dans un accident de moto. C'était il y a quatre ans et ce drame a tout brisé. Leur famille est partie en lambeaux. Ma sœur a divorcé, et s'est brouillée avec nous, enfin avec moi et Claudine. On n'a plus de nouvelles. Vous en dire la raison, je ne saurais pas. C'est bien triste et ça fait de la peine, mais c'est ainsi.

Je me souviens tout autant du divorce de Claudine. Elle aussi avait tiré le bon numéro avec son Reymond. Le commissaire de « ces dames », je l'appelais. Enfin, pas un méchant gars, certes, mais un bonimenteur de première. Le vrai coq de basse-cour, comme je l'ai toujours pensé. Pour lui, sa femme n'était ni plus ni moins que la bobonne de service. Remarquez, la faute aussi à ma sœur. C'est qu'elle le voulait bien. Je me rappellerai toujours ce qu'elle m'a raconté un jour : « Alors qu'elle flânait en ville, elle était passée dans le quartier où son mari officiait en tant que commissaire, et même commissaire divisionnaire, excusez du peu ! "L'occasion fait le larron", c'est bien connu, et "la curiosité naît de la jalousie". Détail important, son mari s'arrangeait toujours pour la tenir éloignée de son lieu de travail et de ses collègues. En arrivant au commissariat, elle a demandé à voir monsieur Casas. Mais on ne rencontrait pas le divisionnaire comme on voulait, c'était un homme très occupé.

— Comment ça votre mari ? lui demanda un inspecteur faussement surpris. Vous êtes la femme du commissaire ?

— Oui. Je suis madame Casas, la femme de Reymond Casas ! C'est bien ici qu'il travaille, non ?

— Écoutez, madame, j'ai encore vu hier soir le commissaire au bras de sa dame au restaurant, alors n'essayez pas de me raconter n'importe quoi...

— Mais c'est quoi encore cett' soupe de fèves ? s'empourpra ma sœur. Hier ? Au restaurant ? Mais moi, j'y étais pas au restaurant !

— Ah oui, ça je vous l'confirme, dit-il en la détaillant des pieds à la tête. Je connais bien madame Casas, une fort jolie dame, blonde de surcroît, et sans vouloir vous faire offense, vous n'êtes pas du tout ressemblante. Donc, si vous voulez bien prendre la peine de sortir, nous avons beaucoup de travail. »

Et elle est sortie, sans un mot. Bien entendu, elle a demandé des comptes à son commissaire de mari qui l'a roulée dans la farine en lui déroulant des kilomètres d'explications. Et hop ni vu ni connu, j't'embrouille. Ça, c'est tout ma sœur. Mais enfin, il lui a fallu quand même dix ans de plus pour se décider à divorcer d'un type qui, faut bien l'avouer, l'a bernée pendant trente ans.

Je me souviens de mes dix années à la Joliette, dans une société de fret maritime que je m'empresse de nommer puisqu'il s'agit de la Transas Danzport, et que je remercie, car elle m'a permis de gagner ma vie durant cette période où nous venions de faire construire notre modeste pavillon. Je faisais tous les jours le trajet avec le petit train bleu qui partait de Miramas et longeait la côte en s'arrêtant dans toutes les gares : Istres, Rassuen, Fos-sur-Mer, Port-de-Bouc, Croix-Sainte, Martigues, La Couronne-Carro, Sausset-les-Pins, Carry-le-

Rouet, La Redonne-Ensuès, Niolon, l'Estaque et le port d'Arenc où je descendais. Sur près de trente-deux kilomètres, ce train magique sillonnait la côte bleue, offrant au regard des paysages magnifiques dans les entrelacés des plages, des criques et des calanques aux couleurs bleu turquoise, mais aussi des tunnels et des viaducs. Un véritable décor paradisiaque avant d'attaquer sa journée de travail. Que rêver de mieux si l'on compare avec les bouchons inextricables des périphériques en région parisienne ?

Je travaillais au service de la gestion des containers, dont les fenêtres offraient une vue plongeante sur le port de la Joliette. Double ironie du sort, quand je songe à tous les containers des rapatriés qui, en juillet 62, avaient été plongés dans le port par des dockers cégétistes haineux et totalement responsables de leurs actes. Oui, je le redis, ce n'était pas des erreurs de manœuvres, mais bien des actions volontaires et préméditées. Dix années de travail dans le même bureau où, maintes fois j'ai dû faire preuve de sang-froid et de courage pour ne pas emplafonner quelques-unes de mes collègues qui, expertes dans l'art de distiller leur venin, me rappelaient mes origines nord-africaines en me lançant des piques régulières. *« Dis, combien t'avais de mouquères à ton service chez toi ? »* était la plus facile, la plus systématique. Mais j'ai eu droit aussi à d'innombrables *« Elle était grande comment ta propriété au bled ? » « Avoir eu tant d'hectares là-bas et vivre ici avec un petit jardin, tu dois l'trouver dur » « Qu'est-ce que tu t'embêtes à travailler dans les bureaux avec tout l'argent que vous avez ramené d'Algérie ? »* Toutes mes collègues, je le reconnais, n'étaient pas nécessairement méchantes. Le plus souvent, elles n'étaient que des imbéciles, des ignorantes qui se contentaient de répéter ce que la propagande gaulliste avait ancré dans leur cerveau ramolli. Et lorsque, à force d'arguments, je parvenais à rétablir la vérité, elles se montraient pour la plupart étonnées et interloquées. Une seule fois, j'ai failli en venir aux mains. Marie-Annick Duprey qu'elle s'appelait. C'était une communiste du service comptabilité, syndicaliste bien évidemment, que j'ai serrée dans un coin de la salle des télex. Elle venait de me dire en montrant mon collier, ma bague de fiançailles et mes boucles d'oreilles : *« C'est aux Arabes que tu les as volés tous tes bijoux ? »* Aussi venimeuse que pouvait paraître cette remarque blessante et désobligeante, ce n'est pas tant ça qui m'avait mise hors de moi. C'était de savoir qu'elle prônait sans cesse sa doctrine communiste et sa haine du capitalisme, en arborant à son poignet un somptueux bracelet en or dix-huit carats. Pire encore, elle résidait dans une villa avec piscine au Roucas Blanc, l'un des quartiers les plus chers de Marseille ! Et c'est cette mégère éhontée, cette nantie du système à l'élégance hautaine qui venait me donner des leçons ! Je l'ai cravatée par l'encolure de son tailleur marine cintré qui semblait tout droit sortir des ateliers de Givenchy, et je lui ai lancé cette mise au point et surtout cette mise en garde :

— Dis donc, la miss Coco Chanel de la Joliette, tu vas apprendre quelq'chose toi aujourd'hui : c'est quand que t'vas te rentrer dans ta tête de linotte que le peu que nous possédons, nous autres Pieds-Noirs comm' vous dites, on l'a acquis par le travail et rien d'autre que le travail, t'as bien compris ? Alors le jour où tu pourras en dire autant, tu seras autorisée à venir me causer. Maintenant, « camarade fanfaronne », tu vas dégager de ma vue, ou alors écoute-moi bien, sur la vie de ma mère, j'te promets que j't'esquinte ! J'te tords la figure, j't'assomme, puis j'te fais bouffer ton tailleur de perruche, c'est bien compris ?

Ni une ni deux, elle s'est carapatée, la figure livide et avec dans ses yeux empoisonnés une expression de mort subite. Et voilà une affaire entendue. Non seulement elle ne m'a plus jamais parlé, mais quand il nous arrivait de nous croiser elle s'empressait de raser les murs, tête baissée.

Je me souviens du jour où ma belle-sœur Jacqueline, en vacances chez nous à Miramas avec ses enfants et son mari cadre à la BP[98], nous a appris qu'une de ses anciennes copines du lycée Ali Chekkal à Oran, était en train de devenir une vedette de cinéma.

---

[98] Compagnie pétrolière britannique (anciennement British Petroleum).

— Ah bon ? Mais qui ça ?

— Nicole Garcia.

— Connais pas.

— Quoi ? Tu connais pas l'actrice Nicole Garcia ?

— Non, avouai-je crânement.

— Même pas mon ancienne camarade de classe ?

— Non plus.

— Mais si, rappelle-toi, on s'était trouvés tous ensemble un lundi de Pâques à Santa-Cruz pour la mouna. Ça devait être en 62. Que même ton frère il était tout chamboulé et complètement amoureux d'elle.

— Mané ?

— Oui, Mané.

— Non, j'me rappelle pas.

— Bon, bref, maintenant elle fait du cinéma, et elle a gagné cette année une récompense à la cérémonie des Césars.

Tout ça ne me disait rien, car le cinéma, ce n'était pas ma préoccupation première. Pourtant c'est vrai, quelques années plus tard, en voyant à la télé le film « Les uns et les autres » le souvenir de cette petite blondinette timide m'est revenu. Comme quoi, c'qu'on croit avoir oublié peut ressurgir à tout instant.

Je me souviens également des nombreux pèlerinages à Nîmes que nous faisions depuis notre arrivée dans le midi, à l'occasion des célébrations de la Vierge de Santa-Cruz le jeudi de l'Ascension. Une formidable fête où se réunissent tous les Pieds-Noirs de France et de Navarre, pour une grande et émouvante procession durant laquelle la statue de la Vierge d'Oran est portée jusqu'au sanctuaire. Ce rassemblement est devenu au fil des années une coutume à laquelle nous restons très attachés. Un rendez-vous avec notre passé et notre jeunesse, une manière pour nous de retrouver tout ce folklore qui nous réchauffe tant le cœur. À cette occasion, nous partageons en famille à l'ombre des parasols le traditionnel pique-nique de l'Ascension, comme autrefois dans la forêt des Planteurs à Santa-Cruz. Nous ravivons l'accent de là-bas, l'anisette, la coca[99], la mouna et tous nos beaux souvenirs. Cette excursion à Nîmes le jour de l'Ascension est aussi un lieu de recueillement, de prières pour nos morts, et souvent d'émouvantes et d'inattendues retrouvailles. Comme en 1977, lors de notre premier pèlerinage, lorsqu'un vieux monsieur s'est approché de moi à la fin de la messe donnée au sanctuaire après la procession.

— Excusez-moi, madame. Dites-moi, je fais erreur ou… vous êtes d'Eckmühl, n'est-ce pas ?

— Oui, lui ai-je répondu gentiment. Vous me connaissez ? ajouté-je en le dévisageant, légèrement intriguée.

— Je ne vous connais pas… mais cependant je vous *reconnais*, continua-t-il sur le ton du mystère.

— Ah ?

— Si je vous dis… 5 juillet 62, sur les coups de 11 h 30. La voiture qui vous a ramenée chez vous à Eckmühl.

À ces mots, mes yeux s'emplirent de larmes, et je ne pus que balbutier d'une voix brisée par l'émotion et le souvenir de ce jour terrible :

— C'était vous ?

— Oui, Edmond Lagrange. Je vous ai reconnue, vous n'avez pas changé, voyez-vous…

— Oh que si, pourtant.

— Je vous ai reconnue à votre regard. Ce regard que vous m'avez adressé au moment où je vous ai laissée en bas de votre immeuble, et que je n'ai jamais oublié.

— Vous veniez de nous sauver la vie, monsieur… j'étais… pardonnez-moi.

Et il m'a serré chaleureusement les mains, tellement la joie et le bonheur de nos retrouvailles illuminaient nos yeux embués de

---

[99] Chausson fourré avec une garniture à base de légumes, souvent à base de frita (tomate et poivrons).

larmes. Puis nous avons longuement parlé et nous nous sommes promis de rester en contact. Cinq ans plus tard, j'appris son décès dans la rubrique « Ils nous ont quittés » de notre revue « L'Écho de l'Oranie ».

Et puis que dire encore de mes retrouvailles en 79 avec Felipa Gonzalez ? Notre voisine de l'avenue d'Oujda que je n'avais plus revue depuis ces mêmes événements du 5 juillet. C'qu'on a pu pleurer ce jour-là en se serrant dans les bras. Puis, il y a eu aussi Guy Montoya avec sa nouvelle épouse en 88 ou 89, je ne me rappelle plus. Mais également Paule, la sœur d'Ange, deux ou trois ans plus tard. Elle vit à Nice, veuve depuis des années, elle n'a jamais voulu se remarier. Elle m'a appris le décès de Carmina qui s'est éteinte en 1981 au moment de l'élection de Mitterrand, à tout juste soixante-dix ans. Et beaucoup plus récemment, mes retrouvailles avec ma copine Herminie que je n'avais plus revue non plus depuis juillet 62 et les quais du port d'Oran où nous attendions pour acheter nos billets. Nous avons évoqué tous nos vieux souvenirs de là-bas. Son père, Pierrot, l'ami de toujours de papa, venait de décéder quelques mois plus tôt, le même jour que Lino Ventura en octobre 87. Émouvante coïncidence, car son père adorait cet acteur.

Puis, l'année dernière, le destin nous a réunis à nouveau avec la famille Gonzalez, lorsque j'ai reconnu Léon, le fils de Felipa. Il m'a annoncé la mort de sa mère dans les premiers jours de janvier. Puis en discutant, je lui ai parlé de mon ancien employeur, Sauveur Moati qui habitait à Delmonte, rue des Éparges. À l'évocation de ce nom et de cette adresse, Léon a fondu en larmes en me disant que c'est cet homme qui lui a sauvé la vie le jour du massacre du 5 juillet, en l'aidant à s'enfuir du commissariat central où ils avaient été emmenés, et sans doute promis à une mort certaine.

Je me souviendrai jusqu'à ma mort de ces moments incroyables à Nîmes, lors de ces retrouvailles tellement intenses, improbables et brutales, auxquelles on n'est jamais réellement préparés.

Je me souviens hélas de notre brouille avec notre fils Jean-Claude. Une blessure qui saigne encore. Tout ça pour une histoire de femme, alors qu'il était encore étudiant. Une femme – je tiens à le préciser – bien plus âgée que lui. Quinze ans de plus, c'est énorme. Et par-dessus le marché, mère célibataire d'une gamine de cinq ans. Je ne me permettrais pas de la blâmer, car avec le recul je pense que c'était une bonne personne. Mais pour nous, parents, cette situation était aussi inconcevable que scandaleuse. Malheureusement, entre elle et nous, il a fait son choix. Une douleur qui ne cicatrise toujours pas, plus de dix ans après.

Je me souviens du jour où ma fille Claire m'a parlé pour la première fois de son petit ami. Elle l'avait rencontré à Paris où elle était partie poursuivre ses études à la Faculté de Paris VIII. J'étais curieuse et impatiente d'en savoir plus. Alors, elle m'a montré une photo qu'elle gardait précieusement dans son porte-monnaie, et ma foi, j'ai trouvé le damoiseau fort charmant.

— Il s'appelle Robin, m'a-t-elle dit les yeux emplis des lueurs de la passion.

— Robin ? dis-je passablement étonnée tant ce prénom était plutôt rare et curieux. Ma foi… Tu l'as trouvé où ? Dans les bois ?

Elle a souri jaune, et je m'en suis un peu voulu de faire de l'humour potache.

— Non, on s'est rencontrés à La Forêt-le-Roi.

— Eh ben, tu vois, j'en étais pas loin tout compte fait !

Je ne savais pas à l'époque qu'ils se marieraient trois ans plus tard, au cœur du Périgord Noir, dans le petit village d'où est originaire mon gendre. Un très beau mariage sur les bords de la Dordogne, dans une région verdoyante et pittoresque appelée « la vallée des cinq châteaux » où l'on pouvait admirer les châteaux de Beynac, Castelnaud, Marqueyssac, Lacoste et Fayrac. Un cadre sublime et reposant. Un coin de la France profonde que nous ne connaissions pas et qui a laissé à toute la famille une impression fort agréable et très rassurante. Ça m'a rappelé les origines de la famille de Francine, l'ex-femme d'Antoine, eux aussi du Périgord, du côté de Bergerac, je crois.

Et voilà comment tous ces souvenirs me ramènent aujourd'hui à l'hôpital Beauregard de Marseille, entre Les Chartreux et Montolivet, où ma fille va accoucher d'une minute à l'autre.

Pos vaya, mon mari trouve enfin une place après avoir fait trois fois le tour du parking de la clinique, pour rien, car il y avait ici et là quelques places libres, mais aucune ne paraissait être à son goût.

— Ma foi, ça y est oui, t'as trouvé une place qui te convienne ? Ou tu comptais faire encore un tour du manège pour attraper le pompon ?

Il a coupé le moteur sans mot dire, et avec juste un léger haussement d'épaules. Mon mari, c'est *l'homme-qui-hausse-les-épaules-plus-vite-que-son-ombre.*

On a passé la soirée et une partie de la nuit dans la salle d'attente, à feuilleter tous les magazines people de la création. J'ai eu le temps de tous les lire et même les relire deux ou trois fois de suite. Je suis incollable sur le sujet. En janvier, le crash en Alsace d'un Airbus A320 au mont Sainte-Odile a fait 87 morts. En février, le bilan des JO d'Albertville est plutôt positif avec les médailles olympiques de Carole Merle, Franck Piccard, et Florence Masnada en ski alpin et les Duchesnay en patinage artistique. En avril, Édith Cresson a démissionné de son poste de Premier ministre. Tant mieux, de tout' façon, elle, je pouvais pas me la voir, ni peinte dans un cadre ! Elle a été remplacée par Pierre Bérégovoy – on verra si c'est mieux, mais pas sûr. Le parc Euro Disney a ouvert ses portes dimanche dernier à Marne-la-Vallée. Et...

À 23 h 57, la porte s'est ouverte doucement sur mon gendre Robin, qui, les yeux remplis d'émotion, est venu nous annoncer la naissance de notre petitou. C'était moins deux qu'il naisse un 20 avril, comme sa mère.

— Comment y l'est ce petit ? demandai-je en me précipitant. Il se porte bien ? Et Claire ?

— Tout le monde va bien, sourit-il.

— Alors ? Comment y s'appelle ce petitou ? l'implorai-je, car le mystère était resté entier quant au choix du prénom de mon premier petit-fils.

— Il s'appelle Manuel.

— Mannuuel ? bafouillai-je, le cœur transporté de joie.

— Oui.

— Comme mon pauvre papa, ajoutai-je sans pouvoir retenir mes larmes. Et quand pourra-t-on le voir ce poupon ?

— Je ne sais pas, je vais demander, répondit-il en refermant la porte.

Mon mari se tenait à mes côtés, mais à le voir ainsi silencieux, je voyais bien que lui aussi était très ému de se savoir à présent grand-père. Alors, me revint brusquement en mémoire ce que m'avait raconté ma grand-mère María-Rosa quelques mois avant sa mort.

Tu sais ma petite Silvia, quand ton papa était enfant, nous vivions dans un village de pêcheurs en Espagne qui s'appelle Agua Amarga. Un jour, vers midi, j'ai vu mes deux filles revenir en pleurant parce que leur frère avait disparu dans la colline. Tout le village s'est mobilisé pour partir à sa recherche. Et ce n'est que des heures plus tard en fin d'après-midi que Fermin le berger l'a retrouvé totalement perdu, sur la carretera de Carboneras.

Depuis ce jour, tout le monde au village s'est mis à l'appeler « Manolo el perdido ».

Et aujourd'hui, 19 avril 1992, je suis grand-mère d'un petit Manuel qui sera pour toujours mon « Manolito » à moi. *Mi pequeñito.*

24 décembre 1999, Miramas

C'est la dernière veillée de Noël avant l'an 2000. Toute la famille est réunie dans la salle à manger autour d'un bon repas. Le champagne est au frais, et la table garnie de plats de fruits de mer. Sont à l'honneur des filets de dorade, du saumon fumé, des moules à l'escabèche et des huîtres gratinées au citron. Sur une petite table près de la fenêtre scintillent les treize desserts provençaux, ainsi qu'un grand plat de belles oreillettes moelleuses gonflées de safran et finement saupoudrées de sucre.

Nous voilà aux portes de l'an 2000. Je n'en reviens pas. C'est terrible cette fuite permanente du temps. Tant d'années si vite passées. Aujourd'hui, j'ai 63 ans, et mon mari et moi sommes à la retraite depuis trois ans. Nous résidons toujours au 215 rue des Mimosas, dans le quartier de La Crau. C'est un quartier tranquille, assez agréable, à la sortie nord de Miramas, à proximité du Lycée des Alpilles. Nous sortons peu, sauf à Marseille chez ma fille Claire pour garder les enfants quand il y a des imprévus. De temps en temps, nous allons jusqu'à Saint-Rémy de Provence, dans les Alpilles, lorsque nous sommes invités chez mon fils Jean-Claude et Martine sa nouvelle femme qu'il a épousée l'année dernière. Nous avons renoué avec lui, car cette situation de discorde n'était plus possible. Et puis, outre nos petits différends, je n'en suis pas moins fière de son parcours et de sa réussite. Il est ingénieur biologiste de laboratoire. C'est une très belle situation pour le petit-fils d'un simple tailleur de pierre. Sa nouvelle femme – Martine Martinez, comme c'est rigolo ! – n'est pas en reste non plus : elle vient d'être nommée Conservateur du patrimoine au musée d'Histoire de Marseille. Une femme assez gentille, mais, je l'avoue, pas facile à aborder pour des petites gens comme nous. Nos discussions se limitent le plus souvent à des banalités, car notre compagnie ne correspond guère à son standing, j'imagine. Mais soit, c'est notre nouvelle belle-fille après tout. On ne va pas recommencer les mêmes erreurs qu'avec la précédente. Mais bon, mon fils a 37 ans, déjà deux mariages et toujours pas d'enfant. Notre plus grand regret. De plus, sa Martine approche les 45 ans, et elle a déjà d'un premier mariage deux filles qui ont 20 et 23 ans. *Pos vaya,* autant dire que c'est râpé. Et notre Laetitia, c'est pareil. Pas de mari, pas d'enfant. Elle est artiste peintre à Ramatuelle dans le Var, un peu guitariste à ses heures perdues, et ne s'intéresse qu'à son art, nous dit-elle, même si on se doute bien qu'elle a un petit ami de temps à autre. Nous ne sommes pas dupes.

580

Avec ma sœur Gisèle aussi, nous nous sommes rabibochées. Grâce à la naissance de notre second petit-fils né en 1996. Théotime, ce qui est moche comme tout ; mais par bonheur ou par la grâce de Dieu, son second prénom c'est « Ange », ce qui pour moi revêt bien évidemment une signification toute particulière. Ce choix m'a fendu le cœur et m'a émue aux larmes quand ils me l'ont appris à la maternité. Théotime pour l'état civil, pourquoi pas, mais dans mon cœur ce sera toujours « Ange » et rien d'autre.

À cette époque-là, Gisèle a déménagé des Vosges pour venir s'installer à Marignane, avec Jacky, son nouveau mari. Elle est grand-mère elle aussi. Quatre petits-enfants, qui l'ont bien consolée de la mort de Christian. Onze ans déjà que mon neveu nous a quittés.

Puis, cet été, nous avons connu un nouveau drame dans la famille. Maman est décédée le 15 août à l'hôpital de Miramas, après plusieurs mois de souffrances, des suites de ses blessures et de ses multiples fractures. Malgré ses 87 ans, elle était en parfaite santé. Non, maman n'a fait aucune mauvaise chute, pas plus que de rupture du col du fémur. La vérité est hélas tout autre et revêt un caractère absolument insupportable. Elle a été violemment agressée, victime comme tant d'autres en France depuis quelques années, du laxisme politico-judiciaire. Une bande de voyous l'a tabassée à mort devant chez elle dans sa cité HLM en s'acharnant à grands coups de pied. Son calvaire a duré trois mois. Malgré nos dépôts de plainte, ces jeunes n'ont été inquiétés ni par la police ni par la justice. Réponse officielle des autorités : *« Il faut à tout prix éviter que ce petit fait divers, fort regrettable au demeurant, ne prenne des proportions incontrôlables pour la commune. En aucun cas nous ne souhaitons attiser les haines entre communautés, ce qui provoquerait des débordements dramatiques, le risque majeur étant de voir ces bandes mettre à feu et à sang nos quartiers. »*

Nous avons pourtant écrit au procureur de la République, mais aucune suite n'a été donnée à cette affaire. Hallucinant, mais véridique. Ma mère, née en Algérie, qui comprenait parfaitement l'arabe et le parlait un peu, qui a tant aimé ce pays, qui a connu l'exode, qui a vécu trente-trois ans en France, est morte assassinée par une bande de jeunes qui l'ont rouée de coups avec une sauvagerie inouïe. Quelle triste fin. C'est abominable et révoltant. Et la France une fois de plus a lâchement fermé les yeux. Encore une fois il ne nous reste plus que nos yeux pour pleurer, et nos voix pour s'indigner. Mais de cela, la France n'a que faire. Seule une photo d'elle entourée de ses arrière-petits-enfants trône dans un cadre de la salle à manger, et une autre avec notre *pequeñito* dans ses bras. Elle repose au cimetière de Miramas, où elle a rejoint papa dans la tombe fraîchement fleurie, à l'ombre de l'olivier centenaire. C'est notre premier Noël sans elle. Un cierge est allumé près de sa photo où scintille la lumière de son souvenir.

Le repas se déroule cependant dans la joie et l'allégresse. Les plats passent de main en main au milieu des conversations animées.

— Mamiche ! Mamiche ! s'exclame soudain mon *pequeñito* avec encore dans la bouche une crevette qu'il mâchouille comme du chewing-gum.

— Dis Manuel, on ne parle pas la bouche pleine ! le reprend son père en fronçant les sourcils pour se donner un air sévère.

— Ouiche, p'pa.

Le cœur débordant d'amour, je l'écoute me raconter qu'il a commandé une trottinette au père Noël. Toute la table s'extasie et lui demande s'il a été bien sage pour avoir un si beau cadeau.

— Mais si ! Chuis chage moi ! riposte jovialement notre *pequeñito* avec une moue enfantine.

Tout le monde sourit et y va de son petit mot. Quand brusquement, Théo, le petit frère âgé de trois ans, tape de sa fourchette sur la table en criant « M'man j'veux du cisson ! »

Grand éclat de rire général.

— Du cisson ! Du cisson ! entonne toute la tablée.

Le p'tit Théo rit à son tour aux éclats. Ce gosse, donnez-lui du pain et du saucisson, et c'est pour lui le plus beau cadeau du monde.

La fin du repas approche. Vient le moment de sabler le champagne. Les coupes se remplissent à la chaîne et chacun lève son verre en trinquant à l'an 2000 qui approche à grands pas. La soirée se termine dans le calme, la télévision diffuse le programme du réveillon. Je suis installée dans mon fauteuil dans le coin salon, avec mon *pequeñito* assis sur mes genoux. Laetitia, Claire et Robin discutent dans la cuisine à côté, et mon mari sommeille dans son fauteuil. Juste derrière moi, j'entends l'appareil à musique – non, la chaîne hi-fi, comme disent mes filles ; pourquoi une chaîne ? c'est idiot ! Avant on appelait ça un tourne-disque ! Enfin bref, j'écoute avec émotion le disque d'Elvis Presley qu'elles m'ont offert pour Noël. C'est un best of, qu'elles z'appellent ça ; à mon époque on disait « disque des tops ». Oui, je sais, je suis vieux jeu.

Soudain, commence les notes de *la chanson* que j'attendais tant, et que je redoutais aussi d'une certaine façon. Oh oui, comme j'appréhende le velours de cette mélodie qui me rappelle tant de moments adorables.

Love me tender, Love me sweet, Never let me go...

Dès les premières notes, la douce image de mon Ange adoré surgit dans ma mémoire. Ange, que je n'ai jamais oublié. Des larmes emplissent mes yeux et commencent à glisser le long de mes joues tremblantes. Je ne peux les refouler ; c'est comme si mon cœur se brisait. Je suis seule avec mes souvenirs et mon chagrin qui me serrent la poitrine. Il n'y a personne sauf mon *pequeñito*, blotti contre moi, qui regarde un dessin animé de Disney. *Belle et le clochard*. À un moment donné, je ne sais pourquoi il lève son regard vers moi. J'essaie de me tourner pour cacher mon émoi, mais il est trop tard. Mes larmes me trahissent.

— Mais ? Mamie ? Tu pleures ?

Je tente un sourire. Mais à coup sûr c'est raté.

— Mamie ? insiste-t-il. Pourquoi tu pleures ?

— Moi ? Je pleure ? dis-je doucement après un silence. Oh, ce n'est rien, tu sais. C'est cette chanson, j'imagine.

— C'est vrai, mamie, je n'aime pas cette chanson. Elle est triste.

— Oui, mais je l'aimais beaucoup quand j'étais jeune...

— Qu'est-ce que tu racontes mamie ? dit-il d'une petite voix perplexe. Tu peux pas être jeune, puisque t'es ma mamie.

— Oui, sourié-je machinalement. Mais tu sais, avant... j'ai été jeune, comme ta maman.

— Ah oui ? fait-il en ouvrant de grands yeux étonnés. Mais c'était quand alors ?

— C'était il y a bien longtemps... quand je vivais en Algérie.

— Ah ? Et c'est où *la Gérie*, mamie ?

— L'Al-gé-rie, mon petit. Ah, c'est tellement loin d'ici... et c'était un beau pays !

— Tu m'y emmèneras ?

— T'y emmener ? chuchoté-je la gorge nouée. Oh non, je n'en aurai jamais la force, mon ange.

— C'est parce que tu l'aimais beaucoup que tu pleures ?

— Oh que oui, je l'aimais à la folie. Il était toute ma vie. Il était si beau, si doux. Jamais je n'aurais voulu le quitter. Nous étions faits l'un pour l'autre. J'étais si heureuse avec lui.

— Avec qui, lui ? demande-t-il en tournant vers moi sa petite frimousse espiègle.

— Qui ? Eh bien, mon ange, avec ce pays si doux. L'Algérie.

— Mamie, tu sais, tu me fais de la peine quand tu es triste comme ça, déclare-t-il d'une voix fluette en se serrant contre moi.

Je dépose alors un gros bécot sur son front chaud et ingénu, et je serre sa petite main potelée dans la mienne.

56
C'est le passé qui me rend visite

5 juillet 2010. Monthyon (Seine-et-Marne). Antoine Martinez
Voilà une huitaine d'années que je coule une paisible retraite.
Après mon divorce d'avec Francine dans les années 80, je me suis
installé à Monthyon, petite bourgade d'à peine mille huit cents âmes
à une dizaine de kilomètres au nord-ouest de Meaux. À cette époque-
là, j'étais garde du corps. Pour célébrités, qui plus est. Et cela fait
maintenant vingt-trois ans que Mireille partage ma vie. Nous
formons un couple uni, heureux et épanoui. Nous aimons les mêmes
choses et avons toujours veillé à cultiver et entretenir nos affinités.
Mireille est chauffeur de taxi – pour célébrités aussi, d'où notre
rencontre – et passionnée de voitures anciennes. C'est elle qui m'a
embarqué dans cette passion dévorante, et régulièrement nous
parcourons la France dans des rallyes champêtres avec notre
association. Notre voiture de collection est une Renault Frégate
grand Pavois, modèle 1955, bleue ciel et noire ; quasiment la même
qu'avait mon père en Algérie et que j'utilisais avec mes cousins pour
aller flâner sur la côte ouest oranaise. *« Souvenir souvenirs... vous
resterez mes copains ! »* chantait Johnny dans ces années-là. Quand
j'y repense, je me dis : oui, quelle époque extraordinaire c'était.
    Pourquoi je reparle de tout ça aujourd'hui ? Tout simplement
parce que je vais recevoir tout à l'heure la visite de Claire, la fille de
mon cousin Janot. Elle vient avec un de ses fils et son mari. Bientôt
vingt ans qu'on ne s'est plus vus, depuis leur mariage dans le
Périgord. Là aussi, une bien belle région que Mireille et moi avons

découverte à cette occasion. Et depuis, nous y retournons régulièrement avec l'association, au volant de nos vieilles voitures. J'en profite de temps en temps pour passer voir ma sœur Anne-Marie qui vit à Thénac, un petit village de Charente-Maritime, au sud de Saintes. Elle ne s'est jamais mariée, bien qu'elle ait une fille qu'elle a élevée seule, Marlène, née de père inconnu. Ma nièce a maintenant quarante ans et elle est institutrice à Jarnac, entre Cognac et Angoulême. Mariée, et mère de sept enfants, elle a rééquilibré à elle seule la courbe démographique de toute la famille, si l'on tient compte de l'hécatombe du 5 juillet 62 pour nous autres, les Martinez. Les familles, c'est toujours quelque chose d'heureux, et de très douloureux à la fois. Francine a disparu de ma vie. Je n'sais même pas ce qu'elle est devenue. J'ai entendu dire qu'elle était entrée dans un couvent, ou quelque chose d'équivalent, dans le genre « communauté religieuse ou évangéliste ». Mon fils Etienne, lui, est interné dans un asile depuis l'âge de 22 ans. Je ne le vois plus, car personne ne peut l'approcher, si ce n'est l'encadrement médical. Que c'est triste tout ça ! Tenez, je referme la page. Je préfère penser à autre chose.

Revenons-en à Claire et à son mari qui vivent à Marseille. Ils ont pris le TGV tôt ce matin, et devraient arriver pour midi. Le but de leur visite ? Claire est restée quelque peu évasive, mais j'ai ma petite idée sur la question. Surtout quand elle m'a appris que son fils s'était inscrit en fac d'histoire. J'ai eu un petit sourire, et un « Ah » qui voulait tout dire, et rien dire à la fois. Mais j'ai bien compris cependant que c'était le passé qui allait me rendre visite.

14 h 30. Après un succulent rôti de dindonneau aux olives, arrosé d'un délicat Saint-Chinian rouge et fruité, nous nous installons dans le salon pour déguster le café. Claire et Robin n'ont pas changé, toujours les mêmes, toujours aussi jeunes, je dirai. Leur fils est maintenant un beau jeune homme de dix-huit ans, souriant et discret.

— Bon, cousin Antoine, dit soudain Claire en reposant sa tasse à café. Parlons peu, parlons bien…

En quelques mots ma cousine m'explique que son fils a un projet pour sa licence d'histoire, et elle lui donne aussitôt la parole. Le gamin décroise ses mains, se redresse dans le fauteuil qu'il occupe à côté du mien, et me dit avec un sourire un brin intimidé :

— En fait, voilà, euh... Si vous pouviez me raconter un peu votre expérience pendant la guerre d'Algérie, et ce que vous avez vécu là-bas...

— Précise-lui bien par rapport à l'O.A.S., renchérit son père.

— Oui, dans l'O.A.S.... car y a quasiment pas d'infos dans les programmes d'école.

— Ça sûrement, ajouté-je d'un rire ironique.

— Ni en lycée ni en fac, hein cousin ? renchérit Claire qui connaît bien son sujet.

— *Madre mía,* pauvre France, soupiré-je désespérément railleur.

Petit interlude qui lance parfaitement bien le débat.

— D'abord, mon grand, commencé-je d'une voix chaude et amicale en me tournant vers Manuel, tu peux me tutoyer. Tu sais, en Algérie, on faisait pas tous ces salamalecs comme en France.

— OK, acquiesce-t-il d'un petit hochement de tête.

Il serait faux et péremptoire de dire que je leur fis un exposé savant et superbement détaillé de mes activités au sein de l'O.A.S. Non. J'ai simplement raconté tout un tas d'histoires et d'anecdotes de ce que fut notre combat pour la liberté et la sauvegarde de notre terre bien-aimée.

— Tu sais, Manuel, il est bon que des jeunes comme toi s'intéressent à ce qui s'est réellement passé là-bas. C'est un pays que nous avons façonné, que nous avons tant aimé, et qu'à ce prix nous avons tenté de défendre par tous les moyens possibles, y compris par la force et la rébellion. Notre organisation – dite terroriste, mais qui ne l'était pas plus que le Mouvement de Résistance contre l'occupant entre 40 et 44 – n'avait pour but que de combattre le pouvoir et la volonté gaulliste d'abandonner et livrer d'une façon aussi inhumaine notre pays au pouvoir sanguinaire d'une poignée d'hommes. Car le FLN, sache-le, ce n'était au départ qu'une poignée d'hommes qui n'a fait que mettre en œuvre une politique de terreur, même, et surtout à l'encontre du peuple algérien. Des massacres innombrables, innommables, horribles et dégueulasses ont été commis par le FLN, dans le seul et unique but de gagner l'adhésion d'une population qui, sans cette vague de sang, n'aurait jamais adhéré à leur cause. Des crimes bien plus nombreux et autrement plus affreux que ceux commis soi-disant par l'armée française, comme on veut le faire croire aux Français qui n'ont jamais mis les pieds là-bas. Oui, tous ces Français n'ont fait que gober la propagande des politiques. Ils n'ont rien vu ni jamais su ce qui s'est réellement passé en Algérie. Tu sais, Balzac a dit un jour : « Il y a souvent deux Histoires, l'une que l'on enseigne et qui ment, l'autre que l'on tait parce qu'elle recèle l'inavouable. »

— C'est bien c'que j'ai cru comprendre, acquiesce Manuel d'un hochement de tête.

— Oui, renchérit Claire. Il y a l'Histoire officielle, et puis l'Autre.

— Surtout à propos de la guerre d'Algérie qui, à mon sens, est le plus grand crime d'État de l'Histoire de France, ajouté-je avec au fond de moi une colère toujours aussi vive.

— Mais pourquoi les Pieds-Noirs n'ont rien raconté ?

— À qui ? Personne ici en France n'était disposé à nous écouter et encore moins à nous croire... Et puis, on avait une vie à reconstruire.

Après un silence, Manuel évoque un autre aspect de ma trajectoire personnelle dans l'O.A.S.

— Maman m'a dit que tu as fait de la prison, fait-il, une lueur dans le regard.

Je lui réponds aussi simplement que possible, sans orgueil, et surtout sans fanfaronnade inutile.

— C'est vrai. Maintenant, je me suis rangé, comme qui dirait. Mais effectivement, j'ai eu mon heure de gloire au sein de l'O.A.S., ce qui m'a valu quelques années de prison. J'ai été arrêté en mars 63, à la sortie du dernier jour du procès de Bastien-Thiry. Et j'ai passé presque deux ans à la prison de la Santé.

— Tu as été torturé ? ose demander Claire, d'une voix qui se veut neutre et discrète.

Je baisse un peu les yeux, et à la mimique que je fais, elle a sa réponse à la question.

— Ç'a été une période un peu dure, mais très sincèrement, je ne la regrette pas, avoué-je avec aplomb et fierté, car je n'ai jamais renié mes convictions et mon engagement pour l'Algérie française.

— Et Bastien-Thiry c'était qui ? questionne Manuel.

— Bastien-Thiry ? Un type exemplaire et extraordinaire. La personne qui de toute ma vie, je crois, m'a le plus impressionné. D'une dignité rare, d'une intelligence remarquable. Un homme qui avait le sens du devoir et du sacrifice. Un Grand Homme. Un vrai.

— C'était un chef de l'O.A.S., non ? me demande Robin.

— Pas du tout, je réponds aussi sec. Bastien-Thiry n'a jamais été dans l'O.A.S.

— C'est lui qui a organisé l'attentat du Petit-Clamart contre de Gaulle, dit Claire en se tournant vers son mari.

— Voilà un truc auquel j'aurais voulu participer, annoncé-je presque dévotement. Descendre ce salopard de de Gaulle. C'est pour cette raison, par solidarité et par devoir, que j'ai pris le risque d'assister à de nombreuses reprises aux audiences du procès de Bastien-Thiry. Et à la fin, c'est comme ça d'ailleurs que je me suis fait cueillir.

Manuel, très intéressé, et peut-être aussi très impressionné, me demande de lui raconter les circonstances de mon arrestation. Puis, de fil en aiguille, la conversation glisse peu à peu sur les opérations auxquelles j'ai participé à Alger au printemps 62 au sein de l'O.A.S. Celles d'Oran également, jusqu'à l'épisode de la fuite en Espagne à bord du « Victoria ». Sans oublier mon périple en Algérie en avril 65 qui me conduisit au camp de Yakouren où j'ai retrouvé et sauvé la jeune Colette. D'ailleurs elle me donne des nouvelles de temps en temps, depuis l'Espagne où elle s'est mariée en 72. Elle n'a jamais oublié ce que j'ai fait pour elle. Quarante-huit ans plus tard, nous portons tous encore en nous le deuil de nos proches, qui ne survivent que dans nos mémoires meurtries.

Fin de l'histoire. Mais pas de l'horreur. Qui, elle, restera pour toujours ancrée en nous.

Mes visiteurs du jour sont repartis en fin d'après-midi, par le TGV qui devait les ramener en Provence. Ils sont partis ravis, heureux, et tellement riches de connaissances et de témoignages, que nul ne peut en trouver de semblables dans quelque émission ou documentaire que ce soit. Ni dans les manuels officiels d'histoire. Quels qu'ils soient, et où qu'ils soient.

57
Là-bas et ailleurs

22 avril 2012. Marseille. Robin Burgès

Nous habitons depuis dix ans une villa au boulevard de la Concorde, à deux pas du rond-point de l'Obélisque. Très pratique, car l'école Sainte-Trinité où nos garçons ont fait leur scolarité est à deux cents mètres d'ici. C'est un bon quartier qui donne un air de village provençal, et puis Luminy et les calanques ne sont pas très loin non plus. En continuant la route, on file ensuite vers la Gineste, en direction de Cassis. Dans le sens opposé, en quittant l'obélisque, il suffit d'emprunter le boulevard Michelet pour descendre vers le stade Vélodrome et l'avenue du Prado. Sincèrement, nous ne regrettons pas d'être installés dans ce secteur de Marseille.

Aujourd'hui, toute la famille se réunit à l'occasion des anniversaires. Il y en a eu trois en une semaine : le 12 avril ma belle-sœur Laetitia, le 19 avril, mon fils Manuel, et le 20 avril ma femme. Mais cette année, la date est plus marquante, puisque Manuel fête ses vingt ans. Claire a eu 47 ans et ma belle-sœur, 43. C'est fou comme ça passe.

Et puis ce matin est aussi un jour particulier, car c'est le premier tour de l'élection présidentielle. Dès l'ouverture des bureaux de vote, nous sommes allés déposer notre bulletin dans l'urne, histoire de profiter ensuite tranquillement de notre dimanche en famille.

À onze heures trente, la table de la salle à manger est mise et tout est prêt en cuisine. Pendant que ma femme surveille la cuisson du riz près du paellero dans le jardin, j'envoie Manuel chercher le pain que nous avons commandé à la boulangerie du coin.

À midi trente, la paella est fin prête. Ma femme pose un linge sur le paellero pour conserver la chaleur et les saveurs. Puis, retirant son tablier, elle se dirige vers la salle de bain, mais trouve la porte close. Elle a beau tambouriner, rien n'y fait. Théotime s'est calfeutré à l'intérieur. Il s'écoule bien dix minutes avant qu'il ne sorte enfin, après trois quarts d'heure de préparatifs, tiré à quatre épingles, la coiffure gominée et aspergé de parfum. Sa mère, qui attendait pour se faire une beauté, le charrie volontairement.

— Eh ben mon coco, une heure pour prendre ta douche ! Et puis tu comptes aller où comme ça ? Draguer les filles ?

— Bon, allez, allez, allez, va t'arranger la face et arrête tes blagues à deux balles, lui rétorque-t-il en poussant un long soupir d'agacement.

Hilare, ma femme intègre la salle de bain et s'approche du lavabo.

— Oh ça va ça va ! Ouhlala, ces gamins, aucun humour ! On n'peut rien leur dire !

— Ça, pour dire des conneries en mode « chuis marrante ! » tu t'poses c'est sûr !

— *En mode, en mode !* Et toi ti es *en mode* quoi ? *en mode* « sale gosse » oui, lui rétorque-t-elle en riant grassement.

— Bon, allez, ça va, marre-toi un bon coup. Et puis d'abord, t'avais pas déjà pris ta douche ce matin ? continue notre fils qui ne lâche pas le morceau.

— Oh, dis, mon coco, j'vais pas accueillir les invités en empestant le riz et la friture, si ?

Puis elle ferme la porte, pour se refaire une beauté.

Dix minutes plus tard, je la retrouve plantée devant le miroir où elle finit de s'arranger. Elle met de l'ordre dans ses mèches brunes un tantinet rebelles, et lâche cette réflexion métaphysique et spirituellement féminine : « Miroir, ô mon beau miroir, dis-moi qui est la plus belle ? » C'est le moment que choisit Théo pour sortir de sa chambre avec un sourire au coin des lèvres, ce qui me fait dire qu'il prépare une de ses boutades dont il est coutumier.

— Eh beh, sûrement pas toi, va, lui décoche-t-il en passant la tête dans l'encadrement de la porte tout en pouffant de rire.

En quelques minutes, l'euphorie et la bonne humeur gagnent toute la maison.

Et *por fin* – j'en profite, c'est les seuls mots d'espagnol que je connaisse, mdr ! – bon, vers treize heures, les invités font enfin leur apparition. Mamie et papy Janot, Laetitia, Claudine, Gisèle et Jacky, Jean-Claude et Karine, sa nouvelle compagne depuis deux ans. Clôturant le défilé, les copains de Manuel arrivent au moment où nous commençons à servir l'apéritif dans le jardin. La sangria coule à flots, pendant que tout un chacun évoque le sujet du jour : l'élection présidentielle. Tout le monde visiblement a fait son devoir de citoyen ce matin à la première heure. Ceci étant, personne ne s'épanche sur le thème de la politique, car c'est bien souvent sujet à discorde. Il n'y a guère que papy Janot pour s'essayer au petit jeu des pronostics, mais les sondages et les habitudes électorales des Français aidant, il ne fait guère de surprise que Sarkozy, le président sortant sera opposé à Hollande le candidat du PS.

Quant à l'annonce la plus importante de la journée, ce sera pour plus tard. Au moment du dessert, ou du café. Une surprise pour mamie et papy Janot que je leur réserve, avec l'accord et la complicité de leurs trois enfants, Claire, Laetitia et Jean-Claude.

En attendant, vient le moment de passer à table.

Le repas se déroule très bien. Une assiette de tomates « *a picar* » en entrée et la paella en plat principal. Menu classique et typiquement espagnol. Les conversations tournent comme toujours autour de la famille, de la vie des uns et des autres, de l'actualité et du sport, car cet été vont se dérouler les JO de Londres. Mais c'est un tout autre sujet qui va faire irruption au moment du dessert, grâce, ou plutôt à cause de l'infatigable Claudine, qui a le don de toujours mettre les pieds dans le plat.

— Vous avez vu cette histoire de paquebot ?

— Quel paquebot ? fait papy Janot une fois sa part de dessert avalée.

— Bé... le paquebot qui s'est renversé en Italie ! Des croisières Costa ! se met à piailler Claudine de sa voix de crécelle.

— Pouh oui ! Que tous ces morts, moi ça m'a coupé les envies de faire des croisières, renchérit Gisèle qui a eu l'occasion l'année dernière d'en faire une autour de la Méditerranée.

Claire et moi échangeons un regard discret, et circonspect.

— C'est pas moi qui monterais sur ces bateaux, je vous le dis, déclare d'emblée mamie Silvia.

Eh bien, voilà que les choses se présentent plutôt mal.

— Ça, c'est bien un truc que je pige pas ! s'exclame papy Janot en montant sur ses grands chevaux comme chaque fois qu'il s'insurge d'un sujet d'actualité. Alors voilà ! En plein naufrage, ti as le commandant de bord qui se barre tranquillement sur son canot de sauvetage ! Carrément, le type il abandonne le navire ! Non, mais j'sais pas moi, ces mecs-là, faut les pendre haut et court !

— Dis Janot, t'emballe pas, va, tu vas nous faire la crise cardiaque du siècle, plaisante ma belle-mère pour calmer son mari.

Ne sachant pas trop comment amorcer l'affaire qui nous intéresse aujourd'hui, je fais un signe discret à Claire.

— Qui veut un caoua ? claironne-t-elle en se levant.

D'un regard alerte, elle fait le tour de la tablée pour prendre commande, et se dirige vers la cuisine. Cinq minutes plus tard, elle est de retour avec une dizaine de tasses alignées sur un plateau. La dégustation du café est un moment de pur bonheur, car chez nous on prend de l'expresso, à la machine, comme au bar.

Vient alors le moment crucial. Je fais un signe à Claire, Laetitia et Jean-Claude, qui me donnent leur aval. Je prends une profonde inspiration, et j'attire l'attention de la tablée par un « Voilà, j'ai quelque chose à vous annoncer ». Toutes les têtes se tournent vers moi instantanément. Je vois des yeux s'ouvrir de surprise.

— Ah ? Une annonce ? glapit Claudine tout émoustillée.

— *Johé tché,* tata ! s'exclame Claire.

— Bé quoi, qu'est-ce que j'ai dit ? Rien !

— Faut toujours que tu ouvres ta bouche ! rétorque ma belle-mère. Laisse mon gendre parler, *tché !*

— En fait, ce que je vais vous dire... même si ç'est moi qui en ai eu l'idée et l'initiative, la décision et l'accord revenaient à Claire, Laetitia et Jean-Claude.

Les trois concernés sourient, tandis que mamie et papy Janot commencent à comprendre qu'ils vont être, soit concernés, soit impliqués dans ce qui va suivre. Comme ils sont intrigués et quelque peu suspendus à mes lèvres, je poursuis :

— Comme vous le savez tous, cette année sera le cinquantième anniversaire de cet événement que la plupart d'entre vous ont connu, que vous n'avez jamais oublié et pour cause, l'abandon de votre terre... suivi de cet abominable exode vers la France.

Je sens peser sur moi des regards lourds de tristesse, qui s'égarent vers des souvenirs très douloureux. Janot baisse lentement la tête. Ma belle-mère se fige, les mains immobiles posées à plat sur la table. Gisèle sort un mouchoir avec lequel elle se tamponne discrètement les yeux. Claudine pâlit en silence. Je sais que raviver leur mémoire est une chose fort délicate et même sûrement un peu périlleuse, mais maintenant que j'ai commencé, je ne peux m'arrêter.

— Avec Claire, puis également avec l'assentiment de Laetitia et Jean-Claude, je me suis dit... enfin, nous avons pensé tous les quatre que ce serait une idée pourquoi pas... que vous puissiez retourner là-bas.

Silence de cathédrale. Seuls les regards se croisent.

— Quoi ? nous ? Qu'on retourne en Algérie ? s'écrie Janot, bouche bée, les yeux écarquillés.

— Oui... revoir Oran, l'Algérie de votre jeunesse, rajoute Claire.

— Non, moi je n'y retournerai jamais ! rétorque-t-il sèchement.

— Et vous mamie, qu'est-ce que vous en dites ? demandé-je doucement à ma belle-mère.

Long silence.

— C'est impossible, avoue-t-elle douloureusement dans un souffle.

Je souhaite tellement qu'ils trouvent en eux la force et le courage d'envisager ce retour, que je ne peux m'empêcher de lui répondre, le cœur tremblant et la voix émue.

— Vous savez, quand on recherche ses racines, rien n'est impossible.

À ces mots, ses yeux s'emplissent de larmes.

— Nos racines, on sait où elles sont, pas besoin de les chercher...

— Alors peut-être... les retrouver, ajouté-je pour corriger mon propos.

Il y a une telle émotion autour de la table.

— Ça serait trop dur pour nous, déclare à son tour Claudine. On préfère rester avec nos souvenirs. Garder intactes en nous les images d'autrefois. Oran a dû tellement changer.

— Oui, c'est ça, on a trop peur d'être déçus de ce qu'on trouverait là-bas, confirme à son tour Gisèle.

— Et puis quand on sait ce qu'Oran est devenue, ça ne donne pas envie d'y retourner, reprend Claudine, avec gravité.

— Pourtant beaucoup d'anciens d'Algérie y retournent, dis-je pour tenter de les convaincre.

— Moi je n'y retournerai jamais, persiste Janot.

— Et vous mamie ?

Elle nous scrute longuement, puis répond ceci :

— Pourquoi se faire du mal ? On a assez souffert, non ?

— Oui, je sais, murmuré-je comme un aveu d'impuissance. Je connais votre souffrance. Du moins, ai-je appris à la connaître en entrant dans votre famille. Votre histoire m'a touché. Et elle ne doit pas rester dans l'oubli. C'est vrai, c'est moi qui ai eu cette idée, ce fol espoir de vous convaincre de retourner là-bas, et vous aider peut-être à trouver un apaisement. L'endroit où l'on est né, on ne peut pas l'oublier. Et je sais qu'inconsciemment votre cœur espère, attend, et brûle de pouvoir enfin un jour revoir ce pays, les quartiers où vous avez grandi.

— Papa, maman, annonce Claire en y associant du regard Laetitia et Jean-Claude... on a décidé tous les trois de vous offrir ce voyage.

— Moi je n'irai pas, réitère Janot. N'insistez pas.

— On respecte ton choix papa, y a pas d'souci, souligne Laetitia pour dissiper toute équivoque.

— Claudine ? Tu es partante ?

Elle aussi rejette la proposition d'un geste négatif de la tête.

— Et toi Gisèle ?

— Moi ? Si vous y allez, je vous suis, souffle-t-elle en se laissant convaincre.

— Maman ? demande Claire en poursuivant son tour de table.

— Qu'est-ce que vous voulez que je vous dise les enfants ? J'en sais trop rien. Et puis combien serions-nous ?

Après un tour de table général, seul Jean-Claude se désiste, car il a trop de travail au laboratoire. Ainsi que Janot et Claudine qui refusent de venir.

— Je ne sais pas mes enfants, conclut mamie Silvia prise dans un dilemme. Faut que j'y réfléchisse.

En début de soirée, après l'annonce des premiers résultats des élections, chacun repart chez soi, avec dans le cœur une sensation nouvelle. La sensation d'un possible retour aux sources. Je n'ai jamais douté pour ma part que le passé est un voyage nécessaire pour se sentir vivant ; pour comprendre l'avant, l'après, et le devenir d'une vie. Pour se reconstruire, là-bas et ailleurs. Moi, Français de souche depuis des dizaines de générations, j'ai mis quelques années avant de comprendre l'histoire des Pieds-Noirs, leur colère et leur révolte, mais aussi leurs douleurs et leurs amertumes. Je les ai compris – sans mauvais jeu de mots – parce que je les connais à travers leur histoire. Leur *véritable* histoire. Pas celle que la propagande officielle a inculquée aux Français de métropole pendant des décennies.

Certes, les années ont passé. Et oui, de l'autre côté de la Méditerranée, il y a cette Algérie où beaucoup d'entre eux ne retourneront jamais. Nombreux sont les Pieds-Noirs qui se sont résignés à vivre dans le souvenir de ce pays à jamais perdu. Mais nombreux sont aussi ceux qui y retournent, non pour voir ce qu'est devenue leur terre, mais pour retrouver les souvenirs de leur jeunesse, retrouver la mémoire de leur passé, rouvrir les maisons de leur cœur, et parfois leurs cimetières. C'est ce cadeau que j'ai souhaité offrir à mes beaux-parents.

Côté élections, il n'y a eu aucune surprise. Sarkozy et Hollande s'affronteront au deuxième tour.

58

Recoller les morceaux

Lundi 3 septembre 2012, Miramas. Janot Martinez

Ce soir je suis seul à la maison. Ma femme est à Marseille chez notre fille Claire, car demain ils partent en Algérie. Moi, je peux pas m'y faire. Ce retour à Oran est une pure folie. D'ailleurs, ma belle-sœur Claudine pense comme moi ; ô grand jamais elle ne veut y retourner.

21 h 05, ma série américaine favorite vient tout juste de commencer quand le téléphone se met à sonner. Allons donc, pas moyen de regarder la télé tranquille ! Sûrement ma femme qui vient aux nouvelles.

— Allô ?

— Allô, c'y est toi Janot ? retentit une voix criarde dans le combiné.

Et cette voix de crécelle, ce n'est en aucun cas celle de ma femme.

— Ah, c'est toi Claudine ?

Y a pas à dire ni à redire, la Claudine elle a une voix que pardon ! même en chuchotant elle te crève les tympans !

— Alors, Janot, va, raconte-moi tout. Silvia, elle y est chez Claire ce soir ?

— Mais oui, tu sais bien.

— Alors c'y est demain le grand départ ?

— Ma foi, tu sais bien que oui.

— Oui j'y sais, mais justement, on sait jamais, j'y me disais *pit-être* qu'elle renoncerait.

— Non non, elle n'a pas changé d'idée.

— Quand même, ce voyage en Algérie, qu'est-ce t'y en penses toi ?

— J'en pense rien. J'veux pas voir comment qu'c'est devenu là-bas. Pas bien beau, sûrement.

— T'y as bien raison, Janot. On préfère garder en tête comment c'y était à notre époque.

— Bon, Claudine, c'est tout ce que t'as à me dire, que tu me fais rater mon feuilleton.

— Ton feuilleton ? Qué feuilleton ? Y a pas de feuilleton ce soir…

— Mais si, « *New York Unité Spéciale* » sur la Une. Tu regardes pas ?

— Pouah ! Ça ? Jamais, c'y est que des conneries américaines, qu'y a que des crimes et des jobastres dans ces séries policières !

— Bon, dis, Claudine, ti as autre chose à me dire ?

— Eh non, ça va, Janot. J'y ai compris.

Et elle raccroche.

Le générique s'achève et l'épisode commence. C'était moins deux.

21 h 25. Encore le téléphone. *¡ La madre que te parió ¡*[100]

— Janot ? C'y est moi, Claudine.

— *Johé* Claudine ! Encore, mais quell' mouche te pique ?

— Qué mouche, Janot ? Mais tu t'rends pas compte de c'qu'y s'passe ?

— Quoi ? Qu'est-ce qui s'passe ? dis-je soudain inquiet.

— Y vont tous revoir Oran et Santa-Cruz !

— Beh oui, j'sais bien.

— Janot… J'me demande si on fait bien ?

---

[100] « Putain de m… ! »

— De faire quoi ?

— Ben, de n'pas y aller pardi !

— Alors quoi ? Ti change d'avis maintenant ? Faudrait savoir au juste, tu veux y aller ou pas ?

— Mais non, Janot ! Jamais d'la vie ! J'y aurais trop peur d'être déçue !

— Bon alors, pourquoi tu m'appelles !

— Bé, j'sais pas. Ça m'fait quelque chose de savoir qu'y vont partir là-bas, voilà tout.

Je lui souhaite le bonsoir à la Claudine et je raccroche net. Et voilà, à cause d'elle j'ai loupé un passage du feuilleton !

Cinq minutes plus tard, c'est les pubs. Comme convenu, j'appelle chez ma fille pour parler cinq minutes avec ma femme. Je sens en elle une petite appréhension. Et dans un coin de ma tête, demeure une sensation que je n'aime pas. On se dit au revoir, et leur souhaite à tous un bon voyage.

21 h 55. Le téléphone me fait encore sursauter ! Mais je rêve ou quoi ? C'est pire qu'à l'AFP ici ! Pas moyen de rester tranquille à regarder ma série, qu'un deuxième épisode est en train de commencer, et je vais tout louper le début !

— Allô ! je réponds en criant presque.

— Janot ? Mais pourquoi tu cries ? ânonne Claudine d'une voix geignarde.

— Pourquoi je crie ? Mais tu vas me laisser regarder mon feuilleton tranquille ?

— Janot ! J'y... J'y ve... J'y veux revoir Oraaan et Santa-Cruuuz ! se met-elle soudain à sangloter dans le téléphone.

Allons donc, mais c'est pas possible, voilà maintenant qu'elle se met à chialer comme une Madeleine !

— Claudine, quand même, reprends-toi, ti vas pas pleurer pour ça ?

— Mais si j'y pleure pour ça, t'y comprends pas ?

— Bon sang, Claudine, t'aurais pu y penser avant, non ?

— Mais qu'est-ce que j'y peux si c'y est maint'nant qu'ça m'vient ?

— Ahlala, Claudine, tu me mets dans l'embarras avec tes humeurs de girouette. On n'peut jamais être fixé avec toi !

— Merci bien Janot ! Alors j'ne reverrai pas Oran et j'y vais mouriiiir tout' seule ! raccroche-t-elle en pleurnichant.

Puis la soirée se passe. Dans le calme. Enfin un calme tout à fait relatif, vu que j'ai la tête comme un tchic-tchic avec toutes ces idées qui m'tambourinent dans le cerveau. C'est qu'elle est quelqu'un, cette Claudine !

22 h 55. J'attrape le téléphone et j'appelle ma belle-sœur. Bon, ça va, elle a gagné, si elle veut, on les rejoint demain au port de Marseille et on s'embarque pour l'Algérie ! Deux sonneries, trois sonneries, puis quatre, puis dix, et elle ne répond pas cette bourrique ! Mais je rêve ou quoi ? Tu vas voir qu'elle s'est jetée du balcon ! Elle en est capable !

23 h 15. Je laisse encore sonner dix fois, et l'appel bascule sur le répondeur, que même pas qu'j'sais comment ça marche ces put... de répondeurs ! Au moment où je veux parler, une sonnerie stridente me bousille les tympans et ça coupe de suite la communication. Allons donc, j'suis bon pour recommencer !

23 h 45. Je tente de rappeler encore une fois. Dans ma poitrine, je sens mon cœur qui s'emballe ! Et si elle avait vraiment fait une connerie, cette courge de Claudine ! Enfin ça sonne à l'autre bout du combiné.

Tuuut. Tuuut. Tu parles d'un « Tuuut ». Pourvu qu'elle ne se soit pas *Tuuut-tuuuée*, oui !

— Alloooôô, répond faiblement une voix mélancolique.

— Claudine ?

— Oui, qui c'y est à l'appareil ?

— Comment ça qui *c'y est* à l'appareil, mais c'est moi, Janot ! Alors ti es vivante !

— Janot, j'y étais en train de dormir, t'y m'as réveillée.

— Quoi ? Tu dormais ? Après la soirée que tu m'as fait passer ?

— C'y est pas ma faute, Janot, si j'y suis malheureuuuuse...

— Bon, tu vas pouvoir t'faire heureuse, ti as gagné, va.

— Hein ?

— On part à Oran, lui déclaré-je tout net.

— À Oraaan ! s'écrie-t-elle hystérique, comme si elle avait gagné à l'Euromillion.

Quinze minutes plus tard, tout est calé, emballé, planifié. Demain sera jour de grand départ. Et j'en connais qui vont halluciner de voir arriver les roues arrière du carrosse !

Bon voilà, avec tout ce *follón,* j'ai loupé la fin du feuilleton. Mais bon, c'est pas tout à fait fini puisqu'y a le générique de fin qui défile : *« Executive Producer : Dick Wolf / Starring : Mariska Hargitay, Danny Pino, Kelli Giddish, Richard Belzer, Ice-T, Dann Florek, Diane Neal ».*

J'énonce calmement, d'une voix précise, systématique et répétée, tous les acteurs et les techniciens figurant au générique, comme j'ai l'habitude de faire à chaque fois qu'un film ou un feuilleton se termine. Mais c'est drôle, il y a quelque chose qui manque ce soir. Et puis soudain, je réalise ce que c'est : la voix lasse de Silvia qui comme d'habitude m'aurait taclé sèchement en me disant « Janot, c'est pas bientôt fini ? On sait lire nous aussi ! » Mais moi, rien ne me perturbe, alors j'aurais continué mes récitations, comme si de rien :

—Screenplay : Julie Martin... Warren Leight... Director : Peter Leto...

Et ma femme de poursuivre ses lamentations avec des soupirs de lassitude :

— *Johé tché,* Janot ! Mais c'est pas possible ! Y va se taire, oui ? Mais qu'est-ce qu'y m'a pris de me marier avec ce bonhomme !

Tous les soirs, c'est chaque fois la même comédie qui se joue chez nous. C'est vrai, avec ma femme, des fois on se supporte plus, mais on n'saurait pas se passer l'un de l'autre. Et là, ce soir, elle n'est pas là ; et ça me manque.

Mardi 4 septembre 2012, Port de la Joliette, Marseille

10 h 10. Notre taxi arrive à vive allure et stoppe brusquement devant le quai de la Joliette. On descend aussi vite que possible, le temps presse. Pourvu qu'il ne soit pas trop tard. Les portes claquent. Le chauffeur de taxi se dirige vers le coffre et décharge nos sacs de voyage. On le remercie vivement. Je saisis la poignée de mon sac à roulettes et suivi de Claudine qui tire elle aussi sa valise, on se dirige à la hâte vers le terminal d'enregistrement. Dans ce hall immense, on se sent totalement perdus, aussi j'accours vers le point accueil pour demander des renseignements.

Quinze minutes plus tard, on se présente enfin avec nos billets au point contrôle. Une longue file d'attente s'étire dans un brouhaha de gare. Nos regards scrutent la foule. Où sont-ils, Bon Dieu ? On ne les voit nulle part. Ah, non, soudain Claudine les reconnaît près d'un des piliers de la salle. Elle lève la main dans leur direction, tout en agitant son billet pour attirer leur attention. En vain, car ils ne nous ont toujours pas remarqués. Alors tout en s'excusant, on commence à se faufiler dans la foule qui patiente.

— Pardon, excusez-nous, on rejoint notre groupe là-bas, dis-je aussi poliment que possible en entraînant Claudine dans mon sillage.

Vingt mètres plus loin, on arrive à leur hauteur. Claudine, tout essoufflée, les apostrophe joyeusement.

— Alors, vous nous z'avez pas vus ? On vous fait signe depuis tout' à l'heure !

— Papa ? Claudine ? s'exclame Claire au moment où elle se retourne. Mais qu'est-ce que vous faites ici ?

Tous les autres se tournent d'un seul bloc et n'en reviennent pas de nous découvrir là.

— Avec Claudine on s'est dit qu'après tout c'était une aventure à tenter, dis-je avec un sourire en coin.

Silvia nous regarde avec étonnement.

— Eh ben, t'as toujours un temps de retard, mais tu t'es décidé finalement !

Elle s'accroche à mon bras, avec bonne humeur et soulagement. Tous nous congratulent de les avoir rejoints pour ce voyage que probablement nous n'oublierons pas de sitôt.

Il est un peu plus de treize heures lorsque retentit la sirène du El Djazair II. Nous voilà tous agglutinés sur le pont principal pour assister au départ. Sous un vent léger, le mastodonte des mers de la Compagnie Algérie Ferries s'écarte peu à peu du quai.

1962, la traversée de l'impossible. 2012, le retour vers l'impossible.

Vingt-cinq heures de voyage pour tenter d'effacer cinquante années de séparation. Pour tenter de refermer les plaies béantes de notre histoire passée. Vingt-cinq heures à patienter avant de revoir la côte oranaise. La colline du Murdjadjo et Santa-Cruz.

Le voyage n'en finit pas. Le voyage me rend malade. Le voyage me ramène à la source du passé, donc à la source du mal. Je laisse les autres dans la salle de détente, et je cours m'enfermer dans ma cabine. Je me demande déjà si j'ai bien fait de venir. Je m'étends sur ma couchette et, les yeux fixant le plafond, j'éteins la lumière.

À bord du El Djazair II, 20 h 30. Silvia Martinez

Claudine, Gisèle et Jacky sont allés faire une petite promenade sur le pont. Mon mari, lui, est allé se coucher. Il n'est pas bien. Mais ce n'est pas le mal de mer. C'est un malaise plus profond, bien évidemment. Quelque chose d'oppressant qui lui enserre sûrement le cœur comme dans un étau. Je connais cette sensation d'étouffement, je la ressens aussi, mais cependant je parviens à l'évacuer, grâce à mes enfants et petits-enfants qui m'écoutent. Nous sommes installés en petit comité sur les banquettes dans la salle de détente. Il y a autour de moi Claire, Robin, Laetitia, Manuel et Théo. Tous les cinq sont suspendus à mon récit. Que puis-je leur dire que je ne leur ai pas déjà raconté ?

— Je me souviens du bateau qui nous a ramenés en France. C'était un bateau tout blanc qui s'appelait le Phocée. Il glissait sur l'eau indéfiniment en fendant la mer et la nuit, et en brisant aussi nos cœurs. Durant la nuit, dans nos couchettes, on entendait dans les cabines voisines les gémissements des gens qui pleuraient. Cela a duré toute la nuit... et ça ne finissait jamais. On ne peut oublier des choses comme ça. Et je n'ai jamais oublié l'idéal de mon grand-père Francisco qui a tant fait pour offrir à sa famille un avenir meilleur. Avec mes maigres moyens, c'est ce que j'ai essayé de vous inculquer aussi. Pour que votre vie soit meilleure que la nôtre. Vous savez, une partie de nous est restée là-bas... C'est vrai, Robin, vous aviez raison ; on ne peut pas oublier l'endroit où l'on est né. Sur ce bateau qui nous emportait vers la France, j'ai plusieurs fois pensé et cru que nous avions fait demi-tour, comme dans un rêve. Mais non, il n'en était rien. Alors j'ai compris qu'Oran était bien loin, et que je ne la reverrai plus. Et voilà que cinquante ans plus tard, je vais revoir Santa-Cruz.

« Merci mes enfants, ajouté-je en essuyant mes larmes. Mais je ne sais pas si j'en aurai la force. J'ai peur de ne pas tenir le choc. »

— Ne t'inquiète pas maman, tout va bien se passer, me réconforte Claire. Maintenant, allons nous coucher. Demain sera une belle journée.

Il est presque deux heures du matin. Je suis allongée dans ma cabine. Mon cœur bat si vite que je n'arrive pas à fermer les yeux. Comme en juillet 62, j'entends l'écume de la mer battre les flancs du navire. C'est le même bruit, les mêmes odeurs, et curieusement aussi la même douleur.

Partir un été sans bagages et mourir à l'automne le cœur ouvert
Vois comme j'en crève de cette douleur
Comme mon cœur en rêve de revoir ces couleurs
Revenir sans voyage et courir à l'envers
Ne plus voir sur la mer s'en aller le bonheur
Mais il reste son nom sous les vagues reflets de l'hiver.

Pourquoi ces mots me viennent à l'esprit et se versent dans ma mémoire ? Je ne sais ni comment ni pourquoi ils me transpercent. Tant d'années, tant d'années pour venir jusqu'ici !

Pour recoller les morceaux dans l'album de nos souvenirs meurtris.

5 septembre. Vers midi et demi, nous arrivons au terme de la traversée. Nous montons tous sur le pont pour voir la côte oranaise venir jusqu'à nous. L'arrivée est prévue aux alentours de treize heures. Mon mari est à mes côtés. Nous nous tenons la main, comme nous l'avions fait lorsque le Phocée nous arrachait à notre terre d'Algérie. Nous ne devrions pas tarder à distinguer à l'horizon les premières lignes de la côte. Nos filles sont avec nous. Manuel et Théotime aussi. Nous nous enlaçons tous. Mon gendre Robin n'est pas loin, juste un peu à l'écart, avec Claudine, Gisèle et Jacky. Je leur fais signe de se joindre à nous. Le ciel dégagé colore l'immensité de ses teintes bleu turquoise. Droit devant nous face à la mer, nous scrutons inlassablement l'horizon ; nos yeux cherchent en vain, et notre âme appelle de ses vœux les plus chers les prémices de la béatitude céleste lorsqu'enfin la terre d'Algérie apparaîtra à nos regards nostalgiques. Comme ce moment est long à venir !

— Là-bas ! s'écrie soudain Manuel en pointant son doigt droit devant lui. Vous voyez ?

Nous suivons tous son geste du regard.

— Ah oui ! s'exclame à son tour Théotime. Ça y est, je vois !

— Où ça ? Où ça ? réclame Claire en s'approchant de ses garçons.

— Oui ! s'écrie Laetitia. Regarde maman ! Là-bas ! Tu vois ?

— Noon, murmuré-je d'une voix faible. Je ne vois rien…

— Moi non plus, fait Gisèle dubitative. Où vous voyez quelque chose ?

Mes yeux commencent à se brouiller de larmes cruelles. Je ne vois rien, je ne vois rien.

— T'as vu quelque chose ? dis-je en me tournant vers mon mari.

Nos regards se croisent, et je découvre dans nos pupilles la même émotion que cinquante ans plus tôt, le même silence qui nous étreint.

— Oui ! Ça y est ! glapit Claudine en portant la main sur son cœur. Là-bas ! Santa-Cruz ! Silvia ! Regarde ! Santa-Cruz ! s'écrie-t-elle en sanglotant.

Droit devant nous, dans les vagues reflets du lointain, une tache scintillante apparaît effectivement au-dessus d'une ligne brune qui commence à s'étirer à l'infini. Elle est là, sur la colline du Murdjadjo, la silhouette de Santa-Cruz qui s'éveille lentement dans les brumes de l'horizon naissant. Je serre Claire contre moi, et je cherche la main de mon mari. Je la trouve, je m'en saisis toute tremblante d'émoi. Pas de mot. Juste un lourd silence nous unit, une émotion sans limite. Au-dessus de nous, il n'y a rien d'autre que le soleil. Un blanc soleil qui nous réchauffe le cœur. Mais à ce moment du voyage, alors que se profilent de plus en plus clairement les côtes de notre beau pays retrouvé, je pense à mes parents, à ma mère et mon père. J'aurais tellement voulu qu'ils soient à nos côtés.

Dix minutes plus tard, Oran est en vue. Santa-Cruz est bien là, mais tant de choses semblent avoir changé sur le Front de mer.

13 h 05. Le navire appareille à la gare maritime, et là je reconnais tout ! Oui, tout est conforme au souvenir qu'il m'en reste. Je nous revois sur ces quais que nous avons quittés le 10 juillet 62 ! Je retiens difficilement mes larmes, accablée de nostalgie.

Tant d'années, tant d'années pour venir jusqu'ici ! Nous nous approchons tous de la passerelle de débarquement et, au moment où je m'apprête à descendre, ma voix étranglée par l'émotion s'échappe de ma gorge douloureuse en une longue plainte lancinante :

— Mon pauvre papa, oh mon pauvre papa !

Claire me soutient en me serrant tendrement la main.

— Comme je regrette de n'être pas venue avant ! continué-je d'une voix brisée. Je te demande pardon, papa ! Pardon !

Sur la jetée, l'inscription « ICI, LA FRANCE », qu'on pouvait lire autrefois, a été effacée, bien évidemment. Oui, ici, la France n'est plus. Mais elle fut. On ne peut ni oublier ni renier son passé. C'est tout le sens de notre retour en Algérie. Juste revoir notre pays. Retrouver nos racines. Et si possible, recoller les morceaux.

59
« Maint'nant ça veut plus rien dire »

13 h 25. Mercredi 5 septembre 2012, Claire Burgès
Qui aurait cru que nous serions là un jour, sur le quai du port d'Oran ?

Mon mari Robin immortalise l'instant en prenant une photo du groupe. Quelle étrange sensation de se savoir ici, dans la ville où mes parents sont nés et où ils ont vécu leurs plus belles années. Cela semble quelque peu irréel, car nous découvrons un lieu que nous n'avons jamais connu. Mais pour eux, c'est étourdissant, bouleversant, inouï et miraculeux, car ils retrouvent le pays de leur jeunesse. Une terre qu'ils n'auraient jamais imaginé retrouver, surtout après l'avoir quittée dans les conditions que l'on sait.

Pour visiter et se déplacer dans Oran, nous avons loué les services d'un minibus, car mine de rien, nous sommes un groupe de dix, dont cinq personnes de plus de soixante-dix ans. Inimaginable de les laisser se coltiner les transports en commun. Notre chauffeur s'appelle Tarik. C'est un Oranais d'une soixantaine d'années. « J'y connais bien Oran d'hier et d'aujourd'hui, nous a-t-il dit lorsque nous l'avons engagé. » Il sera notre guide durant notre séjour. Il a une bonne tête sympathique avec sa chéchia et l'embonpoint qui sied aux bons vivants.

— Bonjour, *missieurs* dames, j'y vous souhaite la bienvenue à Oran. Comm' vous voyez, j'y parle assez bien li français, même si c'est avec un petit accent, et j'y m'en excuse par avance…

— Mais non, c'y est pas grave ça ! piaille aussitôt Claudine d'une voix de crécelle. Au contraire, c'est tout le charme !

Décidément, cette tata Claudine, toujours le mot pour rire !

— C'est vrai, vous avez bien raison, madame, approuve le chauffeur d'un clignement de l'œil. Bon, nous allons commencer. J'espère que vous avez fait li bon voyage. C'est moi qui vais vous conduire dans Oran. J'y m'appelle Tarik, et en arabe ça veut dire « chemin », alors j'y vais vous montrer li chemin.

Puis il éclate d'un rire franc et communicatif. Très chaleureux ce Tarik !

Il est environ 14 heures lorsqu'il nous dépose à l'hôtel Colombe Best Western. C'est un bel hôtel à la façade blanche, situé boulevard Zabour Larbi – anciennement boulevard Henri Martin dans le quartier Delmonte, nous a dit mon père. Robin et moi, nous nous dirigeons vers la réception où trône un superbe comptoir en marbre noir. Une jolie jeune femme brune nous accueille jovialement dans un français quasi parfait. Robin lui présente nos réservations et lui demande s'il reste des chambres disponibles, puisque papa et tata Claudine n'étaient pas prévus initialement dans le voyage.

— Oui, sans aucun problème ; l'hôtel n'est pas tout à fait complet, répond l'hôtesse.

Une fois l'enregistrement terminé, celle-ci nous distribue les clés des chambres, et tout en nous souhaitant un agréable séjour, nous présente l'ascenseur à notre droite.

Chacun prend possession de sa chambre, puis sans tarder nous nous retrouvons tous au salon de la réception. Première étape du séjour : Eckmühl, Choupot et la rue d'Adana. Un peu après 15 heures, notre chauffeur nous récupère devant l'hôtel.

— Allez-y *missieurs* dames, installez-vous bien comme y faut, nous z'allons partir, dit-il en nous ouvrant la porte latérale du minibus.

Tout le monde prend place dans le Nissan. Le véhicule démarre et descend le boulevard Zabour Larbi. À peine partis, mon père fait déjà ses commentaires :

— Silvia, tu reconnais, là ? Ça, cette rue, c'est la rue… (il hésite) la rue des Éparges !

— *Mainnant*, li rue Benaissa Benchaib, traduit le chauffeur.

— C'est dans cette rue qu'habitait Lucien Gimenez…

— Qui c'est çuilà ?

— Un copain que j'avais au lycée Lamoricière.

— Ah ? et comment qu'ça se fait qu'en habitant à Delmonte il allait à Lamoricière celui-là ? rétorque maman, incrédule.

— Ça s'fait que j'en sais rien et que je m'en fous ! C'est plus le problème, ça fait soixante ans de ça !

Dix mètres plus loin, nouveau commentaire du père :

— Et là c'est la rue…

Il réfléchit un instant, puis :

— Ah j'm'rappelle plus…

— Li rue Kadari SiAhmed Houari, annonce Tarik.

— Bon, ça c'est maintenant, reprend papa, mais avant ?

— Li rue… euh… Douaumont, j'y crois…

— Voilà, c'est ça ! Douaumont, ça m'revient maintenant !

Puis, tournant la tête vers la droite, il s'écrie encore :

— Eh té ! Là là là, c'est la rue…

— Dis Janot, tu vas nous réciter toutes les rues ou quoi ? s'exclame maman l'humour grinçant.

Tout le monde éclate de rire, surtout mes garçons qui, un peu serrés sur la banquette du fond, se bidonnent comme jamais.

— Papy, il change pas, toujours à faire ses commentaires, fait remarquer Manuel entre deux fous rires.

— Ouais, c'est ça, il est bloqué sur le mode *« El hombre que lo sabe todo ! »* (L'homme qui sait tout), complète Théo tout aussi hilare.

Mon père sourit et se gausse en se grattant la tête.

— Est-ce que cela vous va, si j'y fais un p'tit tour par li centre-ville, avant d'aller à Eckmühl ? propose le chauffeur avant de tourner à gauche dans le boulevard.

— Allez, d'accord ! s'écrie tata Claudine avant tout le monde.

611

Le Nissan s'engage alors dans un dédale de larges artères qui laisse mon père à la fois hésitant et indécis.

— Là, j'vois pas où on est.

— Avant... ici c'était pas construit, souffle le chauffeur en baissant sa vitre.

— Ah ! c'est pour ça ! J'me disais aussi.

— On va passer à li gare, indique Tarik en bifurquant à droite pour quitter la voie rapide.

Au bout d'une centaine de mètres, papa, infatigable, reprend ses incessants commentaires :

— Là, c'est le boulevard Hippolyte Giraud ! Tu reconnais, Silvia ?

— Non, je ne reconnais pas. C'est bien ça le problème, ajoute-t-elle en baissant la voix.

— *Mainnant*, il s'appelle li boulevard Adda Benaouda, indique le chauffeur en s'engouffrant dans le brouhaha de circulation.

Assise à côté de moi, maman se penche vers tata Claudine pour lui murmurer discrètement :

— T'as vu comme c'est tout délabré !

— Eh ben, mon Dieu, ç'a bien changé tout ça ! renchérit Gisèle, la voix un peu peinée en observant les façades des immeubles.

Depuis notre départ de l'hôtel, la circulation est relativement dense et hétéroclite ; on croise de tout, des voitures « récentes » certes, mais aussi nombre de guimbardes en tout genre toussant d'épaisses fumées, des bus vrombissants, des taxis, des véhicules utilitaires, et, curieusement, un nombre conséquent de camionnettes d'entreprises de maçonnerie, comme si un grand chantier de rénovation était en cours à Oran. Côté deux-roues, peu de vélos en revanche, quelques scooters et motos de temps à autre.

Cent mètres plus loin, le minibus s'engage dans une rue, et tout au bout nous apercevons une partie de la façade de la gare Centrale, avec ses arcades et son dôme. Une fois parvenus, nous découvrons le superbe édifice d'inspiration mauresque donnant des airs de mosquée, avec notamment sa tour de l'horloge en forme de minaret.

L'entrée du bâtiment est aussi très belle avec trois grandes arcades mauresques. Sur la place près des palmiers, trône un gros socle en pierre sur lequel il devait y avoir auparavant une statue, ce que confirme papa d'une voie peinée.

— Regarde, Silvia, y z'ont enlevé le monument aux Morts, y a plus que le socle !

Le Nissan poursuit sa route sur le boulevard Marceau qui descend vers la rue de Mostaganem, nous indique mon père, confirmant ainsi son rôle de consultant en chef.

— Tu vois, Robin, avant, dans la rue de Mostaganem, y avait le collège ND du Sacré-Cœur…

— Dis, Janot, on connaît tout ça nous, intervient maman.

— Mais que je le sais, fait-il dans un soupir en se tournant vers elle, mais c'est à mon gendre que j'explique, y sait pas lui !

— Eh c'y est là qu'y avait Yves Saint-Laurent ! le coupe tata Claudine de sa voix haut perchée.

— Le couturier ? s'exclame mon mari hébété.

— Voui voui, glapit tata Claudine tout aussi fière que si c'était le scoop de l'année.

Alors que nous traversons maintenant le carrefour du boulevard Clémenceau, papa montre à mon mari le square Garbé à gauche.

— Il existe toujours lui ? demande-t-il dans la foulée au chauffeur.

— Oui, *mainnant* c'est li square Maître Thuven, confirme Tarik. On va passer devant.

— Purée ! y z'ont tout changé les noms ! rétorque tata Claudine à voix basse à l'attention de ses sœurs.

— Ma foi, ici c'est l'Algérie maintenant, y a plus grand-chose de l'Oran qu'on a connu, conclut maman.

Le minibus traverse le carrefour du boulevard Clémenceau – rebaptisé boulevard Émir Abdelkader – et s'engage dans l'ancien boulevard Magenta, en direction du fameux square. Tata Claudine se colle à la vitre pour admirer les lieux.

— Eh regardez ! Y a toujours la statue de la République ! s'écrie-t-elle en désignant une statue en bronze trônant dans l'angle un peu avant le square, et qui effectivement rappelle un peu celle de la place de la République à Paris.

Tandis que Gisèle nous montre de l'autre côté de la rue l'arrière de la cathédrale, papa nous rameute à son tour pour attirer notre attention à l'opposé, où siège le palais de justice. Les infos fusent de toutes parts, on ne sait plus où donner de la tête. Seule maman reste silencieuse, à la fois curieuse et dépitée. De son côté, tata Claudine, frénétique à souhait, n'en a visiblement pas fini avec le square Garbé puisqu'elle se tourne vers l'arrière où sont installés les garçons :

— T'y vois Manuel, commence-t-elle avec un léger rire dans la voix, c'y est dans ce square que j'ai bécoté pour la première fois mon futur fiancé.

— Vouais vouais vouais, le Reymond ? Que t'aurais mieux fait ce jour-là de te casser la jambe, ma fille, lui rétorque maman pince-sans-rire en retrouvant sa verve habituelle.

— Eh beh ! T'y me fais rire toi, j'pouvais pas savoir, si ?

— C't-à-dire, qu'tu étais complètement éblouie, comm' d'habitude. Mais moi, j'avais compris son manège.

— Ah ben t'y avais qu'à me l'dire puisqu' t'y es si maline !

— Oui, c'est bien ça, maint'nant ça va être ma faute !

— J't'y dis pas qu'c'y est ta faute, mais quand même, t'y aurais pu me prévenir, quand même, chuis ta sœur, non ?

— Bon, Claudine, ça sert plus à rien d'en discuter. C'est fait c'est fait, tu l'as épousé ton Reymond, et t'as divorcé, ben voilà, *euchkeut,* on n'en parle plus et admire le square Garbé, va !

— On va faire li tour jusqu'à li mairie, annonce Tarik en se grattant la tête, puis on va revenir vers li cathédrale que *mainnant* c'est devenu li bibliothèque d'Oran.

Au bout d'environ deux cents mètres, nous parvenons à la place Karguentah. Une place de forme ovale dominée à droite par un grand bâtiment blanc à la façade ornée dans sa partie haute d'une longue fresque. Aujourd'hui, le Palais de la Culture, et autrefois la Maison

614

du colon – autrement dit, la Maison de l'agriculture. Tarik notre chauffeur émérite fait deux fois le tour de la place pour nous permettre de profiter de la vue, surtout pour nos « anciens » qui remarquent à juste titre un tout nouvel édifice gigantesque.

— Avant, y avait là le marché couvert de Karguentah, indique papa.

— Le plus grand d'Oran, rajoute Claudine.

— *Mainnant*, ils ont construit à li place « Oran Center », commente Tarik en continuant tout droit jusqu'au boulevard Maréchal Joffre.

— Qu'est-ce qu'y a là-dedans ? demande maman d'un ton un brin ironique.

— Un centr' commercial, un centr' d'affaires, et di choses comm' ça.

— Des affaires, des affaires… Vouais vouais, j'sais pas si y a tant d'choses à faire ici.

Arrivant au boulevard Joffre, Tarik bifurque à droite direction la place Foch. Le Nissan descend tranquillement le boulevard, lorsque maman attire mon attention en me tapotant le bras :

— À gauche, ma fille, tu vois, c'était le quartier juif. Y avait la rue des Juifs, qu'c'était la rue de la Révolution, y avait la…

— Et y avait le marché, à la rue d'Austerlitz, l'interrompt tata Claudine. On trouvait de tout là-bas, et tout au détail !

Deux cents mètres plus loin, nous atteignons la place de l'Hôtel de Ville, l'ancienne place d'Armes, rebaptisée place Foch. Le cœur historique de la ville, avec son Opéra-Théâtre municipal, très bel édifice avec des faux airs haussmanniens et andalou-mauresque.

— *Mainnant*, c'est li place du 1ᵉʳ novembre 1954, dit Tarik, mais nous on l'appelle toujours li place d'Armes, c'est comme ça. Vous avez li chance, car ici li semaine prochaine, ce s'ra tout fermé, à cause du chantier pour li travaux du tramway.

Savourant cette aubaine, nous lui demandons si on peut s'arrêter quelques minutes, car on aimerait aller visiter la mairie où mes parents se sont mariés en juillet 61.

— Si si, y a pas di problème, me répond-il en se garant le long du trottoir, près des anciennes stations de trolley. Faites ce qu'y vous faut ! Moi j'y vous attends là.

Au centre de la place est érigée un obélisque, le monument de Sidi Brahim, avec à son sommet une statue appelée « La gloire ailée », portant une couronne de laurier et un rameau de chêne. Le bâtiment de la mairie, avec sa façade Renaissance, semble nous appeler de tous ses vœux, aussi nous nous approchons du large escalier qu'il nous faut gravir jusqu'au parvis, et dont l'entrée est symboliquement gardée par deux lions sculptés. Ces bronzes sont majestueux. Franchement, il n'y a pas de mot pour décrire pareille splendeur. Pour le coup, nous décidons de faire quelques photos. Papa et maman prennent alors la pose devant l'un d'eux, tendrement serrés comme de jeunes mariés. Nous terminons par une photo des trois sœurs et une autre du groupe au complet, aidé par un passant très courtois qui se prête au jeu et accepte de nous prendre tous en photo. Puis, nous pénétrons en silence dans l'Hôtel de Ville, touchés par une émotion palpable, surtout mes parents dont le souvenir doit sûrement refaire surface au fur et à mesure qu'ils retrouvent l'incroyable beauté de ces lieux. Le marbre est partout à l'honneur, un marbre extrêmement rare[101], nous explique maman. L'escalier d'honneur qui mène au premier étage à la salle du Conseil municipal et à la salle des mariages est une pure merveille, tout en marbre translucide avec ses rampes massives, ses balustres et ses colonnes dignes d'un palais princier. Alors que nous arrivons en haut de l'escalier, maman se tourne et nous dit la voix remplie d'émotion et les yeux larmoyants « *Ici, j'ai une photo en robe de mariée avec mon père !* ».

— C'est fou ça… Tu vois maman, je lui fais remarquer très sobrement, rien que pour ça, ça valait le coup de venir, non ?

---

[101] Issus des carrières de marbre Onyx translucide d'Aïn-Tekbalet, situées près de Tlemcen (Algérie).

Subjugués par la magie du moment, nous en profitons pour faire encore des photos. Une fois terminé le reportage familial, nous traversons le grand couloir conduisant à la salle des mariages, guidés par le couple Silvia & Janot qui marche en tête, bras dessus bras dessous, sur les traces de leurs souvenirs de noces. À plusieurs reprises j'observe papa totalement silencieux, preuve s'il en est qu'il est probablement très ému de se trouver là. Une sensibilité qu'il a rarement l'occasion de montrer, qu'il cache le plus souvent, et c'en est d'ailleurs très touchant. Nous aussi sentons au creux de nos estomacs des petits chatouillis qui nous embrasent l'âme. Puis, au moment où nous entrons dans la salle des mariages, ce que je pressentais finit par arriver. Craquant émotionnellement, maman s'écrie d'une voix poignante :

— Oh mon Dieu, c'était là ! Tu reconnais, Janot ? Ça n'a pas changé, dis ! Nous étions ici, devant la grande table face à la fenêtre. Tiens, l'adjoint au maire qui nous a mariés se tenait par là avec la secrétaire de mairie. Derrière nous, bien sûr, les invités... là, sur ma gauche, ton cousin Antoine... Ah c'est fou ça, je revois tout, comm' si c'était hier ! finit-elle, essuyant d'un revers de la main ses yeux mouillés.

Laetitia et moi, nous nous approchons pour la réconforter et partager avec elle ce si beau moment. Nous embrassons aussi notre père, profitant tous les quatre de cet instant de communion et de grâce, dans la joie et l'émotion.

— Bon, c'est pas tout, ça, mais faudrait peut-être continuer, non ? déclare maman une fois remise de ses émotions. Que not' chauffeur, y doit se demander si on refait le mariage ou quoi !

Nous terminons par quelques photos supplémentaires, puis nous regagnons la sortie, ravis de cette visite mémorable. Près du minibus, Tarik nous attend en fumant tranquillement sa cigarette, assis sur le bord du trottoir.

— Ça s'est bien passé ? nous demande-t-il d'un sourire complice et bienveillant.

Nous lui faisons part de notre enchantement et notre impatience à poursuivre ce périple terriblement éprouvant certes, mais tellement riche en sensations fortes.

Il démarre aussitôt et le Nissan réintègre la circulation dans un concert de klaxons, direction la cathédrale. Voilà un autre monument d'Oran à ne pas manquer : la cathédrale du Sacré-Cœur. Une majestueuse bâtisse de style romano-byzantin. Tarik stoppe le minibus juste devant une place bordée de ficus et de palmiers où, avant l'indépendance, il y avait une statue équestre de Jeanne d'Arc.

— Ça vous intéresse d'aller voir li cathédrale, *missieurs* dames ? lance-t-il à la cantonade. C'est comm' vous voulez, moi j'y vous attends ici.

Après concertation, on décide d'y aller, ne serait-ce que pour se dégourdir les jambes. Pendant que nous traversons la place en direction du parvis et du grand escalier de la cathédrale, tata Claudine nous abreuve de ses commentaires éclairés.

— Vous savez où elle se trouve la statue de Jeanne d'Arc maint'nant ?

— *Johé tché !* Que tu en sais bien des choses, ma parole ! s'exclame maman médusée.

— Eh je l'ai lu dans « L'écho de l'Oranie » ! C'est que moi j'y suis abonnée ! se gargarise tata.

— Et moi aussi j'suis abonnée ! réplique maman. Mais j'y ai jamais lu ça !

Encore une joute qui ne s'arrêtera jamais si je n'y mets pas un terme en réamorçant la discussion :

— Bon alors tata, dis-nous, lancé je à l'infatigable lectrice de « L'écho de l'Oranie ».

— Eh bien, la Jeanne d'Arc, elle y a été transférée à Caen. Remarquez, en un sens, c'y est mieux. Mais bon, quand même, cette place est bien vide maint'nant.

Face à nous, se dresse la masse arrondie du fronton de la cathédrale décoré d'une large fresque demi-circulaire composée de magnifiques mosaïques aux motifs bleu, blanc, et or. De chaque côté de la façade s'élèvent deux clochers carrés surmontés chacun d'une croix de pierre. Nous atteignons le large et monumental escalier, au moins une quarantaine de marches avant d'atteindre la première partie du perron.

— Alors maman ? Comment tu ressens ce retour au pays ? je lui demande à brûle-pourpoint.

À chaque pas accompli, à chaque marche franchie, maman pousse un long soupir d'épuisement comme si elle gravissait une montagne.

— J'ne sais pas, ma fille, répond-elle après un long silence. Oran n'a pas véritablement changé, et cependant je ne reconnais plus ma ville. Elle s'est ridée avec le temps, comme nous. Mais pas seulement, comm' tu as vu, elle s'est enlaidie aussi, la tristesse y règne partout. Ce n'est plus du tout comme avant. La gaieté et le bonheur d'y vivre ont définitivement disparu, ça se voit sur le visage des Algériens d'aujourd'hui. Enfin voilà, c'est ce que je ressens pour l'instant. Mais je me trompe peut-être. C'est vrai que la mairie, elle, est restée comme dans mes souvenirs. Enfin, je te dirai ça plus précisément à la fin de notre séjour.

Après dix minutes d'efforts, nous entrons dans la cathédrale. S'ouvre alors devant nous une nef immense, transformée en salle de lecture avec des dizaines et des dizaines de tables en bois doré. Des étudiants ici et là travaillent, la tête penchée sur leurs livres. Des jeunes, mais pas seulement, il y a des adultes aussi. Quelques femmes voilées également. Nous déambulons en silence dans les travées, admirant les vitraux, les reliques, et toutes les fresques religieuses de la cathédrale qui somme toute, malgré la reconversion en lieu d'études et de lecture a conservé son caractère sacré. Sous les coupoles latérales, sont alignées des batteries de meubles, bibliothèques remplies de centaines voire de milliers de livres.

— Purée ! qu'y z'ont bien envie de lire les Oranais, commente à voix basse tata Claudine.

— Vouais, c'est pas la foule non plus, rétorque maman. Y sont plus nombreux à la mosquée, va.

Après avoir admiré le gigantesque orgue perché au-dessus de l'entrée de la cathédrale, nous ressortons à l'air libre. Et là, autre déconvenue, nous découvrons des clochards ou des SDF qui squattent sur les escaliers du parvis. Ce qui rajoute hélas à la mauvaise impression laissée par la dégradation de l'état général de la ville.

Nous remontons dans le minibus, et nous poursuivons, direction rue Pélissier, en empruntant l'incontournable et la grande rue commerçante d'Oran : la rue du général Leclerc, mais qui cependant est restée dans tous les cœurs des Oranais, la rue d'Arzew. Notre chauffeur Tarik traverse le carrefour et s'engage rue d'Arzew.

— Oh Silvia, regarde ! s'exclame mon père en pointant du doigt sur la gauche, au tout début de la rue, une immense bâtisse vétuste et désaffectée. Regarde un peu les Galeries de France ! Dans quel état qu'c'est !

— Mon Dieu ! C'n'est pas possible ! s'écrient à leur tour Claudine et Gisèle, presque choquées.

— Qu'est-ce qu'il y avait là ? demande naïvement Jacky.

— C'y était comm' qui dirait le plus grand et le plus réputé magasin d'Oran, lui répond tata Claudine. Si t'y veux, un peu comme les « Galeries Lafayette » sur la Canebière.

— Tu vois, ma fille, dit maman, la rue d'Arzew, c'était la rue la plus animée et la plus commerçante d'Oran. À 16 ans, j'ai commencé à travailler pas loin d'ici, rue Lamoricière, comme secrétaire chez Sauveur Moati... Tiens, c'était par là ! s'exclame-t-elle en nous montrant précisément la rue au moment où nous passons devant.

— Et la rue Pélissier où ton père avait sa bijouterie ? demande Gisèle à son beau-frère. C'est dans ce coin aussi, non ?

Mine de rien, ce sont des souvenirs qui datent du temps de leur jeunesse, on peut comprendre que leur mémoire leur fasse un peu défaut.

— Li rue Pilissier ? répète Tarik, un peu sceptique.

— Oui, elle était à l'angle de l'école Jules Renard, renchérit papa. Juste après le cinéma Rialto.

— Ça y est, j'y vois *mainnant*. On arrive.

— Po, po, po, c'est qu'on reconnaît plus rien ! lance papa d'un ton dépité en scrutant les devantures pour tenter de se situer.

Au moment où on dépasse une grande façade jaunâtre et vétuste auréolée d'une enseigne rouge écrite en arabe, tous nos anciens s'exclament le nez collé à la vitre :

— Té ! là ! là ! C'était là le Rialto !

Puis, trente mètres plus loin, pour nous permettre d'y aller jeter un œil, Tarik stoppe le minibus à cheval sur le trottoir du lycée. Nous traversons prudemment la rue d'Arzew qui est à sens unique, mais où il y a deux files de circulation. Sur le trottoir, à l'angle de la rue d'Arzew et la rue Pélissier, maman retrouve quelques souvenirs.

— Tu t'souviens, Janot ? dit-elle en le retenant par le bras. Là, y avait une pharmacie… la pharmacie Colonna.

— Et en face, c'était un magasin de fourrures, ajoute papa en se retournant.

Elle le regarde avec curiosité, comme pour mettre en doute ses dires.

— Un magasin de fourrures ? Je crois qu'ti perds un peu la tête mon pôvre Janot.

— Mais si, tu t'rappelles pas ? Les fourrures Aboab.

— Vouais, fait-elle alors avec une moue dubitative. Comme si en Algérie on avait besoin de fourrures, on n'avait même pas de manteau, alors des fourrures !

Lorsque nous nous retrouvons devant le 8 rue Pélissier, plus rien – selon papa – ne subsiste de la bijouterie de son père. La devanture tombe en décrépitude ; une grille définitivement baissée laisse supposer que le dernier commerce installé a fermé ses portes. Je sens mon père terriblement attristé de voir à quel point le temps – mais aussi l'économie précaire algérienne – a anéanti tout ce que les Français d'Algérie avaient, eux, réussi à créer, à façonner et à produire.

— Y a vraiment plus rien, lâche-t-il en hochant piteusement la tête.

Nous accompagnons ensuite maman jusqu'à la rue Lamoricière en redescendant la rue d'Arzew sur une centaine de mètres. Elle va essayer de retrouver l'immeuble où monsieur Moati avait son bureau de comptable.

— Je me souviens bien de lui, c'était un petit bonhomme, un peu chauve, avec des lunettes rondes, très, très gentil.

Une fois rue Lamoricière, nous descendons vers la rue de la Bastille, et à mi-parcours, maman s'arrête indécise devant un immeuble bas, flanqué d'une baie vitrée glauque au possible. Ça a l'air d'être une agence maintenant.

— Il me semble que c'est là, murmure-t-elle en levant les yeux. Oui, c'est là, presque sûr.

— Tu veux qu'on entre ? je lui propose.

— Je n'sais pas. Tu crois ?

— Va voir quand même, déclare papa, qu'est-ce que tu risques ?

Décidée, maman pousse doucement la porte. Robin et moi, nous la suivons tandis que les autres restent à l'extérieur. Derrière un comptoir, une dame affairée à son bureau relève la tête. Poliment, maman se présente et demande à la dame si elle parle français.

— Mais oui, je parle français, bonjour mesdames, monsieur, je peux vous aider ? dit-elle en se levant pour nous accueillir.

À première vue, elle semble avoir une quarantaine d'années, donc elle n'a pas connu Oran d'avant l'indépendance.

— Je suis née à Oran, commence maman d'une voix douce et émue. J'y ai vécu jusqu'en 62, et c'est ici que j'ai travaillé de 1952 à 1959. C'était une agence de comptable à l'époque…

— Ah bon ? C'est possible, je ne sais pas exactement… Mais maintenant c'est monsieur Ben Hachiche qui occupe les bureaux. On fait du dessin industriel.

— Moi j'étais la secrétaire du comptable, j'avais mon bureau dans une pièce derrière.

— Vous voulez voir ? demande l'employée arabe.

— Non, j'ne veux pas vous déranger, sourit maman en tentant de décliner la proposition.

— Mais si, je vous en prie. Venez, c'est avec plaisir, fait-elle en ouvrant la porte du couloir.

Nous la suivons, et très rapidement maman reconnaît les lieux, se repérant parfaitement dans le couloir qui dessert plusieurs pièces.

— Voilà, c'est ça. Mon bureau était là, ajoute-t-elle en entrant dans une petite pièce sombre aux rideaux tirés. Ma table avec ma machine à écrire était là dans ce coin, devant la fenêtre. Ça n'a pas changé.

Nous demandons l'autorisation de faire une photo, puis nous prenons congé non sans oublier de remercier de tout cœur cette aimable personne.

Avant de réintégrer le minibus, mon père veut s'approcher du cinéma Mogador qui est à deux rues de là, et où il allait si souvent avec ses copains du quartier. En s'acheminant vers la rue du Fondouk, il nous raconte que dans ce secteur de la rue d'Arzew, il n'y avait pas moins d'une quinzaine de cinémas : Le Régent, le Colisée, le Rialto, le Century, l'Escurial, l'Empire, le Royal, le Mogador, le Rio, le Tivoli, le Richelieu, l'Idéal, le Miramar et le Ritz.

— Nous, on allait plus souvent au Plaza à Eckmühl, souligne tata Claudine. C'était notre cinéma de quartier.

Nous remontons la rue de Salles sur une trentaine de mètres et, à l'angle de la rue de Fondouk, nous tombons enfin sur le Mogador. Du moins ce qu'il en reste. Pâle comme un linge, mon père ne cesse de se lamenter en de longs soupirs d'abattement, d'écœurement et de découragement.

— Put... c... dans l'état qu'y l'est le cinéma ! Comment ti étais, comment ti es devenu !

— C'était un cinéma ça ? s'interroge Jacky à la fois perplexe et ironique.

— Eh oui, tu vois bien, là, y a encore l'enseigne, qu'on voit un peu les lettres ! intervient ma tante Gisèle.

— Oh, à notre époque, tu te doutes bien que c'était pas dans cet état ! lui rétorque mon père non sans amertume. Oh aïe aïe ! Voilà... c'était là, l'entrée du Mogador, murmure-t-il en se tenant le front d'une main lasse. L'entrée du Mogador, que maint'nant ça veut plus rien dire !

Après cet énième coup de massue pour nos anciens, nous retournons tête basse au minibus.

Tarik nous entraîne maintenant vers les quartiers sud, les quartiers dits populaires. Il est presque 18 heures lorsque nous atteignons enfin l'entrée d'Eckmühl. En passant devant un building dressé comme un vigile au carrefour de l'avenue du colonel Ben Daoud et de l'avenue d'Oujda, papa raconte que ce coin s'appelait le « Tir au pistolet », sans réellement savoir pourquoi. L'immeuble, lui, était surnommé « la maison de huit étages », car en ce temps-là, c'était l'immeuble le plus haut d'Oran.

Nous approchons du lieu emblématique, celui du quartier de la famille Carmona. Le minibus finit de remonter la rue Poincaré sur une bonne centaine de mètres, puis s'arrête à l'angle d'une petite rue montante où sont garées des voitures plutôt récentes le long du trottoir impair. C'est ici, le quartier de mes parents, la rue d'Adana, aujourd'hui appelée la rue Abdelmoudjid Khaled. Nous descendons du véhicule, en silence, comme si nous étions en pèlerinage. Les trois sœurs marchent lentement vers l'immeuble situé au numéro quatre. Elles le reconnaissent un peu, beaucoup, passionnément, à la folie. Tout a tellement changé que la souffrance s'invite en elles sournoisement. C'est un tel crève-cœur pour elles de voir à quel point désormais tout est délabré. On dirait un paysage de guerre, comme si les immeubles en lambeaux étaient à deux doigts de s'écrouler. Figées devant la façade flétrie, elles observent, meurtries, les ravages du temps, et ce passé qui après cinquante ans d'exil ressurgit au moment où elles retrouvent l'immeuble de leur enfance.

— Là, c'y était où habitait madame Saez, dit tata Claudine émue en montrant du doigt une fenêtre au rez-de-chaussée de l'immeuble qui fait l'angle.

— Et là, fait Gisèle en essuyant une larme, c'était chez ma copine Colette Guerrero qui a disparu le 5 juillet et que le cousin Antoine a retrouvée dans un camp de prisonniers.

La chaussée est dans un état lamentable, jonchée de détritus, de terre séchée et de pierres. Les façades sont en piteux état. Un peu plus loin, nous remarquons un grand trou entre deux bâtiments. Au sol, un entassement de débris. Apparemment, l'immeuble qui se trouvait là s'était effondré comme s'il y avait eu un tremblement de terre, ou une bombe. Quelques gamins jouent au ballon au bout de la rue. Nous nous approchons encore de l'immeuble, puis maman et ses sœurs s'arrêtent, chacune un mouchoir roulé en boule dans la main.

— Ohlala, comm' c'est devenu, murmure maman d'une voix déprimée.

— C'est ici, font en chœur les trois sœurs. On habitait là.

Nous levons les yeux vers le premier étage. Une vieille Arabe est à sa fenêtre, nous observant curieusement en se demandant probablement qui sont tous ces visiteurs.

— Bonjour, dit-elle avec un léger accent.

— Bonjour, répond Gisèle qui, des trois sœurs, est celle qui semble la moins perturbée. Vous habitez ici, madame ?

— Oui, j'y habite ici.

— Moi aussi j'ai vécu ici avec mes sœurs. La famille Carmona, ça vous dit quelque chose ?

— Y non, j'y connais pas. Nous, on n'y est là que depuis *la dipendance*.

— Nous, jusqu'en juillet 62, après nous sommes parties.

Une autre personne apparaît à la fenêtre, une femme un peu plus jeune, mais d'une soixantaine d'années quand même, la tête couverte d'un foulard.

— Vous êtes nées ici ?

— Oui, on a vécu là avec nos parents jusqu'en 62.

— Ah... Vous voulez monter ? dit-elle avec gentillesse.

Les trois sœurs se consultent d'un regard.

— Noonn, moi j'peux pas, renonce maman d'une voix brisée, la main sur le cœur.

— Maman, vas-y... sinon, tu regretteras, tenté-je de la convaincre. Ça va bien se passer.

— Oui, viens, allons-y, l'encouragent Gisèle et tata Claudine en lui prenant le bras.

— Venez, montez, reprend la femme au foulard, ma fille va vous ouvrir.

Les trois sœurs, main dans la main, commencent à pénétrer dans le hall de l'immeuble. Robin et moi les suivons, Laetitia et papa fermant la marche. Seuls les garçons et Jacky restent en bas.

— Regarde, ça n'a pas changé... l'escalier, y l'est comme autrefois, souligne tata Claudine en tamponnant ses yeux avec son mouchoir.

Une porte s'ouvre au premier étage, et sur le seuil apparaît une gamine d'une douzaine d'années, ainsi que la femme au foulard.

— Allez-y, entrez, dit-elle en s'écartant pour nous donner le passage.

Nous entrons en remerciant nos hôtes. Ils sont neuf personnes dans l'appartement. Quatre générations apparemment. La vieille dame de la fenêtre et son mari, encore plus vieux qu'elle, immobile dans un fauteuil. La femme au foulard. Une autre, âgée d'une quarantaine d'années environ, trois fillettes entre dix et quinze ans, et deux hommes, la cinquantaine bien tassée. Les femmes sont habillées à l'orientale, seuls les hommes sont habillés à l'européenne. La femme au foulard nous dit s'appeler Fadila, puis elle nous fait gentiment visiter l'appartement.

— Ç'a un peu changé *pit-être*...

— C'est pas grave, c'est pas grave, la rassure Gisèle, on reconnaît bien quand même.

— Ohlala, gémit tata Claudine, d'une voix peinée et lourde de regrets. Regarde Silvia, là c'y était la cuisine.

626

Maman ne cesse d'essuyer ses yeux. Elle ne parvient pas à parler. Se laissant guider par ses sœurs, elle poursuit la visite de l'appartement tandis que nous restons dans la salle à manger. Les occupants de la maison se tiennent immobiles, appuyés aux murs, le regard figé. De temps en temps, ils lèvent les yeux sur nous, à la fois bienveillants et gênés. Incontestablement, l'accueil de la part de ces Algériens est chaleureux. Mais il n'en demeure pas moins qu'une certaine morosité transparaît dans leur attitude. Une mélancolie intensément présente, latente et palpable. Bien plus qu'un embarras profond : un malaise. Maman, Gisèle et tata Claudine reviennent après avoir revu les autres pièces de la maison. Je prends la main de maman qui, je le sens, est extrêmement émue.

— Désolé, on a un peu transformé l'appart'ment, s'excuse timidement Fadila.

— Ça n'fait rien, ça n'fait rien, répond tata Claudine. Y a encore l'âme de notr' maison ici, ajoute-t-elle avec un sanglot dans la voix. On est tellement heureuses, mes sœurs et moi, d'avoir revu la maison.

Délicatement, Fadila pose sa main sur l'épaule de tata dans un geste de touchante affection :

— Y oui, c'est des *souvinirs* d'enfance.

Après un long soupir, maman parvient enfin à articuler quelques mots :

— Vous savez... il a fallu partir, mais il y a une partie de nous qui est restée ici.

Nos hôtes baissent tous la tête, et gardent le silence. Seuls deux ou trois mots de compassion soupirés ici et là brisent la rémission de nos tristesses. « Y oui... » « Bien sûr... »

— Bon, beh, merci beaucoup à vous, fait Claudine en se tournant vers la porte pour annoncer le moment du départ.

Nous les remercions tous pour leur aimable accueil et nous redescendons l'escalier vers la sortie. Maman et mes tantes sont en larmes. Larmes de joie et de tristesse. Difficile pour nous ne pas être touchés à notre tour par l'émotion que suscitent de pareilles retrouvailles avec la maison de leur jeunesse. Une fois dans la rue, papa nous demande comment ça s'est passé.

— Presque rien n'a changé, lui dit maman, en pleurs. Il me semblait que mon père ou ma mère allait surgir du couloir et apparaître avec leur filet à provisions, comme s'ils arrivaient du marché d'Eckmühl.

Avant de remonter dans le minibus, Gisèle insiste pour aller voir le patronage Don Bosco, situé juste en face, dans la rue Poincaré.

— C'était quoi exactement ce patronage ? lui demande Jacky intéressé.

— C'est bien simple, y avait tout : une chapelle, un séminaire, une école, et même un stade, répond-elle en effeuillant ses souvenirs.

— C'est vrai, ils avaient une grande équipe de basket, rajoute papa. « Les Spartiates » qu'ils s'appelaient.

— Mais surtout, reprend Gisèle, le plus important pour tous les gosses des quartiers alentour, c'était le patronage.

— Comme un centre de loisirs si tu veux, mais tenu par des curés, résume maman.

— Et puis fallait voir comm' c'y était immense là-dedans, continue tata Claudine en s'invitant dans la discussion. T'y avais un centre culturel avec le théâtre, le cinéma. T'y avais des activités musique, t'y avais... Et puis tous les ans pour Pâques, t'y avais des représentations de la Passion du Christ dans le théâtre !

— Qui veut me suivre ? demande Gisèle à brûle-pourpoint plantée devant le grand portail d'entrée. J'aimerais bien revoir à l'intérieur. J'me rappelle du tourniquet dans la cour du patronage, c'qu'on a pu s'amuser là-dessus !

— Le tourniquet ? Le tourniquet ? Tu m'en fais un beau tourniquet, rétorque maman. Ma foi, si on s'arrête à tous les coins de rue, c'est pas six jours qu'il fallait venir, c'est six mois.

Adossé au minibus, son mégot éteint aux lèvres, Tarik s'engage furtivement dans la conversation.

— Si tu veux, tu peux rentrer, mais y a plus rien *mainnant*. Ici, c'est un entrepôt di confiseries.

Finalement, nous décidons de faire plaisir à Gisèle qui a l'air de tenir énormément à son tourniquet. Mais comme l'avait indiqué Tarik, plus rien ne subsiste de cette cour si animée auparavant. Ce n'est plus qu'un large espace quasi à l'abandon, avec des camionnettes de livraison garées le long d'un mur d'enceinte peint à la chaux. Au fond, près de l'entrée de ce qui semble être l'entrepôt, on distingue deux ou trois ouvriers qui s'affairent à déplacer des palettes où sont empilés de gros cartons.

— Mon Dieu, on reconnaît plus rien, murmure Gisèle attristée en laissant son regard courir partout alentour.

Un des ouvriers algériens, la cinquantaine, s'approche, nous salue, et très gentiment prend la peine d'écouter Gisèle et maman qui lui expliquent avoir connu l'époque où ce lieu était le patronage Don Bosco. Puis il nous indique qu'il est le propriétaire de l'entrepôt.

— Tiens, il était là le tourniquet ! s'exclame Gisèle en montrant au sol l'emplacement d'une petite dalle de béton qui tend à disparaître dans la terre asséchée.

— Et dans ce coin-là, à gauche, lui montre maman, y avait la « grotte de Lourdes » avec la statue de la Vierge… tu t'rappelles ?

— Et là-bas, c'était la chapelle… et là le cinoche, poursuit Gisèle comme si elle rouvrait son livre de souvenirs.

L'Algérien nous accompagne dans l'ancienne chapelle qui effectivement est remplie d'une montagne de cartons entassés sur des palettes. Plus rien d'intéressant à voir, si ce n'est quelques motifs qui subsistent au plafond et le carrelage de l'allée centrale très reconnaissable, aux dires de Gisèle. Difficile de croire qu'ici c'était un lieu de recueillement et de prières. Nous prenons quelques photos, puis nous regagnons le minibus.

Avant que Tarik ne démarre, papa lui fait un petit topo pour lui indiquer où se trouvait approximativement leur bar dans l'avenue d'Oujda. À peine sommes-nous partis, que papa reprend ses commentaires.

— Au bout de la rue, c'est l'église d'Eckmühl.

— Là où on s'est mariés avec ton père, rajoute maman en me tapotant le bras.

Nous constatons à regret, mais sans grande surprise, que l'église est désormais une mosquée. De plus, l'édifice est composé de deux façades de différentes teintes ; une colorée en jaune canari côté rue Colonel Driant, et l'autre en briquettes rouges côté rue de Liège. Entre les deux, à l'angle des deux rues, se dresse le minaret teinté d'un jaune pastel et orné de mosaïques, le tout conférant à l'ensemble une harmonie plutôt dissonante. Moins de deux minutes plus tard, nous parvenons au carrefour de l'avenue Albert 1er et de l'avenue d'Oujda. Et sur notre gauche, apparaît l'enceinte de l'École Normale.

— Tu vois, ma fille, me dit maman à voix basse pour que le chauffeur n'entende pas, c'est ici qu'on a été hébergés par l'armée quand il a fallu quitter la maison pendant les événements du 5 juillet.

D'après maman, le bâtiment n'a pas beaucoup changé. La façade est maintenant en crépi jaune, et l'inscription « ÉCOLE NORMALE DE FILLES » est toujours là, tout en haut à flanc de corniche. Le mur d'enceinte visiblement a été refait et près du portail d'entrée noir, c'est désormais un drapeau algérien qui flotte au gré du vent.

Tarik tourne à droite et nous entamons la remontée de l'avenue d'Oujda, tandis que papa nous énumère insatiablement tous les lieux qu'il reconnaît. Le magasin d'électroménager Philips tenu par monsieur Ruiz. Un peu plus loin, l'École des sœurs avec son portail gris en fer. Juste en face, il y avait une boucherie dont il a oublié le nom.

— Attends, c'y était la boucherie… réfléchit un instant tata Claudine. Ça va me revenir… La boucherie Garancia, non ?

— Ah oui… quelque chose comme ça, confirme Silvia sans être formelle. C'est-à-dire qu'on n'y allait pas souvent à la boucherie, on ne mangeait pas de la viande tous les jours à l'époque.

— Et là, y avait la droguerie de monsieur Santa, continue Claudine en se prêtant au jeu.

Papa demande au chauffeur s'il peut se garer, car nous arrivons bientôt à l'endroit où se situait le bar. De l'autre côté de la rue, il y a un petit bâtiment blanc, cubique, où est inscrit au-dessus d'un fronton, « Algérie Poste ». La circulation n'est pas très dense. Tarik se gare facilement le long du trottoir où quelques piétons vont et viennent. Ici et là, des hommes se promènent en djellabas et quelques femmes sont voilées aussi.

Nous descendons du minibus, et après quelques mètres, papa se tourne vers nous.

— Voilà, tu reconnais, Silvia ? C'était là, notre bar « Gomez ».

Maman, essoufflée par cette journée de marche, s'appuie sur mon bras et celui de Gisèle. Le commerce que papa nous montre est comme tous les commerces de la rue, dans un piteux état. Et même si l'enseigne est maintenant écrite en arabe, le bar existe toujours. C'est une bonne nouvelle, et nous allons pouvoir y jeter un œil. Il fait beau et les doubles battants de la porte vitrée sont grand ouverts. Faisant un peu d'ombre, un store tout poussiéreux et vétuste – pour ne pas dire en lambeaux – semble peser sur l'entrée du bar comme une épée de Damoclès. Aussi, nous nous empressons d'en franchir le seuil. Seuls les garçons et Jacky décident de rester dehors.

À l'intérieur, toutes les tables sont occupées, par des hommes uniquement cela va de soi. Derrière le comptoir, un serveur, le dos tourné, s'affaire à préparer du thé. L'homme, plutôt costaud, jette un œil vers nous tout en continuant sa commande. Il pose ensuite deux verres devant lui, saisit une bouilloire et verse un long filet d'eau chaude en étirant son geste de plus en plus haut. Puis il transvase d'un verre à un autre, plusieurs fois, et dépose le verre sur une soucoupe face à un client édenté, assis au bout du comptoir sur un tabouret haut. Un bon thé vert à la menthe qui embaume de son odeur suave.

Le serveur se tourne vers nous. Mes parents se présentent poliment tout en lui expliquant qu'ils tenaient ce bar avant l'indépendance. Le visage de l'homme s'éclaire, visiblement heureux de cette rencontre. Il nous précise que ça fait une dizaine d'années qu'il a repris le bar de son père qui le tenait probablement depuis l'indépendance.

— Moi je suis Janot Martinez, dit mon père en s'appuyant au comptoir, et voilà ma femme Silvia.

— Et moi c'est Kader. Janot, tu dis ? Janot Martinez ? Et *peut'ete* bien que mon père y te connaît. Y venait souvent ici avant l'indépendance.

— Ah bon ? Et comment il s'appelle ton père ?

— Y s'appelle Zahrédine. Zahrédine Benharbia.

— Ça te dit que'que chose ? dit mon père en interrogeant maman du regard.

— Ma foi, fait-elle en réfléchissant. Non. Jamais entendu ce nom.

— Oui, mais avant on l'appelait Aziz... Aziz Benharbia.

— Ah Aziz ? s'exclame papa en ouvrant de grands yeux. Oui, ça me dit que'que chose. Aziz ? de la rue Boufarik au Village Nègre ?

— Oui, je crois qu'c'est ça, confirme le patron du bar en finissant d'essuyer ses verres. Maint'nant on habite à la rue de Tlemcen.

Retrouvant des bribes de souvenirs, le visage de maman s'éclaire.

— Ah oui, le grand zigue là. Qu'c'était l'oncle de la gamine qui a travaillé un peu avec nous au bar.

— Pas possible ? C'est Aziz qu'y a repris not' bar ? s'exclame mon père un peu estomaqué.

— Euh oui, mais c'était bien après l'indépendance, répond le type au comptoir avec une intonation un peu confuse.

— Et comment qu'elle s'appelait cette gosse-là ? semble réfléchir maman. Aïcha ? Non. Chah... Chahrazade ? Non, Za... Zafirah... ou quelque chose comme ça. Mais non, pas Zafirah. C'était pas plutôt Rachida ? Ouh lala, moi ces noms avec tous ces « cha » ces « ra » ces « ri » et ces « ia », j'y perds mon latin !

— Non, c'était Sabrya, déclare mon père en ponctuant sa trouvaille d'un claquement de doigts.

Cette fois, c'est au tour du patron d'être étonné.

— Sabrya ? Non, moi je connais pas de Sabrya dans la famille de mon père.

— Ah bon ? Vous êtes sûr ?

— Mais oui, Silvia, il a raison, déclare mon père. L'oncle de la p'tite, c'était pas Aziz, c'était Yazid.

— Voilà, c'est ça l'erreur, ponctue le patron du bar en se tournant vers la machine à café. Excusez-moi, *missieurs* dames, j'ai du travail.

Effectivement, pris dans le tourbillon, on ne voit pas le temps passer. Posé devant nous sur le comptoir, un gros ventilateur brasse l'air chaud du bar. Le moment est venu de remercier Kader et prendre congé, lorsque soudain le vieil homme édenté se tourne vers nous :

— *Hal tabhath ean Yazid ?*

On le regarde avec surprise et incompréhension, car bien évidemment on n'a rien pigé à son charabia.

— Qu'est-ce tu dis ? lui demande mon père en lui montrant qu'on ne comprend pas la langue arabe.

— Bon, j'y parle mal li français, mais j'y vais essayer. Yazid, j'peux *pit'ete* vous *zider* à li trouver, marmonne-t-il en finissant de savourer son thé à la menthe. Moi j'y m'appelle Mouhcine.

Il nous raconte – difficilement à cause de son accent, et vu qu'il n'a plus de dents toutes ses voyelles sonnent comme des « i » – il nous raconte donc que le fameux Yazid serait maintenant pêcheur, qu'il habite à la Marine, et qu'on pourrait peut-être le trouver au port. Et qu'en retrouvant Yazid, on pourrait lui demander où vit maintenant Sabrya.

— Oui, des fois j'y pense à cette petite, fait remarquer maman en baissant les yeux. Va savoir ce qu'elle est devenue.

— Moi, j'y sais un peu comm'ci comm'ça, poursuit le vieil homme avec un geste mitigé de la main, parc'que ça fait longtemps que j'l'ai pas vue, ça fait plus d'vingt ans. Avant, elle habitait à côté d'la place des victoires. Elle avait li travail de la *firmière*.

— Ah bon ? Elle était fermière ? répète mon père d'un air hébété. Où qu'c'est qu'y a des fermes à Oran ?

— Non, pas la ferme, rétorque le vieux Mouhcine en hochant la tête. Li travail de la fir-mière, à l'hô-pi-tal d'Oran.

— In-fir-mière, Janot ! T'as pas compris ? souffle maman avec un soupir d'exaspération, tandis que nous autres sommes à deux doigts d'éclater de rire.

Reprenant son sérieux, maman échange encore quelques mots avec le vieux Mouhcine, agréablement surprise d'apprendre que cette gosse avait, semble-t-il, réussi à faire quelque chose de sa vie.

— Si vous voulez, lui dit-il, demain, j'vous emmène à la *pich'rie* du port d'Oran. Yazid y travaille là-bas.

Aussitôt dit, aussitôt conclu. Rendez-vous est donc pris avec Mouhcine pour le lendemain, dix heures trente, à la pêcherie. Après quelques photos et les remerciements d'usage, nous prenons congé et retournons au minibus qui nous attend dans la rue.

Sur le chemin du retour, lorsque nous passons à hauteur du marché couvert d'Eckmühl, les trois sœurs découvrent une façade refaite à neuf et peinte en un bleu flashy de fort mauvais goût. Cependant, pour une fois, voilà un bâtiment qui a le mérite d'avoir été rénové. Pour autant, il n'en est pas moins vrai que chaque découverte des lieux de leur passé est sans cesse à la fois une joie et une déception.

Le minibus remonte lentement l'avenue d'Oujda, ce qui permet à nos anciens de bien revoir les lieux, et laisser leurs souvenirs remonter à la surface :

— Là c'y était la « maison Kalfon », un magasin de lingerie, de chaussures. Y avait de tout, et pas cher !

— Et là-bas... Ah non, mais c'était de l'autre côté, en repartant dans l'autre sens, y avait les Galeries d'Eckmühl, tu t'rappelles Silvia ?

— Et là en face ! Mon Dieu le cinéma Plaza ! Qu'y a plus rien maint'nant ! s'exclame tata Claudine, la mine déconfite.

— Y avait aussi par là dans le coin, un bar qui s'appelait « Au vin sans eau », indique mon père en cherchant des yeux le local, en vain. Mais j'l'ai pas vu. Va savoir, y a peut-être plus rien.

Chacun d'entre eux y va de son petit commentaire détaillé et éclairé. L'ancien bureau de poste ; la librairie de madame Latour ; l'école Jean Zay ; le bar « Chez François », la bijouterie Crestou, le marchand de jouets juste à côté ; la clinique Gasser ; et ainsi de suite jusqu'au bout de l'avenue.

La boucle est bouclée, nous pouvons rentrer à l'hôtel après une journée particulièrement riche en émotions et en rebondissements.

60
Revoir Santa-Cruz et mourir

Jeudi 6 septembre 2012, Robin Burgès
Sur les coups de neuf heures, Tarik nous attend devant l'hôtel avec le minibus. Quinze minutes plus tard, nous voilà en route vers la place Noiseux et l'école Georges Lapierre, que mamie Silvia n'a finalement pas souhaité visiter. Pour ne pas déranger les classes, pour ne pas altérer ses souvenirs, pour garder intact le bonheur d'y avoir passé ses plus belles années d'école. On s'est contentés de regarder le bâtiment dont la façade est désormais revêtue d'une peinture grisâtre un peu terne. À l'angle de la rue Lallement face à l'école, les trois sœurs ont très bien reconnu l'épicerie d'autrefois dont les murs sont couverts aujourd'hui d'un horrible damier bleu et blanc.

— Là, c'était l'épicerie de madame Ascensio, nous montre mamie Silvia. Et juste à côté, le bureau de police.

— Ch'te dit qu'à la sortie d'l'école, c'y était le paradis de tous les gosses ici ! renchérit tata Claudine. Y avait de tout dans c'te épicerie, y surtout des bocaux entiers de bonbons, réglisses, piroulis, et autres sucettes, tant et tant qu'on s'y en est gavés jusque-là ! ajoute-t-elle d'une main virevoltante en finissant son geste au-dessus de la tête.

— On appelait cette place, la « réplacette d'Eckmühl », continue ma belle-mère. Faut voir comm' tout le monde se connaissait. C'était comme un petit village…

— C'est vrai, « la réplacette », confirme Gisèle avec un sourire plein de nostalgie. Bon, la fontaine en fonte a disparu et les ficus ont bien grandi, sinon ça n'a pas trop changé.

— Ah si, rappel'toi ! s'exclame tata Claudine. Avant, y a avait un jet d'eau au milieu, y après un kiosque à musique, je crois. Maint'nant y a plus rien !

— Et là, à côté du bureau de police, poursuit l'aînée des sœurs, c'était la boulangerie du père Rocca. À Pâques, les gens du quartier lui amenaient les mounas, et il les faisait cuire dans son four.

— Comme ça ? Gratuitement ? s'étonne Laetitia.

— Oui, ma fille. Gracieusement. C'était comme ça avant la vie ici. Des gens simples et pauvres qui s'entraidaient.

La conclusion revient à Claudine qui lâche dans un languissant soupir qui en dit long :

— Eh ouais... les Pieds-Noirs y sont partis, y depuis, la mouna c'est bien fini.

Nous remontons dans le minibus. Pendant quelques minutes ça parlemente, puis nous optons pour un petit détour aux arènes d'Eckmühl, lieu de prédilection de tous les Écumuliens[102], l'antre de la tauromachie, mais pas seulement, puisque des spectacles et de nombreuses vedettes de la chanson s'y sont produits, comme les Platters en 58, et autres Duke Ellington, et les Chaussettes Noires. Face aux arènes, en lieu et place actuellement du concessionnaire automobile, se trouvait l'usine de torréfaction des Cafés du Brésil, se souvient mamie Silvia. « Que les jours de vent, tout le quartier y l'embaumait le café ! »

Ensuite, comme les 10 h 30 approchent, Tarik nous conduit au port où nous avons rendez-vous avec le vieux Mouhcine. Il se gare à la Pêcherie, sur un petit parking qui fait face au mur d'enceinte bleu et blanc sur lequel est écrit en lettres bleues « Association les amis de la mer ». Avec en dessous la traduction en arabe évidemment. D'attente en attente, il se fait presque onze heures lorsque le vieux Mouhcine arrive enfin sur sa vieille pétrolette. Janot et moi, on s'avance pour le saluer.

---

[102] Les habitants d'Eckmühl.

— Esquiss'moi pour li retard, j'y ai eu la panne d'essence ti comprends ? nous dit-il confusément.

Laetitia, Claire et moi décidons d'accompagner Janot et Silvia sur les quais, à la recherche du fameux Yazid, tandis que les autres restent près du minibus.

Sans tarder, Mouhcine nous entraîne dans l'enceinte du port en passant le petit portillon bleu. Face à nous, une multitude de quais en bois flottent sur les eaux calmes du port. Nous remontons les quais remplis de vieilles barques de pêche complètement déglinguées, à tel point qu'on se demande comment ça peut flotter.

— Y travaill' par ici, Yazid, dans li port... J'crois qu'c'est par là, dit notre ami Mouhcine en ouvrant la marche.

— Bon, « Y croit qu'c'est là », me dit à voix basse Janot. Ça va, on n'est pas arrivés quoi.

Nous parvenons près d'un vieux chalutier où trois ou quatre pêcheurs travaillotent autour des filets. Mouhcine s'approche d'eux et leur parle en arabe, puis il revient.

— Yazid, y l'est pas là. On va li voir là-bas.

Nous repartons donc, et en chemin, après une trentaine de mètres, on rencontre un autre pêcheur. Quelle aubaine.

— Ti l'as pas vu Yazid ? lui demande Mouhcine.

— Yazid ? Non, j'l'ai pas vu. Va voir, Mokhtar, y l'est là-bas, répond l'autre en agitant le bras.

Et nous repartons pour un petit tour. Deuxième quai que nous arpentons. Je sens que ma belle-mère ne va pas tarder à s'impatienter. Lorsque nous arrivons enfin à bon port, c'est-à-dire près de la barque dudit Mokhtar, un vieux pêcheur à la barbe grise en broussaille qui nous observe en plissant les yeux.

— *As-salam alaykom Mokhtar !* lui crie Mouhcine comme s'il s'adressait à un sourd.

— *Wa alaykom As-slam Mouhcine !*

— Qu'est-ce qu'ils disent ? susurre Laetitia à son père.

— J'en sais rien, c'est de l'arabe.

— Dis, Mokhtar. Ti as vu Yazid ?

— Yazid ? Si, répond affirmativement le vieux pêcheur.

— Eh beh, c'était pas trop tôt, marmonne Janot en se tournant furtivement vers nous.

— Mais là, non, y l'est parti, ajoute Mokhtar. Y faut qu'ti fasses le tour, y ti vas voir Miloud.

— Non, c'est pas vrai, c'est une blague, maronne cette fois Janot.

Silvia, quant à elle, essoufflée et plutôt déconfite, lâche soudain dans un profond soupir :

— Quoi ? On va encore devoir courir tout le port ?

Claire et Laetitia se proposent de l'aider en lui tenant le bras.

— On y est presqu' arrivé, lance Mouhcine en nous offrant son sourire édenté. Yazid y l'est chez Miloud.

Et nous repartons pour un dernier tour, du moins, faut l'espérer. Hélas, le soleil au zénith n'arrange pas nos affaires, car la chaleur se fait de plus en plus difficile à supporter. Nous reprenons en sens inverse le quai, pour finalement en remonter encore un troisième.

— Li bateau de Miloud, c'est çui-là, tente de nous rassurer Mouhcine, en montrant un petit bateau vert et blanc amarré un peu plus loin.

— Po, po, po ! c'est un bateau de pêche, ça ? commente Janot qui n'en revient pas.

— *Salam* Miloud ! lance à la cantonade notre bon vieux Mouhcine en atteignant la frêle embarcation. Miloud !

Toujours pas de réponse. Apparemment, il n'y a pas plus de Miloud que de Yazid.

— *Salam* Miloud ! tente une nouvelle fois Mouhcine.

Et cette fois, une voix un peu criarde remonte de la cale, puis une tête apparaît.

— *Salam* Mouhcine ! s'écrie ledit Miloud, un vieux pêcheur lui aussi, qui arbore une épaisse moustache grise.

— Ah ti es là, Miloud ! Dis, je cherch' Yazid...

— Si, Yazid y m'fait li motor... que li motor y l'est mort !

— Bon, bieh, appel' Yazid, qu'ces *missieurs* dames y veulent voir Yazid.

Pendant ces tractations ubuesques, Claire et moi ainsi que Laetitia et mes beaux-parents, nous nous dévisageons en se demandant bien dans quel sketch on a atterri. Tout compte fait, Miloud le pêcheur finit par appeler le fameux Yazid qui, comme par enchantement, sort à son tour de la cale, une grosse clé à molette à la main, et couvert de cambouis.

— Ah Yazid ! s'exclame soudain Mouhcine la bouche en cœur.

Yazid est un grand type à la peau ridée, âgé d'au moins soixante-quinze ans, les cheveux gris et crépus. Après de rapides présentations, nous entrons dans le vif du sujet.

— Je n'sais pas si vous vous souvenez de nous, commence mon beau-père d'une voix chaude et bienveillante. Monsieur et madame Martinez... En 1961 et 62 nous avions un bar à l'avenue d'Oujda, le bar Gomez, vous vous rappelez ?

— Ah si, bien sûr que j'me rappelle de vous, répond le grand Yazid.

— Voilà, si vous vous rappelez aussi, vous nous aviez amené votre nièce pour du travail au bar...

— Ah, si, confirme-t-il en faisant oui de la tête, ma nièce, Sabrya. C'est vrai... mais c'était y a longtemps tout ça *maintnant*.

— Et qu'est-ce qu'elle devient Sabrya ?

— Sabrya, elle est partie.

— Partie ? répète Silvia étonnée. Mais où ?

— À Mostaganem, pour le travail. Dans la clinique...

— Vous n'auriez pas son adresse par hasard ? j'ose lui demander.

— Ah non... moi j'y sais pas l'adresse qu'elle a. J'y sais rien de tout. Ça fait cinq ans que moi j'y l'ai plus vue.

Comprenant que nous n'en saurons pas davantage, nous les remercions très chaleureusement et retournons lentement au minibus.

Montée vers Santa-Cruz. Claudine Carmona

14 h 30. Aussitôt notre café avalé, nous redémarrons de l'hôtel pour la visite incontournable pour tout pied-noir qui revient à Oran : la basilique de Santa-Cruz. J'y dirais même « Revoir Santa-Cruz et mourir », car ce lieu est tellement emblématique. C'est le « cœur » de l'âme de tout Oranais. Le symbole de notre passion pour cette ville que nous chérissons du plus profond de notre être.

Le minibus traverse la place Kleber et se lance à l'assaut de l'ancien quartier de la Calère. La route se fait brusquement plus pentue, aussi le chauffeur change de braquet et le minibus commence à gravir à grand' peine la montagne du Murdjadjo. Sillonnant à flanc de colline, la route en lacets est toujours aussi tortueuse, bordée d'eucalyptus longilignes et de pins rabougris. Faut pas avoir le vertige ni le tournis !

Nous longeons le quartier du Ravin Raz-el-Aïn à gauche, puis, après un virage à 180°, nous repartons à l'opposé dans un bruit de moteur essoufflé. Dans chaque virage, Tarik y se défoule en donnant un grand coup de klaxon, histoire d'alerter quelques chauffards, que ces tabanars, y descendent en sens inverse comme des bolides. Le paysage d'aujourd'hui est fichtrement différent de celui qu'on avait en mémoire. Des habitations construites à l'emporte-pièce, des ruines un peu partout, de la saleté à ne savoir qu'en faire, des ordures éparpillées ici et là en bord de route et, partout à l'horizon, un pays qui ne ressemble plus vraiment à celui qu'on avait laissé. Puis, en arrivant au sommet, au détour d'une dernière courbe, dans la brume opaline des hauteurs célestes, elle apparaît, aussi belle qu'autrefois, majestueuse et divine, ouvrant ses bras à ses enfants de chœur. Santa-Cruz ! Notre Santa-Cruz ! Illuminant l'azur face à la baie d'Oran. Nos cœurs se serrent, nos yeux se noient de larmes. Larmes de joie, de tristesse, et de regrets.

Nous descendons du véhicule et nous nous dirigeons vers la balustrade qui offre au regard un belvédère unique sur toute la ville. Mon beau-frère Janot fait le guide. Il montre à ses filles, à Robin et aux garçons, chaque quartier qu'il est possible de distinguer depuis ce panorama unique.

Ensuite, on s'approche de la basilique romane coiffée de son dôme central et on pénètre dans la chapelle blanche immaculée. Une vingtaine de visiteurs sont là, déambulant, ou agenouillés, pleurant et priant, mains jointes et cœur dolent. L'émotion est mille fois plus forte encore à l'intérieur. Rien n'a changé, et tous nos souvenirs reviennent brutalement. Les bancs parfaitement alignés, l'autel sous la voûte sacrée, la croix en bois sur le mur du fond, le cloître baigné dans le silence du recueillement. On allume des cierges et des bougies qu'on dépose au pied de la statue blanche de la Vierge située près de l'autel. Soudain, une femme à genoux sur un prie-Dieu éclate en sanglots en récitant ses prières :

— Oh mon Dieu, oh notre vierge de Santa-Cruz, protège-nous, protège nos enfants, protège notre pays qu'on aimait tant... On n'a jamais voulu te quitter, alors pitié, protège-nous !

Ses proches tentent en vain de la consoler, alors son désespoir gagne le cœur de tous les autres, et les pleurs redoublent. Silvia craque à son tour. Le cœur brisé, elle cache son visage dans ses mains tremblantes, sans parvenir à refréner sa peine. On l'aide à s'asseoir sur le banc le plus proche. Gisèle et moi, on reste à ses côtés, communiant ensemble dans un chagrin bien difficile à surmonter. Après quelques minutes, délestés du poids de notre peine, on décide de sortir pour faire le tour du cloître. On parcourt la cour carrée au dallage rouge dont on fait ensuite le tour en déambulant sous les arcades blanches. En bordure du cloître, dans une pièce fermée par une grille noire en fer forgé, se trouve une statue en bronze de la Vierge. Tous les pèlerins y viennent pour se recueillir en allumant des cierges, ce qu'on fait également avec un signe de croix. Après une dernière photo du groupe sur les marches du cloître, on rejoint le minibus, heureux et apaisés d'avoir revu Santa-Cruz. Je crois que désormais nous pouvons effectivement mourir. Même si le plus tard sera le mieux.

61
Le passé recomposé

Oran, 16 heures. Janot Martinez

Cette fois, en route pour Canastel ! Après les anciens quartiers de Pouget, Monplaisant, Gambetta et Gambetta-Falaises, nous passons à proximité de la nouvelle préfecture d'Oran à côté du siège de la Wilaya. Nous longeons ensuite l'ancienne centrale électrique à charbon où j'ai travaillé en 62. Surplombant le Ravin Blanc, la cheminée de l'usine à gaz domine toujours le port du haut de ses cent quarante mètres. À l'époque, on appelait cette cheminée, le suppositoire.

— La *tchiménéra* est toujours là, dis-je en me tournant vers Silvia et mes belles-sœurs.

Un peu plus loin, tout près de l'ancienne avenue des Falaises, apparaît un modernisme très inattendu à Oran, si l'on considère l'état de délabrement de la plupart des quartiers visités depuis notre arrivée. Il s'agit du tout récent Bahia Center qui se dresse fièrement avec ses quatre gigantesques tours de verre perchées face à la mer. Pour un peu, on se croirait à Dubaï.

— Li tours, elles font 140 mètres di hauteur, et trente étages, récite Tarik.

— Et y a quoi là-dedans ? je lui demande avec curiosité.

— Un peu di tout… Et beaucoup di logements.

Des logements ? Eh bien, le contraste avec la cité La Fontaine cachée juste derrière, est sur ce point on ne peut plus édifiant. Cette cité, si belle à notre époque, est aujourd'hui complètement miteuse.

Le minibus s'engage ensuite sur ce qu'on appelait autrefois la route de Canastel. Mais sincèrement, aucun de nous ne reconnaît la petite route sauvage qui traversait la campagne. Maint'nant c'est comme qui dirait une autoroute à trois voies qui traverse les cités dortoirs de la banlieue d'Oran. Tout ça au milieu d'un paysage méconnaissable pour nous, gâché par une multitude de constructions qui ont tout dénaturé. La seule chose que nous reconnaissons ce sont les tourelles blanches à l'entrée de Canastel, aujourd'hui teintées également d'un bleu pastel.

Le village sauvage de Canastel d'autrefois n'est plus. Désormais c'est presque une ville, tant tout a été construit. Je ne reconnais quasiment plus rien. Je demande à Tarik de nous conduire au casino qui surplombe les falaises. Le portail métallique noir est toujours là avec son enseigne en lettres dorées. Nous descendons du minibus et pénétrons à l'intérieur de l'enceinte de l'établissement. L'eucalyptus au centre de la cour a forci. Les dalles aux trois couleurs des allées ont fané. Le bar-buvette a baissé rideau. Le night-club est fermé et il n'y a plus que le calme et la solitude qui prédominent. La piscine, fraîchement repeinte d'un bleu azur, mais délaissée pour autant, a été vidée pour un entretien. Au mur de la façade, le blason de la ville d'Oran veille toujours. Silvia et moi parcourons en silence les lieux, sans pouvoir nous détacher du souvenir de Lucie, car c'est ici, lors de cette triste soirée du Festival de Jazz en septembre 60, qu'elle s'est effondrée, avant d'être hospitalisée en urgence.

En nous approchant de la rambarde dominant les falaises à pic, nous redécouvrons la vue imprenable et magnifique sur la mer et le golfe d'Oran. Mais les effluves de jasmin d'antan ont disparu. Les cabanons en bas des falaises, disparus aussi. Seul l'air marin nous ramène à notre jeunesse passée. C'est avec un sentiment de lourds regrets que nous quittons Canastel.

De retour à Oran, nous décidons d'aller faire une balade comme autrefois sur le boulevard du Front de mer. Promenade toujours aussi superbe, bordée de ses immenses palmiers royaux. Nous marchons jusqu'à l'ancienne esplanade de l'avenue Loubet où se trouvait le monument aux Morts, qui désormais se trouve à Lyon. Il n'y a plus que le socle, aujourd'hui recouvert de céramique offrant au regard une fresque pas franchement jolie. Nous nous contentons de la vue sur le port et, comme par le passé, accoudés à la rambarde, nous prenons la pose pour quelques photos. Et là, dans nos cœurs alourdis d'amers regrets, nous réalisons que ce pays n'est plus le nôtre.

Le lendemain après-midi, petite virée sur la côte ouest d'Oran. Tarik, toujours aux commandes, file en direction du Fort Lamoune. Nous contournons la colline du Murdjadjo où Santa-Cruz semble nous tendre ses bras. Vivement après-demain où nous irons assister à la messe dominicale dans la chapelle. Autant que je m'en souvienne, la route de la corniche me paraît semblable à celle d'autrefois, hormis qu'elle est plus large et surtout beaucoup plus fréquentée. La circulation y est devenue incessante et très bruyante. Nous approchons d'un lieu qui me tient très à cœur : Monte-Cristo. En contrebas, derrière un petit muret peint à la chaux, je devine aisément les falaises plongeant vers la mer où je venais pêcher le dimanche aux aurores avec mon cousin Ange. Parties de pêche qui se terminaient le plus souvent en baignade aux abords des rochers. À ce souvenir et avec nostalgie, mes yeux plongent à leur tour vers les eaux houleuses de la crique. Et des vagues de souvenirs remontent à la surface ! Ce passé est si lointain et si présent dans ma mémoire. On pourrait penser que rien n'a changé, et pourtant tout est si différent. Le promontoire de Monte-Cristo est désormais couvert de constructions donnant au paysage un ensemble disparate et incompréhensible.

Le minibus poursuit sa route et entame la traversée de la rade de Mers-el-Kébir. Un peu plus loin, après avoir passé deux mini tunnels, nous abordons une zone méconnaissable qui regroupait les anciennes stations balnéaires de Sainte-Clothilde, Saint-Jérôme, et autres Roseville, La sardine, et Saint-André. Mais il ne reste rien de la beauté d'antan. Je ne reconnais même pas les lieux. À la sortie de Mers-el-Kébir, face au vieux fort espagnol Saint-André, le virage de l'escargot a lui aussi été escamoté. On en devine juste l'ancien tracé. Alors que le minibus de Tarik tangue dans la courbe à l'abord de la falaise, le souvenir d'une virée dans la Renault Frégate de mon cousin Antoine surgit face à moi. C'était en 53 ou 54. À cette époque-là, nous étions libres et insouciants, jeunes et beaux, et plus que tout nous étions fous. C'était le temps des jours heureux, c'était avant que la guerre ne détruise notre vie radieuse et paisible. C'était il y a si longtemps.

Nous dépassons Cap Gros et approchons du Rocher de la Vieille. Je demande à Tarik si on peut s'y arrêter.

— Pas di problème, répond-il d'un hochement de tête, pas di danger pour s'arrêter.

Une cinquantaine de mètres avant le Rocher de la Vieille, il y a effectivement une petite aire de stationnement, idéal pour faire une halte. Nous admirons le point de vue sur la mer, la baie d'Aïn-el-Turck, et tout au fond la pointe du Cap Falcon. Au-dessous du Rocher de la Vieille, l'ancien restaurant n'est plus qu'une ruine en béton. Les escaliers qui descendaient vers les rochers au bord de la mer sont encore visibles, probablement jamais empruntés si ce n'est par quelques pêcheurs du dimanche. Les lieux semblent totalement abandonnés.

— C'est drôle ce nom de « Rocher de la Vieille », nous fait remarquer Théotime, appuyé au muret.

— À la base, c'est une légende… dis-je d'un ton des plus sérieux.

— D'où ça c'y est une légende ? s'exclame Claudine étonnée.

— Une légende qui fait bien peur ? sourit Manuel d'un air ironique.

— Eh, une légende qui vaut autant que votre « Harry Potter » !

— Ouais, c'est ça papy, ricanent mes deux petits-fils adeptes de l'École des sorciers.

— T'y as entendu parler de cette légende toi ? demande Claudine à ma femme.

Silvia me regarde, hésite un instant, puis ne répond pas.

Mon gendre m'invite alors à faire le récit de la mystérieuse légende.

— Évidemment, ça remonte à longtemps de ça... On raconte qu'à cet endroit-là des femmes de pêcheurs venaient guetter le retour de leurs maris partis en mer... Parmi elles, il y avait une dame âgée, tout de noir vêtue, qui n'avait que son mari au monde. Mais celui-ci, après une énorme tempête, n'était jamais revenu. La légende raconte que cette vieille dame est restée longtemps sur ce rocher à espérer voir un jour la barque de son mari pointer à l'horizon. Mais en vain. Elle finit alors par admettre que son mari ne reviendrait jamais, et elle passa le restant de sa vie à venir le pleurer à cet endroit. C'est pourquoi, selon la légende, le rocher a pris la forme de son visage attristé fixé vers la mer.

— Purée, Janot, tu nous as foutu le cafard avec ta légende d'outre-tombe, soupire Claudine. Mais qui t'a raconté ça ?

Je glisse un regard discret à ma femme, et celle-ci baisse les yeux lentement.

— C'est mon cousin, avoué-je doucement, qui lui-même l'a apprise de sa mère, et de sa grand-mère.

— Aouah ? Quel cousin ? insiste Claudine de sa voix de crécelle. Que des cousins, t'y en as une chiée plus quinze !

Mal à l'aise, j'hésite à répondre, mais c'est ma femme qui s'en charge en se plantant devant sa fouineuse de sœur :

— Son cousin, Ange Alvarez, lui dit-elle d'une voix vibrante.

Pour le coup, la Claudine réalise à quel point elle est la pire reine des godiches, et cela sans le moindre effort.

Une fois passé un long moment de silence, nous repartons vers le minibus, direction Aïn-el-Turck et ses plages paradisiaques. La circulation est un ballet incessant de camions-bennes, de cars et de voitures qui s'entrecroisent dans un concert perpétuel de klaxons. Tarik nous dépose dans une petite rue à hauteur de Paradis-Plage, dans le secteur de l'ancien casino que nous aurions été bien incapables de retrouver, tant les lieux ont changé. Par une ruelle bordée de petites maisons blanchies à la chaux, nous descendons jusqu'au rivage. Le charme d'antan va-t-il opérer ? La grande bleue sera-t-elle toujours aussi belle ? Les effluves iodés de l'air marin nous accueillent au moment d'atteindre la plage. Il n'y a pas foule. Quelques gosses se baignent, d'autres jouent dans le sable. Hélas, nous sommes déçus, la mer est belle, oui, mais elle ne sublime plus nos yeux creusés et sans couleur. Silvia, immobile et silencieuse, fixe l'horizon perdu de ses pensées mélancoliques. C'est ici qu'elle venait souvent se promener avec Ange. J'imagine sa souffrance et ce qu'elle doit ressentir. Un sentiment insaisissable nous envahit tous, comme de vagues regrets qui nous plongent dans une attente passive et résignée. Robin et ses garçons se déchaussent pour se rafraîchir les pieds, foulant l'écume des vagues qui s'échouent sur la grève. Laetitia et Claire les rejoignent, et nous, les « anciens » restons là, plantés dans le sable chaud, inertes et bras ballants, la gorge serrée par ces images douloureuses d'un passé recomposé qui nous submerge.

Pas de doute, nos cœurs, nos pensées, et nos souvenirs sont et seront à jamais des plaies béantes impossibles à cicatriser. Paradis-Plage n'est plus. Notre Paradis a cessé d'exister. Il n'est plus notre havre de paix et de joie. Et cette fois, c'est définitivement que nous le quittons. Pour une dernière virée au Cap Falcon.

62
Les allées de l'abandon

Samedi 8 septembre 2012, 11 heures. Silvia Martinez
Aujourd'hui c'est visite au cimetière de Mostaganem, mais pas seulement, car Claire et Robin ont dans l'idée de retrouver la trace de la petite Sabrya. Moi je n'y crois guère. Enfin, soit, nous verrons bien.

Après une heure trente de route, Mostaganem est en vue. Il fait encore très chaud aujourd'hui. Tarik stoppe le minibus à proximité du cimetière, puis nous marchons lentement en direction de l'entrée bordée par deux majestueux palmiers. Le mur d'enceinte peint en blanc et jaune est en très bon état. Les lieux ont l'air plutôt bien entretenus, vu de l'extérieur ; reste à voir s'il en est de même à l'intérieur. Nous atteignons le grand portail vert sombre cerné de deux piliers eux aussi blancs et jaunes. Celui-ci étant fermé, nous poussons doucement le portillon à droite. Aussi surprenant que cela puisse paraître, le cimetière n'a pas l'air d'être à l'abandon, contrairement à nombre d'entre eux en Algérie. La gardienne nous souhaite la bienvenue et nous commençons à remonter l'allée centrale à l'ombre des cyprès et des palmiers qui foisonnent. Nous sommes agréablement étonnés de voir à quel point tout ici semble propre. Certes, par endroits à l'écart des allées principales, la végétation envahit quelque peu les tombes. Nous découvrons cependant des chapelles en parfait état, des pierres tombales nettoyées, remises en état. Quelques autres restent endommagées, mais il est évident qu'il y a toutefois un minimum d'entretien, ce qui n'est pas si fréquent. Cela fait extrêmement plaisir et chaud au cœur.

Nous parvenons enfin dans le secteur où doit se trouver la tombe de la yaya Rosa. Mais nous n'en sommes plus trop sûres. La dernière fois que nous sommes venues ici, c'était en août 54 à l'occasion de l'enterrement du cousin de Bouguirat, Juan Ernández.

— Silvia ! Elle est là ! s'exclame Claudine en portant sa main sur le cœur.

Gisèle et moi la rejoignons aussitôt et nous pleurons toutes les trois en silence à la vue de la pierre tombale. On y voit encore gravée l'inscription *« Ici repose María-Rosa Carmona-Rubio, née en 1877 à Níjar. Décédée le 2 novembre 1944 à Mostaganem »*.

Nous nous recueillons, l'âme lourde et le cœur en peine, mais tellement heureuses et bouleversées de nous savoir ici, réunies dans le souvenir de notre aïeule.

Avant de partir, nous ramassons dans une petite boîte un peu de cette terre d'Algérie. Puis nous faisons un dernier adieu à notre grand-mère. Un adieu, certes définitif, mais tellement doux et apaisant.

De retour au minibus, Robin nous expose son plan d'attaque pour rechercher Sabrya. Il compte faire tous les hôpitaux, s'il le faut. « Nous avons toute la journée pour cela, nous dit-il. » Moi, je ne dis rien, mais je ne pense pas que nous retrouverons sa trace. Cela remonte à tellement longtemps maintenant et Sabrya doit avoir au moins une soixantaine d'années ! Et puis, finalement, y tenons-nous tant que ça ? À quoi cela servira-t-il ? Et si ces retrouvailles se passaient mal ? Pas sûr qu'elle se souvienne même de nous.

Avant cela, je rappelle à mon gendre que nous voudrions d'abord nous rendre au quartier de la Marine pour tenter d'y retrouver la maison de nos grands-parents. Il acquiesce à notre requête et d'emblée nous prenons la direction du port. Le minibus traverse le centre-ville, mais nous ne reconnaissons pas grand-chose, si ce n'est le bâtiment de la mairie avec sa grande tourelle, l'ancienne église Saint-Jean-Baptiste, le marché couvert... Le reste est à jamais enfoui dans mes souvenirs. Mais si ma mémoire est bonne, la maison familiale était dans la rue Jean Bart, au Plateau de la Marine. Pourtant impossible de reconnaître le quartier, car depuis, de nombreuses constructions ont vu le jour. Je me souviens d'un lavoir où notre grand-mère María-Rosa s'était échinée de longues années durant. Mais lui aussi, comme la maison, avait disparu. Probablement démoli, englouti dans un passé oublié.

Puis, sous la coupe de mon gendre Robin, nous avons commencé la tournée des hôpitaux. Pendant plus d'une heure nous avons tourné et retourné les quartiers de Mostaganem pour débusquer les différents hôpitaux ou cliniques. En vain. Mais il en reste encore deux à consulter. C'est ainsi que nous arrivons à la clinique ophtalmologique Les Orangers. Nom français, ce qui est rare, semble-t-il. Tarik nous suit jusqu'à la réception au cas où nous aurions besoin de ses talents d'interprète. Mais comme l'hôtesse parle assez bien le français, celui-ci préfère retourner à son véhicule. Robin demande à la jeune femme s'il y a dans leur établissement une infirmière répondant au nom de Sabrya.

— Sabrya, vous dites ? Quel service ?

— On ne sait pas, reprend Claire. On sait juste qu'elle s'appelle Sabrya.

Les pourparlers durent quelques minutes. Du coup, autant aller m'asseoir sur la banquette dans le hall d'entrée, car j'ai mal aux jambes. Après quelques échanges que je devine infructueux, Claire me rejoint.

— Bon, elle a appelé quelqu'un qui gère le personnel. Alors on attend.

— Tu sais, dis-je après réflexion, faut que tu dises à ton mari que c'est pas grave si on ne la retrouve pas cette petite.

— Cette petite ? sourit ma fille. N'oublie pas qu'elle a au moins soixante piges maintenant.

— Eh oui, je sais, mais j'arrive pas à m'y faire, pour moi ça restera toujours une gamine.

Cinq minutes après, mon Janot de mari vient s'asseoir avec nous.

— Bon, beh, on va passer la soirée là ? Elle m'a pas l'air bien dégourdie la bonne femme de l'accueil.

Claudine rapplique à son tour et fait part elle aussi de sa petite analyse sur l'hôtesse d'accueil :

— Eh ben, purée, elle y est pas sortie de la cuisse de Jupiter celle-là ! Fan de chouchoune, t'y lui parles, y elle t'y regarde avec les yeux du merlan frit !

— *Johé* Claudine, je lui rétorque aussi sec, parle pas si fort, que tout le monde t'entend !

— Eh beh, c'est pas ma faute quoi, si j'y ai la voix qui porte !

Maintenant c'est Gisèle qui vient s'asseoir avec nous. La belle brochette que nous faisons sur la banquette !

— Qu'est-ce qu'on attend là ? fait-elle en soupirant.

— On attend le tirage de la tombola, maronne Claudine, amère et sarcastique.

— La tombola, la tombola ? Et qu'est-ce qu'on gagne à cette tombola ? poursuit Gisèle après un silence hébété.

— La poupée qui tousse, je lui réponds désinvolte.

À ces mots, ma fille Claire éclate de rire. Un rire si franc, sonore et vibrant, que tout le monde se retourne. Et plus les gens se retournent et plus nous rions. Lorsque notre partie de franche gaieté est enfin apaisée, je remarque que Robin s'est approché. Il est là face à nous, et derrière lui quelqu'un légèrement en retrait nous observe. C'est une dame d'un certain âge, en tenue d'infirmière, la chevelure dissimulée par un foulard. Elle nous regarde tour à tour, puis ses yeux noirs reviennent sur moi. Dans ma poitrine mon cœur s'emballe, car ces traits là ne me sont pas inconnus. Ce demi-sourire à la commissure des lèvres, cette clarté au fond de ces yeux noirs, je les connais aussi !

— Ti es Silvia ? demande cette voix que je n'ai jamais vraiment oubliée.

J'en reste tétanisée. Mais est-ce possible ? Et cette douleur, jaillie de son dernier regard un matin de 61, s'est-elle enfin apaisée ?

— C'est bien toi Silvia ? reprend-elle en joignant ses mains dans une timide et sourde supplique.

— Sabrya ? murmuré-je d'une voix emplie de couleurs.

— Oui, c'est moi, répète-t-elle en faisant deux pas.

Je me redresse comme propulsée par une force inconnue, et nous avalons en quelques pas cette si longue distance de plus de cinquante années, pour tomber dans les bras l'une de l'autre. Nous nous embrassons, mêlons nos larmes de joie, et nous oublions tout, le mauvais, les douleurs et le mal, pour ne garder que la joie et le bonheur des retrouvailles. Je me retourne et lui présente alors mes enfants et mes petits-enfants. Elle remarque également mon mari.

— Aïe aïe aïe, *missieur* Martinez, qu'y l'a pas changé non plus ! Toujours le même !

Elle reconnaît aussi mes sœurs et aussitôt elles s'embrassent avec effusion.

Nous parlons ainsi un long moment dans le hall. Puis Sabrya nous dit qu'elle finit son travail vers 15 heures et qu'elle tient à nous inviter chez elle. Je lui dis que cela me gêne, car nous sommes dix et nous ne voulons pas déranger. Elle fait fi de tout cela. Même Tarik est invité.

Il est plus de minuit lorsque nous rentrons à l'hôtel. Quelle formidable soirée nous avons passée avec la famille de Sabrya ! Elle m'a raconté qu'elle avait finalement échappé au mariage avec le vieil Arabe à qui elle était promise. Un matin, juste avant le jour fatidique, le type avait été retrouvé mort dans son lit. Quelle aubaine, vraiment.

C'est une dizaine d'années plus tard, à vingt-deux ans, qu'elle s'est mariée avec Hachim. Lui au moins lui plaisait. Il a maintenant soixante-dix ans et Sabrya soixante-quatre, et ils ont eu six enfants. C'est un couple bien assorti, ils nous ont reçus avec beaucoup de chaleur et de gentillesse. Un beau moment de partage, à l'image des relations qui existaient entre Arabes et Européens avant que cette guerre ne vienne tout briser.

Dimanche 9 septembre, sur les coups de onze heures, nous assistons à la messe, à la chapelle de Santa-Cruz. Un magnifique moment qui nous a replongés dans nos souvenirs de jeunesse, quand toutes les familles montaient en pèlerinage à Santa-Cruz le jour de l'Ascension. Après un dernier adieu à notre Vierge de Santa-Cruz, nous sommes rentrés à l'hôtel.

Restaurant de l'hôtel Colombe, 12 h 30. Surprise du chef, en notre honneur et en raison de notre départ mardi, la direction a fait dresser une superbe table garnie de mets typiquement arabes. Sans oublier une kémia dantesque digne de nos années oranaises : frita, supions, tramoussos, moules à l'escabèche, fèves au cumin, sardines, thon, soubressade, morcilla et tortillas. Il ne manque rien, pas même l'anisette ! On ne sait comment les remercier, tant nous sommes touchés par ce geste de fraternité. Après la kémia, un tajine d'agneau à la mangue nous est copieusement servi. Un vrai régal. Et pour le dessert, deux serveurs apportent une large corbeille de pâtisseries orientales qui n'a eu de cesse de faire le tour de la table.

Nous finissons repus, comblés, pour le plus grand plaisir de nos papilles. Nous n'avons plus qu'à faire une bonne balade, histoire d'éliminer le trop-plein de ce repas gargantuesque. Mais avant de quitter la table, Claudine se fait remarquer une fois de plus en hélant le serveur de sa voix de crécelle pour lui commander une grosse coupe de glace, genre pêche Melba.

— *Johé,* Claudine, tu vas encore t'enfiler un dessert ? dis-je stupéfaite.

— Mais *qué va !* Qu'est-ce qu'y ça peut t'faire ? me répond-elle en haussant les épaules. J'y ai envie d'une bonne coupe de glace ! C'est *pit-être* la dernière que j'y mang'rai à Oran !

Bon bé, pendant que Claudine va s'enquiller sa glace, nous on va se commander un p'tit caoua. Moins de cinq minutes plus tard, le serveur revient avec quatre cafés, deux thés à la menthe, et la fameuse coupe pour Claudine, tellement énorme qu'on dirait un iceberg venu tout droit de l'Antarctique. Au moins quatre ou cinq boules de glace, deux oreillons de pêche, de la chantilly à profusion, du coulis de framboise en cascade, des gaufrettes en aileron et deux parasols multicolores plantés comme des drapeaux au sommet de l'Everest.

— Mouahh ! s'exclame Claudine en roulant des yeux d'ogre affamé. J'y-vais-me-ré-ga-ler ! s'exclame-t-elle en se frottant les mains.

— Quand même, Claudine, t'exagères pas un peu ? je ne peux m'empêcher de dire à ma sœur.

— Tata, ne va pas te rendre malade avec tout ça, rajoute ma fille Claire pour la mettre en garde.

Finalement, seule Gisèle intervient pour prendre sa défense :

— Mais laissez-la déguster sa glace ! Si elle veut se faire plaisir après tout !

— Humm, miam miaamm ! glousse de plaisir Claudine tout en se jetant comme une vorace sur son chaudron de crème glacée et de délices.

Et alors... voilà que se produit l'impensable. La chose inimaginable ; enfin, inimaginable, pas tant que ça pour quiconque connaît ma calamité de sœur et tout ce dont elle est capable. Au moment où elle s'approche de cette montagne de glace pour y planter goulûment sa longue cuillère... je ne sais comment elle se débrouille avec sa paire de tétés qui déborde de sa robe décolletée – une paire de miche qu'on dirait la poitrine de Jayne Mansfield aux grandes heures de sa gloire hollywoodienne – quand soudain, plaff, tout bascule dans son corsage ! La montagne de glace, la chantilly en neige, le coulis, les gaufrettes et les tranches de pêche !

— Ahhhh ! s'écrie-t-elle en tentant en vain de se lever pour atténuer la catastrophe. Ahhhh, c'est froid ! C'est froid !

Autour de la table, c'est la consternation, hormis Laetitia et les garçons qui se mettent à rire aux larmes, bientôt suivis par Claire et Robin qui malgré leurs efforts n'en peuvent plus de se retenir. Moi je repense soudain à cette fois où elle avait déjà fait le même coup. J'avais oublié ça, c'était en 1959 ou 60. Oui, en 59 ! elle était enceinte de Eddie.

— Mais dis Claudine, je lui dis sèchement, t'as pas bientôt fini ton cinéma, que tout le monde nous regarde !

J'en suis presque verte de colère.

— *Johé,* Claudine ! renchérit mon mari tout aussi dépité en la voyant faire de grands gestes de la main.

Vous savez à quoi ressemble ma sœur en cet instant précis ? À une baleine échouée sur une plage qui se débat lamentablement avec l'inutile.

— Puréee ! mais qué cinéma ? Et ça vous faire rire vous z'ôtres ? Mais faites que'qu'chose au lieu de vous fendr' la poire ! Hein ! ça vous fait rire ! Ahhh c'est froid ! Je sens qu'ça coule partout dedans !

Et là, que fait ma sœur ? Au lieu de rester tranquille et se faire toute petite… Non, elle se redresse d'un bond. Déjà bringuebalante, la coupe de glace se répand sur sa robe froufroutante en une longue traînée crémeuse et blanchâtre, puis finit sur le sol en se brisant en mille morceaux. Cette fois, c'est le summum ; toute la salle se retourne les yeux braqués sur nous. Vexée et déçue de n'avoir pu goûter à son dessert gigantesque, titanesque et vertigineux, Claudine nous offre de passer un des pires moments de honte qui soit.

Merci Claudine. Si tu n'existais pas ; personne n'aurait l'idée de t'inventer.

Cimetière Tamashouet, dimanche, 16 h 15. Quelle tristesse de revenir ici. Une immense tristesse, mais un devoir avant tout. Face à nous, l'entrée avec son mur d'enceinte blanc et sa grande double-portes est très belle et bien entretenue. Il y a sur la façade deux croix chrétiennes peintes en noir. Mes sœurs et moi, vêtues de noir, avançons lentement, émues, marchant bras dessus bras dessous.

Robin et mon mari sont les premiers à atteindre le portail. Ils poussent l'un des deux battants. Le groupe suit docilement. Et nous entrons dans le silence du passé. À notre droite se trouve le bureau d'accueil des visiteurs. Le gardien – un Arabe grisonnant, au visage rond, portant des lunettes et une épaisse moustache – sort pour nous accueillir. Son regard, son sourire et ses gestes bienveillants nous rassurent et nous font chaud au cœur. Après de brèves présentations, nous lui faisons part de notre intention de retrouver les tombes de notre grand-père et notre cousine Lucie. Pour mon grand-père Francisco, je me souviens qu'elle se situe vers le fond, à droite de l'allée centrale. Quant à celle de Lucie, je crois que c'était à gauche, vers le milieu, mais je n'en suis plus sûre. Le gardien, monsieur Mahmoudi, nous indique que le cimetière a été séparé en deux parties. Celle du fond ne peut être visitée, car elle a été rétrocédée à la ville d'Oran. Ainsi, les sépultures des carrés 33 à 84 ont toutes été placées dans un caveau commun construit en plusieurs ossuaires au centre du cimetière. Cette nouvelle nous plonge dans un accablement total. Pourquoi avoir détruit une partie du cimetière ? Nos morts n'auraient donc plus droit au repos éternel ? Je ne me souviens plus avec exactitude où sont les tombes de ma cousine et mon grand-père, mais pour l'amour de Dieu, pourvu que ce soit dans la partie préservée.

Monsieur Mahmoudi ouvre le tiroir de son bureau et après avoir sorti les registres, il nous demande les noms de famille de Francisco et de Lucie. En tournant les pages très consciencieusement, son doigt finit par repérer une première indication :

— Lucie Rodriguez épouse Montoya, décédée le 13 septembre 1960...

À cette évocation, mon cœur se serre.

— Carré 8, poursuit Mahmoudi. C'est pas très loin d'ici, à la grande Croix, vous prenez à droite l'allée 7, *pis* c'est tout au bout.

Profitant de la richesse de ces registres, mon mari demande également des informations sur son grand-père paternel, Fernando Martinez, mort en 1959.

Après quelques minutes, monsieur Mahmoudi trouve la trace de la tombe de Francisco : carré 29, au fond à droite, à l'extrême limite de la zone abandonnée. Nous voilà rassurés, ils ont donc échappé au caveau commun. Nous allons pouvoir nous recueillir, du moins nous l'espérons. Hélas, ce ne sera pas le cas du grand-père Martinez qui était dans le carré 64 et qui, désormais, repose dans un des ossuaires.

Nous avançons dans la Grande Allée, signalée par une pancarte blanche et rouge « allée n° 1 ». Celle-ci est propre et bien entretenue, goudronnée et bordée de jeunes palmiers et de lampadaires boule. Chaque carré est numéroté et borné. Certaines tombes sont en assez bon état, mais d'autres sont abîmées ou cassées, voire éventrées.

En arrivant à la grande Croix en fer forgé, à l'ombre de quatre robustes palmiers longilignes, nous croisons d'autres visiteurs tout aussi troublés et émus que nous. Il règne, il est vrai, un silence et un calme étrange dans les allées, comme si nous étions hors du temps. Nous les saluons d'un signe de tête compatissant, puis poursuivons notre chemin vers le monument aux Morts, érigé au centre de la Grande Allée. Plus nous avançons et plus les tombes sont en piteux état. Deux carrés plus loin, nous parvenons aux ossuaires placés en arc de cercle autour du caveau provisoire. Nous nous recueillons devant l'ossuaire « A » où se trouve la sépulture du grand-père Martinez. Je serre le bras de mon mari pour lui témoigner ma compassion. Il est si difficile d'accepter que tant de nos morts aient été exhumés, déplacés, et enfouis pêle-mêle dans des reliquaires scellés sous un bloc de béton, froid et impersonnel. Une blessure extrêmement douloureuse, comme une deuxième mort.

— Je crois qu'il me suffit de savoir qu'il est là, me dit-il bientôt en s'éloignant en silence.

Droit devant nous dans le prolongement de la Grande Allée, nous voyons à une vingtaine de mètres d'ici, la masse grise du mur en parpaings, érigée pour scinder le cimetière en deux. Inutile d'imaginer ce qui s'y trouve derrière ; on s'en doute, un grand terrain vague désaffecté, avec des tombes démolies, peut-être profanées, et très certainement englouties sous une végétation disparate qui reprend ses droits.

Avant de quitter les lieux, je fais un signe de croix, puis nous tournons à gauche dans la contre-allée, en direction des carrés 25 et 29. Contrairement à l'entrée et le long de la Grande Allée, nous constatons là aussi que les tombes sont livrées aux mauvaises herbes et aux affres du temps. Le cœur serré, nous parvenons au carré 29.

Claudine et Gisèle cherchent le caveau du grand-père en marchant entre les tombes.

— C'est un petit caveau, avec « Famille Carmona » écrit dessus, dis-je à Claire et Robin qui finissent par se joindre aux recherches.

— Il y avait un grand pin juste à côté, j'ajoute machinalement.

— Silvia, il y a un pin tous les trois mètres dans ce coin du cimetière, fait remarquer très justement mon mari.

— Oui, mais c'est par-là, j'en suis sûre...

Je fais quelques pas encore, lorsque mon regard rencontre une pierre tombale toute simple au nom de Segura. J'ai comme un flash, et me tournant un peu vers la droite, à un mètre cinquante de là, je découvre un caveau en marbre gris envahi par les mauvaises herbes.

— Il est là, murmuré-je dans un souffle d'espoir.

Claudine et Gisèle accourent aussitôt et, accrochées au bras l'une de l'autre, penchées, courbées sous le poids de l'émotion, nous nous signons en murmurant des prières. Je me revois cinquante ans plus tôt, le soir de ce terrible 5 juillet, lorsque j'avais accompagné papa faire ses adieux ici à son père.

Robin fait quelques photos, puis nous repartons en direction de l'entrée en longeant le mur de la honte. C'est alors que nous découvrons un autre aspect du cimetière, terrifiant celui-là. Quelque chose qui nous serre le cœur. La plupart des pierres tombales et des caveaux sont cassés, enfouis sous les herbes folles, quand ce ne sont pas des branches ou des troncs entiers couchés en travers des tombes. Les allées sont sales au possible, jonchées d'ordures en tout genre, de bouteilles en plastique, de sacs poubelles éventrés. Ici c'est la désolation la plus totale. Nous sommes sous le choc. Mes sœurs sont atterrées et mon mari, écœuré, indigné par cette vision apocalyptique. Blême à mourir, j'essuie mes yeux en tenant serré dans ma main droite le mouchoir humide de mon chagrin. Nous sommes consternés, abattus, mais nous continuons notre visite sans relâche. Nous remontons ainsi le chemin de ronde sud, en direction de l'entrée. En rencontrant l'allée n° 7, nous découvrons la borne au sol indiquant : « C 08 ». Le carré n° 8 est ici. Pour la tombe de Lucie, je ne suis pas sûre non plus de l'emplacement. Mais curieusement, étrangement, mon intuition, mes sens, mes pas me portent vers elle. Je la trouve sans même la chercher. C'est juste une pierre tombale surmontée d'un ange. Elle n'a pas été abîmée, pas plus qu'elle n'est cassée, ni même touchée par les intempéries, dirait-on. Seul le temps a fait son œuvre, mais on peut y lire encore : « *Tu resteras notre étoile qui brille dans nos cœurs* ».

— Oh mon Dieu, Lucie, ma Lucie, murmuré-je de douleur en voyant le doux épitaphe inscrit sur la pierre.

Son souvenir est ancré en moi, comme si je la revoyais vivante. Quelle déchirure de revenir ici après tant d'années, mais quel bonheur en même temps ! Mes larmes coulent, intarissables, c'est pour moi un instant de joie et de soulagement que je bénirai jusqu'à la fin de mes jours. Après une dernière prière, un dernier signe de croix, mon cœur se referme pour y garder le si beau sourire de ma bien-aimée cousine, partie pour les cieux à l'âge de 23 ans.

Puis nous nous éloignons dans les allées de l'abandon, l'âme apaisée, laissant derrière nous nos chagrins et nos peines perdues.

63

L'adieu aux larmes

Mercredi 12 septembre 2012, port d'Oran. Robin Burgès
20 h 30. Après huit jours inoubliables, c'est la fin de notre voyage. Le départ est proche. Le dernier adieu à Oran aussi. Le ferry « Las Palmas Gran Canaria » de la compagnie Acciona Trasmediterranea est à quai. C'est un grand bateau blanc doté de deux cheminées rouge écarlate, avec un liseré de la même couleur au centre de la coque. Demain matin nous serons à Almería, au sud de l'Espagne. L'oncle Mané et son gendre viendront à deux voitures nous chercher au terminal du port. Puis ils nous conduiront ensuite à Agua Amarga où toute la famille espagnole nous attend pour une dernière fête. Une gigantesque cousinade au restaurant « La palmera », devant la plage où cent ans plus tôt le grand-père Francisco avait embarqué sa famille pour une traversée improbable et périlleuse.

Hier, nous avons clôturé le séjour par une sortie à Charrier où Claudine et Silvia ont revu la maison où est née leur mère Ramona. Nous avons été très bien accueillis par la famille qui y vit maintenant. Un accueil là aussi chaleureux et bienveillant. D'ailleurs, durant tout ce séjour mémorable, j'ai ressenti une réelle amitié de la part des Algériens des anciennes générations à l'égard des Pieds-Noirs, mais également de la tendresse et beaucoup de nostalgie. Une belle preuve que ces deux communautés, pourtant différentes de par leur culture et leur religion, vivaient en harmonie, dans le respect et la bienveillance. Hélas, la guerre a creusé un fossé en laissant des blessures inguérissables. J'ai réalisé ô combien ces deux communautés meurtries n'ont pourtant rien oublié de toutes ces décennies vécues ensemble. Mais, ce passé leur appartient et seuls les souvenirs resteront à jamais gravés dans leur cœur.

21 h 10. La sirène retentit au-dessus du port d'Oran et le ferry s'éloigne dans les remous de la mer. Nous sommes tous sur le pont principal, appuyés au bastingage. Silvia, Claudine et Gisèle sortent des mouchoirs blancs qu'elles agitent en signe d'adieu, le regard fixe et perdu dans les brumes de Santa-Cruz. Dans le soleil couchant, la statue dorée de la Vierge nous ouvre ses bras comme pour nous embrasser, nous réunir dans la foi de son cœur. Sur le visage des trois sœurs, les larmes glissent en silence. Cette fois, c'est l'ultime adieu. L'adieu définitif à leur terre natale. L'Algérie de leur jeunesse.

Une heure plus tard, chacun regagne sa cabine. Fatiguée par toutes ces émotions, Silvia avait souhaité s'allonger dès le départ du bateau, mais nous l'avons convaincue de nous accompagner à la cafétéria pour un dernier repas en famille.

Le bateau est désormais en route vers les côtes espagnoles où nous devrions arriver demain matin. L'heure est à la détente, en ce début de soirée. On sent à peine les remous contre la coque du navire. Claire et moi sommes allongés sur nos couchettes, occupés à lire à la clarté d'une lampe de chevet. Claire feuillette un magazine de cuisine, et moi un thriller passionnant que j'ai entamé depuis peu, « Le cercle du silence » de David Hepburn, un auteur quasi inconnu, mais très talentueux. Sur la couchette voisine, nos garçons sont assis côte à côte, adossés au mur. Manu écoute de la musique avec un casque sur les oreilles, tandis que Théo triture sa console de jeux comme un forcené.

— Manuel, tu pourrais baisser ta musique de sauvage, tu vas finir par te tuer les tympans, lui dis-je un peu agacé.

— Mais oui, p'pa, t'inquiète…

Ma femme s'apprête à renchérir quand deux coups résonnent à la porte. On se regarde tous étonnés, sauf Manu qui, le casque calé sur les oreilles, n'a évidemment rien entendu.

— Oui, qu'est-ce que c'est ? lancé-je en m'approchant doucement de la porte.

Celle-ci s'entrouvre légèrement et Gisèle apparaît dans l'encadrement.

— Ne vous inquiétez pas, c'est juste Silvia qui m'envoie chercher Manu.

— Manu ? Mais pour quoi faire ? demandé-je en plissant le front.

— Ah ça, j'en sais rien, elle m'a pas dit. S'il peut venir maintenant, elle l'attend…

Un soir sur la Terre, tout en voguant sur la mer, Manuel Burgès

Mamie a demandé que je la rejoigne dans sa cabine avec *mon iPod*. Enfin, elle appelle ça « la boîte à musique ». Je suis assis sur sa couchette où elle m'a fait une petite place. Une petite place près de son soleil. Sur l'autre couchette, le grand-père ronfle déjà comme une locomotive.

— *Johé,* le grand-père ! dis-je en éclatant de rire.

Tout en gloussant, mamie précise qu'il peut bien y avoir un tremblement de terre, il ne se réveillera pas avant demain matin.

— Comment tu vas mamie ? Pas trop triste de repartir ? je lui demande avec mon plus beau sourire.

— Triste ? Oh que non, mon garçon. Vraiment, je ne regrette pas d'être venue. Et aujourd'hui je me demande encore pourquoi je ne l'ai pas fait plus tôt. Tant d'années si loin de ma terre m'avaient laissé penser et croire, qu'y revenir serait une terrible erreur, une désillusion insupportable.

Je sens sa voix s'adoucir, se muer en un filet de tendresse.

— Oui, je pensais qu'en revenant ici, en découvrant la ville enlaidie et défigurée par l'abandon de l'État algérien et la misère galopante, j'allais perdre tous nos souvenirs heureux que nous conservions en nous si précieusement. J'avais peur d'être déçue, de ne plus retrouver l'image de cette ville que nous avons tant aimée. Manuel, mon petit, je t'assure, j'ai tout revu. Comme un film que l'on redécouvre avec émotion des années après. De revoir Oran, j'ai même retrouvé tout un tas de souvenirs oubliés... que je croyais oubliés.

— Alors, tant mieux, je suis content pour toi, mamie. Cela n'aura pas été vain.

— Oh que non. Grâce à ça, j'ai pu faire un dernier adieu aux larmes... Même si ce n'est pas un véritable adieu, comme me l'a si justement rappelé Sabrya. Le soir où l'on s'est quittées chez elle, sais-tu ce qu'elle m'a dit en me serrant dans ses bras ?

— Non... murmuré-je en l'invitant à continuer.

— Elle m'a dit ceci : « Un poète kabyle a écrit un jour : "On ne vient jamais pour la première fois en Algérie. Et on ne la quitte jamais pour toujours".[103] Alors tu vois, tu pourrais en partir dix fois, cent fois, tu ne la quitteras jamais vraiment », a-t-elle conclu.

— C'est beau, mamie. Moi aussi j'ai trouvé cette femme étonnante... avec un beau vécu.

— C'est vrai... Elle, elle est restée dans son pays, alors que nous, il nous a fallu partir. Et pourtant, tout nous relie. Le soleil, la terre, le sang... les larmes et les souvenirs. Tu vois mon petit, c'est toute l'histoire et le destin de notre Algérie.

— C'est sûr, ça ne peut pas s'oublier, mamie.

— Oui... et je suis si heureuse d'avoir transmis cela non seulement à mes enfants, mais aussi à toi et à ton frère. Tu sais, on l'croirait pas, mais c'est difficile de transmettre. Je veux dire... de transmettre avec amour et sans haine. Porter le courage de son histoire comme on porte un enfant, puis le mettre au monde et le confier aux générations futures ; c'est difficile, mais je crois que je l'ai fait. Bien ou mal, je l'ai fait. Alors maintenant je peux *presque* mourir tranquille, ajoute-t-elle avec une étrange expression dans le regard.

---

[103] Malek Haddad (1927-1978).

— Faut pas dire ça, mamie. Et puis demain nous serons à Agua Amarga, avec les cousins. Ce sera encore une bien belle journée... Je vais te laisser, maintenant, mamie. Tu dois être fatiguée. Repose-toi.

— Attends, mon petit, m'arrête-t-elle en posant sa main sur mon bras. J'ai besoin de quelque chose...

Ses yeux fixent le plafond, comme si elle cherchait à reprendre sa respiration. Je l'observe, sans comprendre.

— Est-ce que tu veux bien me prêter ta boîte à musique ? souffle-t-elle dans un soupir d'amour.

— Tu veux mon iPod ?

— Oui, ton *nipod*, si tu veux bien. Je te le rendrai demain, me chuchote-t-elle pour me rassurer.

Je souris et sors l'appareil de ma poche et le pose près d'elle, sur la couverture.

— Tu peux me mettre le disque que je t'ai demandé l'autre jour ?

— Mamie, c'est pas des disques, c'est des MP3, je lui fais remarquer d'un large sourire.

— Peu importe... Allez, fais-moi écouter, dit-elle d'une voix calme, mais impatiente. Et je voudrais que ça s'arrête pas... tu peux faire ça mon petit ?

J'allume l'iPod, cale le morceau qu'elle m'a fait télécharger un matin à l'hôtel, et règle la lecture du morceau en boucle. Après lui avoir montré comment placer correctement les écouteurs, je lance la lecture. Aux premières notes, son visage s'illumine, ses traits se détendent et ses yeux se voilent d'une lueur étrange. Une lueur que je n'avais encore jamais vue briller dans le cœur de ma tendre mamie. Quelque chose qui ressemble à l'amour céleste des anges. Comme si grâce à ce voyage, ses rêves s'étaient enfin réalisés.

— Bonne nuit, mamie, murmuré-je en l'embrassant tendrement.

Puis, refermant délicatement la porte, je la laisse voguer sur la mer infinie de ses rêveries.

64
« Love me tender »

13 septembre 2012, 1 heure du matin, Silvia Martinez
Le bateau vogue vers l'Espagne, notre pays de cœur. Finalement, je crois que notre plus grand regret est de ne pas avoir choisi au moment de l'exode le pays de nos ancêtres. Si nous avions su comment la France et les Français allaient nous accueillir en 62, jamais nous n'y serions venus chercher la consolation de nos vies perdues. Pour moi la France y a perdu son honneur et sa dignité.

J'écoute interminablement la chanson de mon cœur. « Love me tender », de mon chanteur favori. Cette chanson sur laquelle mon Ange m'a embrassée pour la première fois. L'ange de mon cœur. Le seul homme que j'ai aimé.

Tu aurais voulu que rien ne manque dans ma vie, mais hélas, mon Ange, tout m'a manqué. Et surtout toi. Comment ai-je fait pour exister sans toi ? J'aurais voulu vivre ma vie comme je l'entendais, et non comme les autres ont voulu qu'elle soit. Pourquoi ai-je baissé les bras ? Même si je t'ai gardé dans mon cœur, j'aurais pu et dû faire de toi le phare de chaque instant de ma vie, ce qui m'aurait rendue heureuse. Certes, j'ai subsisté, j'ai survécu comme me l'avait demandé mon cher père, mais je n'ai pas vécu.

Oh mon Ange, après avoir emporté mes rêves avec toi, prends ma vie dans ton cœur. Et plus jamais, non plus jamais je ne veux être séparée de toi. Tu ne le sais pas, mais je t'ai écrit chaque jour. Des lettres évidemment jamais envoyées, pleines d'espoirs, et pleines de mes silences. Chaque lieu, mon ange, où je suis passée dans ma vie, j'aurais tant voulu t'y trouver. T'y retrouver.

Ô mon Ange, emporte-moi dans ton monde, et je serai enfin avec toi pour rattraper toutes ces années perdues.

Jusqu'à la fin des temps. Jusqu'à la fin. La véritable fin.

13 septembre 2012, 7 heures du matin, Janot Martinez

J'ouvre les yeux. Le crépuscule se lève à travers le hublot.

Je tourne la tête vers Silvia qui dort sur la couchette d'à côté. Ses traits sont apaisés. Ses mains sont posées sur son cœur. Elle dort doucement, sans bruit, sans bouger.

Nous ne devons pas tarder à nous lever, car l'arrivée est prévue vers 9 heures. Je m'étire, puis après un bâillement nerveux je pose les pieds au sol. C'est alors que je remarque sur le chevet l'appareil à musique de Manuel. Je me demande ce qu'il fait là.

— Silvia… réveille-toi, c'est l'heure de se lever, dis-je à voix basse.

Je passe ma robe de chambre, car il ne fait pas très chaud.

— Silvia… répété-je en lui secouant la main. Lèv…

La main curieusement raide de Silvia retombe au bord du lit. Je l'observe, interdit, hébété, et soudainement inquiet.

— Silvia ? réitéré-je d'une voix qui se refuse de trembler.

Je m'approche. Ses paupières restent obstinément closes. Son visage est détendu. Incroyablement détendu. Et je comprends.

Abattu, le cœur brisé, je tombe à genoux, et lentement, douloureusement, je saisis sa main froide. Celle qui fut ma femme durant cinquante et une années, ne se réveillera plus. Non, plus jamais.

En me penchant pour lui donner un dernier baiser sur son front pâle, j'aperçois un bout de papier plié sous sa main droite. Je le retire délicatement, et mes yeux embués découvrent ces quelques mots :

Partir un été, sans bagages ; et mourir à l'automne le cœur ouvert
Vois comme j'en crève de cette douleur…

Mes yeux se noient dans les larmes, au point de ne plus pouvoir lire… Alors je lâche le papier et m'effondre en sanglotant comme un enfant.

65
« Mais qui a tué la France en Algérie ? »

Deux jours plus tard, Carboneras (Espagne), Antoine Martinez
Nous venons d'arriver en urgence à Carboneras, en Andalousie.
Ma cousine Claire nous a appelés hier pour nous apprendre la triste
nouvelle. Mireille et moi avons pris un petit hôtel au bord de la
plage. Mais, malgré le soleil et la beauté sauvage des paysages de
cette localité de la province d'Almería, l'atmosphère est à la
morosité.

Toute la famille est atterrée par la disparition de notre chère
Silvia, décédée brutalement lors du retour de son voyage en Algérie.
Comme si son cœur n'avait pas supporté un second départ. Comme
si elle avait décidé de ne plus quitter Oran et notre bien-aimée Santa-
Cruz.

Moi, je ne connais pas l'Algérie d'aujourd'hui, et je ne suis pas
certain de vouloir la connaître. Ni maintenant. Ni plus tard. Ni jamais.
Je ne veux garder en mémoire que *l'autre* Algérie. Celle qu'ils ont
tuée. Celle qui est morte sous les balles de l'assassinat gaulliste.

Non, je n'oublierai jamais l'Algérie française ni ceux qui l'ont
tuée. Pas plus que je ne leur pardonnerai de nous avoir arraché ce
morceau de France dont le sang irriguait nos cœurs.

« Mais qui a tué la France en Algérie ? » devraient se demander
les générations d'aujourd'hui, tant la complexité du drame de
l'Algérie française assassinée, nécessite à mon sens un nouvel ordre
de pensée et de jugement.

Moi, ancien de l'O.A.S., comment pourrais-je oublier ? C'est impossible. Pas seulement parce que j'ai combattu, et *même si* ce combat nous l'avons perdu. Il faut accepter le verdict de nos destinées dès l'instant où nous avons le sentiment et la certitude d'avoir défendu nos valeurs, nos espérances et notre idéal, avec honneur et conviction.

Moi, comme tout le peuple pied-noir, je n'oublierai jamais ni nos morts ni notre beau pays, ni notre soleil blanc, ni notre mer bleu encre, nos senteurs d'orangers et notre jeunesse. Tout ce que nous avons laissé là-bas par la faute d'un seul homme, de Gaulle, qui nous a lamentablement trahis. Car, ne nous y trompons pas, dès le départ c'est-à-dire dès son retour au pouvoir en 58, voire bien avant, il avait tout pensé, tout calculé, tout prémédité.

Mais je m'égare, je m'égare. Je ne veux plus raviver en moi ces douleurs dévorantes. J'aspire à la tranquillité, à la sérénité. Au repos de l'esprit.

Demain auront lieu les obsèques de Silvia. Une journée hantée de souvenirs heureux et malheureux.

Et... alors que je sommeillais dans un hamac à l'ombre de deux palmiers dans le jardin de l'hôtel Miramar Playa, j'ai reçu une visite plutôt inattendue...

Hôtel Miramar Playa, Carboneras (Espagne), Manuel Burgès

Aujourd'hui, l'heure est à la douleur qui étreint nos esprits et nos cœurs. Aux larmes qui voilent nos paupières et nos voix. Ma pauvre mamie. Depuis deux jours je suis inconsolable, comme nous le sommes tous. Mais je suis le dernier à t'avoir parlé, le dernier regard qui a croisé le tien. Le dernier maillon de ta belle et longue vie.

Malgré le chagrin, je suis tout de même content de revoir Antoine que j'ai eu la fierté de rencontrer il y a deux ans. Un ancien combattant de l'O.A.S. Un vrai de vrai. Pas une potiche. Un type qui en impose et qui reste d'une humilité rare et touchante.

Dans le jardin de son hôtel, j'ai longuement parlé avec lui de ma grand-mère, de ce lien qu'elle représentait pour moi entre le passé et

669

le présent, mes racines espagnoles et celles de cette terre d'Afrique du Nord que j'ai découvert il y a une dizaine de jours avec tant d'émotion et d'interrogations aussi. Puis je l'ai questionné sur ce dont il ne faut jamais lui parler, sinon il se montre intarissable. Mais j'avais besoin d'entendre à nouveau ses récits sur l'O.A.S. Je voulais tout savoir. Le pourquoi, le comment tout autant que les causes.

Alors nous sommes restés sous les palmiers du jardin de l'hôtel à discuter jusqu'à des heures indues. Par nos échanges, nous avons l'un et l'autre pris la mesure de l'importance de la transmission, et il m'a surtout conseillé de me méfier de ceux qui parlent de choses dont ils ne savent rien. D'après lui, la question de l'Algérie française ne peut être racontée et exprimée que par ceux qui l'ont vécue ; là-bas, de l'intérieur, comme il dit.

— N'écoute pas, a-t-il insisté d'une voix lente, calme et précise... enfin, si, a-t-il alors repris en pointant au ciel un doigt éloquent... écoute-les tous, ces mensonges, car une fois proférés, ils ont alors plus de raison à être combattus, fustigés et retournés. Ne te laisse pas endoctriner par ceux qui en métropole à l'époque se délectaient de tous les journaux donnant une image absolument fausse et éhontée de la situation en Algérie. Cette presse était, durant la guerre, un organe essentiel de propagande à la solde totale de la dictature gaulliste. Une presse qui trop souvent encore de nos jours s'inscrit dans un schéma de falsification de la vérité, d'auto-culpabilisation, voire de discrédit à propos de nos valeurs morales, de nos intentions et de nos prouesses économiques et sociales, ce qu'aucun peuple avant nous n'avait réussi à faire sur ce morceau de terre nord-africaine.

Pendant plus de trois heures, nous avons évoqué l'histoire de la famille lorsqu'elle vivait sous le soleil d'Algérie.

— N'oublie jamais, m'a-t-il dit en conclusion, l'histoire de notre peuple qui vécut tant d'années heureuses, avant d'être trahi et exilé comme des malpropres et des coupables. Mais, un peuple qui s'est relevé avec dignité, envers et contre tout. Oui, Manu, contre tous ces *patos* qui en 62 nous ont rejetés alors que nous étions comme eux, des « Français ». Envers et contre tous ceux qui encore aujourd'hui nous rejettent parfois avec un mépris hypocrite, ce qui est pire qu'un mépris tout court. Tu vois, notre combat n'est pas fini pour que survive la mémoire de nos vaillants aïeux, et de nos morts qui reposent là-bas.

Après de si belles confidences, que pouvais-je faire, sinon serrer chaleureusement contre mon cœur cet être unique ? Ce patriote désespéré, ce témoin d'un passé et d'une histoire incroyable. Une histoire méconnue, poignante et passionnante de réflexions, que nul autre mieux que lui pouvait comprendre à sa juste valeur. Oui, pour mieux comprendre et faire honneur à la « Valeur des Justes », dirai-je en conclusion.

Merci du fond du cœur, Antoine Martinez, fervent partisan de l'Algérie française, qui fut et est encore dans le courage de ses convictions, un homme digne, libre et maître d'un destin hors du commun.

Épilogue

16 septembre, Carboneras, Province d'Almería (Espagne)
Dix heures du matin. Un long cortège de voitures traverse lentement la petite ville de Carboneras située à une quinzaine de kilomètres d'Agua Amarga. En tête de convoi, le fourgon funéraire se présente devant l'église San Antonio, tandis que le reste du cortège contourne le bâtiment et se dirige à l'arrière de l'église où se trouve une aire de stationnement. Le véhicule mortuaire stoppe devant l'entrée de la paroisse. Les portières s'ouvrent, et les employés des pompes funèbres en costume noir descendent en silence. Ils se postent immobiles devant la grille d'accès à la paroisse en attendant l'arrivée de la famille et des proches.

Sur le parking, une grosse berline gris métallisé se gare lentement. Janot Martinez, assis à l'arrière, descend du véhicule. Ses filles, Claire et Laetitia, le rejoignent pour lui prendre le bras. Toute la famille, les proches et les amis, marche derrière eux, têtes baissées, visages graves et mines attristées. Jean-Claude et sa compagne Karine arborant de grosses lunettes noires suivent juste derrière. Ensuite Robin tenant la main de ses fils Manuel et Théotime en pleurs ; Claudine et Gisèle inconsolables se soutiennent mutuellement. Mané et sa femme Bégonia, leurs enfants et petits-enfants, et tous les cousins de la famille d'Espagne sont présents. De France sont venus le cousin Antoine et sa femme Mireille ; les frères et sœurs de Janot avec leurs conjoints. Et également quelques voisins de Miramas qui ont tenu à faire le déplacement. Une quarantaine de personnes en tout se rassemblent derrière le fourgon mortuaire. Les employés des pompes funèbres sortent le cercueil en chêne clair et commencent à entrer dans la magnifique paroisse aux couleurs blanc et ocre. Le clocher carré s'élève vers le ciel bleu azur de cette belle, mais bien triste journée de début d'automne.

Dans la chapelle latérale, l'orgue joue l'*Ave Maria* de Gounod pour accompagner l'entrée du cercueil. Janot reconnaît bien sûr cette mélodie qui avait retenti dans l'église d'Eckmühl lorsque Silvia était entrée au bras de son père, le jour de leur mariage en juillet 61. Ses épaules tremblantes trahissent l'émotion qui l'étreint. Une page terrible se tourne pour lui. Une séparation qu'il n'avait jamais envisagée, comme si leur vie avait eu jusque-là un parfum d'éternité, et s'imaginant sûrement partir le premier. Et que penser de ce décès si soudain et brutal, après leur séjour inoubliable à Oran ? Un 13 septembre, exactement comme la cousine Lucie, jour pour jour.

Le cercueil est posé délicatement devant l'autel. Claudine et Gisèle y déposent un bouquet de roses blanches, puis Manuel et Théotime s'approchent pour allumer deux grands cierges. La messe ponctuée de lectures, de psaumes et de cantiques, dure un peu plus d'une heure. Un instant solennel et très sobre en même temps. Puis vient le temps de l'*à Dieu*. Le curé invite alors Laetitia et Manuel à le rejoindre. Dans les travées, c'est l'étonnement général. Claire, serrant dans sa main un mouchoir, voit sa sœur prendre sa guitare derrière l'autel. « Mais qu'est-ce qu'ils me font, ces deux-là ? » se demande-t-elle hébétée, les yeux larmoyants. Dans le silence du recueillement, Laetitia prend le temps d'accorder son instrument. Puis, l'écho céleste des premières notes s'élève dans la nef comme les ailes d'un ange. Les notes d'une mélodie que tout le monde reconnaît, *Love me tender*. Dans la paroisse, l'émotion est à son comble lorsque Manuel s'approche du micro. Il regarde droit devant lui, et pour la première fois de sa vie, il s'apprête à chanter. Mais il ne chantera pas pour lui, non, mais pour tous ceux présents dans cette église. Et avant tout pour sa tendre mamie dont il veut honorer la mémoire.

Sa voix frêle et vibrante résonne alors dans la maison de Dieu. Une voix toute simple, sans fioriture, et qu'il n'avait pas préparée. Mais une voix si tendre et suave qu'elle semble celle d'Elvis.

Love Me Tender,
Love me sweet, Never let me go, You have made my life complete,
And I love you so
Love me tender,
Love me true, All my dreams fulfilled, For my darling I love you,
And I always will

Cimetière d'Agua Amarga, Province d'Almería (Espagne)
Dans le ciel d'Andalousie, comme aux plus belles heures de l'été, un soleil invisible, mais tout-puissant caresse les collines desséchées. On ne peut rêver mieux pour faire ses adieux à la voûte céleste. Sur les hauteurs d'Agua Amarga, le petit cimetière est plein à craquer. Tous les anciens du village sont venus accompagner à sa dernière demeure la fille de « Manolo el perdido ». Dans le fond, près du portail d'entrée, un couple de musulmans se tient discrètement à l'écart, le visage triste et le cœur lourd. La famille est rassemblée autour de la tombe. Un caveau composé d'une pierre tombale en granit Rose Espagne, surmontée d'une lithogravure représentant un ange ailé. Au moyen de cordes, les fossoyeurs descendent lentement le cercueil dans la fosse. Janot, accablé, sanglotant, s'approche, soutenu par ses trois enfants. Ils prennent une poignée de la terre ramenée d'Algérie et la jette sur le cercueil dans un bruit sourd et mat. Puis c'est au tour du restant de la famille de faire un dernier adieu à la défunte.

Así es la vida.

Le périple d'une existence que nul ne connaît d'avance. Que nul ne peut apprivoiser. Sur la pierre tombale est fixé un livre en marbre blanc sur lequel sont gravées ces quelques lignes en dorure à la feuille d'or :

Partir un été sans bagages et mourir à l'automne le cœur ouvert
Vois comme j'en crève de cette douleur
Comme mon cœur en rêve de revoir ces couleurs
Revenir sans voyage et courir à l'envers
Ne plus voir sur la mer s'en aller le bonheur
Mais il reste son nom sous les vagues reflets de l'hiver.

Une heure plus tard, tout le monde se retrouve au restaurant « La Palmera » où devait avoir lieu quelques jours plus tôt la cousinade. Un léger lunch est offert par l'établissement en signe de sympathie, mais pas seulement, car le patron a également été très touché par l'histoire de cette famille, dont l'ancêtre avait quitté la plage d'Agua Amarga un matin de 1917 pour s'installer en Algérie. Cet ancêtre dont la petite-fille avait demandé à être enterrée dans le petit cimetière du village, à quelques centaines de mètres de la plage où tout avait commencé.

Un « départ » qui annoncerait, près d'un siècle plus tard, un « retour ».

Près de la terrasse, à l'ombre d'un imposant palmier, les invités sirotent des jus de fruits, discutant, échangeant leurs souvenirs, sans allégresse, mais sans tristesse non plus, se racontant des anecdotes inoubliables vécues avec Silvia. Parmi eux, Sabrya et Hachim de Mostaganem conversent avec Claudine et Janot. Peu après, Claire et Laetitia les rejoignent pour échanger quelques mots, parler du passé, du bonheur à venir, de ses racines profondes, et de ce pays l'Algérie dont on ne part jamais tout à fait. Claire prend le bras de Sabrya et l'entraîne à l'écart, sur la plage, près de cette mer qui unit les cœurs et désunit les arrogantes certitudes.

— Nous sommes tellement émus et ravis de vous savoir ici avec nous, ce lieu d'où tout est parti...

— C'est moi qui vous remercie, souffle Sabrya d'une voix fluette. Pendant des années j'ai pensé à vot' maman... et je crois bien que j'ai toujours su que quelqu'un reviendrait dans ce bar de l'avenue d'Oujda, pour la chercher, et « peut-être » pour m'y chercher aussi. Vous savez, madam' Claire, un proverbe arabe dit ceci : « Ce que ti as enterré dans ton jardin ressortira dans celui de ton fils ». Alors vous avez bien fait de retourner la terre, de réveiller le soleil et de rompre le silence de cet' histoire que vos enfants se doivent de connaître.

Claire saisit doucement les mains de Sabrya. Leurs yeux se rencontrent, se comprennent et s'approuvent, et leur étreinte scelle pour toujours le lien affectueux d'une mémoire oubliée, enfouie ou perdue, et qui brusquement rejaillit au grand jour.

La mer est si bleue, si calme, si belle et si proche. La plage, déserte et silencieuse, semble dormir sous le soleil dans un écrin de nacre. Au restaurant « La Palmera », les souvenirs de famille se font l'heureux écho des conversations où la tristesse du jour n'est pas ébruitée. Non, seuls demeurent les moments de recueillement et de joie partagée.

En toute discrétion, un petit groupe s'échappe lentement. Claire et Laetitia, accompagnées de Robin, Jean-Claude, Manuel et Théotime. Main dans la main, ils remontent la plage jusqu'à l'endroit exact où l'arrière-grand-père Francisco avait amarré sa barque pour la traversée vers Oran. Unis et en communion totale, tous les six fixent ce point invisible où le bleu de la mer dessine dans le lointain, l'ombre de l'Algérie.

Et, juste au-dessus d'eux, dans la lumière franche d'un ciel constellé de corolles blanches, scintille le soleil blanc du silence.

Remerciements

Mes premiers remerciements s'adressent à mon épouse, Carole, qui fut la première à me sensibiliser sur l'histoire des Français d'Algérie. Son Mémoire de Maîtrise, présenté à l'Université de Paris VIII en 1995, « L'émigration des Espagnols de la province d'Almería en Oranie 1830-1914 », fut à ce titre un formidable détonateur dans mon projet de raconter un jour le destin de sa famille qui a fui l'Espagne et la misère en 1917, à la recherche d'un avenir meilleur. Le terreau était prêt, il ne restait plus qu'à semer les graines.

Ces graines, c'est la vie qui s'est chargée de les jeter pêle-mêle dans mon « jardin ». Ce sont les rencontres, les questionnements, les révélations, les témoignages.

Mes autres remerciements vont à tous ceux, Pieds-Noirs ou non, qui m'ont permis de découvrir et de comprendre ce peuple que je ne connaissais pas. Et en premier lieu à Sylviane, ma belle-mère, sans qui ce roman n'existerait pas. Elle est à jamais et pour toujours l'âme centrale et la colonne vertébrale de ce récit, pour au moins deux raisons : le personnage principal, Silvia, qui est profondément inspiré de ce qu'elle a vécu ; et le besoin irrépressible de témoigner de l'histoire de sa famille, une manière de rendre hommage à ses aïeux, mais également un devoir de mémoire pour que nul n'oublie. Pour que l'Histoire accepte enfin un jour de réhabiliter l'honneur des Français d'Algérie qui n'étaient pas, et ne sont pas, ce que les hommes politiques au fil des décennies se sont employés à faire croire.

Je terminerai ces honneurs, comme je le fais chaque fois, par Claude, l'éternel ami, avec qui j'ai une nouvelle fois passé des moments merveilleux lors de ce travail difficile, mais passionnant, qui consiste à relire le texte, le retoucher si besoin, le rendre plus concis, plus limpide, bref à rechercher si tant est que cela soit possible, la perfection. Mais comme chacun sait, la perfection n'existe pas en ce monde. Cependant, j'espère que ce roman sera une nouvelle fois le reflet profond de mon âme et de mes passions.

Claude, toi l'enfant d'Algérie et de Bône, sache que ma gratitude et ma reconnaissance resteront toujours sans égal. Je pourrais une nouvelle fois t'adresser autant de mercis qu'il y a de mots dans cet ouvrage, mais je me contenterai de te dire un Grand, un Solaire, et un Silencieux MERCI pour ta disponibilité, ton aide permanente et bienveillante, pour tous les tours et les contours linguistiques et grammaticaux dont tu as su sillonner le champ de nos corrections. Et ce n'est pas cette célèbre expression bônoise qui me contredira : « Le lycée Saint-Augustin ? Mon fils, tu fais le tour, de suite ti es instruit ! »

Cet ouvrage est dédié à tous les Français d'Algérie et à toutes les victimes de la guerre d'Algérie. C'est une œuvre de fiction qui s'appuie sur une vérité historique, ou tout au moins sur une vérité profondément vécue et absolument réelle d'une grande partie du peuple pied-noir.

Références et notes bibliographiques

Durant plusieurs années au cours de l'écriture de ce récit, j'ai fait de longues recherches aussi bien géographiques qu'historiques, mais pas seulement. Divers thèmes comme la navigation maritime, Buenos Aires, l'émigration espagnole en Oranie, et bien évidemment toute l'histoire de l'Algérie d'hier et d'aujourd'hui.

Toutes ces recherches n'auraient pas été possibles sans l'utilisation d'Internet et ses multiples possibilités. Malheureusement, et je m'en excuse, je ne peux citer ici tous les sites web que j'ai consultés sans rajouter une bonne vingtaine de pages au manuscrit.

Mais il en est un que je ne peux occulter, c'est celui de Simone Gautier : http://www.alger26mars1962.fr/ qui est une mine d'or, à la mémoire de Philippe Gautier et des victimes du plateau des Glières.

Je tiens d'ailleurs à rendre ici un profond hommage aux deux sœurs Ferrandis rescapées du massacre, dont les témoignages publiés sur ce site Internet sont minutieusement rapportés dans les chapitres 41, 42 et 43 de mon roman.

Concernant les supports vidéo et audiovisuels qui m'ont permis de me documenter sur la guerre d'Algérie et l'exode des Pieds-Noirs, je tiens à citer :

o « La valise ou le cercueil » de Charly Cassan et Marie Havenel.
o « Paroles de Pieds-Noirs » de Jean-Pierre Carlon.
o « L'amère patrie » de Marion Pillas et Frédéric Biamonti.
o « La guerre d'Algérie » d'Yves Courrière et Philippe Monnier.
o « Les Pieds-Noirs, histoires d'une blessure » de Gilles Perez.
o Les archives de l'INA concernant cette période.

Concernant les ouvrages, je tiens à citer :

o « Journal d'un prêtre en Algérie, Oran 1961-1962 » de Michel de Laparre, Éditions Page après Page, 2004.

o « Oran, 5 juillet 1962 » de Guy Pervillé, Vendémiaire Éditions, 2014.

o « La tragédie dissimulée, Oran 5 juillet 1962 » de Jean Monneret, Michalon Éditions, 2012.

o « Oran, 5 juillet 1962, Un massacre oublié » de Guillaume Zeller, Éditions Tallandier, 2012.

o « L'Agonie d'Oran » Tome I et II, de Geneviève de Ternant, Éditions Jacques Gandini, 1996.

o « Alger, 26 mars 1962, Livre blanc sur un crime d'État » édité par VERITAS, 2007.

o « Vérités tentaculaires sur l'OAS et la guerre d'Algérie » de Dr Jean-Claude Perez, Éditions Jean Curutchet, 1999.

o « Le sang d'Algérie » de Dr Jean-Claude Perez, Éditions du Camelot & de la Joyeuse Garde, 1992.

o « Afin que nul n'oublie » de Jose Castano, Publications JC, 1990.

o « Les absinthes sauvages » de Geneviève Baïlac, Éditions Fayard, 1972.

o « Derrière eux, le soleil » de Marcelle Routier, Éditions Stock, 1974.

o « Histoires d'Algérie, La vie d'un petit Pied-Noir de la ville d'Oran au XXe siècle » de Jean-Claude Martinez, Mémoire de Notre Temps, Éditions La Saladéenne.

o « Histoires d'Algérie 2, Le bar du centre » de Jean-Claude Martinez, Mémoire de Notre Temps.

o « Le berger de Mostaganem » de André Trivès, Éditions Les Presses du Midi, 2012.

o « Bab-el-Oued, mon quartier, figé dans sa mort » de André Trivès, Éditions La Pensée Universelle, 1975.

o « Le parler des Pieds-Noirs d'Oran et d'Oranie » de Amédée Moreno, Éditions Les Vents Contraires, 1998.

Je dois également mentionner que le chapitre 53 contient des passages du procès de Bastien-Thiry, faisant référence au livre « Le procès du Petit-Clamart » de Yves-Frédéric Jaffré, avocat à la Cour de Paris, Nouvelles Éditions Latines, 1963.

Je tiens donc à remercier tout particulièrement le directeur des Nouvelles Éditions Latines de m'avoir autorisé à utiliser cet ouvrage comme source de vérité. Effectivement, tous les faits historiques et les extraits des débats et plaidoiries rapportés dans ce chapitre n'ont été aucunement modifié par ma main, de manière à retranscrire l'exacte et stricte vérité des propos tenus au cours de ce procès.

Je terminerai par un émouvant merci également à messieurs Jean-François Paya et Michel Villaret pour leur écoute et leur disponibilité, et à M. Gérard Rosenzweig qui a eu l'extrême gentillesse et amabilité de m'apporter son témoignage écrit concernant la venue du général de Gaulle à Oran, en juin 58.

Imprimé en Allemagne
Achevé d'imprimer en septembre 2022
Dépôt légal : septembre 2022

Pour

Le Lys Bleu Éditions
40, rue du Louvre
75001 Paris

9 791037 773050